D1143947

COLLECTION SÉRIE NOIRE
Créée par Marcel Duhamel

STEPHEN SOLOMITA

Baroud d'honneur

TRADUIT DE L'AMÉRICAIN
PAR FRANK REICHERT

GALLIMARD

Titre original :
LAST CHANCE FOR GLORY

Je tiens à remercier l'un des mes vieux amis, le Dr Alan Bindiger. En y repensant, je n'ai pas souvenir d'avoir achevé un seul de mes livres sans l'avoir consulté à un moment ou à un autre. Et je l'ai chaque fois trouvé plein de patience, d'érudition et de curiosité. Disposition sans équivalent à mes yeux.

PREMIÈRE PARTIE

PROLOGUE

27 novembre - 2 h 48 du matin

Le hurlement débute sur une note unique, dans le registre le plus aigu d'un impeccable contralto. La note, tenue pendant quelques instants, s'élève ensuite lentement d'octave en octave, pour se perdre finalement dans le néant, hors de portée de l'oreille humaine. Assoupie dans son lit, Melody Mitchell s'efforce d'incorporer le hurlement à son rêve et perçoit le ululement strident d'une sirène d'avertissement dans le lointain. Elle visualise les feux avant d'une ambulance fonçant vers quelque urgence, entrevoit des routes mouillées et des reflets rouge et bleu sur le bitume luisant et rincé par la pluie.

Pourtant, ça ne sert strictement à rien. Ça ne sert jamais à rien. Le hurlement reprend de plus belle, partant de la même note tenue pour se fondre dans le même néant, puis retombe en un gémissement assourdi, tandis que draps et couvertures glissent lentement en travers de son dos.

Melody Mitchell, encore vaseuse et à demi happée par les franges, de plus en plus floues, de son rêve, n'éprouve néanmoins aucune stupéfaction à la vue des grands yeux bruns liquides qui soutiennent son regard lorsqu'elle soulève la tête de son oreiller.

« Tu feras ma mort, Roscoe. Ça ne fait pas un pli », marmonne-t-elle.

Roscoe, impavide, esquisse un petit pas de danse, tandis que son ululement initial se transforme en une cascade de petits jappements aigus.

À chacun son destin, songe Melody. D'autres femmes d'âge mur ont un mari et des enfants : moi, mon sort, c'est d'être affligée d'un doberman caco-chyme à la vessie défaillante.

Elle hausse les épaules dans sa longue doudoune molletonnée, enfonce ses pieds dans des bottes dou-blées de mouton et accroche sa laisse au collier de Roscoe.

« Roscoe, répète-t-elle, tu me tueras. Sûr et certain. Et ne me regarde pas comme ça. Je devrais bien t'échanger contre une jeune chienne, tiens. Au moins, elles pissent tout d'un seul coup. Sans pour autant se croire obligées d'arroser tous les enjoliveurs du pâté de maisons. »

Elle ressort de l'ascenseur dans le hall et découvre Petya, lequel est déjà en train de lui tenir la porte. Le bruit court, parmi les locataires du 551, Gramercy Park North, que Petya découcherait au lieu de protéger les petits épargnants des atteintes des féroces prédateurs de New York. Si tel est vraiment le cas, Melody ne l'a encore jamais pris sur le fait.

« Il est bien tard, Miss Mitchell. À mon humble avis, les chiens pourraient bien patienter jusqu'à demain matin.

— Je n'ai pas cette chance, Petya. Comment c'est, là-dehors ?

— Froid. L'hiver s'installe. »

Petya ordonne les multiples crêtes et crevasses de son visage buriné de Russe en une moue que Melody ne peut interpréter que comme la mimique d'un martyr résigné à son sort. D'un saint homme, déjà ligoté au poteau du bûcher et n'attendant plus que de humer l'âcre fumée du pin brasillant.

« Génial. »

Halée par un Roscoe à présent à l'agonie, Melody fonce tout droit vers le trottoir. Un vent cinglant lui fait venir les larmes aux yeux.

« Je t'en supplie, Roscoe, n'y passe pas toute la nuit. Il fait un froid épouvantable. »

Roscoe lève obligeamment la patte, puis se pétrifie sur place. Un grondement sourd roule dans son poitrail. Melody abaisse un instant les yeux sur lui, puis suit le regard du chien, rivé sur le milieu du pâté de maisons. Elle aperçoit un homme vêtu d'un pardessus noir, debout près d'une Mercedes rutilante. L'homme se retourne, la contemple pendant quelques secondes, puis s'éloigne.

« Chut, Roscoe. Ce n'est rien. Rien qu'un homme qui gare sa voiture. »

Roscoe, à cet instant précis, et comme pour exprimer son total assentiment, ouvre les vannes et arrose le pare-chocs d'une Toyota mangée de rouille.

Ils continuent d'avancer, longeant la file de voitures en stationnement ; Roscoe s'arrête tous les quelques mètres pour flairer le trottoir. Melody, qui n'est toujours pas totalement réveillée, perd de plus en plus patience. Elle a les pieds gelés.

« Je t'accorde une dernière chance », le prévient-elle lorsqu'ils arrivent à la hauteur de la Mercedes, « et on rentre à la maison. »

Elle jette un coup d'œil par la vitre de la voiture, tout

en se demandant, comme n'importe quel New-Yorkais digne de ce nom, si l'homme qu'elle a aperçu ne serait pas un voleur.

Peu plausible, se persuade-t-elle. Trop bien vêtu pour guigner un autoradio. Ou même la voiture tout entière.

Les lampadaires diffusent une lumière bâtarde, quelque chose entre beige et ambré. Cette teinte filtre avec efficacité les tranchantes aspérités de la ville, les émoussant, fondant ombre et lumière en un continuum uniforme, sans solution de continuité. Toutefois, Melody est persuadée, sans même avoir à y regarder à deux fois, que la chose qu'elle vient de voir, allongée sur la banquette arrière, est bel et bien le corps d'une femme, nu et baignant dans son sang.

4 h 53

Melody Mitchell est assise devant son poste de télé, les yeux grands ouverts. Une chope de café délaissée repose sur la tablette de l'accoudoir. Elle regarde une rediffusion des débats de la veille de la Commission des finances. Elle n'en comprend pas un traître mot, n'aspire qu'à son lit et à un juste sommeil.

Lorsque la sonnette de l'interphone retentit enfin dans son appartement, elle est suffisamment exaspérée pour dire : « Pas trop tôt. » Ce n'est pas son style. Ce n'est pas *le* style d'une WASP de quarante-huit ans qui a fait tout son cursus à Barnard. D'un autre côté, ce n'est pas non plus tous les jours qu'un flic au cou de taureau, vêtu d'un complet de médiocre qualité, vous intime l'ordre exprès de rester éveillée.

« J'ai encore quelques questions à vous poser, mais j'aimerais jeter un coup d'œil sur le corps avant que les gens de la médecine légale ne viennent l'embarquer. »

Cela de la part d'un inspecteur au visage camard, affligé d'un nez énorme et de cheveux si fins que, bien qu'ils soient coupés ras, à quelque deux centimètres de son large crâne carré, ils adhèrent pratiquement à son cuir chevelu. L'inspecteur Kosinski.

« J'ai déjà parlé à l'inspecteur Brannigan. Je ne crois pas avoir autre chose à ajouter », a-t-elle répondu, le plus convenablement du monde.

« Laissez-moi en être seul juge, madame... » Il avait consulté son calepin. « ... Mitchell. Il s'agit d'un homicide, vous savez ? De la victime d'un meurtre, comme qui dirait. Vous êtes disposée à nous aider... Oui ou non ? »

Melody ouvre sa porte pour se retrouver nez à nez avec l'inspecteur Kosinski, dont les petits yeux bleus semblent lui transpercer l'arrière du crâne. Brannigan déboule sur ses talons.

« Merci d'avoir accepté de patienter. »

Kosinski traverse le living à grandes enjambées et se vautre sur le divan. Brannigan hausse les épaules, esquisse un demi-sourire et lui emboîte le pas.

« Vous embêtez pas à préparer du café », dit Kosinski. « Ça ne devrait pas être long. » Il regarde son coéquipier, se fend d'un petit sourire crispé. « Droit au but, pas vrai ?

— Je veux, sergent. » Une épaisse tignasse de cheveux bouclés coiffe les petits yeux et le petit nez banal de Brannigan. Deux rides, quasiment verticales, partent du sommet de chacune de ses narines et descendent jusqu'aux commissures d'une grande bouche expressive. Cette bouche-là a le sourire prompt, et elle donne toute sa vie à un visage autrement dénué de la moindre expression.

« Commencez par le commencement », demande Kosinski. « Ce que vous faisiez dans la rue à deux heures et demie du matin. Ce que vous avez vu. Dans quelles circonstances. Tout ça. »

Melody Mitchell se gratte la gorge, s'efforce de ravaler sa croissante indignation. Ils me traitent exactement comme si j'étais une criminelle, songe-t-elle.

« J'ai déjà donné ces renseignements à l'inspecteur Brannigan.

— Ouais, ben, vous avez peut-être omis un détail. Je veux entendre ça par moi-même.

— Par vous-même ?

— C'est bien ça. »

Melody ignore si son sarcasme est passé au-dessus de la tête de Kosinski ou s'il a tout bonnement rebondi sur son crâne épais, mais le fait est qu'il ne laisse entendre par aucun signe qu'elle aurait pu atteindre sa cible, et elle décide donc de se plier à ses desiderata. C'est ça ou refuser de coopérer, ce qu'elle ne saurait se permettre. Un meurtre a été perpétré, une femme a été assassinée et sans nul doute violée. Melody peut remonter dans son ascendance jusqu'à l'époque où les Hollandais régnaient sur New York, héritage qui, au même titre que de nombreux avantages, induit certaines responsabilités et autres obligations morales.

Elle reprend donc depuis le début — le chien qui se fait vieux, Petya dans le hall, le grondement, l'homme près de la Mercedes, le sang et le cadavre.

« L'homme était de taille moyenne, peut-être légèrement supérieure à la moyenne. De corpulence moyenne, également. Il avait les cheveux noirs et drus, tout comme ses sourcils. Un peu comme l'inspecteur Brannigan. Il portait un pardessus sombre, d'apparence coûteuse. Bleu, noir ou marron. Le moyen de faire la distinction, dans cette lumière orangée ? Tout ce que je peux vous assurer avec certitude, c'est qu'il était de teinte foncée.

— Et *lui*, de quelle couleur était-il ? Blanc, brun, noir ?

— Blanc.

— Que faisait-il près de la voiture ?

— Je n'ai pas pu voir. Il se tenait simplement debout à côté d'elle. Puis il m'a regardée.

— Il n'avait pas un trousseau de clés à la main ?

— Pas à mon souvenir.

— Un couteau ?

— Je ne me rappelle pas avoir vu un couteau.

— Et la portière n'était pas ouverte ?

— Non. J'en suis tout à fait certaine. Il m'a fixée pendant un petit moment, puis s'est éloigné. S'il avait claqué la portière, je l'aurais entendu. Je m'en souviendrais.

— Pendant combien de temps vous a-t-il regardée ?

— Je n'en sais rien. Quelques instants.

— Approximativement ?

— Cinq secondes ? Je n'en suis pas sûre.

— Alors, ç'aurait aussi bien pu être dix secondes, ou quinze ?

— J'imagine.

— Et il aurait pu tenir un trousseau de clés à la main.

— C'est possible. Je ne regardais pas ses mains.

— Vous pourriez l'identifier, si vous le revoyiez ?

— Je ne pense pas.

— Allons, madame Mitchell. Vous l'avez fixé pendant quinze secondes. Tâchez de vous souvenir.

— Je m'y efforce, sergent Kosinski. Et que vous

puissiez suggérer le contraire me déplaît. Souverainement. »

Melody vit Kosinski et Brannigan échanger un regard entendu. Mâle brutalité, se dit-elle, derrière la façade de simple connivence masculine.

« Y a pas d'offense », fait Kosinski en lui tournant le dos. Et, au ton suave de sa voix, on comprend sans peine que *lui*, en tout cas, ne se sent pas le moins du monde offensé. « Voyez-vous, il se passe une chose : les témoins se souviennent toujours de plus de détails qu'ils ne se l'imaginent. Le problème, c'est de leur tirer les vers du nez. Vaudrait mieux que vous passiez demain au commissariat, pour qu'on vous soumette quelques photos anthropométriques. On dénichera un dessinateur maison, qui établira un portrait-robot. Entre-temps, essayez de fixer les traits de ce type dans votre mémoire. Tâchez de vous rappeler tout ce que vous pourrez, le maximum, et ajoutez-le à l'ensemble. Vous n'avez aucune idée du résultat auquel vous pourriez parvenir en vous creusant un tant soit peu la cervelle. Croyez-moi, j'ai de l'expérience en la matière. »

30 novembre — 11 h 15

« J'ai horreur de ça, Tommy », déclare Bela Kosinski à son coéquipier. « J'aime pas du tout ça, mais alors pas du tout, bordel de merde. Je hais ce putain de Queens. Je vomis ces putains de parkings du Queens. Et j'ai horreur qu'un enfoiré de tête-de-nœud de pitaine me convoque dans un parking du Queens. Regarde un peu autour de toi ; pas un seul visage blanc à deux lieues à la ronde. Alors, tu peux me dire ce qu'on fiche ici, tous feux éteints ? » Il s'interrompt une seconde, avant de répondre lui-même à sa propre question. « L'effet que ça me fait, tu veux que je te dise — et je sais de quoi je parle —, c'est que ça pue le coup monté. Peut-être bien par les bœufs carotte. Les chasseurs de têtes. » Il passe ses doigts dans ses cheveux coupés ras. « J'suis à deux ans de la retraite. Deux ans du paradis sur terre. J'avais vraiment pas besoin de ça. »

Ce que Tommy Brannigan aimerait lui dire, c'est : Arrête un peu de jouer au con. Quand quelqu'un se propose de t'aider à résoudre un meurtre non élucidé — le nom réel du meurtrier, ni plus ni moins, pour l'amour de Dieu ! — le moins qu'on puisse faire, c'est de lui embrasser le cul. Et quand le quelqu'un en question n'est autre qu'un capitaine, qui peut vous pistonner de cent autres façons possibles, c'est jusqu'à ce que les lèvres vous en tombent qu'il faut continuer de lui lécher le cul. Et sans jamais maugréer, qui plus est. Non, plutôt en s'efforçant de ne pas oublier de remercier le Seigneur Tout-Puissant dans sa prière du soir.

Mais il faut dire aussi que Tommy Brannigan, fils, petit-fils, arrière-petit-fils et arrière-arrière-petit-fils de flic, a, dès le départ, considéré le NYPD comme une Terre promise. Griffe tout ce que tu peux, tâche de toujours contenter le caïd (le caïd étant celui, quel qu'il puisse être, qui occupe le barreau supérieur de l'échelle hiérarchique) et mêle-toi de tes oignons. Les oignons de Tommy Brannigan étant, en l'occurrence, de transbahuter au plus tôt son gros cul hors de la Crim. Cela parce qu'il n'y a pas la moindre thune à griffer dans la Crim. Là où, en fermant les yeux, un homme ordinaire verrait des starlettes en train de se déloquer, Brannigan, lui, rêvait de la Mondaine ou des Stups, de se prendre les pieds dans de pleines charretées de cadavres de P-DG, planqués sous des matelas usés jusqu'à la trame.

Si bien que ce à quoi Tommy Brannigan s'emploie pour le moment, c'est à continuer de regarder par la vitre en renaudant. Tout en s'efforçant de garder à l'esprit que Bela Kosinski, non content d'être son supérieur, est également le pire des enfoirés, un poivrot invétéré qu'on ne peut en aucun cas insulter ou menacer, et à qui Tommy Brannigan devra se contenter de mettre les bâtons dans les roues jusqu'au jour où il pourra se dénicher un nouveau coéquipier.

Dix minutes plus tard, une Chevy cabossée entre dans le parking et s'arrête à la hauteur de la vitre de Brannigan. L'homme chauve, d'âge moyen, qui est assis au volant, sort un écusson de capitaine, puis décline son identité

« Grogan, Aloysius. »

Brannigan remarque le Noir assis à côté du pitaine. Le bonnet de marine en piteux état qui coiffe la tête du lascar commence à partir en lambeaux. Des brins de laine pendillent sur ses petites oreilles.

« Nous somme tout ouïe, capitaine. Où on en est ?

— Montez à l'arrière. On va se la jouer net et sans bavures. »

Les deux coéquipiers s'exécutent. Se plient en deux pour traverser le froid glaçant, tout en essayant de retapisser la frime du Noir avant de s'installer sur la banquette arrière et de refermer les portières.

« Bon », commence Grogan. « Lui, là, c'est Mack. Mack se propose de vous donner des renseignements. Il ne déposera pas. Ne sera pas cité à la barre des témoins. Vous ne le reverrez plus jamais après ce soir. C'est mon indic perso et nous sommes sur une grosse affaire. Vu, l'arbre en boule ?

— Ouais, bien sûr. » La voix de Kosinski trahit à parts égales ennui et colère rentrée.

« Je vous fais la passe. À vous de piquer un sprint avec le ballon. S'il ne s'agissait pas d'un meurtre, cette conversation n'aurait jamais eu lieu. C'est vu ? »

Brannigan rétorque du tac au tac : « C'est vu, capitaine. Et n'allez pas croire que nous ne vous en savons pas gré. Cette affaire courait tout droit à la cata. » Ce qui, Brannigan ne l'ignore pas, est la stricte vérité. Alors qu'ils sont à mille lieues d'arrêter l'assassin de Sondra Tillson, l'affaire suit cahin-caha son petit bonhomme de chemin, Kosinski et lui concentrant pratiquement tous leurs efforts sur Johan, l'époux de la victime. Encore que l'alibi de Johan Tillson soit en béton armé, il s'est montré rien moins que malhonnête à propos de son épouse et des activités journalières de cette dernière. Brannigan est persuadé qu'un petit ami rôde encore quelque part dans la pénombre.

« Parfait. On s'est compris, à présent. Mack, dis-leur ce que tu m'as dit. »

Mack, pour s'adresser aux deux inspecteurs, ne leur présente que sa nuque. Il porte une veste de laine dépenaillée qui se marie parfaitement avec son bonnet. Brannigan peut se respirer son bouquet depuis la banquette arrière.

« Écoutez, voilà, tout c'que j'sais, c'est c'que Billy Sowell m'a dit. Personne d'autre m'l'a confirmé. Ça sort juste de sa bouche. On était en train de biberonner sur la rive du fleuve, comme d'habitude. Du *Thunderbird*[1], à la régalade. À causer de tout et de rien. Comme d'habitude, encore une fois. J'y parlais de ce mec qu'on avait retrouvé dans le fleuve. J'y disais qu'à mon sens, le lascar avait été fumé et balancé à la baille. Et c'est là que Billy m'annonce qu'il a tué cette salope

---

1. Vin rouge de qualité médiocre.

près de Gramercy Park. Celui qu'a toujours ses portes verrouillées. J'y dis : "Merde, mec, tu débloques ?" Mais il répond : "Non, mon pote, j'l'ai vraiment fait. J'ai zigouillé cette pétasse. Elle voulait pas me laisser la baiser, alors j'l'ai tuée." J'y réponds que j'arrive toujours pas à y croire, alors Billy me sort un putain de maousse couteau. Putain, mec, vous auriez vu le machin, un vrai sabre, c'te vacherie. Même qu'il a dit : "J'l'ai zigouillée avec cette lame et, maintenant, va falloir que j'm'en débarrasse." »

Brannigan jette un œil vers son coéquipier et constate que celui-ci est en train de regarder par la vitre.

« Il a une adresse, ce Billy Sowell ?

— Il crèche près du fleuve, vers la Vingt-Deuxième Rue, dans l'East Side. Dans un carton.

— Un carton ?

— On est des SDF, inspecteur.

— Il ne t'a rien dit d'autre ?

— Nan, m'sieur. Vous comprenez, sur le moment, j'ai cru que c'était le pinard qui le faisait délirer. Billy est pas très rapide de la comprenette — mince, c'est vraiment un attardé mental — alors, jusqu'à ce que j'entende dire qu'une pétasse s'était fait dessouder près de Gramercy Park, j'y ai pas accordé trop d'importance. Poignardée, exactement comme Billy me l'avait raconté. Alors, là, j'me suis dit qu'il l'avait peut-être vraiment fait et j'ai été l'rapporter au capitaine. »

Une fois de retour dans sa caisse, Brannigan allume moteur et chauffage tandis que son équipier materne une petite fiasque.

« C'qu'on a là ou nib », déclare Kosinski, « c'est du pareil au même. *Nada.* Rien. Que dalle. »

Brannigan sent la moutarde lui monter au nez : « Tu ne veux pas qu'on essaye de tirer la chose au clair ?

— Non, Tommy. Pas question de tirer au clair les bobards qu'un poivrot à la ramasse qui renifle pire que s'il avait dormi dans sa propre pisse débite sur une autre tisane du même acabit. Une grosse affaire ? Le capitaine prétend que son clodo et lui sont sur une grosse affaire ? Tu parles... Pure merde en bâtons, Tommy. Gros, pour cette cloche, c'est quand un passant avec un cœur gros comme ça lui allonge une pièce de cinquante *cents*, au lieu de la pièce de dix *cents* ordinaire.

— On a un témoin, Bela. Pourquoi on ne lui soumettrait pas la photo de Billy Sowell ?

— Pourquoi ? Pour une simple et bonne raison, c'est que Melody Mitchell ne pourra pas identifier le coupable ! En admettant même qu'elle ait eu le temps de le voir suffisamment bien, ce dont je doute fort. Et aussi, entre autres, parce que Melody Mitchell a dit que le suspect portait un pardessus coûteux. Ce qui ne fait pas exactement de lui un SDF. Et que ce n'est pas parce qu'on aura repéré Billy Sowell sur les lieux du crime que ça fait de lui un assassin. Et aussi parce que j'ai six jours de congé à prendre, et que j'ai bien l'intention d'en profiter jusqu'à la dernière miette. Maintenant, si ça t'amuse de jouer les détectives en solo, te gêne surtout pas pour moi. »

11 décembre — 10 h 15

Billy Sowell, au moment où il émerge de son abri de fortune confectionné à partir de cartons d'emballage, aperçoit le grand flic et sourit. Tout à fait comme il lui arrive parfois de sourire lorsqu'il se sent soit déconcerté soit menacé, ce qui, en ce qui le concerne, revient exactement au même.

« Salut, Billy. »

Le grand flic s'accroupit. Il sourit, lui aussi.

« Salut.

— Comment ça va ?

— J'me défends.

— Je suis l'inspecteur Brannigan. Tu veux voir mon insigne ?

— Non. J'vous crois sur parole.

— Il faut qu'on cause tous les deux, Billy. À propos d'un truc qui s'est passé il y a deux semaines.

— Deux semaines ? » Moche, ça. Billy a du mal à se souvenir. Il aimerait bien satisfaire le flic pour que celui-ci se tire mais, maintenant, il n'a pas l'impression qu'il en sera capable. « Je peux pas me remonter aussi loin que deux semaines.

— Non, Billy, il s'agit d'une chose très importante. Quelque chose dont tu devrais te souvenir. »

Billy ferme les yeux, s'efforce de se remémorer ce qui s'est passé il y a deux semaines. Il voit un flou, un vague barbouillage. Lorsqu'il essaye de se concentrer, ledit barbouillis se met aussitôt à tournoyer.

« Billy ? Ouvre les yeux, Billy. » Le flic attend que Billy ait retrouvé son sourire pour poursuivre : « Il s'agit d'une femme qui a été assassinée près de Gramercy Park. Tu sais où ça se trouve ? »

Billy hoche la tête.

« Quelqu'un m'a dit que tu avais tué cette femme, Billy. Il m'a dit que tu l'avais poignardée avec un couteau. Ça pourrait être très grave. Tu as tué cette femme, Billy ? »

Billy secoue la tête. Son sourire s'efface. Il n'est pas très doué pour ça ; pour s'expliquer ; expliquer les choses.

« Je ne ferais jamais une chose pareille », finit-il par dire.

« Je te crois, Billy, mais quand quelqu'un porte une accusation, je suis obligé de vérifier. Ça fait partie de mon travail. Mais ce ne sera pas long. Je te le promets. On va juste se rendre à mon bureau et essayer de rectifier le tir. J'ai du café et des sandwichs, là-bas. On pourra casser la croûte. Tu veux bien m'accompagner ? »

Billy ne connaît pas le sens du mot "accusation", mais il a traîné suffisamment longtemps dans les rues pour savoir que flic égale emmerdes. Et que d'accompagner un flic quelque part égale *très grosses* emmerdes.

« Je préfère rester ici », dit-il. Son sourire, à présent, s'est figé sur son visage. Ses lèvres sont gourdes.

« Tu n'as pas envie qu'on tire une bonne fois pour toutes cette histoire au clair ? »

Le flic n'a pas l'air heureux, ce que Billy ne comprend pas. Mais il n'a pas l'air en colère non plus, ce qui est plutôt bon signe.

« Bien sûr que j'en ai envie », dit Billy. « Mais c'est pas moi qu'a fait ça.

— Tout le problème est là, Billy. Si on pouvait établir ce point avec certitude, tu serais définitivement rayé de la liste des suspects. Mais tu vas devoir m'expliquer ce que tu faisais quand ce meurtre s'est produit.

— Il y a deux semaines ?

— C'est ça. Le 27 novembre.

— Mais... Si je n'arrive pas à me rappeler ?

— T'inquiète pas, Billy. Je t'aiderai à te rafraîchir la mémoire. À nous deux, on trouvera bien un moyen. »

« Seigneur, Billy, tu pédales dans la semoule. À t'en croire, tu ne te souviendrais de rien. De rigoureusement rien.

— Mais j'essaye de toutes mes forces, inspecteur Brannigan. Je fais tout mon possible.

— Tu bois beaucoup, n'est-ce pas, Billy ? Tu écluses un max, pas vrai ? Des litres de gnôle. »

Billy laisse retomber sa tête, puis opine du bonnet en signe d'assentiment.

« Tous les jours ? »

Nouveau hochement de tête.

« Tu sais ce que ça signifie, Billy ? Ça veut dire qu'on ne pourra pas établir un alibi susceptible de t'innocenter. »

Billy Sowell relève les yeux : « C'est quoi, ça, un alibi ?

— Un alibi, ça signifie qu'on pourrait prouver que tu étais ailleurs quand le meurtre a été commis. À propos, tu connaissais Sondra Tillson ?

— Non.

— Tu en es bien certain, Billy ? Il s'agit de la dame qui a été assassinée.

— J'connais aucune dame, à part Mary Batbrain[1] et Lisa MacCready. Elles vivent près du pont. Près du Williamsburg Bridge.

— Je te crois, Billy, mais on va devoir en administrer la preuve. »

Perché sur un tabouret — le seul meuble de cette pièce au demeurant totalement vide, aux fenêtres gardées par des barreaux —, Billy regarde Brannigan ar-

1. Mary "Cervelle de chauve-souris".

penter le parquet de long en large. Billy se mord les doigts d'avoir accepté d'accompagner l'inspecteur Brannigan au commissariat. On ne lui a pas donné les sandwichs promis. Pas même un verre d'eau.

« Je sais. » L'inspecteur Brannigan s'arrête soudain de faire les cent pas. Il lève le doigt en l'air, tandis qu'un immense sourire éclaire son visage. « On pourrait collationner les indices. Il nous suffirait de quelques cheveux à toi et de quelques fibres des poils de ton pardessus. Et on va également devoir prendre ta photo pour la montrer à un témoin. Et il nous faudrait aussi un peu de ton sang.

— De mon sang ?

— Quelques gouttes.

— Avec une aiguille ?

— Ça ne te fera pas de mal, Billy. Rien qu'une petite piqûre.

— J'veux pas d'aiguille, inspecteur Brannigan. On pourrait pas trouver un autre moyen de prouver que j'étais pas là ? Je commence à être drôlement fatigué.

— Tu sais, Billy, si tu n'as pas envie de rester, rien ne t'y oblige. Tu peux parfaitement t'en aller. Mais il me semble qu'on devrait clarifier cette histoire avant qu'elle ne prenne de trop grosses proportions. *Si* vraiment tu n'as rien fait, je veux dire.

— Mais j'ai rien fait. Vous m'aviez dit que vous me croyiez.

— Je te crois, Billy. Je te crois parce que tu m'aides dans mon travail. Mais si tu rentres chez toi avant qu'on n'ait pu établir formellement ton innocence, je serai obligé de revoir ma position. »

Tommy Brannigan masse ses yeux las. Assis devant son bureau, dans la salle de la brigade des inspecteurs, il s'efforce d'ignorer l'indescriptible vacarme qui l'environne, en même temps qu'il se concentre sur la présentation de preuves photographiques disposée sur son bureau. Le problème, c'est qu'il est totalement infoutu de donner aux Polaroïd de Billy Sowell un aspect rappelant peu ou prou celui des huit photos anthropométriques qui l'entourent. Primo, les Polaroïd sont nettement plus épais que les photos de l'identité judiciaire, et il ne dispose d'aucun moyen de les aplatir. Deuzio, les photos anthropométriques ont été imprimées, de face et de profil, sur une feuille de papier ordinaire. Tandis que les deux Polaroïd de Billy, même après avoir été redécoupés aux dimensions de leurs consœurs, semblent se détacher du lot, ressortir comme un panaris. Ceci suffirait en soi à les disqualifier devant un tribunal, à supposer même que Melody Mitchell puisse formellement identifier Billy, chose dont elle sera probablement incapable... tout du moins sans un léger coup de pouce.

Mais de *quelle* envergure, ce coup de pouce ? Telle est la question, la vraie question. Tommy Brannigan n'est certes pas un juriste, mais il côtoie le système judiciaire depuis suffisamment longtemps pour savoir que certains juges se montrent plus enclins que d'autres à rejeter les pièces à conviction. Il sait également que certains juges sont virtuellement disposés à gober tout et n'importe quoi parce que, s'ils sont fermement convaincus que l'électeur ou l'électrice moyens sont bien incapables de donner une définition du mot "appel", ils savent aussi que lesdits électeur et électrice moyens sont en revanche tout à fait en mesure d'appréhender les plus infimes subtilités juridiques. Surtout quand le prévenu risque d'être relaxé et de récidiver séance tenante.

« Eh, lieutenant. » Brannigan harponne une manche au passage. « Vous avez une seconde pour jeter un coup d'œil à ça ? Je ne voudrais surtout pas merder mon affaire. »

Le lieutenant Corelli pivote sur ses talons avec toute la grâce désinvolte d'un furet : « Qu'est-ce que vous me voulez, Brannigan ? Je suis occupé.

— J'ai un suspect dans l'affaire Tillson. Et un témoin. Et je voudrais bâtir un dossier qui tienne à peu près debout, mais j'ai fortement l'impression qu'on ne va pas pouvoir prendre ça en ligne de compte. »

Corelli jette un œil sur la présentation de photographies. « C'est lui, votre suspect ? » Il désigne, d'un long doigt osseux, un Billy Sowell souriant.

« C'est lui.

— Le cliché de son profil a été panné, Tommy. Votre suspect ne tourne que sa tête vers l'objectif. Alors qu'il aurait dû également présenter son épaule à l'appareil de photo. Votre présentation pèche par manque d'objectivité.

— C'est fichu, à votre avis ? » La bouche de Brannigan, ordinairement souriante, retombe pour dessiner une moue dépitée. « Je travaille avec la pleine et entière collaboration de ce malheureux taré, vous comprenez.

— Vous lui avez lu ses droits ?

— Il n'est pas encore officiellement suspecté. Je lui ai fait signer une décharge pour les photos, quelques cheveux, un peu de son sang et quelques fibres de son manteau, mais il est libre de partir quand ça lui chante.

— Alors, qu'est-ce qui le retient encore ici ? Il s'agit bien d'un meurtre, non ?

— Il est un peu lent. Attardé. Bon, il peut s'exprimer et sait écrire son nom, mais ce gamin est indubitablement demeuré. En outre, il boit tous les jours et ça ne fait qu'empirer les choses. Je lui ai promis que j'allais m'efforcer de l'innocenter — ce qui, dans un certain sens, est effectivement le cas — et il a marché comme un seul homme. Jusqu'*ici*, du moins. »

Tommy Brannigan, à nouveau souriant, regarde le lieutenant Corelli étudier les photographies. Mouiller un supérieur hiérarchique aura au minimum deux conséquences positives : non seulement il en résultera une présentation de photos nettement plus susceptible d'être agréée par le tribunal en tant que pièce à conviction, mais encore Corelli se retrouvera-t-il partie prenante dans cette affaire. Sans l'aval de Corelli, Brannigan ne dispose d'aucun moyen d'influencer les accusateurs publics. Et rien ne permet d'assurer que Corelli foncera bille en tête s'il dispose d'un dossier bâclé. La règle d'or du service, en la matière, c'est : éviter de submerger les substituts du district attorney, déjà passablement surchargés de travail, sous des monceaux d'inepties.

« Le témoin a-t-il fait allusion à un quelconque pardessus, lorsqu'elle a donné le signalement du suspect ?

— Ouais.

— Votre gars est le seul qui porte un pardessus. Tous les autres portent des blousons. C'est un peu gros, Tommy. De fait, ça saute carrément aux yeux. Votre témoin a-t-il fait allusion à une quelconque balafre, que le coupable aurait présentée à la joue gauche ?

— Non, Lou. Pas la moindre balafre. »

De stupeur, Corelli relève les yeux. « Votre suspect

porte une cicatrice. Comment voulez-vous obtenir une identification formelle dans ces conditions ?

— Je n'y suis pour rien, Lou. Ça s'est présenté comme ça. Écoutez, tout ce que je vous demande, c'est de me faire progresser d'un pas. Je veux présenter au témoin la photo du meurtrier. Voir comment elle va réagir, et continuer sur ma lancée à partir de là. »

Corelli secoue la tête. « Je dois probablement être frappé, mais voilà ce que je veux que vous fassiez. Tout d'abord, vous allez prendre un feutre et dessiner une cicatrice sur chacune de ces photos. Sous l'œil gauche, exactement comme sur celle du meurtrier présumé. Puis vous collerez les photos sur un bout de panneau d'affichage — en les aplatissant au maximum — et vous photocopierez le tout. Ça résoudra déjà le problème de la pellicule. Et n'oubliez pas : ne présentez sous aucun prétexte l'original au témoin. Si elle ne réussit pas à l'identifier à partir de la photocopie, laissez filer votre suspect. Peut-être aurez-vous plus de chance avec le labo.

— Vous me demandez d'enterrer l'original, Lou ? Comme s'il n'existait pas ?

— Vous vous payez ma tête ? Nous essayons tout simplement de faire preuve de bonne foi, voilà tout. De montrer que nous respectons les droits civiques de ce jean-foutre. Allons, gribouillez-moi ça et allez-les-lui soumettre. »

21 h 15

Melody Mitchell, en ouvrant la porte, est fort soulagée de trouver un Tommy Brannigan tout souriant debout dans son entrée. Et plus encore de l'y trouver seul. L'inspecteur Kosinski lui avait fâcheusement rappelé ces ouvriers du bâtiment qui, de temps en temps (et encore assez *récemment*), expriment à voix haute — et ouvertement — leurs fantasmes les plus lubriques lorsqu'elle descend la rue. En comparaison, l'inspecteur Brannigan, avec son grand sourire si rapide à la détente et sa tignasse indisciplinée, aurait quasiment l'air juvénile. Une espèce d'elfe disproportionné.

« Entrez, inspecteur, je vous en prie.

— Merci. Je ne vous mets pas en retard, au moins ? » Brannigan s'arrête pour gratter le chien entre les deux oreilles. « Alors, voici donc le fameux Roscoe. Sans la vessie déficiente de notre Roscoe, qui peut dire où en serait notre justice criminelle ? »

Melody se surprend à rendre son sourire à l'inspecteur. Le moyen de faire autrement ? Sa bonne humeur est contagieuse, même si elle n'ignore pas qu'il s'efforce tout simplement de la mettre à l'aise.

« Une tasse de café, inspecteur ?

— De fait, avec plaisir. Et, si ça ne vous dérange pas trop, nous pourrions peut-être utiliser votre table de cuisine pour disposer notre présentation de preuves photographiques ?

— C'est comme ça que ça s'appelle ? Une présentation de preuves photographiques ?

— C'est le nom que lui donnent les juristes. »

Melody invite Brannigan à s'asseoir et se tourne vers le placard installé au-dessus de son évier pour prendre tasses et soucoupes. « Comment ça marche ? Cette présentation de photographies ?

— La seule chose que j'ai faite, madame Mitchell, c'est disposer dix-huit clichés de neuf individus différents sur une unique feuille de papier. Tout ce que vous aurez à faire, de votre côté, c'est les regarder, et me dire ensuite si vous apercevez parmi ces photos celle de l'homme que vous avez vu le soir du meurtre. Croyez-moi, c'est autrement plus simple que d'avoir à parcourir des centaines et des centaines de photos anthropométriques de malfrats.

— Est-ce à dire que vous connaissez le meurtrier ? »
Melody revient à la table, les mains pleines de tasses, de soucoupes, de cuillers et de napperons. Elle prend note de la concentration de l'inspecteur. Quoi qu'il puisse croire, décide-t-elle, il semble décidé à bien faire les choses.

« Ça tombe sous le sens, je présume, mais je dois néanmoins vous prévenir que l'individu en question n'est encore qu'un simple suspect. Il n'a toujours pas été placé en garde à vue. Votre identification formelle aura de très lourdes conséquences. *Si* du moins vous parvenez à l'identifier. Je ne voudrais surtout pas vous influencer. »

Melody verse le café, pose lait et sucre sur la table, puis s'assoit : « Vous me faites l'impression de marcher sur des œufs, inspecteur.

— Les procès, madame Mitchell. » Brannigan hausse les épaules, pousse un soupir. « Si le juge récuse d'emblée la présentation de photographies, on peut s'attendre à ce qu'il récuse également toute identification ultérieure à laquelle vous pourriez procéder. De fait, c'est probablement vous-même qu'il récusera. Croyez-moi, l'avocat du prévenu vous interrogera de façon pointilleuse sur ce que nous sommes en train de faire en ce moment même.

— Je vois. » La perspective de devoir se soumettre à un contre-interrogatoire au cours d'une audience publique refroidit singulièrement Melody. Et s'il y a des journalistes, que vais-je faire, se demande-t-elle ? Et si jamais c'était *télévisé* ?

« Pourriez-vous m'expliquer la procédure, s'il vous plaît ?

— Je vais poser la présentation de photos devant vous. Je veux que vous l'étudiiez pendant une bonne minute avant de me dire quoi que ce soit. Prenez tout le temps qu'il vous faudra mais, même si vous deviez identifier quelqu'un dès que vous aurez posé les yeux sur cette feuille, continuez de la regarder pendant une minute pleine. Examinez soigneusement chacun de ces visages. »

Melody, au moment où elle abaisse les yeux pour contempler les neuf visages, les dix-huit clichés, songe que l'inspecteur Brannigan n'avait nullement besoin de se donner la peine d'émettre cette dernière injonction. Ces hommes ne lui semblent guère plus nets, ni plus distincts, que les visages qu'elle a déjà pu voir. Pourtant, elle n'en continue pas moins de les dévisager, l'un après l'autre, en s'efforçant de se représenter chacun d'entre eux comme une personne à part entière, tout en gardant à l'esprit qu'il y a sur cette feuille de papier la photographie d'un homme suspecté de meurtre. Une minute s'écoule, puis une autre, puis une troisième, avant qu'elle ne consente enfin à relever la tête.

« Je ne sais pas », explique-t-elle. « Aucun d'entre eux ne me saute franchement aux yeux. Je dois dire, néanmoins, que le numéro trois et le numéro neuf me semblent les plus approchants. Mais je ne me souviens pas d'une cicatrice.

— S'il n'y avait pas cette cicatrice, reconnaîtriez-vous dans le numéro trois l'homme que vous avez vu le soir du crime ? Regardez mieux. S'il vous plaît. Accordez une petite chance à votre mémoire. »

Melody fixe le jeune homme vêtu d'un pardessus noir en s'efforçant d'oblitérer la cicatrice qui court sous

34

son œil. Elle doit s'avouer qu'il lui dit vaguement quelque chose. Il y a quelque chose, dans ces yeux noirs, et dans ces cheveux noirs et gras...

« Si seulement j'avais su que l'homme que j'ai vu était un tueur », dit-elle. « Ses traits seraient restés gravés dans ma mémoire. Il m'a regardé droit dans les yeux mais, sur le moment, je n'y ai prêté aucune attention.

— Même si l'on tient compte du fait qu'il était presque trois heures du matin ?

— C'était un samedi soir, inspecteur Brannigan. À New York. Mais disons que son allure n'avait rien de particulièrement inquiétant. »

Brannigan vide sa tasse, la repose sur la sous-tasse : « Voyons si j'ai bien tout compris. Vous m'avez bien dit que ceux qui ressemblaient le plus à l'homme que vous avez vu étaient les numéros trois et neuf. Je ne me trompe pas ?

— Le numéro trois est celui qui s'en rapproche le plus. Sauf pour la cicatrice.

— Mais vous seriez néanmoins incapable de l'identifier devant un tribunal ?

— Non. Je ne suis pas suffisamment sûre de moi. »

Brannigan se redresse. Il se penche par-dessus la table, en affichant une expression grave, sévère, tandis que ses yeux brillent d'une lueur intense : « Madame Mitchell, savez-vous ce qu'est la régression hypnotique ?

— Oui, bien entendu. J'ose espérer que vous n'avez pas l'intention de m'hypnotiser.

— Pas moi personnellement. » Brannigan se fend d'un rire forcé. « Voyez-vous, j'ignore jusqu'où vous êtes disposée à aller dans ce sens. L'hypnose nous a certes déjà rendu bien des services dans le passé, mais jamais lorsque le sujet a l'impression d'être contraint et forcé. » Il tapote le dessus de la table du bout de l'index, puis détourne la tête pendant un instant. « Mon objectif serait d'identifier ou d'éliminer définitivement ce suspect en particulier. Pour être tout à fait franc, le résultat m'indiffère. Je ne veux pas perdre mon temps à poursuivre une chimère, voilà tout, mais si le suspect est effectivement le meurtrier, je n'ai pas non plus l'intention de le laisser filer. Pas la plus petite envie, croyez-moi, de remettre un tueur en liberté. »

Le sous-entendu immédiat, si Melody comprend bien, c'est que si elle refuse de se laisser hypnotiser, *elle* se rendra responsable de la remise en liberté d'un assassin. Sa première réaction est la rancœur. Elle supporte mal qu'on fasse pression sur elle mais, en même temps, elle peut difficilement réfuter la véracité implicite des dires de l'inspecteur Brannigan. Après tout, elle a vu de ses propres yeux le cadavre.

« Quand comptez-vous procéder, inspecteur ? À cette séance d'hypnose, je veux dire ?

— Je peux arranger ça pour demain matin. Nous recourrons aux services d'une psychologue, le Dr Elizabeth Kenton. Elle a déjà travaillé pour nous.

— Eh bien, je peux bien distraire quelques heures de mon temps dans l'intérêt de la justice, je présume. » Elle fait la grimace. « D'autant que je n'ai strictement rien d'autre à faire. »

Le sourire de Brannigan s'élargit d'une oreille à l'autre. « Magnifique. C'est tout bonnement magnifique. Dites, est-ce que je pourrais utiliser votre téléphone ? J'en ai pour deux minutes à peine.

— Mais très certainement. Prenez celui du salon. Je vais nettoyer ma cuisine. »

Tommy Brannigan entre dans le 13e Precinct, adresse un petit signe de tête au sergent de garde, puis fonce dans les toilettes. Les trois cafetières de café qu'il a absorbées après ses misérables quatre heures de sommeil ont mis sa vessie à rude épreuve, et elle est quasiment au point de rupture. Planté devant l'urinoir, il repense à Roscoe, le chien de Melody Mitchell.

« Roscoe », dit-il à haute voix. « Bordel, je sais très exactement ce que tu peux ressentir.

— Pardon ? »

Brannigan tourne la tête (tout en maintenant, fort heureusement, le reste de son individu dans la bonne direction) et constate la présence du sergent Adolphus Cobb, debout derrière son dos.

« Bon sang, sergent, essayez de marcher moins silencieusement. Je ne vous avais pas entendu.

— Bon sang, Tommy, tâchez de pisser moins bruyamment. Vous n'auriez pas entendu un éléphant s'il vous avait planté un bisou sur l'oreille. »

Cobb se tient les jambes écartées, les mains sur les hanches. Il offre, de pied en cap et jusqu'au dernier bouton de guêtre, l'image du professionnel impeccable, tiré à quatre épingles, du vieux de la vieille qui bande uniquement pour les flics, qu'ils soient d'un rang inférieur ou supérieur au sien. Brannigan, néanmoins, n'est nullement impressionné. Il sait qu'Adolphus Cobb est entré dans la police à l'époque où les collègues d'un flic noir apposaient encore des posters de King Kong sur la porte du casier de son vestiaire. Déposaient à l'intérieur des régimes de bananes. Ou des pastèques. À présent, c'est Cobb qui tient la dragée haute à ce genre de flics.

« J'ai fait ce que vous m'aviez demandé, Tommy. J'ai donné un sandwich au suspect juste après votre coup de fil. Prélevé sur ma propre cantine. Vers une heure, j'ai fait monter un lit de camp et je lui ai signifié d'aller se coucher.

— Il ne vous a pas créé de problèmes ?

— Il a fait mine de dire qu'il avait envie de rentrer chez lui, mais je lui ai rappelé à quel point ce local était chaud, confortable et douillet. "Fiston, il fait moins six à l'extérieur", je lui ait dit. "Et le vent souffle en rafales. Sans compter que tu vas devoir t'appuyer tout le trajet de retour jusqu'au fleuve pour passer la nuit dans un carton d'emballage. Et que ça ne t'avancera pas, puisque qu'on devra revenir t'agrafer demain matin".

— Et le message est passé ?

— Oui. Il est peut-être stupide, mais il n'est pas fou. En fait, c'est même un brave petit gars. Pas le genre à tuer quelqu'un.

— Merde, sergent. Billy Sowell est tellement bourré la plupart du temps qu'il ne sait ni ce qu'il fait, ni quand il le fait. Il serait incapable de me dire où il se trouvait hier. Bon, je vous revaudrai ça. La prochaine fois que vous aurez besoin d'un service, annoncez la couleur et, si je peux faire quelque chose, je vous renverrai l'ascenseur.

— C'est noté.

— Au fait, ça vous dirait de vous atteler à cette tâche ? Avec mon coéquipier en congé, un petit coup de pouce me ferait pas de mal.

— Quel genre de coup de pouce ?

— Je vais essayer de bousculer un peu mon suspect et il me faudrait quelqu'un pour tenir le rôle du méchant flic. Je ne sais pas trop pourquoi, mais j'ai la forte impression que vous allez brûler les planches. »

Billy Sowell se réveille d'un profond sommeil, voisin de la narcose, pour découvrir, penché sur lui, un inspecteur Brannigan au visage maussade. L'inspecteur Brannigan, pour une fois, ne sourit pas. De fait, il semble tout à la fois intrigué, soucieux et attristé. Billy se frotte les yeux, s'efforce de reprendre ses esprits. Il a besoin d'un bon coup de gnôle et il en est conscient. Ses mains sucrent les fraises et il a le plus grand mal à accommoder. Néanmoins, c'est sans la moindre difficulté qu'il distingue le visage qui vient brusquement d'apparaître derrière l'épaule de Brannigan.

« Vire-moi ce mec de son page », dit le visage. « C'est un simulateur. »

Qu'est-ce que je simule ? songe Billy. Je viens tout juste de me réveiller.

« Billy », dit l'inspecteur Brannigan, « voici le sergent Cobb. Il va travailler avec nous ce matin.

— Salut », dit Billy. Il remarque que Cobb a la peau noire, mais ça ne le perturbe pas plus que ça. Il vit dans la rue depuis trop longtemps pour automatiquement s'effaroucher d'un visage noir ; même s'il n'en a pas toujours été ainsi. Non, quand sa mère est morte et qu'il a dû aller au refuge, il ne savait des Noirs que ce qu'il avait pu en voir à la télévision. Pendant les deux premières semaines, il s'est persuadé que tous les Noirs du refuge en voulaient à sa peau.

« Billy, on a un très gros problème », déclare calmement l'inspecteur Brannigan. « Essaye de te réveiller et de bien écouter.

— Faut que j'boive. » Billy sourit en disant ces paroles. D'un sourire d'excuse. Il est conscient, certes, que son alcoolisme s'aggrave, mais il ne sait pas comment y remédier.

« Je comprends, Billy. » L'inspecteur Brannigan pose la main sur l'épaule de Billy. « Mais on va d'abord devoir élucider cette histoire. Si tu veux, on peut se faire apporter du café.

— Lui refilez pas de café, putain », aboie le sergent Cobb. « Que dalle, il aura. »

L'inspecteur Brannigan se tourne vers le sergent Cobb. « Du calme, sergent. On a *tous* bien besoin de café. »

Le sergent Cobb fusille Billy du regard, le fixe avec hostilité. Billy a déjà vu maintes fois ce regard. Dans le passé, il a toujours signifié que quelqu'un convoitait quelque chose — son alcool, ses chaussures, sa brosse à dents... Et jusqu'à son corps. La plupart du temps, Billy, parce qu'il ne savait pas se battre, leur a donné ce qu'ils désiraient. Il n'a pas été élevé comme ça. Vivant seul avec sa maman, il n'a jamais eu à combattre quiconque.

Billy regarde le sergent Cobb sortir de la pièce, en regrettant amèrement, comme ça lui est déjà arrivé si souvent, que sa maman ne soit plus en vie et qu'il ne vive plus avec elle dans leur petit appartement. Il se voit en compagnie de sa mère, s'asseyant à la table pour dîner, regardant la télévision, faisant un puzzle. Ils ont toujours vécu comme s'ils étaient seuls au monde.

« Tu m'écoutes, Billy ? » L'inspecteur Brannigan sourit de nouveau.

« Oui.

— On a montré ta photo à un témoin, Billy, et elle pense que tu étais sur les lieux lorsque Sondra Tillson a été assassinée.

— Mais c'est pas vrai. J'étais pas là.

— Comment le sais-tu, Billy ? Comment peux-tu être sûr que tu n'étais pas là ?

— Parce que j'ai jamais fait ça.

— C'est ce que je croyais moi-même, Billy. Mais je n'en suis plus aussi sûr, à présent. Peut-être l'as-tu fait, finalement.

— Non, je...

— Chut, Billy. Essaye simplement de m'écouter pendant une minute. Peut-être as-tu tué cette femme et as-tu oublié que tu l'avais tuée. Peut-être étais-tu saoul ce soir-là. Tu sais ce que c'est qu'un trou noir ?

— Non.

— Quand les gens boivent, il leur arrive parfois de perdre conscience. D'oublier, de perdre totalement le souvenir de journées entières de leur existence. C'est très fréquent, Billy. Les gens qui boivent ne se rappellent plus ce qu'ils ont fait.

— J'oublierais pas une chose pareille. Jamais j'oublierais un truc comme ça.

— Qu'en sais-tu ? Vois-tu, si tu pouvais seulement me dire où tu étais cette nuit-là, la nuit où Sondra Tillson a été tuée, il me suffirait de vérifier, mais tu ne peux strictement rien me dire. Alors, qu'est-ce que je suis censé faire, à ton avis ? Je dois me fier aux apparences et, pour l'instant, toutes les apparences sont contre toi. »

Billy ne sait trop que répondre. L'inspecteur Brannigan a peut-être entièrement raison pour les trous noirs, parce que lui, Billy, ne se souvient absolument plus de Sondra Tillson, ni de ce qu'il en est venu à considérer comme "cette nuit-là".

« Écoute, Billy », dit l'inspecteur Brannigan. « Si véritablement tu es innocent, je tiens à te blanchir. Peut-être qu'en allant chez toi, au bord du fleuve, et en fouillant dans tes affaires, je pourrais dénicher quelque chose qui pourrait t'innocenter.

— J'crois pas qu'on puisse trouver quoi que ce soit.

— On n'en sera sûr que quand on aura regardé, pas vrai ?

— Faut croire.

— Bon, il va me falloir ton autorisation. Je ne peux rien faire sans ta permission. S'il te plaît, Billy. C'est pour ton bien.

— Z'avez perdu la boule, Brannigan, bordel de Dieu ? »

Billy relève les yeux et aperçoit le sergent Cobb s'encadrant dans l'embrasure de la porte. Le sergent paraît plus fumace que jamais.

« C'qu'on devrait plutôt faire, ouais », dit-il en pointant son index sur Billy, « c'est l'boucler dans une cellule. L'y laisser moisir pendant quelques jours, cette graine d'assassin. Ça t'le ramollira, ce petit fumier. »

6 h 15

« Tout c'que je peux dire, c'est que ces saletés de draps grouillent de puces. » Adolphus Cobb balaie l'intérieur du carton d'emballage qui sert de foyer à Billy Sowell du rayon de sa puissante torche à six piles.

« Vous bilez pas. On ne va pas y passer la nuit. Je ne suis pas à la recherche d'aveux signés.

— Et vous cherchez quoi, exactement, Tommy ? Qu'est-ce qu'on fabrique ici à six heures tapantes du matin, bordel ?

— Ça, sergent. L'arme du crime est juste sous vos yeux. » Le couteau que Brannigan tient entre pouce et index présente une lame longue d'au moins douze centimètres.

« Oh, merde », gémit Cobb. « Ça prouve strictement rien. Un type qui dort dans la rue, faut bien qu'il se défende. Vous voyez des traces de sang, là-dessus ?

— Difficile à dire. Mais ce pourrait fort bien être l'arme du crime. Le médecin légiste dit qu'elle a été saignée par une lame d'au moins dix centimètres de long. Le meurtrier l'a surinée à trois reprises. Deux fois au bras, quand elle essayait de se protéger, et une fois à la gorge. Elle a saigné à blanc.

— Y avait-il du sang sur les vêtements de Sowell ? Impossible qu'il n'y en ait pas eu. »

Brannigan, après avoir rangé le couteau dans un sachet en plastique pour pièces à conviction, entreprend d'examiner l'un après l'autre les vêtements de Billy Sowell. « Pas que j'aie pu voir, mais il a disposé de deux semaines pour se débarrasser de ses fringues.

— Ah ouais ? » Adolphus Cobb plante le rayon de sa torche droit dans les yeux de Brannigan. Le rire qu'il pousse est aussi inattendu que profond et sonore. « Eh bien, Tommy, c'est votre bébé, je veux bien, mais s'il s'est débarrassé de ses fringues, comment expliquez-vous qu'il ait conservé le couteau ? »

11 h 45

Q : Je veux que vous vous imaginiez au sommet d'une volée de marches. Il y a quinze de ces marches et, au fur et à mesure que vous les descendrez, vous remonterez en arrière dans le temps. D'un jour en arrière par marche consécutive. En atteignant le palier, vous serez revenue à la nuit du 27 novembre. Vous vous réveillerez dans votre lit, détendue et dispose. À présent, commencez à descendre, Melody. Une première marche, puis une seconde, puis une autre encore. Parfaitement détendue. *(Courte pause.)* Melody ?

R : Oui ?

Q : Pouvez-vous me dire où vous êtes ?

R : Je suis dans mon lit.

Q : Quelque chose vous a réveillée ?

R : Oui. C'est Roscoe. Mon chien. Il gémit et il aboie. Il veut sortir.

Q : Et comment réagissez-vous ?

R : Je sais que je dois l'amener. Sinon, il va pisser partout dans mon appartement. Roscoe a horreur de ça. Il se sent humilié. Il ne supporte pas d'être devenu un vieux chien.

Q : Vous vous habillez ?

R : Non, je passe une doudoune par-dessus ma chemise de nuit. Et j'enfile mes bottes fourrées.

Q : Il fait froid ?

R : Il fait très froid dehors. Il faisait déjà très froid la première fois que je suis sortie avec Roscoe, après le journal télévisé.

Q : Que faites-vous ensuite, Melody ?

R : On descend en ascenseur, jusqu'au hall du rez-de-chaussée. Petya est debout près de la porte.

Q : Qui est Petya ?

R : Le portier.

Q : Vous pouvez le voir ?

R : Oui. Il se plaint du froid.

Q : Regardez mieux. Pouvez-vous me dire ce que porte Petya ?

R : Son uniforme.

Q : Pouvez-vous me décrire son uniforme ?

R : Petya porte une chemise blanche et un nœud papillon noir. Une veste de couleur ocre. À quatre boutons, mais celui du bas est dégrafé. Son pantalon est assorti à sa veste.

Q : Porte-t-il toujours le même uniforme ?

R : Non, il en possède aussi un gris. *(Rire.)* Mais il

laisse toujours le bouton du bas déboutonné. À cause de sa brioche.

Q : Que se passe-t-il ensuite, Melody ? Que faites-vous ?

R : Je conduis Roscoe jusqu'au trottoir. Je dois encore être à moitié endormie, me semble-t-il, parce que je ne remarque rien avant que Roscoe se mette à gronder. Je regarde vers le haut de la rue, et j'aperçois un homme, debout près d'une voiture, à mi-distance du bout du pâté de maisons.

Q : À présent, j'aimerais que vous ralentissiez le rythme. Allez-y très, très doucement. Commencez par ses chaussures. Pouvez-vous me dire de quelle couleur elles sont ?

R : Non, je ne me rappelle pas ses chaussures. Je ne les ai pas regardées.

Q : Ce n'est pas grave, Melody. Détendez-vous. Vous vous souvenez de notre conversation de tout à l'heure ? Comme quoi il ne s'agissait nullement d'une épreuve, d'un examen ou d'un test ?

R : Oui.

Q : Et que je vous ai dit aussi de ne pas essayer de voir ce qui ne s'y trouvait pas ? Que vous étiez tout bonnement une journaliste ? Une caméra ?

R : Oui.

Q : Maintenant, je voudrais que vos yeux remontent le long de son corps. Vous pouvez voir ses mains ?

R : Oui. Il tient quelque chose dans sa main droite. Et maintenant, il se détourne, pour cacher sa main derrière son dos. Je, je...

Q : Doucement, Melody. Prenez tout votre temps. Regardez encore sa main. Souvenez-vous, c'est exactement comme de regarder une cassette vidéo. Vous pouvez faire une pause sur image, revenir en arrière, tout ce qu'il vous plaira. Bon, il tient quelque chose dans sa main droite. Est-ce que ça brille ? Est-ce que ça reflète la lumière ? Est-ce métallique ?

R : Oui. Je crois qu'il tient un trousseau de clés.

Q : Comment le tient-il ? Dans son poing fermé ?

R : Entre pouce et index.

Q : Combien de clés pouvez-vous voir ?

R : Impossible à dire. Je vois un tas de clés accrochées à un anneau. Qui pendouillent toutes.

Q : Parfait, Melody. Vous vous en tirez très bien. Maintenant, laissez votre regard dériver vers le haut, vers son cou. Dites-moi quand vous verrez son torse et son cou.

R : Je vois son torse et son cou.

Q : Que porte-t-il ?

R : Un pardessus.

Q : Pouvez-vous le décrire ?

R : Il semble très coûteux, à première vue, mais je suis passablement éloignée et il fait très noir. *(Court silence.)* Il n'a l'air ni sale ni déchiré.

Q : Porte-t-il une cravate ?

R : Son pardessus est boutonné jusqu'au cou. Je ne peux rien dire.

Q : Pouvez-vous distinguer sa gorge, au-dessus de son col ?

R : Oui.

Q : Voyez-vous quelque chose qui sorte de l'ordinaire ? Un signe particulier ? Marque ? Cicatrice ?

R : Non.

Q : Très bien. Respirez à fond. Parfait. Expirez. Votre regard remonte encore. De plus en plus haut, jusqu'à ce que vous puissiez distinguer son visage. Vous voyez son visage, Melody ?

R : Oui.

46

Q : Pourriez-vous me le décrire ?

R : Il a les cheveux noirs et bouclés. Qui se dressent sur son crâne avant de retomber sur son front. Le lampadaire est juste derrière lui et l'ombre portée par ses cheveux masque la partie supérieure de son visage. Ses sourcils sont épais, broussailleux. Ça au moins, je peux le voir. Un nez droit et des lèvres pleines. Un crâne large et carré. Le menton fort.

Q : Pouvez-vous dire de quelle couleur étaient ses yeux ?

R : Non, ses yeux étaient dans l'ombre.

Q : A-t-il le menton lisse, ou bien est-il creusé d'une fossette ?

R : Je n'ai aucune certitude à ce sujet.

Q : Les oreilles sont-elles plaquées contre son crâne, ou décollées ?

R : Plaquées.

Q : Porte-t-il une boucle d'oreille ?

R : Non.

Q : Très bien ; à présent, revenez à son visage. Concentrez-vous sur celui-ci.

R : Ses yeux sont dans la pénombre. Je peux distinguer une ride. Non... C'est très flou. Elle pourrait y être comme elle pourrait ne pas y être. Je ne peux rien certifier.

Q : À quel propos ? Que voyez-vous ?

R : Non, non. Je vois bien quelque chose, mais je ne sais pas ce que c'est.

Q : Chuuuut. Détendez-vous, maintenant, Melody. Arrêtez la cassette et prenez tout votre temps. Vous vous rappelez ce que je vous ai dit avant de commencer ? Je veux que vous me décriviez uniquement ce que vous voyez. N'essayez pas de me parler de ce que vous ne voyez pas. C'est bien entendu ?

R : Oui.

Q : Très bien. Vous pouvez reprendre, à présent.

« Comment vous sentez-vous ? »

L'inspecteur Brannigan affiche son expression la plus grave et la plus ouverte. Melody préférerait le voir sourire.

« Tout à fait bien », répond-elle. « Mais je n'ai pas l'impression de vous avoir beaucoup avancé.

— Vous vous êtes souvenue des clés, madame Mitchell. Ce qui veut dire que la personne que vous avez aperçue, quelle qu'elle puisse être, sortait bien de la voiture. Il ne s'agissait donc nullement d'un simple passant qui n'avait pas envie de s'en mêler. L'homme que vous avez vu est probablement notre assassin. »

Melody sent son cœur se serrer dans sa poitrine. Comme c'est étrange, songe-t-elle : on entend parler de crimes tous les jours que le Bon Dieu fait, on en voit à la télé, dans les journaux, mais, tant que ça ne vous est pas arrivé personnellement, on n'a pas la moindre idée de ce qu'on peut éprouver. Ou, tout du moins, tant qu'on n'y a pas été mêlé de très, très près.

« Eh bien, inspecteur, si je puis encore faire quelque chose pour vous...

— Effectivement, madame Mitchell. Une ultime petite chose. Avant de partir... Ça vous ennuierait de jeter un dernier coup d'œil sur ces photos ? »

13 h 15

Billy Sowell dort depuis deux bonnes heures quand le sergent Cobb entre dans la salle d'interrogatoire. Billy est en train de rêver de sa mère. Elle lui dit qu'il ne sera plus obligé de retourner à l'école, parce qu'elle est parfaitement capable de lui enseigner elle-même tout ce qu'il aura besoin de savoir. Ne lui a-t-elle pas déjà enseigné l'alphabet ? Appris à écrire son propre nom ? Les autres enfants sont trop vifs pour lui. Trop rapides et trop cruels.

Billy entend bien le sergent Cobb hurler son nom mais, dans son rêve, la voix du sergent devient celle de sa mère, l'appelant pour le petit déjeuner.

« Lève-toi, Billy. Allons. »

Billy réagit à cette injonction en se retournant complètement sur son lit de camp et en grognant : « Encore une petite minute, M'man. »

La première chose dont il est ensuite conscient, c'est d'atterrir en catastrophe sur le parquet de la salle d'interrogatoire, et de ses yeux qui s'ouvrent tout d'un coup sur le visage convulsé de rage du sergent Cobb.

« Quand je t'ordonne de faire quelque chose, fiston, tu le fais. Et à la seconde. »

Billy sourit. Il scrute le visage de l'inspecteur Brannigan. Cherchant une quelconque protection. Cherchant sa mère.

« Tu cherches ta petite copine ? Hein, lopette ? Tu cherches l'ins-pec-teur Bran-ni-gan ? C'est lui, ton amoureuse ? Réponds, salope.

— Je comprends pas...

— Relève-toi. Tout de suite, bordel de merde. »

Billy fait mine de s'exécuter mais, avant même qu'il n'ait pu bouger le petit doigt, le sergent Cobb l'a agrippé par le colback. Il se sent soulevé du sol, se retrouve soudain le visage pratiquement plaqué contre celui du sergent Cobb. Les yeux du sergent sont immenses, tout ronds et rouges de colère.

« Tu as tué cette femme, Billy. On a trouvé ton couteau dans ce carton d'emballage qui te sert de crèche. On sait que tu l'as tuée.

— Non, je...

— Oh que si, tu l'as tuée. Et je vais même te dire comment ça s'est passé. Tout d'abord, tu l'as regardée garer sa voiture. Une mignonne petite blonde, pas vrai ? Tu l'as reluquée et, ensuite, tu t'es demandé l'effet que ça ferait d'être en elle. Dans son minou. Tu t'es posé et reposé la question à en devenir cinglé, au point de ne plus savoir ce que tu faisais. À ce moment-là, elle a ouvert sa portière et tu es allé à sa rencontre. Tu l'as abordée et tu lui as expliqué, très exactement, ce que tu allais lui faire.

— Je vous en supplie, je m'en souviens pas. Je ne...

— Elle t'a regardé comme si tu étais un cafard. Une chose immonde qu'elle aurait voulu écraser sous sa semelle. Un putain de cafard puant, un vagabond, un demeuré. Ce regard t'a fait bouillir, n'est-ce pas, Billy ? Il t'a rendu tellement enragé que tu en as oublié jusqu'à ta queue à l'agonie. Tu l'as frappée. Tu l'as frappée en plein visage et, d'une bourrade, tu l'as obligée à remonter dans la voiture.

— Non.

— Ensuite, tu es monté derrière elle. Tu as refermé la portière et tu l'as matée. Elle n'était plus du tout écœurée, à présent, hein ? Non, elle était morte de trouille et ça t'a fait bicher. Tu as sorti ton couteau et tu l'as poignardée. Une fois, deux fois, jusqu'à ce que la douleur la force à baisser le bras. Alors, là, Billy, tu as aperçu sa gorge, sa douce et blanche gorge, et c'est très exactement à cet endroit que tu as planté ton couteau. Dans cette gorge si douce, si blanche.

— Oh, mon Dieu. Au secours, maman. Maman, maman, maman...

— Tu l'as regardée s'étouffer dans son propre sang. Parce qu'elle pissait le sang, pas vrai ? Y avait plein de sang, n'est-ce pas ? Sur le siège, sur les vitres, sur le plancher, sur toi. Quand tu as vu tout ce sang, tu as réalisé que tu devais filer avant que quelqu'un ne t'aperçoive, alors tu l'as repoussée contre la banquette, tu es sorti de la voiture et tu as refermé la portière à clé. À cet instant précis, tu as entendu gronder un chien et tu as relevé les yeux. Il y avait une femme, là, en train de te fixer. Elle t'a *vu* les clés à la main. Tu aurais bien voulu la tuer, elle aussi, mais tu as eu peur du chien.

— Non...

— Elle nous a affirmé que tu étais là, Billy. Tu tenais à la main ces putains de clés de bagnole.

— J'étais pas là. Mon Dieu, je vous en prie, qu'est-ce que vous me faites ? Je veux rentrer chez moi.

— Chez toi ? C'est droit en enfer que tu vas aller, oui. T'as pigé, ma salope ? »

Billy ne s'attend pas au coup de poing qui le cueille au creux de l'estomac. Il ne comprend ce qui s'est passé que lorsqu'il se retrouve à terre, le souffle coupé.

« Maintenant, tu vas m'écouter bien attentivement, sale petite pédale. L'ins-pec-teur Bran-ni-gan a peut-être envie de prendre tes patins mais, moi, c'est pas du tout ma pointure. Paye-toi encore une seule fois ma fiole et je t'arrache le cœur et je te le fais bouffer. T'as bien compris c'que j't'ai dit ?

— Oui.

— Lève-toi. »

Billy se remet laborieusement debout et on le fait pivoter sur son axe, une fois, deux fois, jusqu'à ce qu'il se retrouve face à face avec le sergent Cobb. Il plonge son regard dans les yeux de Cobb et se persuade que cet homme doit adorer faire souffrir les gens. Billy a déjà vu ce regard. Dans les yeux d'hommes qu'il a appris à éviter. C'est uniquement pour cette raison qu'il a déserté le refuge pour aller vivre sa vie dans la rue.

« Bon, maintenant, tu vas marcher droit, n'est-ce pas, Billy ?

— Oui.

— Je veux que tu répètes après moi. Exactement ce que je vais te dire, et exactement de la même façon ? Compris ?

— Oui.

— Et pas de fantaisies, surtout. *Exactement* ce que je dis.

— D'accord.

— J'étais en train de faire la manche.

— J'étais en train de faire la manche.

— Quand j'ai aperçu cette blonde.

— J'ai aperçu cette blonde. »

14 décembre — 10 h 00

« Surtout, ne vous inquiétez pas, madame Mitchell, c'est une glace sans tain. Vous pouvez voir ce qui se passe dans la pièce, mais le suspect, lui, ne pourra pas vous voir. »

C'est à peine si Melody Mitchell écoute ce que lui dit l'inspecteur Brannigan. Elle a vu trop de séries policières à la télé pour s'étonner. En outre, ce n'est *pas* elle la victime ; *elle* n'aura donc pas à revivre quelque traumatisante expérience. Néanmoins, elle attend fort patiemment (et bien poliment) que l'inspecteur Brannigan en ait terminé.

« L'estrade est encore vide mais, dans quelques minutes, neuf individus vont entrer et prendre place. Je

52

ne veux surtout pas que vous vous pressiez. Avant de prendre une quelconque décision, dévisagez bien chacune de ces physionomies. Si vous voulez les voir de profil ou les entendre parler, il vous suffira de le demander.

— Très bien, inspecteur, je suis aussi prête que faire se peut. » Lorsque les hommes commencent à monter à la queue-leu-leu sur le podium, Melody ne s'étonne nullement de les trouver, tous autant qu'ils sont, tous aussi miteux et tous aussi anonymes. (Le propos même, songe-t-elle, d'une juste confrontation.) Non, ce qui la choque au premier chef, c'est ce retour subit de sa mémoire, qui la secoue de la tête aux pieds et ébranle son corps tout entier, de la pointe de ses orteils à la base de sa nuque.

« Mon Dieu », souffle-t-elle en désignant Billy Sowell. « C'est *lui*. » Elle porte la main à sa bouche et recule d'un pas, écrasant ce faisant les orteils de Brannigan. « C'est l'assassin. C'est bien lui.

— Lequel, madame Mitchell ?

— Le numéro cinq. Sur la droite.

— Vous en êtes bien sûre ?

— Aussi sûre que je suis certaine d'être ici. Il est totalement différent en chair et en os. Différent de sa photographie, je veux dire. Mais, maintenant que je l'ai sous les yeux, je suis positive à cent pour cent. Cet homme, là, celui à la cicatrice... C'est bien celui que j'ai vu près de l'automobile.

— Êtes-vous prête à en témoigner devant une cour de justice ? Réfléchissez-y à deux fois, madame Mitchell. Aux assises, on a vite fait de vous mettre à mal. »

Melody se tourne vers le grand inspecteur, pour le regarder droit dans les yeux. Elle pose ses mains sur ses hanches d'un air déterminé. « Vous serez sans nul doute surpris d'apprendre », déclare-t-elle, « qu'il existe encore à New York des gens aux yeux de qui l'idéal de justice signifie encore quelque chose. Je parle de gens *ordinaires*, bien sûr, pas de policiers. Non seulement je reconnais absolument cet homme ici présent, mais encore je suis prête à recommencer aussi souvent qu'il sera nécessaire. Et devant quiconque en exprimera le désir et le besoin. Est-ce que ça vous suffit ?

— Oui, madame Mitchell. » Le visage de Brannigan, encore empreint de componction la seconde précédente, se fend subitement d'un immense sourire. « Cela me suffit. Absolument et définitivement. »

13 h 00

« Il me semble qu'il est temps, Billy. Temps d'en finir une bonne fois pour toutes. »

Billy Sowell relève des yeux noyés de larmes et hoche lentement la tête.

« Ne pleure pas, Billy. Ça va très bien se passer. » Tommy Brannigan encadre de ses deux paumes le visage de Billy. Il a, lui aussi, les larmes aux yeux. « On a bien essayé de t'innocenter, mais on n'a pas réussi. Personne n'est responsable.

— Je suis tellement fatigué, tout d'un coup. » Billy laisse retomber sa tête. « Je pourrai dormir, quand ce sera fini ?

— Bien sûr, Billy. Tu pourras dormir tout ton saoul. » Brannigan fait un pas en arrière, sort un magnétophone de sa poche de blouson, le soumet à Billy pour examen. « Tu sais ce que c'est, Billy ?

— Oui. M'man en avait un.

— Quand je l'aurai allumé, je te poserai une série de questions. Tu sais ce que tu dois me répondre ?

— Je crois.

— Si tu t'y perds, je te donnerai un coup de main. Entendu ?

— Oui.

— Bien, Billy. Parfait. Commençons. »

Q : Voudriez-vous décliner votre identité, s'il vous plaît ?

R : William Sowell.

Q : Répondant également au nom de Bill Sowell ?

R : Oui.

Q : Bon, Billy, tu sais que rien ne t'oblige à me répondre, n'est-ce pas ? Je crois te l'avoir déjà dit, non ?

R : Si.

Q : Et tu sais aussi que tout ce que tu pourras dire pourra être retenu contre toi pendant ton procès ? Ça aussi, je te l'ai déjà dit, n'est-ce pas ?

R : Oui.

Q : Comme tu sais que tu peux te faire assister par un avocat si tu en éprouves le désir ? Et que cet avocat ne te coûtera rien ?

R : Oui.

Q : Donc, tu fais cette déposition de ton plein gré.

R : Oui. Je veux en finir.

Q : Billy, peux-tu me dire où tu trouvais le 27 novembre au petit matin ?

R : C'est le jour où ça s'est passé ?

Q : Oui, Billy.

R : Je mendiais.

Q : Tu veux dire que tu faisais la manche ? Que tu demandais des sous aux passants.

R : Oui.

Q : Pendant que tu faisais la manche, t'est-il arrivé de t'approcher du Gramercy Park ?

R : C'est celui dont les portes sont toujours verrouillées ?

Q : C'est bien ça. Tu es passé par là ?

R : Oui.

Q : Très bien, Billy. Maintenant, je veux que tu me racontes ce qui est arrivé quand tu es passé près du Gramercy Park. Dans tes propres termes.

R : J'ai vu une femme.

Q : Que faisait-elle ?

R : Ce qu'elle faisait ?

Q : Oui. Au moment où tu l'as aperçue ?

R : Elle garait sa voiture.

Q : Tu pourrais me décrire cette voiture ?

R : Je... Je ne...

Q : Si tu ne t'en souviens plus, dis juste : « Je ne me rappelle plus. »

R : Je ne me rappelle plus la voiture.

Q : Tu n'as pas le permis de conduire, n'est-ce pas, Billy ? Tu n'as jamais conduit une voiture ?

R : Non, j'ai jamais appris.

Q : Peux-tu me décrire la conductrice ?

R : Non. Je ne m'en rappelle plus.

Q : Allons, Billy. Tu me l'as déjà décrite auparavant. Elle était blonde ?

R : Oui, elle était blonde. Je me souviens, maintenant. Elle était jolie et j'ai eu envie de la baiser. Je l'ai abordée, mais elle a dit : « Non. » Alors, je l'ai repoussée à l'intérieur de la voiture...

Q : Elle était descendue de voiture ?

R : Hein ?

Q : Tu viens de dire qu'elle garait sa voiture quand

tu l'as aperçue. Elle en était sortie, avant que tu l'abordes ?

R : Oui, elle était sortie de sa voiture.

Q : Que s'est-il passé après ?

R : Elle était très jolie et j'avais envie de la baiser. Je l'ai abordée, mais elle a dit : « Non. » Alors, je l'ai repoussée dans la voiture. J'étais vachement en colère. J'ai sorti mon couteau et je l'ai poignardée. Une fois. Deux fois. Trois fois. Je l'ai poignardée au bras et à la gorge. Puis je l'ai repoussée sur la banquette arrière et j'ai verrouillé la porte. Il y avait une femme dans la rue avec un chien. J'aurais bien voulu la tuer, elle aussi, mais j'ai eu peur du chien... Alors je suis rentré chez moi.

Q : C'est bien ton couteau, ça, Billy ?

R : Je... Je suis pas sûr. Il lui ressemble. Oui, c'est sûrement mon couteau.

Q : C'est avec ce couteau que tu as poignardé la femme ?

R : Oui.

Q : Est-ce que cette femme a dit quelque chose avant que tu la poignardes ?

R : Qu'elle voulait pas baiser avec moi.

Q : Peux-tu me répéter exactement ses paroles ?

R : Je me rappelle plus.

Q : Parce que tu étais dans une rage folle, c'est bien ça ?

R : Sûrement.

Q : Tellement en colère que tu n'as même pas écouté ce qu'elle disait ?

R : Voilà.

Q : Elle a dit quelque chose, quand tu as sorti ton couteau ?

R : Non.

Q : Elle avait peur ?

R : Je crois. Oui, elle a eu peur.

Q : Au moment de la poignarder, tu n'as pas reçu de sang sur ton manteau ? Réfléchis bien attentivement.

R : J'peux pas, inspecteur Brannigan. J'suis tellement fatigué que j'peux pas réfléchir attentivement.

Q : Tu veux un peu de café ? On peut t'apporter du café.

R : Oui.

Q : Très bien, Billy. J'ai rallumé le magnétophone. Tu es prêt à continuer ?

R : Oui.

Q : Tu te sens un peu mieux ? Un peu plus réveillé, maintenant ?

R : Oui.

Q : D'accord. Remontons un peu en arrière. As-tu touché cette femme, après l'avoir repoussée à l'intérieur de la voiture ?

R : J'lui ai touché les seins.

Q : Qu'est-ce qu'elle a dit ?

R : Elle a dit : « Non, non, non. »

Q : Et quand tu as sorti ton couteau, est-ce qu'elle a dit autre chose ?

R : Elle s'est mise à pleurer. « Me faites pas de mal, s'il vous plaît », elle a dit.

Q : Et que s'est-il passé ensuite ?

R : Ensuite, je l'ai poignardée. Une fois. Deux fois. Trois fois.

Q : Tu n'as pas reçu de sang sur ton manteau ?

R : Si. En rentrant chez moi, j'ai balancé le manteau. Et puis je suis allé à la mission et j'en ai trouvé un autre.

Q : Comment s'appelle cette mission, Billy ?

R : Je ne connais pas son nom. Elle est sur la Vingt-Huitième Rue.

Q : Qu'est-ce que tu as fait du couteau ?

R : Je l'ai rincé.

Q : Et tu l'as gardé ?

R : Oui.

Q : Où ça ?

R : Hein ?

Q : Où l'as-tu caché ?

R : Chez moi.

Q : Et où est-ce, chez toi, Billy ?

R : Au bord du fleuve.

Q : Tu parles bien de l'East River, un peu plus bas que la Vingt-Troisième Rue ?

R : Je crois.

Q : Et tu habites dans un carton d'emballage, c'est bien ça ?

R : C'est une boîte. Oui, c'est ça. J'habite dans une boîte. Je suis un SDF.

Q : Et tout ce que tu m'as rapporté là est authentique, sincère et fidèle à tes souvenirs.

R : Oui.

Q : Et tu fais cette déposition de ta propre volonté ?

R : Oui.

Q : Merci, Billy. C'est terminé, à présent.

UN

Lorsque la bagarre éclata, Marty Blake émergea de l'intérieur bouillant de son taxi jaune et posa le pied sur le trottoir brûlant de la Quarante-Septième Rue Ouest pour mieux voir. Il n'éprouvait ni angoisse ni impatience particulière, en dépit du fait, douloureusement évident, que, lorsque les roues d'un taxi s'arrêtent de tourner, son chauffeur ne gagne pas un rotin. En dépit de son intime conviction qu'il aurait une chance inouïe si, après avoir payé la redevance pour la location du véhicule de cinq heures du matin à dix-sept heures, il lui restait encore de quoi s'offrir un repas et une bière.

Marty Blake n'avait rien d'un sanguinaire. Rien n'aurait pu lui faire plus plaisir que de reprendre son chemin, sans même accorder un regard aux deux cinglés qui s'apprêtaient à s'adonner à une partie de chicore urbaine. Mais les véhicules des deux pugilistes s'interposaient fort malencontreusement entre le coin de la rue et son propre tacot. Le seul moyen de les contourner eût été d'emprunter le trottoir et, même s'il avait eu le courage (courage qui lui faisait au demeurant défaut) de défier les badauds qui déjà s'attroupaient pour assister au combat, le passage jusqu'au trottoir était bloqué par une camionnette garée en contravention, et décorée de surcroît, sous les balais de ses essuie-glaces, d'assez de contredanses pour combler tous les nids-de-poule béants qui crevaient la chaussée.

« S'il vous plaît, monsieur le chauffeur, je ne me sens pas très bien. Il n'est pas question que je reste bloquée ici. Je suis une *passagère*. »

Le visage de la femme, ainsi gommé par la lumière d'un soleil éblouissant, paraissait presque totalement dépourvu de traits. Imbibée de sueur, la poudre de riz de son front, tout comme celle qui s'incrustait le long de l'arête de son nez osseux, scintillait de minuscules points de lumière. Blake pouvait voir briller un soleil minuscule dans chacun des verres de ses lunettes aux montures en forme d'yeux de chat.

« Y a pas grand-chose que je puisse y faire, m'da-me. » Blake esquissa un haussement d'épaules. « C'est entre les mains du Seigneur, à présent. »

Il espérait que cette pieuse allusion suffirait à lui faire fermer son claque-merde. C'était mal la connaître.

« Je ne supporte pas la chaleur. Il fait beaucoup trop chaud pour moi. Vous auriez dû prendre un autre itiné-raire. »

Blake avait chargé la vieille et sa cargaison de pac-sons sur la Sixième Avenue, près de chez Macy, sur Herald Square. Elle regagnait West End Avenue et il s'était diligemment frayé un chemin vers le haut de la ville, louvoyant à travers la circulation en même temps qu'il cherchait des yeux une ouverture qui lui aurait permis de s'extraire des encombrements du centre-ville. La Quarante-Septième Rue lui avait paru à peu près dégagée jusqu'à la Septième Avenue, autant qu'il pou-vait voir, et il ne voyait pas au-delà. Et maintenant, alors qu'il n'était plus qu'à une centaine de mètres de

la Dixième, il se retrouvait bloqué pour une période in-
déterminée.

« Vous avez raison », en convint Blake. Son mascara
dégoulinant défigurait la femme, comme si elle avait
pleuré des larmes de sang noir. « J'aurais dû emprunter
une autre rue mais, comme vous voyez, je ne l'ai pas
fait. Et nous voilà coincés. »

Il réussit malgré tout à lui adresser un petit sourire,
avant de se retourner pour regarder la bagarre. Le gros
plein de soupe se penchait toujours sur la Ford, et continuait d'invectiver le Noir piégé à l'intérieur de celle-
ci.

« Cul-noirrrr. Sale cul-noirrr. On devrait renvoyer
tous ces culs-noirs en Afrique. »

L'homme, dans la voiture, paraissait beaucoup plus
gêné que terrifié. Blake avait eu nombre de conversa-
tions avec les chauffeurs de taxi qui travaillaient avec
les grands hôtels. Là où d'autres disaient "négros", ils
employaient le terme "cul-noir".

« Monsieur le chauffeur, s'il vous plaît. »

Blake se retourna vers la femme. Il chargeait en
moyenne soixante personnes par jour. Soixante "colis",
aimait-il à dire.

« Que voulez-vous que j'y fasse, m'dame ? On ne
peut aller strictement nulle part.

— Pourquoi avez-vous pris cette rue, aussi ? J'exige
une réponse.

— Un coup de bol, faut croire.

— Ah, je vous prie de rester poli, je suis une personne âgée.

— Je compatis, mais je n'y suis pour rien.

— Et cette chaleur me fera mourir. Il doit bien faire
quarante degrés dans cette voiture.

— Quarante et un, pour être précis. J'ai un thermomètre sur le tableau de bord. Quand je suis descendu de voiture, il faisait quarante et un. »

À entendre le Noir coincé dans sa voiture, on aurait pu croire qu'il avait sérieusement l'intention d'en découdre. Son plus gros problème, estimait Blake, c'était de trouver le moyen de sortir de sa caisse sans s'en prendre une en pleine poire, au dépourvu.

« Ne faites pas semblant de m'ignorer, je vous prie. Je suis une cliente et je connais mes droits.

— Madame, vous n'avez qu'à remonter la Dixième Avenue à pied et vous trouverez très vite un autre taxi. Je n'essaye nullement de vous arnaquer.

— Si je dois marcher à pied, il n'est pas question que je paye la course. »

Blake passa le bras à l'intérieur et coupa le rongeur. Sauf à recourir à la violence physique, il pouvait faire une croix sur sa course. À une certaine époque, à peine quelques mois plus tôt, il aurait discuté, tempêté, menacé d'appeler un flic. Mais pas aujourd'hui. Aujourd'hui, après trois cent soixante-quatre jours de bannissement, il rentrait enfin chez lui. En l'occurrence, à la *Manhattan Executive Security, Inc.*

« Vous tracassez pas pour ça, m'dame. Vous avez sans doute plus besoin que moi de cet argent. » Il ouvrit la portière et s'effaça. « N'oubliez pas vos paquets. »

La femme (visiblement ragaillardie par la perspective d'économiser un pactole de trois dollars et cinquante *cents*) se faufila hors du taxi, serra ses paquets contre sa maigre poitrine et entreprit de remonter le pâté de maisons à petits pas pressés. Blake la regarda s'éloigner pendant un instant, en se disant qu'elle lui rappelait sa grand-mère Emma, celle qui lui racontait des histoires sur la crise de 1929, exactement comme son autre grand-mère, Agatha, lui récitait les *Contes de ma mère l'Oye*. Mémé Emma, la mère de sa mère, avait passé les dernières décennies à ruminer sur les sous et les centimes qu'elle avait économisés en faisant ses courses au supermarché. Ou sur le chandail qu'elle avait chipé dans la réserve d'un petit stand d'une vente de bienfaisance organisé par un hôpital. Son considérable patrimoine subvenait à présent aux besoins de sa fille.

Blake se retourna vers la bagarre à l'instant précis où le jeu de la surenchère verbale incitait les deux protagonistes à franchir le pas, à passer de la parole aux actes. Le gros Russe se précipita subitement à l'intérieur de la voiture du Noir, tout ça pour plonger ses phalanges entre les deux mâchoires de ce dernier. Il fit un bond en arrière en poussant un hurlement, tandis que son adversaire profitait de l'embellie pour déguerpir par la portière opposée.

Pas d'armes, songea Blake. Je vous en supplie, faites qu'ils n'aient pas d'armes. S'ils s'amochent un tant soit peu sérieusement, les flics vont me garder pendant au moins six heures pour obtenir ma déposition.

Sa prière ne fut pas exaucée. Le Noir contourna l'arrière de sa voiture et en resurgit armé d'un tronçon de tuyau métallique, long d'un bon mètre. Ce qui, dut reconnaître Blake, n'était pas une mauvaise idée en soi. Non seulement l'autre lui rendait une douzaine de centimètres et un bon demi-quintal, mais encore il lui était interdit de tourner casaque et de filer : sa voiture était bloquée par celle du Russe.

Les deux types commençant à tourner en rond, Blake s'autorisa à balayer la foule des yeux. Mâle, en grande majorité — les yeux brillant d'excitation, comme des hommes qui participent à une partouze et regardent la pute passer de main en main. Les mâchoires serrées, la peau luisante, les poings crispés — leurs vêtements, déjà, étaient imbibés de sueur. Ultérieurement, les cadres prendraient une douche et se changeraient ; les poivrots et les accro au crack se contenteraient de se gratter et d'empester.

« Ouais, donne-lui, donne-lui. Écrase-lui sa sale gueule. Botte-lui son vilain cul de singe. »

Triomphe, décida Blake, de la démocratie directe. Les SDF côtoient les P-DG. Œcuménisme en acte. Image de Thomas Jefferson aspiré hors de la Charte des droits de l'homme et s'écrasant sur le pavé.

Blake reporta son attention sur les combattants. Le Noir n'avait visiblement pas la moindre envie de se bagarrer. Il brandissait son tuyau et l'agitait dans les airs, mais sans jamais s'aventurer à franchir les deux mètres de bitume qui le séparaient du Russe. Ce dernier, pour sa part, continuait de tourner en rond, sans jamais cesser de psalmodier sa litanie, sa malédiction incantatoire, sur le même ton féroce et monocorde : « Cul-noir ; cul-noir ; cul-noir. »

À la finale, ce fut l'indécision du Noir qui décida de l'issue du combat. Lorsqu'il se résolut enfin à frapper, son premier coup, encore qu'il se fût écrasé sur le cuir chevelu du Russe avec un bruit mat, parfaitement audible, ne s'avéra ni mortel ni même incapacitant. Le Russe, ignorant le filet de sang qui ruisselait sur son œil gauche et l'aveuglait, éclata tout bonnement de rire ; il empoigna son adversaire plus chétif, le fit basculer au sol et lui écrasa le visage contre le trottoir, à la volée.

« Cul-noir. »

Lentement, comme s'il cherchait à préserver sa dignité, le Russe redressa sa lourde masse. Il entreprit alors de bourrer de coups de pied son adversaire groggy, en prenant tout son temps, à grands ahans. Encore, encore et encore.

Blake attendit d'être certain que le Russe n'arrêterait pas. Jusqu'à ce que la petite forme qui gisait sur l'asphalte fût totalement inerte. Puis, il avança de quelques pas.

« Ça suffit comme ça », fit-il en s'efforçant d'imprimer à sa voix un ton suffisamment péremptoire pour, première étape incontournable, attirer l'attention du Russe. « Vous avez gagné. Le combat est terminé. Allons, c'est assez. »

Le Russe se détourna légèrement. « Toi aussi, j'vais te crever », grogna-t-il. Ses yeux, nota Blake, étaient encore hagards, perdus dans une espèce de paradis pour hallucinés.

« Allons, l'ami, ne dites pas des choses pareilles. » Blake avait brandi les deux mains, les paumes levées en signe d'apaisement. « Il arrive les histoires les plus épouvantables aux personnes qui tuent des gens : de vingt-cinq ans à la prison à vie, par exemple. À Attica. »

Il avait plus ou moins eu l'intention de calmer l'autre avec sa petite allusion perfide, mais le Russe, encore bien trop excité, faisait la sourde oreille. Il consentit néanmoins à s'écarter de son adversaire au tapis, ce que Blake considérait déjà comme une manière de victoire. Du moins aurait-ce été une victoire... Si le Russe ne *lui* avait pas foncé droit dessus.

Blake n'avait pas peur. Les quatre ans qu'il avait passés dans l'équipe de lutte universitaire du City College (suffisamment doué, qui plus est, pour participer aux éliminatoires pour les Jeux olympiques, mais pas suffisamment, néanmoins, pour remporter la moindre coupe) lui avaient enseigné à garder la tête froide. Et ses dix années d'exercices, après le lycée, dans un gymnase puant la sueur du YMHA de Forest Hills, n'avaient fait que raffermir encore sa confiance en soi. Aujourd'hui, il soulevait à l'aise ses trois cent vingt-cinq livres, soit soixante-dix kilos de plus que son propre poids. Peut-être n'était-il pas exactement candidat au poste d'haltérophile de l'année, mais il était néanmoins de taille à ficeler un gros Russe écumant, en un nombre suffisant de nœuds pour remplir un manuel du parfait louveteau.

« Écoutez, vous allez commettre une très grosse erreur. » Blake continuait de reculer. « Pour ce qui vient de se passer, vous pourrez toujours alléguer la légitime défense. Après tout, ce type vous avait frappé avec un morceau de tuyau, et votre blessure en est la preuve. Mais, moi, je suis désarmé. » De nouveau, il montra ses mains. « Et, de plus, je me dérobe. Vous entendez les sirènes ? Les flics vont débarquer d'une minute à l'autre. Vous ne trouvez pas que vous avez déjà suffisamment de problèmes comme ça, sans avoir en plus à vous justifier d'une seconde agression. Réfléchissez une petite seconde. »

Blake vit scintiller, dans les yeux du Russe, une fugace lueur de lucidité. Il décida que si l'on ne pouvait pas, à proprement parler, taxer cette lueur d'éclair d'intelligence, elle trahissait néanmoins un certain degré de ruse. Le souvenir, peut-être, de son pays natal, et de ce que la police dudit pays natal pouvait vous infliger.

« Pourquoi pas vous mêler oignons vous ?

— C'est effectivement ce que j'aurais dû faire. Je suis le premier à le reconnaître. Mais ce serait stupide de continuer. Je vous propose d'arrêter les frais et d'attendre l'arrivée de la police.

— Vous être sale trouillard.

— D'accord. Si vous y tenez.

— Vous être sale trouillard d'Américain. »

Le Russe tourna la tête pour regarder arriver les flics et Blake, agissant totalement sur un coup de tête, lui fonça droit dessus et enfonça son poing dans les reins du gros lard. Si son coup (à l'instar de celui qu'avait porté le petit gars avec son tuyau) n'était pas mortel, il n'en était pas moins, en revanche, parfaitement incapacitant. Le Russe s'effondra au sol, en couinant comme un goret qu'on vient de castrer.

Blake secoua la tête d'un air écœuré : « Prends-en de la graine, *putz*. En Amérique, la règle numéro un d'un combat de rue, c'est de ne jamais, au grand jamais, tourner le dos à l'homme que tu viens d'humilier. »

« Sergent, toute ma famille était de la Maison », expliqua Blake. « Deux de mes oncles, mon vieux, tout une ribambelle de cousins. Depuis 1883, date à laquelle mon arrière-arrière-grand-père a été nommé flic par un chef de Tammany du nom de Kilpatrick.

— Eh bien, qu'est-ce qui vous est arrivé à vous, dans ce cas ? »

Blake et le *detective-sergeant* Paul O'Dowd étaient assis dans une voiture pie de la police, climatisée — Dieu merci —, garée au beau milieu de la Dixième Avenue et bloquant joyeusement la circulation, déjà passablement visqueuse, de l'heure de pointe de fin de journée, et devisaient de conserve.

« Ce qui m'est arrivé, sergent, c'est que mon Irlandais de père a épousé une jolie petite Juive de Forest Hills. Et c'est comme ça que je suis devenu un accro de l'informatique, arrogant et plein de morgue. »

C'était, jusqu'ici, la stricte et entière vérité. Blake était sorti en 1983 du City College de New York, riche d'un baccalauréat technique en informatique, et nanti d'un emploi qui lui rapporterait au bas mot trente-cinq mille dollars par an. Pas trop mal, pour un jeunot de vingt et un ans. Le seul ennui, c'est qu'il détestait son boulot. Adapter des logiciels aux besoins de banques d'affaires avait pu sembler un moment suffisamment passionnant au lycéen fauché qu'il était pour qu'il envisage de décrocher une maîtrise. En réalité, assez rapidement, toute l'affaire lui avait paru sécréter le plus mortel ennui.

« Alors, dites-moi, comment êtes-vous devenu chauffeur de taxi ?

— C'est une longue histoire. Vous êtes certain de vouloir l'entendre ?

— Ce bronzé est dans un sale état, Blake. S'il venait à casser sa pipe, on se retrouverait avec un meurtre sur les bras. Vous en avez été témoin. Ce que j'essaye de déterminer, c'est si vous êtes ou non un témoin irrécusable. Alors, comment se fait-il que vous conduisiez un taxi ?

— Vous est-il déjà arrivé de vomir un boulot, sergent ? Ce qui s'appelle vomir ?

— Le mien me sort par les trous de nez, toujours est-il.

— Eh bien, supposez qu'une personne que vous venez tout juste de rencontrer vous propose un emploi mille fois plus intéressant et mille fois mieux payé que le métier de flic. Quel effet ça vous ferait ? Celui d'avoir mis le pied droit dans la merde ?

— Continuez, Blake. Je présume qu'il y a un gag au bout, non ? Je vous vois arriver, gros comme une maison.

— Le quelqu'un en question se nommait Joanna Bardo, présidente-directrice générale et unique action-

naire de la *Manhattan Executive Security, Incorporated.*
Lorsque je lui ai dit que j'étais programmeur informatique, elle m'a immédiatement offert un emploi. Sur le
tas.

— Pour faire quoi, exactement ? »

Blake sourit : « Sergent... Frapper aux portes ? User
ses semelles ? Vous savez ce que c'est, non ? Eh bien,
chez *Manhattan Executive,* nous ne frappons aux portes
qu'après avoir, au préalable, frappé à celle de l'ordinateur. Archives des Mines, procès-verbaux d'accidents,
casiers judiciaires, archives des assurances, registres ca-
dastraux, état civil, naissances, décès, mariages... Tout
est là, bien légal. À la portée d'un simple coup de téléphone.

— Et je présume que c'est le même ordinateur qui
passe ledit coup de fil.

— Exactement. Fournissez un simple numéro de sécurité sociale à l'ordinateur, et il retrouvera n'importe
qui n'importe où. *Manhattan Executive* était l'une des
premières sociétés à recourir à l'informatique pour remonter les filières. Fut un temps, il y a environ cinq
ans, où le moindre garant de caution en ville nous donnait du boulot. Aujourd'hui, la concurrence s'est certes
faite plus rude, mais nous avons encore le choix.

— Ça me paraît plutôt bonnard, Blake. Sans compter que ça doit pas mal rapporter.

— J'aurais sans doute mieux fait de rester près de
mon ordinateur, mais j'avais envie de travailler un peu
sur le terrain. J'ai donc acheté ma licence de détective.
Je suis désormais un détective privé patenté, à part entière. Du moins le serai-je dans six heures. Pour le moment, je suis encore suspendu. Il se trouve, voyez-vous,
que j'ai mis sur pied une filature illégale et que j'ai *failli*
me faire prendre. Le dossier qu'ils avaient monté con-

tre moi était relativement mince, mais je n'ai pas eu l'aplomb d'aller jusqu'au procès, de sorte que j'ai plaidé *nolo contendere* devant la commission et que j'ai accepté un congé d'un an sans solde. Et que c'est mon dernier jour de vacances. »

DEUX

Il était encore beaucoup trop tôt — un tout petit peu avant six heures, — mais Marty Blake était déjà dans sa salle de bains et savonnait sa barbe sombre et touffue. Bien qu'il eût espéré, contre tout espoir, dormir encore une bonne heure et demie, il ne s'était même pas donné la peine de régler son réveil. À quoi bon ? En temps normal, il devrait déjà marauder dans les rues de Manhattan, sillonner méthodiquement ses avenues, depuis la Quatre-Vingt-Sixième Rue jusqu'à Houston Street en synchronisant sa vitesse au passage des feux au vert. À l'affût des derniers noctambules, des premiers employés de bureau.

Ce cauchemar, à présent, était officiellement terminé (bien que son souvenir fût encore vert et cuisant). Il avait fait son temps, il avait purgé sa peine ; il rentrait à la maison. Peut-être.

En appelant Joanna Bardo, il s'était attendu à la trouver un tantinet plus enthousiaste. De fait, il s'était plus ou moins attendu à être accueilli en héros, puisque c'était très exactement ce qu'il était : un héros. Même dans les pires moments, lorsque le ministère public avait parlé de quinze ans ferme, que ses avocats évitaient de croiser son regard et que le procureur lui avait proposé de le relaxer sans lui retirer sa patente s'il balançait Joanna Bardo, il avait tenu bon. Il était allé au casse-pipe comme un bon petit soldat.

L'affaire, en soi, avait été relativement simple. *Hattman Brothers*, une petite firme de courtiers en Bourse, soupçonnait l'un de ses cadres, un certain comptable du nom de Porcek, de délit d'initié. À savoir : Porcek aurait divulgué des informations sur les récentes cotations à son beau-frère, lequel faisait la passe à un sien cousin qui achetait des actions au nom de son épouse. La firme voulait virer le comptable avant que la police ne lui tombe sur le poil mais, pour ce faire, il lui fallait beaucoup plus que de simples documents. Ils exigeaient des preuves matérielles suffisamment tangibles pour pouvoir lourder Porcek sans que celui-ci ne fasse d'esclandre. Ou de scandale.

Hattman Brothers avait confié l'affaire à Joanna Bardo, laquelle avait refilé le bébé à Marty Blake, son investigateur *number one*. Principalement lorsqu'il s'agissait d'opérer sous le manteau.

« Ils ne veulent surtout rien savoir de ce qu'on va faire, Marty », lui avait-elle prosaïquement confié. « Ils tiennent juste à ce que le boulot soit fait. »

Il avait saisi l'allusion, était entré chez Porcek pendant que celui-ci était à son travail, avait posé des micros dans toutes les pièces et mis les téléphones sur écoute. Ce n'était pas censé être une bien grosse affaire. En dépit de l'image *hightech* cultivée par les privés modernes, le boulot était toujours aussi pourri qu'à l'époque où le gros des enquêtes des détectives privés consistait surtout à surprendre des épouses en vadrouille, la petite culotte baissée. Les clients voulaient des résultats, certes, mais n'étaient pas pour autant prêts à débourser six mois d'honoraires pour une enquête qui respecterait le manuel à la lettre. Si vous n'étiez pas disposé à en rabattre, la concurrence s'en chargeait pour vous. Pas plus compliqué que ça.

Le temps que Blake se rende compte que les menées illégales de Porcek ne se résumaient pas à un simple délit d'initié, les agents du fisc faisaient irruption dans son appartement, saisissaient deux millions de dollars en fausses coupures, et découvraient les divers micros et dérivations. Les feds avaient gardé les coupures de cinquante dollars balourdes et repassé le matos au procureur général de l'État de New York. L'attorney général susdit s'était tourné vers *Hattman Brothers*, lesquels avaient mis en cause *Manhattan Executive* et Joanna Bardo. Et Joanna (qui n'avait plus vraiment le choix, en l'occurrence) avait nommément désigné Marty Blake.

À la finale, c'est l'AG qui avait craqué. En dépit de ses rodomontades, l'accusateur public n'avait pas suffisamment d'éléments dans son dossier pour aller jusqu'au procès. Ils avaient proposé le non-lieu à Blake, en échange d'un an de mise à pied sans solde. Il avait accepté, parce qu'il n'avait pas eu le cœur de remettre entre les mains d'un jury dix ans de son existence.

Marty Blake se rinça le visage pour faire disparaître le restant de mousse à raser, se sécha avec une serviette, puis s'accorda un bref instant pour s'admirer dans la glace. Il aurait préféré quelque chose d'un peu plus compassé. D'un poil plus aristocratique. Les clients vraiment friqués étaient principalement les grosses multinationales, aujourd'hui, et ces dernières attendaient des enquêteurs qu'elles employaient qu'ils présentassent une image un tantinet plus policée. Cigares, complets froissés et fiasques de whisky étaient définitivement passés de mode.

Mais le visage de Marty Blake ne serait jamais compassé, et il en était tout à fait conscient. Ses cheveux frisaient trop, son nez était beaucoup trop long, ses lèvres un peu trop pleines. Ses yeux bleu foncé auraient à la rigueur pu faire l'affaire, mais ils étaient, tout comme son nez, légèrement déjetés. Dix ans plus tôt, un débile de bizut avait plaqué le côté gauche du visage de Marty Blake contre le parquet d'un gymnase du CCNY. Il avait fait ça sans méchanceté. Le bizut s'était efforcé de lui faire toucher terre, tandis que lui-même essayait de le sortir du tatami. Leurs efforts conjugués avaient été couronnés de succès et le résultat final, une fois ses blessures guéries, avait été une expression légèrement empruntée, voisine de la niaiserie, surtout lorsqu'il lui arrivait de sourire.

Cette moue niaise ne dérangeait nullement Marty Blake. De fait, il la considérait plutôt comme un atout, en se persuadant que lorsque l'on mesure près d'un mètre quatre-vingt-dix et que l'on pèse quatre-vingt-douze kilos, que l'on fait quarante-cinq centimètres de tour de cou et cent seize de tour de poitrine, on a vite fait de passer pour un réfrigérateur à bras. Les gens n'éprouvent aucune difficulté à se persuader que vous passez tous vos week-ends à récupérer des traites impayées pour un requin de l'usure.

Et c'était ce sourire qui modifiait radicalement cette inéluctable première impression. Lorsque Marty Blake souriait, lorsqu'il révélait ses fossettes et clignait ses yeux de guingois, les clients qui dirigeaient de grosses sociétés en oubliaient d'être effarouchés. Il donnait l'impression d'être avide de servir, rempli d'un enthousiasme juvénile et (plus crucial encore) obséquieux.

Lorsqu'il commençait à parler des enquêtes et des techniques de filature assistées par ordinateur, il ajoutait encore à cette première équation sa tranquille compétence. Le résultat final (résultat auquel il aspirait de toutes ses forces) était : *Je suis en mesure de faire votre boulot de merde sans jamais porter atteinte à l'image du macho que vous vous faites de vous-même.*

« Eh, mon cœur, tu es tombé du lit ? Qu'est-ce que tu fabriques ? Tu n'as rendez-vous qu'à dix heures. »

Blake, ainsi qu'il en avait pris l'habitude dans ses rapports avec Rebecca Webber, réagit plus au ton de sa voix qu'à la teneur proprement dite de ses paroles. Ce timbre rauque, somnolent, ne signifiait nullement qu'elle avait envie de se rendormir. Mais bien plutôt qu'elle avait le feu au cul. Très exactement la raison pour laquelle elle était passée le voir.

« Je suis en train de prendre soin de mes joues, afin qu'elles ne piquent pas les *tiennes*. Voilà ce que je fabrique.

— Bien aimable à toi. »

Blake rangea le rasoir dans l'armoire à pharmacie, puis pivota sur son axe. Rebecca Webber, encore chiffonnée de sommeil et démaquillée, n'en restait pas moins insolemment belle. Ses yeux noirs étaient immenses, sagaces et hautains. Ils lui mangeaient le visage, proclamaient haut et clair qu'elle savait très exactement ce qu'elle faisait, et posaient une question simple : *Veux-tu ?*

Son corps posait très exactement la même question. Dans une heure, elle serait au *Sutton Athletic Club*. Son entraîneur personnel, Carolyn Tannowitz, serait présente en personne. De conserve, elles évalueraient le corps de Rebecca comme des juges peuvent évaluer un chien de race avant un concours. Visage, cou, épaules et bras, seins, ventre et bas-ventre, taille, fessiers, hanches, cuisses et mollets. Le résultat ne semblait jamais satisfaire pleinement Rebecca Webber mais Marty Blake, lui, s'en contentait largement.

« Soulève-moi ça. »

Elle portait une nuisette couleur bouton d'or, et rien dessous.

« Dénoue ce truc. » Elle fit passer un long index fuselé sous la serviette éponge qui lui ceignait la taille.

Blake tira sur le nœud qui retenait la serviette, puis regarda Rebecca trousser sa nuisette. Elle procédait avec lenteur, tandis qu'un léger sourire venait relever les coins de sa bouche. Blake fixa la touffe de poils noirs, la chair rose et tendre, le ventre amoureusement tendu et bronzé. La nuisette accrocha les bouts de ses seins, les souleva, puis les laissa retomber, agités de doux rebonds.

« Stupéfiant, y a pas d'autre mot », admit-il.

Il la prit dans ses bras, sentit ses mamelons s'écraser contre la paille de fer de sa poitrine, ses cuisses encercler sa jambe droite, et l'infernale, indicible brûlure de sa chair moite se plaquant contre sa peau.

« Viens dans la douche », dit-elle.

Sa voix n'était encore qu'un chuintement à peine accentué, mais Marty Blake comprit parfaitement. Il se laissa entraîner sans protester dans la cabine de douche, ayant compris depuis belle lurette que le pouvoir que Rebecca exerçait sur lui prenait racine dans son propre désir. Lorsqu'elle avait envie de lui à ce point, il la suivait, comme un chiot suit son maître.

Dans la douche, alors que l'eau brûlante ruisselait entre leurs deux corps intimement noués, Blake oublia tout de ses soucis et de son avenir financier. Lorsque le pain de savon rebondit doucement sur les crêtes de son échine avant d'être plongé entre ses fesses, sa conscience fracassée vola en éclats. Tant et si bien que son cerveau tout entier se coula dans les nerfs qui sillonnaient sa chair, à fleur de peau. Il tomba à deux genoux, enfonça sa tête entre ses cuisses, et accueillit son orgasme dévastateur comme un étrange trophée — triomphe personnel et hommage à son savoir-faire.

Il avait désiré cet anéantissement, y aspirait depuis qu'il avait entendu sa voix à l'autre bout du fil, lorsqu'elle l'avait appelé. Il l'aidait à oublier qu'il ne la verrait plus avant une longue semaine, qu'elle allait devoir rentrer chez elle, pour retrouver, sinon son mari, du moins la vie commune avec son mari, l'existence d'un homme si riche de par sa naissance que sa profession n'était guère plus pour lui qu'un simple passe-temps.

Blake était parfaitement conscient que, même si William Webber venait d'une façon ou d'une autre à disparaître, Marty Blake, fils de flic, ne partagerait jamais cette existence. Il n'ignorait pas non plus que Rebecca ne consentirait jamais à y renoncer. Qu'il n'y aurait jamais rien de plus entre eux deux... rien de plus que la sensation de sa queue en elle, que les deux sphères fermes de ses fesses sous ses doigts, que l'odeur de sa chair le plongeant dans la bienheureuse béatitude de l'oubli.

TROIS

La *Manhattan Executive Security, Inc.* n'avait guère
changé en un an. Le même tapis gris du Kazakhstan
haut de gamme couvrait le parquet. Cynthia Barrett
était toujours assise derrière son bureau déstructuré au
dessus en verre, et répondait au téléphone et recevait
les clients. Des photographies noir et blanc, toutes
signées et représentant toutes, sans exception, des pay-
sages urbains, étaient toujours accrochées au mur,
exactement à la même place. Seul le divan de cuir,
raide et droit, était neuf. Le vieux, avait cru comprendre Blake, avait été déchiqueté par ce que les flics se
plaisent à appeler un employé "mécontent".

L'employé en question se nommait Vincent Cappolino et sa seule existence aurait suffi à établir la preuve
du double visage de *Manhattan Executive*. D'un côté, il
y avait Cynthia Barrett, avec son sourire impeccable,
ses robes de marque démarquées, sa peau couleur de
cannelle, ses éblouissantes dents blanches. Les pièces
qui se trouvaient juste derrière son bureau héber-
geaient des enquêteurs, des techniciens en informatique, des spécialistes en électronique, un légiste, un avocat à temps partiel. Le bureau de Joanna Bardo se
trouvait tout au fond du couloir. Meublé d'antiquités

américaines du dix-neuvième siècle, pas moins, et, comme elle le disait elle-même, parfaitement assorti à la P-DG qu'elle était.

Pour ce que pouvait en savoir la clientèle de *Manhattan Executive* (celle, du moins, qui entrait par la grande porte), le bureau de Joanna était le terminus de la ligne. Ces clients-là ignoraient tout des bureaux du fond. Ou des enquêteurs qui traquaient les prévenus mauvais payeurs, moyennant un certain pourcentage de la caution. La profession se plaisait à surnommer ces détectives des "rabatteurs" mais Marty Blake, lui, préférait le bon vieux "chasseurs de primes".

Blake avait travaillé avec ces types lorsqu'il avait débarqué à *Manhattan Executive,* en tant que spécialiste en informatique. Certains, il le savait, tel ce Vinnie Cappolino, n'étaient pas moins déjantés que les criminels qu'ils traquaient.

« Martin ? Tu peux entrer, maintenant. » Le sourire de Cynthia, comme toujours, était aveuglant. « C'est chouette de te savoir de nouveau parmi nous.

— Serait-ce une prophétie, Cyn ? À moins que tu ne saches une chose que j'ignore ? »

Le bruit courait que Cynthia Barrett et Joanna Bardo étaient amantes, et sujettes à d'innombrables ruptures et réconciliations. Blake les connaissait suffisamment bien toutes les deux pour savoir que c'était faux. Elles étaient néanmoins très amies, amies intimes. Assez intimes, en tout cas, pour que Joanna, dont la réputation de radinerie n'était plus à faire, consente à verser à Cynthia un salaire qui lui permettait de vivre, le double, grosso modo, de ce que touche en moyenne une réceptionniste de New York. En échange, Cynthia portait à Joanna un dévouement et une fidélité aveugles, quasi canines.

« Tu ferais mieux d'entrer, Marty. » Le sourire s'était effacé, cédant le pas à deux yeux, déjà immenses, légèrement plus écarquillés, tandis que les commissures de sa bouche retombaient fugitivement.

Je suis dans le pétrin, se dit Blake en longeant le couloir. Je suis dans le pétrin, et je ne sais même pas pourquoi.

Mais il savait au moins que Joanna aimait considérer son entreprise comme une grande famille et qu'elle avait même, à plusieurs reprises, usé de cette métaphore. Famille dont elle était bien entendu la mère nourricière, une mère qui aimait tous ses enfants, y compris les plus turbulents d'entre eux, et jusqu'à Vinnie Cappolino, lequel, bien qu'il eût déglingué un canapé d'une valeur de deux mille dollars, était toujours employé par *Manhattan Executive*.

Blake, d'un autre côté, concevait plutôt *Manhattan Executive* comme une cour médiévale dont Joanna Bardo eût occupé le trône avec fermeté. En despote plutôt qu'en reine mère, en despote absolu, arbitraire, capricieux et, éventuellement, impitoyable.

« Contente de te revoir, Marty. »

Le sourire paraissait plutôt sincère. Tout chez Joanna Bardo transpirait la sincérité et l'authenticité, depuis les tentures retenues par des rubans qui drapaient les fenêtres jusqu'aux fauteuils Chippendale dressés devant son bureau ; jusqu'à son tailleur d'affaires croisé de chez Karl Lagerfeld ; jusqu'au bandeau de perles qui ceignait sa gorge. Tout *paraissait* authentique, mais Blake savait que la moitié de ces antiquités n'étaient en fait que de prétentieuses copies. Que le tailleur de Joanna, ses chaussures et ses bijoux provenaient du stock de vêtements de récupération d'un requin de l'usure, dont les techniciens de *Manhattan Executive* inspectaient régulièrement les bureaux administratifs, à l'affût de micros et de tables d'écoute.

« Ça fait un bien fou de rentrer à la maison. » Si d'aventure Joanna comptait se débarrasser de lui, Blake, lui, avait fermement l'intention de lui compliquer la tâche au maximum.

« Assieds-toi, Marty. Prends donc un café. »

Comme par enchantement, Cynthia Barrett s'encadra dans l'embrasure de la porte, chargée d'un plateau portant le service à café le plus classieux de *Manhattan Executive.*

« Mauvais signe », fit Blake dès qu'ils se retrouvèrent seuls. Il désigna le plateau du doigt, puis s'assit.

« Pourquoi dis-tu ça ?

— Parce que je ne suis pas un P-DG. Pas même un vice-président honoraire. Parce que tu ne m'as pas offert une simple chope en me laissant le soin de la remplir moi-même. »

Blake regarda Joanna se composer une contenance. Elle n'avait pas beaucoup changé. Les mêmes yeux méditerranéens légèrement exorbités, aux sourcils arqués et charbonneux, surplombant un nez droit, une bouche en cœur et un menton minuscule. Inscrit dans un cadre étroit, ce visage aux yeux de biche, d'apparence vulnérable, semblait dénoter douceur et veulerie. Ce qui, aux yeux de Blake, qui savait qu'une intelligence inflexible, aiguë et rigoureuse, se dissimulait derrière cette façade soigneusement entretenue, constituait une vaste farce. Il avait vu Joanna sur la défensive, luttant pied à pied pour préserver son royaume, son statut de reine et ses sujets. L'avait vue dans des circonstances où elle avait déployé toute la vulnérabilité d'un carcajou acculé.

« Lorsqu'on n'a pas revu une personne depuis plus

d'un an, cette personne a bien droit à un traitement de faveur. »

Blake haussa les épaules, gagnant du temps. Se demandant si elle ne s'était pas froissée du peu de cas qu'il avait fait d'elle. S'il ne se heurtait finalement qu'à une blessure d'amour-propre.

« Le problème, Joanna, c'est que je suis passé à ça de moisir dix ans derrière les barreaux, et à un cheveu de perdre à tout jamais ma licence de détective. J'ai donc préféré jouer l'épouse de César pendant un petit moment — tu vois ce que je veux dire : au-dessus de tout soupçon. » Il lui décocha un petit sourire torve, mais elle ne coupa pas dans la combine. Ne se départit aucunement de son expression distante. Lointaine. Neutre.

« Et c'est pour cette raison que tu as décidé de devenir... chauffeur de taxi ?

— Fallait bien que je bouffe.

— Avec tes antécédents, tu aurais au moins pu décrocher un emploi dans l'informatique. Ne serait-ce que dans la saisie de données. Tu aurais sûrement trouvé quelque chose. » Elle secoua la tête avec véhémence. « Merde, Marty, tu aurais même pu travailler ici. Sur *nos* ordinateurs. J'avais besoin de toi.

— Serais-tu en train de m'accuser de déloyauté ? » C'était un peu comme de s'entendre dire que le ciel est vert. « Au cas où tu l'aurais oublié, Joanna, c'est grâce à moi que ton petit cul ne s'est pas retrouvé sous les verrous.

— Je sais bien, Marty, mais...

— Alors, agis en conséquence.

— ... Mais ce n'est pas si simple.

— L'attorney général avait trouvé ça fort simple, lui. Il était tout disposé à me couper les pattes. » Blake était à deux doigts de perdre son sang-froid. Il se rejeta en arrière dans son fauteuil, croisa les jambes, inspira profondément. « Je sais que tu m'aurais trouvé un emploi, si je te l'avais demandé, mais tu sais comme moi qu'ils se livrent à quelques petits jeux pas franchement réglos, dans la salle des ordinateurs. Ce sont justement ces petits jeux que tu factures à tes clients, souviens-toi. Et je me suis donc dit que, dans la mesure où j'étais déjà dans le collimateur de l'attorney général, il valait beaucoup mieux que je me tienne prudemment à carreau. Que je laisse aux pouvoirs en place une petite chance d'oublier Marty Blake.

— Tout de même... *chauffeur de taxi ?* » Ses doigts se portèrent aux perles qui lui ceignaient le cou, et les caressèrent pendant quelques secondes. « Tu aurais pu trouver mille fois mieux.

— T'en serais-tu offusquée ? » Peut-être était-elle furieuse qu'il n'eût pas entretenu plus longuement l'image policée requise des enquêteurs de *Manhattan Executive* ? Peut-être cherchait-elle à fuir le fait patent que son propre père avait, pendant quarante années de son existence, travaillé au marché aux poissons de Fulton Street ?

« Tu aurais pu trouver mieux », répéta-t-elle.

« Eh, on est en pleine récession. J'ai continué à payer mon loyer et à faire mes courses, tout en tuant le temps. Ce n'est pas comme si je n'avais pas agi en pleine connaissance de cause : durant toutes mes années de fac, j'ai été chauffeur de taxi pendant l'été. Laisse-moi te dire une petite chose, Joanna. En fait, laisse-moi te dire deux petites choses : primo, je suis totalement incapable de me remettre à pointer. Trop déprimant. Deuzio, je n'ai pas la moindre envie d'avoir un patron sur le dos. Il faut que je travaille à l'extérieur, sur le terrain. En conduisant un taxi, je pouvais au moins rester dans la rue, ce qui, compte tenu des circonstances, était encore le mieux que je puisse faire. Tu saisis ? »

Tout à trac, Blake se rendit compte qu'elle avait gagné. Sans qu'il sache exactement comment elle s'était débrouillée, elle avait réussi à le mettre sur la défensive, alors qu'en bonne logique c'était l'inverse qui eût dû se produire. Derechef, il se surprit à lui envier sa pénétration. Blake se considérait comme un fin analyste mais, à côté de Joanna, il évoquait plutôt un babouin essayant de se comporter en être humain.

« Navrée de l'apprendre. Car s'il entrait dans tes projets d'enfiler tes vieilles pantoufles, ça risque de s'avérer un peu compliqué. »

Elle leva sa tasse pour la porter à ses lèvres, geste tout à la fois totalement précis et totalement féminin. Ses yeux ne trahissaient rien. Strictement rien. Blake, tout en manipulant gauchement sa propre tasse, se rappela que Joanna avait naguère servi d'exemple, de modèle et d'inspiratrice à un jeune informaticien de vingt et un ans, frais émoulu du City College.

Peut-être, songea-t-il, faut-il y voir la raison pour laquelle le petit jeu auquel nous jouons est si fortement teinté d'amertume.

« Continue, Joanna. Je n'ai rien à ajouter. Pour le moment.

— Lorsque les accusations qui étaient portées contre toi ont été rendues publiques, notre société a perdu cinquante-cinq pour cent de sa clientèle. » Elle se fendit d'un aigre sourire. « On peut considérer, je suppose, qu'ils ont eux aussi, pour se ménager, adopté la tactique de la femme de César. Navrés, Marty, mais nous ne pouvons nous permettre d'associer l'image de marque, vierge, immaculée et resplendissante, de notre société au nom de votre entreprise criminelle et dépravée.

— Autrement dit ?

— Bref, nous avons survécu, Marty. Sans compression de personnel.

— En faisant faire des heures sup aux petits gars du fond, j'imagine ? » Pour autant que Blake pût en juger, la survie de *Manhattan Executive* n'avait pu être assurée qu'à ce prix. La seule chose que les prêteurs de cautions aient à protéger est le fric, et le fric n'a cure de son image de marque.

« Par un effort conjugué. Tout le monde s'est ceint les reins. » Elle abaissa les yeux sur la surface polie de son bureau, secoua la tête : « Nous avons envoyé même Paul Rosembaum à Pittsburgh sur la piste d'un violeur. La chose aurait presque pu prêter à rire, si nous n'avions été à ce point aux abois. »

Paul Rosembaum était l'expert-comptable au criminel de Manhattan Executive. Lorsque certains cadres d'entreprise truquaient les comptes, Paul, lui, était le maître queux chargé de démêler l'imbroglio. Blake s'efforça de se l'imaginer maraudant dans les rues chaudes de Pittsburgh, se frayant un chemin à coups de coude dans les bars de motards bondés à craquer et affrontant des accro aux amphés aux paupières tatouées.

« Les choses se sont un peu arrangées, depuis. » Joanna releva les yeux, cherchant ceux de Blake. « En partie parce que tu n'as pas été traduit en justice, et en partie parce que les gens ont fini par oublier l'affaire. Mais ça ne signifie pas pour autant que nous ne marchons pas sur des œufs. Et ça ne veut pas non plus dire que je peux te réintégrer dans le bureau de devant. »

Les oubliettes. Blake ne put réprimer une moue

amère. Les clients de Joanna l'avaient doublée et, à présent, elle allait à son tour le trahir.

« Alors, où comptes-tu me mettre, Joanna. Dans la salle des ordinateurs. Ou bien encore tout au fond, au placard, avec les chasseurs de primes ?

— Les rabatteurs », rectifia-t-elle machinalement. À un moment donné, ç'avait été entre eux deux une blague récurrente. « Mets-toi à ma place, Marty. Ton coup de fil de la semaine dernière m'a prise au dépourvu. Au bout d'une année entière sans nouvelles de toi, j'ai cru comprendre que tu avais pris d'autres dispositions, peut-être même, qui sait, monté une affaire à ton compte.

— Arrête tes conneries, Joanna. Tu n'as jamais, de toute ton existence, été prise au dépourvu. »

Elle se leva, marcha jusqu'à la fenêtre située derrière son bureau et tira le rideau. Depuis son loft, situé au huitième étage d'un immeuble de Greene Street, la vue sur le centre-ville était sublime. Blake s'était souvent demandé pourquoi elle avait choisi de voiler ses fenêtres de rideaux, et de doubler qui plus est ces mêmes rideaux de tentures.

« Vrai ou faux, ça ne change rien aux faits. Je *ne peux pas* te réinstaller dans un des bureaux de devant. »

Blake mourait d'envie de se lever et de lui claquer le baigneur. De lui mettre les points sur les *i*, de lui expliquer par le menu ce qui serait arrivé s'il l'avait balancée au procureur. S'il avait envoyé Joanna Bardo en taule. Il avait, pour sa part, passé les pires quarante-huit heures de toute son existence dans les cellules de détention du Dépôt. Lorsqu'il avait découvert que toute sa dureté apparente ne pesait pas mieux que merde en barres dans un monde où les hommes s'entre-tuent pour une paire de baskets. Pendant leur sommeil.

« Tu veux qu'on aborde le problème de l'indemnité de licenciement ? Dans la mesure où tu me vires ?

— Nous ne sommes pas obligés d'en venir à cette extrémité. » Elle laissa retomber le rideau, tourna son visage vers lui. « On peut trouver un compromis. Un arrangement. »

Parfait, se dit Blake. À la cour d'un monarque absolu, rien ne se passe jamais de façon franche et directe. On doit respecter un protocole, manœuvrer, louvoyer, manipuler les esprits. L'envie de se prosterner le taquina subitement.

« Un arrangement ?

— Viens faire un tour avec moi. »

Blake (qui fermait la marche, comme de bien entendu) ne manqua pas de remarquer, non sans une certaine joie mauvaise, le balancement ostensible des fesses de Joanna. En dépit de toutes ses prétentions patriciennes, elle avait l'arrière-train charnu d'une paysanne, les hanches épaisses et de lourdes cuisses, parcourues d'ondulations et de frémissements.

Elle le conduisit hors de son bureau, puis lui fit longer un petit couloir jusqu'à une porte. Porte qui, Blake ne l'ignorait pas, donnait sur les infâmes bureaux du fond.

« Écoute, Joanna, au cas où je ne me serais pas montré suffisamment clair... Je n'ai pas la moindre envie de devenir chasseur de primes.

— Rabatteur.

— Appelle ça comme tu veux, c'est du pareil au même. C'est bien trop dangereux, bien trop dingue pour moi. » Le chavirement qu'il éprouvait au creux de l'estomac laissait néanmoins pressentir (à ses yeux, tout du moins) qu'il accepterait bel et bien le poste si d'aventure elle le lui proposait. Qu'il n'avait pas vraiment le choix en la matière. Si Joanna refusait de le reprendre, aucune des quatre ou cinq autres boîtes qui constituaient l'élite de la profession n'y consentirait. Il ne lui resterait plus désormais qu'à choisir entre la tourbe et une autre activité professionnelle.

« De fait, ce n'est pas exactement ça que j'avais en tête. »

Joannna poussa la porte, dévoilant une vaste pièce, vide et formidablement poussiéreuse. À peine un an plus tôt, elle aurait été remplie des cow-boys de Joanna.

Blake entra, regarda autour de lui. Les bureaux, plus petits, étaient tout aussi déserts. « Ça fait plus longtemps que je ne l'aurais cru, à ce qu'on dirait.

— J'ai monté une autre société, sous le nom de *Woodside Investigations*, pour couvrir leurs fonctions, et j'ai déménagé dans le Queens la totalité de leurs bureaux. *Manhattan Executive* se charge de leur gestion informatique, et la leur facture. C'est le seul lien qui subsiste encore entre les deux boîtes.

— Ça a dû te coûter une fortune. Tu ne m'as pas dit que tu avais connu des difficultés financières ?

— Vinnie Cappolino et Walter Francis ont engagé la plus grande partie des fonds. Ils détiennent cent pour cent du portefeuille.

— Une véritable alliance avec le diable. Walter est encore moins fiable que Vinnie. Combien de temps, avant que l'un des deux ne mène tout droit la boîte au suicide financier ? Six mois ? Un an ?

— D'ici là, je n'aurai plus besoin d'eux. »

Blake recula d'un pas, tout en se disant que la chose aurait dû lui sauter aux yeux.

« Pourquoi n'avoir pas bouclé définitivement ? À quoi bon cette mise en scène ?

— Vinnie, Walter et tous les autres étaient avec moi depuis un bon bout de temps. » Elle hésita, chercha dans la poche de sa veste un paquet de cigarettes, de ces cigarettes auxquelles elle avait renoncé depuis des années. Sa main ressortit vide de sa poche, et elle la fixa pendant un instant avant de se retourner vers Marty Blake : « Au cours des quelques derniers mois, nous avons commencé à offrir nos services aux politiques. Rien de bien marquant ; pour le moment du moins, mais les potentialités du marché sont énormes. Je n'ai nullement besoin de te dire que les politiciens et les partis politiques sont encore plus chatouilleux que les multinationales, s'agissant de leur image de marque. "Discrétion" est leur vocable de prédilection.

— Je vois parfaitement où tu veux en venir, Joanna, mais... Néanmoins, encore une fois... À quoi bon toute cette comédie ?

— Parce qu'ils ont bien mérité qu'on leur donne leur chance. Vinnie et Walter. Une chance de commettre leurs propres erreurs. Je leur dois bien ça, et j'ai toujours réglé mes dettes. »

Blake opina sentencieusement. Elle en venait enfin au fait.

« Pas de traces écrites, Joanna ?

— Les dettes grèvent l'avenir, Marty. Surtout lorsqu'on n'a pas la haute main sur leur date d'échéance, le lieu et la nature de leur remboursement. »

Blake la planta là, tourna les talons et regagna le bureau de Joanna, en lui laissant le soin de fermer la marche. Lorsqu'ils furent dans le bureau, et qu'il fut lui-même confortablement installé, il alla droit au but.

« Rembourse-moi ta dette, Joanna », dit-il sereinement.

« Je ne sais pas si je pourrai jamais convenablement te...

— Arrête tes salades. Tu n'es pas la putain de reine d'Angleterre. Dis-moi tout simplement ce que tu as derrière la tête. »

La grossièreté la fit tiquer, et il lui fallut une bonne seconde pour se ressaisir.

« Je veux que tu ouvres ta propre boîte.

— Comme ce brave vieux Vinnie, et ce bon vieux Walter ?

— Tu n'es pas comme eux, Marty. Tu es équilibré, instruit. » Elle se pencha en avant, très boulot-boulot. « Laisse-moi d'abord te soumettre un cas de figure, ensuite dis-moi comment tu réagirais. Un client téléphone, un très gros client, pourvu d'un très gros compte en banque. Il t'annonce que le mari de sa sœur a mis les voiles avec les gosses. "Divorce épouvantable ; situation déplorable ; la petite sœur qui n'arrête pas de chialer ; Maman qui ne vit plus, privée de ses petits-enfants." Il exige — non, rectification, il *aimerait* — que tu retrouves les gosses. Qu'est-ce que tu fais ? »

Blake haussa les épaules. Difficile de refuser l'affaire et encore plus difficile de l'accepter. La facette "conjungo" de la profession avait encore plus mauvaise réputation que sa facette "chasseur de primes".

« Second cas de figure. » Joanna s'interrompit pour remplir leurs tasses. Sans même le lui demander, elle ajouta un morceau de sucre et un nuage de lait dans celle de Blake, puis la lui tendit. « Le conseiller Smith te téléphone. Son frère Joe vient d'être arrêté pour vol à main armée. L'avocat de Joe compte engager un détective privé pour intimider des témoins, établir un alibi. Tout ça dans la plus grande discrétion, bien entendu, parce que le conseiller Smith prône un programme sécuritaire, rétablissement de l'ordre public et tout et tout. Il ne peut en aucun cas être pris en flagrant délit de service rendu à un vulgaire criminel, même si celui-ci est de sa famille. De fait, il a déjà fait une déclaration à la presse, comme quoi il a toute confiance dans la justice de son pays. »

Blake était vaguement tenté de broyer entre ses mains la tasse en porcelaine de Limoges de Joanna, rien que pour voir sa réaction. Il sentait se dissiper lentement son désarroi initial, éprouvait, à le voir s'effilocher ainsi et se fondre dans le néant, une espèce de soulagement sans mélange, d'indicible béatitude.

Surtout, ne lui en laisse rien voir, s'exhorta-t-il. Pas une bribe, pas la première putain de bribe.

« Voyons si j'ai bien tout compris. Tu comptes me confier tes affaires les plus foireuses. Celles qui sont trop sordides pour relever de *Manhattan Executive Security*. Ma boîte sera une authentique cuvette de chiottes. C'est à peu près ça ? »

La petite bouche menue de Joanna Bardo se pinça encore plus. Ses narines palpitèrent et ses yeux s'étrécirent. Elle en avait ras le bol et Blake en était parfaitement conscient.

« Annonce la couleur, Joanna », fit-il promptement.

« Je ne te demanderai rien qui puisse remettre ta licence en cause.

— Fort attentionné de ta part.

— Bien entendu, nos ordinateurs et nos techniciens seront entièrement à ta disposition. Moyennant une remise de trente pour cent. Tu ne nous régleras que lorsque tu auras touché les honoraires de tes clients.

— Cinquante pour cent, Joanna. Et si je n'arrive pas à me faire payer, tu passes l'éponge.

— À cinquante pour cent, j'en suis de ma bourse.

— Tu pourras toujours te refaire en facturant quelques heures de plus à un tiers. » Blake se garda bien de faire allusion au fait que Joanna salait *déjà* ses factures. « Et je veux pouvoir disposer de tout le matériel de surveillance dont j'aurai besoin. À moins que tu n'aies l'intention de me verser dix mille dollars pour m'acheter mon propre matériel.

— Tu pourras disposer librement de tout ce qui n'est pas déjà en service. »

Blake reposa sa tasse et se pencha en avant. Il rêvait depuis belle lurette de se mettre à son compte (Joanna, bien évidemment, ne devait pas l'ignorer, et elle en avait tenu compte dans ses calculs), mais n'avait jamais réussi à puiser en lui le courage d'affronter les années de vaches maigres. À présent que *Manhattan Executive* se disposait à lui fournir du travail, tandis qu'il pourrait de son côté constituer sa propre clientèle, il ne semblait plus y avoir aucun risque.

« Je travaillerai tout d'abord chez moi. Tu ferais pas mal de prévenir tes clients qu'ils ne doivent pas s'attendre à trouver des antiquités. » Blake attendit qu'elle eût acquiescé d'un hochement de tête pour poursuivre : « Et il va me falloir une espèce de garantie. De sécurité. Au cas où tu serais dans l'incapacité de me fournir assez de travail pour remplir mon frigo.

— N'aie crainte, je veillerai à te donner du travail. En fait, j'ai d'ores et déjà quelque chose pour toi.

— Tu ne le croiras jamais, mais ça ne me surprend aucunement. »

Le sourire de Joanna, cette fois-ci, était sincère. Blake put s'en rendre compte au seul froncement de son nez. C'était le sourire d'une petite fille qui rapportait à la maison un bon bulletin scolaire.

« Crois-moi, Marty, j'y réfléchis depuis un bon bout de temps. Je me sens tout à la fois responsable de toi... Et fichtrement reconnaissante. Ça va marcher, j'en suis intimement convaincue. Tu as l'indépendance, l'intelligence et la ténacité requises. *Et* tu sais utiliser un tableur. L'idéal. »

QUATRE

La devanture du *Foley Grill* donnant sur Spruce Street, et que les piles de pierre du pont de Brooklyn et la toile d'araignée de ses câbles plongeaient dans la pénombre, n'était pas moins discrète et tout aussi banale que celle de n'importe quel bar du coin des faubourgs de New York. De fait, Marty Blake, en quête de la cantine de midi susceptible d'exercer ses attraits sur la superstar du barreau qu'était Maxwell Steinberg, passa devant — à deux reprises, pas moins — sans la remarquer. Peut-être le *l* absent du mot "*Foley*" — à moins que ce ne fussent le *r* et le *i* qui manquaient à "*Grill*" — y fut-il pour quelque chose. Ou bien encore les carreaux encrassés de suie, la peinture verte décrépite de l'étroit vantail, le clodo qui faisait la manche dans l'entrée. Toujours est-il qu'au moment de pousser la porte, la dernière chose qu'il s'attendait à trouver, c'était un maître d'hôtel aussi déterminé qu'inflexible, qui paraissait faire une fixette sur les cravates.

« Navré, monsieur, mais le port de la cravate est obligatoire au *Foley Grill*. » Il secoua la tête (lentement, bien évidemment, pour ne pas déranger la belle ordonnance de son brushing), et baissa les yeux. « Règlement interne de la maison. Vraiment désolé.

« — Et lui, alors ? » De la pointe du menton, Blake avait sèchement désigné un homme dépourvu de cravate installé au bar. « Et *lui*, là ? Et *lui* ? »

Le maître d'hôtel s'autorisa une mimique à double sens, digne d'un Ralph Kramden réagissant à une plaisanterie un peu osée : « Je vais devoir m'entretenir avec ces messieurs. »

Blake sourit poliment : « Prêtez-moi une cravate, alors, et je la passerai.

— Nous n'en avons pas, monsieur. Vous aviez réservé ?

— Aucunement. » Blake s'accorda une petite minute de réflexion, le temps de faire le compte des complets à cinq cents dollars disséminés dans le restaurant. Il s'arrêta à vingt, mis en joie par cette forme de snobisme à l'envers qui incitait l'élite des juristes de Manhattan à fréquenter un égout comme le *Foley Grill*. La pléthorique abondance de tribunaux locaux, fédéraux et nationaux qui s'entassaient dans le centre administratif de Manhattan expliquait fort probablement leur nombre élevé, mais il y avait là des hommes (et quelques femmes) qui auraient pu sans sourciller s'offrir les *Four Seasons*. Et la limousine qui allait de pair, pour les y conduire et les en ramener.

« Peut-être dans un autre restaurant. Quoi qu'il en soit, toutes nos tables sont occupées. »

Blake opina pensivement. À Hollywood, les légumes auraient été des stars de l'écran ; ici, à Manhattan, c'étaient des juristes. Dans les deux cas, de toute façon, c'était uniquement une affaire de statut social : de déterminer ceux qui méritaient, ou ne méritaient pas, de baigner dans la glorieuse lumière qui émanait de toutes ces célébrités rassemblées.

« Oh, ce n'est pas une table que je cherche. » Blake

lui décocha un sourire affable, aussi prompt que penaud. « Et si je change de restaurant, le gros type que vous voyez là, avec sa moumoute à deux sous, risque d'être fort déçu. Il m'attend, figurez-vous. »

La bouche du maître d'hôtel se plissa en une moue revêche. « Que ne l'avez-vous dit plus tôt ? » Le timbre de sa voix était celui d'un gosse de huit ans qui vient de se faire tanner le cuir par la petite terreur du quartier.

Blake glissa un billet de dix dollars dans la main de l'homme, regarda les yeux de ce dernier se poser fugacement sur la coupure.

« Parce que je n'ai pas l'intention de me joindre immédiatement à lui. J'aimerais avant tout prendre un verre au bar. »

Le maître d'hôtel, qui avait recouvré toute sa dignité, opina solennellement. « Faites, monsieur, faites. Et un excellent appétit. »

Appétit ? Blake savait qu'il aurait de la chance s'il parvenait à soutirer à Maxwell Steinberg une bière digne de ce nom. Il commanda une tasse de café, endura stoïquement l'aigre froncement de sourcils désapprobateur du barman, puis lui tourna le dos pour étudier son client en puissance. Blake se faisait lucidement de sa propre personne l'image d'un caméléon, d'un type "protéiforme". Il s'était lui-même dépeint à une certaine occasion (à Joanna Bardo, en l'occurrence) comme un individu "superficiel" : "tu grattes le vernis et, dessous, tu trouves au mieux de la curiosité". C'était précisément cette absence de noyau dur, d'un Marty Blake substantiel, à la charpente interne rigide, qui lui permettait de présenter à son commensal du moment l'apparence que ce dernier souhaitait lui voir prendre.

Donc, sous quelle apparence Maxwell Steinberg préférerait-il le voir ? Blake observa les habitués, les regarda faire leur cour et s'arrêter devant la table de Steinberg pour marmonner quelques mots. Steinberg s'employait à enfourner de pleines fourchetées de homard, mais n'en perdait pas une miette. Et ne proposait à personne de s'asseoir à sa table. Le seul moyen d'évaluer l'importance relative des divers courtisans adhérait de façon branlante au chef de Max Steinberg. La célèbre moumoute baladeuse. Un peu comme si quelque alchimiste des temps modernes, qui n'aurait strictement rien compris à l'économie, avait de propos délibéré transmuté des cheveux humains en pur polyester. La texture lisse et filasse du toupet contrastait violemment avec les cheveux drus qui frisottaient sur les oreilles de Steinberg. La couleur avait passé, elle aussi : un orange terne, légèrement grisonnant, posé sur une couronne de cheveux qui hésitaient entre blanc et jaunâtre.

Mais la moumoute elle-même, la moumoute tangible, matérielle, était la cerise sur le gâteau. Si encore elle était toujours restée à la même place (si seulement il s'était donné la peine de la fixer à l'adhésif) Steinberg n'aurait eu l'air que d'un vieil imbécile pompeux comme tant d'autres. Mais elle ne tenait pas en place, serait-ce un dixième de seconde. Elle frétillait vers la droite, se trémoussait vers la gauche, retombait très bas en arrière, puis glissait en avant pour venir ombrager son front. La mastication la faisait ramper sur son crâne — d'une tempe à l'autre. La consternation (telle qu'on pourrait en déployer pour entendre la déposition d'un témoin de l'accusation particulièrement navrant) lui imprimait une sorte de grésillement, évoquant un crachat sur un gril porté à blanc

« Eh, mec. »

Blake se retourna, et vit une tasse de café posée sur le bar. « Ça fera quatre dollars.

— Soyez gentil de le boire à ma santé. » Il tendit un billet de cinq dollars, abandonna sa tasse à son destin et se retourna de nouveau, juste à temps pour apercevoir un jeune homme au sourire carnassier et au costume suffisamment bien coupé pour rendre à peu près présentable son corps mou et replet entreprendre le grand homme. Le jeune freluquet parlait à toute vitesse, mais Steinberg ne releva même pas les yeux. Sa perruque, flagrante rebuffade, couvrait désormais la totalité du front de l'avocat.

Ce que cherche Steinberg, en conclut Blake, c'est un mec coriace qu'il puisse malmener un peu. Rectification, pas malmener... manœuvrer. Il faut absolument qu'il ait le dessus. Même s'il doit en crever.

Après son entrevue avec Joanna Bardo, Blake s'était rendu directement dans la salle des ordinateurs de *Manhattan Exec*, et il avait entré le nom de Maxwell Steinberg dans une base de données du nom de NEWS-SEARCH. Dix minutes plus tard, il tenait entre les mains trois coupures de presse, dont deux provenaient des quotidiens *The New York Times* et *The Daily News*, et dont la troisième était extraite du *New York Trial Lawyers' Journal.* Les portraits esquissés par les quotidiens, qui tous deux traitaient du flamboyant Steinberg, laissaient entendre qu'il avait divorcé par trois fois, avait déposé deux fois le bilan pour faillite personnelle et avait fait l'objet au moins une fois d'un blâme du conseil de l'ordre des avocats du barreau de New York. La moumoute, bien entendu, avait joué un rôle de tout premier plan dans les deux articles, mais tous deux faisaient remarquer que, lorsque les circonstances l'exigeaient (par exemple lorsque Steinberg affrontait personnellement un jury), la défroque de bouffon tombait comme par magie, pour laisser apparaître le vrai Steinberg, tel un prince charmant sortant du corps d'un crapaud hideux. Le *News* l'avait comparé à Svengali ; le *Times*, beaucoup plus sobrement, à Clarence Darrow[1].

Le *Trial Lawyers' Journal*, de son côté, s'était tout d'abord abondamment répandu sur ses effets de manchette, puis avait poursuivi en mettant l'accent sur ce qui, selon eux, faisait de Steinberg un si prodigieux avocat. D'après ledit *Journal*, Steinberg se lançait dans la bagarre dès qu'il prenait un client en charge. Ses motions, méticuleusement préméditées, volaient au visage des juges et des procureurs comme autant de confettis lors d'une parade sur Broadway. La moindre pièce à conviction, la moindre preuve était contestée, et cela avec deux objectifs en tête : en tout premier lieu, bien entendu, la rendre irrecevable ; et, en second lieu, établir d'ores et déjà le bien-fondé d'un pourvoi en cassation, au cas où son client serait condamné. Les experts qui témoignaient à charge se voyaient irrévocablement infliger le démenti des propres experts de Steinberg, experts encore plus experts, si possible, que ceux de l'accusation. À certaine occasion, particulièrement mémorable, il avait même déniché un docteur en philosophie de l'Oregon, tout disposé à témoigner sous serment que les fragments de plomb extraits du cerveau de la victime d'un homicide provenaient de la mine de graphite d'un crayon.

Blake inspira profondément, embraya mentalement et passa la première. Il s'efforça, pendant qu'il traversait la salle, d'imprimer à sa démarche une certaine souplesse, une élasticité et une assurance athlétiques. Il n'aurait pas dû se donner cette peine. Steinberg ne con-

---

1. Défenseur de John T. Scopes, l'instituteur du Tennessee inculpé pour avoir professé les enseignements de Charles Darwin.

sentit à relever les yeux que lorsque Blake se tint immédiatement devant sa table.

« Monsieur Steinberg ? Marty Blake. »

Les sourcils de Steinberg s'arquèrent, repoussant la moumoute en arrière de cinq bons centimètres.

« *Boychick*, asseyez-vous donc, je vous en prie. »

Un serveur apparut, tira une chaise, et parvint même à se fendre d'un petit sourire discret. Blake prit place.

« Oscar, un cognac pour mon ami Martin Blake. Nous allons boire du cognac cet après-midi, Martin. Histoire de fêter ça. Ce matin, j'ai sorti un violeur du pétrin. Un bon point pour ma légende, autant pour le reste du monde. *Lèh'ayim.* »

Blake hocha la tête, consacra quelques secondes à étudier le visage de l'avocat. C'était un visage ingrat, sans aucun doute, exactement comme l'avait décrit le reporter du *Daily News* — peu soigné, des sourcils poivre et sel broussailleux toisant des yeux noirs pleins de pénétration ; un nez charnu et proéminent, surplombant une bouche mince au prognathisme prononcé. Blake crut voir en l'avocat l'un des gosses maussades qui passent leur enfance dans un recoin de la cour de récré. Se planquant tout à la fois des petites brutes, des sportifs et des quilles.

Oscar claqua des doigts et un second serveur apparut à ses côtés. « Hennessy pour Mister Blake, Ryan. »

Ryan signifia qu'il avait compris d'un hochement de tête et les deux hommes s'éloignèrent, confirmant ce faisant le pressentiment qu'avait eu Blake, s'agissant de son statut personnel. Il méritait certes une boisson, mais il n'était pas question de lui payer un repas.

« Martin, vous êtes irlandais, n'est-ce pas ? Je devrais peut-être vous épargner le yiddish ? »

Blake sourit, tapota la table du bout de l'index.

« N'allez surtout jamais dire ça à ma mère. Elle est persuadée que je suis juif.

— Votre mère est juive ? » La mâchoire de Steinberg tomba. « Alors, vous êtes juif. Selon la loi.

— Quelle loi ? La loi juive ? La loi juive n'est pas ma... »

Steinberg plissa les yeux : « La loi nazie. La loi d'Hitler. Et c'est loin d'être terminé, Martin. Vous avez vu les Allemands d'aujourd'hui ? *Auslander raus !* Gentils tout plein, non ? S'il y avait encore des Juifs en Allemagne, on aurait droit à *Juden raus !* Sinon pire. » Il se pencha par-dessus la table, effleura la manche de Blake : « Dans ce pays, les Juifs ont du bol. Les Noirs prennent à notre place. Mais patientez, Martin, patientez. Notre tour viendra. »

Blake opina pensivement, tout en se disant qu'il ferait peut-être mieux de ne pas révéler à ce guignol que le père de sa mère était allemand.

L'avocat se rejeta en arrière dans sa chaise, se massa les yeux et secoua lentement la tête : « Ça ne vous dérange pas trop, au moins, que je prenne mon temps avant d'en venir au fait ? Que je me mélange les pédales comme un vieux poivrot ? » Du revers de la main, il balaya la réponse courtoise de Blake. « Mais, si on ne peut plus célébrer une victoire, autant être mort et enterré ? Aujourd'hui, j'ai tiré un violeur du pétrin. »

Ryan, le second serveur, réapparut avec la bouteille de Hennessy. Blake en but une gorgée, la garda un instant dans sa bouche, puis l'avala consciencieusement.

« Eh bien, Blake, voulez-vous savoir comment je sais que ce violeur en était effectivement un ? Il me l'a avoué, tout bonnement. Il est entré dans mon bureau en se trémoussant et m'a annoncé, texto : "Les flics me cherchent. J'ai commis un viol. Tirez-moi de la merde."

— Dans ces termes exacts ? » Blake contempla son cognac, frissonna, puis se retourna vers Steinberg.

« Bon, peut-être pas *exactement* dans ces termes. Mais c'est grosso modo ce qu'il voulait dire. Il m'a tout raconté dans le détail.

— Et qu'avez-vous fait ?

— Moi ? Je me suis frotté le gras du pouce du bout de l'index. "Pognon", lui ai-je dit. "*Dinero, gelt.*" Il a essayé de me promener pendant dix minutes, en pleurnichant et en se lamentant sur ses problèmes de fric. "Mettez-y une sourdine", ai-je fait. "J'aimerais vous poser quelques questions. Tout d'abord... Cette femme que vous avez violée, c'était la copine de votre meilleur ami, non ?"

— "Ouais", il répond.

— "Et vous êtes passé chez elle avec l'idée de la baiser derrière la tête. Que ça lui plaise ou non ?"

— "Ouais, eh bien... Euh..."

— "Et elle a refusé et elle s'est débattue. Exact ?"

— "Ouais."

— "Et vous l'avez quand même baisée."

— "Je ne vois pas où vous voulez en venir."

— "Voilà très exactement où je veux en venir : pas de rabais pour les violeurs. Vous voulez qu'on vous tire du pétrin, alors payez le prix. Le prix de la liberté que je peux vous obtenir, quelle qu'elle soit." »

Blake réprima un haut-le-cœur qui frisait la nausée. Tous les avocats au criminel n'acceptent pas les affaires de viol, surtout lorsque le client est aussi visiblement coupable que celui que venait de décrire Steinberg.

« Une fois qu'il a eu compris ma position, on n'a eu aucune difficulté à se mettre d'accord. Soixante-quinze gros billets plus les frais, qu'il a pompés à son rupin de paternel. Quant à moi, je me mets illico à claquer ses sous tous azimuts. Je déniche deux gros pontes de la médecine, disposés à déclarer sous serment que les ecchymoses vaginales auraient fort bien pu être provoquées par des relations sexuelles normales. Et, croyez-moi, pour ce qui est de la bagatelle, elle en a eu son content, vu qu'elle a tellement tiré son coup que la tête lui tourne dès qu'elle se tient peinarde. Ses ex-petits copains sont prêts à déclarer qu'elle aimait faire ça à la vache, et le fait qu'elle soit en analyse depuis l'âge de treize ans ne risque pas de faciliter sa tâche au procureur. Puis je m'en prends aux pièces à conviction, lesquelles se réduisent peu ou prou à des sous-vêtements déchirés. Il se trouve, comme par hasard, qu'on ne peut plus remettre la main sur le mémo d'accompagnement rédigé par le policier de garde qui a transmis lesdits sous-vêtements au labo de médecine légale du Un, Police Plaza. Boum, à la poubelle la culotte, et le soutif suit dans la foulée. Maintenant, il me reste plus qu'à attendre que ces fumiers la ramènent. »

Steinberg se pencha en avant, tapota derechef la manche de Blake. Ses yeux se réduisirent à deux fentes étroites : « Les flics ont inculpé mon client de viol avec préméditation, aggravé de séquestration abusive. L'un dans l'autre, il risque de vingt-neuf ans à la prison à vie, en partant du principe que les juges requerront l'application de la loi sans confusion des peines, ce qui est très exactement ce qui se passera, selon le DA, si nous exigeons d'aller jusqu'au procès. Néanmoins, et parce que le procureur, dans son infinie bonté, ne veut pas infliger à la pauvre enfant le martyre d'une déposition à la barre, mon client n'écopera que de cinq ans ferme, dont il ne purgera que trois, si nous acceptons de plaider coupable d'un viol sans préméditation.

« Donc, nous en arrivons à l'audience préliminaire et

je noie tellement le juge sous la paperasserie qu'il manque d'en chier dans son froc. Je récuse tout, sauf peut-être le PQ des toilettes messieurs. Le juge ne prend même pas la peine de fixer une date pour le procès. Il ne sait pas quand il prononcera sa décision. Il ne peut pas me blairer et trahit très clairement, par son attitude, que cette exécration s'est reportée sur mon client. Ce qu'il ne sait pas, c'est qu'un client tel que le mien — un môme de la classe moyenne affligé d'un ego monstrueux — ne fait absolument pas la différence entre cinq ans et vingt-cinq. Qu'il a les deux genoux qui se mettent à flageoler dès que la perspective de passer cinq minutes en taule lui traverse l'esprit. Donc, quand je lui explique : "Détends-toi, petit, tu n'y passeras même pas une journée", il ne bronche pas d'un poil.

« Nouveau compromis : viol au troisième degré. Mon client prend cinq ans, se tape un an de ballon et fait son temps dans une section spéciale réservée à la réinsertion des délinquants sexuels. Je me souviens encore, comme si ça faisait à peine dix minutes, de la substitut du district attorney en train de me proposer le marché. On avait l'impression qu'elle allait se mordre la langue, à se la trancher net, tellement elle m'avait dans le nez. "Je ne crois pas", je lui rétorque. "Je n'ai pas plaidé depuis un bon moment. J'ai envie d'un peu d'action. On verra bien ce qu'il en ressortira."

« Ce qu'il en est ressorti, c'est qu'ils ont fini par laisser courir. Deux jours avant le procès, ils ont proposé à mon client "inconduite sexuelle", une vétille. Trois cents heures de travaux d'intérêt public et deux ans de psychothérapie. Sans incarcération. Très exactement ce que je lui avais promis. »

CINQ

Blake changea de position, tripota distraitement une fourchette à dessert sans emploi. Se demandant ce que Steinberg voulait exactement. Que peut-on bien répondre à un type qui vous explique, alors que vous le connaissez depuis cinq minutes, qu'il passe sa vie à vider des fosses septiques à la cuiller à soupe ?

Wouah, c'est génial. Et si obligeant à vous de ne m'épargner aucun détail ?

L'avocat, pendant ce temps, avait légèrement penché la tête sur la gauche et le considérait d'un œil unique, étroitement plissé. Comme s'il attendait sa réponse.

Blake se résolut enfin à lever son verre ballon et à se fendre d'un clin d'œil, tout en s'efforçant de garder à l'esprit que rien ne l'obligeait à accepter cette affaire.

« *Lèh'ayim* », dit-il. En laissant à ce gros poussah le soin de traduire tout seul ce qu'il entendait exactement par *là*.

Steinberg se redressa : « *Lèh'ayim*. Et comment. À la vie. Parce que c'est très exactement ce que c'est pour un avocat au criminel. Ce de quoi la vie est faite. Un sac à merde derrière l'autre. Et plus vous devenez célèbre, pires ils sont. Usuriers, maquereaux, affranchis, violeurs. » Steinberg se pencha en avant mais, cette fois-ci, il laissa en paix la manche de Blake. Il lui agrippa le poignet et le broya. « Un certain jour, voilà environ quatre ans, j'étais assis dans mon bureau. Je venais tout juste de gagner un procès. Une victoire suivie d'une célébration, exactement comme aujourd'hui. Je n'irai pas jusqu'à dire que j'étais saoul, mais je me sentais remonté, agressif. Vous voyez le genre, un peu comme ce boxeur, John L. Sullivan, quand il arpentait les rues et entrait dans les bars en hurlant : "Je peux torcher n'importe qui dans cette baraque." »

Blake retira son bras, s'apprêta à dire quelque chose, puis finit par se persuader que la discrétion est la plus belle démonstration de bravoure. Il s'exhorta à patienter, se convainquit que Steinberg finirait tôt ou tard par se résoudre à parler affaires. Ce n'était pas comme s'ils s'apprêtaient à déjeuner ensemble.

« Donc, je suis assis à mon bureau », poursuivit Steinberg, « imperméable à l'affliction, quand une idée subite me traverse l'esprit : combien de tueurs ai-je décrochés de l'hameçon ? Combien y a-t-il de cadavres dans mes placards, dans mes dossiers, dans mon bilan annuel, sur ma feuille d'impôts ? Puis-je remplir ma maison de leurs fantômes ? À raison d'une victime par pièce ? Sous chaque lit ? Dans la douche ? Le réfrigérateur ? L'armoire à pharmacie ?

— Vous êtes cinglé, Steinberg. » Blake secouait la tête, un hochement de tête dont il espérait qu'il exprimait l'admiration. Il sirota une gorgée de son cognac, tout en se rendant compte qu'il était la proie d'une agitation de plus en plus fébrile et tout à fait prévisible. S'il continuait dans ce sens, il passerait outre à cette fébrilité pour entrer carrément en état d'hostilité déclarée. Il reposa son verre, bien décidé à ne plus le reprendre en main.

« Tout d'abord, me suis-je dit en mon for intérieur »,
poursuivit Steinberg en feignant d'ignorer la remarque
de Blake, « ne parlons que des homicides prémédités,
mais c'est là que je me décide à dénombrer *tous* les
meurtres. Parce que, pour la victime, n'est-ce pas, c'est
du pareil au même ? Donc, je vais jusqu'à mes fichiers
et je commence à compulser mes dossiers. Je compte
tous les meurtres dont je suis intimement persuadé que
mes clients sont coupables — *tous*, tout compte fait —
et, à chacun, je trace un petit bâton sur mon papier à
lettres à base de coton égyptien recyclé à cinquante
pour cent. Arrivé à vingt-cinq bâtons, je renonce. Mon
dernier client est un dénommé Minelli, boucher en
gros. Il a haché menu son associé au tranchoir. Lui, pas
moyen de le décrocher de son esse. Vous saisissez l'allusion, non ? Le crochet du boucher ? »

Steinberg s'interrompit, se laissa aller en arrière.
Blake savait pertinemment qu'on attendait de lui qu'il
se force à rire, mais ne parvint même pas à sourire.

« Maintenant, écoutez-moi bien, Blake, parce que je
vais en venir au fait. À ce moment précis, assis au beau
milieu de mes dossiers éparpillés sur le sol, j'ai pris une
décision. Dès le lendemain, j'ai commencé à répandre
ce bruit : trouvez-moi un homme innocent inculpé de
meurtre à tort, et je le sors de taule.

— Ah bon ? Pas une femme innocente ? » Blake
remarqua que la moumoute commençait à glisser sur
son front. Mauvais signe. « Non, je blaguais, Mister
Steinberg.

— Max, je vous prie. Si nous devons continuer à
nous voir, appelez-moi Max. » La perruque freina, pila
finalement. « Voilà où je veux en venir : ce dont j'ai
une expérience surabondante, c'est d'innocents incul-
pés d'un meurtre qu'ils n'avaient pas commis. Ce dont

je n'ai en revanche aucune expérience, c'est d'innocents qui auraient plaidé coupable et auraient ensuite interjeté en appel. Vous avez une petite idée de ce dont je veux parler, Martin ? Vous vous y connaissez en procès ?

— Vous devriez peut-être me rafraîchir un peu la mémoire. » À la vérité, Blake n'avait jamais travaillé pour un avocat au criminel.

« D'accord. Bon, on vous agrafe, tout d'abord, puis on vous met en cause et ensuite enfin on vous inculpe. Pure question de bureaucratie, si vous voyez ce que je veux dire. La première occasion de se défendre laissée à votre client, c'est pendant l'audience préliminaire. À ce tournant de l'affaire, vous savez ce que l'accusation détient à votre encontre, du moins s'agissant des pièces à conviction, témoins oculaires, etc. Et ce que vous allez tâcher de faire, c'est d'en récuser le maximum. Jusqu'ici, vous me suivez ?

— Parfaitement.

— Très bien. Bon, il se trouve que le QI de ce prévenu particulier, un dénommé William Sowell, est de 68. Quand les flics viennent l'arrêter, ils lui déclarent qu'ils n'ont d'autre intention que de le blanchir, mais que, pour ce faire, ils ont besoin de son entière coopération. C'est le baiser de la mort, Martin. Si jamais on vient vous dire un jour qu'on veut vous innocenter, prenez immédiatement la poudre d'escampette. Mais ce gosse... qu'est-ce qu'il en sait ? C'est un SDF ; un demeuré ; un ivrogne. Soixante-douze heures plus tard, il signe une déposition. Il avoue.

« Martin, ce que je vous dis là, c'est du béton... Si j'avais été l'avocat de Billy Sowell, ces aveux n'auraient pas valu beaucoup plus que du papier à cul. Bon, entre-temps, l'avocat d'office du gosse a rédigé une plaidoirie

110

pratiquement incohérente, et le juge retient ses aveux et les fait verser au dossier. Ainsi qu'une présentation photographique des suspects et une confrontation tellement trafiquée qu'un étudiant en première année de droit ne l'aurait même pas laissée passer. Mais, le comble, c'est la séance d'hypnose. Réfléchissez un peu, Martin, tout ce dont dispose l'accusateur public, c'est des aveux signés de Sowell et d'un témoin oculaire qui prétend l'avoir aperçu à proximité du cadavre...

— C'est *tout* ? »

La moumoute se remet à glisser dangereusement en avant : « Joanna m'a dit que vous étiez expérimenté. Pardonnez-moi de vous dire ça, Martin, mais vous me paraissez légèrement ingénu.

— Navré, Max. Ça n'a pas grande importance, au demeurant, n'est-ce pas ?

— Pourquoi ça ?

— Je suis un enquêteur, pas un flic. Mon boulot, c'est de rapporter ce que je découvre, ni plus ni moins. » Il se garda bien d'ajouter que le champ de son expérience se limitait à travailler sous le manteau dans les salles d'ordinateurs des grosses boîtes. Qu'il n'avait pas la moindre expérience de la rue. « Mais continuez. Je ne porte aucun jugement de valeur.

— Écoutez, ce gosse a dix ans d'âge mental. Les flics l'ont interrogé pendant soixante-douze heures. *Aucune* preuve matérielle tangible ne permet de le relier à ce meurtre. Ils ont prélevé des échantillons de son sang et de ses cheveux, des fibres de son pardessus, analysé ses vêtements pour y chercher des traces de sang — *rien*. Je vous pose la question, Martin... Si vous étiez un juge, permettriez-vous à un jury d'entendre ces aveux ?

— Non », reconnut Blake. « Surtout s'il s'agit d'un attardé mental. Certainement pas.

— Très bien. À présent, venons-en au témoin magique. Quand ça commence, elle sort promener son chien à trois heures du matin. En débouchant dans la rue, elle aperçoit un homme debout devant une voiture, dont il s'avère qu'elle contient un cadavre, allongé sur la banquette arrière. Deux heures plus tard, elle donne de cet homme ce signalement : brun, les cheveux frisés, vêtu d'un pardessus coûteux. C'est tout. Pourtant, entre cette première description et le moment où elle dépose devant le Grand Jury, elle a réussi à se convaincre à cent pour cent que Billy Sowell, un ivrogne sans domicile fixe, portant une cicatrice de dix centimètres de long sous son œil droit, est bel et bien l'homme qu'elle a aperçu. L'homme qu'elle n'est pas parvenue à identifier deux heures après l'incident. Vous commencez à saisir la coupure, Martin ? »

Blake considéra son cognac, puis reporta son regard sur Steinberg. « Je suis tout ouïe. Poursuivez.

— Bon, maintenant, le comble. Le côté *mystère* de l'affaire. Trois semaines après ledit incident, le témoin, une certaine Melody Mitchell, se soumet à une régression sous hypnose. Vous savez de quoi il s'agit ?

— De vous faire remonter dans le temps, non ?

— Exactement. Bien, les flics ont recours à cette méthode depuis longtemps, des décennies, sinon plus. Et les tribunaux ont découvert que les individus hypnotisés étaient très influençables. Qu'on pouvait leur faire avaler n'importe quoi ; c'est aussi simple que ça. Dans la plupart des cas, non seulement les procureurs ne parviennent pas à faire admettre l'hypnose, mais encore perdent-ils leur témoin à tout jamais. En fait, la plupart du temps, le procureur ne tente même pas l'expérience. Surtout à New York, où les juges sont très pointilleux sur le chapitre des preuves. »

Steinberg s'accorda une courte pause. Il prit sa fourchette, joua un instant avec une bouchée de homard froid, puis se la cloqua dans la bouche. « Mais ce juge-ci a gobé toute la couleuvre. Et je ne suis pas en train de vous parler d'un fanatique à tout crin de la répression. Mais du juge John McGuire, qui s'est fait les dents dans l'*American Civil Liberties Union*[1]. John McGuire, qui brigue le siège fédéral. C'est à n'y pas croire, Martin, à n'y pas croire ! »

Blake regarda ses mains en se demandant ce qu'il devait en faire. Il en était au point où le Hennessy lui-même lui apparaissait comme une planche de salut. Les cigarettes, qu'il avait laissé tomber deux ans plus tôt, se rappelaient à lui comme le fantôme de son premier amour.

« Vous pensez à une combine ? Un genre de pression politique ? » Il prit son verre ballon, le vida et le reposa.

« Eh, c'est vous, le détective, Martin. Tout ce que je dis, moi, c'est que ce qui s'est passé n'aurait pas dû se passer. Et ce n'est pas tout. Une ou deux semaines avant la date fixée pour le procès de Billy Sowell, l'accusation lui a proposé un marché. Homicide par imprudence, assorti de six ans minimum d'emprisonnement. N'oubliez pas que le chef d'inculpation originel était meurtre au second degré, plus tentative de viol. Le meurtre encourt à lui seul une peine de vingt-cinq ans. Ça peut ressembler à une aubaine, car, dans des circonstances normales, on peut faire appel tout en purgeant sa peine. Le coup tordu, là-dedans, c'est que le marché ne tient que si Sowell renonce à faire appel. Ce qu'il a accepté, sur les conseils de son avocat.

1. La Ligue des droits de l'homme américaine.

— À vous entendre, Max, il vaudrait mieux fusiller tout de suite son avocat, dirait-on. À moins qu'il ne soit mouillé dans la combine ? Qu'en dites-vous ? »

Steinberg exprima sa désapprobation d'un grognement : « Vous mettez la charrue avant les bœufs. » Il se pencha en avant, laissa tomber ses coudes sur la table, et son menton entre ses mains. « Pour l'instant, on ne peut fonder un pourvoi en appel que sur l'incapacité de Billy Sowell. Ce que je veux dire là, c'est qu'il était trop bête pour plaider coupable, à ce point débile mental qu'il ne pouvait évaluer les conséquences de sa décision. J'aimerais *aussi* ajouter que son avocat n'était pas moins incapable. Un ivrogne, peut-être, ou bien un cocaïnomane. À moins qu'il n'ait eu des problèmes conjugaux ou n'ait été mis en examen à l'époque pour un délit qu'il aurait lui-même commis. Peu importe. Ce dont la cour d'appel aura besoin, c'est d'une bonne excuse, d'une raison qui lui permettra d'accorder à Billy Sowell le droit à un procès équitable. Si vous parvenez à incorporer l'avocat du gosse dans cette bonne raison, vous aurez rempli votre mission.

— Ouais, eh bien, je ne vois aucun problème. Je pourrai mener une enquête sur ses antécédents dans les quelques jours qui viennent. Si je trouve quelque chose... »

Steinberg secoua négativement la tête. La moumoute accompagna docilement le mouvement, avec un temps de retard d'une nanoseconde. « Ça ne suffit pas, Martin. Je veux que vous vous consacriez totalement à sortir ce gosse de prison. "Perdre" ne fait pas partie de mon vocabulaire. Même pas dans la vieille acception du terme, le sens qu'on lui prêtait à l'école. Remontez la piste jusqu'à ce qu'elle vous mène quelque part. Et n'oubliez pas, Blake : Steinberg ne lâche jamais prise.

Gravez-vous ça dans le crâne. » Il passa le bras sous la table, récupéra un attaché-case, le transmit à Blake. « Tout est là-dedans — l'enquête des flics, la déposition devant le Grand Jury, les plaidoiries de l'audience préliminaire. Nous sommes mardi. Vous avez rendez-vous vendredi matin avec Billy Sowell à la Columbia State Prison. Je serai samedi matin à mon bureau. Nous pourrons parler. »

Blake sourit en comprenant qu'on le congédiait. « Max », fit-il, « si je vous comprends bien, vous faites tout ceci pour rien. *Pro bono.*

— Exactement.

— Eh bien, Max, ne le prenez pas en mauvaise part, mais je ne fais pas dans le caritatif. Je ne peux pas me le permettre.

— Je paye vos honoraires. À condition qu'ils soient convenables.

— Trois cents dollars par jour, plus les frais, Max, pour ne rien vous cacher. Lorsque je passerai vous voir samedi à votre bureau, vous me devrez déjà quelque mille dollars. »

SIX

Bela Kosinski extirpa un fouet à battre en plastique vert d'une mare de bière et touilla sa consommation. Il fit ça lentement, solennellement, en affichant un demi-sourire. L'acte était en grande partie la résultante d'une vieille plaisanterie entre lui et Ed O'Leary, le barman. Plaisanterie qui tirait tout son sel du fait que le liquide insipide, inodore et incolore que contenait son verre n'avait nullement besoin d'être battu. C'était de la vodka pure.

« Battu », fit Kosinski en affectant un accent britannique estropié. « Pas secoué. »

O'Leary réussit à émettre un grognement approbateur de pure bienséance, puis se tourna vers les Yankees, qui perdaient de quatre *runs*. Le barman, Bela Kosinski ne l'ignorait pas, n'avait strictement rien à cirer des Yankees. Pas plus d'ailleurs que des Mets, Giants ou autres Knicks. Ed améliorait son maigre salaire et les ladres pourboires que les piliers du *Cryders Bar & Grill* lui laissaient en faisant un peu le book. Et "un peu" était le terme adéquat, s'agissant de décrire la mainmise d'O'Leary sur le micmac des paris. Cinq dollars par-ci, dix dollars par-là — pas assez pour retenir l'attention des affranchis qui mettaient le quartier de Whitestone, dans le nord du Queens, en coupe réglée. Juste quelques dollars de rab pour, comme Ed se plaisait à le dire, "payer ses indéfrisables à Bobonne".

Le poste de télé éructa soudain un vibrant vivat métallique, suivi d'un chœur de grognements montant des habitués du *Cryders*. Les Yankees déployaient un de leurs habituels sursauts de fin de parcours. Les habitués — tout comme au demeurant Bela Kosinski, se basant sur ses vingt ans d'expérience dans la police — avaient docilement soutenu le Red Sox. Peut-être étaient-ils en train de compter leurs pertes.

Il revint à sa vodka, se remémorant toutes ces années où il avait aimé la picole, toutes celles, encore plus nombreuses, où il l'avait haïe de toute son âme, et jusqu'à ces dix ans qu'il avait pris le pli d'appeler sa "décennie d'abstinence". À présent, il observait une stricte neutralité, persuadé que sans elle la vie ne valait pas la peine d'être vécue, point final. C'était là *tout* ce qu'elle lui inspirait.

Mais il avait également professé la même opinion de son boulot et du NYPD. Il avait sincèrement cru qu'une fois qu'il aurait rendu son tablier, sa vie allait littéralement s'arrêter. Il s'était trompé, puisqu'il était encore là, bel et bien là, à la retraite depuis six semaines, et qu'il tictaquait toujours. Comme une bombe à retardement.

Il sirota une gorgée, sentit le feu se répandre dans son ventre, rebondir tout au fond et remonter dans sa gorge. Machinalement, il pêcha un rouleau de Tums dans sa poche et en goba un.

« Plus jamais d'eau », dit-il à Emily Caruso, sa plus proche voisine. « La prochaine fois, le feu. »

Emily tourna vers l'ex-flicard son haleine chargée de bière. « Regarde-moi ce souk. »

Bela Kosinski fit le tour du bar des yeux, remarquant au passage les tables et les chaises éparpillées, la piste de bowling, le juke-box brisé.

« J'me sens comme chez moi », déclara-t-il.

« J'parlais du gosse au bout du bar. Sauf qu'il est trop vieux pour être un gosse. » Elle emboucha une Bud à demi pleine, la vida en deux gorgées rapides. « Il boit de la Moussy. »

Kosinski regarda danser son larynx à deux reprises, avant de se figer. Il prêta l'oreille au rot réflexe de rigueur. En se disant : Voilà l'endroit où je vais finir mes jours. C'est ici que je vais crever. Et le plus tôt sera le mieux.

« Et alors ?

— De la Moussy, taré. De la bière sans alcool. Qu'est-ce qu'un mec peut bien fabriquer dans un bar s'il a pas l'intention de se poivrer ? »

Kosinski, son attention éveillée, porta le regard à l'autre bout du bar. À la différence d'Emily Caruso, il croyait, lui, que la bière sans alcool avait sa place dans les bars, du moins dans certains bars pour célibataires de Manhattan. Mais pas au *Cryders*. Kosinski était même stupéfait qu'il puisse se trouver une bouteille de Moussy dans la vieille glacière du *Cryders*. Ce connard l'avait peut-être apportée avec lui.

« Qu'est-ce que t'en penses, toi, Emily ? Tu crois qu'il l'a apportée avec lui ? »

Emily Caruso se marra, puis s'étouffa, puis alluma une cigarette. « Tu me ramènes chez moi, ce soir ?

— Laisse-moi réfléchir. » Kosinski s'efforçait de parler d'une voix neutre. Exactement comme si madame Caruso n'avait pas été une arrière-grand-mère septuagénaire. Exactement comme s'il n'avait jamais porté le moindre intérêt aux choses du sexe.

Il leva son verre, en espérant qu'il allait enfin pouvoir réellement se cuiter ce coup-ci. Retrouver sa bonne humeur, s'abrutir ou devenir agressif, comme ça lui arrivait jadis quand il était gosse et qu'il tétait des gorgeons à la dérobée à la bouteille de son vieux. À présent, tout ce qu'il y gagnait, c'était de conserver son sérieux.

« Prêt pour une autre tournée, Bell ? »

En entendant son surnom, Kosinski releva les yeux. O'Leary était tout sourire.

« Les Yankees gagnent ?

— Sont à égalité.

— Tu jouerais le nul, là, Ed ? » L'équipe de remplacement des Yankees était notoirement médiocre.

« Compte pas dessus, Bell. Y a pas de nul au base-ball. Faut que quelqu'un gagne. »

Kosinski désigna son verre d'un coup de menton. « Remplis-moi cette merde. » Il attendit que le barman eût terminé de verser la double dose rituelle, puis leva son verre. « Qui c'est, l'autre guignol, au bout du bar ?

— Celui qui boit une putain de Moussy », renchérit Emily.

« Jamais autant vu. Première fois de ma vie que je sers une Moussy.

— J'suis même le premier surpris que t'aies cette cochonnerie en rayon.

— Même pas. Le distributeur nous les a laissées il y a un an. Sans bourse délier. Dans le cadre d'une opération de promotion. »

Kosinski reporta son attention sur l'homme installé au bout du bar, le scrutant à présent de l'œil du flic de base. Il vit un homme de race blanche, environ la trentaine, yeux bruns et cheveux châtains, vêtu d'une ample chemise à manches courtes qui s'efforçait, sans y parvenir, de dissimuler un poitrail d'haltérophile. Qui s'efforçait, sans y parvenir, de dissimuler des avant-bras presque aussi épais que le cou de Bell Kosinski. Au moment même où ce dernier achevait son inventaire, l'homme sourit et leva sa bouteille de Moussy.

Zut, se dit Kosinski, ce doit être ma vue qui baisse. Je connais ce type, moi ?

Il le considéra plus attentivement, en se disant que ça n'avait désormais plus grande importance puisque l'autre taré s'était déjà levé de son tabouret pour se diriger vers lui.

Inspiré par un pur caprice d'alcoolo, Kosinski s'enfonça un pouce dans chacune de ses oreilles, écarta les doigts et les fit frétiller. À son plus grand ravissement, l'haltérophile pila net et pencha légèrement la tête à gauche.

L'a tout l'air d'un bouledogue espataré, décida Kosinski.

« Je ne saisis pas », dit le bouledogue.

« J'fais mon orignal », répliqua Kosinski, le visage impavide.

« Je ne pige toujours pas.

— Des cornes. Comme un putain d'élan.

— Des bois, vous voulez dire ?

— Si vous préférez.

— Bon, mettons que ça y ressemble ; c'est le pourquoi qui me pose un problème.

— La bière, pauvre tache. » Kosinski remarqua la légère crispation, le contrôle de soi sous-jacent et le drôle de petit sourire torve au fur et à mesure qu'ils se manifestaient : « Moosy ? Moussy ?[1] Vu, l'arbre en boule ?

---

1. Jeu de mot intraduisible sur *Moussy* (mousseuse), la marque d'une bière sans alcool, et *Moosy* (qui évoque un élan), de *moose* (élan).

— Oh... d'accord.

— Alors, que puis-je faire pour vous ?

— Vous êtes bien Bela Kosinski ?

— Le seul, l'unique.

— Je m'appelle Martin Blake. Je suis détective privé. Pouvez-vous m'accorder quelques instants ?

— Vous casquez ? Réfléchissez bien avant de répondre, parce que si c'est vous qui payez, je bois.

— Dois-je comprendre que vous ne boirez pas si je ne paye pas ?

— Si seulement. » Kosinski se tourna vers le barman. « Change pas de main, Eddie. On va prendre une table. »

Il prit la tête, conscient de sa démarche assurée, de l'aisance avec laquelle il maniait la chaise branlante en s'asseyant. Tout en se persuadant que ce gus devait être réglo. Qu'il se contrôlait méchamment, ce qui signifiait qu'ils avaient quelque chose en commun.

« Alors, Marty Blake, c'est quoi, que vous voulez ? » Il siffla son verre, fit signe à O'Leary qui déjà traversait la salle. « Et comment m'avez-vous trouvé ? »

— Je te laisse la bouteille, Bell », annonça O'Leary. « J'vais pas me repointer toutes les trente secondes. Ils sont en train de jouer les prolongations. »

Kosinski contempla le dos du barman pendant quelques instants, puis se tourna vers Blake.

« Alors ? » Il remplit son verre, le vida, puis le remplit de nouveau.

« Vous m'avez posé deux questions ?

— Exact. Et si vous prenez trop votre temps pour y répondre, je risque fort de les avoir oubliées. » Il afficha son plus vachard regard de flic et le plongea droit dans les yeux de Marty Blake.

« La raison de ma présence ici est assez simple. Je

viens me renseigner sur un certain Billy Sowell. Pour
ce qui est de la façon dont je vous ai retrouvé, c'est un
peu plus compliqué.

— J'adore les complications. N'oubliez pas que j'ai
moi-même été inspecteur de police.

— D'accord. » Blake prit une profonde inspiration.
« Je vais simplifier les choses au maximum. J'ai lu le
dossier de police relatif au meurtre de Sondra Tillson.
Vous êtes chargé de l'affaire jusqu'au moment où Billy
Sowell apparaît dans le décor, puis vous disparaissez.
Ça a retenu mon attention, et j'ai donc utilisé mon ordinateur pour accéder à une base de données, du nom
de NATIONAL CREDIT INFORMATION NETWORK, et j'ai
entré votre nom et votre fonction. Une minute et demie plus tard, j'avais toutes les informations en-tête sur
un formulaire de demande de carte de crédit que vous
avez rempli en 1979. J'ai...

— Information *en-tête*. C'est quoi, ça, bordel, une information *en-tête* ?

— Écoutez, ce que je ne peux obtenir — légalement,
du moins — c'est un listing de vos actuelles transac-
tions. Quand vous vous êtes servi de votre carte, ce que
vous avez acheté, comment vous avez payé — des choses de ce genre. Tout le reste — l'information en-tête
— reste accessible à quiconque sait où chercher. Ce qui
inclut, entre autres, vos nom, adresse et numéro de
téléphone. Lorsque je vous ai téléphoné, constatant
que vous ne répondiez pas, j'ai entré vos nom, adresse
et numéro de téléphone dans une base de données en
réseau. Six minutes plus tard, j'imprimais un listing de
vos vingt amis les plus proches, avec *leurs* adresses et
numéros de téléphone. Puis j'ai laissé à mes doigts le
soin de faire du porte-à-porte. Vous savez quoi, monsieur Kosinski ? Vous avez un voisin qui ne peut littéra-

lement pas vous encadrer. Il m'a dit que vous *habitiez* dans ce bar. »

Bell Kosinski, alors qu'il s'efforçait encore de digérer l'information qu'on venait de lui jeter au visage, sentit son cerveau se débrancher brusquement, comme si quelqu'un venait d'appuyer sur son interrupteur électrique. Il s'avisait vaguement de la présence de pensées — qui entraient dans le champ de ce qui aurait normalement dû être sa conscience, et en ressortaient — , mais elles flottaient à une allure autonome, pareilles à des ombres au sein d'un épais brouillard. Il était incapable de les fixer suffisamment longtemps pour les regarder, incapable de les ralentir ou de les accélérer.

Lorsqu'il en émergea, lorsque quelqu'un eut remis l'interrupteur en position marche, Kosinski, qui était déjà passé par là, prit conscience d'une solution de continuité dans l'écoulement du temps. La question était de savoir combien de temps elle avait duré, et la réponse à cette question le fixait droit dans les yeux. Le privé (Blake, se souvint-il) le regardait, dans l'expectative, mais sans trahir la moindre inquiétude, de sorte que son absence n'avait pas dû durer bien longtemps. Ce coup-ci, en tout cas.

« Vous avez enquêté sur moi ? » Telle fut la première réponse cohérente qu'il réussit à donner au peu dont il parvenait à se souvenir. Il patienta une seconde puis, voyant que Blake ne réagissait pas, ajouta : « Et, maintenant, vous venez me balancer ça à la gueule. Vous venez vous en vanter. J'espère que vous ne m'en voudrez pas de ma franchise, mais vous auriez intérêt à apprendre à mieux vous tenir à table. »

Blake ne se départit pas de son sourire, mais son regard se fit plus acéré : « À la vérité, Kosinski, je me faisais très copieusement tartir. Imaginez : quarante-

123

huit heures à lire des dépositions au Grand Jury, des rapports de police, des comptes rendus d'autopsie ? Bon, certaines personnes se détendent en prenant un verre de vodka, et d'autres en s'amusant avec un ordinateur. Il se trouve que j'appartiens au second groupe, alors, juste pour le pied, je me suis parié dix dollars que j'arriverais à vous débusquer en moins de trois heures. Il était dix-neuf heures trente. Il est à présent vingt-deux heures.

— Félicitations.

— Merci. Mais, comme je viens de vous le dire, c'était sur un coup de tête. Je ne m'attendais pas réellement à ce que vous répondiez à mes questions, mais je ne m'attendais pas non plus à ce que vous me chiiez dans les bottes. Pour tout dire, lorsque vous avez tendu les doigts, la première chose qui m'est venue à l'esprit, c'est l'envie de les briser. Un par un. »

Kosinski prit son verre, le fit pivoter entre ses deux paumes : « Vous avez été bien inspiré de n'en rien faire. Dans un bar de quartier comme celui-ci. Vous n'en seriez jamais ressorti vivant.

— Ça ne m'a pas effleuré. » Le sourire de Blake s'évanouit. « Vous voulez qu'on parle de William Sowell ?

— Qu'est-ce qui peut bien vous faire croire que je sais quelque chose sur lui ?

— Vous étiez chargé de l'enquête.

— Une parmi les milliers d'enquêtes qui m'ont été confiées au cours de ma carrière ?

— Un gosse attardé, à qui on a fait porter le chapeau d'un meurtre qu'il n'a pas commis. Ça ne s'oublie pas.

— Qu'est-ce qui vous fait croire qu'il a été piégé ?

— Vous voulez qu'on commence par la voiture ?

124

— Allez-y.

— On n'a trouvé de sang dans le véhicule que sur la banquette arrière, sous le corps de la victime, une victime à qui on avait tranché la gorge. Si elle avait été tuée sur le siège avant, puis repoussée dans le fond, ce qui se serait effectivement passé si l'on se fie aux aveux de Sowell, l'intérieur de la voiture aurait été littéralement *couvert* d'éclaboussures. Ce qui n'était pas le cas, ce qui implique qu'elle était morte avant qu'on ne la fourre dans la voiture. Mais, tout cela, vous le saviez déjà, n'est-ce pas, Kosinski ? Comme vous savez qu'on n'a pas non plus retrouvé de sang *autour* de la voiture, ce qui veut dire qu'on a conduit cette dernière à cet endroit alors que le cadavre avait déjà été installé à l'intérieur. Billy Sowell ne sait pas conduire. Il ne sait pas assez bien lire pour remplir le formulaire de demande du permis de conduire. Alors, encore une fois, permettez-moi de vous poser la question... Voulez-vous qu'on parle de William Sowell ?

— Je ne sais strictement rien sur William Sowell. » Kosinski ramassa son verre, le vida et le reposa. « Je n'étais pas là quand ça s'est passé.

— Vous étiez présent lorsqu'on a prononcé son nom pour la première fois. Selon le rapport que vous avez rédigé le 15 décembre, l'inspecteur Brannigan et vous-même vous trouviez tous les deux dans la salle de brigade lorsque vous avez reçu un coup de fil anonyme, vous tuyautant sur le meurtre de Sondra Tillson et donnant Billy Sowell pour son meurtrier.

— C'est ce que ça dit ? Ça dit que j'ai répondu moi-même au téléphone ? » Kosinski s'efforçait de parler d'une voix atone, mais il était moins que jouasse d'apprendre que son nom avait été apposé sans sa permission au bas d'un DD5 bidonné. À supposer qu'il ait été appelé à témoigner ? Un petit parjure peut certes vous mettre du baume au cœur, mais pas lorsqu'il est involontaire.

« Vous prétendez que ce n'est pas vous ?

— Je ne prétends rien. Ce qui me paraît crucial, en revanche, c'est ce que *vous* prétendez être. Et si vous me disiez pour qui vous travaillez ? Qui vous paye ? Au fait, vous n'auriez pas des papiers d'identité ? Une carte d'affaires suffira à mon bonheur. »

Blake ne souriait plus, remarqua Kosinski. Son expression était grave, réservée. Comme s'il savait quelque chose qu'ignorait Kosinski. « Je travaille pour un certain Max Steinberg, l'avocat de Billy Sowell.

— Je croyais que le môme avait négocié.

— Inconvénient mineur. » Blake sortit une carte de son portefeuille et la lui tendit.

« Ce Max Steinberg, ce serait pas celui à la moumoute en déroute ?

— Lui-même.

— Tiens, tiens. Intéressant, ça. Dites-moi un peu, Blake... Qui paye Steinberg ?

— Personne. Il fait ça par amour.

— Je vous demande pardon ?

— Pour l'amour de l'art. Il travaille *pro bono*. Une question de conscience, à ce qu'il m'a dit. »

Kosinski contempla ses mains pendant quelques instants. Puis se dit qu'il était largement temps de mettre les bouts, de se débarrasser du détective privé Martin Blake avant d'avoir dit une connerie, de s'être foutu dans un pétrin dont il pouvait fort bien se passer. Qu'est-ce que Bell Kosinski en avait à secouer, de toute façon, de Billy Sowell ? Pourquoi donnerait-il un rouge liard de la vie d'un malheureux débile sans domicile fixe, qui était allé se fourrer tout seul dans la gueule du loup ? Ce genre de choses se produit sans arrêt, dans le courant d'une carrière et, lorsqu'on a ne serait-ce que la moitié d'une cervelle, on s'empresse de faire une croix dessus.

« Dites-moi une chose, Blake, vous avez beaucoup d'expérience dans les affaires criminelles ? » Kosinski remarqua le fard rapide, et sourit à part soi. « C'est bien ce que je craignais. Bon, vous m'avez l'air d'un petit gars à peu près propre sur lui, alors je veux bien vous expliquer une petite chose, une petite chose que vous devriez déjà savoir. Surveillez toujours vos arrières. En *toutes* circonstances.

— Vous reconnaissez donc que Billy Sowell a été victime d'un coup monté ?

— Vous m'enregistrez, là, ou quoi ? Merde, mon gars, si c'est le cas, je vous descends sur le tas, en plein milieu de ce rade. » Kosinski ressentit une légère trépidation à la base de sa nuque, et la reconnut pour ce qu'elle était. De la peur. Ce qui était pour le moins étrange, compte tenu du fait qu'il était à la retraite et que sa pension de retraite était assurée. Compte tenu du fait qu'il avait l'intention bien arrêtée de picoler à en crever, avant même d'avoir encaissé un montant bien conséquent de ladite pension.

Blake déboutonna sa chemise en prenant tout son temps. Sa poitrine était velue, certes, mais pas suffisamment pour dissimuler un magnétophone.

« Pas de micro, Kosinski. » Il souriait à nouveau. « Comme je vous l'ai déjà dit, je suis venu vous trouver ici parce que je m'ennuyais.

— C'est vrai, ce mensonge-là ? Eh bien, j'espère que ce petit interlude vous aura diverti, parce que je compte y mettre fin à l'instant même. J'étais en vacances quand Brannigan a ramassé Sowell. À mon retour, l'affaire était déjà entre les mains du procureur. Ce qui s'est passé entre-temps, ça ne me regarde pas. Vous non plus, d'ailleurs.

— Mais est-ce que ça regarde Billy Sowell ? » Blake s'interrompit momentanément puis, voyant qu'il n'obtenait pas de réponse, poursuivit : « Parce que, demain matin, je monte au nord de l'État pour lui rendre visite dans sa prison. Si vous voulez, je peux lui poser la question. Peut-être qu'il se *plaît* en prison. »

SEPT

Il n'était minuit passé que de très peu lorsque Bell Kosinski, après avoir salué de la main la congrégation des ouailles, franchit le seuil pour se retrouver sous une averse torrentielle. Il resta quelques secondes pétrifié de surprise et, alors qu'il retenait toujours de la main le battant de la porte, laissa le déluge se déverser sur sa tête. Puis il se tourna vers Ed O'Leary.

« C'est la fin de la canicule, Ed. Ça va se rafraîchir. » Il prit note du haussement d'épaules indifférent d'O'Leary, comprit que le temps qu'il faisait n'était qu'un détail superfétatoire dans l'univers du barman, et que les fidèles se présentaient qu'il pleuve ou qu'il vente.

Il laissa la porte se refermer et entreprit de remonter les quelques pâtés de maisons qui le séparaient de son appartement de la Quatorzième Avenue, celui qui surplombait le pressing *Lavomatic Au Bonheur du Jour*. Il n'était d'ordinaire guère enclin à la nostalgie mais, ce soir-là, stimulées par la soudaine apparition de Marty Blake, ses pensées vagabondes remontèrent jusqu'aux premiers jours de sa longue carrière. Jusqu'à l'époque où, alors que sa lune de miel venait tout juste de s'achever et qu'un enfant était en train, il était encore totalement sobre.

De nouveau, il contemplait l'arc-en-ciel de néon du New York nocturne à travers le pare-brise gras et poisseux d'une RMP. (Sauf qu'à l'époque on ne les appelait pas encore des RMP. En 1969, on disait toujours voitures de patrouille.) Son coéquipier, Johnny Dedham, un ancien aux yeux d'aigle, depuis dix ans déjà dans la Maison, lui avait tapoté l'épaule et avait dit : « Matemoi ces deux lascars au coin, là, Bell. Juste devant le rade. »

Kosinski s'était exécuté, plissant les yeux entre deux allers-retours des balais de l'essuie-glace. Les deux hommes étaient en train de se disputer. Les gesticulations de leurs bras, animés d'un mouvement rapide et constant, lui parvenaient dans un flou saccadé.

« Enclenche la sirène, Bell. On va essayer d'y mettre le holà sans sortir de la caisse. »

Il était déjà trop tard, mais ni l'un ni l'autre ne s'en rendait compte.

Les silhouettes des deux hommes se découpaient sur le fond d'une vitrine dont les quatre côtés étaient soulignés par un violent éclairage au néon. Néon qui, brouillé par la pluie, brouillé par le pare-brise maculé de gras, solarisait la couleur du sang, de sorte que Bell Kosinski, lorsque le premier tocard trancha la gorge du second, ne vit qu'un nuage d'encre noirâtre.

« Qu'est-ce que c'est que ce bordel ?

— Il l'a planté. Il l'a planté, pauvre con. Merde. Maintenant, va falloir que j'me mouille. »

Kosinski réagit rapidement, laissant à son partenaire le soin de s'occuper du blessé. Propulsé par l'adrénaline, il courait infatigablement, l'arme au poing, sa main libre crispée sur sa matraque. Mourant d'envie que le délinquant se précipite sur lui en brandissant son couteau. Qu'il lui donne une bonne raison de tirer.

Mais il n'eut pas ce plaisir. Lorsqu'il arriva enfin au bout de la dernière venelle, son propre souffle sifflant dans ses oreilles, le délinquant l'attendait, assis devant une porte fermée à clef, et tournant le dos à cette dernière. En larmes.

Lorsque Bell Kosinski refit surface dans le temps présent, il se retrouva en train de contempler son propre reflet dans la vitrine, plongée dans la pénombre, du coiffeur unisexe de Whitestone. La pluie avait aplati ses cheveux blonds en les plaquant à son crâne. Lui donnant l'air, conclut-il au bout d'un moment, de s'être rasé la tête.

Avec le nez que j'ai et tout et tout, je ressemble à un Kojack en miniature. Sauf que j'ai pas le trench-coat. Sauf que je suis planté là comme un con à me geler le cul dans ma chemise à manches courtes.

Il baissa la tête pour avancer contre le vent et entreprit de remonter le bloc. La pluie tombait à présent quasiment à l'horizontale, lui cinglant le visage et pénétrant dans ses yeux en dépit de sa tête rentrée dans ses épaules. Ce qui fit qu'il ne vit la silhouette qui s'encadrait dans le porche que lorsque celle-ci l'interpella.

« Eh, Bell, je te cherchais. »

Kosinski plongea la main sous son aisselle, cherchant le flingue qu'il ne portait plus. Il resta interloqué une brève seconde, puis reconnut son ancien coéquipier, Tommy Brannigan, debout dans la pénombre. Brannigan arborait son sempiternel sourire de mange-merde. Celui qui laissait entendre qu'il désirait obtenir quelque chose.

« Est-ce une visite de courtoisie, Tommy ? » Kosinski alla s'abriter sous l'auvent de chez Cho, le restaurant chinois. La pluie tambourinait sur le tissu, dégoulinait par plusieurs minuscules déchirures de l'étoffe.

« Bon sang, Bell, tu ne changeras jamais. Toujours aussi agressif. »

Le sourire, à la plus grande stupéfaction de Kosinski, s'était encore élargi. « Que veux-tu que je te dise, Tommy ? C'est dans ma nature.

— Alors, comment tu te portes ?

— Grandiose. J'ai levé le pied depuis à peine quelques semaines et j'ai déjà trouvé un nouveau rythme de vie. Mais toi, Tommy ? Je me suis laissé dire que tu bosserais maintenant dans le bas de la ville, que t'aurais même été promu inspecteur de première classe. Si tu peux réussir le concours de sergent, te v'là maintenant avec un bel avenir devant toi. »

Le sourire disparut l'espace d'un court instant, puis réapparut. « Écoute, Bell, je ne suis pas venu ici pour qu'on s'envoie des insultes à la gueule. Je...

— Dommage. Insulter les gens, c'est la seule chose pour laquelle je sois réellement doué. » Kosinski contempla les cheveux bruns et bouclés de Brannigan. Loin de les plaquer contre son crâne et de le faire ressembler à un détective de feuilleton télévisé sur le retour, la pluie les avait ébouriffés, pour dessiner autour de son crâne un halo sombre et profond. « Et, en plus, je supporte pas tes cheveux.

— De quoi ?

— Rien. Dis-moi juste ce que tu me veux, Tommy. J'me gèle le cul. »

Brannigan respira profondément, puis lâcha le morceau : « Bell, tu te souviens d'un cafard du nom de Billy Sowell ?

— Sowell ? Laisse-moi réfléchir une seconde. Oh,

ouais, ça me revient. Un attardé. Qu'a déquillé une nana vers Gramercy Park.

— C'est ça.

— Pas eu grand-chose à voir là-dedans, Tommy. Si je me souviens bien, j'étais en congé quand tu l'as cueilli.

— En effet. Je n'en disconviens pas. Mais on était néanmoins partenaires au premier stade de l'enquête. On a vu l'informateur ensemble. »

Kosinski ne répondit pas immédiatement. Il écoutait tomber la pluie, regardait les gouttes d'eau zigzaguer le long de la vitre, derrière le halo de la chevelure de Brannigan. Des voitures passaient derrière lui. Bizarrement, il entendait leurs pneus crisser sur la chaussée mouillée, mais le bruit de leurs moteurs, étouffé par la pluie qui tambourinait sur le dais, était totalement inaudible.

« Quelqu'un fait courir le bruit qu'ils voudraient rouvrir le dossier », dit Brannigan. « Des gens vont se mettre à fouiner. À poser des questions.

— Des gens ? Quelqu'un en particulier ?

— Ouais... Écoute, il y a un truc qu'il faut que je te dise. Un truc que j'aurais dû te dire depuis longtemps.

— Comme quoi t'aurais signé un rapport de mon nom, par exemple ? » Kosinski laissa le silence s'installer, mais Brannigan, encore que son sourire se fût à présent totalement effacé, préféra ne pas répondre. « T'as fait la connerie de ta vie, là, Tommy. Mais faut dire aussi que t'as jamais spécialement brillé par ton intelligence.

— Fallait bien que je couvre l'informateur du capitaine.

— L'informateur, on chie dedans. Celui que tu couvrais, c'est le 'pitaine. C'était quoi, son nom, déjà ? Ah, ouais... Grogan. Tu protégeais le capitaine Grogan et tu continues de le protéger. Sauf qu'il n'est plus capitaine, maintenant, pas vrai ? » Kosinski vérifia la véracité de ses dires dans les yeux furibonds de Brannigan. Y lut la vérité et éclata de rire. « Alors, il est quoi, maintenant, Tommy ? Divisionnaire ? Directeur adjoint ? Tu travaillerais pas directement sous ses ordres, par hasard ?

— T'es qu'un pauvre poivrot, Kosinski. Un malheureux poivrot de merde.

— Excellente définition. Une intuition d'enfer. »

Kosinski ne vit même pas bouger Brannigan. Il ne ressentit aucune douleur non plus. Mais, sauf à avoir été frappé en traître, il ne voyait pas comment il aurait pu se retrouver assis sous la pluie, les fesses dans l'eau, avec sur la langue le goût du sang dilué.

« J'ai essayé de faire au mieux, Bell. Je savais que c'était sans espoir, mais j'ai fait ce que j'ai pu.

— Merci de ta prévenance. » Kosinski se remit laborieusement debout.

« Ce que j'essaie de te dire — de te *dire,* je ne te demande rien —, c'est : ne vends pas la mèche. Chie pas dans nos bottes. Perds pas de vue qui tu es et fais ce qui te semble juste. »

Kosinski aurait aimé lui dire qu'il avait pris sa retraite et qu'il ne devait strictement rien à la Maison, mais Tommy Brannigan se tenait déjà devant la conduite intérieure Dodge garée le long du trottoir.

« Eh, Tommy, coller un gosse attardé derrière les barreaux, ça "te semble juste", à toi ? »

Brannigan démarra sans se donner la peine de répondre. Kosinski suivit pendant un moment des yeux les feux arrière, brouillés par la pluie, de la conduite intérieure, en s'efforçant de trouver quelque chose à ajouter, puis reprit péniblement le chemin de son foyer.

Le foyer de Bell Kosinski se réduisait à une vaste pièce unique, nantie d'un coin cuisine à un bout et d'une salle d'eau à l'autre. C'était l'un des deux appartements qui occupaient l'étage supérieur du *Lavomatic Au Bonheur du Jour*, l'autre hébergeant le propriétaire dudit lavomatic, un Mexicain du nom de Miguel Escobar, qui économisait pour faire venir sa famille à New York.

Kosinski piqua à travers la pièce, louvoyant entre le lit défait, les fauteuils élimés, la table en Formica couturée de balafres et ses deux chaises branlantes. Il ouvrit le réfrigérateur et sortit une bouteille de Smirnoff du freezer. Sa main adhéra au verre glacé, sensation en laquelle il puisa un certain réconfort.

« Enfumons le terrier ! FEU ! » hurla-t-il en embouchant le goulot, pour aspirer le liquide en lui.

Et *feu* était le mot, indubitablement. La vodka se fraya un chemin ardent jusqu'à son ulcère, puis se collecta là en une flaque bouillante.

Kosinski ignora la douleur, tablant sur la vodka pour endormir tous les effets secondaires par trop déplaisants. C'était d'ailleurs cette raison qui le poussait à boire.

Il se leva, traversa la pièce jusqu'à son bureau, récupéra son .38 et le porta jusqu'à la table.

« Longtemps que j'ai pas joué à ce petit jeu », marmonna-t-il. « Ça me manquait. »

Kosinski fit basculer le barillet, laissa tomber les cartouches dans sa paume gauche, posa le revolver sur la table. À l'époque où il était encore un dur à cuire, avant de se mettre à picoler, il avait réellement adoré cette arme. Elle détenait un pouvoir, celui de mettre entre ses mains le droit de vie et de mort, un pouvoir qui n'avait rien à voir avec cette image de cow-boy qu'il se faisait de lui-même. Le pouvoir émanait de l'arme elle-même. Il y avait longtemps qu'il n'avait pas éprouvé ce pouvoir.

« Peut-être », songea-t-il à haute voix, « parce que je n'ai jamais tué de ma vie. Si j'avais descendu quelqu'un, ce serait probablement tout à fait autre chose. »

Mais, bien entendu, il savait que le revolver détenait toujours ce pouvoir. Qu'il était toujours possédé par les mêmes démons. Que c'était *lui*, Kosinski, qui avait changé.

Kosinski ramassa trois cartouches sur la table, les inséra une à une dans trois des chambres du barillet, remit ce dernier en place d'un claquement et s'enfonça le canon dans la bouche. Il savoura un instant la saveur et l'odeur de la graisse d'arme sur l'acier, lui trouvant quelque chose de familier, un peu comme la présence de l'un des habitués du *Cryders*, l'après-midi d'un jour de la semaine. Puis il revint aux choses sérieuses.

« Face, je sors le gosse de taule », marmonna-t-il. « Pile, je perds. »

HUIT

Bell Kosinski, debout devant la porte de l'appartement de Marty Blake, se trouva une "fichtrement belle prestance". Il avait de fait réellement pensé ces mots précis — "fichtrement belle prestance". Et pourquoi pas, après tout ? Il avait pris tout son temps, s'était donné du mal pour en arriver là, était resté sous la douche jusqu'à en avoir les tétins qui rebiquent, s'était rasé une première fois, s'était savonné de mousse à raser, avait repassé le rasoir. Il avait séché ses cheveux à l'air chaud, aussi bien que s'il avait réellement détenu un séchoir à cheveux — en fait, il était allé jusqu'à rafraîchir ses rouflaquettes et couper les petits poils qui lui sortaient des narines et des oreilles. Le tout avec une paire de ciseaux rouillée, si émoussée qu'elle aurait aussi bien pu lui servir de pince à épiler.

Une chance, son plus beau complet, une fringante petite merveille couleur tabac, dénichée au décrochez-moi-ça chez A & S, n'attendait que lui, accroché à l'un des cintres de sa penderie. Il était encore protégé par la housse de Cellophane du teinturier, alors que ses deux autres costumes gisaient sur le sol, à côté de plusieurs paires de pompes éraflées. Et sa chance ne l'avait pas trahi quand il avait fouillé dans les tiroirs de son bureau, à la recherche d'une chemise blanche à peu près empesée, d'une cravate sans taches, d'un mouchoir propre — encore que, naturellement, pas *repassé* — et de deux chaussettes marron assorties.

Malheureusement, rien de tout ça, dut-il reconnaître, n'aurait pu se faire sans un petit coup de pouce. Non, sans ce petit coup de pouce, ses mains n'auraient pas arrêté suffisamment longtemps de sucrer les fraises pour lui permettre de nouer sa cravate, de boutonner sa chemise, de remonter la fermeture à glissière de cette foutue braguette.

« Mais c'était sur le moment », dit-il à voix haute. « Et, là, on est maintenant. »

Il appuya sur la sonnette, puis attendit en répétant ses diverses entrées en matière. Ce qu'il dirait si Blake lui ouvrait la porte, ce qu'il dirait si c'était l'épouse ou la petite amie de Blake qui lui ouvrait. Mais pas ce qu'il dirait si c'était une femme d'âge mûr, à la main droite enfoncée dans son sac en bandoulière, qui lui ouvrait. Pas plus que ce qu'il dirait si la main de ladite femme se crispait sur la poignée d'un Smith & Wesson de calibre .38.

« Je peux vous aider ? »

Kosinski resta pétrifié pendant une seconde, puis son entraînement reprit le dessus : « Z'avez un permis pour cette arme, ma p'tite dame ?

— Z'êtes flic ? »

La question le prit de nouveau de court. « Pas exactement », finit-il par dire. « Je suis à la retraite. Je m'appelle Kosinski.

— Ah ouais ? Savez quoi ? Ben, mon époux, Dieu ait son âme, était flic, lui aussi. Mais pas de ces flics qui croient leur femme trop délicate pour qu'on lui cause boutique. Non, il me racontait tout, dans le détail, le sang, les cadavres, tout ça. Le viol, les violeurs. Et j'ai sûrement dû me prendre au jeu parce que, maintenant qu'il n'est plus là, je suis très, très prudente. Montrez-moi vos papiers, Kosinski. »

Kosinski pêcha dans sa poche une carte d'identité portant sa photo et le déclarant officiellement membre du "NYPD à la retraite". Il la brandit devant ses yeux, ébaucha un sourire et déclara : « J'ai toujours le droit de procéder à des arrestations, vous savez. »

La femme prit connaissance de la carte, hocha la tête, et laissa retomber le revolver au fond de son sac. « Si vous comptez arrêter quelqu'un, vous auriez dû rester dans la profession. C'est mon fils que vous venez voir ?

— Si votre fils s'appelle bien Marty Blake, c'est effectivement votre fils que je viens voir. »

La femme s'effaça : « Entrez. Marty est en train de prendre sa douche. »

Au moment où Bell Kosinski passait devant la mère de Blake, une porte s'ouvrit au fin fond de l'appartement et Marty Blake apparut dans le couloir. Il portait un peignoir en éponge que lui avait offert Rebecca Webber, peignoir qu'elle s'appropriait chaque fois qu'elle lui rendait visite. Il pouvait encore sentir l'odeur de sa poudre, imprégnant le coton léger, et c'était d'ailleurs très exactement l'activité à laquelle il se livrait lorsqu'il aperçut Bell Kosinski, debout à côté de sa mère.

« C'est moi que vous venez voir ? » demanda-t-il, le nez enfoui dans la manche du peignoir.

« Je n'ai pas passé deux heures dans le bus pour le seul plaisir de visiter le quartier. »

Blake prit note de la lèvre tuméfiée de Kosinski, réprima sa colère croissante : « Si vous êtes venu dans l'intention de m'intimider, vous pouvez laisser tomber tout de suite.

— Je suis venu vous aider.

— M'aider ?

— M. Kosinski a passé vingt-deux ans dans la police », dit Dora Blake. « Un peu de considération. Ne serait-ce que par respect pour ton père. » Blake s'apprêta à répliquer, puis décida de s'abstenir. Par principe, il était contre l'idée de renverser les moulins à vent. Mieux valait embrayer le mécanisme, et laisser les ailes tourner à vide.

« Je vais te dire une chose, M'man... Pourquoi ne ferais-tu pas la conversation à M. Kosinski pendant que je termine de m'habiller. Sers-lui une tasse de café, offre-lui un biscuit. » Blake disparut sans attendre la réponse. Kosinski fixa le néant pendant une bonne minute, puis se retourna en haussant les épaules.

« J'ai l'impression que votre fils ne m'aime guère », dit-il.

« Parce que vous vous imaginez sans doute qu'il y a quelque chose qu'il *aime* ? À part sa petite personne ? »

Elle le conduisit dans une petite cuisine, le pria de s'asseoir, lui servit une tasse de café. « Appelez-moi donc Dora », déclara-t-elle.

« Et vous, vous pouvez m'appeler Bell. Le diminutif de Bela. » Il sortit de sa poche de blouson une bouteille d'une pinte de vodka et en versa un bon centimètre dans sa tasse. En se disant : Bordel, te fais pas chier, autant te montrer tel que t'es. Qui donc a dit qu'à cheval donné on ne regardait point la bride ?

« Mon époux, puisse-t-il reposer en paix, a bu jusqu'à en mourir. » Dora Blake remplit sa propre tasse, puis s'assit en face de Kosinski. « Comment se fait-il que les flics s'effondrent complètement dès qu'ils sont à la retraite ?

— Pour dire vrai, j'ai commencé à m'effondrer alors que j'exerçais encore. C'est justement pour ça qu'ils m'ont mis en préretraite. » Kosinski sirota une gorgée de son café amélioré, s'accorda une minute pour soupeser la femme assise en face de lui. Elle avait de son fils les épais cheveux bouclés, mais il n'y avait rien de niais en elle. Même ainsi soulignés de cernes noirs, ses yeux bleus étaient perçants et perspicaces. Ils se mariaient parfaitement avec son nez fort, sa bouche têtue et son corps sec et anguleux.

« Je présume que vous avez dû connaître un passé douloureux. Les flics et les criminels ont ça en commun : ils ont toujours connu un passé douloureux. »

La remarque froissa quelque peu Bela Kosinski : « C'est comme de comparer un pêcheur et son poisson. Ça n'a pas de sens commun.

— Parce que boire de la vodka à huit heures du matin, vous trouvez ça sensé, vous ? Première nouvelle. »

Marty Blake, tout en décrochant ses vêtements et en commençant à se vêtir, pouvait entendre sa mère ébranler de cuisante façon la carapace mentale du flic. Un certain nombre de clichés épars surnageaient à la surface de sa conscience... Mieux vaut que ça soit lui que moi ; ça lui fera les pieds ; comme on fait son lit on se couche. Revanche appropriée prise sur les didis frétillants de Kosinski.

Pourtant, en dépit du plaisir qu'il prenait à savoir Kosinski sur la sellette, Blake ne pouvait s'empêcher de s'interroger sur la raison de la présence du flic dans son appartement. Sur ce qu'il fichait là et ce qu'il avait bien pu découvrir. Blake avait décidé que l'ex-flic était un poivrot invétéré, s'était même appuyé sur cette conviction pour endiguer sa croissante exaspération. Et à présent, très exactement douze heures plus tard, ledit poivrot était assis dans sa cuisine.

Blake enfonça une chemise blanche à manches courtes dans un pantalon de cotonnade bleu marine, boucla une étroite ceinture grise, s'accorda un moment pour juger de son apparence dans le miroir. La chemise était trop étroite, ça crevait les yeux — la *Teinturerie française Bernstein* avait encore frappé et ses biceps menaçaient de faire exploser les manches. Il devait rendre visite à un débile mental dans sa prison et s'efforçait de présenter une image paternelle, et non l'image d'un flic, d'une peau de vache de flic s'apprêtant à pénétrer dans la salle d'interrogatoire.

Plutôt que de changer de chemise, Blake décida de dissimuler tout le fourbi sous un blouson Nylon et laine, qu'il avait acheté dans un magasin spécialisé dans l'habillement d'anatomies sortant de l'ordinaire. Blanc coquille d'œuf, avec juste une petite pointe de jaune, il était tout à la fois trop chic et trop sophistiqué (à son point de vue) pour une visite en prison, mais il allait devoir faire avec. Ses costumes étaient trop protocolaires et son blouson en seersucker, qui lui donnait l'allure d'un plouc parfait, était chez le teinturier.

Cette décision prise, le cerveau de Blake débraya. Pour se tourner vers le médiocre costume de Kosinski et sa cravate plus miteuse encore. Le poivrot avait fait de gros efforts pour se donner une apparence humaine, et Marty Blake ne coupait pas dans la combine. Totalement conditionné par les dernières années d'existence de son père, il n'allait pas se laisser abuser par un costard en coton acheté en solde. Un poivrot resterait toujours un poivrot, un junkie un junkie, et un accro au crack un accro au crack. Aux yeux de Blake, il n'y en avait pas un pour rattraper l'autre.

Au moment de retourner vers la cuisine, il perçut la voix de Kosinski : « J'ai fait tous les services », était-il en train de dire. « Homicides, cambriolages, grand banditisme, Stups. Tout sauf la police des polices. C'est là que je trace la ligne. Bon, d'accord, on palpe pour faire c'qu'on a à faire, mais faut savoir respecter certaines limites. »

Dora Blake s'apprêtait à répondre, lorsqu'elle aperçut son fils. « Je crois que c'est le signal du départ, pour moi, Bell. Il est temps de rentrer chez moi.

— Vous n'habitez pas ici ? » Kosinski semblait sincèrement surpris.

« Non, j'habite dans le même immeuble. Trois étages plus haut. » Elle repoussa sa chaise en arrière, se leva à demi.

« Reste encore un peu, M'man. Il me faut un témoin. » Blake était persuadé que Kosinski était venu le menacer d'une façon ou d'une autre. L'idée était tout à la fois terrifiante et désopilante. Ou, tout du moins, c'était l'effet que ça lui faisait... sonneries d'alarme, l'avertissant qu'il avait mis le pied dans un truc bien plus gros qu'il ne l'avait cru ; excitation croissante, se traduisant par le hérissement des poils follets de sa nuque. « Parfait, Kosinski, annoncez la couleur. »

Bell Kosinski releva les yeux pour dévisager Blake. Tout en se disant : fut un temps où j'aurais volontiers fracassé ma matraque sur la tête de ce taré. Et, aujourd'hui, je viens à lui comme un mendiant. Non, pas comme un mendiant. Comme un négociant. Je suis là pour conclure un marché.

« Vous vous souvenez de ce cinq dont vous m'avez parlé hier au soir ? » demanda-t-il.

« Un cinq ?

— Il veut parler d'un procès-verbal d'enquête joint au dossier », s'interposa Dora. « Pas vrai, Bell ?

— Ouais. De celui, plus précisément, que j'ai signé et qui relate que j'ai reçu un coup de téléphone anonyme dénonçant William Sowell comme l'assassin de Sondra Tillson. »

Blake, qui ne voyait absolument pas où ça allait les mener, réussit à articuler à contrecœur : « Ouais, je m'en souviens. Eh bien, qu'en est-il ?

— Eh bien, ça ne s'est pas du tout passé comme ça. » Kosinski leva sa tasse, but une longue gorgée et afficha son rictus le plus insolemment sarcastique.

S'ensuivit un court silence, au cours duquel Marty Blake se rendit compte que Bell Kosinski lui puait littéralement au nez.

« Voilà la vraie version », poursuivit finalement Kosinski. « Le tuyau nous a été transmis par l'intermédiaire d'un certain capitaine Aloysius Grogan. Nous, c'est-à-dire moi-même et Tommy Brannigan, l'avons appris de la bouche de l'informateur de Grogan, dans un parking de Jamaica. J'ignore qui a bien pu signer ce cinq, mais ce n'est pas moi, en tout cas. »

Marty Blake se décida à s'asseoir. Il croisa les mains, les laissa retomber sur le dessus de la table. « Vous êtes prêt à en témoigner sous serment ?

— Il se pourrait.

— Se pourrait ?

— Eh bien, je veux quelque chose en échange.

— Quoi ? De l'argent ? »

Kosinski secoua la tête, se tourna vers la mère de Blake : « Vous savez, Dora... Loin de moi l'idée de vous critiquer, mais vous n'avez pas enseigné la politesse à votre gosse. »

Dora eut un petit sourire torve, que ses yeux semblaient démentir : « Vous vous disposez à nous vendre un renseignement qui permettrait de tirer de prison un innocent. Ce n'est pas joli joli, Bell. La politesse n'a rien à voir là-dedans.

— Ai-je parlé d'argent ? » Kosinski scruta les profondeurs béantes de sa tasse vide, réprima le désir pressant de la remplir du contenu de la bouteille qui se trouvait dans sa poche. « Pas question d'argent dans cette affaire. Je suis venu ici pour l'élucider. En tant qu'assistant, vous voyez, quelque chose de ce genre. Et n'allez pas vous imaginer que je ne servirai à rien, parce que, autant que je peux m'en rendre compte, votre fils ne connaît que pouic à la façon de mener une enquête sur le terrain. Sans compter que j'ai encore des amis dans la Maison. Tel que celui qui m'a déniché le dossier de Martin Blake, par exemple. Qui m'a donné l'adresse de Martin Blake. Qui m'a appris que le dénommé Martin Blake sortait d'une année de mise à pied disciplinaire, pour avoir illégalement posé des micros dans l'appartement d'un quidam. Qui m'a appris que ledit Martin Blake avait employé la totalité de sa carrière à traquer des délinquants en col blanc. »

Kosinski s'interrompit abruptement, exactement comme une tondeuse à gazon qui tombe en panne d'essence. Il contempla ses mains, en regrettant de n'être pas assis n'importe où sauf à cette table. En se disant qu'il serait beaucoup mieux au *Cryders*, à regarder CNN à la télé pendant qu'Ed s'emploierait à lui remplir son verre.

« Ne bougez pas une seconde. »

Kosinski leva les yeux. Blake avait tourné les talons et repris le chemin de sa chambre. Les yeux de Dora, d'un autre côté, le transperçaient de part en part.

« Vous appelez l'avocat, Blake ? » s'enquit-il. « Vous rendez compte à votre maître ? »

Blake hésita une courte seconde, puis poursuivit sur sa lancée. La voix de Kosinski le suivit jusque dans sa chambre.

« Dites-lui que je peux prouver ce que je dis. Que je peux le lui servir sur un plateau d'argent. »

Blake s'était toujours targué de son objectivité. Son boulot, tel qu'il le concevait, le mettait inéluctablement en contact avec des gens qu'il méprisait. Certains d'entre eux — la plupart, peut-être — étaient des cochons de payants. D'autres étaient des gens dont il avait besoin pour une raison ou pour une autre. Il gardait le souvenir encore très vivace d'une enquête qui l'avait conduit à passer toutes ses nuits, l'une après l'autre, à picoler avec un homme qui parlait des femmes comme si elles étaient des chiennes. Qui déshabillait à haute voix toutes les personnes du sexe présentes dans chacun des bars dans lesquels ils entraient, en précisant de façon détaillée tout ce qu'il adorerait leur faire sous les yeux de leur mère.

« Et vous savez quoi, Blake ? Si la vieille salope me le demandait à genoux, j'dis pas que je lui mettrais pas un petit coup vite fait. Pendant que sa gosse me ferait feuille de rose. Hein, qu'est-ce que vous dites de ça ? »

Cet homme était apparu dans le collimateur de Blake à propos d'une considérable magouille de pots-de-vin et dessous-de-table, impliquant plusieurs centaines de milliers de dollars et une demi-douzaine d'entreprises de construction new-yorkaises. Il avait été, au cours du procès, le témoin vedette de l'accusation. Rien de tout cela ne serait arrivé si Blake n'avait pas prêté l'oreille aux flots de vomissure qu'il déversait, ricané aux bons endroits et payé les tournées.

146

Blake pêcha la carte de visite de Max Steinberg dans son portefeuille, et tapa le numéro de l'avocat. La femme qui lui répondit prit son nom, puis l'informa que Steinberg était en réunion.

« M. Steinberg vous rappellera dès que possible.

— Je dois lui parler immédiatement. Je patienterai.

— Ça risque de prendre un certain temps, monsieur Blake.

— Alors, trouvez-le-moi », rugit Blake. « Interrompez-le, annoncez-lui que j'ai pris une certaine décision et que ça ne peut attendre.

— Une seconde. »

La seconde s'étira, pour très rapidement en faire deux, puis trois, puis quatre. Blake se surprit soudain à regretter d'avoir passé ce coup de fil, de n'avoir pas, pour une fois, cédé à sa première impulsion et balancé ce pochard de Bela Kosinski par l'escalier d'incendie le plus proche.

« Vite et bien, Blake. Et vaudrait mieux que ça en vaille la peine. »

Blake prit une profonde inspiration, visualisa la fameuse moumoute en train de glisser en avant et de couvrir le front de Steinberg. « D'accord. Selon le rapport officiel, ce serait par un coup de fil anonyme que le nom de William Sowell aurait été porté à l'attention des autorités. L'inspecteur qui aurait reçu le tuyau et signé le rapport serait un certain Bela Kosinski. Jusqu'ici, vous me suivez, Max ?

— Ouais, allez-y.

— En ce moment même, pendant que nous conversons, Bela Kosinski, désormais flic à la retraite, est assis dans ma cuisine. Il prétend que ce tuyau leur serait parvenu par l'intermédiaire d'un certain capitaine Grogan. Il prétend également n'avoir jamais signé ce rapport. »

Silence de mort, puis : « Vous vous payez ma fiole, non ? C'est une blague ?

— Ça n'a rien d'une blague, Max. Et ne me demandez surtout pas de vous expliquer pourquoi Bela Kosinski est prêt à déposer sous serment. Il se vante même de pouvoir en apporter la preuve. Prétend n'avoir strictement rien su de ce rapport jusqu'au moment où je lui en ai parlé hier au soir. Mon problème, c'est que j'ai du mal à en évaluer l'importance. Que j'ignore si je dois ou non lui en payer le prix.

— Le prix ? Il exige réellement un dédommagement ?

— Pas en argent. Il veut me servir d'assistant ; travailler sur l'affaire.

— Sans déconner ?

— Et c'est un poivrot, Max. Une authentique tisane, et mal embouchée, avec ça.

— Bienvenue au club.

— Ça n'a rien de drôle. Écoutez, Kosinski prétend qu'il était en vacances quand Sowell a été agrafé et que, à son retour, l'affaire était dans le sac. Il ne peut pas nous dire ce qui est effectivement arrivé à Sowell...

— Laissez tomber, Blake. Je veux le voir dans mon bureau demain matin. Quel genre de poivrot c'est ? Il se ramasse la gueule ? Se vomit dessus ? Racontez.

— Comment je le saurais ? J'ai fait sa connaissance hier soir.

— Il s'exprimait avec cohérence, hier au soir ?

— Ouais. Parfaitement exécrable, mais d'une indubitable cohérence.

— Très bien. Ne le perdez pas de vue une seule seconde, Blake, parce que si jamais ça vous arrivait, j'ai la vague impression qu'il ne tarderait pas à disparaître. Entre-temps, noyez-le dans l'alcool, pour qu'il ne devienne pas trop gourmand. Tirez-lui les vers du nez, laissez-le déblatérer, prêtez l'oreille à ses problèmes et fermez votre gueule. Vous ne savez pas s'il était vraiment en vacances. Et, même si c'est réellement le cas, vous ignorez s'il n'a pas discuté de l'affaire après son retour. En fait, vous ne savez rien de rien, sauf que votre boulot, c'est d'amener Bela Kosinski demain matin dans mon bureau. Passez une bonne journée.

— Écoutez, Max...

— Et encore une chose, Mister Blake... Vous auriez dû savoir ce qu'il fallait faire sans avoir à me le demander. »

NEUF

Marty Blake, alors qu'il roulait plein nord vers la *Columbia Correctional Facility*[1] dans sa Taurus de 91, décida de faire fi des conseils de son client. Ce n'était pas tant que le ton péremptoire ou les remarques sarcastiques de Steinberg le fissent fulminer. Blake gardait encore le souvenir de son père et de la quasi-vénération dans laquelle il avait tenu ce dernier dans son enfance. Aussi loin qu'il puisse remonter dans ses souvenirs, il avait toujours nourri le désir d'incarner ce mélange de force et de bonté qu'il avait trouvé en son père. À quinze ans, Marty aurait sans hésiter fait sauter à l'explosif les visages du mont Rushmore pour, à leur place, ciseler dans la falaise les traits de Matthew Blake. À côté de ceux de Dirty Harry, de James Bond et de Rocky.

À vingt, Blake avait assisté à la totale désagrégation de cette façade. Après sa mise à la retraite, son père, qui jusque-là n'avait jamais bu qu'une bière au repas du soir, s'était transformé en un poivrot invétéré. Il n'y avait pas d'autre expression ; aucune, en tout cas, à laquelle Marty eût envie de recourir. Et ce n'était pas

1. Établissement pénitentiaire de l'État de Columbia.

dû au graduel déclin d'un homme contraint d'affronter des années et des années de désœuvrement et de loisirs sans encadrement — si tel avait été le problème, Matthew Blake, qui n'était alors âgé que de quarante-deux ans, aurait fort bien pu se trouver un emploi. Non, la chute était intervenue avec toute la brutale fatalité d'un carambolage autoroutier. La veille encore, il était le sergent Blake, décontracté, à l'aise et sûr de lui ; le lendemain — ou un mois plus tard —, il n'était plus que le pékin Blake, à genoux devant la cuvette des chiottes et cramponné à la lunette.

Blake, lorsque son père avait rendu son insigne, était encore un bizut du *John Jay College*, en première année de droit criminel. Un an plus tard, il se spécialisait en informatique au CCNY. Le temps de terminer sa licence, il s'était trouvé une petite amie pourvue d'un appartement et avait cessé de rentrer à la maison.

Le pire, dans tout ça, c'était la veulerie, songeait-il. Ça, et le fait que ma mère continuait de se rendre à son travail comme si de rien n'était. Un peu comme si elle *essayait* de le tuer. Ou, plutôt, de l'aider à se suicider. Sauf que P'pa ne souffrait ni de scléroses multiples ni d'un cancer, ni de quelque maladie que ce fût. Aucune, en tout cas, qu'on puisse diagnostiquer à l'œil nu.

Ce n'est que lorsque Blake avait vu sa mère se lamenter sur la tombe qu'il avait commencé à entrevoir qu'il s'était passé quelque chose d'infiniment plus complexe. Entre-temps, sa petite amie l'avait quitté depuis longtemps, mais le bail de l'appartement avait été établi à son nom. Sa mère, sans le moindre mot d'explication, avait commencé à descendre le matin pour le café. Ils avaient réussi, en se gardant bien de faire allusion à Matthew Blake, à préserver leur relation.

« Santé. »

Blake releva les yeux. Kosinski, brandissant une pinte de Smirnoff, lui souriait.

« Profitez-vous au moins de cette belle journée, Marty ? » Il agita la bouteille pour désigner la campagne environnante. « Quoi de plus rare qu'une belle journée de juin ? Eh bien, je vais vous le dire, Blake. Un ciel bien dégagé en août à New York. C'est foutrement beau, par ici.

— C'est peut-être bien pour cette raison que nous ne vivons pas à New York. »

Mouché à bon escient, Kosinski se retourna vers les champs. Un troupeau de vaches paissait sur la crête d'une colline. Elles lui paraissaient, se découpant ainsi sur fond de ciel bleu sombre, aussi exotiques que Christophe Colomb et son équipage avaient dû le paraître aux Indiens. Il se demanda, fugacement, s'il s'agissait de vaches laitières ou de vaches qu'on élevait pour la viande de boucherie. Ou bien des deux à la fois.

« J'aimerais juste vous faire savoir que tout ceci a constitué pour moi une expérience très libératrice. » Il laissa retomber la bouteille dans sa poche de veston, jeta un regard vers Blake, décida qu'il y avait quelque chose en ce gosse qui vous poussait instinctivement à lui ébouriffer les cheveux.

« Libératrice. De quoi ?

— De ce mur de bleu. De ce putain de métier. De tous ces bobards et de toutes ces conneries. Hier soir, après votre départ, j'ai commencé à réfléchir à l'époque où je fermais les yeux. À toutes ces fois où j'ai vu l'argent de la drogue passer dans les poches de quelqu'un. Toutes ces fois où j'ai vu des flics dépouiller des morts. Vous saviez que les flics faisaient leurs poches aux cadavres, Blake ? Vous étiez au courant ? »

Blake secoua la tête, se contraignit à garder en mémoire que d'écouter Kosinski faisait partie de son boulot. Que les clients ont toujours raison, pourvu qu'ils casquent.

« Ça n'entre pas dans mon domaine d'expertise, Kosinski. Si vous m'en disiez plus long ?

— D'accord. Supposez que vous soyez un patrouilleur ordinaire, acceptant les missions qu'on lui confie au jour le jour, au fur et à mesure que le Central est informé. Vous êtes chargé de "rendre visite à un bonhomme", rien qui sorte de l'ordinaire, et il s'avère qu'il s'agit d'un vieux croûton, crevé pendant son sommeil. Je ne vous parle pas d'un meurtre, là ; mais d'un cadavre qui a croupi deux jours dans son lit avant que quelqu'un s'en aperçoive. Bon, la puanteur est atroce, sans compter les amas d'asticots qui grouillent autour des yeux et des oreilles, de sorte qu'on attend plus ou moins de vous que vous attendiez l'arrivée des renforts et que vous préveniez le sergent. Après tout, c'est ce qu'exige le manuel du patrouilleur.

« Mais ce n'est pas du tout comme ça que ça se passe, Marty. Non, ce qui se passe en réalité, d'habitude, c'est que l'un des policiers qui ont été appelés, sinon les deux, fouille l'appartement. Vous savez bien, regarder derrière les placards, sous les tiroirs, derrière le réservoir de la chasse d'eau. Pour je ne sais trop quelle raison, les vieilles gens — surtout lorsqu'ils sont démunis — ne se fient pas aux banques. On m'a dit que c'était lié au krach de 1929, mais j'en sais trop rien. Ce que je sais, en revanche, c'est que, dans la plupart des cas, leur fric termine dans la poche d'un autre. Et gardez à l'esprit que ce fric suffirait parfois à faire la différence entre une tombe décente et la fosse commune.

« Bon, pour ma part, j'ai jamais volé un fifrelin. Vingt années et des bananes dans la police, et j'ai jamais piqué un centime. Mais, par contre, j'ai fermé les yeux, regardé ailleurs. C'est ça, le mur de bleu ; c'est ce que ça veut dire pour tout flic intègre. Je n'ai jamais été cafarder au sergent, à l'officier de garde, au chef ou au 'pitaine. J'ai laissé faire, et j'ai aussi fermé les yeux sur un tas d'autres trucs. J'ai vu des gars menottés se faire tabasser à mort, ou presque, parce que certains flics sont des sadiques. J'ai vu des lascars s'en tirer impunément parce que quelqu'un devait renvoyer l'ascenseur à un tiers, et que les preuves de leurs crimes disparaissaient comme par magie. Et j'ai vu ce môme, Sowell, jeté au trou pour une chose qu'il n'avait pas faite.

« Telles que je vois les choses à présent, Marty, je ne suis plus flic et je n'en serai plus jamais un. Ce que je veux dire, c'est qu'hier soir, j'me suis demandé : "Bell, aurais-tu l'intention d'emporter ce mur de bleu jusque dans ta putain de *tombe* ?" J'me vois pas en train de faire ça. D'autant qu'y a pas d'honneur, à six pieds sous terre ; pas d'honneur à couvrir les ripoux. Si bien que j'ai décidé d'aider ce gosse à sortir de prison. Voilà c'que j'me suis dit. »

Blake ne se donna pas la peine d'opiner du bonnet. Laissons le poivrot délirer tout son saoul. D'ici demain, soit il aurait rendu gorge, soit il serait de l'histoire ancienne. Mieux, il aurait rendu gorge *et* serait de l'histoire ancienne.

Néanmoins, en dépit de tout le mépris qu'il lui vouait, Blake ne put s'empêcher de rapprocher le hideux récit de Kosinski de l'entrée en matière de Max Steinberg, deux jours plus tôt. Il se surprit à regretter les criminels en col blanc, portant complets de chez Paul Stuart, imper Burberry et chaussures de chez Ferragamo. Son père, se convainquit-il, avait dû passer toute sa vie de travail dans cet égout. Peut-être avait-il fini par se laisser submerger. Non que cela constituât une excuse. Les dures réalités de la vie exigeaient de lui qu'il fasse preuve de force, plutôt que de faiblesse.

Entre-temps, ils étaient sortis de la Taconic et remontaient une petite côte bordée de part et d'autre de champs de maïs. L'été était inhabituellement pluvieux et les épis de maïs, pratiquement mûrs, se dressaient en hautes rangées rectilignes et serrées, qui venaient mourir à quelques pieds à peine du bord de la route, produisant sur les deux hommes un effet induit assez voisin de la claustrophobie, comme si le maïs avait été planté là pour occulter tout à fait autre chose.

« Eh, Blake, z'avez vu ce film de Stephen King, *Les enfants du maïs* ?

— Nan, j'ai dû rater ça.

— Probablement pour aller voir un film de Woody Allen à la place.

— Ça ou autre chose. » Blake refusa de prendre la perche qu'on lui tendait.

« Bon, quoi qu'il en soit, c'est très exactement ce que je m'attends encore à voir surgir de ce maïs. Des gosses avec des crocs de vampire. Un truc horrible. »

D'une certaine façon, Kosinski était dans le vrai, car lorsque la Taurus eut grimpé la côte et que les deux hommes purent voir au-delà des champs cultivés, des prés et des vergers, les murs gris de la *Columbia Correctional Facility* s'offrirent à leur vue, à moins de deux kilomètres de là. Hautes de plus de douze mètres, coiffées à chaque coin d'un mirador abritant un nid de mitrailleuse, et ainsi cernées par les fruits de l'été, les murailles semblaient un glauque mirage. Comme si elles ne pouvaient en aucun cas se trouver à cet endroit.

Comme s'il était temps pour eux de consulter de nouveau leur boussole, de recalculer leur trajectoire.

« Seigneur Dieu », marmonna Blake. « Bienvenue en enfer. » Il jeta un coup d'œil sur son compagnon de voyage, lequel, assis tout droit dans son siège, affichait un sourire amusé en demi-teinte, tout juste apparent sous son nez de faucon. « Vous trouvez ça drôle, Kosinski ?

— Je suis en train de revivre une vieille expérience », déclara Kosinski. Il sortit la Smirnoff de sa poche, avala une copieuse rasade, puis poussa la bouteille sous la banquette. « C'est un peu comme d'entrer à Rikers, sauf qu'il n'y a pas de murailles à Rikers. Mais tous ces mauvais fers au même endroit. On se la respire les yeux fermés. Peu importent les murs.

— Qu'est-ce qu'on se respire ? »

Kosinski s'apprêta à répondre, puis secoua la tête : « Vous vous rendrez compte par vous-même, dès que nous serons entrés. »

Blake se gratta la gorge. « Il se pourrait fort bien qu'il n'y ait pas de *nous*, en l'occurrence. Steinberg a pris rendez-vous pour un homme seul. Je vais tâcher de vous faire entrer, mais...

— Bon, quoi qu'il arrive », marmonna Kosinski. « Ça ne vous ennuie pas que je vous pose une question ?

— Qu'est-ce que vous en avez à foutre ?

— Allons, Blake. Cessez de jouer les gros durs. À quoi ça sert ? Je suis là pour vous donner un coup de main.

— Contentez-vous de me dire ce que vous avez à me dire, Kosinski.

— D'accord, j'y viens. La question qui m'a traversé l'esprit pendant que nous roulions, c'est : qu'est-ce

156

qu'on vient foutre ici exactement ? D'accord, c'est sympa à vous de rendre visite à votre client et tout et tout, mais on sait tous les deux que le gosse n'y est pour rien. Alors, posez-vous la question : "Est-ce que sa culpabilité ou son innocence pèsent dans la balance ?" Non, n'est-ce pas ? Vous pouvez m'en croire, Blake, parce que j'ai suffisamment d'expérience en la matière : il est essentiel que vous sachiez très exactement ce que vous espérez tirer de cette entrevue, *avant* même que nous ne soyons entrés. »

Blake gardait ses mains sur le volant et les yeux rivés sur la route. « Ce qui m'amène ici, Kosinski, et ce que j'espère tirer de cette entrevue, c'est trois cents dollars plus les frais. Y compris les péages, l'essence et vingt-sept *cents* du kilomètre pour l'amortissement de la bagnole.

— Alors, vous ne pensez pas qu'on puisse aider le gosse à sortir de taule ?

— Écoutez, si Sowell avait pu fournir un alibi lui-même, il l'aurait déjà fait depuis longtemps.

— Ouais, c'est sûrement vrai. Alors, dites-moi pourquoi l'avocat vous a envoyé ici ? À part le fait qu'il prend son pied à balancer par la fenêtre trois cents dollars par jour, plus les frais. »

Blake ne prit pas la peine de répondre. Une centaine de mètres séparaient la guérite du gardien de l'entrée principale de la prison et il s'employait activement à se composer un visage présentable pour le gardien. Il n'aurait pas dû s'en donner la peine. Lorsque la voiture pila, un garde sortit de la cabane, s'avança jusqu'à la vitre de Blake et lui demanda son nom et la raison de sa visite.

« Je me nomme Blake. Voici mon partenaire, monsieur Kosinski. Nous devons interroger un détenu, un nommé William Sowell.

— Oui, monsieur. Puis-je voir vos papiers, monsieur ? » Le garde observait un maintien tout militaire, depuis ses brodequins cirés jusqu'à la forêt de piques hérissées, longues d'un centimètre, qui couronnait son crâne.

Blake sortit sa patente de détective privé imprimée de frais, prit sa carte du NYPD des mains de son compagnon et tendit le tout au garde. Il regarda ce dernier s'engouffrer dans la guérite, le vit décrocher le téléphone. Une minute plus tard, il ressortait à l'air libre.

« L'un d'entre vous porte-t-il une arme à feu, messieurs ? »

Blake regarda Kosinski, qui secoua la tête. « Non.

— Lorsque j'ouvrirai le portail extérieur, roulez jusqu'au portail intérieur, je vous prie, puis descendez du véhicule. »

Blake regarda le garde rebrousser chemin, puis le portail d'acier coulisser et rentrer dans l'un des murs de pierre. Il avança, ainsi qu'on le lui avait intimé, en s'efforçant d'ignorer la tension croissante. Puis il remarqua la présence d'un petit groupe de détenus en uniforme se livrant à des travaux agricoles, et quelque chose qui ressemblait d'assez près à l'effroi remonta le long de sa colonne vertébrale, pour aller se loger à la base de sa nuque. La *Columbia Correctional Facility*, se rendit-il compte, comme s'il en prenait conscience pour la toute première fois, était un pénitencier prévu pour les peines maximales — une prison d'État de l'État de New York. Elle n'hébergeait pas de voleurs à l'étalage.

« Z'appellent ça », roucoula Kosinski, « une *atmosphère*. Rien à voir avec la saloperie qu'*on* respire. » Il souriait, d'un sourire de dément.

Un second garde émergea d'un habitacle situé derrière la palissade de treillis métallique qui encerclait le portail principal. Vêtu non moins militairement que le précédent, il fouilla le coffre, regarda sous le capot, découvrit la bouteille planquée sous la banquette.

« Ceci est illicite, monsieur. Je vais devoir le confisquer.

— Est-ce que ça signifie que je pourrai la récupérer en sortant ? » Le sourire de Kosinski s'était évanoui.

« J'ai bien peur que non, monsieur... »

Kosinski exécuta un rapide pas en avant. Il arracha la bouteille des mains du garde, en dévissa la capsule, la vida en deux longues gorgées, puis la lui rendit. « Et n'oubliez pas de la recycler. L'Amérique ne s'en portera que mieux. »

DIX

Ils ne pénétrèrent jamais dans la prison proprement dite, à l'intérieur des blocs cellulaires, des zones de travail, de la cour ou des gymnases. Après qu'un gradé de la pénitentiaire passablement renfrogné leur eut ouvert le portail intérieur, ils roulèrent jusqu'à un parking qui s'étendait devant la façade du bâtiment administratif et on les adressa au bureau du surveillant-chef Paul Sheridan. Assurément, on voyait partout des détenus — assis derrière les machines à écrire, penchés sur les classeurs, répondant au téléphone — mais il devait s'agir des plus dociles d'entre les dociles. D'hommes de toute confiance qui, à longue échéance, avaient apporté la preuve (à la plus grande satisfaction de l'administration pénitentiaire, sinon à celle de la commission décidant de la relaxation en liberté surveillée) de leur aptitude à contrôler les sautes d'humeur de leur tempérament impulsif. Ils travaillaient en silence, chacun semblant apparemment s'isoler dans ses propres pensées, soigneusement dissimulées. Personne ne cherchait à croiser le regard d'autrui, personne ne souriait, personne pour bavarder près du distributeur d'eau glacée.

Kosinski, qui connaissait la chanson, était conscient de façon aiguë du malaise que ressentait Blake. Il y puisa une grande énergie, décida que ce malaise traçait la frontière qui séparait les flics du pékin ordinaire. Que rien, dans la mémoire la plus vaste du plus puissant des ordinateurs, ne pouvait vous préparer à cette combinaison, unique en son genre, de violence et de malheur qui caractérise la moindre facette de l'univers carcéral. Que c'était déjà suffisamment moche dans les rues, mais que lorsque l'on confinait, que l'on comprimait cette atmosphère entre quatre murs, elle devenait suffisamment délétère pour asphyxier le non-initié. En l'occurrence Martin Blake.

Le surveillant-chef Sheridan ne prit pas la peine de leur adresser un sourire, n'éleva aucune objection à la présence de Kosinski. Il contrôla derechef leur identité, s'enquit de nouveau de la présence d'armes à feu, les prévint qu'il était interdit par le règlement d'utiliser des magnétophones ou des caméras à l'intérieur de l'enceinte. Kosinski regarda Blake répondre par la négative à chacune de ces questions. Dès qu'ils se retrouvèrent seuls pendant un bref instant, il se pencha vers lui et dit : « Un magnétophone ne vous sert pas à grand-chose, quand on ne sait même pas ce qu'on veut enregistrer.

— Vous savez ce qui me ferait un réel plaisir ? » rétorqua Blake. Il parlait du coin de la bouche, comme s'il craignait que quelqu'un surprenne ses paroles. Comme s'il avait quelque chose à cacher. « J'apprécierais énormément que vous bouclez votre clapet de poivrot. Ce n'est pas vous qui menez cette barque. »

Kosinski se disposa à riposter, s'en abstint finalement après mûre réflexion, et enfonça ses mains dans ses poches. S'il était saoul, il ne s'en rendait pas compte. Non, ce qu'il ressentait plutôt, lorsqu'il sonda son cœur durant le long silence qui s'ensuivit, c'était du soulagement. Un peu comme le poisson qui vient de se décrocher de l'hameçon après avoir longuement frétillé au bout de la ligne.

Ne perds surtout pas de vue, se persuada-t-il, que cette situation ne saurait durer. Qu'elle est indubitablement provisoire. Et c'est tant mieux. Un peu comme une rémission après une lourde chimiothérapie.

Le surveillant Sheridan, au terme d'une courte absence, les conduisit (Blake en tête, bien évidemment, tandis que Kosinski lambinait derrière) dans un petit parloir destiné aux entrevues des avocats et de leurs détenus de clients. Tout dans cette pièce puait la pingrerie, depuis la peinture écaillée des parois jusqu'aux carreaux crasseux du parquet, aux chaises et aux tables métalliques boiteuses.

Blake, dont l'esprit vagabondait du côté de la collection de fausses antiquités de Joanna Bardo, essuya soigneusement le dessus de sa chaise avant de prendre place. Bell Kosinski, en revanche, trouvait la pièce luxueuse, comparée aux locaux habituellement réservés à un usage identique dans les commissariats où il avait travaillé. Du moins personne ici n'avait pissé dans les coins, passe-temps favori des flics pour qui les avocats sont les seules créatures sur terre qui soient plus viles que les criminels qu'ils sont chargés de défendre.

Ils attendirent en silence, pendant qu'on faisait remonter Billy Sowell d'un recoin ou d'un autre des entrailles de la vaste prison. Encore qu'aucun des deux ne comptât les minutes, le temps paraissait tirer en longueur, pour l'un comme pour l'autre. L'envie de parler démangeait bien Kosinski, mais il se tenait à carreau. À quoi bon ?

Blake, pour sa part, s'employait assidûment à regretter d'avoir pris, un peu trop impulsivement sans doute, la décision de repousser l'offre que lui faisait Joanna Bardo. Peut-être aurait-il été mieux inspiré, se disait-il, de faire la tournée des autres boîtes spécialisées dans la criminalité en col blanc. Parce que, manifestement, ce genre de choses n'était pas fait pour lui. Sa mission actuelle ne lui inspirait rigoureusement rien, il ne savait même pas par quel bout la prendre. Certes, il en comprenait assez bien les rouages, mais le sixième sens qui l'avait toujours guidé lorsqu'il œuvrait en sous-marin dans le service informatique des entreprises lui faisait à présent totalement défaut.

L'apparition inopinée de Billy Sowell, s'encadrant dans une porte à l'autre bout de la pièce, porte qui conduisait dans les entrailles de la *Columbia Correctional Facility*, n'aida certes pas Blake à dissiper ses doutes. Sa silhouette malingre, haute à peine d'un mètre soixante-cinq et pesant tout au plus soixante kilos, hésita pendant une brève seconde sur le seuil puis émergea de l'ombre en redressant la tête. Quelqu'un, sans doute un maton soucieux du bon renom de la prison, peut-être Sowell lui-même, avait vaguement tenté d'effacer le maquillage de son visage. Vain effort. Le bariolage final... des zébrures aigue-marine, entrelardées de mascara noir gras étalé le long de ses deux pommettes... était encore plus incongru que le maquillage d'origine.

Mais le cerveau de Marty Blake refusa de franchir le pas, refusa de prononcer les mots homosexuel, pédé ou lavette. Refusa même de se détourner avec écœurement. Il préféra baisser les yeux, non sans remarquer au passage la chemise kaki aux manches adroitement raccourcies et le pantalon de treillis moulant à cœur, juste assez étroit pour y loger les deux fesses de Sowell, rehausser et offrir ces deux parfaits hémisphères, ramassés en un tendre ballon rebondi.

« Salut, Billy. Je peux t'appeler Billy ? Je m'appelle Bell. Bell Kosinski. »

Blake regarda Kosinski se lever et faire un pas en avant. Le vit sourire, tendre la main, conduire Billy Sowell vers une chaise. Le vit sortir une barre de chocolat de la poche de sa veste — la même poche qui avait déjà contenu la Smirnoff — et la brandir pour la montrer au gardien qui s'encadrait à présent dans l'embrasure pour les surveiller.

« Ça ira ? » Il attendit que le surveillant eût acquiescé à contrecœur, d'un hochement de tête bourru, puis la tendit à Billy Sowell. « Billy, voici mon ami Marty Blake. On est là pour t'aider à sortir de prison.

— Salut. »

La douce main potelée que Billy Sowell venait de tendre à Blake se terminait par des ongles vernis de rose et parfaitement manucurés. Blake, réprimant une nausée, s'en empara brièvement, puis la relâcha et laissa retomber sa propre main sur ses cuisses. Il aurait aimé piquer une colère — contre Kosinski, qui se permettait de prendre les choses en main, contre Joanna, pour l'avoir fourré dans cette situation, et contre Billy Sowell, tout bonnement parce qu'il était Billy Sowell — mais n'y parvenait pas vraiment. En fait, il était sonné.

« Ça t'est sûrement très pénible, Billy, d'être ici, n'est-ce pas ? » Kosinski se penchait en avant dans sa chaise, envahissant tout le champ de vision de Billy. « C'est dur, pour toi, la prison ? »

Sowell hocha la tête. « Vous pourrez bientôt me faire sortir ?

— Non, Billy. Pas dans l'immédiat. Tu vas encore devoir moisir ici un certain temps. » Kosinski tendit la main, prit celle de Billy, la blottit dans la sienne. « Te souviens-tu d'un homme du nom de Kamal Collars, Billy ?

— Kamal ? Bien sûr. C'était mon meilleur ami. Une fois que ma maman a été morte, bien sûr.

— Comment l'as-tu rencontré ?

— On faisait la manche ensemble. On était associés. » Il avait dit ça avec fierté, en relevant la tête pour regarder Kosinski droit dans les yeux. « Et on se biturait ensemble, aussi. Comment vous connaissez Kamal ?

— Je l'ai rencontré une fois. Ça fait très longtemps de ça, mais il m'a dit qu'il savait où tu te trouvais la nuit où Sondra Tillson a été tuée. Tu ne t'en souviendrais pas, *toi*, Billy, par hasard ?

— Non. J'ai essayé. Vraiment essayé. De toutes mes forces. Et, depuis que je suis arrivé ici, j'ai essayé encore plus fort. Mais ils ne me l'ont pas demandé tout de suite. Ils ont attendu deux semaines, alors je peux pas m'en souvenir, vous comprenez ?

— Je comprends. C'est bien pour cette raison que j'aimerais poser la question à ton copain. À Kamal. Je comptais donc lui demander où tu étais sur le moment, mais je ne sais pas où le trouver, alors je vais avoir besoin de ton aide. » Kosinski lâcha la main de Billy Sowell, sortit un petit carnet à spirale et un stylo. « Tu as eu des nouvelles de Kamal, depuis ton arrivée ici ?

— Non, mais j'aimerais bien. »

Kosinski sourit : « Je ne manquerai pas de le lui faire savoir. Maintenant, je voudrais que tu me dises où vous habitiez, où vous alliez ensemble, quels amis vous fréquentiez. Des choses comme ça. »

La première réaction de Blake avait été de piquer une rogne... Kosinski lui avait dissimulé des informations ; il aurait dû parler de Kamal Collars pendant le trajet... mais il se rappela brusquement, à la décharge du premier, que Steinberg l'avait exhorté à lui tirer le plus possible les vers du nez, et que lui, Blake avait choisi de faire fi de ce conseil. L'avocat avait eu raison et lui, Blake, avait eu tort ; pas plus compliqué que ça.

Il faudrait peut-être que je me décide une bonne fois pour toutes, songea-t-il. Peut-être que je ne suis pas à la hauteur, que je ne supporte pas le ruisseau. Que je suis moins coriace que je ne le croyais. Y a pas de honte à ça, pas la moindre. La honte, c'est de rester assis le cul entre deux chaises : un pied dedans et l'autre dehors. Évidemment, je pourrais toujours continuer de bosser avec Steinberg en attendant de trouver un autre boulot. Au moins, je toucherai mon chèque. Mais, si j'accepte le job, alors je dois le faire proprement ; pas question de tortiller du cul pour chier droit ; je n'ai pas le droit de me laisser désarçonner par l'atmosphère ; je ne peux pas me permettre ça.

« Je rentre tout juste de congé — et pas besoin de vous dire que je suis tellement déglingué que j'essaye de chier et de gerber en même temps. Je ne sais strictement rien de Billy Sowell. Tout ce que je sais, c'est que le dossier Tillson est bouclé. Quoi qu'il en soit, je suis assis à mon bureau et je vois ce géant entrer dans la salle de brigade. Il doit bien faire ses deux mètres vingt et ses cent vingt-cinq kilos. Mais il est noir comme le charbon et porte un blouson répugnant sur cinq ou six épaisseurs de chemises et de tee-shirts. Croyez-moi, Blake, ce mec doit faire pisser les dames de Park Avenue dans leur culotte. C'est d'ailleurs probablement pour ça que je me souviens de lui.

« Quand il entre, je suis le seul flicard présent dans

la pièce, de sorte qu'on n'a le choix ni l'un ni l'autre. Il remonte donc jusqu'à mon bureau, m'annonce qu'il s'appelle Kamal Collars (un nom qui ne s'oublie pas), et demande à parler à Tommy Brannigan, mon coéquipier. Naturellement, je lui demande pour quel motif il veut parler à Brannigan et il m'explique qu'il a téléphoné à Brannigan après le meurtre de Sondra Tillson et que Brannigan lui a demandé de passer au commissariat. Il dit qu'il est sûr et certain que Billy Sowell n'a pas tué Tillson parce qu'il était justement avec Sowell à cet instant précis. Bon, en ce qui me concerne, c'est pas mes oignons, vu que c'est pas mon turbin, alors je lui déclare que Brannigan est dans le bureau du lieutenant et qu'il sera de retour d'une seconde à l'autre. Et que, en attendant, il devrait aller s'asseoir près du bureau de Brannigan. »

Ils étaient revenus sur la Taconic Parkway, et roulaient plein sud à une allure régulière de cent vingt à l'heure. Kosinski sentait poindre un début de migraine et il suait à grosses gouttes en dépit de la climatisation. Il avait grand besoin de boire un coup mais, rien qu'à voir la tête que faisait Blake, ses mâchoires serrées et sa bouche crispée, il sentait bien que c'était la dernière éventualité envisageable.

« Vous me suivez, jusqu'ici, Blake ?

— Ouais. Tu parles.

— Vous voulez savoir ce que j'en pense.

— Je suis tout ouïe.

— Vous avez compris qu'ils avaient retourné le gosse, je suppose ?

— Répétez-moi ça ?

— Sowell. Le gosse. Ils l'ont retourné. Les loups, je veux dire. Un minot comme lui ? Il n'avait aucune défense, aucun moyen de lutter, même s'il avait eu toute sa tête. Alors, ce qui s'est passé, c'est qu'ils lui ont donné le choix : ou tu te maquilles et tu nous donnes ton cul, ou tu crèves.

— Imparable, Kosinski. Mais comment pouvez-vous savoir qu'il n'y avait pas pris goût avant ?

— Simple comme bonjour. Si Billy Sowell avait déjà été homo, je vois mal comment il aurait pu tuer Sondra Tillson parce qu'il avait eu envie d'elle. À supposer, bien entendu, qu'il s'agisse effectivement d'une tentative de viol qui a mal tourné. Son homosexualité aurait été sa meilleure ligne de défense.

— Peut-être est-il à voiles et à vapeur ?

— Les mecs qui se maquillent sont pas bisexuels, Marty. Je ne devrais pas avoir à vous dire ça. »

ONZE

Marty Blake cracha Kosinski (au *Cryders*, cela va de soi) peu après seize heures, puis se mit en quête d'une cabine téléphonique. On était vendredi et il savait que le temps lui était compté. Lorsqu'il trouva enfin une cabine en état de fonctionner sur le College Point Boulevard, il composa le numéro de téléphone d'une vieille connaissance.

Désolé. Le numéro de téléphone que vous avez composé n'est pas en service dans la zone de New York. Nous vous prions de vérifier votre numéro et d'essayer de nouveau. Désolé. Le numéro de téléphone que vous avez composé n'est...

Il laissa échapper le "merde !" d'usage, bien qu'il ne fût nullement surpris. Pendant toute la durée de son "bannissement", il s'était obstinément refusé à tenir le compte de ses pertes. En se persuadant qu'elles ne lui paraîtraient déjà que trop douloureuses lorsqu'il reprendrait le collier.

« Va falloir se résoudre à faire le crochet », marmonna-t-il en composant le numéro de *Manhattan Exec'*.

« *Manhattan Executive.*

— Cynthia ? Ici Marty Blake.

— Salut, Marty. Joanna te cherche. Elle tient à ce que tu restes en contact.

— Ouais, ben, je reprendrai contact une autre fois. Pour l'instant, je dois absolument parler à Conrad Angionis. S'il travaille encore pour Joanna, s'entend.

— Conrad habite pour ainsi dire ici, Marty. Joanna ne le laissera jamais filer.

— J'aurais dû m'en douter. Écoute, je suis assez pressé. Peux-tu me le passer ? »

Un instant plus tard, une voix rauque et râpeuse posait une question concise : « Qui ?

— T'as pas changé, Conrad. Pas d'un poil. » Blake se dépeignit mentalement le Grec, de pied en cap, ses deux mètres dix déplié, perché sur une chaise à dos droit et installé devant son IBM. Dans la mesure où son bureau était surélevé d'environ quinze centimètres au-dessus du niveau de la moquette par une plate-forme de bois, il surplombait tous les autres techniciens, position des plus appropriées pour un homme qui régnait en maître sur la salle des ordinateurs. Conrad portait en catogan ses longs cheveux noirs et épais ; une barbe farouche, qui naissait juste sous ses yeux, foisonnait sur la totalité de son visage, recouvrant son col de chemise et jusqu'à son nœud de cravate.

« C'est toi, Marty ?

— C'est moi, Conrad. J'envisage plus ou moins de te demander de me rendre mon ancien poste. » Blake avait dirigé le service avant de décrocher sa licence de détective et d'aller travailler sur le terrain.

« Ouais, et Joanna va me prendre comme associé à part entière. Que puis-je faire pour toi ?

— J'ai un petit problème, Conrad. Je dois retrouver quelqu'un.

— C'est un problème, ça ?

170

— Pour moi, oui. Ça fait un an et j'ai perdu mes contacts. Ou, tout du moins, j'ai perdu l'un de mes contacts, celui dont j'ai justement besoin tout de suite. Écoute, je suis salement pressé.

— T'as un numéro de sécurité sociale ?

— Non, mais, même si je l'avais, ça ne me servirait pas à grand-chose. Le type que je cherche est un SDF. Il faudrait que je puisse accéder aux dossiers de la HRA. Assistance médicale, bons de repas, invalidité, des trucs comme ça. Peut-être que la *Human Ressources Administration*[1] pourra lui attribuer une adresse.

— S'il est SDF, comment veux-tu qu'il ait une adresse ?

— Spécieux, Conrad, mais pas franchement futé. Écoute, le nom du mec est Kamal Collars. Il y a deux ans, il était à la rue. Depuis, il se peut qu'il ait trouvé asile dans un refuge, un centre d'hébergement, trouvé un boulot ou emménagé chez des parents. S'il touche le RMI, il doit bien avoir une adresse, même si ce n'est qu'une boîte aux lettres. S'il a droit à l'assistance médicale aux indigents, ils auront peut-être l'adresse du dispensaire auquel il s'est récemment adressé. Écoute, il n'est pas loin de dix-sept heures et on est vendredi, alors on n'a pas le temps d'ergoter. Appelle ton contact à la HRA. Je veux tout ce qu'ils ont sur lui, y compris son numéro de sécu. Perds pas de vue que je suis un client, maintenant.

— C'est ce que m'a dit Joanna. Comment tu veux que je te facture ça ? »

Blake s'accorda un instant de réflexion. Il savait que ce qu'ils s'apprêtaient à faire était totalement illégal,

1. Gestion des ressources humaines.

mais ça ne signifiait pas pour autant que son client serait exempté de payer.

« Facture-le comme une recherche aux résultats négatifs. Et n'oublie pas ma ristourne. »

Marty Blake, en ouvrant la porte de son appartement de Forest Hills, se sentit en proie à ce qu'il appelait une "saine fatigue". Diamétralement opposée à celle qui lui tombait sur le dos lorsqu'il sortait de son taxi jaune, au terme d'un service de douze heures d'affilée. Peut-être cela découlait-il de l'impression (indubitablement fallacieuse) qu'il avait fait la paix avec Bell Kosinski ; ou peut-être du fait que ce dernier s'était assoupi pendant vingt minutes au cours de leur trajet de retour ; à moins qu'il ne faille rien y voir de plus que sa conversation avec Conrad Angionis, la première chose à peu près tangible qu'il eût accomplie pour faire progresser l'affaire. Angionis était du type obsessionnel. Il ne consentirait à partir en week-end que lorsqu'il aurait éliminé toutes les possibilités, si saugrenues fussent-elles. Tout ce que Blake aurait à faire, c'est camper près du téléphone.

Il ressassait encore sa journée, et l'excellente tournure qu'elle avait prise, en franchissant le seuil. Sans réellement cogiter, en fait ; il était beaucoup trop las et trop affamé pour se livrer à des analyses en profondeur. Son esprit papillonnait d'une idée à l'autre, tel un canoë sur un fleuve léthargique. Néanmoins, il était suffisamment absorbé dans ses pensées pour percevoir le grondement d'un moteur assorti d'un piétinement sans comprendre ce qu'ils signifiaient. Ces bruits le laissèrent tout d'abord déconcerté, mais il finit par se rendre compte qu'il y avait quelqu'un chez lui, que cette personne se servait de sa trépigneuse, et qu'il ne pouvait s'agir que de Rebecca Webber.

Blake gagna la chambre à coucher sur la pointe des pieds et trouva Rebecca en train de courir, le dos tourné, à une allure régulière. Visiblement, elle se livrait à cette activité depuis un certain temps, puisqu'elle portait sur son short en satin l'un des tee-shirts de coton de Blake, et que les deux vêtements étaient également trempés de sueur.

C'est pour moi qu'elle fait ça, se dit-il. Pour me plaire. Un cadeau très spécial pour son animal de compagnie préféré.

Blake regarda la sueur dégouliner des pointes des mèches de Rebecca, de ces mèches blondes comme le miel et toujours si impeccablement laquées qui pendouillaient à présent, en longs filaments humides et enchevêtrés, et exigeraient dès demain un rafraîchissement d'au moins deux cents dollars au salon de coiffure Ted Orris. Il regarda les gouttes de sueur rouler sur sa nuque luisante, les regarda disparaître sous le tee-shirt mouillé, plaqué aux muscles lisses de son dos. Ses yeux descendirent le long de son échine, dévalant l'échelle de vertèbres de son épine dorsale jusqu'à son petit cul rond. Jusqu'à cet endroit où la soie humide de son short dessinait un peu plus qu'une ombre affriolante.

Il attendit de n'en plus pouvoir, jusqu'à ce que ses lèvres aspirent douloureusement aux sombres moiteurs de son entrejambe. Puis, promptement, silencieusement, il ôta ses propres vêtements et les plia soigneusement, sachant pertinemment qu'elle ne se retournerait pas, qu'elle se consacrerait tout entière à son sport même si elle s'était rendu compte de sa présence. Puis il débrancha la prise d'un coup sec.

Lorsque le tapis de jogging cessa d'avancer, elle se

retourna dans sa direction, en prenant tout son temps, cependant que ses yeux étincelaient de désir triomphant. Hurlaient, même, désir et triomphe. Blake eut la fugace vision d'un avenir dans lequel il porterait un collier de chien serti de diamants, et où on le traînerait d'un endroit à l'autre au bout d'une scintillante laisse argentée.

Rebecca tendit la main pour le toucher, les narines palpitantes, la bouche esquissant un rictus qui hésitait entre mépris narquois et moue boudeuse. Blake s'empara de ses doigts tendus et la fit pivoter sur elle-même à 180°, tout en emprisonnant ses deux poignets dans sa main droite. Il leur imprima une brutale torsion et elle poussa un hurlement, en se cassant en deux pour encaisser la douleur.

« Me fais pas mal », dit-elle.

« Ça m'est déjà arrivé ? »

Il la poussa en avant, la plia en deux, à la hauteur de la taille, contre la rambarde du tapis de jogging, en même temps qu'il soulevait son cul pour le presser contre son entrejambe. Même ainsi, les yeux fermés, et au premier contact de sa peau humide de sueur contre la sienne, il pouvait la sentir s'ouvrir pour le recevoir. Comme une mer se fendant pour le laisser passer, un partage des eaux qui l'engloutirait inéluctablement.

« Ravi que tu sois rentrée si tôt à la maison », dit-il en écartant le tissu de l'entrejambe de sa culotte pour s'insinuer en elle. « Je n'ai pas beaucoup de temps devant moi. »

Plus tard, tandis que Rebecca se douchait, Blake s'assit sur le rebord de la baignoire, encore baigné de sueur, et contempla la culotte au rebut, qui gisait à présent au fond de la corbeille à papiers.

« Dior », avait-elle précisé, alors qu'il la laissait tomber dans la corbeille. « Mais pas Christian [1], indubitablement »

Combien ? s'était-il demandé. Deux cents dollars ? Sinon trois, avec le soutien-gorge et le slip assortis. Parce qu'elle allait probablement les jeter aussi, ou les donner à sa bonne. Quand je vais au bureau, je prends une paire de chaussettes, un caleçon et un tee-shirt. Direct sur le dessus de la pile. Rebecca, elle, choisit sa lingerie comme si elle avait l'intention d'exécuter un strip-tease pour son gynécologue.

Il avait pu l'observer à trois occasions, les trois fois où il avait passé la nuit dans son hôtel particulier de l'East Side, coincé entre l'ambassade britannique et l'ambassade d'Afrique du Sud sur la Soixante-Dix-Huitième Rue Est, juste derrière la Cinquième Avenue. Le matin, une fois que sa servante attitrée avait apporté le petit déjeuner, elle étalait toute sa garde-robe du jour sur un sofa Empire, ciselé et doré : bas, culotte, soutien-gorge, slip, jupe, chemisier, pull, collier, bracelet, bague, montre. Puis elle reculait d'un pas pour évaluer l'ensemble. Une fois sur deux, lorsqu'elle rejetait un seul article, la tenue tout entière réintégrait la penderie. Encore que ce ne fût pas Rebecca elle-même qui se chargeât de la ranger. Non, cette corvée était confiée à Sarah, la soubrette personnelle qu'on lui avait assignée à son dixième anniversaire.

Le jet de la douche s'arrêta brutalement et le bras de Rebecca émergea de derrière le rideau de douche. Blake se leva et lui apporta la serviette exigée. Sa récompense ? Rebecca Webber, sortant d'un nuage de vapeur fumante, les coudes levées, pour essuyer ses

1. Jeu de mot intraduisible. *Christian* signifie chrétien.

cheveux mouillés d'une serviette éponge, avec toute la flamboyante et sereine assurance de la favorite d'un harem.

« Je voulais te dire », commença-t-elle. La serviette descendit de sa gorge vers ses seins, les enveloppant comme d'une corolle tandis qu'elle bouchonnait la peau humide. « Nous partons à l'étranger, William et moi. Nous resterons absents un certain temps. Ça concerne la propriété. »

La propriété en question couvrait dix hectares de ce qui avait naguère été l'Allemagne de l'Est. Elle possédait deux noms germaniques totalement imprononçables (et que Marty Blake avait d'ailleurs oubliés l'un et l'autre), selon que l'on faisait allusion à la propriété proprement dite ou bien au manoir du dix-septième siècle qui appartenait à la famille de William (ex-Wilhelm) Webber depuis près de trois siècles. Du moins jusqu'en 1944, date à laquelle l'armée soviétique avait contraint, par sa constante progression, sa famille à courir se réfugier à l'Ouest. William s'était, d'une façon ou d'une autre, persuadé que la réappropriation de ces terres exigerait un peu plus que le simple graissage de patte adéquat de l'ex-bureaucrate communiste approprié. Bien entendu, il avait dépêché un avocat new-yorkais à Washington, chargé d'engager un avocat de cette même ville pour embaucher un avocat berlinois, à charge pour ce dernier de mettre la main sur ledit ex-bureaucrate.

« Quand partez-vous ?
— Dimanche matin.
— Sympa de me prévenir.
— Mais c'est exactement ce que je suis en train de faire, Marty. C'est la raison même de ma visite. Ça s'est décidé relativement brusquement et William craint de

laisser passer sa meilleure occasion en n'agissant pas sur-le-champ.

— En quoi ça te concerne ?

— Je t'en prie, Marty, ne commence pas à devenir bassinant. C'est vraiment ton seul et unique défaut.

— Ne change pas de conversation, Rebecca. William et toi, vous menez deux existences totalement différentes depuis une bonne dizaine d'années. Alors, quel rapport peut-il bien y avoir entre toi et ce voyage dont le but avoué est de revendiquer sa propriété ancestrale ? »

Elle posa un pied sur le rebord de la baignoire et entreprit de passer la serviette sur la face interne de sa cuisse gauche. Elle regardait ailleurs et, lorsqu'elle parla, ce fut d'une voix douce, presque mélancolique.

« J'ai toujours aimé le Vieux Continent », dit-elle, comme si ça expliquait tout.

DOUZE

« Alors, tu vois, Bell, ce qui s'est passé, c'est que tous mes problèmes avec le diocèse se sont cristallisés à partir du moment où j'ai commencé à parler de saint Paul au Newman Club. Parce que ce type était bel et bien un larbin, non ? Un Juif collabo, nanti de l'autorité nécessaire pour appréhender tout Juif invoquant le nom de Jésus. Plus bas que ça, tu meurs, Bell. C'est le fin fond de l'égout, non ? J'ai pas raison, dis-moi ?

— Absolument, père Tim. » Bell Kosinski n'écoutait que d'une oreille. Il se sentait bien, beaucoup mieux qu'il ne s'était senti depuis des mois. Tout cela parce qu'il savait qu'il ne sortirait pas son calibre ce soir. Ne le nettoierait pas, n'y toucherait pas, ne l'effleurerait même pas du regard.

« D'accord. Bon, il est donc en train de traverser le désert — ce Saül qui va devenir Paul, ce Juif qui se fera grec — quand il expérimente une conversion miraculeuse. Tu vois le truc, frappé d'aveuglement, ce qu'il avait peut-être bien mérité, puis guéri. Une semaine plus tard, c'est lui qui dirige tout le cirque chrétien. Quand t'y repenses, non, c'est une histoire sans queue ni tête — Paul n'a même pas connu Jésus — mais avant même de pouvoir dire "saint-frusquin", le voilà qui dé-

pêche des disciples sur tout le pourtour de la Méditer-
ranée, chargés de convertir les gentils. Je vais te dire
une bonne chose, Bell. Sans ce collabo, le christianisme
serait encore une religion juive.

— Et c'est ça que vous avez raconté au Newman
Club ? » Kosinski but une gorgée, se gratta machinalement la jambe. La question était de pure rhétorique.
Le père Tim, prêtre à la retraite et pilier du *Cryders*,
était littéralement obsédé par sa mise à pied. Surtout
après son troisième verre.

« Ouais, devant son chapitre de New York. Et laisse-
moi te dire, mon gars, que j'avais capté toute leur attention. C'est ce qu'il y a de beau, quand tu bosses avec
des lycéens. Ils n'ont pas peur de gamberger.

— Tu te rends compte que c'est à ce lascar que je
me confessais ? » intervint Emily Caruso. Elle secoua la
tête avec incrédulité. « Quelle putain de conne je devais faire. »

La grossièreté fit tiquer le père Tim, mais il n'en continua pas moins de concentrer toute son attention sur
l'ex-flic. « Donc, après deux ou trois séances du même
tonneau, je reçois un message m'avisant que Monsignor
Cabella attend ma visite le lendemain à neuf heures
dans son bureau. En arrivant, je vois une espèce de petite musaraigne aux joues tellement vérolées de cicatrices d'acné qu'on dirait un champ de mines. "Qu'est-
ce que vous êtes allé raconter à ces gosses ?" qu'il me
demande. Tout ça sans même ordonner qu'on m'apporte un café, alors que je me farcis une putain de
gueule de bois, le genre qui te donne l'impression
qu'on t'a fendu la cervelle en deux avec une feuille de
métal portée à blanc. Tu vois c'que je veux dire ? T'as
déjà connu ça, Bell ?

— J'les ai toutes eues, mon père.

— Et pas seulement elles », surenchérit Emily Caruso. Elle attendit que Kosinski se fût retourné vers elle, puis chuchota : « J'lui racontais tout, à ce *putz*. J'pouvais pas me décrasser les nibards sous la douche sans aller le lui confesser le samedi après-midi. Alors que ç'a toujours été un poivrot fini. Sur la tête du Bon Dieu, Kosinski... j'ai fait des tas de conneries dans ma vie, mais aller me répandre sur mes péchés... Eh, r'garde donc, v'là l'homme à la Moussy. »

Kosinski releva les yeux, son attention éveillée. On était vendredi soir, et le bar était bourré de travailleurs avides de claquer une partie de leur paie avant d'aller retrouver la bourgeoise et les gosses à la maison. Il en était ainsi depuis que Kosinski était d'âge à se faire servir de l'alcool, et même à l'époque où les épouses ne ramenaient pas encore un salaire au foyer.

Ils appartenaient à la compagnie de téléphone de New York, à la *Con Ed*, à l'*UPS*, au *Federal Express* et à une douzaine d'entreprises du bâtiment. Ceux qui n'étaient pas mariés traînaient leur petite amie à la remorque, de jeunes dames qui n'avaient pas l'âge légal, portaient jeans cloutés et débardeurs coupés au ras du nombril. Seules femmes (à part Emily Caruso) présentes dans le rade, les petites copines s'agglutinaient en groupes compacts, mal à l'aise, visiblement conscientes de leur condition d'intruses, de personnes déplacées, même si leurs machos de petits copains, eux, ne l'étaient nullement.

Le bowling marchait à tout va, tout comme le juke-box récemment réparé. Les hommes les plus jeunes chahutaient, se bousculaient et blaguaient, pendant que les habitués buvaient leur casse-pattes en faisant semblant de croire qu'on était mardi après-midi. Bell Kosinski, pour sa part, aimait ce brouhaha et cette tension.

Ça lui rappelait ses premiers temps dans la Maison, quand il faisait encore sa ronde à Times Square. De jour comme de nuit, le cogne vivait dans l'expectative et l'appréhension. De la came, du sexe, de la violence — de quelque apocalypse latente, qui pouvait prendre mille et une formes : un quidam ensanglanté, titubant vers une ambulance ; une pute au corps svelte, vêtue en tout et pour tout d'une culotte fendue, et tailladant la gueule de son mac à coups de rasoir ; un junkie squelettique vautré dans une porte cochère, tandis que les traits de son visage gris comme de l'ardoise durcissaient progressivement, au fur et à mesure que s'installait la *rigor mortis*.

« Alors, écoute bien, Bell. » Le père Tim avait agrippé Kosinski par l'épaule et s'efforçait de le faire pivoter sur lui-même. Constatant que sa manœuvre n'avait strictement aucun effet, il s'adressa directement à la nuque de l'ex-flic : « Je savais bien que j'allais être obligé de lui dire quelque chose, à ce foutu macaroni, mais cette putain de gueule de bois m'empêchait de me concentrer. Un peu, tu vois, comme si en me rendant à cette convocation sans avoir picolé au préalable, j'avais fait la connerie de ma vie ; et j'avais les mains qui sucraient tellement les fraises que j'ai dû les garder dans mes poches. Donc, je lui dis : "Vous vous rappelez le sermon sur la montagne, quand Jésus ordonne à la foule d'aimer ses ennemis ? Vous vous en souvenez, pas vrai, Monsignor ? Jésus a dit il y a deux mille ans qu'il fallait aimer ses ennemis comme soi-même... alors comment ça se fait qu'après tout ce temps, j'aie encore jamais rencontré une seule personne qui aime un tant soit peu ses ennemis ? Ça peut paraître bizarre, trouvez pas, tant qu'on n'y a pas un peu gambergé. Et c'est là que tout devient clair. Jésus a bien dit aux gens ce qu'ils devaient faire, mais Il ne leur a pas expliqué *comment* ils devaient s'y prendre, parce que les gens de cette foule avaient tout juste été appelés. Ils n'avaient pas été élus, et la façon de s'y prendre pour aimer ses ennemis est un secret réservé aux seuls élus. C'est bien pour ça qu'Il avait des disciples. Pour pouvoir leur confier Ses secrets. Ce qui, pour ce qui me concerne, laisse saint Paul dans le schwartz le plus total ; de sorte qu'il est devenu une espèce de gentil organisateur, capable de transformer l'Europe en une foule gigantesque. À qui on apprendrait ce qu'il faut faire. Mais pas comment le faire." »

Kosinski opina machinalement : « Dis-moi, Emily, où as-tu vu le type à la Moussy ? J'le vois nulle part.

— J'ai vu son visage par la fenêtre. Tiens, le voilà qui entre, justement. »

Le visage souriant de Marty Blake apparut soudain, comme obéissant à un ordre d'Emily Caruso, dans l'encadrement de la porte. Kosinski remarqua qu'il occultait de sa carrure la totalité de l'embrasure.

« Bell...

— Pas maintenant, père Tim. J'ai à faire. » Il fit signe à O'Leary de remplir le verre du prêtre, inclut au dernier moment Emily Caruso dans la tournée, puis agita la main à l'attention de Marty Blake. « Eh, Marty, par ici. » Il regarda Blake fendre la foule, en marmonnant de vagues "excusez-moi" et "'mande pardon", et se dit : Je ferais peut-être bien de prévenir ce petit. L'avertir que la piscine est vide. Et qu'il est rare qu'on rebondisse sur le ciment.

« Kosinski, je peux vous parler en privé une minute ?

— Bien sûr, Marty. À ce point en privé ? Vous voulez qu'on sorte ?

— Ouais. »

Kosinski prit son verre d'un geste vif et suivit le dos de Blake, qui rebroussait déjà chemin. Une fois dehors, ses yeux balayèrent le trottoir devant la façade du *Cryders*, repérèrent plusieurs clients en train de prendre un bol d'air en buvant un coup. À deux exceptions près, leurs visages lui étaient inconnus. Les deux exceptions en question étaient Tony Loest, la terreur du quartier, qui avait fait du *Cryders* son QG, et Candy Packert, dealer de coke et de comprimés divers, et autre habitué du *Cryders* (mais seulement le week-end, lorsqu'il y avait des clients pour acheter ses produits).

Kosinski n'avait jamais eu personnellement d'accrochages avec Tony Loest, encore qu'il eût arraché une ou deux victimes à ses griffes. Loest, Kosinski ne l'ignorait pas, n'avait pas peur de lui physiquement mais, étant un gamin du quartier, était suffisamment marle pour respecter son insigne, cet insigne que, d'ailleurs, Kosinski ne portait plus. Packert, d'un autre côté, était un pur sac à foutre, le genre de lascar que Kosinski, autrefois, aurait volontiers tabassé jusqu'à le laisser sur le carreau. Autrefois, Kosinski en avait la conviction, il aurait fort bien pu courser Candy Packert et le bannir de Whitestone.

« Eh, z'êtes là, oui ou non ? »

Kosinski se retourna en entendant la voix de Blake, et découvrit ce dernier accoudé au toit du Trans-Am de 1979 bleu ciel. Il perçut un sourd grognement, évoquant le souffle d'un taureau qui s'apprête à charger.
« Eh, Marty. À votre place, je me retournerais. »

Il était trop tard. Loest, qui fendait déjà les airs, avait atterri sur le dos de Marty Blake telle une panthère défendant son petit.

Kosinski braqua son index sur Candy Packert et beugla : « Reste où t'es, toi, la putain de ta mère », puis fonça vers son équipier. Il n'aurait pas dû se donner cette peine. Tony Loest, comme s'il agissait de son propre chef, pivota autour de l'épais thorax de Blake. Son visage alla s'écraser sur le capot de la Pontiac avant même que Kosinski n'eût fait le premier pas.

« Seigneur Dieu, Marty, qu'est-ce que c'était ? Du judo ? » Kosinski interposa son corps entre celui de Blake et celui de Loest. Au cas où il resterait encore à Loest quelque ardeur combative.

« De la lutte », répondit Blake. Il recula de plusieurs pas, et se tenait à présent derrière Kosinski. « Un revers, ça s'appelle. Je parle de la torsion. Pour ce qui est du "visage enfoncé dans la tôle", la prise n'a pas de nom connu. Je viens de l'inventer à l'instant. Qui c'est, ce taré ?

— Un dénommé Tony Loest. Travaille dans le bâtiment, alors, évidemment, il se prend pour un caïd. » Kosinski afficha son plus mauvais sourire, tout en se doutant que Loest, aveuglé par le sang, n'en pouvait strictement rien voir. « Tony, tu vas rentrer à l'intérieur, te laver le visage et boire un coup. Dis à Ed de mettre ça sur mon compte.

— Va te faire foutre, Kosinski. Vous ne me faites pas peur. »

Kosinski réagit en enfonçant violemment son poing dans le sternum de Tony Loest, lequel n'avait rien vu venir et se plia en deux, pour se mettre à gerber avec un bel enthousiasme.

« Tu m'entends, Packert ? » Kosinski ne quittait pas Loest des yeux, s'attendant plus ou moins à le voir reprendre du poil de la bête et se montrer à la hauteur de sa réputation.

« Très bien. » Packert s'exprimait sur un ton prosaïque. D'une voix dénuée de toute trace d'insolence.

« Ramène Tony à l'intérieur, Packert. Et tâche d'éviter qu'il ne sème sa merde. Sinon, je vais être obligé d'aller trouver les Stups au 109. Pour leur expliquer ce que vous magouillez au *Cryders*, toi et Tony.

— Pas de problème. On y va. »

Kosinski attendit que Loest et Packert eussent disparu à l'intérieur du bar, puis empoigna Blake par un bras et l'entraîna vers le bas de la rue. « Vous êtes fabuleux, Marty. J'en suis sur le cul. Non, vraiment, sans déconner. Je vous prenais pour un intello. Avec ces histoires d'ordinateur et tout et tout, vous pouvez difficilement me le reprocher.

— Arrêtez vos salades », répliqua Blake. « Je ne suis pas ici pour écouter un poivrot me passer la pommade.

— Alors, pourquoi êtes-vous ici ? Compte tenu du fait qu'on devait se retrouver demain matin dans le bureau de l'avocat ?

— Parce que j'ai déniché une adresse de Kamal Collars et que j'aimerais le retrouver avant qu'on aille chez Steinberg. »

Kosinski s'apprêta à répondre, se reprit, et sourit d'un air penaud, en même temps qu'il se rendait compte qu'il était réellement très impressionné. Impressionné, et d'une, et, d'une certaine façon, pas peu fier : « Vous l'avez trouvée par l'ordinateur ?

— Avec l'ordinateur d'un autre.

— Ah ouais ? Qui ça ?

— Ça ne vous regarde pas, Kosinski. Écoutez, Collars est au chômedu. En incapacité de travail, en fait. Il y a deux semaines, une assistante sociale lui a rendu visite au *Chatham Hotel*, sur la Vingt-Neuvième Rue Est, près du fleuve. Je voudrais que vous m'y accompagniez.

— Génial, Marty. Excellent timing. Dans la plupart

de ces foyers d'hébergement, si vous n'êtes pas rentré à vingt et une heures, vous perdez votre page. » Kosinski sentit une puissante bouffée de gratitude le submerger. Il porta la main à son visage, toucha ses joues brûlantes et songea : Bon sang, j'espère que j'suis pas en train de piquer un fard. Et, si c'est le cas, j'espère qu'il fait trop noir pour que Blake s'en rende compte.

« Ce que j'attends de vous », poursuivit Blake, « c'est autant votre expérience que votre insigne. Au cas où on aurait à discuter le bout de gras avec le détective de l'hôtel.

— Ça risque de poser problème, Marty. Vu que je ne suis plus flic et que je n'ai *plus* d'écusson.

— Kosinski, vous avez l'air d'un flic, vous parlez comme un flic, vous vous sapez comme un flic, et vous sentez même le flic. Si vous faites les grimaces voulues, vous n'aurez nul besoin de montrer votre insigne.

— D'accord, Marty. Ça me va. Qu'est-ce que vous diriez qu'on fasse un saut chez moi, le temps de prendre mon .38 ?

— Pourquoi, vous avez l'intention de dessouder quelqu'un ?

— Il ne s'agit pas de descendre qui que ce soit. » À moins, songea Kosinski, qu'il ne s'agisse de me descendre moi-même. « Mais il n'y a rien de tel au monde pour vous conférer la dégaine d'un flic qu'un holster d'aisselle sous un costard bon marché. Ce qu'il faut, c'est laisser votre veste déboutonnée ; qu'ils puissent bien voir votre .38. Un quidam risque certes de vous demander de montrer la ferblanterie, mais les traîne-patins s'imaginent qu'en demandant ses papiers à un flic, ils font preuve d'irrespect. Probablement parce qu'ils se sont fait claquer le baigneur quand ça leur est arrivé. N'oubliez jamais que ce n'est pas parce qu'on a réussi à faire ouvrir sa gueule à un malfrat que la vérité va obligatoirement en sortir. En fait, pour beaucoup, ils mettent un point d'honneur à mentir à la police. »

TREIZE

« Voyez-vous, Marty, tout ce que je souhaite, c'est que ce témoin pourra fournir un alibi convaincant à Billy Sowell. Parce que si ça ne marche pas, on va devoir passer un sale quart d'heure.

— Pourquoi ça ? » Ils étaient en train de traverser le Triborough Bridge et Blake concentrait pratiquement toute son attention sur la ligne des gratte-ciel de Manhattan, vers le sud. La nuit était claire et les gratte-ciel, dont les fenêtres allumées scintillaient comme les diamants d'un des plus somptueux colliers de Rebecca Webber, semblaient battre en retraite tels des soldats à la parade, pour aller se fondre dans les profondes ténèbres d'un ciel sans étoiles. Dans quelques heures, Rebecca s'envolerait et disparaîtrait à son tour dans ce même ciel. Elle le quitterait sans marquer le moindre regret, sans rien éprouver d'autre, en prenant place dans son fauteuil de première classe, que de l'excitation pour ce qui l'attendait. Ce qui, tout bien réfléchi, était parfaitement normal. Pourquoi le traiterait-elle en homme, en effet, alors qu'il se comportait comme un voyou en rut ?

« Ça devrait vous crever les yeux, Marty. Ça m'étonne que vous ne sachiez pas ça. »

188

Blake se retourna vers Kosinski et le surprit en train de téter sa désormais sempiternelle pinte de Smirnoff. « J'en ai franchement plein le cul de vous entendre me seriner tout ce que j'ignore.

— Faut bien que quelqu'un le fasse. Parce qu'à ce que j'ai cru comprendre, vous savez rien de rien. »

La voix de Kosinski ne trahissait pas la moindre ironie complaisante ; c'était une voix paternelle, soucieuse, empreinte de sincérité, ce qui ne faisait qu'empirer encore les choses. Blake se dit qu'il aurait normalement dû se sentir vexé mais, au lieu de ça, en fait, il se sentait parfaitement dans son assiette. Fort vraisemblablement, Rebecca devait déjà être en train de faire ses valises, d'étaler divers ensembles sur son divan en se demandant combien elle pourrait en entasser dans ses diverses malles et sa ligne de bagages de chez Louis Vuitton. Rien ne lui permettait de savoir quand elle rentrerait ; ni même si elle s'intéresserait encore à lui à son retour. Peut-être aurait-elle d'ici là jeté son dévolu sur quelque étalon bavarois nanti d'une complète collection de chaînes et de fouets ; peut-être déciderait-elle de rester en Europe, de conquérir ce continent, d'instiller au Vieux Monde quelques bribes de la décadence du Nouveau. Lorsqu'il lui arrivait d'y songer, Blake ne ressentait que du soulagement. Un poids lui était ôté et ce seul fait suffisait à rendre totalement caduque la question pendante de "qui ferait quoi, et à qui".

« Vous voulez savoir pourquoi je ne bois pas, Kosinski ? » demanda Blake, s'étonnant lui-même de poser cette question.

« Épatez-moi. Dites-moi que vous n'êtes pas un alcoolo.

— Tout d'abord, il se trouve que je bois, en réalité.

189

Il y a des occasions, dans ce boulot, où on ne peut pas se permettre de refuser de trinquer. Mais c'est là que je trace la ligne. Un seul et unique verre, que je garde en main jusqu'à ce que les glaçons aient fondu. Bon, quand j'avais encore vingt et quelques années, je bibe-ronnais plutôt sec. Ça m'a duré environ cinq ans. Tous les week-ends et pratiquement tous les soirs, je m'of-frais la tournée des rades de l'Upper West Side. Je bu-vais quelques verres, puis j'essayais de repérer un lascar qui méritait une sévère correction. Si je ne réussissais pas à localiser immédiatement un candidat acceptable, je continuais de picoler jusqu'à ce que j'aie perdu de vue la question du "mérite". J'étais un sacré fouteur de merde, Kosinski, et j'en étais fier. Je me prenais pour le plus fieffé salopard de New York. Et, un certain soir, je suis entré dans le rade qu'il ne fallait pas, et je me suis fait travailler au corps à la batte de base-ball. Tout un assortiment de battes de base-ball. J'ai passé une se-maine au Mont-Sinaï à pleurer sur mon sort, en atten-dant que mes fractures soient suffisamment remises pour me permettre de marcher avec des béquilles. En réfléchissant au connard que j'avais été et au fait que j'étais incapable de me contrôler sous l'empire de l'al-cool. Jusqu'ici, vous me suivez ?

— Parfaitement.

— Donc, pour moi, la question se résumait à ceci : es-tu capable de tirer une leçon des erreurs que tu as commises ? Ou bien vas-tu remettre le couvert et te re-pointer là-bas illico, pour peut-être te faire tuer pour de bon, ce coup-ci ? Devinez un peu ce que j'ai choisi ?

— Eh bien, il me semble à moi que vous êtes déjà salement agressif, même quand vous ne picolez pas. Vous ne vous seriez pas mis à la came, au moins ?

— Désopilant.

— Écoutez, Marty, je ne suis pas en train de dire que vous êtes ramollo ou stupide, mais il y a un certain nombre de choses que vous devriez comprendre. Revenons-en à ce que j'ai dit tout à l'heure. À propos de fournir un alibi au gosse. Et de ce qu'il adviendra si nous n'arrivons *pas* à lui en fournir un.

— J'y ai déjà songé. » Blake s'efforçait de faire contourner à la Taurus un chantier de construction situé sur le Drive. Tout en regrettant de n'avoir pas emprunté le Midtown Tunnel. Il devait changer de voie, mais le taxi jaune qui roulait sur sa gauche semblait bien décidé à l'en empêcher. Blake regarda remuer les lèvres de son enturbanné de chauffeur, en se demandant s'il n'était pas en train de se faire traiter de "fils d'un âne concupiscent". Ou s'il y avait dans la langue sikh des termes équivalents à "enfoiré" et à "tête de nœud".

« Et vous êtes parvenu à une conclusion ?

— Pas la moindre. » Blake se faufila derrière le taxi, entreprit de grignoter du terrain centimètre par centimètre. « En dehors de celle qui saute aux yeux.

— Et quelle est-elle ?

— Qu'on me paye trois cents dollars par jour plus les frais, frais qu'il m'arrive de gonfler dans certains cas. » Blake se fendit d'un grand sourire, puis se rendit compte que Kosinski ne marchait pas. Pas ce coup-ci. « Si on ne trouve pas le moyen de prouver que Sowell se trouvait ailleurs au moment du crime », dit-il prosaïquement, « alors il ne nous restera plus qu'à mettre la main sur le véritable meurtrier.

— Et ça ne vous rend pas nerveux ? Partant du fait que le "véritable meurtrier" s'est fait fort d'infiltrer les services de police de New York, le bureau du district attorney et peut-être même aussi la cour suprême de

New York, sans compter les services de l'Assistance judiciaire, tout ça pour faire jeter un innocent en prison ?

— Ça devrait, si jamais on devait en arriver là. Mais il me faudra au moins un bon mois pour me persuader que je suis incapable de fournir un alibi à Sowell. D'ici là, Steinberg sera disposé à plaider en s'appuyant sur votre déposition. Et il se sera également fatigué de claquer deux mille dollars par semaine. N'oubliez pas qu'il y est de sa bourse. Non, Kosinski, je ne crains pas d'avoir à affronter le NYPD, parce que ça n'arrivera jamais. »

Ils observèrent pendant tout le restant du trajet un silence miséricordieux (du moins du point de vue de Blake). On était vendredi soir et il y avait du monde partout, mais tant les centres d'intérêt que les foules qu'on associe d'ordinaire aux nuits new-yorkaises faisaient défaut à cette section particulière de Manhattan, prise en sandwich entre le sexe et la violence de Times Square, au nord, et les chatoiements de fruit défendu de Greenwich Village, au sud. Blake traversait la ville dans le sens de la largeur, empruntant la Vingt-Neuvième Rue, évitant soigneusement Penn Station et Madison Square Garden, son voisin direct et symbiote. Bien qu'il ne fût pas sans savoir que le Garden, foyer des Rangers et des Knicks, était d'ordinaire fermé en été, il n'allait pas prendre le risque de tomber sur un congrès d'Adventistes du Septième Jour ou de Témoins de Jéhovah.

Leur itinéraire les amena à laisser derrière eux l'inexpugnable et impavide prospérité des hôtels particuliers jalousement préservés de Murray Hill, les immeubles de bureaux à bas loyer récemment rénovés qui s'entassaient autour de Park Avenue South, le quartier du marché aux fleurs en gros, aux rideaux de fer à présent tirés, de la Sixième Avenue, pour finalement pénétrer dans un quartier d'immeubles de rapport passablement vétustes et délabrés.

Le *Chatham Hotel*, situé à un demi-pâté de maisons de l'Hudson River, ne leur réservait aucune surprise. Immeuble de briques rouges de six étages, hébergeant des appartements et flanqué de part et d'autre de deux immeubles de briques rouges de six étages, absolument identiques, il incarnait le déclin d'un quartier naguère encore orgueilleux et cossu. Quelque part aux alentours du tournant du siècle, le propriétaire et gérant s'était tenu près de son constructeur et avait assisté, avec une satisfaction parfaitement justifiée, à l'exécution des toutes dernières finitions. Les trois édifices présentaient des corniches ouvragées que venaient compléter les gargouilles qui se dressaient aux angles. Les linteaux, sous les hautes fenêtres, s'ornaient de grappes de raisin sculptées dans la pierre et les larges rampes d'accès qui conduisaient aux portails étaient gardées par des rambardes en fer forgé. C'était de la bonne camelote ; solide ; construite pour durer.

Mais cet orgueil-là s'était évanoui depuis belle lurette, en même temps que les locataires des classes moyennes qui avaient jadis vécu dans ces lieux. Les immeubles, de chaque côté du *Chatham*, étaient abandonnés, leurs fenêtres avaient été aveuglées par des plaques de tôle, et leurs portes n'étaient plus désormais que de solides murs de parpaings. Le *Chatham* lui-même semblait donner tous les signes de prendre le même chemin que ses voisins dans cette spirale descendante qui mène de l'immeuble respectable au terrain vague jonché de détritus. Le ciment qui jointoyait ses rangées de briques s'était à ce point émietté qu'elles donnaient l'impression, à la faveur de la chiche lumière d'un unique lampadaire, de flotter entre ciel et terre. Carreaux fracassés, linteaux manquants, petits groupes d'hommes dépenaillés partageant des kils de rouge, putains vêtues de spandex fluo, dealers de came et leurs clients débarqués des banlieues... Blake se sentait vaguement désemparé, comme s'il approchait de nouveau des murailles de la *Columbia Correctional Facility*. Tandis que Kosinski, qui déjà était descendu de voiture, tétait la brise nocturne comme si elle venait de souffler à l'instant sur un champ de tulipes. Plutôt que sur l'Hudson River.

« C'est un beau jour pour le quartier, un beau jour pour le quartier », fredonnait-il joyeusement.

Blake, en sortant de la Taurus, regarda s'égailler lentement les oiseaux de nuit. Ils y mettaient la plus grande circonspection, et semblaient flotter le long du trottoir comme des gobelets en polystyrène poussés par le ruisseau dans le caniveau.

« Le respect dû à l'insigne », triompha Kosinski. « Y a rien de tel. Ces petits chéris et ces petites salopes savent bien qu'on n'est pas là pour *eux*. Ça ne les empêche pas de faire un trou dans la nuit comme des assassins cherchant à déguerpir. Reconnaissant ce faisant que c'est notre carré de turf. Pas le leur. Sommes-nous prêts, détective Blake ? »

Le hall du *Chatham* était, de façon fort prévisible, passablement désolé. Encore qu'il parût d'une propreté assez décente aux yeux de Blake, il schlinguait l'alcool, la pisse et le vomi, comme si la puanteur du désespoir était un composant inhérent de l'atmosphère que respiraient ses habitants. Il n'y avait pas de réception, bien sûr, pas de grooms prêts à vous soulager de vos bagages

— rien que deux vigiles en uniforme, assis derrière une table dressée au beau milieu du vestibule.

« Messieurs. » Kosinski se dirigea tout droit vers le vigile, se pencha au-dessus de la table, et permit aux pans de sa veste de bâiller, au cas où les deux autres n'auraient pas saisi l'allusion.

« Que désirez-vous ? »

Le vigile qui avait parlé était un homme entre deux âges, nanti d'une couronne de cheveux grisonnants. Sa plaque d'identification portait le nom de "Jackson". Le second vigile, plus jeune, ne se donna même pas la peine de relever les yeux de son journal. "Peterson", annonçait sa plaque.

« Eh bien, en tout premier lieu, j'aimerais savoir si vous êtes en liberté conditionnelle ? »

Blake vit les deux nuques se raidir et les deux têtes se relever brutalement, sentit un demi-sourire fleurir sur ses lèvres et comprit que s'il avait été obligé d'assurer cette mission en solo, il aurait été proprement largué.

« Pourquoi que vous nous cherchez des noises, inspecteur ? » marmotta Jackson. « Vu qu'on vous a rien fait.

— C'est dans la nature du loup », répliqua Kosinski. « Le loup a horreur qu'on lui manque de respect.

— Oh, voilà qui est passionnant. » Peterson replia soigneusement son journal. « Parce que, figurez-vous, que je ne suis pas en conditionnelle. Et que je ne vous ai pas non plus manqué de respect.

— Ferme un peu ta petite gueule d'étudiant, Emil », fit promptement Jackson. « Je me tirerai mieux de ce merdier sans toi. T'as compris c'que j't'ai dit ? » Il attendit que Peterson se fût replongé dans son canard, puis croisa les mains : « Que puis-je faire pour vous, messieurs ?

— Nous cherchons un homme du nom de Kamal Collars, monsieur Jackson », déclara Blake. « Nous croyons savoir qu'il a une chambre ici.

— Non, m'sieur », dit Jackson en secouant la tête. « Y a pas de Kamal Collars qui habite au *Chatham*.

— Écoutez, nous savons qu'il a reçu il y a moins d'un mois la visite d'une assistance sociale. Je comprends très bien pourquoi vous essayez de le couvrir, mais il n'est pas recherché pour un quelconque crime. Nous...

— Peu importe la raison pour laquelle vous venez le voir. Il ne vit pas ici.

— Ce ne serait pas non plus sa boîte aux lettres, par hasard ? » laissa tomber Kosinski d'un ton détaché.

« ... 'mande pardon ? »

Kosinski passa le bras par-dessus la table, arracha le journal des mains de Peterson et le balança à terre. Peterson regarda le journal, puis se leva à demi. Blake, remarquant le rictus narquois de Kosinski, fit un pas en avant.

« Il n'y aura aucun problème », déclara Kosinski. « Parce que, tout ce qu'on vous demande, c'est de coopérer. En tant que bons citoyens américains, vous nous devez au moins ça, non ? Je me trompe ? »

Jackson posa sur le bras de son partenaire une main apaisante. « Écoutez, inspecteur, je peux pas vous l'inventer, ce lascar. Vous pouvez me faire confiance, allez. Si je l'avais planqué dans un placard, je l'en aurais fait sortir pour vous le livrer.

— C'est foutrement dommage, ça, Jackson, parce que je vais me trouver obligé d'aller frapper à toutes les portes de ce putain d'égout. Je vais devoir bousculer les putes dans l'exercice de leur profession, interrompre les trafics de came, rendre compte de tout ce que j'ai vu à l'Assistance publique. Et, lorsque j'en aurai terminé, cet hôtel ressemblera aux deux immeubles voisins.

— Bon sang, inspecteur. Pas besoin de faire tout ça. M. Boazman, le gérant, doit passer demain matin. Il vous dira tout ce que vous voulez savoir.

— Ravi de te l'entendre dire, Jackson. Mais demain, c'est demain et, pour le moment, on est ce soir, et t'es en train de me raconter des craques.

— Non...

— Essaye un peu de voir les choses de mon point de vue. Je sais, vois-tu, que tu sais qui est Kamal Collars. Je sais que tu sais où le trouver quand son assistante sociale déboule sans s'être annoncée. Je sais que tu sais que Kamal Collars est obligé d'avoir une adresse s'il veut toucher les sous de l'Assistance publique. Je sais que tu sais qu'il verse une partie de son chèque d'allocations à ton patron, en échange de l'immense privilège de pouvoir déclarer que cet égout puant est son domicile officiel. Bon, pour être tout à fait franc, Jackson, je ne prends pas mon pied à harceler les ex-détenus qui essaient de marcher droit. Non, mon gars, et si M. Boazman était dans les parages, je ne m'en prendrais nullement à toi ; je me contenterais d'aller le bousculer *lui*, si tu vois ce que je veux dire. Mais Boazman n'est pas là et je ne peux pas me permettre d'attendre jusqu'à demain matin, alors, si tu ne me dis pas toute la vérité sur Kamal Collars, je vais retourner cet hôtel sens dessus dessous pour le retrouver. »

Pour la toute première fois, Jackson fixa Kosinski droit dans les yeux. Le choc de ces deux regards n'alla pas sans créer quelques étincelles, et même un peu de fumée ; Blake put carrément se la respirer, tant dans les lèvres pincées de Kosinski que dans le visage dénué d'expression de Jackson, qui irradiait littéralement la haine des flics. C'étaient là deux hommes qui savaient à qui ils avaient affaire, et qui marchandaient en toute connaissance de cause.

« Écoutez, monsieur Jackson », plaida Blake. « Comme je vous l'ai déjà dit, Kamal Collars n'est pas recherché pour un délit. À notre connaissance, il ne s'est rendu coupable d'aucune infraction. Aidez-nous à le loger, et nous repartirons séance tenante. C'est pas plus compliqué que ça. »

Jackson jeta un coup d'œil à son partenaire. « Du vent, l'étudiant. J'ai à causer en tête-à-tête. »

QUATORZE

« Essayez de comprendre, messieurs », fit Jackson dès que son partenaire eut franchi la porte, « que vous me posez un problème. Je ne dis pas que je refuse totalement de vous aider, juste que ça me pose un gros problème. »

Blake soupira, secoua la tête et se répéta : « Nous ne sommes pas là pour arrêter Kamal Collars. Faites-nous confiance. Collars vous en sera *reconnaissant*.

— Il ne s'agit pas de Kamal. » Il prononçait *Kamaal*. « Ce vieux Kamal est sur le point de la casser. La rue l'a bouffé tout cru. Va pas tarder à le chier, en plus. Kamal a chopé le BK. Vous comprenez c'que j'veux vous dire, là. La tuberculose ? Une de celles qu'ils savent pas soigner. »

Kosinski contourna la table et s'assit dans la chaise de Peterson. Pêcha la Smirnoff dans sa poche, en but une longue lampée, puis la passa au vigile.

« Merci, monsieur. » Jackson soupesa Kosinski du regard, poussa un soupir ravi et renversa la bouteille en arrière, après en avoir soigneusement essuyé le goulot au revers de sa manche : « Le problème, voyez-vous, c'est que mon partenaire et moi — et je ne vous parle pas du jeunot, là — on s'est fourrés dans un truc qu'est

199

pas franchement le top du top. Bon, on n'a pas commis de crime ni rien de ce genre, mais si jamais le patron découvre le pot aux roses, on va se retrouver dans un putain de merdier.

— Vous en croquez chez les putes, Jackson ?

— Bon, elles nous refilent un petit poursoif de temps en temps pour surveiller leurs arrières, mais c'est pas de ça que j'veux parler. »

Blake, qui se tenait un peu à l'écart, se rendit soudain compte qu'il n'était plus dans le coup. S'il l'avait jamais été. La haine qui luisait dans les yeux de Jackson avait disparu, tout comme la voix et l'attitude de Kosinski s'étaient départies de toute trace d'exaspération. Il n'avait pas pris conscience de la transition et se sentait quelque peu désorienté, comme s'il avait sauté un chapitre dans un roman d'espionnage.

« Bon, il commence à se faire tard, Jackson, et mon coéquipier a le plus grand besoin d'une petite sieste roborative.

— D'accord, j'vais aller droit au fait. Bon, mon pote et moi, on a installé quarante lits de camp dans le sous-sol. On perçoit deux dollars par nuitée et par tête de pipe pour laisser les gens dormir là. Ce qu'on leur offre, c'est la sécurité, si vous voyez ce que j'veux dire. On laisse pas entrer les accro au crack ni les tarés. On interdit les bagarres, le vol et la baise. Hommes et femmes peuvent dormir sur leurs deux oreilles, parce qu'ils savent qu'en se réveillant ils retrouveront leurs affaires là où ils les ont laissées. En plus, en hiver, ils sont au chaud.

— Ça me paraît correct. Kamal est en bas ?

— Ouais. Il passe presque toutes ses nuits chez nous.

— Et vous craignez que le gérant... c'est quoi, déjà, son nom ? Boazman, c'est bien ça ? Vous craignez que le gérant vous oblige à boucler votre boui-boui s'il découvre la chose. C'est ça ?

— Non, m'sieur. C'qui m'tracasse, ce serait plutôt que Boazman réclame son blot. C'est pas le proprio, vous m'suivez ? Le proprio met jamais les pieds dans les parages de l'hôtel. Il a trop peur de se faire arrêter pour toutes les infractions aux règlements de sécurité. C'est bien pour ça qu'il a confié la gérance à Boazman. Bon, c'est pas que j'sois rapace. Partager à égalité, c'est ma devise. Mais Boazman touche déjà du fric des putes, et il partage que dalle. Alors pourquoi j'm'occuperais de sa gueule, hein ?

— En effet, j'vois vraiment pas pourquoi », approuva Kosinski. « Et je vois pas non plus pourquoi mon équipier et moi on irait discuter avec Mister Boazman. Vu qu'il sait strictement rien de ce qui se trafique.

— Ouais. » Jackson se leva, s'étira, griffa sa torche posée sur la table. « Regardez bien où vous posez les pieds. »

Ils traversèrent le hall et descendirent un étroit escalier en colimaçon. Blake fermait la marche. Les ampoules à bas ampérage vissées dans les douilles du plafond fournissaient certes un certain éclairage, mais pas suffisamment pour que Blake puisse réellement voir où il posait le pied.

« C'est la seule issue ? » demanda-t-il. Imaginant un incendie, visualisant des êtres humains s'entassant dans l'étroit boyau et rôtissant comme porcs au barbecue.

« Y a une porte dans le fond qui donne sur l'arrière. » La voix désincarnée de Jackson dérivait paresseusement dans sa direction, provenant de par-delà le crâne de Kosinski. « Mais elle ne s'ouvre plus. Déjà qu'elle était rouillée, mais, en plus Boazman l'a fait verrouiller. Yo, Screw-Boy[1], sors un peu de là. J'amène du monde. »

Blake tituba en descendant la dernière marche. Il n'y avait absolument aucune lumière dans le passage, hormis le pâle cercle projeté par la mauvaise torche de Jackson. Il se retrouva soudain en train de prêter l'oreille à d'éventuels grattements de griffes, au perçant couinement de protestation d'un rat qu'il aurait dérangé ; mais il ne perçut que les bruits humains du sommeil : ronflements étouffés, murmures, quintes de toux, pleurs. Il s'efforça de se représenter la pièce telle qu'elle était, les hommes et les femmes allongés sur leurs châlits et se demanda ce qui pouvait bien les pousser à payer pour jouir du privilège de dormir dans cet enfer.

« Jackson ? » Un vigile en uniforme entra dans le cercle lumineux projeté par la torche. Il serrait une batte de base-ball en aluminium contre sa poitrine.

« Ouais, c'est moi, Screw-Boy. Ces gars veulent voir Kamal Collars. Amène-le dans la cave à charbon. Y a de la lumière.

— Quel genre de gars, Jackson ? Qu'est-ce qu'ils lui veulent, à Kamal ?

— T'occupe. Faut qu'on leur amène, et y a pas à tortiller. Va me le chercher. »

La bouche de Screw-Boy se retroussa en une moue désapprobatrice. Ses yeux se plissèrent, l'espace d'une seconde, comme s'il envisageait de se rebeller, mais il ne répliqua pas, en dépit de sa batte de base-ball. Il exécuta au contraire un impeccable demi-tour sur place et se fondit dans l'obscurité.

« Par ici, inspecteurs. » Jackson les conduisit dans

1. La Baise. Ou L'Entourloupe.

une petite pièce, puis alluma la lumière d'une piche-nette. L'endroit était totalement vide ; la glissière à charbon était scellée et le fourneau avait été démonté à un moment donné, dans un lointain passé. Il ne restait plus qu'un sol de béton nu, des murs de plâtre et un plafond de planches. « C'est la seule pièce qui ne soit pas occupée. Vous pourriez faire ça au rez-de-chaussée, mais il risque d'y avoir des allées et venues. J'peux rien faire pour empêcher ça.

— Ça conviendra parfaitement », dit Kosinski. « Laissez la torche en partant. »

Blake, sachant qu'il n'aurait jamais, pour sa part, accepté de progresser dans ces ténèbres, s'attendait plus ou moins à entendre Jackson élever une objection mais le vigile se contenta de tendre la torche à Kosinski, puis de sortir de la pièce.

« Tout va bien, Marty ?

— En pleine bourre. Dites, Kosinski, vous croyez que je pourrais avoir une gorgée de cette vodka ?

— Seulement si vous promettez de ne pas me casser la gueule.

— Ce que je peux vous promettre, c'est de vous flanquer une raclée si vous ne m'en laissez pas boire une goutte.

— C'est pas des choses à dire, Marty. » Kosinski lui passa la bouteille. « Compte tenu de ce que je suis armé et que j'ai peur de vous. »

Ils entendirent Kamal Collars avant même de le voir. Entendirent sa toux déchirante, ses traînements de pied. Blake croisa le regard de son partenaire et haussa les épaules. Il n'y avait plus aucun moyen d'y couper, mais il se prit soudain à regretter de ne pas porter un masque de plongée et un réservoir d'oxygène. Ou de ne pas avoir laissé Kosinski s'en charger tout seul. La vodka lui monta à la tête, comme une lame puissante, au moment précis où Kamal Collars s'encadrait dans l'embrasure.

Il avait dû être jadis un type sacrément costaud — pour Blake, qui avait connu quelques authentiques colosses du temps où il faisait de la lutte, ça crevait les yeux — mais il ne lui restait plus que la peau sur les os. L'immonde blouson de Collars pendillait à présent sur ses clavicules saillantes, collait à sa poitrine cave ; son pantalon, ceint d'une ficelle, tombait sur ses fesses plates sans faire quasiment le moindre pli. Ses lèvres étaient tachées de filets de sang et il y en avait encore plus sur le mouchoir qu'il tenait entre ses doigts. Ses yeux parurent à Blake totalement éteints, comme s'ils s'étaient à jamais départis de toute lumière, avaient renoncé à tout espoir.

« Vous vouliez me voir à quel sujet ?

— Au sujet de Billy Sowell », dit Blake. « Je travaille pour lui.

— Billy ? » Un morne petit sourire courut sur les lèvres de Collars. « Ça fait combien de temps, maintenant ? Ça doit faire plus d'un an qu'il est parti.

— Plus de deux. » Blake jeta un regard vers Kosinski, lequel lui adressa un signe de tête approbateur. « Écoutez, monsieur Collars, je me nomme Blake. Je suis détective privé. » Il sortit ses papiers et tenta de les lui passer. Collars se contenta de hocher la tête. « J'ai été engagé par l'avocat de Billy pour aider ce dernier à le sortir de prison. J'ai cru comprendre que vous étiez copains, à l'époque.

— Associés, qu'on était. À part baiser, on faisait tout ensemble. » La voix de Collars était tellement basse et sourde qu'on la distinguait malaisément de son souffle rauque.

« Associés dans quoi, monsieur Collars ? Pourriez-vous m'expliquer ça ?

— Ce vieux Billy était le mancheur le plus doué que j'aie jamais vu. Il avait l'air de sortir d'un bouquin de Charles Dickens. Les gens ne pouvaient tout bonnement pas se défiler en passant devant lui. Moi, par contre, qui suis un Afro-américain noir, costaud et foncé de peau, les Blancs chiaient dans leur froc à ma vue. Tant mieux pour lui ; et tant pis pour moi, faut croire. Mais Billy avait ses problèmes, lui aussi. » Collars plongea la main dans son blouson, en sortit un demi-litre de Thunderbird. Il en but une longue gorgée, puis grimaça un sourire. « Je présume que vous n'en voulez pas ? » Son sourire vira au rire franc lorsqu'il vit Blake secouer négativement la tête, rire qui s'acheva en quinte de toux. « Wouah, Bon Dieu, qu'est-ce qu'on se marre, pas vrai ? »

Blake refoula son exaspération, dut se forcer à se remémorer qu'il avait un travail à faire. « Un fou rire par minute, pas moins. Bon, nous parlions de votre association avec Billy Sowell.

— Ouais, ben, le truc, c'était que Billy arrivait pas à garder son pognon. Tout ce talent qu'il avait pour ramasser des sous se retournait contre lui dès qu'il était... quand il était en congé. Il était rachot ; il était minus ; il n'avait pas la moindre idée de la façon de se démerder dans les rues ; il n'y avait pas en lui un atome de violence ; pas étonnant qu'il se soit fait dépouiller trois-quatre fois la semaine. Moi, j'étais suffisamment proche de lui pour me rendre compte de ce qui se passait, mais j'avais jamais rien fait pour l'empêcher. J'avais l'impression que ça ne me regardait pas ; c'est comme ça qu'on devient, faut croire, à force de passer toute sa vie en prison. D'ailleurs, quand j'ai fini par me mêler de son existence, c'est pas parce que je ressentais une quelconque affection pour Billy Sowell. Mais parce que j'en avais marre de ramasser des canettes dans les poubelles.

« C'était en janvier et on avait allumé un feu dans un baril de deux cents litres. Y avait un chantier de construction sur le Drive et les ouvriers de la municipalité avaient empilé des dizaines de planches derrière une palissade. Les gars et moi, dès le premier soir, on avait découpé un trou dans la palissade ; on manquait pas de bois à brûler ! Je me souviens encore qu'on était bien cinq ou six autour de ce feu, à boire et à discuter de savoir si on devait le laisser mourir avant que les flics ne déboulent. Il faisait vachement froid, y avait plein de glaçons qui pendaient aux glissières de l'autoroute, le fleuve était gelé et le vent soufflait méchamment. Sans ce feu, on serait tous allés s'abriter dans un refuge ; ça voulait dire qu'on aurait dû abandonner toutes nos possessions sans protection, et personne n'avait envie de ça.

« Bref, je suis debout près du baril, et j'essaye de me réchauffer un peu les pieds, quand je vois mon Billy se diriger vers nous. Il est encore à une cinquantaine de mètres, quand l'autre tenaille de Kilo Williamson le chope par-derrière. Billy lui refile tout de suite ses sous, mais Kilo trouve pas ça suffisant. Il essaye d'arracher son lardeusse à Billy, alors, voyant ça, j'empoigne une des poutrelles, je fonce sur Kilo et je la lui écrase en pleine poire. J'ai jamais pu blairer cet enfoiré, mais le problème est pas là. Bon, Kilo, il s'effondre de tout son long et je remets ça pendant qu'il est à terre. Je le frappe, et je continue de m'acharner sur lui jusqu'à ce qu'il crie grâce. Alors, je lui reprends le fric et je le rends à Billy.

206

« "Quand tu cherches des poux à Billy, c'est à moi que tu cherches des poux", je lui dis, et Kilo a pas besoin qu'on lui fournisse de plus amples explications. Il décanille vers Bellevue, histoire de se faire rafistoler et poser deux bonnes douzaines d'agrafes. Moi, j'attends qu'il soit hors de vue, puis je prends Billy à part et je lui fais une proposition commerciale.

« "Écoute voir, Billy", que je lui dis. "Reconnais que tu t'en tires pas tout seul. C'est pas ta faute, mais c'est comme ça. Il te faut un associé, et je suis ton homme. Je resterai avec toi toute la sainte journée, je t'apprendrai tout ce qu'il te faut savoir pour survivre dans la rue, et je surveillerai tes arrières pendant la nuit. On partage fifty-fifty."

« Bon, Billy est peut-être retardé, mais il n'est pas idiot. Une fois que je lui ai expliqué ce que veut dire fifty-fifty, il accepte le marché. On s'y met dare-dare, on partage la thune, et on va s'acheter une bouteille de Thunderbird pour fêter ça.

« Après ça, on a tout le temps été ensemble. C'est moi qui lui ai trouvé sa première bonne femme, une certaine Tonna qui bosse dans un foyer d'hébergement de la Vingt-Troisième Rue. Elle lui a pas pris un rotin, au prétexte que c'était la première fois qu'elle tombait sur un puceau. Moi, par contre, j'ai dû cigler.

« J'ai essayé de lui apprendre à lire et à écrire, mais il n'a pas vraiment mordu. Billy aimait bien l'Histoire, tant que je la lui racontais comme une histoire pour s'endormir, et que ça finissait bien. Les maths, ça le dépassait, mais je lui ai au moins appris à compter ses sous, c'était l'essentiel. Et je l'ai emmené aux meilleures soupes populaires, je lui ai montré où il pouvait trouver des fringues de seconde main, des toilettes propres, prendre une douche. Ensuite... »

Blake, à bout de patience, se résolut à l'interrompre :
« Vous savez, monsieur Collars, Billy et vous, c'est une
chouette histoire, mais...

— Je sais ce que vous cherchez. Vous êtes là pour
un alibi. » L'expression de Kamal Collars n'avait pas
changé d'un poil. Son visage était toujours aussi impas-
sible, ses yeux toujours aussi éteints, son regard toujours aussi lointain. « Mais je tiens à ce que vous con-
naissiez toute l'histoire, pour que vous puissiez la
répéter à Billy. Je ne l'ai encore jamais racontée à personne et, à ce qu'on dirait, j'ai peu de chances de pouvoir la raconter une autre fois. Je veux que vous disiez
à Billy que je l'aimais, et je veux que vous sachiez
qu'en lui disant ça, vous lui direz la vérité. Ça ne prendra pas bien longtemps. »

Blake décocha un regard à Kosinski, s'attendant à ce
que ce dernier montre lui aussi quelques signes d'agacement. Il trouva l'ex-flic adossé au mur, les bras croi-
sés sur la poitrine, et se cramponnant d'une main à sa
bouteille de vodka.

« Raconte-nous ça à ta façon », dit Kosinski. « Mais
n'oublie pas une chose... Billy est en taule et certaines
personnes voudraient l'en tirer. Tu es déjà allé en prison, alors tu dois savoir ce qui lui arrive dans le trou.
Je suis sûr et certain qu'il sera heureux d'apprendre
que tu penses toujours à lui, mais il le sera encore plus
si tu l'aides à revenir dans la rue. »

Kamal Collars ne manifesta par aucun signe percep-
tible qu'il avait entendu ce que disait Kosinski. Il téta
une gorgée de vin, puis reprit son récit.

« Quand j'étais petit — trois ou quatre ans, mettons
— ma maman m'a rapporté une petite chienne, en me
disant qu'elle s'appelait Néfertiti. Drôle d'idée, de donner un nom de reine à une espèce d'avorton, mais ma

mère a toujours vu grand. Quoi qu'il en soit, Néfertiti et moi, on était tout le temps ensemble. Je n'avais ni frères ni sœurs et ma maman et moi, on vivait avec ma mémé. Mémé était une femme cultivée, diplômée d'une université noire de Caroline du Sud, et elle était fermement décidée à m'apprendre à parler l'anglais correctement, ce qui n'était pas toujours drôle. Mais c'est comme ça que ça se passait : maman faisait bouillir la marmite et fixait les règles ; mémé me turlupinait sans arrêt, pour que je ne devienne pas un "ignorant", un "vaurien", une "ordure", un "clodo"... purée, pour elle, l'existence était farcie de traquenards et il faut croire qu'avec le temps j'ai dû tomber dans l'un d'entre eux. Mais Néfertiti, bon, elle est devenue mon amie.

« Vous savez comment sont les gosses ; ils sont capables de donner vie à une peluche, surtout s'ils vivent dans un quartier où ils ne peuvent pas aller jouer dehors. Surtout s'ils ont une grand-mère qui pense que les autres gosses du quartier sont totalement infréquentables. Néfertiti était toujours présente pour moi, comme si elle comprenait ma solitude, comme si elle avait décidé de la partager avec moi. La nuit, elle se glissait dans mon lit et personne, ni ma maman, ni ma mémé, n'avait le droit d'entrer dans ma chambre. Maman a essayé, une fois, et elle s'est fait mordre à la cheville. Après, quand elle avait besoin de moi, elle m'appelait du pas de la porte.

« Ça a continué comme ça pendant environ un an, jusqu'à ce qu'un certain après-midi, maman nous amène, Néfertiti et moi, au petit terrain de jeux qu'ils avaient aménagé à l'arrière de l'ensemble. La municipalité l'avait réaménagé et tout le monde était venu fêter la réouverture. Je n'avais pas l'habitude de sortir et toute cette agitation me terrorisait. Je n'ai pas joué sur les balançoires ni sur le tourniquet, je suis juste resté avec Néfertiti sur le bord du bac à sable. Un peu plus tard dans l'après-midi, un garçon est venu me trouver. Il était plus âgé que moi, mais de combien d'années, je pourrais pas vous dire. Il s'est assis par terre, m'a demandé si Néfertiti était à moi, et je lui ai répondu : "Oui. C'est mon amie."

« Le garçon m'a fixé pendant un bon moment sans dire un mot. Il me regardait, c'est tout. Puis il a sorti son couteau et a poignardé Néfertiti en pleine poitrine. Puis il a souri et il a éclaté de rire. Puis il l'a encore poignardée. Néfertiti n'a pas hurlé ni rien ; elle a roulé sur le couteau et m'a regardé, avec ce regard qu'ont les chiens quand ils essaient de comprendre quelque chose. Je savais qu'elle me demandait de l'aider, mais j'étais comme pétrifié. Je ne pouvais rien faire, à part la regarder.

« Bon, ce n'est pas seulement le chagrin — pourtant, Dieu sait que j'avais du chagrin — ça va bien au-delà : impossible de me débarrasser de l'impression que j'aurais pu faire quelque chose pour arrêter ce garçon. Maman a eu beau me dire que ce gosse était cinglé, qu'il avait déjà créé des tas de problèmes, qu'il ne faudrait jamais le laisser seul, rien n'y a fait. Au fil du temps, j'ai fini par conclure que si j'avais véritablement aimé Néfertiti, je me serais interposé entre elle et ce couteau. Et que si je ne l'avais pas fait, c'est parce que je méritais pas son amour.

« On peut sans doute se dire qu'une fois que les gosses se sont mis martel en tête, il n'y a plus moyen de les faire revenir dessus. Que ça se réduit tout bonnement à ça. Mais, le problème, c'est que j'ai fait exactement pareil pour Billy. À croire que j'ai pris la mauvaise porte, et que je suis incapable de retrouver la sortie. De revenir en arrière. »

Kamal Collars s'interrompit et jeta un regard à Kosinski comme pour quêter son approbation. Il lampa une gorgée à sa bouteille, en prenant tout son temps, cérémonieusement, avec détermination. Puis il inspira profondément, toussa dans son mouchoir et fixa pendant un instant le sang rouge vif qui le tachait.

« Voilà comment ça s'est passé », dit-il. « Quand Billy s'est fait arrêter, je suis allé au commissariat et j'ai parlé à deux flics, un Blanc du nom de Brannigan et un flic noir, un certain Cobb. Je leur ai dit très exactement ce que je vais vous dire. La nuit où la femme a été tuée, Billy et moi on s'est retrouvés pris dans une émeute sur Tompkins Square Park. La bagarre était censée concerner les sans-logis qui dorment dans le parc mais, en réalité, il s'agissait d'un match revanche entre flics et anarchistes. Ça a commencé que les anarchistes ont insulté les flics sous le nez, hurlant dessus et les traitant de tous les noms, puis ils sont passés au stade supérieur, style briques et bouteilles. Du coup, les flics ont recouvert leurs noms et numéros matricules de bande adhésive noire, ont fait une sortie et se sont mis à fracasser joyeusement les crânes. Si vous vous souvenez bien, les journaux ont parlé de provocation policière et les flics se sont fait taper sur les doigts.

« Bien entendu, les deux flics, Brannigan et Cobb, n'ont pas voulu me croire. Je m'y attendais d'ailleurs plus ou moins. Qui irait accorder foi aux racontars d'un poivrot sans domicile fixe, nanti d'un casier judiciaire.

« "Écoutez", je leur ai dit. "Je peux vous prouver que Billy était bien mêlé à cette émeute. Quand le foutoir s'est déclenché, on a bien tenté de déguerpir, lui et moi. On n'avait pas spécialement plus de sympathie pour les anars et les casseurs que pour les perdreaux. Comme qui dirait, c'était pas nos affaires, si vous voyez ce que je veux dire. Mais on a eu beau essayer dans tous les sens, on a bien été obligés de revenir sur nos pas, parce qu'il y avait des cognes partout. Billy et moi, on était adossés à la devanture du magasin de spiritueux de l'Avenue B, près de la Onzième Rue, quand deux flics ont agrafé ce Haré Krishna, l'ont balancé sur le trottoir et ont commencé à tabasser ce pauvre connard. J'ai bien cru qu'ils allaient le tuer, et c'est peut-être bien ce qui serait arrivé si, une ou deux minutes avant que ça ne se produise, un photographe ne s'était pas pointé en courant pour prendre des photos. Quand les flics l'ont vu, ils ont ramassé le Haré Krishna et lui ont passé les menottes. Bon, le photographe était debout sur la chaussée et Billy et moi on se tenait juste derrière les flics, alors Billy est forcément sur ces photos. Il ne vous reste plus qu'à les trouver.

« Brannigan m'a demandé si je savais pour quel canard travaillait ce journaliste. Je lui ai répondu que j'en savais rien, mais que ce type portait sans l'ombre d'un doute un coupe-file de presse sur son manteau. Ce qui explique pourquoi les flics ne l'ont pas tabassé lui aussi.

« "D'accord", a dit Brannigan. "On va vérifier ça. Où est-ce qu'on peut te trouver ?" Je lui ai dit que je vivais au bord du fleuve, puis j'ai mis les bouts. J'ai passé le seuil de la porte d'entrée du poste de police, et j'avais l'intention d'aller rendre visite à Billy aux Tombs. Mais je n'avais pas remonté la moitié du pâté de maisons que Brannigan me tombait sur le poil par-derrière. Il m'a remorqué de force dans le parking de la police, et m'a frappé en pleine poire avec la poignée de son pistolet. Sans piper mot. S'est juste mis à me tabasser. Je me suis protégé la tête de mon mieux, mais je n'ai pas riposté. En me disant qu'il ne me restait plus qu'à encaisser en fermant ma grande gueule. Puis j'ai entendu un déclic et j'ai relevé les yeux, et je me suis retrouvé en train de plonger le regard dans le canon d'un calibre armé. Je me souviens que c'était un revolver, comme ceux que portent les flics, mais qu'il y avait du chatterton enroulé autour de la détente et de la poignée de ce feu.

« Quand j'ai commencé à le supplier — "J'vous en supplie, me tuez pas, inspecteur, me tuez pas, je vous en prie" — Brannigan a eu un grand sourire, un véritable sourire de mange-merde : "Négro", qu'il a fait, "je veux plus jamais revoir ta sale tronche de bougnoule. T'entends c'que j'te dis, négro ? Si jamais j'revois ta vilaine gueule, c'est par un trou dans ton putain de front que tu respireras."

« Bon, le fait est que j'aurais pu aller trouver l'avocat de Billy. C'est du moins ce que je me suis dit quand la trouille a commencé à se dissiper. Puis j'ai réfléchi que si Brannigan était capable de sortir son flingue dans un parking, de me fumer à l'air libre, devant tout le monde, y a rien qui pourrait l'arrêter. De sorte que j'm'en suis plus mêlé. Que j'ai laissé tomber Billy. Exactement comme j'avais laissé choir Néfertiti. Et que je me laisse moi-même descendre au trou. Y a une justice, pas vrai ? »

QUINZE

Dans son rêve, Blake cherchait Rebecca Webber. Il avait quelque chose à lui dire, un truc important et, plus son enquête durait, plus elle s'éternisait, prenant une tournure de plus en plus désespérée, plus son humeur avait tendance à s'aigrir, passant de la détermination à l'angoisse, puis quasiment à l'affolement.

Ses recherches débutaient dans l'hôtel particulier de Rebecca, au milieu de la collection personnelle de meubles Art nouveau de William Webber, de ses sculptures modernes et de ses toiles postimpressionnistes, puis se poursuivaient subitement, sans crier gare, dans le sous-sol du *Chatham Hotel*. Blake hurlait le nom de Rebecca tout en se frayant un chemin à tâtons dans un corridor ténébreux, stoppait pour prêter l'oreille en reconnaissant sa voix, un rire bref et sardonique. À certains moments, il croyait percevoir un cri lui répondant mais sa voix, étouffée par les gémissements, les ronflements et les traînements de pied, était trop ténue pour qu'on puisse déterminer sa provenance exacte. Tantôt elle semblait venir de par ici, tantôt de par là, et tantôt il lui semblait qu'il ne s'agissait pas du tout d'elle.

En chemin, il croisait successivement Bell Kosinski, Jackson, l'agent de la sécurité, Kamal Collars, Billy Sowell et Max Steinberg. Il les reconnaissait, en dépit de l'obscurité ambiante, et demandait tour à tour à chacun d'entre eux de l'aider. Leurs refus polis transpiraient la compassion.

« T'es des nôtres, mon gars », déclarait Jackson. « Autant t'faire à cette idée. Tu vois c'que j'veux dire ? »

Kosinski lui offrait un coup de raide ; Sowell lui faisait une proposition obscène, et ajoutait : « Je suis plus joli que cette salope, et vachement plus fidèle. »

Kamal Collars lui proposait d'échanger Rebecca contre la reine Néfertiti. « T'y perds pas », disait-il. « Tu perds pas au change. »

Blake les abandonnait derrière lui. Il avançait dans un espace dépourvu de lumière et de son, un espace où sa propre réalité n'était mesurable qu'à la seule aune de sa conscience. Il savait avec certitude que Rebecca ne pouvait en aucun cas se trouver ici, puisqu'il n'y avait strictement rien, ici, que lui-même. Puis il buta contre une porte close, l'ouvrit à la volée, et fut aussitôt aveuglé par une clarté inattendue.

« Réveille-toi, Marty. Marty. Marty. Réveille-toi. »

Encore à demi endormi, Blake ouvrit les yeux, crut distinguer la silhouette de Rebecca se profilant contre la fenêtre, se rendit brusquement compte qu'il s'agissait de sa mère. Son rêve se dissipait, mais son cœur n'en rata pas moins un battement.

« Tu n'as pas rendez-vous avec l'avocat, ce matin ? Il n'est pas loin de dix heures. »

Blake s'assit dans son lit, marmonna quelques mots, tournant autour du fait qu'il avait travaillé tard.

« Bon, le café est prêt, en tout cas », dit Dora Blake. « Je ne serais pas entrée dans ta chambre si je n'avais eu quelque chose à te dire avant que tu ne t'en ailles.

— D'accord, d'accord. Quel temps fait-il, dehors ?

— Chaud. Tu n'auras pas besoin de mettre une veste. »

Vingt minutes plus tard, les cheveux encore mouillés, Blake enfilait un pantalon gris en cotonnade, boutonnait une chemise de soie bleu ciel, enfonçait les pieds dans des mocassins à semelles de crêpe. Et sortait de sa chambre sans même avoir pris la peine de s'admirer dans le miroir.

« Alors, M'man, qu'est-ce qu'il y a de si urgent ? Et où est le café ?

— Sur la cuisinière. Et ce que j'ai à te dire n'a rien d'urgent. C'est juste une chose dont j'aimerais que tu sois bien conscient. »

Blake, sachant que sa mère n'aimait pas qu'on la presse, se servit une tasse de café ; il s'assit à la table de la cuisine et entreprit de touiller le breuvage noir, dans lequel il venait de verser une cuillerée de sucre en poudre.

« J'ai pris mes renseignements sur le flic.

— Pardon ?

— Bell Kosinski. J'ai demandé à ton oncle Patrick de se renseigner sur lui. Je me suis dit que tu aimerais en savoir plus avant de t'engager plus avant avec lui.

— C'est pas mon coéquipier, M'man. Tu n'aurais pas dû déranger oncle Pat pour ça. » Pat était un capitaine du NYPD, un initié parmi les initiés, qui travaillait à la direction du personnel du 1, Police Plaza.

« Qu'est-ce qu'il est, alors ?

— J'essaye de me le représenter comme un inconvénient provisoire.

— Tu ne t'en tireras pas en jouant les petits mariolles, Marty. Je t'en parle en connaissance de cause, parce que j'ai aussi demandé à Patrick de se renseigner sur l'affaire Sondra Tillson.

— Tu m'en vois baba.

— Si ça ne t'intéresse pas, on peut toujours parler de la pluie et du beau temps.

— Oncle Patrick avait entendu parler de Sondra Tillson ? » C'était ce qu'il avait de mieux à lui offrir en matière d'excuse.

« Pas directement. Je l'ai appelé hier matin et il m'a rappelée hier soir. Visiblement, il n'a pas eu à retourner des montagnes. »

Blake vida sa tasse à moitié, consulta sa montre : « J'ai pas des masses de temps, M'man. »

Dora Blake s'assit à côté de son fils. Elle serrait sa tasse entre ses deux paumes et en faisait pivoter l'anse d'avant en arrière. « Kosinski était un bon flic. Intègre, sobre, et indubitablement promis à gravir les échelons. Il est passé inspecteur, puis inspecteur de première classe, avant ses trente-cinq ans. Il a continué comme ça pendant encore six ou sept ans. Puis il s'est passé quelque chose, chez lui, ses états de service ne précisent pas quoi, et il s'est mis à boire. Patrick dit que ça n'a pas eu de répercussions sur ses résultats professionnels, lesquels, en fait, ont même encore un peu progressé. En réalité, s'il ne s'était pas adonné ouvertement à la boisson pendant ses heures de service, personne n'aurait rien remarqué. Dans ces conditions, ils lui ont tout simplement demandé d'aller se mettre au vert. Tu vois le genre, le temps de mettre la pédale douce, de se reprendre. Il a refusé et ils l'ont mis à pied en douceur. En préretraite. Sans faire de vagues.

— Réellement ?

— Ouais, Marty. Comme je te le dis. Réellement. » Dora Blake était visiblement fumace. « Dis-moi une chose, mon seul et unique fils. Il ne te serait jamais venu à l'esprit qu'on aurait pu *t'imposer* Kosinski ?

— C'est *moi* qui l'ai trouvé, M'man. Pas l'inverse.

— Et le lendemain matin, il frappe à ta porte. »

Blake secoua véhémentement la tête : « Peu importe ce que je peux croire. L'avocat m'a dit de l'utiliser et c'est l'avocat qui règle la note. Et, pendant que j'y pense, si c'est une taupe, il n'est pas très doué. Sans l'aide de Kosinski, je n'en serais jamais arrivé là où j'en suis.

— Ravie que tu t'en rendes compte.

— Je ne suis pas complètement crétin, quoi que tu puisses en penser. Et si tu me parlais un peu de Sondra Tillson ? »

Dora Blake posa sa tasse sur la table, fit mine de se lever, puis s'en abstint : « Patrick ne peut t'être d'aucune utilité dans cette affaire.

— Ne peut, ou ne *veut* ?

— L'un comme l'autre. Écoute, c'est une affaire de police, Marty. Et Patrick ne trahira pas la Maison, pas plus qu'un autre flic ne le ferait. Il a du moins implicitement reconnu que des flics étaient mouillés.

— Ça, je le savais déjà. » Il lui parla de Kamal Collars, de l'alibi qu'il avait fourni à Billy Sowell et de la réaction de Brannigan.

« Curieux, mais ça ne me surprend guère. » Elle prit la main de son fils, geste qui ne manqua pas de les stupéfier l'un et l'autre. « Tu dois te montrer très prudent, Marty. Ces ripoux-là portent arme et insigne, pas des stylos. Ils ne se laisseront pas déboulonner sans riposter. »

Blake considéra les longs doigts osseux de sa mère. Il aurait aimé lui répondre par une typique pirouette facétieuse, sentit que c'était précisément ce à quoi elle s'attendait, comme on s'attend à la figure suivante d'un tango, mais ne put s'y résoudre : « Ça n'ira pas jusquelà », dit-il. Même à ses propres oreilles, cette platitude sonnait comme un vœu pieux. Combien de fois avait-il déjà recouru à cette réplique galvaudée ? À tel point qu'il lui semblait parfois, à présent, mettre à côté de la plaque même lorsqu'il avait entièrement raison. « Estce que tu serais en train de me conseiller d'abandonner l'affaire ? De jeter l'éponge avant qu'il ne soit trop tard ? »

Elle battit en retraite : « Tu dois faire ton boulot, Marty. Tu l'as accepté et, maintenant, tu dois le mener à bien. »

« Alors, comment dénichez-vous ces lascars, Max ? » Bell Kosinski, confortablement installé dans le bureau de Max Steinberg, reniflait un verre à eau à demi rempli de cognac. Il laissa son regard vagabonder, explorant le bureau de l'avocat, remarquant au passage la décoration de style texan, les poupées katchinas, les plumes d'aigle, les poteries, les couvertures usées, le crâne d'antilope : « Les innocents, je veux dire. Vous recevez des lettres de taulards, ou quoi ? »

— Des lettres ? » La perruque tressauta lorsque la bouche de Steinberg se fendit d'un large sourire. « À la tonne, que j'en reçois, des lettres. Vous ne pouvez pas vous imaginer. Le contenu de ces lettres. "Cher monsieur Steinberg : c'était pas moi sur la cassette vidéo dans le magasin de spiritueux. Je reconnais que le voleur me ressemble comme deux gouttes d'eau mais, à l'époque, j'étais en voyage d'affaires à Honk Kong." »

Kosinski éclata d'un rire complaisant. Le bouquet qui montait de la liqueur était si grisant que, pour un peu, il aurait renoncé à la boire. Pour un peu. « Et Sowell ? Comment l'avez-vous logé ?

— Ça, c'est parler en vrai flic. » Le ton de Steinberg était admiratif ; la moumoute n'avait pas moufté. « Eh bien, il ne m'a pas écrit de lettre. Et il n'a toujours pas compris qu'il avait été piégé. Pour lui, c'est juste un truc qui lui est arrivé, comme tout le reste de son existence, au demeurant.

— Maintenant que j'ai parlé à ce gosse, je suis en mesure d'apprécier vos dires. Ce pauvre débile n'a strictement rien vu venir. »

L'attention de Kosinski fut soudain retenue par le dessus d'une petite table de bois peinte, dressée sous une fenêtre. Il se demanda pourquoi l'artiste avait jeté son dévolu sur un meuble. Puis se rendit compte que le dessin avait été exécuté au moyen de grains de sable de couleur vive. « Wouah », fit-il. « Quoi que vous puissiez faire, Max, n'ouvrez jamais cette fenêtre.

— Pourquoi ? Je peux toujours en fabriquer une autre.

— Ouais, parce que vous avez fait ça vous-même ? » Kosinski se leva pour regarder de plus près, s'interrompant à mi-geste pour sécher son verre. L'alcool sentait délicieusement bon, était encore meilleur au palais, et chahuta son estomac vide avec toute la violence d'un piment de Sé-Tchouan dans la bouche d'un bébé au berceau. Il pêcha consciencieusement son rouleau de Tums dans sa poche et en goba deux, et poursuivit son chemin jusqu'à la table. « C'est vraiment superbe. Comment faites-vous pour empêcher les couleurs de se mélanger ?

— Tout le truc est là, Kosinski : il faut se retenir de respirer trop fort en travaillant.

— Ouais, ça, je m'en serais douté. Alors, dites-moi. Comment êtes-vous tombé sur Billy Sowell ?

— Joanna Bardo. Vous voyez qui c'est ?

— Hon-hon.

— L'ex-patronne de Blake. Elle a créé la *Manhattan Executive Security*. Une femme fantastique, brillante, ambitieuse, cultivée... très New York, si vous voyez ce que je veux dire. Joanna m'a coincé dans une soirée, un gala de bienfaisance au bénéfice du musée Guggenheim. M'a exposé toute l'affaire. J'ai demandé à l'Assistance judiciaire de me faire parvenir les dossiers originaux, je les ai étudiés, et ça m'a suffi. Le gosse est victime d'un coup monté ; j'étais entre deux affaires ; tous les systèmes étaient go. »

Kosinski hochait la tête en écoutant l'avocat narrer son histoire. La perruque, ne manqua-t-il pas de remarquer, restait absolument immobile ; un bon signe, à ses yeux. Steinberg disait probablement la vérité.

« D'où Joanna... Comment dites-vous qu'elle s'appelle, déjà ?... Bardo ? De qui tenait-elle l'histoire ?

— Laissez-moi réfléchir une seconde, en même temps que je remplis votre verre. Un excellent tord-boyaux, au demeurant. Hennessy VO. La semaine, je ne bois jamais avant l'heure de fermeture des tribunaux. Les samedis et dimanches... Bon, c'est une autre affaire. »

Kosinski tendit son verre vide, se rassit : « Vous êtes bien sûr conscient que vous êtes sacrément mouillé, pas vrai ? Mais mouillé jusqu'à quel point ? »

La mâchoire de Steinberg se durcit, sa lèvre inférieure se retroussa jusqu'à ce qu'elle effleure ses narines. La métamorphose était stupéfiante. « Je me contrefous que cet enfoiré de maire soit partie prenante ! » mugit-il. « Le *président* lui-même pourrait être dans le coup que je n'en aurais strictement rien à foutre. Steinberg ne lâche pas prise.

— Mais est-ce que vous comprenez, au moins ? Vous me suivez ?

— Ouais. Et alors ?

— Le gosse, Max. Blake n'a pas encore pigé. Quel est le terme dont ils se servent aujourd'hui ? Déni. Le gosse est victime d'un déni de justice. »

L'expression de Steinberg se radoucit. Il haussa les épaules, but une gorgée. « Peut-être ai-je commis une erreur, effectivement. Joanna m'avait laissé entendre que Blake était beaucoup plus expérimenté. Le hic, voyez-vous, c'est que je ne pouvais engager un ex-flic, puisque les flics étaient mouillés dans la combine. Je n'avais aucun moyen de savoir qui ils pouvaient ou ne pouvaient pas manœuvrer.

— Vous n'en savez toujours rien.

— Exact.

— Alors, où ça me mène, moi ?

— Ça vous mène, Kosinski, à me faire une déposition sous serment qui prouvera qu'on a utilisé contre mon client des pièces à conviction fallacieuses et forgées de toute pièce. Bon, maintenant, telles que je vois les choses et dans la mesure où j'ai fermement l'intention de mettre à contribution cette déposition pour crucifier le NYPD en général et Tommy Brannigan, votre ex-coéquipier, en particulier, à partir du moment où vous aurez apposé votre patronyme sur la ligne pointillée, vous vous retrouverez dedans jusqu'au cou. Que vous en soyez ou non conscient. »

Lorsque Marty Blake fit son apparition, un quart d'heure plus tard, Kosinski alla s'installer à l'écart dans un coin de la pièce. Il feuilleta machinalement un album de photographies pendant que Blake faisait son rapport, tout en se demandant : pourquoi saper toute son autorité au gosse ? Pourquoi ne pas le laisser s'exprimer ? C'est bien pourquoi il n'avait pas fait allusion à Kamal Collars en s'entretenant avec Steinberg. Pourquoi il avait éludé toute tentative pour débattre de l'affaire.

Ce fut le flagrant professionnalisme de Blake qui le sidéra : le compte rendu préalable bien ficelé, le préambule verbal concis, l'exigence d'un règlement avant la remise du rapport définitif. Rien n'aurait pu faire plus plaisir à Kosinski. Il fêta l'événement en éclusant son verre.

« Normalement », disait Blake, « j'aurais exigé des arrhes, un acompte. Je m'en suis abstenu parce que vous m'étiez recommandé par Joanna mais, maintenant, je suis à deux doigts de résoudre l'énigme. De fait, avec les éléments que je vous fournis aujourd'hui, vous pourriez parfaitement boucler l'affaire sans moi. En conséquence de quoi... »

Steinberg examinait laborieusement le rapport écrit, le scrutait scrupuleusement, suivant la colonne de chiffres du bout d'un ongle manucuré. Pendant qu'il œuvrait, la perruque glissait lentement en avant. Cette reptation, obéissant à un étrange protocole, était lente, mais régulière. Lorsque la perruque eut entièrement recouvert son front, comme le bandana d'un petit marlou des rues, il releva les yeux.

« Deux mille dollars ? Vous vous payez ma tête, *boychick.* »

Blake secoua lentement la sienne. « Joanna m'a enseigné à ne jamais plaisanter avec l'argent. Il me semble que la facture est claire. Elle tient compte du temps que j'y ai consacré, de mes frais, et du temps qu'y a consacré mon associé.

— Votre associé ? Parce que ce Kosinski est votre associé, maintenant ?

— Sans lui, jamais je n'aurais obtenu ces résultats. Pourquoi ne serait-il pas payé ? Écoutez, Max, essayez de voir les choses sous cet angle : on peut boucler le dossier en un jour ou deux. Sans Kosinski, ça nous aurait peut-être demandé des semaines. À trois cents dollars par jour plus les frais. Vous vous en tirez plutôt bien, si vous voulez mon avis. »

SEIZE

Blake ne douta pas un instant qu'il retrouverait le photographe, que Collars disait la vérité, et ne prit même pas la peine d'ajouter : "si la photo existe." Il prit le chèque de Steinberg, puis avança la proposition qu'il s'apprêtait à faire depuis le tout début.

« Je veux que vous décrochiez votre téléphone, Max. Tous ces journaux ont des archives et il va falloir que je puisse y accéder. Si vous tirez quelques ficelles, ça accélérera considérablement les choses. Si vous tranchez le ruban rouge, pour ainsi dire. »

Steinberg, ayant lu le rapport de Blake et lui ayant réglé sa note, accepta d'emblée. Bien entendu, étant lui-même une personnalité en vue de New York, il reconnut volontiers connaître tous les gens qui comptaient.

« En fait », dit-il, « si jamais vous retrouvez cette photo, je compte faire intervenir les médias. Histoire de mettre un peu d'ambiance au tribunal.

— Certaines personnes risquent de ne pas du tout apprécier », dit Kosinski. « Vous devriez peut-être envisager de procéder discrètement. Sans faire plus de vagues qu'il n'est nécessaire.

— Steinberg ne lâche pas prise.

— C'est bel et bon, Max. C'est très chouette d'être macho, je vous l'accorde, mais il y a une autre façon de voir les choses : si ce n'est pas Billy Sowell qui a tué Sondra Tillson, alors les gens vont se demander *qui* l'a tuée. Bon, à supposer qu'on fasse notre boulot proprement, net et sans bavures, certaines personnes pourraient fort bien se montrer disposées à laisser filer Billy. En revanche, si nous faisons du tintouin, les flics se verront contraints et forcés de rouvrir l'enquête. Vous voyez d'ici les problèmes que ça pourrait soulever pour celui qui l'a tuée. Pareil pour ceux qui l'ont couvert. »

À peine si Blake entendait la conversation. Son esprit, déjà en train d'échafauder un plan d'attaque, s'était mis en quête d'un principe organisateur. Outre ses quatre grands quotidiens, New York possédait une bonne douzaine d'hebdomadaires, dont certains, implantés très localement, étaient d'un tirage très réduit. Ajoutez à ça quatre chaînes de télévision, une poignée de revues, le câble et la très nette (et fort troublante) possibilité que le photographe dont se souvenait Collars pouvait faire partie des quelques centaines d'indépendants de New York, pigiste travaillant en free-lance et en quête d'un gros scoop, et il devenait flagrant que le problème exigeait un minimum de moyens logistiques.

Comme d'habitude, Blake se tournerait vers son ordinateur pour obtenir les réponses. Ou, plutôt, se tournerait vers l'ordinateur de Joanna Bardo. Pour autant qu'il puisse le savoir, il n'existait aucune base de données recensant les photographes de presse, mais s'il pouvait accéder aux divers articles publiés le lendemain de l'émeute, il pourrait éventuellement se faire une petite idée des journaux qui avaient dépêché l'un de leurs reporters sur place lorsque la merde avait commencé à voler. Collars avait gardé le souvenir d'un photographe tirant le portrait de Billy mais, en réalité, le visage de ce dernier avait de bonnes chances de figurer à l'arrière-plan de n'importe quelle photo tirée ce soir-là. Fort heureusement, il n'y avait pas qu'une seule aiguille dans la meule de foin.

« Écoutez, je vais devoir y aller. » Blake se leva abruptement. « Max, rappelez-moi quand vous aurez fini de passer ces coups de fil. Si je ne suis pas chez moi, laissez un message sur mon répondeur. De mon côté, je vais m'installer à l'ordinateur et vérifier quelques menues choses. Et ne vous faites pas de bile, dans la mesure où nous sommes samedi et où je suis de bon poil, je ne vous facturerai pas mon temps de travail. » Il inspira profondément. Le moment était venu de mordre à pleines dents dans la balle et, à sa plus grande surprise, il se rendit compte qu'il n'était pas plus pressé que ça.

« Bell », fit-il en recourant délibérément au prénom de Kosinski, « ç'a été super. Je vous donnerai vos sous dès que le chèque de Max aura été encaissé. » Il prit note de la surprise de Kosinski, de la façon dont il baissait les yeux pour contempler ses mains. C'était vraiment dommage, tout bien pesé. Parce qu'il aimait bien l'ex-flic, savait qu'il aurait pu l'utiliser de mille façons différentes. S'il n'avait pas, s'entend, été un indécrottable poivrot.

« Ouais, super », marmonna Kosinski. « Vous savez où me trouver. »

Blake ne fut nullement surpris de trouver Conrad Angionis dans la salle des ordinateurs de *Manhattan Exec'*, un samedi après-midi. Cynthia Barrett n'avait en rien exagéré lorsqu'elle lui avait affirmé que Conrad "habitait pour ainsi dire ici". La présence de Joanna Bardo, en revanche, était totalement inattendue. Joanna, en infatigable promoteur de sa propre cause qu'elle était, passait d'ordinaire ses week-ends dans les Hamptons ou dans le Connecticut, à lécher le cul de ses clients, qu'ils soient clients de longue date, clients actuels ou clients en puissance.

« Marty... ravie de te revoir. Ça fait un bail. » Elle était assise dans le fauteuil de Cynthia Barrett, et son sourire n'était pas moins narquois que le ton de sa voix.

« Tu es revenue pour le seul plaisir de me voir, Joanna ? Je ne me serais jamais cru important à ce point. » Blake, qui aurait fort bien pu abattre le boulot de chez lui, par le truchement de son modem, avait pris la précaution de téléphoner avant de venir, dans le seul but de s'assurer que Conrad se trouverait bien dans la salle des ordinateurs. Conrad, visiblement sur son ordre, s'était empressé d'aller rapporter la nouvelle à Joanna.

« Si Mahomet ne va pas à la montagne...

— J'étais occupé.

— Trop occupé pour passer un coup de fil ?

— *Tu* n'es pas le client, Joanna. Max Steinberg est satisfait de mon travail, sinon de mes honoraires, et c'est tout ce qui compte.

— J'aime bien être tenue informée, Marty. Être au courant de ce qui se passe.

— Ah ouais ? Ben, tu risques fort d'être déçue, en l'occurrence, parce que je ne vais strictement rien te dire, à part que j'ai bouclé l'affaire en quelques jours. Si tu veux en savoir plus, tu peux toujours passer un coup de fil à Max Steinberg. Il adore rigoler et, en ce moment même, pendant que nous parlons, il est en train de siffler du Hennessy comme si la fin du monde était pour demain. »

La main de Joanna voleta jusqu'à son visage, cherchant à tâtons une cigarette inexistante. Blake sourit, en se rappelant qu'à une certaine occasion, Joanna avait parlé de ses deux paquets par jour comme de sa "seule et unique faiblesse".

« Peut-être ne devrais-tu pas perdre de vue que tu auras encore besoin de moi à l'avenir.

— Pure question de déontologie, Joanna. Le secret professionnel étant bien le seul aspect éthique de cette foutue profession. Ne le prends pas en mauvaise part. »

Joanna se leva, ébauchant un laborieux sourire : « Tu as tout à fait raison. Après tout, ce n'est pas comme si j'assurais moi-même le règlement. Tu es bien certain de pouvoir boucler ça très bientôt ?

— Encore plus tôt que ça.

— Alors, je ferais peut-être bien d'essayer de te trouver autre chose. »

Elle portait un chemisier violet et un pantalon de coton blanc, aussi simple que moulant. Blake, alors qu'elle tournait les talons pour s'en aller, prit subitement conscience d'un changement radical, d'une transformation. Ce n'est qu'alors qu'elle s'apprêtait pratiquement à sortir qu'il mit le doigt dessus.

« Joanna », la rappela-t-il. « Qu'est-il arrivé à ton cul ?

— Mon quoi ? » Elle avait fait volte-face.

« Ton cul, Joanna. Tel que, il en manque une bonne moitié.

— Liposuccion, Marty. J'ai fini par me décider. Qu'est-ce que t'en penses ?

— J'en pense que tu as enfin atteint à la perfection, Joanna. »

Blake trouva Conrad Angionis assis sur son trône, dans la salle des ordinateurs. Un seul coup d'œil à son visage suffit à lui apprendre que Conrad n'était nullement disposé à s'excuser d'avoir si obligeamment sauté à travers le cerceau de Joanna. Pourquoi l'aurait-il fait ? L'amour qu'il portait à l'ordinateur et à ce qu'il pouvait en faire englobait *Manhattan Executive* et Joanna Bardo. Ce n'était pas Blake qui signait son chèque de fin de mois.

« Tu travailles ou tu joues, cet après-midi, Conrad ? » s'enquit Blake après la poignée de main rituelle.

« Les deux. J'enseigne à Maggie à prendre n'importe quel numéro de sécu et à le passer au crible de toutes les bases de données de sa mémoire, de la plus plausible à la moins plausible. Le tout est de savoir quelle est la plus plausible et quelle est la moins plausible. Avec "plus ou moins", ç'aurait été plus simple.

— Ça ne risque pas de coûter bonbon, à force ? Qui va payer ? »

Conrad renifla, croisa les jambes, puis croisa les bras sur sa poitrine. « Un jour ou l'autre, on aura l'usage de cette compétence. Quand ce jour viendra, on l'aura sous la main. En plus, Maggie adore apprendre.

— Maggy *adore* apprendre ? Tu déjantes, mon pote.

— Tu n'y as jamais rien compris, Marty. C'est bien pour ça que tu es allé travailler sur le terrain. C'est pas ta faute, en réalité, mais c'est comme ça. Bon, t'es là pour travailler ou pour me couvrir de pipi ? »

Blake lui décrivit son projet dans les grandes lignes, en lui donnant aussi peu d'informations que possible. Conrad, qui était capable de parcourir le dédale des bases de données en moitié moins de temps que Blake, devrait entrer le jour, le 28 novembre, l'année et le mot "émeute". Blake, quant à lui, compulserait les listings en essayant de déterminer au pif ceux des journaux qui étaient présents sur place et ceux qui s'étaient contentés de bidonner de chic.

Conrad, non sans avoir, d'un petit geste de la main, marqué son mépris pour la simplicité de la tâche, se mit immédiatement à l'œuvre. Blake s'adossa à son siège et regarda les doigts effilés de Conrad s'activer en danseuse sur le clavier et faire rouler la souris sur son tapis. Il avait l'impression d'avoir été arraché à ses sordides activités des quelques derniers jours. Avec l'aide de Kosinski (il devait bien le reconnaître), il s'était sorti de son baptême du feu avec les honneurs. Un indubitable succès. Il ne s'agissait plus à présent que de peaufiner.

Les pensées de Blake se tournèrent paresseusement vers Billy Sowell, dans sa cellule de la prison. Il se surprit à imaginer l'existence quotidienne de Billy Sowell, chassa ces images de son esprit et se rendit compte avec stupéfaction que c'était la première fois que son travail l'amenait à protéger une personne. Jusqu'à présent, il n'avait protégé que des biens et, en règle générale, les biens de grosses compagnies à peine plus recommandables que les sociétés ou les individus qui les spoliaient.

Il se représenta Billy Sowell, sortant de prison et passant devant le surveillant à la boule à zéro. Ce qui l'attendrait derrière le portail ne ressemblerait aucunement, loin s'en faut, à la liberté. Un jeunot attardé, sans ressources, sans amis ? Jamais de la vie. Que pouvait-il bien faire ? Aller retrouver Kamal Collars ? S'attacher un autre colosse qui les protégerait, lui et le carton d'emballage qui lui servait de logis ?

Non, ce que *je* vais faire, décida Blake, c'est pousser Steinberg à trouver au gosse un endroit vivable. Il doit bien y avoir dans cette ville un programme de protection sociale qui n'a pas été totalement dilapidé, et je vais faire en sorte que Billy Sowell en profite.

« Tu es toujours avec moi, Marty ?

— Hein ? Oh, ouais, Conrad. Je suis on ne peut plus présent. Qu'est-ce que t'as pêché ?

— Le *New York Times*. Et le *Daily News* juste après. »

Blake parcourut le très court entrefilet — c'était à prévoir — du *Times*, puis le balança d'un air écœuré. Selon le grand pontife, la police avait argué du comportement des émeutiers pour justifier leur riposte, riposte exigée par "le maintien de l'ordre". Les émeutiers, de leur côté, avaient argué du fait que les flics avaient masqué leurs insignes et leurs plaques d'identification au moyen de bande adhésive noire, et que cette précaution participait d'un plan prémédité et parfaitement élaboré dont le but était de "brimer les sans-logis". Des riverains, quant à eux, avaient prétendu que les flics les avaient agressés sans la moindre provocation de leur part, alors qu'ils étaient en train de rentrer chez eux. L'article du *Times* était paru en page deux du cahier "Métro" ; son ton terre à terre, prosaïque, brillait par son absence totale de parti pris.

Le compte rendu du *Daily News*, lorsque Blake réussit enfin à mettre la main dessus, était autrement plus prometteur. Brad Cooper, le journaliste qui l'avait signé, clamait haut et fort que les flics l'avaient balancé à travers la vitrine d'un magasin. Les termes "provocation policière" apparaissaient à plusieurs reprises.

La couverture du *Post* était fort succincte, comme on pouvait s'y attendre, mais ça ne voulait rien dire. Les photos étaient sa spécialité. Il devait bien y en avoir une demi-douzaine, illustrant les quelques pavés de texte. *Newsday*, de façon tout aussi prévisible, avait donné à l'événement sa plus vaste couverture : deux articles sur l'émeute, plus un encadré sur le conflit qui opposait depuis toujours les flics et les anars autoproclamés, et un autre article sur les SDF de Tompkins Square Park. *Newsday* avait couvert l'affaire comme s'il en avait la propriété exclusive.

« Autre chose, Marty ? »

Conrad, visiblement, se faisait royalement chier. Il était vautré sur sa chaise, sirotait une chope de thé et se curait sereinement le nez. Blake était conscient qu'il était plus que temps de plier bagage, qu'il n'y avait plus rien qu'il pût faire pour justifier une note qui ne cessait de s'alourdir. Le problème, songeait-il, c'est qu'on est samedi, qu'il est quatorze heures et que je n'ai strictement rien à glander. Bon, à part, peut-être, faire un tour un peu plus tard au gymnase, pomper de la fonte, et déconner un brin avec les rats de salle. Histoire de faire tomber la tension.

« Je vais te dire, Conrad : sors-moi les articles de suivi de l'affaire sur, disons, une dizaine de jours. On verra bien c'que ça donne. Et dégotte-moi aussi des extraits du *Village Voice*, de l'*East Village Other* et du *Soho Spirit* pour la même période. Qu'on voit un peu qui a dit quoi. Pendant ce temps, j'appelle le client. »

Bien que Steinberg ne fût point dans son bureau, le message que Marty Blake trouva sur son répondeur était relativement succinct :

Ici Steinberg. Écoutez, bubbe, *on a vraiment eu du pot. Les journaux ne gardent pas leurs photos en archives, sauf si elles ont été publiées mais, dans le cas qui nous occupe, le bureau du DA a fait savoir qu'il comptait poursuivre les flics (ce qui, au demeurant, ne s'est*

233

jamais produit), et a fait saisir toutes les photos et le moindre pouce de bande vidéo tourné pendant la nuit de l'émeute. Demain matin, passez au bureau du DA et demandez à voir un adjoint du nom de Benny Green. Benny est un vieux copain à moi. Il tiendra le colis à votre disposition.

DEUXIÈME PARTIE

PROLOGUE

Billy Sowell repose silencieusement sur son châlit. Il s'efforce de prendre une décision, mais les décisions ne s'imposent pas aisément à lui. Il se redresse et fait le tour de sa cellule des yeux, remarque les parois de ciment nu, secoue la tête. Il pressent que les murs devraient être décorés, comme ceux des cellules des autres prisonniers, mais il n'y épinglera pas les photographies de femmes nues aux bras et aux jambes écartées. Il y a quelque chose dans ces bouches ouvertes, ces vagins béants, ces jambes repliées sur la poitrine... ça n'excite pas Billy ; ça lui fait peur.

Mais, de toute façon, ça le dépasse, à son avis. C'est trop pour lui, tous ces trucs. Ces trucs sexuels. On ne voit jamais de photos d'hommes nus sur les murs, dans aucune cellule. Pas la moindre. Alors, pourquoi est-ce qu'ils viennent le trouver, lui, pour baiser ? Pourquoi aller trouver un garçon, si c'est d'une femme qu'ils ont envie ?

Il se dit que c'est peut-être parce qu'il *est* une femme. Maintenant qu'il sait comment appliquer l'eye-liner, le mascara, le rouge à lèvres. Maintenant qu'il en sait suffisamment long pour inciter les hommes à faire rapidement leur petite affaire... chose que seule une femme est censée savoir.

Billy entend le surveillant progresser le long de la coursive. Le surveillant s'appelle Tompkins et il marche à pas pesants. Boum, boum, boum... rien à voir avec les détenus, qui glissent comme des fantômes sur le béton. Comme des fantômes de chats.

« Sowell ?

— Oui. » Billy a appris à ne pas regarder le surveillant. On lui a dit que c'était réglo, qu'on pouvait les regarder, du moment qu'on ne les fixait pas droit dans les yeux, mais il n'a pas confiance en lui et craint de faire une bêtise.

« Tu comptes rester dans ta cellule jusqu'au procès ?

— Oui, je reste là. » Il n'ajoute pas qu'il n'a pas la permission d'en sortir, qu'il aimerait bien aller dans la cour ou au cinéma, mais que Jack Gee tient à ce qu'il reste dans sa cellule, sauf pour les repas, aller au travail ou rendre visite à Squires, l'aumônier, le mercredi soir. Jackie Gee est le mac de Billy. Billy est sa chose ; sa propriété.

Billy prête pendant un moment l'oreille aux pas du surveillant Tompkins qui battent en retraite. Les images de son livre, *L'Histoire sainte pour les enfants*, seraient idéales sur ses murs. Sauf qu'il n'est pas absolument certain que l'aumônier Squires, qui lui a donné *L'Histoire sainte pour les enfants*, ne se fâchera pas contre lui s'il découpe les images du bouquin. C'est une décision ardue pour Billy ; elle exige de lui qu'il mobilise la moindre bribe de subtilité dont il est capable.

Le livre est un cadeau. L'aumônier Squires a dit qu'il n'aurait pas besoin de le rendre, que c'était son livre *à lui*. Si c'est son livre à lui, alors il devrait pouvoir en faire tout ce qu'il veut. Pas vrai ?

Pourtant, ça ne colle pas. Billy a déjà commis trop d'erreurs dans sa vie, même après avoir mûrement ré-

fléchi au problème. Il est absolument incapable de prévoir les conséquences de ses actes, sauf peut-être des
plus simples d'entre eux.

« Retour de flamme », dit-il à haute voix.

Kamal lui a expliqué une fois ce qu'était un retour
de flamme, que lorsque l'on appuie sur la détente en
tenant le revolver, ce dernier peut vous tirer dessus.
Vous tuer, *vous*.

Billy contemple les pages ouvertes du livre, passe un
doigt sur la reliure. Les douze apôtres sont entassés
tous ensemble à bord d'une petite barque. Le vent a
déchiré sa voile minuscule et l'a réduite en lambeaux,
et Billy lui-même peut se rendre compte que les personnages barbus sont à la merci de la tempête. La mer
bouillonne tout autour d'eux ; d'énormes vagues les
surplombent, bien plus hautes qu'eux et prêtes à retomber pour les écraser.

Billy se représente lui-même, terrifié et impuissant, à
bord de cette petite barque. Il ferme les yeux, pour ne
pas tout de suite voir Jésus. Parce qu'il est pressé de
voir d'abord les ténèbres. L'aumônier Squires lui a expliqué que les apôtres comptaient se servir des étoiles
pour piloter leur bateau, mais que les nuages ont masqué les étoiles et qu'ils se sont perdus.

C'est exactement ce qu'il a ressenti après la mort de
sa mère, lorsqu'ils l'ont placé dans un foyer d'hébergement. Il s'est senti perdu. Tout était trop grand pour
lui. Trop fort. Il ne savait ni que faire ni où aller.
Lorsqu'il a quitté le foyer et s'est mis à picoler, les choses ont encore empiré. Les gens lui volaient son argent,
ses vêtements, son vin. Et il ne pouvait rien faire pour
les en empêcher. Rien. Il était aussi impuissant que les
apôtres dans leur petite barque.

Puis Kamal l'a trouvé.

Billy se rappelle avoir dit à l'aumônier Squires que Kamal est quelqu'un dans le genre de Jésus. Sauf qu'il n'est pas *vraiment* Jésus, puisqu'il n'a rien pu faire pour lui quand les flics sont venus.

L'aumônier Squires ne s'était pas fâché, comme l'avait craint Billy. « Le vrai Jésus ne t'abandonne jamais », avait-il expliqué. « Une fois qu'Il est entré dans ton cœur, Il y reste à jamais. Mais, pour ça, il faut Le laisser entrer en toi, Billy. Il ne peut pas faire ça tout seul. Tu dois Lui ouvrir ton cœur et Lui faire une place. »

Billy ouvre les yeux, les repose sur la page. Jésus, dans Sa robe blanche, tout auréolé de lumière, s'approche des apôtres et de leur petit bateau. Il ne marche pas réellement sur l'eau, comme a dit l'aumônier Squires. Il flotte légèrement au-dessus, comme s'Il n'avait pas envie de se mouiller les orteils. L'une de Ses mains désigne Son cœur, tandis que l'autre indique le firmament.

Les apôtres regardent fixement Jésus mais, autant que Billy puisse en juger, ils sont encore terrifiés. Et ça ne tient pas debout, en dépit de toutes les explications de l'aumônier Squires. Pourquoi ne sont-ils pas fous de bonheur ? Maintenant qu'on va les sauver ?

Billy repose le livre, s'étend de nouveau sur son lit. Le Hurleur a encore remis ça : « Salope, sale pute, j'vais t'crever. Te crever. »

Jackie Gee dit que ce n'est plus qu'une question de temps avant que la Brigade n'embarque le Hurleur pour le transférer à l'annexe psychiatrique. Jackie Gee dit aussi que Billy sera également transféré au service psy s'il se plaint aux surveillants. Ce qui est plutôt bizarre, parce que les surveillants devraient déjà avoir compris, rien qu'au maquillage de Billy et à sa façon de déambuler dans la prison. Ce qui est moins drôle, c'est que Jackie Gee a dit qu'il vendrait Billy au plus offrant avant d'être libéré en conditionnelle.

Des pas résonnent de nouveau sur la passerelle, devant sa cellule. Des pas étouffés. Billy se demande si ce ne serait pas Jackie Gee qui vient le prendre. Il est tout surpris de voir un surveillant s'encadrer dans la porte ouverte.

« Salut, Billy. Tu te souviens de moi ? »

C'est la première fois en deux ans que Billy regarde un surveillant dans les yeux. Sa mémoire va beaucoup mieux, maintenant qu'il ne peut plus boire, et il reconnaît immédiatement l'inspecteur Brannigan. L'inspecteur Brannigan n'a absolument pas changé, toujours le même grand sourire, sauf que maintenant, au lieu de ses vêtements civils, il porte un uniforme de la pénitentiaire.

« Oui, je me souviens de vous », répond Billy. « Qu'est-ce que vous voulez ?

— Je vais te sortir d'ici. Je sais que tu n'as pas tué cette femme.

— Moi aussi, je le sais », dit Billy. Il ne croit pas une seule seconde que le flic soit venu l'aider, mais il n'arrive pas à comprendre ce qu'il peut bien lui vouloir.

« Max, ton avocat... il m'envoie te chercher.

— Mister Steinberg ?

— Oui. Exactement.

— J'ai parlé hier à Mister Steinberg. Au téléphone. Il m'a dit que j'allais devoir rester ici encore un bon moment.

— Aurais-tu peur de moi, Billy ? T'ai-je déjà fait du mal ? » Brannigan entre dans la cellule, s'assoit à côté de Billy, lui passe un bras autour du cou.

Au lieu de répondre, Billy ferme les yeux. Il aimerait

ouvrir son cœur à Jésus, essaye de toutes ses forces. Voyant qu'il ne se passe rien et la pression de la main du flic sur son épaule s'accroissant, Billy se prend à souhaiter la présence de Kamal Collars, puis celle de Jackie Gee. Très loin, il entend un piétinement, une course précipitée de pieds bottés, puis le braillement terrifié que pousse le Hurleur dans sa cellule. La Brigade est venue chercher le Hurleur, exactement comme ce flic est venu le chercher. Logique, d'une certaine façon.

« Billy ? Tu m'écoutes ?

— Oui.

— J'ai un médicament à te donner. Pour faciliter les choses.

— Mais je suis pas malade.

— Je sais bien, Billy. Ce n'est pas contre une maladie. Mais pour t'apaiser l'esprit. Je comptais te le donner plus tard, mais je me demande maintenant s'il ne vaudrait pas mieux que je le fasse tout de suite.

— J'en veux pas. » Billy s'arrache à l'étreinte du flic. Il se lève et regarde autour de lui, en se demandant s'il ne devrait pas sortir en courant de sa cellule et se ruer sur la passerelle. Ou appeler au secours. Il sait très bien ce qui arrive aux détenus qui désobéissent aux matons, a assisté de ses propres yeux à d'impitoyables raclées. Mais est-ce qu'un flic est un maton ? Est-ce qu'il a le droit de pénétrer dans une prison, si les surveillants s'y opposent ?

Il n'arrive pas à en décider. C'est toujours le même problème, le problème qui se repose sans cesse, encore et toujours. Décider, décider, décider.

« Aide-moi, Jésus », chuchote-t-il, mais ce n'est pas Jésus, assurément, qui le fait tournoyer sur lui-même.

Et ce n'est pas non plus Son poing qui l'envoie s'affaler sur le lit.

« Et merde », dit Tommy Brannigan à voix haute. « Tous ces problèmes pour un foutu demeuré. » Il plante l'aiguille dans l'épaule de Billy Sowell, directement à travers l'épaisseur de sa manche de chemise, et presse sur le piston. « Voilà qui devrait te ralentir, pédoque. Tu vas ramper ventre à terre, grosse fiotte. »

Il regarde les paupières de Sowell papillonner, le laisse retomber en espérant que ce petit connard va crever sur place, bien que ce ne soit pas censé se terminer comme ça. Mais, pas moyen : lentement, très lentement, Billy se redresse en position assise.

« Maintenant, écoute-moi bien, Billy. Tout ce qui va se passer, c'est qu'on va aller faire un petit tour, toi et moi. Rien que nous deux, comme des amoureux, comme si j'étais l'un de tes putains de tringleurs. T'as pigé ? »

Brannigan n'attend pas la réponse. Il harponne Billy par un bras, plante ses doigts dans sa chair, se rappelle qu'il ne devrait même pas être ici. Qu'il a souhaité faire ça lui-même, s'est porté volontaire pour cette mission et entend bien prendre son pied en la menant à bien.

« Lève ton cul, enfoiré. »

Ils longent la passerelle, descendent les marches, laissent derrière eux le premier et le second niveau, s'enfoncent dans les entrailles du bloc C. C'est une après-midi particulièrement torride et la plupart des résidents sont dans la cour. Les quelques détenus qui sont restés dans leur cellule refusent obstinément de jeter ne serait-ce qu'un coup d'œil à Sowell et à Brannigan. De son côté, d'ailleurs, Brannigan ne se donne même plus la peine de parler. À quoi bon ? Sowell est trop déglingué pour opposer la moindre résistance ; il le suit comme un chiot affectueux. Lorsqu'ils atteignent les longs tunnels qui relient le bloc C aux autres bâtiments du pénitencier, Brannigan s'arrête pour se repérer.

« Où on va ? »

En enfer, se retient de dire Brannigan. Il regarde Billy, secoue la tête, se demande encore une fois pourquoi Steinberg lèverait le petit doigt pour sauver ce débile mental de merde. Et pourquoi, bordel de Dieu, Bell Kosinski irait foutre le souk dans la Maison ?

Eh bien, décide-t-il finalement, Kosinski fait ça parce que c'est un poivrot, et Steinberg parce que c'est un Juif. Mais, ce coup-ci, leur petit numéro de bons Samaritains va leur péter dans les doigts. À la gueule.

« Je vais te sortir d'ici, Billy. Tu vas aller loin, très loin. »

Brannigan entreprend de remonter le tunnel, s'avise des épaules tombantes de Billy, le gifle à la volée.

« Bon sang », s'exclame-t-il à la cantonade. « Fantastique, cet écho. Faudra que j'm'en souvienne. »

Il reprend son chemin, les doigts crispés dans la tignasse de Billy. Le couloir est désert, aussi loin que porte le regard de Brannigan, ainsi qu'il était prévu. À l'autre extrémité, à une centaine de mètres et deux virages en épingle à cheveux de là, trois matons tiennent un poste de garde. Ils interdiront toute circulation à pied pendant dix minutes. Amplement suffisant pour laisser à Brannigan le temps de faire ce qu'il a à faire.

Lorsqu'il atteint la seconde salle de service, il s'arrête, tend l'oreille un instant, puis appuie sur le bec-de-cane. La pièce est plongée dans le noir, mais ça ne le surprend aucunement. Il pousse Sowell à l'intérieur, referme la porte derrière eux, cherche l'interrupteur à tâtons.

« Eh bien, *Señor* inspecteur Brannigan, on se retrouve. Comment trouvez-vous mon petit univers personnel ?

— Arrête tes conneries, Hinjosa. On n'a pas des masses de temps. »

Hinjosa a un doux petit rire, puis s'essuie la bouche du revers de la main : « Pas le temps ? J'ai tout le temps, moi, inspecteur Brannigan. *Mucho tiempo.* J'ai pris entre quinze ans et perpète. »

Et tu l'as bien mérité, se dit Brannigan, sachant pertinemment que Hinjosa, sergent du NYPD, a assassiné sa femme, que ce n'était nullement un crime passionnel et que cet enfoiré lorgnait le fric de l'assurance vie. D'avoir reconnu les faits lui avait valu de prendre dix ans de moins que la peine maximale prévue par la loi.

« Dis-moi un truc, Hinjosa... Les autres malfrats savent que t'es un ancien flic ?

— Nous autres, nous préférons le terme "délinquants" à celui de malfrats. » Hinjosa poussa encore un suave petit rire. « Faudrait arrêter un peu de vivre dans le passé, *maricon.* »

Brannigan tiqua sous l'insulte, et décida de laisser pisser. « Alors, comment arrives-tu à survivre ? La plupart des flics font leur temps à l'isolement, par mesure de protection. »

Hinjosa brandit une brique : « Regarde, *mamacita*, pas d'empreintes. » Il écrasa la brique sur le crâne de Billy Sowell. « Pas de pitié non plus, d'ailleurs. Voilà comment je survis, inspecteur Brannigan.

— Ah ouais ? » Brannigan refusait obstinément de concéder un seul pouce de terrain. « Ben, à ta place, le caïd, je ferais gaffe avec le sang. Cette tantouze a probablement le sida. »

Hinjosa déchire la tenue de Billy Sowell. Les boutons de métal giclent à travers les airs, roulent avec fracas sur le sol cimenté. Des lambeaux d'uniforme kaki volettent jusqu'au sol, comme autant de papillons bruns. Lorsqu'il a obtenu satisfaction, il repousse Billy, la poitrine en avant, contre le dessus de la table, et l'enfourche.

« On aura besoin de plus d'un échantillon, inspecteur Brannigan. Pour que ça tienne la route. Si tu ne t'en ressens pas pour le trombiner, essaye au moins de te branler. »

UN

« Vous savez quoi, Bell ? Le bauvre karzon n'y peut rien. J'ai bien gonnu son papa, et c'est gomme za que Tony Loest a été élevé : si un broblème se présente, égrase-lui sa zale gueule. Vous afez mis ce bauvre karzon dans l'embarrras, et il ne beut bas le dolérer. À votre blaze, je zurveillerai mes arrières. »

Kosinski hocha la tête, d'un air qu'il espérait réfléchi. Heinrich Werther était un habitué du *Cryders* et, dans cette mesure, avait droit à une certaine considération. Tout comme il avait droit, par exemple, à son visage lunaire, à ses petites lunettes rondes cerclées de fer et ses prétentions d'Aryen omniscient. Il avait même gagné le droit de jouer les psychiatres, alors qu'il avait passé, en tant que cariste de profession, la plus grande partie de sa vie laborieuse dans un entrepôt de Long Island City à présent désaffecté.

« Alors, à votre avis, qu'est-ce que je dois faire, Heinrich ? » Kosinski jeta un œil vers l'autre bout du bar, le plus proche de la sortie. Tony Loest le sodomisait carrément du regard, par-dessus les bandelettes qui s'agglutinaient sur l'arête de son nez. Alors qu'il venait tout juste de se vanter, pour la gouverne d'Ed O'Leary, qu'il allait "botter son cul pourri à ce bâtard de flic".

Les sourcils de Werther s'arquèrent, dessinant un double et épais croissant gris. Il sécha sa huitième bière, puis se lança dans sa sixième explication de la soirée. « La médhode la blus zimble », persista-t-il, « zerait d'audoriser Tony Loest à vous humilier. Ce gui lui bermedrait de regouvrir sa dignité vondamentale d'êdre humain.

— Que faites-vous de la mienne, de dignité fonda-mentale ? » La question était purement rhétorique. Kosinski glissa sa main dans sa poche, tripota la matraque qu'il portait toujours sur lui depuis que Marty et lui avaient visité le *Chatham Hotel*. Il avait balancé son .38 sur l'étagère d'une penderie, tout de suite après avoir quitté le bureau de Max Steinberg, aussi loin que ça lui était possible, hors de portée de ses mains, derrière une boîte de guirlandes de Noël qui n'avaient plus servi de-puis belle lurette. Mais il avait oublié la matraque.

Va pourtant falloir que j'm'en serve, songeait-il, et le plus vite possible. Que j'allume ce charlot au premier mot de travers. Parce que les insultes ne vont pas tarder à fuser. Tony ouvrira forcément son clapet avant de laisser parler ses poings. Je peux retourner ça à mon avantage. Faire semblant d'avoir peur de lui, puis lui exploser les côtelettes. En faire un petit tas de do-minos.

« Vous ne devez pas vous abaisser à son niveau. Vous êtes meilleur que Tony. En blus, za ne vous servi-rait à rien. Voyez-vous, Tony, lui, doit laver son hon-neur. Et il ne beut le vaire qu'en regourant à la vio-lence. C'est dans son garagdère. L'humilier de nouveau, ce zerait le bousser à une esgalade dans la violence. »

Kosinski vida son verre, fit signe à Ed qui se tenait derrière le bar : « Alors, Ed, qu'est-ce que t'en penses ?

Tu crois vraiment, toi aussi, que si je bottais son cul à Tony, ça nous conduirait tout droit à la guerre nucléaire ?

— T'inquiète pas de ça, Bell, il ne tentera rien dans le bar. Je lui en ai déjà touché deux mots, à ce connard.

— Grandiose, Ed. » Kosinski (à l'instar de tous les autres habitués du *Cryders*) savait qu'O'Leary planquait un 12 mm à canon scié et une batte de base-ball près de son pressoir à citrons. « Mais qu'est-ce qui va se passer quand je sortirai ? »

O'Leary lui décocha un grand sourire : « Tu peux toujours appeler les flics, Bell. Si vraiment ça te chiffonne, je veux dire.

— Vous voyez, Bell ? On en revient douchours à ces gonneries machos. Des babouins qui se disbutent la plus grosse banane. C'est dout ce qu'ils safent faire.

— Une autre bière, professeur ? » demanda O'Leary. « Histoire d'affûter un peu plus votre pénétration psychologique ? »

Heinrich parvint à articuler un « béquenot » fatigué, avant d'opiner du bonnet pour signifier son assentiment.

C'que je vais faire, il me semble, songea Kosinski, c'est me ménager un petit avantage. Je vais continuer à picoler, et donner ainsi à Tony une occasion de s'efforcer de me surpasser. Quand on se retrouvera dehors sur le trottoir, c'est bien le diable s'il tient encore debout.

Néanmoins, ce qu'espérait réellement Bell Kosinski en son for intérieur, c'est que Candy Packert se pointerait pour noyer le poisson. En dépit du fait qu'il était fort peu vraisemblable que Packert pût se pointer un jour de semaine, alors que la clientèle se composait presque uniquement de poivrots assidus. Candy était un homme d'affaires et la cocaïne était son fonds de commerce : il pouvait parfaitement se trouver à Bayside et sévir dans les night-clubs du Bell Boulevard ; ou encore à Forest Hills, en train de prospecter le circuit du Queens Boulevard. N'importe où sauf au *Cryders*.

Kosinski jeta un regard vers la porte, par-dessus l'épaule de Tony Loest, au moment où la première s'ouvrait, s'attendit plus ou moins à voir apparaître Candy Packert et vit Marty Blake en franchir le seuil. Il vit les yeux de Blake croiser le regard de Tony Loest, l'expression de ce dernier virer de la férocité sans mélange à la trouille illimitée en passant par la plus totale confusion. Cette transition, bien qu'elle n'eût pas exigé plus de quelques secondes, donna pourtant l'impression de s'effectuer très lentement. Les yeux plissés de Tony s'écarquillèrent peu à peu, puis sa tête retomba doucement, et il pivota sur son tabouret pour se tourner vers O'Leary, debout derrière le bar.

« Vous vous en ressentez pour une autre, Mister Loest ? »

Blake, lorsqu'il se retourna vers Kosinski, arborait un sourire de dément. Dressé sur la pointe des pieds, les yeux étincelants, il se dirigea vers l'ex-flic, décocha un coup d'œil dédaigneux à Heinrich Werther, et dit : « Faut qu'on cause une minute, Kosinski.

— Marty », demanda Kosinski, éberlué, « seriez-vous ivre ?

— J'vois vraiment pas en quoi ça vous regarde, bordel de merde.

— Ouais, vous avez entièrement raison, Marty. Ça ne me regarde pas. Vous voulez qu'on s'installe à cette table ?

— Non, ça ira très bien comme ça. » Blake se laissa tomber sur le tabouret déserté par Heinrich Werther, sortit de sa poche plusieurs feuilles de papier froissées et les balança sur le bar mouillé. « Jetez un coup d'œil là-dessus. Y a quelques photos passionnantes, là-dedans. »

Kosinski défroissa les feuilles, puis se rejeta légèrement en arrière pour mieux les regarder avant qu'elles ne se désagrègent dans la flaque du comptoir. Il y en avait quatre ; quatre photos de l'émeute qui avait pris place dans le Tompkins Square Park. Kosinski vit des flics brandissant des matraques, des voyous balancer des bouteilles et des cailloux, d'honnêtes citoyens déguerpir dans un sauve-qui-peut général. Sur chacune de ces photos, Kamal Collars remorquait un Billy Sowell quasiment médusé, l'entraînant loin du feu de l'action.

« Alors, qu'est-ce que vous en pensez, Kosinski ? Une preuve irréfutable, non ? Pouvait difficilement se trouver au même instant en deux endroits différents, pas vrai ? »

Kosinski releva les yeux pour le regarder, en se demandant si Blake était venu dans le seul but de plastronner. Sans plus. « J'en pense que vous avez droit à toutes mes félicitations. On dirait bien que le gosse va s'en tirer.

— Le gosse s'en est *d'ores et déjà* tiré. Étonnant, non ? » Blake rapprocha son visage de celui de Kosinski, à quelques centimètres à peine. « Au moment où je vous parle, Billy Sowell gît sur une dalle d'une morgue du nord de l'État, victime, selon les autorités, d'une vulgaire agression sexuelle qui aurait mal tourné. Tabassé à mort, toujours selon les autorités, au moyen d'une vulgaire brique rouge. Vous croyez que c'était ça, son problème, à Billy, Kosinski ? Une trop grande vulgarité ?

— Écoutez, Marty, calmez-vous. » Kosinski parlait

d'une voix douce, de cette douceur qu'il lui imprimait jadis lorsqu'il annonçait une mauvaise nouvelle aux parents d'une victime. « C'est pas franchement une grosse surprise.

— Ah non ? Vous vous attendiez à ça ?

— Je m'attendais à *quelque chose*. C'est ce que je m'efforce de vous faire comprendre depuis le tout début. Les gens qui ont maquillé cette affaire — et n'allez surtout pas croire que je sais qui c'est —, ces gens ne se laisseront pas déboulonner sans rendre coup pour coup. » Kosinski laissa échapper un profond soupir de soulagement lorsque Marty Blake se rejeta en arrière. Le jeunot était imprévisible, pas de doute. Tout du long, Blake avait laissé croire que la remise en liberté de Billy Sowell n'était pour lui qu'un travail comme les autres, comme si l'essentiel du problème, en quelque sorte, c'était que Max Steinberg appose son autographe au bas d'un chèque.

« Alors, dites-moi un peu », s'enquit Blake. « Bon, tout le monde sait que vous êtes un limier hors pair — c'est de notoriété publique, bordel de merde —, mais comment pouvez-vous être certain qu'il y a un quelconque rapport entre la mort de Billy Sowell et nous ? » Il poursuivit sur sa lancée avant que Kosinski n'eût pu répondre. « Peu importe, au demeurant. Celui qui a fait enfermer Billy Sowell est responsable de son décès, pas vrai ? Quel que puisse être le coupable effectif du meurtre. Je me trompe ?

— Je n'en disconviendrai pas, Marty. » Kosinski sécha son verre et fit signe à O'Leary. « Et je me félicite de votre lucidité. Parce qu'on ne pourra jamais entrer dans cette prison pour élucider les faits.

— C'est exactement ce que j'ai dit à Max, mais pas moyen de le lui faire avaler. Il est mort de rage, Bell.

Il pense... » Blake s'interrompit abruptement. « Qu'est-ce qui vous fait sourire ?

— J'ai souri ? Navré, je ne m'en suis pas rendu compte. Continuez. » Kosinski était parfaitement incapable d'expliquer à Blake la raison pour laquelle il était si profondément touché par le fait qu'il se servait de son diminutif. En vérité, il n'avait pas la moindre envie de se l'expliquer à lui-même.

« Ouais ? Eh bien, rengainez votre sourire et accrochez-vous à vos joyeuses, Kosinski. Max Steinberg veut sa revanche, il tient à ce que nous l'aidions à la prendre et il n'y a qu'un seul moyen de la lui procurer, celui contre lequel vous m'avez mis en garde tout du long. Steinberg veut retrouver le meurtrier de Sondra Tillson.

— Et vous, Marty ? Qu'est-ce que vous voulez, *vous* ? »

La question, de fait, fit se crisper Blake. Ce qui ne surprit pas outre mesure Kosinski, lequel était rompu à l'idée que les gens ignorent fréquemment les choses les plus évidentes les concernant. Ce n'était pas non plus une question de mauvaise foi. Blake était tout bonnement infoutu de discerner ses propres contradictions.

« Bon, vous voyez...

— Je ne vois *rien*, Marty. Et je... nous, disons plutôt, n'avons pas le temps de chercher la réponse. Il faut faire un choix : soit vous êtes dans le coup, soit vous êtes hors du coup. Écoutez, s'ils ont réussi à s'infiltrer dans cette prison pour fumer Billy Sowell, qu'est-ce qui vous fait croire qu'ils hésiteront à *nous* bazarder ?

— Comment pouvez-vous savoir qu'ils ont tué Billy Sowell ? Ça peut très bien s'être passé exactement comme l'a déclaré l'administration pénitentiaire : une partie de trou du cul un peu brutale, qui a dégénéré. Sans plus.

— Marty, je le sais comme je sais que le maquillage de Billy Sowell ne signifiait pas qu'il était homo. Il faut essayer de voir au-delà, d'ouvrir un peu votre esprit. Billy Sowell était un prostitué, un giton pour taulards, un bien et une matière première de haute valeur. On vole les biens, on ne les détruit pas. Écoutez, vous dites que Billy a été frappé à mort avec une brique. Pourquoi une telle chose se serait-elle produite ? Parce qu'il résistait ? Parce qu'il défendait sa vertu ?

— Le tueur était peut-être un sadique. Ou bien...

— Faux, pour deux bonnes raisons : primo, un sadique aurait fait ça lentement, en prenant tout son temps, une estafilade après l'autre. Ça, c'était un meurtre consommé. Deuzio, le mac de Billy aurait, normalement, dû avoir assez de cran pour défendre son bien ; c'est l'essence même du boulot de mac, que ce soit en taule ou dans la rue. Je ne dis pas qu'il n'existe *aucune* possibilité pour que ce se soit passé comme vous l'avez dit. Ce que je dis — et vous pouvez m'en croire parce que j'ai de l'expérience dans ce domaine —, c'est que vous devriez y réfléchir à deux fois avant de vous engager là-dedans. Savoir très précisément ce que vous en espérez. Ce que ça représente pour *vous*. »

Bell Kosinski avait raison sur un point — Marty Blake avait outrepassé de très loin la limite qu'il s'était fixée à lui-même d'un seul et unique verre d'alcool. Mais il avait tort en s'imaginant que l'alcool était responsable au premier chef de la colère de Blake. À sa plus grande surprise, Marty avait senti celle-ci poindre en lui dès que Max Steinberg, au téléphone, lui avait rapporté les faits dans les grandes lignes. Au moment de reposer le combiné, il se sentait tout prêt à tuer quelqu'un, n'importe qui. Le visage de Rebecca Webber avait flotté pendant quelques secondes devant ses yeux, suivi de ceux de Billy Sowell, de Joanna Bardo, de Matthew Blake et de Bell Kosinski.

Ce sentiment en soi, ainsi désincarné et détaché de tout objectif précis, était des plus familiers. Marty Blake avait envie de faire du mal à quelqu'un et il avait envie de se faire souffrir ; il aspirait au chaos indescriptible d'une bagarre de bar, avec des chaises, des bouteilles et des bottes qui volent dans toutes les directions. On est *censé* se tirer de ce genre de choses avec une oreille arrachée, un œil au beurre noir : une blessure moindre serait déshonorante. Une moindre blessure signifierait que vous avez perdu votre temps avec un adversaire sans valeur. Quelle gloire y a-t-il à écraser un cafard ?

Blake, qui s'était reproché d'avoir eu le vin mauvais pendant plus longtemps qu'il n'eût aimé se l'avouer, n'avait pas tardé à se rendre dans un bar de quartier de Kews Gardens. Le scotch n'avait nullement contribué à attiser sa rage, mais il avait en revanche court-circuité toute velléité ultérieure d'introspection. À présent, assis à côté de Bell Kosinski dans le bureau de Max Steinberg et passablement dessoûlé, il prenait conscience que tout ce qui entrait dans son champ de vision éveillait en lui un profond écœurement.

Un poivrot et un bouffon au visage chevalin, songeait-il. Qu'est-ce que je fous ici, bordel ? Assis sur un prie-Dieu, à contempler des paniers tressés pleins de calebasses peinturlurées, de crânes d'animaux blanchis, de plumes d'aigle ? Et pour *qui* se prend-il, l'autre Max Earp ? Regardez-le-moi bavasser avec Wild Bell Hickock. À propos du Billy the Kid *à la mords-moi-le-*

chibre. Merde, ce que j'aimerais bien faire — ce que j'adorerais faire — c'est piétiner cette peinture de sable et souffler dessus comme si je mouchais les bougies d'un gâteau d'anniversaire. Un *whoush* rapide, et reste plus qu'à passer l'aspirateur. Juste pour voir comment réagirait ce connard.

Steinberg se répandait sur le peu de détails qui avaient filtré de l'administration pénitentiaire. « Ils prétendent enquêter. Le reste ne me concerne pas. Ils ne m'ont prévenu que parce que Billy n'a pas de famille proche... et pour me demander si je désirais payer pour son enterrement, lorsque le médecin légiste aurait procédé à l'autopsie. Autrement, ils le balanceront à la fosse commune, dans le cimetière de la prison réservé aux indigents. Je vais vous dire une bonne chose, Bell : j'étais tellement furax que j'ai appelé un journaliste de *Newsday* de ma connaissance, pour lui demander s'il voulait couvrir l'affaire. Je voulais tout déballer.

— Et il vous a envoyé rebondir, c'est bien ça ? » Kosinski paraissait aux anges. Assis dans le fauteuil de l'avocat, le poing fermé sur un verre de sa gnôle.

« Ouais. Un détenu décédé, qui *peut-être* est présumé innocent et qui ne peut même pas donner sa propre version des faits ? C'est pas avec ça qu'on décroche le Pulitzer. "Amenez-moi le véritable assassin", qu'il m'a dit. "Et tâchez que ce soit le maire en personne. Alors, là, d'accord... on aura enfin matière pour un article."

— Alors, que comptez-vous faire, Max ? Trouver le véritable assassin ?

— Y a intérêt, nom de Dieu. Steinberg ne lâche jamais prise.

— Et vous, Marty ? Que voulez-vous ?

— Ce que je veux ? » Blake grimaça un sourire.

« Mettre ces plumes d'aigle et exécuter une danse de guerre, voilà ce que je veux.

— Ça ne suffira pas. Loin de là.

— Ben, faudra vous en contenter, Kosinski, parce que vous n'aurez pas droit à plus. »

Kosinski hocha sentencieusement la tête, geste qui eut le don d'hérisser les poils follets de la nuque de Marty Blake, puis se tourna vers l'avocat : « Qu'est-ce que vous en dites, Max ? On discute un peu de l'affaire ? »

DEUX

« Je considère ça comme un banal crime passionnel », commença Kosinski. « Elle dit un truc ; il répond quelque chose ; elle réplique. Shlack, shlack, shlack, shlack. Deux entailles pour se défendre, la troisième opère le miracle — sectionne la jugulaire, la carotide, le larynx, les artères thyroïdes, l'œsophage et la trachée. Elle s'effondre, peut-être en se tenant la gorge mais, ce qu'il y a de sûr, c'est que le sang gicle à travers toute la pièce ; elle tombe sur le dos, à la renverse, et le voilà maintenant qui regrette son geste. Désolé. Tellement désolé qu'il essaye d'arranger ça. Il tombe à deux genoux, pince les lèvres de la plaie entre ses doigts comme un guérisseur miracle dans son chapiteau de conversion. Ça ne sert à rien, bien entendu, ça ne guérit pas Sondra Tillson, mais ça oblige le sang à se répandre dans ses poumons. Suffisamment pour qu'elle s'étouffe dans son sang, avant même d'être saignée à blanc. »

Kosinski s'interrompit, vida son verre, se demanda s'il n'était pas un peu trop théâtral, un peu trop affirmatif. Se demanda s'il ne s'amusait pas trop. Il remplit son verre, remplit celui de l'avocat, et remplit celui de Marty Blake en dépit de ses protestations *pro forma*.

« Maintenant, il est pris de panique. Le crime, c'est pas son truc, la violence physique non plus. Ce n'est pas non plus un gangster disposant d'un quelconque dépotoir à cadavres dans un marais de Staten Island. Et il ne peut pas non plus se contenter de décamper, parce que c'est chez lui qu'il l'a tuée.

« Il passe la serpillière, essuie tout le sang qui couvre le corps de la fille, du moins presque tout, sort le corps de chez lui par le garage, l'étend sur la banquette arrière de sa propre bagnole. Tout ce qu'il sait, c'est qu'il va se débarrasser d'elle, autant parce qu'il a tué "l'objet de sa flamme", comme on dit, que parce qu'il a la trouille de se faire prendre. Et, vous pouvez m'en croire, pour l'aimer, il l'aimait. Beaucoup trop pour abandonner son cadavre dans les bois ou sur un terrain vague. Non, notre meurtrier va traverser Manhattan, prenant là un très gros risque, et la larguera dans un rayon de deux pâtés de maisons de l'appartement qu'elle partage avec son mari. Il la raccompagne chez elle. »

La tête de Steinberg oscilla lentement d'arrière en avant. Un demi-sourire entrouvrit ses lèvres, mais ses yeux luisaient de toute la fervente gratitude que peut susciter un témoin irrécusable chez un avocat d'assises qui a le métier dans le sang.

« Vous m'excuserez, Mister Kosinski, d'être un peu sceptique, mais, à mon avis, il s'agit précisément là de ce genre de perspective étroite, à courte vue, qui conduit les innocents en prison. J'ai lu et relu le dossier d'un bout à l'autre et je peux avancer une bonne douzaine de scénarios qui fonctionneraient tout aussi bien. Vous semblez nous fourguer celui-ci comme s'il était gravé sur des tablettes.

— C'est une extrapolation professionnelle, Max », le

coupa Blake. « Et le boulot de Bell, c'est d'agrafer les criminels. Le vôtre, c'est de les faire relaxer. »

Steinberg réagit assez aigrement, et, pendant qu'il parlait, la perruque glissa vers l'avant : « Qu'est-ce qu'il y a, Marty ? Vous avez quelque chose contre les avocats de la défense ? Vous pensez que Shakespeare avait raison ? Qu'il faudrait tuer tous les avocats ? Est-ce que vous les détestiez autant quand votre propre cul était sur la sellette ?

— Wouah ! Levez un peu le pied, voulez-vous. » Kosinski, arrivant à la rescousse. Il regardait Marty Blake, et hochait la tête tout en parlant : « Max a parfaitement le droit de me questionner à ce sujet, parce que tout ceci n'est pas dans le dossier. Pourquoi est-ce que ça s'y trouverait, en effet ? Si j'annexais ma théorie au dossier et qu'elle s'avérait erronée à la longue, un quelconque avocat, dans le genre de Max Steinberg, s'en servirait pour m'assener une volée de bois vert. Les faits, on les joint au dossier ; les hypothèses, on se les garde.

« Bien, repassons-nous l'affaire. Nous savons que Sondra Tillson n'a pas été tuée dans la voiture, puisque le sang — ou plutôt l'absence de ce sang — ajoute une nouvelle pièce au puzzle : elle a probablement été tuée dans une maison particulière. Sinon, comment aurait-il fait pour la fourrer dans sa propre voiture ? Impossible de se le représenter en train de traîner son corps nu dans un couloir, jusqu'à l'ascenseur. Et pas question non plus qu'il ait pu nettoyer une chambre de motel, alors inutile de le suggérer.

« La gorge de Sondra Tillson était couverte d'ecchymoses. Au premier abord, j'avais cru qu'elle avait été, non seulement poignardée, mais également étranglée, mais le dessin formé par ces ecchymoses exclut la strangulation. Les bleus étaient tous amassés autour des lèvres de la plaie et n'ont probablement été causés que du bout des doigts. Lorsque le meurtrier s'est efforcé de réparer les dégâts, de la recoller, quoi.

« Visiblement, il ne s'était pas trop foulé, parce que la rigidité cadavérique concordait avec sa position sur la banquette arrière. Il ne l'a pas déshabillée, et les seules fibres qu'on a découvertes sur son corps provenaient de ses propres vêtements, d'où je déduis qu'il n'a pas recouvert son corps d'un drap ou d'une couverture. J'en déduis également qu'il n'avait pas à aller très loin. Le médecin légiste a trouvé sur les deux talons de minuscules écorchures pleines d'huile de moteur sale. Ce qui colle très étroitement à la théorie selon laquelle elle aurait été traînée sur le sol d'un garage.

« À présent, venons-en à ses motivations : il la tue, essaye d'arranger ça, échoue, installe le cadavre sur la banquette au lieu de le fourrer dans le coffre. Il est totalement affolé, se demande : "Qu'est-ce que je vais faire, où puis-je bien aller, comment me sortir de là ?" Réfléchit grosso modo comme le quidam moyen qui vient de commettre une très grosse bêtise. Mais il se passe alors quelque chose, une chose complètement inattendue. Au lieu de filer directement vers la cambrousse, peut-être pour balancer le cadavre à un endroit où il ne risquera pas d'être retrouvé avant le printemps prochain, notre meurtrier raccompagne sa maîtresse chez elle. Il l'installe là où on pourra la découvrir, puis l'enterrer, avant qu'elle ne commence à se décomposer. Considérez si vous voulez que c'est l'acte d'un dément mais, à mon avis, je dirais plutôt que c'est un geste dicté par le remords. Un *acte d'amour.* »

Steinberg se redressa sur son fauteuil, et applaudit des deux mains : « Très joli, Bell. Très très joli, vraiment, mais essayons un peu celle-ci : le tueur a une entreprise à Manhattan. Il invite sa douce pour une petite secousse — elle vous plaît, celle-là ? Douce ? Secousse ? — mais, à un moment donné, ça tourne au vinaigre et il la tue. Bien évidemment, comme vous l'avez dit, il doit se débarrasser du corps, mais il se retrouve alors avec un autre problème sur les bras : la voiture de la dame est garée devant son entreprise. De sorte qu'il fait ce qu'il est bien obligé de faire : il enfile un pardessus sur ses vêtements ensanglantés, l'installe sur le siège arrière de la voiture en question, et abandonne cette dernière suffisamment près de son domicile pour détourner les soupçons sur le mari. »

Bell Kosinski haussa les épaules : « Si vous préférez que la scène se déroule dans un bureau, un bureau dont le garage aurait le sol couvert de taches d'huile de moteur, à votre aise, je n'y vois pas d'inconvénient. En fait, on pourrait même accomplir un pas de plus en avant en disant qu'ils étaient nus tous les deux lorsque le coup fatal a été porté. Ce qui élimine déjà le problème des vêtements ensanglantés. Mais ce que vous ne pouvez en aucun cas exclure, c'est qu'ils se connaissaient et qu'il était amoureux d'elle. Ce que vous ne pouvez pas exclure non plus, c'est que cette affaire aurait tourné en eau de boudin si quelqu'un d'un tant soit peu couillu ne s'en était mêlé. Dites-moi une chose, Max : où donc Grogan, ou l'homme, quel qu'il soit, qui a monté ce traquenard, a-t-il déniché le nom de Billy Sowell ?

— J'en sais rien », répondit Steinberg. « Je dois reconnaître que ça m'a pas mal turlupiné, moi aussi.

— Vous voyez de quoi on parle, là, Marty ? » Kosinski avait reporté son regard sur Marty Blake. « Billy Sowell vit dans un carton d'emballage. Sans entretenir aucun lien avec un service municipal quelconque. Ne touche ni l'aide publique, ni d'indemnités d'incapacité, ni de bons de repas. Comment quelqu'un peut-il en savoir suffisamment long sur son compte pour le coincer ?

— Pourquoi ne parlerait-on pas plutôt de la traque, Bell ? Pourquoi ne nous diriez-vous pas ce qu'on va faire dans ce sens ? »

La voix de Blake était parfaitement neutre, ce qui ne dérangea nullement Kosinski. Si Blake tenait à feindre de vouloir la jouer perso, ça ne posait strictement aucun problème. Blake se pointerait ultérieurement, et il...

« Eh, Bell, vous êtes toujours avec nous ? » La voix de Steinberg, plus inquiète que réprobatrice. « Vous piquez du nez ? »

Kosinski ouvrit les yeux, sourit d'un air penaud : « Je ressassais », s'expliqua-t-il. « Mettez ça sur le compte de la gnôle. Toujours est-il que je n'ai travaillé que quelques jours sur cette affaire avant de partir en congé. Tommy et moi, on a passé au peigne fin tout le voisinage, autour de Gramercy Park, on a causé deux fois avec le mari, interrogé autant d'amis et de parents qu'on a pu en dénicher. À part Melody Mitchell, le quartier n'a rien donné. Sur le moment, j'étais convaincu à cent pour cent qu'elle serait incapable d'identifier formellement le suspect, mais j'ai tout de même demandé à Brannigan de la convoquer au commissariat pour lui montrer les photos anthropométriques. À l'en croire, c'était une pure perte de temps.

« Johan, le mari, avait un alibi en béton armé pour l'heure du meurtre. Il était en avion quand sa femme a été tuée, entre Stockholm et Manhattan. Rentrait d'un voyage d'affaires. *Tillson Enterprises* est le plus grand

importateur de meubles scandinaves du pays ; ils gé-
raient l'affaire à eux deux, Johan et Sondra. Je l'ai
coincé à sa descente d'avion, je lui ai annoncé que sa
femme venait d'être assassinée, en y mettant le moins
de formes possible. Je voulais voir sa réaction, et il s'est
carrément effondré. Littéralement... il s'est affaissé sur
le sol comme un sac de pommes de terre.

« Le temps de procéder à son second interrogatoire,
je m'étais convaincu que Sondra n'avait pas été tuée
par un professionnel, que c'était un crime passionnel,
commis sur un coup de tête. Il ne me restait plus qu'à
chercher l'amant, et j'ai annoncé la couleur à Johan
sans prendre de gants : "Si votre épouse courait le guil-
ledou", lui ai-je dit, "je veux le savoir." Ma déclaration
l'a pris de court et cette tête de con m'a menti.

— En êtes-vous bien persuadé ? » s'enquit Steinberg. « Est-ce un fait, ou devons-nous considérer la
chose comme une pure intuition de limier, une intime
conviction ?

— Appelez ça une intuition si ça vous chante. Je
n'en ai strictement rien à battre. Sondra Tillson avait
une liaison et Johan Tillson était au courant. Les petites copines et les parents aussi, à tous les coups. Vous
voulez entendre la meilleure ? Personne — pas la
moindre bonne âme — n'a admis avoir eu de contacts
avec la victime au cours des quarante-huit heures qui
ont précédé sa mort. Croyez-moi, Max... deux jours de
plus et j'aurais connu le nom de l'amant — tout simplement en pressurant Johan Tillson comme un tube de
dentifrice —, mais, sur ce, la date de mes vacances s'est
présentée, et je les ai prises. En me disant que je re-
constituerais le puzzle à mon retour.

— Vous n'oublieriez pas quelque chose, par hasard ? » demanda Blake. « Un certain Grogan ? »

Kosinski tenta de hausser les épaules, s'efforça de piquer une rogne et fit chou blanc dans les deux cas. Il savait très bien où Blake voulait en venir et, tout au fond de son cœur, était conscient de l'avoir bien mérité. « Ouais », reconnut-il. « Y a ça, aussi.

— Parce que », poursuivit Blake, « le fait est que le piège s'est refermé sur Billy Sowell *avant* votre départ en vacances. Et que vous l'avez laissé dans la merde...

— Voyez-vous, Marty...

— Je dois voir quoi ? Le cadavre de Billy Sowell ? Vous voulez que je calibre le diamètre de son trou de balle ? Pour voir s'il est plus large ou plus étroit que le Lincoln Tunnel ?

— Pour l'amour de Dieu, Marty, j'suis pas votre putain de paternel. » Immédiatement après, Kosinski regretta de ne pouvoir ravaler ces dernières paroles. Puis il banda ses muscles, s'attendant à un assaut en règle. Il enfonça sa main dans sa poche et caressa sa matraque, bien décidé à interdire coûte que coûte à Marty Blake de le transformer en bretzel. De son côté, Blake n'avait pas bronché, pas même cligné des paupières. « Écoutez, ce qui est fait est fait. Vous avez lu la Bible, non : "Quand j'étais flic, je parlais en flic." Aujourd'hui, je porte une casquette toute différente, et il n'y a rien d'autre à ajouter.

— Il a raison », déclara Steinberg. « C'est de l'enculage de mouches. Gardez ça pour votre psychiatre, si ça ne vous fait rien. Tous les deux. » Il tapotait la table de l'index. « Parce que, le hic, dans tout ça, c'est que c'est Max Steinberg qui va régler l'addition. En tant que tiroir-caisse, je ne suis guère ouvert aux psychodrames. La vraie question pendante, c'est : qu'allons-nous faire pour Billy Sowell et pour Sondra Tillson ?

— Ça en fait deux, de questions », dit Kosinski.

« Parce que je vous parie ma pension de retraite contre une pièce de dix *cents* que l'homme qui a tué Sondra Tillson n'a rigoureusement aucun rapport avec Billy Sowell. »

TROIS

Blake fixait sa consommation intacte, prêtant plus ou moins l'oreille au brouhaha de la conversation, attendant son heure. Il n'était plus en colère, et il n'était plus saoul. Quelque chose s'était transformé en lui et s'endurcissait à présent. Ça lui était déjà arrivé plusieurs fois dans le passé : quand il s'était vu contraint d'aller habiter ailleurs pour se soustraire à son ivrogne de père ; quand Joanna Bardo l'avait convoqué à *Manhattan Executive* ; quand il avait abandonné la salle des ordinateurs pour aller travailler sur le terrain. En regardant en arrière, il se rendait compte qu'un tel enchaînement était inéluctable, même s'il avait pu se persuader, sur le moment, que ça s'était juste fait comme ça. Que ce n'était rien d'autre que sa réaction normale à des événements aléatoires, imprévisibles.

Blake laissa son attention se reporter sur la conversation. Ils débattaient de l'objectif à atteindre, se demandant s'ils devaient se contenter de débusquer l'assassin de Billy Sowell. Ou bien si leur conscience exigeait également d'eux qu'ils vengent le meurtre de Sondra Tillson.

« Pardonnez-moi d'insister », disait Kosinski. « Mais vous n'avez pas vu le corps de Sondra Tillson.

— La belle affaire », rétorqua l'avocat. « Je n'ai pas vu non plus le cadavre de Billy Sowell. Écoutez, si vous voulez de bonnes raisons de pleurnicher, mes classeurs sont bourrés jusqu'à la gueule de photos prises sur les lieux d'un crime. Croyez-moi, quand il s'agit d'êtres humains assassinés, le noir et blanc bat la couleur haut la main. »

Steinberg tourna vers Marty Blake ses joues empourprées par l'alcool et ses yeux qui brillaient d'un éclat malicieux. « Et vous, monsieur Blake ? Vous êtes-vous déjà retrouvé en train de regarder un cadavre dans le blanc des yeux ? »

Blake sourit, sentit ses pensées happées en arrière, remonter le temps jusqu'au jour des obsèques de son père, se vit debout devant la bière ouverte, se souvint que les yeux de son père étaient fermés, bien entendu. « Je crois bien que non, Max. Je n'ai pas eu ce privilège, dirait-on.

— Eh bien, vous n'avez rien perdu », dit Kosinski. Il souleva la bouteille de Hennessy vide, fronça les sourcils, jeta un coup d'œil vers Max Steinberg, qui n'en avait cure. « Il me semble qu'il serait temps de revenir à nos moutons, non ?

— Effectivement », dit Steinberg. « Plus que temps. »

Kosinski posa la bouteille sur le bureau de Steinberg, lorgna le verre intact de Blake. « Commençons par les êtres humains. Sondra Tillson a été tuée. Billy Sowell a été victime d'un coup monté. En tant que victimes, ils occupent évidemment le centre. Tout autour, nous avons le mari, Johan ; le témoin, Melody Mitchell ; l'avocat de Billy Sowell, dont nous ne savons même pas le nom...

— David Ferretti », le coupa Steinberg. « Il rédige

des testaments à présent. À Brooklyn, hors de Manhattan.

— Sans compter l'honorable John McGuire qui a rendu la sentence ; l'inspecteur Tommy Brannigan qui a mené l'enquête ; le capitaine Aloysius Grogan qui nous a fourni le nom de Billy Sowell dans la voiture de Brannigan. Nous pouvons déjà faire une croix sur Brannigan et Aloysius Grogan. Vous ne ferez jamais flancher ces ceux-là. Quant à Ferretti, l'avocat, il se peut qu'il ne s'agisse que d'un sombre connard, qui s'est persuadé que l'arrangement qu'il avait réussi à négocier pour Billy Sowell était trop beau pour être vrai. Même chose pour Melody Mitchell. S'ils avaient eu l'intention de la soudoyer, ils n'auraient pas pris la peine de recourir à l'hypnose, qui n'a eu d'autre résultat que de compromettre la validité du dossier. Bon, Johan Tillson savait que Billy Sowell n'avait pas tué sa femme. Aurait-il permis qu'on jette un innocent en prison sans exiger une quelconque contrepartie ? J'en doute fort mais, même s'il a laissé croupir Billy Sowell parce que ça le gênait trop de reconnaître que sa femme avait un amant, il sait qui l'a effectivement tuée. Le juge McGuire, en revanche, est coupable sans l'ombre d'un doute. Il savait que le gosse était tombé dans un traquenard ; il aurait pu s'interposer. Il a laissé faire. Pas plus compliqué que ça. »

Steinberg interrompit Kosinski d'un geste de la main : « D'accord, parfait, nul besoin d'être un génie pour parvenir à ces conclusions. L'époux et le juge. Que comptez-vous faire ? Les tabasser pour leur tirer les vers du nez ?

— Marty, à vous de jouer. » Kosinski, incapable de se contenir plus longtemps, fit glisser le verre de Marty sur le dessus du bureau.

« Pas bien compliqué, Max. » Blake poussa son verre plein vers Kosinski. « La première semaine, j'enquête sur nos cibles — comptes en banque et dossiers de crédit, actes notariés et hypothèques, déclarations de revenus, avis d'imposition, tout le toutim. En quête de munitions suffisantes pour semer la pagaille. Entre-temps, Bell passera en revue leurs domiciles et leurs bureaux, pour trouver la meilleure voie d'accès, découvrir s'il y a un signal d'alarme, une épouse, un chien. Ensuite, cela fait, on les met sur écoute — croyez-moi, quand j'en aurai fini avec eux, vous entendrez le sucre en poudre tomber sur leurs corn flakes — puis on leur envoie Bell en visite, histoire de leur exposer les réalités de la vie. En ce qui me concerne, je crois qu'on n'aura aucun mal à retrouver nos méchants. Le problème, ce serait plutôt de savoir ce qu'on va faire de nos preuves. C'est là que vous intervenez, Max. Vous et vos relations dans la presse. Vous allez jouer les Gorge Profonde dans l'enquête sur le Billygate. »

Le visage de Max Steinberg se constipa tout à trac. Ses yeux s'étrécirent et sa bouche se plissa ; son nez se fronça. L'espace d'une seconde, Blake eut la conviction que l'avocat allait se mettre à pleurer. Ce qui ne l'aurait pas surpris outre mesure. Facile d'être un héros, cogita-t-il, quand l'héroïsme se résume à rédiger une plaidoirie. Ou à signer un chèque.

« Vous savez combien d'infractions vous me demandez de commettre ? » s'enquit l'avocat. « De contraventions aux lois, tant fédérales que nationales ?

— À dire vrai, je n'ai pas fait le compte. J'ai bien essayé, mais je manquais de doigts et d'orteils. »

Kosinski émit un rire suave : « Pas d'insolences, Martin », conseilla-t-il. « Il est encore un peu trop tôt pour les insolences.

— C'est censé signifier quoi, ça ? » s'enquit Steinberg.

« Que vous ne nous avez pas envoyé paître. Pas encore, tout du moins. »

Steinberg croisa les bras sur la poitrine : « Ce que vous me proposez là, c'est la prison et la radiation du barreau. Il y a sûrement un autre moyen. Une voie *légale*.

— On peut toujours s'asseoir dessus », déclara Marty. « Écoutez, vous êtes avocat de la défense. Vous avez consacré votre vie à sortir des criminels de prison. Vous pourriez peut-être considérer l'assassin de Billy Sowell comme un bâton de plus à graver sur la crosse de votre fusil.

— Ça *suffit*, Marty. »

Blake jeta un regard sur Kosinski, prit note de ses yeux plissés, de ses lèvres pincées, de sa moue désapprobatrice. « Ouais. Peut-être bien que oui », admit-il.

« Voyez-vous, Max... » dit Kosinski « ... et vous pouvez vous fier à moi, parce que j'ai de l'expérience en la matière, sans insignes, on n'a pas le moindre espoir de faire ça dans les règles. Nous n'obtiendrons jamais de commission rogatoire pour les écoutes et les magnétophones, on ne nous autorisera jamais à consulter les dossiers bancaires. Non, soit on procède à la façon de Marty, en essayant de ne pas nous faire pincer, soit on fait tout bonnement marche arrière. Et le vieux fainéant de poivrot que je suis déteste marcher.

— Que je vous explique quelques menues choses », l'interrompit Blake. « Vous ferez que dalle, Max, à part tenir les cordons de la bourse. Pas au début, du moins. Bell et moi, on va tendre le traquenard, réunir nos preuves, puis *récupérer* la quincaillerie. L'idée générale, grosso modo, c'est d'entrer et de ressortir sans que personne se soit rendu compte de rien. Bell sera en première ligne, évidemment. C'est lui qui ira poser les questions, et c'est sur lui qu'ils tomberont si jamais ça tourne mal. De votre côté, il s'agira de choisir votre journaliste avec le plus grand soin, de vous assurer qu'il saura encaisser le choc et protéger ses sources. Parce que le but de la manœuvre, c'est d'obliger les flics à enquêter sur d'autres flics, ce qui revient à peu près à demander à des politicards de parler vrai. Chose qui n'arrive jamais, à moins qu'ils ne soient très fortement motivés. »

Steinberg, dont la bouche pincée avec détermination ne formait plus qu'une mince ligne blanche, repoussa sa chaise loin de son bureau et traversa la pièce vers un classeur à trois tiroirs, plaqué de panneaux de chêne. Il ouvrit le tiroir du haut et en sortit un automatique de calibre .32. « J'ai eu un client », déclara-t-il, « il y a de ça deux ou trois ans. Un cinglé. Parlait tout seul, entendait des voix, mais il avait oublié d'être con. Rusé, plutôt qu'intelligent. J'ai plaidé la démence pour le meurtre de sa femme et de ses deux enfants, et je l'ai sorti de la merde. S'agissant de la prison, tout du moins. Parce que je n'ai pas dû me faire bien comprendre quand je lui ai expliqué que lorsque le jury le déclarerait "Non coupable", ça signifierait seulement qu'on l'embarquerait pour l'asile de fous au lieu de le jeter en prison. *Lui* s'imaginait déjà qu'il allait ressortir du tribunal les doigts dans le nez. En homme libre, pour ainsi dire.

« Bon, *boychicks,* comme vous devez vous y attendre, lorsqu'il a compris sa douleur, il a carrément flippé. Menacé de me couper la tête pour ce que je lui avais fait. Je reconnais que ce taré foutait les jetons, mais ce n'était pas la première fois qu'on me menaçait, alors je ne me suis pas fait trop de mouron. Jusqu'à ce qu'il s'évade pendant le trajet vers Mattewan. J'ai acheté ce calibre vingt-quatre heures plus tard, et je le portais dans ma poche de veston ; j'étais persuadé que ce connard allait me tomber sur le poil, qu'il allait surgir devant moi d'une minute à l'autre en brandissant une hache. Il s'est avéré par la suite qu'il avait mis cap au nord après son évasion, et ne s'était jamais rapproché de Manhattan de moins de deux cents kilomètres.

« Pourtant, ça m'a enseigné une bonne leçon : toujours se tenir suffisamment loin de la ligne de démarcation pour ne pas la franchir par inadvertance. J'ai cessé d'encaisser les provisions de mes clients, commencé à déclarer tous mes revenus au fisc, et définitivement arrêté d'inciter les témoins à se parjurer. Parce que je ne voulais plus jamais me retrouver dans la peau d'un homme traqué — que ce soit par un individu isolé ou par l'administration. Et voilà que vous me demandez de prendre le risque d'aller en taule. »

Steinberg s'interrompit, brandit l'automatique à bout de bras pour le leur présenter. « Pas franchement redoutable, il faut le reconnaître. De jeunes branleurs de quinze ans cracheraient pas dessus. Mais, pour moi, ça faisait une sacrée différence. » Il s'interrompit de nouveau. « Écoutez, c'est bel et bon de dire : "On va tendre le traquenard, réunir nos preuves, puis récupérer la quincaillerie." Parce que, si tout se passe bien, vous n'aurez pas à vous inquiéter des conséquences, c'est clair. Jusqu'ici. Mais si ça tourne mal ? Si jamais ils vous prenaient sur le fait, en train de pénétrer dans une maison ? S'ils trouvaient les micros ? Comme je vous l'ai déjà dit, Steinberg ne lâche pas prise. Mais ça ne signifie pas pour autant que Steinberg soit un parfait crétin. Marty, vous avez dit quelque chose à propos de l'argent. Combien vous en faut-il et que comptez-vous en faire ? »

Blake comprit la question comme une commande ferme, ce qu'elle était effectivement. Il s'efforça de garder son calme. « Quelque chose entre cinq et dix mille dollars. Les renseignements, ça chiffre vite. Ce n'est pas comme au cinéma, où un moutard de dix ans vous pirate n'importe quel ordinateur de la planète. Pour entrer dans l'ordinateur du fisc, pour prendre un exemple, vous devez d'abord trouver une personne qui y aura accès et qui vous allouera un peu de son temps. Et, comme dans toute opération sous le manteau, ce temps de travail au noir est facturé plus cher que le temps de travail légal. Le même principe vaut pour le matériel. Je vais devoir l'acheter au marché noir, parce que si je me le procure légalement, les numéros de série conduiront directement à moi, si jamais ils mettent la main dessus.

— Suffit. » Steinberg agita son petit.32, tel un chef d'orchestre dirigeant ses musiciens. « Voilà comment ça va se passer. Primo, je vais vous libeller un chèque de sept mille cinq cents dollars. Deuzio, vous me donnerez un reçu pour services rendus. Au passé, au cas où ça vous aurait échappé. Tercio, monsieur Kosinski et vous-même irez faire vos petites affaires. Quand tout sera terminé — lorsque vous aurez repris possession de *tous* les micros et de *toutes* les bandes — vous reviendrez me trouver. À ce stade, je vous réglerai vos heures de travail, je jugerai le matériel sur pièces, puis je déciderai de la suite à donner. Pas de commentaires ? » Il s'interrompit une courte seconde. Son sourire mangea sa lèvre inférieure proéminente. « Et, pendant que j'y pense, les gars, il se pourrait que j'aie un autre rôle à jouer que celui de banquier dans cette affaire. Réfléchissez-y. Si d'aventure vous vous faisiez coincer, il vous faudra un avocat, et je suis le meilleur sur le marché. »

QUATRE

« Je dois prendre une décision », expliqua Blake, tandis que Bell Kosinski et lui-même parcouraient la courte distance qui les séparait des bureaux de Soho de *Manhattan Executive*. En toute autre saison, ils auraient fait à pied le petit parcours d'un kilomètre, mais un impitoyable soleil d'août pilonnait la ville, réduisant les déplacements à quelques sprints paniqués entre deux endroits climatisés. « Une décision passionnante. Steinberg prétend que Joanna Bardo a été la première à lui parler de Billy Sowell. La question que je me pose, c'est qui en a parlé à Joanna ?

— À vous entendre, vous n'avez guère confiance en elle. »

Kosinski avait envie de boire un coup. Comme d'habitude. Il ne voyait aucune raison particulière — à part peut-être le fait que Blake était au volant — de résister à cette envie pressante, mais il savait également que sa part du marché le conduirait peut-être, ultérieurement, à piloter une bagnole. S'il était amené à faire ça (et ce sans renverser la moitié des piétons de New York, par exemple), il allait devoir mettre la pédale douce sur la picole. Pas plus compliqué.

Sans d'ailleurs être totalement persuadé qu'il serait

effectivement *capable* de se refréner. Ce qui était plutôt bizarre parce que, en même temps, il ne doutait absolument pas qu'il ferait tout ce qu'on attendait de lui. Kosinski commençait tout doucement à se rendre compte que sa relation avec Marty Blake pouvait représenter beaucoup plus qu'un simple sursis temporaire. Qu'elle pouvait marquer un commencement, pourvu toutefois qu'il ne déconne pas. Ou qu'il ne se fasse pas tuer. Ou qu'il ne fauche pas toute une horde de gosses de la maternelle devant un arrêt d'autobus.

« Joanna a gravi les échelons à la dure. Sa mère est morte quand elle avait sept ans, et elle a dû élever toute seule ses trois sœurs cadettes. Sans compter qu'elle était affligée d'un père porté sur les raclées. Maintenant qu'elle se retrouve enfin à la tête de quelque chose de palpable, et telles que je vois les choses, elle préférera probablement renoncer à moi plutôt qu'à *Manhattan Executive*.

— Probablement ?

— Je ne suis sûr de rien, Bell. Peut-être n'est-elle impliquée dans l'histoire que de manière tout à fait innocente. Dans ce cas, ça n'aurait pas d'importance. »

Kosinski opina du chef, ferma les yeux, laissa sa tête retomber en arrière. Il se rappelait ses premiers temps à la brigade des Homicides, et la sacro-sainte règle des quarante-huit heures. Celle qui mettait l'accent sur le fait que si vous ne boucliez pas le dossier dans un délai de quarante-huit heures, il y avait de fortes chances pour que l'affaire ne fût jamais élucidée. Ce qui impliquait, sur le plan pratique, que vous deviez avoir le flair d'un loup affamé. Qu'il ne fallait ni lambiner, ni s'installer dans la durée, ni même prendre le temps de manger ses corn flakes au réveil. Non. Mais bien plutôt foncer à travers les témoins éventuels comme une boule de bowling traverse un jeu de quilles. Remonter les pistes avec une véhémence forcenée, et s'abandonner à une inéluctable étroitesse de vue qui, parfois, vous conduisait à rater complètement votre proie légitime.

Kosinski n'ignorait pas que la plupart de ces impératifs ne pouvaient s'appliquer à une affaire vieille de plus de deux ans. Néanmoins, l'odeur du sang reste l'odeur du sang et, quand la faim vous tenaille, il n'y a plus que ça qui compte. Il se souvint de son premier boulot estival — balayer un petit entrepôt de Flushing infesté par les rats. Le propriétaire venait tout juste d'acheter trois chiots fox-terriers et les cloîtrait pendant la journée dans une réserve. De temps à autre, il leur ouvrait la porte et leur balançait un rat mort ou moribond. « Comme ça, ils sauront quoi faire de leur existence. » Six mois plus tard, l'entrepôt était délivré de tous ses rongeurs.

« Z'êtes toujours avec moi, Kosinski ?

— Ouais, j'étais en train de réfléchir à ce que vous avez dit. Dites-moi une chose : pourquoi devriez-vous rendre compte à Joanna Bardo ? Je croyais que vous n'aviez plus de patron sur le dos ? »

Blake sourit, se tourna vers Kosinski pour le regarder dans les yeux. Ils se trouvaient sur Greene Street, juste après Spring Street, coincés à un feu rouge. « Vous avez toujours travaillé avec un coéquipier, Bell ?

— Pratiquement.

— Eh bien, je n'ai *jamais*, quant à moi, travaillé avec un partenaire. Alors, laissez-moi un peu le temps de me faire à l'idée. Il me semble que la suggestion de Steinberg... enquêter sur le juge qui a accepté ces aveux à la graisse de chevaux de bois, et sur le mari qui vous a menti, n'est pas déraisonnable. Selon Steinberg, John McGuire était un libéral, un type de la Ligue des droits de l'homme, un vendu qui aurait renié ses principes en mettant Billy Sowell derrière les barreaux. On pourrait peut-être faire appel à sa conscience, s'en servir comme d'un coin supplémentaire pour forcer sa calebasse. À condition, bien entendu, de disposer d'autres éléments pour faire bon poids. Quant à Johan Tillson, à ce que vous dites, il sait forcément que Billy Sowell n'a pas tué sa femme. Alors, pourquoi l'a-t-il bouclée pendant tout ce temps ? Pourquoi refuse-t-il de parler à Max Steinberg ? Croyez-moi, Bell... si jamais du pognon a changé de main, je le saurai. »

Kosinski réprima un sourire, jeta un coup d'œil par la vitre, prit note des rues désertes, des vitrines qui chatoyaient comme des mirages dans le désert. Il lui semblait presque entendre le bourdonnement et le clapotis des climatiseurs, presque sentir la chaleur qui montait des trottoirs. À une certaine époque, il avait fatigué des rues pratiquement identiques à celles-ci. Couvert de la tête aux pieds d'une mince pellicule de sueur, et priant ses grands dieux de ne pas avoir à courser un gosse de quinze ans dans les arrière-cours.

« Vous croyez vraiment qu'on devra en arriver là ? Aux comptes en banque des Caraïbes ? Ça me paraît un peu gros. »

Blake regardait droit devant lui ; le timbre de sa voix, lorsqu'il s'exprima, était prosaïque : « Vous avez probablement raison, mais on va tout de même devoir se préparer à remonter la piste du fric, où qu'elle nous conduise. Ce n'est pas un vulgaire marlou armé d'un .38 rouillé que nous recherchons. De toute façon, pour vous, c'est pas un problème. L'essentiel, c'est de continuer d'observer le plus grand silence sur ce que nous tramons tant que la quincaillerie sera en place. Rien de plus facile à repérer que le genre de surveillance que nous allons installer. À condition de chercher. C'est également illégal, mais lorsqu'on réussit à récupérer le matos avant que quiconque se soit rendu compte de quelque chose, ladite infraction est particulièrement difficile à prouver. Au fait, vous devriez peut-être demander une licence de détective privé. Votre crédibilité ne s'en porterait que mieux, surtout auprès des flics.

— Eh bien, pour être franc... » Kosinski se surprit à piquer un fard, s'efforça de se souvenir de la dernière fois où il avait éprouvé de l'embarras et n'y parvint absolument pas. « Pour être franc », reconnut-il, « c'est déjà chose faite. »

« Mort ? Comme ça, tout connement ? » Joanna Bardo était perchée sur sa chaise comme un oiseau de proie couvant du regard une souris imprudente. « Il y a vraiment des gens qui n'ont pas de pot dans la vie. Je présume que tu vas trouver mon commentaire légèrement cynique.

— Ouais. "Cynique" est bien le terme », fit suavement Blake.

« Mais néanmoins *vrai*, n'est-ce pas ? Vous l'avez vu de vos yeux ? » Ses yeux ronds de Méditerranéenne s'écarquillèrent, tandis que les coins de sa petite bouche retombaient ; elle réussissait à avoir l'air en même temps indignée et courroucée. « C'est le seul et unique sort que j'ai toujours désiré m'éviter. Plutôt descendre en torche que de devenir un légume. Billy Sowell n'a jamais eu de vie. Pas de vie à lui, en tout cas. Il a traversé l'existence comme un chien en laisse. Je veux bien croire qu'on ne peut reprocher à un chien le sadisme de son maître. Mais si le chien ne se rebiffe jamais ? Ne mord jamais ? Ne gronde jamais ?

— Billy Sowell n'avait pas les crocs pour mordre. On les lui avait arrachés d'entrée de jeu. » Blake sourit, agita les mains. « Mais, bon, de toute manière, c'est classé, maintenant. J'ai quelques menus détails à régler — l'avocat voudrait essayer d'obtenir la grâce de Billy à titre posthume — mais, fondamentalement, je cherche surtout du boulot, alors si jamais il y a un truc qui traîne... »

Joanna croisa les mains, les posa sur le bureau. Elle était à présent totalement boulot boulot, Kosinski s'en rendait compte. En même temps, elle semblait soulagée d'être définitivement débarrassée du fardeau de Billy Sowell. Blake prenait tout son temps et, tout en préservant sa sempiternelle façade sarcastique, affichait (mais sans *trop* forcer le trait) la profonde compassion qu'il ressentait pour Billy Sowell, en tant qu'individu. En tant qu'être humain.

« De fait », déclara Joanna, « il se trouve que j'aurais effectivement un petit boulot à te confier, s'il t'intéresse. Un certain vice-président honoraire de *Bower and Bower* s'imagine que son épouse le trompe. Il m'a demandé de la faire surveiller pendant une semaine à peu près, puis de lui faire mon rapport. Il n'y a pas de divorce en perspective, aussi n'a-t-il pas besoin de vidéos ni de photos ; il veut juste savoir ce qu'elle trafique. C'est vraiment l'enfance de l'art, mais le client est pourri de fric et disposé à payer les heures de filature au tarif syndical diurne. Tâche de décrocher un acompte potable, parce que cet homme a soixante-neuf ans et sa femme soixante-sept. On frise peut-être le cas de sénilité précoce.

— Après Max Steinberg », dit Blake en rigolant, « une pincée de sénilité me fera pas de mal.

— Pure comédie », déclara Joanna. « Steinberg sait parfaitement ce qu'il fait. De fait, cette histoire confirme assez bien la théorie qui veut qu'il n'ait, de toute son existence, jamais rien fait d'autre que de tirer le meilleur parti d'une situation désespérée. Si tu tiens compte de son intervention, j'entends. Voilà probablement pourquoi il entreprend ce genre de croisades. Ça fait tout bonnement partie de la mise en scène.

— Mais pourquoi Billy Sowell ? » Blake secoua la tête. « C'est la seule question que j'ai oublié de lui poser.

— Eh bien, c'est assez simple. Comme tu dois le savoir, je suis membre d'un certain nombre d'associations caritatives. Pure affaire de business, bien entendu. Les comités de direction de ces organisations sont truffés de clients potentiels, qu'on peut aborder de façon non protocolaire au cours des galas annuels. Il se trouve qu'un certain révérend Abner Squires était l'invité et l'orateur vedette d'une réunion organisée par l'Osmond Society — des gens qui s'occupent de réinsertion — et il m'a appris ce qui était arrivé à Billy Sowell, avant qu'il n'aille en prison et après. Le révérend Squires est l'aumônier protestant de la *Columbia Correctional Facility*. J'avais déjà rencontré Steinberg et je l'avais entendu se vanter de ses diverses croisades au profit des innocents, et je les ai donc présentés l'un à l'autre. Faire une fleur, demander un service... c'est à peu près à ça que ça se résume. »

Bell Kosinski fixait la consommation qu'on venait à l'instant de lui servir, en écoutant crisser les glaçons. D'une certaine façon, l'attente était aussi délicieuse que la rasade réelle, ce qui n'était pas dénué d'ironie. Il s'était mis à boire pour gripper les rouages de son cerveau, les empêcher de tourner et, à présent, il continuait de boire pour les remettre en marche. Il sirota une gorgée de vodka, sentit les petits neurones, sous son crâne, craquer et se fendiller, sentit des sentiers s'ouvrir, sécha son verre.

« Rien de tel que la minute présente », marmonna-t-il.

« Pardon ? »

Il n'était pas loin de dix-sept heures, heure bien tardive pour être aussi proche de la sobriété que l'était actuellement Bell Kosinski, pour tout habitué du *Cryders*. Le père Tim, par exemple, ne ressentait plus aucune douleur, qu'elle fût physique ou morale.

« Rien ne vaut la minute présente », répéta Kosinski. « Pour labourer le champ du futur. »

Kosinski regarda O'Leary rajouter un glaçon, puis remplir de nouveau son verre. « Tu te permets des fantaisies, Bell », déclara le barman. « Le glaçon, tout ça, je veux dire. Bientôt, tu vas me demander une olive.

— Je fête quelque chose, comme qui dirait.

— Ah ouais ? » O'Leary se fendit d'un sourire malicieux, et pencha la tête d'un côté. « Tu me surprends, là. J'ignorais que t'avais quelque chose à fêter.

— Je fête ma mise à pied anticipée. » Kosinski leva son verre. « Mon baroud d'honneur. »

La mâchoire du barman tomba. « J'espère que tu ne vas pas faire une connerie, comme de te mettre au régime sec. Merde, Bell, je peux pas me permettre de mettre la clef sous la porte.

— Eh bien, je ne suis pas exactement au régime sec, mais il se pourrait que je me ligote à l'essieu d'une bagnole qui tourne à plein régime, et que je me laisse traîner pendant quelques semaines. » Il fallut quelques secondes à Ed O'Leary pour digérer l'information. Il ouvrit la bouche pour répondre, sonda son cœur, puis tourna les talons.

« Ed est un calculateur », dit le père Tim. « Gouverné par profits et pertes.

— Obsédé par profits et pertes, mon père. » Kosinski goûta à sa boisson. Un dernier et au pieu ? Ça lui semblait exclu. « Ed est un anxieux.

— Remarque charitable. » Le père Tim tira sur le crucifix qu'il portait au cou. « Mais pas imméritée. C'est quoi, cette histoire de bagnole ?

— Bof, rien de bien grave, mon père. Je dois conduire une voiture et je ne peux pas le faire en état d'ébriété.

— Et vous croyez pouvoir le faire en état de sobriété. » C'était une constatation, pas une question.

« L'avenir nous le dira. » Kosinski regarda tout autour de lui, prit note des murs crasseux, couverts de chiures de mouche, de la couche de poussière qui tapissait toutes les surfaces inutilisées. S'il buvait encore un peu, il le savait, le *Cryders* subirait une miraculeuse métamorphose. Prendrait subrepticement un aspect que la plupart des gens associent à celui d'un foyer. Deviendrait foncièrement douillet.

« Père Tim, puis-je vous poser une question d'ordre théologique ?

— Certes. » Le visage du prêtre s'était illuminé. « Je n'ai pas la prétention d'être Thomas d'Aquin, mais je vous répondrai de mon mieux.

— Le suicide est un péché mortel, n'est-ce pas ?

— C'est exact. Prendre la vie n'est pas l'apanage des êtres humains. Sauf en cas de légitime défense. Ou pendant la guerre. Ou lorsqu'on fait frire une vermine, un sac à foutre de meurtrier.

— Mais jamais en cas de suicide, pas vrai ?

— Jamais. Pas pour l'Église catholique.

— Très bien. Maintenant, veuillez réfléchir une minute à ceci. Supposez que je décide de traverser la rue — toutes les rues — sans regarder. Peu me chaut que le feu soit au vert ou au rouge ; je n'ai cure de la circulation. J'arrive au coin de la rue, et je continue sur ma lancée. Est-ce un suicide ? »

Le père Tim sourit. « Bell », répliqua-t-il, « vous n'avez pas besoin de vous inquiéter de ça. Même si c'en est un, le véritable insensé est toujours pardonné. Quand vous verrez saint Pierre, plaidez la démence temporaire. »

CINQ

Marty Blake gara sa Ford Taurus dans un créneau libre de Liberty Avenue, immédiatement en face d'*Eternal Memorials Incorporated*[1] mais, au lieu de couper le moteur, il régla la clim au maximum et s'adossa confortablement à son siège. Il s'était déjà rendu chez *Eternal Memorials* un grand nombre de fois dans le passé, hiver comme été, et l'immeuble semblait occuper un endroit à part dans l'espace, comme s'il était imperméable tant aux caprices des intempéries qu'au violent désespoir qui émanait des taudis du quartier de South Jamaica qui le cernait. Peut-être était-ce la pierre, le granite et les dalles de marbre, les anges aveugles, les croix grises, les lis ciselés. L'endroit semblait aussi éternel que le nom qu'il portait. Aussi éternel que l'homme qui le tenait.

Ta dernière chance, se dit Blake. Ta dernière chance de changer d'avis. De rendre son fric à Steinberg et d'aller prendre en filature l'épouse adultère de Joanna. Qui sait si cette femme de cadre supérieur de soixante-sept ans d'âge ne disposait pas, soigneusement entassés dans quelque appartement, d'un trio de culturistes ? À

1. Souvenirs Éternels.

moins qu'elle ne dirigeât un gang de motards ? De motardes lesbiennes, pourquoi pas — Les Culbuteuses de l'Enfer ?

Le pire, dans tout ça, c'est qu'il ne pouvait s'ôter de l'idée qu'il risquait également la vie de Bell Kosinski. Peu importait sa propre carrière. Ou le fait patent que leur plus grande chance d'échapper aux poursuites pénales résidait dans son cantonnement à lui, Blake, à l'arrière-plan. Kosinski n'avait nullement exagéré les dangers physiques qu'ils encourraient. Celui qui avait pris la vie de Billy Sowell pour sauver celle du véritable meurtrier de Sondra Tillson n'hésiterait certainement pas à ajouter une autre vie à son passif. Celui qui avait fait ça, quel qu'il puisse être, n'avait plus rien à perdre.

La grande question du jour, se dit-il, était encore celle de Kosinski : qu'avait-il à y gagner, lui, Marty Blake ? Certes, Billy Sowell avait bel et bien été spolié de sa vie, si on pouvait appeler ça une vie. Mais, à bien regarder autour de soi, à considérer la misère qui régnait ici-bas, la vie de Billy Sowell, tout comme sa mort, se réduisait ni plus ni moins à un bref bip-bip sur un moniteur encombré. Tout le reste n'était qu'amour-propre.

Une phrase lui traversa l'esprit... du sang dans l'eau. Une trace infime, la saveur la plus subtile qui soit, témoignant d'un organisme en détresse. Marty Blake n'avait jamais cherché à débusquer rien qui fût plus dangereux que des faits, mais il était parfaitement conscient, là, assis dans sa voiture, que la férocité potentielle de son ennemi lui importait au moins autant que tout le reste réuni. Il se souvint d'un film dans lequel un jeune guerrier massaï prouvait sa virilité en affrontant un lion armé d'un seul javelot. Le gosse chiait dans son froc — ça se lisait sur son visage — mais il s'était exécuté et il avait survécu. Plus tard, il avait posé pour le photographe, en exposant fièrement ses deux trophées : la peau de la bête qu'il venait de tuer et les quatre sillons parallèles qui lui barraient la poitrine.

En ouvrant la portière pour mettre le pied dans la chaleur extérieure, une ultime pensée lui vint à l'esprit : où serait la gloire, s'il refilait le javelot à Kosinski ? Tel qui veut endosser la peau du lion doit brandir lui-même le javelot.

Blake traversa hâtivement la rue et entra sans perdre une seconde dans la salle d'exposition climatisée. Il portait sa plus belle veste de lin blanc écru sur une chemise de soie gris foncé, et ne tenait pas à transpirer dedans.

« Puis-je vous aider ? »

Le type gris vêtu d'un costume trois-pièces couleur de muraille se mariait parfaitement avec la pièce. Il se nommait Regis Dodd et était très exactement ce qu'il semblait être. Ou, tout du moins, presque exactement. Dodd, avait appris Blake, vendait effectivement des pierres tombales. Il ne participait en rien aux autres activités d'*Eternal Memorials*, mais son véritable nom — celui qu'il avait reçu à sa naissance — était Mikhail Kasprazk.

« Vous ne vous souvenez pas de moi ?

— Monsieur ? Nous serions-nous déjà rencontrés ? » Le vendeur s'inclina légèrement en avant et scruta Blake pendant quelques secondes. « Oh, bien entendu, Mister Blake. Ravi de vous revoir. Ça fait une éternité. Je suppose que vous ne venez pas pour une pierre tombale ? »

Blake secoua la tête. « Navré de vous décevoir, Regis. Mais ma bien-aimée se porte à merveille pour l'instant. La prochaine fois, peut-être... »

— Je vois. » L'expression de Regis Dodd n'avait pas varié d'un iota. Sa peau blême et exsangue était un rappel de sa bouche pâle et molle et de ses yeux délavés et humides. La dignité était ce à quoi il aspirait en secret ; mais il n'émanait de sa personne qu'une impression de mort réchauffée.

« M. Patel est à sa place habituelle. Passez par l'atelier. Il vous attend, je suppose ?

— Et vous supposez bien. »

Tout en progressant dans la réserve d'*Eternal Memorials,* Blake se préparait brièvement à son entrevue avec le grand homme. Avec l'immense génie. Une histoire circulait sur le compte de Gurpreet Patel, depuis si longtemps qu'elle avait acquis à la longue la toute-puissance de la vérité factuelle. Selon cette rumeur, Patel n'aurait survécu si longtemps que parce que la CIA, le FBI, le département d'État et le ministère de la Justice l'avaient tous impliqué dans des activités beaucoup trop brûlantes pour être gérées par leurs ordinateurs. En échange de sa coopération (et de sa discrétion), ils le protégeaient et lui laissaient toute liberté d'accès à leurs informations les plus sensibles.

Blake ne savait pas si ces bruits étaient faux ou fondés, et refusait délibérément de se prononcer. En partant du principe qu'il n'avait aucun moyen de s'en assurer et que, de toute façon, c'était sans importance. Car personne (personne, du moins, de *sa* connaissance) n'était en mesure de réunir des renseignements à une vitesse aussi foudroyante que Gurpreet Patel. Il n'utilisait pas les lignes téléphoniques accessibles aux pirates informatiques domestiques ; Patel se targuait d'avoir accès aux réseaux spéciaux installés par les compagnies téléphoniques à l'intention des grandes multinationales et des agences gouvernementales. Il prétendait en outre disposer des codes d'accès des plus vastes bases de données du monde occidental, d'un nombre conséquent de celles du monde oriental.

Il devait y avoir pas mal de bobards dans tout ça, se persuadait Blake. Il ne pouvait en être autrement. Mais Gurpreet Patel n'avait jamais fait faux bond à Marty Blake. Dans la mesure, bien entendu, où il avait accepté la tâche. C'était là l'autre problème, avec Gurpreet Patel, la facette à laquelle il fallait se préparer. Patel obéissait à ses propres impératifs éthiques. Il déclinait autant de missions qu'il en acceptait, et on ne pouvait absolument pas prévoir dans quel sens il réagirait. Il fallait lui lécher le cul servilement, tout en lui exposant soigneusement l'affaire par le menu et en priant désespérément pour que ça marche.

Blake prit une profonde inspiration et frappa à la porte.

« Oui ? » La monosyllabe avait vibré, caverneuse, en dépit de l'épaisseur de la porte close.

« C'est moi, Gurp. Marty Blake.

— Je te prie de prononcer le mot de passe. »

Blake tendit la main vers la poignée, puis la retira. Conscient qu'elle serait verrouillée. Il inspira une nouvelle goulée d'air, et regretta de n'avoir pas recouru à son autre possibilité, de n'avoir pas plutôt fait appel à Vinnie Cappolino, le chasseur de primes de Joanna. Vinnie avait certes les connexions requises, mais manquait tout à la fois de la patience (et de la subtilité) exigées par les enquêtes financières. Son associé et lui préféraient de loin aller droit à la jugulaire.

« Je ne viens pas pour une pierre tombale », hurla-t-il. « Mais pour le putain de mausolée. »

Bzzzzzzzzzzzzzzzzzzz.

La porte s'ouvrit avec un déclic et Blake entra de

plain-pied dans le cauchemar privé de Gurpreet Patel. Les quatre murs de cette pièce aveugle étaient couverts d'un mural ininterrompu, dépeignant une ville anonyme après quelque holocauste nucléaire. L'artiste, sur les instructions de Patel, l'avait exécuté de telle manière que le centre de la ville semblait occuper le plancher de la pièce — minuscule oasis à partir de laquelle la destruction se répandait tous azimuts. Des panaches de fumée montaient d'innombrables incendies ; l'eau jaillissait à flot des canalisations éventrées ; les rues étaient jonchées de corps carbonisés. Au plafond, des nuages blancs de livres d'image planaient au-dessus d'une douzaine de vautours sillonnant un ciel d'azur impavide ; au niveau zéro, un bureau de marbre noir trônait au beau milieu d'une moquette vert gazon.

« Bienvenue, Marty Blake. Un verre de vin de prune ? »

Gurpreet était assez vieux pour paraître sans âge. Ses longs cheveux neigeux encadraient une barbe pleine, du même blanc éblouissant. Les joues et le front qui surplombaient cette barbe étaient d'un acajou profond, et ses yeux immenses et sombres.

« Sans façon, Gurp. Je suis en service.

— Un express, alors. Infusé à l'instant, bien entendu.

— Parfait. Un express. » Blake regarda Patel s'éclipser par une porte du fond, une porte si habilement intégrée au mural qu'elle demeurait invisible tant qu'elle restait fermée. L'IBM R/6000 de Patel, un monstre de cinquante gros billets, tout en vitesse et en mémoire, trônait sur une table dressée contre le mur. Blake n'avait pas travaillé sur une machine d'une telle puissance depuis sa sortie de la fac et, à sa vue, se mit à baver d'envie.

« Tu vois ? Ça n'a pas pris plus de temps que ça. »

Patel s'encadrait déjà dans la porte, chargé d'un plateau portant deux tasses minuscules et leurs sous-tasses, ainsi qu'un petit sucrier de taille tout aussi réduite, et d'une cafetière pleine de café fumant.

« Le contraire m'eût étonné, dans la mesure où tu m'as vu arriver. Tes caméras de vidéosurveillance couvrent le moindre centimètre carré du bâtiment. »

Patel fronça les sourcils. « Tu les as repérées ?

— Pas besoin. Je suis venu ici assez souvent pour savoir de quel bois tu es fait.

— Ha ! Bien répliqué, Marty Blake. » Patel remplit les deux tasses et ajouta du sucre et un zeste de citron sans s'enquérir des préférences de Blake. « Buvons au succès de ton entreprise. »

Blake but, puis sourit. « Le succès de mon entreprise ne dépend que de toi, Gurp.

— Navré de l'apprendre, Marty Blake. Tu ne devrais pas mettre tous les œufs dans le même panier. »

Blake ouvrit la bouche pour contredire l'Indien, remarqua son sourire confiant, et s'en abstint : « Il ne s'agit pas de l'information proprement dite, Gurp. Je pourrais dénicher moi-même le renseignement, mais ça me prendrait trois mois.

— Ah bon ? *Ars longa, vita brevis*, comme on dit.

— "L'art est long, la vie est courte" », traduisit machinalement Blake. « La longueur et la brièveté selon Horace.

— Tout à fait. Bon, par déférence pour cette incontestable vérité, nous devons nous mettre immédiatement au travail. Veux-tu avoir l'obligeance de m'exposer ça ? »

Blake obtempéra en prenant tout son temps, narrant par le menu la vie de Billy Sowell et le sort qu'elle lui avait réservé avant de décrire sa stratégie dans les grandes lignes et de désigner ses cibles. Patel écouta attentivement, fronça les sourcils aux bons endroits, puis poussa un grognement lorsque Blake lui relata l'ultime atrocité.

« Ignoble », déclara-t-il lorsque Blake en eut terminé. « Tu sais quoi, Marty Blake ? Je n'ai encore jamais travaillé sur un meurtre. J'ai hâte de m'y atteler et je rognerai mes honoraires en conséquence. Je ne te facturerai que dix mille dollars, parce que c'est toi, et en souvenir de Mister Sowell.

— Trois.

— Monstrueux. » Les yeux de Patel s'écarquillèrent, lançant des éclairs. « Ta satanée arrogance occidentale est une insulte à ma dignité. En vérité, ce n'est guère sage de ta part.

— C'est un boulot simple », fit Blake, imperturbable. « Si je disposais de ton IBM et des mots de passe, je pourrais en venir à bout en quelques heures. »

Patel le fusilla du regard pendant un bref instant, puis son visage se radoucit : « Eh bien, finalement, ce n'est pas si affreusement compliqué. Ces gens ont dû être soudoyés très peu de temps après le meurtre. Ça limite considérablement le champ des investigations. Néanmoins, si les pots-de-vin n'ont pas été versés en argent, mais sous une quelconque autre forme, nous aurons un mal de chien à les retrouver. Je consens à faire ce travail pour neuf mille dollars seulement.

— Gurp, m'as-tu déjà vu marchander ?

— Oui, Marty Blake. À chaque fois. Et impitoyablement, j'ajouterai.

— C'était juste pour le plaisir. » Blake but une gorgée de son express, laissa l'amertume du café taquiner ses papilles. « Mais, cette fois-ci, c'est différent. Cette fois-ci, ce n'est pas une grosse multinationale pourrie de fric qui allonge les billets, et je n'ai pas travaillé depuis un an, de sorte que je suis fauché comme les blés. Crois-moi, Gurp, j'ai pris la peine de prendre moi-même mes renseignements. Le compte en banque de Max Steinberg est encore plus dans le rouge que celui de Saddam Hussein.

— Huit mille. Et c'est bien parce que je suis un boy-scout. Pour le seul plaisir de faire une putain de B.A.

— Si tu palpes, ce n'est plus une B. A.

— Je t'en prie, Marty Blake. Je ne suis pas un judéo-chrétien. Épargne-moi tes leçons de morale. »

Blake s'adossa à son fauteuil, entrelaça ses doigts derrière sa nuque.

« Accepte les trois mille dollars, Gurp. On discutera de la suite après l'enquête.

— Et si je ne trouve rien d'anormal ? Viendras-tu malgré tout me régler ta dette ?

— Tu le sais très bien, parce que, si je n'en faisais rien, tu me fermerais ta porte et je n'aurais plus à l'avenir le plaisir de t'autoriser à me les briser menu. »

Patel médita la question pendant un moment, puis hocha la tête : « D'accord, d'accord. Je ne le fais que parce que c'est toi. Ces trois mille dollars constitueront mon acompte. Bon, tu me dis que tu n'as pas travaillé de l'année. Tu as sûrement une putain de bonne histoire à me raconter pour m'expliquer ça, parce que, comme nous le savons l'un et l'autre, tu es un camé de l'action. Je vais aller chercher des pâtisseries et tu vas me raconter tout ça, Marty Blake. Telle est la seule façon civilisée de traiter des affaires entre amis.

— Je te remercie », dit Blake, « de bien vouloir me faire profiter de ta profonde commisération. »

SIX

Le train était sur ses rails. Ça, c'était la bonne nouvelle. Gurp Patel s'employait à retourner comme un gant l'existence financière de John McGuire, juge à la cour d'appel, et de Johan Tillson, époux éploré. Kosinski, non moins obsessionnel que Patel, si Blake l'avait bien jugé, était sur le terrain, en train de se livrer aux préparatifs du second stade de l'opération. L'un dans l'autre, tout marchait aussi bien que Blake pouvait le souhaiter.

La mauvaise nouvelle, c'était que tant que Patel n'aurait pas mené ses recherches à bien, Blake n'aurait rigoureusement rien à faire, à part se tourner les pouces, occupation parfaitement inconcevable. Qu'est-ce que Patel avait dit de lui, déjà ? Qu'il était un camé de l'action ? Tout seul chez lui, il repensa à Rebecca Webber et prit rapidement conscience que la seule partie de son anatomie à qui elle manquait était douillettement enfouie au fond de son caleçon. Dommage. D'une certaine façon, il aurait de loin préféré que son souvenir le torturât.

Demain matin, il s'offrirait un long jogging, passerait faire un tour au gymnase et pomperait de la fonte jusqu'à l'épuisement. Demain soir, il tournerait dans son appartement comme un lion en cage, en regrettant pour la énième fois que ses doigts ne fussent point en train de pianoter sur les claviers de Gurp Patel. À la fin de la semaine, il friserait la totale démence.

Compulsif, comme disent les psy, songea Blake. Il faut absolument que je m'active, quitte à prendre des risques. La Malédiction du cerveau gambergeur, devrait-on appeler ça. Si seulement nous pouvions loger notre cible principale — le tueur, le nettoyeur, appelez ça comme vous voudrez — avant de contacter McGuire et Tillson... si nous pouvions ne serait-ce que mettre son téléphone sur écoute, voir un peu où nous mèneraient les premiers coups de fil.

Blake se débarrassa de son short de gym, enfila son pantalon et passa un chandail Izod qui sortait du pressing. Il songea, brièvement, aux quatre mille cinq cents dollars de Steinberg, ces quatre mille cinq cents dollars qu'il n'avait pas remis à Gurp Patel. Cet argent servirait à acheter le matériel dont il aurait besoin pour mettre les téléphones sur écoute. Parce qu'à la vérité (vérité qu'il n'avait pas pris la peine de communiquer à Bell Kosinski ni à Max Steinberg) il ne possédait aucun équipement lui appartenant en propre, et se voyait mal aller l'emprunter à *Manhattan Executive* sans éveiller l'attention de Joanna Bardo. Évidemment, il risquait d'y avoir un malaise lorsque Gurp présenterait sa facture ; lorsque lui, Marty Blake, retournerait voir Max Steinberg, la main tendue.

Dix minutes plus tard, Blake était assis devant la table de la cuisine de sa mère et fixait, les yeux baissés, le Formica éraflé. Il avait grandi avec ce motif bleu imitation marbre, et avait contribué lui-même, pour une bonne part, aux écaillures et aux balafres qui le couturaient.

« En quel honneur, l'album de photos souvenirs, M'man ? Je l'ai vu grand ouvert sur la table en entrant. Ça ne te ressemble pas. »

Dora Blake haussa les épaules, fit mine de s'activer sur un gâteau au fromage blanc fourré aux fraises. « Je m'ennuie parfois. Je ne dis pas que ça arrive tous les jours mais, quand c'est le cas, je me replonge dans le bon vieux temps. » Elle hésita un instant, haussa de nouveau les épaules. « Je me demande combien de personnes peuvent regarder en arrière et dire : "Tout se passe exactement comme je l'avais prévu. J'étais persuadé d'en arriver là." »

— Bon Dieu, M'man, à t'entendre, on te croirait octogénaire. Tu n'as jamais que cinquante ans. Tu n'es pas responsable de ce qui est arrivé à Papa.

— Qu'est-ce que tu en sais ? »

Blake ne répondit pas sur-le-champ. Il préféra prendre l'assiette qu'on lui tendait, piocher les fraises sur le dessus du gâteau, et sonder l'étrange regard qui brillait dans les yeux de sa mère. « Ce n'est pas de ça que je suis venu parler », fit-il, sachant fort bien qu'elle refuserait de prendre la perche.

« J'ai bien cru que j'allais devoir attendre jusqu'à ce que tu me poses la question. » Elle contempla ses mains. « Mais jamais tu ne ferais une chose pareille. Tu es un cabochard, une vraie bourrique. Et te mettre dans tes petits souliers me donne mauvaise conscience. Ce n'est pas plus compliqué que ça.

— C'est bien ce que je craignais.

— Et un va-de-la-gueule, avec ça. » Elle se pencha légèrement en avant. « Enclin au cynisme, au plus vulgaire, au plus *malvenu* des cynismes.

— Bon sang », rétorqua Blake. « Et moi qui me croyais camé à l'action. J'ai dû rater un épisode.

Écoute, M'man, avant de te lancer... je suis venu te demander de me rendre un service. J'aimerais qu'oncle Patrick fasse quelque chose pour moi, quelque chose qui ne lui plaira pas, et j'espérais que tu pourrais le décider à venir jusqu'ici. Histoire qu'il puisse me regarder dans les yeux quand il m'enverra rebondir. » Blake se rejeta en arrière dans sa chaise, croisa les jambes, reposa sa fourchette sur son assiette. Avec détachement, exactement comme si son cœur ne battait pas la chamade.

« Ton père a travaillé dans la brigade des Homicides du Queens pendant ses deux dernières années de service. Tu es au courant, je suppose ?

— Ça fait un bail mais, maintenant que tu m'en reparles, ouais, je m'en souviens, effectivement.

— Tu te souviens aussi qu'il était doué pour ça ? Qu'il a été décoré deux fois au cours de la dernière année ?

— Je vois pas où tu veux en venir, M'man. P'pa était peut-être un bon flic mais il s'est complètement effondré après sa retraite. C'est du moins ce qu'on m'a fait croire.

— C'est ce que tu as *préféré* croire. Pas ce qu'on t'a dit.

— On ne m'a strictement rien dit. Tu te rappelles ?

— Et tu n'avais rien demandé. » Elle agita la main devant son visage, balayant d'avance tout argument. « Ton père était en train de faire sa ronde. D'user ses semelles, comme il disait. Quoi qu'il en soit, il frappe à une porte, à un moment donné, et une jeune femme lui ouvre. Matty s'apprête à lui poser des questions quand il aperçoit — ou prétend, du moins, apercevoir — un grand sac de cocaïne, un kilo, de fait, comme il s'avéra par la suite, gisant au vu et au su de tous sur une table, juste derrière elle. Il croit à un cadeau de la Providence, à une capture en bonne et due forme qui lui tombe du ciel, et il met la fille — elle s'appelle Chantel McKendrick — en état d'arrestation. La ramène au commissariat, l'enregistre et la fait transférer au Dépôt. Je me souviens qu'il m'en a parlé le soir même en rentrant. En se marrant. "S'ils étaient un peu moins débiles", a-t-il dit, "je serais obligé de travailler pour gagner ma croûte."

« Naturellement, j'étais étonnée. Oublier un kilo de cocaïne sur une table, c'est un peu gros, mais Matty disait qu'elle était tellement défoncée que c'est à peine si elle se rappelait son nom. De plus, il était persuadé qu'elle ne lui appartenait pas en propre, mais qu'un dealer se servait de son appart pour entreposer sa camelote, et qu'elle prélevait sa dose sur le tas.

« Deux jours plus tard, l'avocat de Chantel McKendrick — et il n'était pas commis d'office, lui non plus ; l'avocat de Chantel McKendrick était ton nouveau grand ami, Maxwell Steinberg — chantait une tout autre chanson. Selon Steinberg, Matty serait allé jusqu'au fond de l'appartement de Chantel, aurait découvert la cocaïne et lui aurait garanti l'impunité si elle acceptait de coucher avec lui. Devant son refus, il l'aurait violée, puis arrêtée malgré tout. »

Blake secoua rageusement la tête. « De la merde en barres, M'man. Il n'y a pas un seul inspecteur de la Maison qui n'ait été accusé d'un truc ou d'un autre au cours de sa carrière. C'est livré avec. Clefs en main.

— Il se peut, Marty, mais quand c'est Max Steinberg qui porte l'accusation, les gradés de la grande Maison dressent l'oreille. Et ce n'est pas parce qu'ils le croient. Mais parce que Max Steinberg a le bras assez long pour porter atteinte à l'honneur de la Maison.

« Donc, il se trouve que quelqu'un de l'état-major a transmis ça à l'inspection générale des services. Et que les bœufs carotte ont marché comme un seul homme, interrogé les bonnes femmes que ton père avait arrêtées quand il travaillait à la Mondaine, et fait remonter à la surface une bonne demi-douzaine d'autres allégations. Maintenant, Marty, je voudrais que tu comprennes bien que j'ai reconstitué toute l'histoire de mon mieux, morceau par morceau, parce qu'une fois que le scandale a éclaté, ton père n'a plus jamais voulu en parler. Il disait que c'était du temps perdu, que ça n'y changerait rien, et il avait raison. Tous les flics reçoivent des propositions, et ceux qui en profitent sont légion.

« Naturellement, c'est le recours à la violence qui donnait si vilaine figure à l'affaire. Du coup, ça devenait plus grave qu'une simple indélicatesse. À condition qu'il soit effectivement coupable. Personne ne sait exactement comment les chasseurs de têtes ont mené leur enquête. Peut-être ont-ils fait pression sur les autres femmes, ou bien... »

Blake repoussa sa chaise en arrière, fit mine de se lever. Oh, il ne s'apprêtait nullement à partir. Non, il avait l'intention de faire les cent pas.

« Je sais comment ça se passe », dit-il. « Lorsqu'ils t'ont dans le collimateur, ils t'allument. Ça s'arrête là.

— Voudrais-tu dire qu'ils cherchaient à descendre ton père en flammes ? »

À cette question, Blake pila net sur sa lancée. Il se pencha par-dessus la table. S'apprêtant à dire : "Et comment, qu'ils cherchaient à l'aligner. P'pa aurait jamais fait ça. C'était pas un violeur..." Mais ses mots se figèrent dans sa bouche.

« Y a aucun moyen d'en avoir la certitude », finit-il par reconnaître.

« En effet, Marty. C'est le problème, avec les bœufs carotte. On ne sait jamais pourquoi ils font ci ou ça. On ne sait jamais qui tire les ficelles. » Elle respira profondément, expira lentement. « Ils n'avaient pas la moindre preuve, pourtant. L'une des femmes qui l'accusaient avait été soignée pour des estafilades et des bleus deux jours après son arrestation. À l'époque, elle avait mis ça sur le compte d'une bagarre dans la prison. Lorsque l'IGS l'a dénichée, elle a donné une version tout à fait différente. Elle a dit que Matthew Blake l'avait tabassée, qu'il l'avait violée, puis avait menacé de la tuer si elle le racontait à quelqu'un.

— Ce n'est pas une preuve », insista Blake. « Une preuve, c'est un test d'ADN sur le sperme, un témoin oculaire objectif...

— Tu as raison, Marty. Ce n'est pas une preuve. Chantel McKendrick n'a jamais été examinée. Mais le but de la manœuvre n'était pas réellement d'en administrer la preuve devant les tribunaux. D'une certaine façon, si les journaux en avaient parlé, Matty s'en serait mieux sorti. La Maison l'aurait défendu, en aurait fait une question de principe. Mais, dans ces conditions, ils lui ont clairement donné le choix : la retraite anticipée ou le tribunal disciplinaire, avec le risque de perdre sa retraite à la clef. Matty a démissionné.

— Et il est parti en brioche. »

Dora Blake opina du chef, récupéra l'assiette vide de Blake, se retourna vers l'évier : « Pas sans y avoir été aidé », déclara-t-elle prosaïquement.

« Que veux-tu dire ?

— Que la plupart de ses copains flics ont cessé de passer le voir dès que le bruit a commencé à se répandre. Qu'ils ont cessé de l'inviter aux réunions de l'*Emerald Society*, et aux petits déjeuners de l'*Holy Name Society*. Que sa femme n'a jamais réussi à se persuader réellement de son innocence, qu'elle n'a jamais pu réprimer ses doutes. »

SEPT

Bell Kosinski était incapable de se souvenir d'une
seule occasion de son existence où sa propre stupidité
s'était traduite par une veine aussi insensée. Il était
garé dans la Vingt-Cinquième Rue, juste après le coin
de Madison Avenue, et fixait l'entrée principale de
l'édifice qui héberge la cour d'appel de New York. Il
était neuf heures trente du matin et il avait dû s'appuyer une circulation d'enfer pour arriver jusque-là.
Ça, c'était le côté stupide de l'affaire. Stupide de sa
part d'avoir pu s'imaginer que les très estimables juges
qui président à la cour d'appel seraient encore dans
Manhattan en plein milieu du mois d'août. L'immeuble
était hermétiquement verrouillé ; le tribunal ne siégeait
pas.

Ce qui n'était pas plus mal, dans la mesure où Marty
Blake, en dépit de toutes ses rodomontades, serait incapable de piéger les cabinets particuliers du juge John
McGuire. Certes, la chose n'eût pas été impossible dans
le chaos qui régnait dans les bâtiments des cours d'assises du centre-ville. Leurs couloirs grouillaient d'avocats, de prévenus, de témoins, de greffiers, de rats de
prétoire, de journalistes... une foule en constante agitation, composée des personnages les plus hauts en cou-

leur (tels que Max Steinberg) et susceptible de fournir la couverture exigée.

La cour d'appel était totalement différente — les prévenus assistaient rarement au procès ; les témoins n'étaient presque jamais cités à comparaître ; les rats de prétoire découvraient rapidement que les procès en appel ôtaient tout pittoresque aux criminels, y compris au plus saignant des meurtriers. Blake, en l'espace de quelques minutes, se verrait interpellé par les plantons en faction.

Kosinski sirota une gorgée de Smirnoff, s'accordant une minute pour admirer l'immeuble de deux étages. En dépit de ses petites dimensions, l'architecte l'avait surchargé de décorations. Deux statues de marbre flanquaient les larges marches qui conduisaient à l'entrée principale. L'une d'elle, silhouette encapuchonnée sortie tout droit de l'Ancien Testament, lisait un grand livre. L'autre, soldat romain cuirassé pour la bataille, fusillait les passants du regard, un glaive posé en travers de ses cuisses. Sous-entendant probablement, supposa Kosinski, que si la main droite ne vous attrapait pas, la gauche s'en chargerait.

Il remonta la vitre, ébranla la minuscule Datsun de location, enclencha la climatisation. La ville surchauffait, absorbant la chaleur comme argile sur le four d'un boulanger. Quand le soleil arriverait au zénith, les crachats grésilleraient sur les capots des voitures en stationnement. Même Central Park serait déserté.

COUAC !

Kosinski, d'une brusque saccade de la tête, se tourna vers la gauche, et vit une aubergine en uniforme, au volant d'une Plymouth des services de la circulation, lui adresser un signe arrogant de la main. Il regarda sa bouche articuler silencieusement les mots "Bouge ton cul de là, connard !" avant de s'abandonner à un fantasme de violence assez courant chez les New-Yorkais et de se représenter en train d'agresser sexuellement une employée de la circulation avec le premier objet émoussé qui lui tomberait sous la main. Puis l'aubergine brandit son petit carnet de contredanses et il décampa comme un gentil petit garçon.

Le prochain arrêt prévu au programme était la partie Riverdale du Bronx, faubourg huppé rarement mentionné par les médias, pour qui le Bronx était devenu synonyme de faciès noirs, de drogue et de violence. Johan Tillson vivait à Riverdale depuis le meurtre de Sondra Tillson, ou du moins y avait emménagé peu après, et Kosinski était censé s'incruster près du domicile de l'importateur jusqu'à ce qu'il se fût fait une idée très précise des personnes qui y résidaient. Mais quelque chose le turlupinait, une chose si flagrante qu'il aurait dû la voir venir depuis beau temps.

Il trouva un taxiphone sur Madison Avenue, composa un numéro et joua de bonheur.

« Ici Dunne.

— Bobby ?

— C'est toi, Bell Kosinski ? » demanda Dunne. « Il me bien semble reconnaître ton doux timbre aviné.

— Point trop aviné pour l'instant, Bobby. De fait, je frise dangereusement la lucidité. Tu crois que je pourrais passer une seconde pour causer ? J'aimerais que tu me rendes un petit service.

— Un service ? Mais je t'en prie, Bell. »

Le sergent Robert Dunne, Kosinski ne l'ignorait pas, réagissait très exactement comme tout vétéran de la police réagirait au seul énoncé du mot "service". Le service, sauf quiproquo implicite, était inéluctablement perçu comme une obligation à laquelle on ne pouvait se soustraire, un accroc aux convenances. Kosinski, n'ayant rien de tangible à offrir, avait décidé de s'offrir en personne. Sachant que Robert Dunne sauvegardait sa propre fragile sobriété en la prêchant à tout flic alcoolique désireux de prêter l'oreille à ses sermons.

« Écoute, Bobby, j'essaie de repartir du bon pied dans l'existence. Et je ne cracherais pas sur un peu d'aide. »

Bref silence radio, puis : « Es-tu réellement sobre, Bell ? Tu n'essaies pas de me faire marcher ?

— Pas exactement sobre, mais pas saoul non plus. Et, quand je te dis que j'essaie de refaire ma vie, je ne plaisante pas. Je travaille maintenant pour un détective privé et, si je ne foire pas mon truc, ça pourrait bien devenir permanent. Parce que, Bobby, faut voir les choses en face : quand tu te réveilles le matin sans aucune perspective, c'est pas facile de marcher droit.

— Alors, c'est bien fini, entre toi et Ingrid ? Pour de bon et pour toujours ?

— Depuis un sacré bout de temps, Bobby. Je te l'ai déjà dit il y a deux ans.

— Faut jamais désespérer, Bell. L'espoir ne meurt jamais. »

Kosinski s'accorda une pause, réfléchit au fait qu'il n'avait plus la moindre envie de revoir sa femme ; qu'il ignorait où elle vivait et à quoi elle employait son temps ; que la Maison prélevait directement sur sa retraite, tous les mois, le montant de sa pension alimentaire, et que le seul regret qu'elle réussissait encore à lui inspirer le traversait à la lecture de ce chèque de fin de mois.

« Ouais, faut croire. Et ce que j'espère, justement, c'est que tu vas m'accorder quelques minutes de ton temps. Pour que je puisse te demander de me rendre un service.

— Arrive, mon gars. Ça ne mange pas de pain, d'écouter. N'est-ce pas ce que je m'efforce de te dire depuis des années ? »

Une demi-heure plus tard, ayant garé sa Datsun à l'abri dans un parking, Kosinski se retrouvait assis dans le salon de l'appartement de Bobby Dunne, à Washington Heights.

« Bon, vois-tu, Bobby, je n'ai pas encore réellement *décidé* d'arrêter de boire. C'est juste un projet auquel je travaille. En attendant, j'essaie de déboulonner ce pitaine et je me suis dit que, dans la mesure où t'étais le trésorier de l'*Emerald Society*, tu pourrais passer ses supérieurs au crible. M'orienter dans la bonne direction, pour ainsi dire. »

Kosinski, tout en plongeant directement son regard dans les yeux tristes et compatissants de Robert Dunne, s'efforça d'oublier qu'il avait la compassion en horreur, surtout lorsqu'il en était l'objet. La large figure carrée de Dunne, à la lourde ossature, transpirait littéralement l'intime conviction. Ses petits traits banals étaient largement espacés, comme s'ils n'avaient rien à faire ensemble. Comme si la forme de son crâne suffisait à elle seule à exprimer la totalité de sa personnalité, et qu'on n'avait ajouté ses traits qu'au tout dernier moment, avec une certaine réticence, dans une espèce de *biofeedback*.

« Tu prierais avec moi, Bell ?

— Ce n'est pas exactement ce que j'avais à l'esprit. On pourrait peut-être réserver ça pour le jour où je *déciderai* réellement d'arrêter ? » Kosinski, encore qu'il n'eût guère l'espoir de dérider Bobby Dunne, n'avait pas la moindre envie de le voir se pointer un de ces quatre à sa porte, une Bible sous le bras. « Tu vois ce que je veux dire : quand j'aurai pris l'*ultime* décision. »

Dunne tomba à deux genoux et Kosinski l'imita bien à contrecœur. En espérant, contre tout espoir, que Dunne n'allait pas sortir un chapelet de sa poche pour lui infliger une demi-heure de pénitence.

« Oh, Seigneur », commença Dunne, les yeux levés vers le plafond, les mains croisées sous le menton, « nous prions pour l'âme et pour le cœur de Bell Kosinski. Je le connais depuis longtemps, Seigneur, avant qu'il ne devienne un ivrogne, et je peux me porter garant de lui. Bell Kosinski est un homme bon, qui a eu plus que sa part de tracas et implore à présent humblement Ta divine miséricorde. Prions. »

Quatre Je vous salue Marie et un Notre-Père plus tard, Kosinski et Dunne se regardaient en chiens de faïence, de part et d'autre d'une table basse. Dunne paraissait détendu, satisfait, presque comblé, mais les mains de Kosinski commençaient salement à sucrer les fraises. Une douleur aiguë lui poignardait l'œil droit, exigeant un traitement médical d'urgence. Il envisageait de se faufiler dans la salle de bains, puis se rendit compte que Dunne connaissait par cœur toutes les ruses de Sioux des alcoolos.

« Sors-la, va, Bell. Avant de t'effondrer.

— Hein ? » L'injonction avait pris Kosinski au dépourvu.

« Quand tu te décideras à décrocher, fais-le-moi savoir. Je t'enverrai dans le nord de l'État. La Maison dispose d'un sana près d'Albany, où ils te désintoxiquent sans te faire crever. En attendant... bon, disons que si tu n'essayais pas de me berner, je serais nettement plus radieux. »

Kosinski hocha la tête, sortit sa bouteille, la téta judicieusement. « Je blaguais pas, quand je te disais que j'avais trouvé du boulot, Bobby », laissa-t-il tomber au bout d'un moment. « C'est ma chance.

— Je connais la musique », rétorqua Dunne sans sourire. « Crois-moi, t'es pas mon premier. J'ai assez vu de poivrots dans ma vie pour savoir que tu es incapable de te contrôler. Si tu ne restes pas totalement sobre, tu seras bientôt complètement saoul. Bon, qu'est-ce que tu voulais, exactement ?

— Je te déteste quand t'as raison, Bobby. » Kosinski s'interrompit, attendant une quelconque réaction, mais Dunne ne se départit nullement de sa trogne en ciment armé. « D'accord... tout d'abord, j'aimerais que tout ce que je m'apprête à te confier reste entre nous. Même si tu m'envoies rebondir.

— Accordé.

— Je suis très sérieux. Ça ne doit pas sortir d'ici. »

Dunne finit par sourire : « Je te le jure au nom de Dieu, Bell. Mais rends-moi au moins le service de ne pas m'avouer un meurtre.

— Si quelqu'un doit se faire tuer, ce sera moi. » Kosinski, à présent, était boulot boulot ; se disant qu'il avait largement payé le service qu'on allait lui rendre, et qu'il était absolument en droit de poser la question. « J'essaye de dévisser un flic du nom de Grogan. Il y a deux ans, il était encore capitaine. Peut-être a-t-il été promu depuis, et est-il maintenant inspecteur en chef ? Grogan est le nom le plus irlandais que tu puisses rencontrer, de sorte qu'il appartient probablement à l'*Emerald Society*. Dans la mesure où tu en es le trésorier, je me demandais si tu ne pourrais pas épingler son commanditaire.

— C'est tout ?

— C'est tout. Je veux savoir pour qui Grogan travaille.

— Bon sang, Bell. Je m'attendais à un truc autrement plus juteux.

— La vie n'est faite que de déceptions.

— Et tu ne peux pas me fournir d'autres renseignements ?

— Pas le moindre. »

Dunne secoua la tête. « Ce que tu me demandes là, ça va à l'encontre des intérêts de la Maison ? Tu t'en rends compte au moins ? »

La question ne surprit nullement Bell Kosinski. « Je ne te demande pas de témoigner contre lui. Je veux tout juste savoir ce que je vais affronter... ou qui je vais affronter. Si tu préfères m'envoyer paître, je ne t'en voudrai pas. Je comprendrai parfaitement, mais je trouverai un autre moyen. »

Kosinski pouvait presque voir les rouages s'activer sous le crâne de Bobby Dunne. Spontanément, sa première réaction était de protéger la Maison, mais s'il se laissait guider par cet instinct et repoussait la requête de Kosinski, il perdrait à jamais toute chance de le convertir. Le laisserait rouler tout droit à l'abîme.

« Grogan est un nom salement répandu, Bell. Tu ne pourrais pas être un peu plus précis ?

— *Aloysius Grogan*. Ça rétrécira peut-être le champ de tes investigations.

— Exactement le nom que je craignais d'entendre.

— Tu le connais ?

— Effectivement, Bell. Et tu avais entièrement raison. C'est l'inspecteur en chef Grogan, à présent.

— Pour qui travaille-t-il ?

— Si je te dis que ça te dépasse, je suppose que ça ne t'arrêtera pas ?

— Ça fait des années que je me noie, Bobby. Je ne crains plus l'eau.

— Tu devrais bien, pourtant. Tu devrais, ce coup-ci.

— Oui ou merde ? » Kosinski faillit se pourlécher les lèvres. Il sentait quasiment la saveur du sang, exactement comme il l'avait si souvent sentie aux Homicides. Il avait presque oublié à quel point ça avait bon goût. Tellement ça faisait longtemps.

« Très bien, Bell. Ce n'est pas comme si c'était top secret. L'inspecteur en chef Aloysius Grogan travaille directement sous les ordres du chef Samuel Harrah.

— C'est censé m'évoquer quelque chose ? Je n'ai jamais entendu parler du chef Samuel Harrah. »

Dunne haussa les épaules en souriant. « Tu n'es pas censé en avoir entendu parler, Bell. À moins d'être assez ambitieux pour avoir étudié l'organigramme. Le chef Harrah a dirigé le service du Renseignement du New York Police Department pendant le dernier quart de siècle. Il a succédé à son père, à la retraite de celui-ci.

— Quel âge a-t-il ?

— Soixante-cinq et quelques.

— Cinq ans de plus que l'âge obligatoire de la retraite.

— Personne n'a dû le lui faire remarquer, faut croire, Bell. »

Il fallut une bonne seconde à Kosinski pour rassembler les morceaux. À ses débuts dans la Maison, les Renseignements faisaient passablement parler d'eux. C'était l'époque de l'Armée noire de libération, de la Résistance et des "*Weathermen*". Les flics se faisaient tirer à vue, au rythme d'environ un par mois ; des francs-tireurs les allumaient presque quotidiennement ; la tension était pratiquement insupportable. À l'époque, Kosinski était persuadé, comme quasiment chaque flic de base, que le pays risquait d'un moment à l'autre de basculer dans la guérilla ouverte. Puis, tout s'était éteint, consumé, aussi mort qu'un incendie qui a épuisé son carburant. Les années quatre-vingt avaient été relativement tranquilles, du moins du point de vue des flics, et les services du Renseignement étaient rentrés dans l'ombre.

« N'ont pas eu des merdes, récemment ? » finit-il par demander.

« Oui, en effet. Pour avoir mis sur écoute une station de radio de racolage noire. Procédure de routine. » Dunne se leva et fit signe à Bell de l'imiter. « Et c'est tout ce que j'ai à dire sur le sujet. Sauf que tu devrais peut-être y réfléchir à deux fois, Bell. L'espoir jaillit peut-être éternellement dans le cœur d'un homme. Mais pas si celui-ci s'arrête de battre. »

HUIT

Les préliminaires avaient pris fin — étreindre Dora, accorder à Marty une virile poignée de main, se fendre d'un "comment ça va, ça fait un bout de temps, qu'est-ce que vous devenez ?"... bref, tous les salamalecs d'usage. Patrick Blake, à présent assis à la table de la cuisine de sa belle-sœur, sirotait un verre de scotch en souriant à son neveu. Son col de chemise était ouvert, sa cravate noire dénouée, sa veste d'uniforme suspendue au dossier d'une chaise. Avec ses vingt kilos de trop et sa calvitie presque totale, il donnait toute l'apparence du cadre moyen ayant modestement réussi dans la vie et dérivant doucement vers la semi-retraite. Ou vers la crise cardiaque fatale... l'une ou l'autre, celle qui se présenterait en premier. Ses joues étaient de la traditionnelle couleur rouge pomme, tribut à la tension artérielle et aux bourrelets de saindoux qui débordaient de son col de chemise et de sa ceinture.

« Alors, Marty, quelles sont les mauvaises nouvelles ? »

Les yeux noirs de Patrick Blake, constata Marty, étaient toujours aussi rusés, toujours aussi cauteleux. Ils reflétaient l'enseignement qui lui était inculqué depuis trente ans dans la rue. Les leçons de survie qu'il avait glanées en gravissant les échelons. À première vue, Marty ne put déceler aucun point vulnérable, mais on verrait ça à la longue.

« Qu'est-ce que M'man t'a raconté exactement de mes activités actuelles ? »

Patrick Blake jeta un coup d'œil sur sa veste d'uniforme, puis reporta son regard sur son neveu : « Elle m'a dit que tu essayais de tirer d'affaire je ne sais quel délinquant. Au prétexte qu'il serait victime d'un coup monté.

— Est-ce que ça voudrait dire que tu ne crois pas ça *possible* ? Qu'un innocent ne *saurait* être victime d'un coup monté ?

— Ils prétendent tous être innocents, Marty. » Il balaya l'argument d'un grand geste de sa main potelée, et secoua la tête. « Ils n'ont jamais appris à dire la vérité. C'est pour ça qu'on les appelle des criminels.

— Comme mon père, tu veux dire ? Comme ton propre frère, lorsqu'il a protesté de son innocence ? Rien qu'une sous-merde comme les autres, un sous-homme qui essayait de se garantir l'impunité ? » Marty lança un regard vers sa mère, nota les mâchoires crispées et le demi-sourire entêté. Il se demanda, oh, brièvement, ce qu'elle avait pu ressentir — une Juive épousant un flic irlandais, entrant dans une famille de flics irlandais de père en fils —, puis se retourna vers son oncle.

« J'ai fait tout ce que j'ai pu, Marty. J'ai essayé d'aider ton père. Mais quand les chasseurs de têtes se saisissent d'une affaire, on ne peut plus rien contrôler.

— Ce n'est pas le problème, oncle Patrick. À moins d'être persuadé que ton frère était effectivement un violeur... » Marty laissa mourir sa voix. Sachant pertinemment que Patrick, quoi qu'il puisse en penser, aurait les plus grandes difficultés à traiter son frère de violeur. Pas devant l'épouse et le fils unique de celui-ci, tout du moins. « Comprends-moi, je ne suis pas flic, alors j'ai un peu de mal à saisir. C'est un peu comme de dire que les flics sont *infaillibles*. Qu'aucun flic n'enfreint jamais la loi. Je vois mal comment tu pourrais abonder dans ce sens sans être persuadé que ton propre frère était un violeur.

— Eh, une petite seconde, Marty... »

Patrick Blake commençait à s'échauffer. Ce qui n'avait rien pour surprendre Marty. Son oncle avait toujours été soupe au lait ; il avait mené sa famille exactement comme il avait mené les hommes qui étaient sous ses ordres.

« Mais, quoi qu'il en soit », poursuivit sereinement Marty, « nous avons là un criminel qui, indubitablement, ne s'efforce pas de se soustraire par tous les moyens à la rigueur de la loi. Billy Sowell est mort. Il a été assassiné dans sa prison. »

Blake vit une manière de séisme remonter de la taille de son oncle vers sa poitrine, et le considéra comme un frisson courant le long de son échine. Il avait percé la cuirasse et en était conscient. L'heure était venue de la mise à mort.

« Tu sais quoi, oncle Patrick ? La première fois que j'ai entendu parler de policiers corrompus, je devais avoir dix ou onze ans. C'était au temps où la commission Knapp siégeait et où les ripoux se succédaient l'un derrière l'autre au JT. Avant ça, je croyais tous les flics honnêtes et droits ; je les voyais littéralement comme des anges du Seigneur. Peut-être que j'avais trop d'imagination — l'école catholique a tendance à l'exacerber — mais ça m'a suffisamment remué pour que j'aille trouver mon père pour lui demander s'il palpait.

— Tu as dit ça ? » Patrick s'était à demi levé de sa chaise. « Tu as accusé ton propre père ?

— Du calme, oncle Pat. J'avais dix ans. Et je ne l'accusais nullement. Crois-moi, la dernière chose que je voulais l'entendre dire, c'est "oui". » Blake hésita suffisamment longtemps pour permettre à l'information d'être digérée, mais pas suffisamment pour donner à son oncle le temps de laisser fuser un nouveau jet de vapeur. « Le fait est qu'il ne s'est pas mis en rogne. Pas du tout. Il m'a pris à part dans sa chambre, m'a fait asseoir, m'a expliqué les dures réalités de la vie d'un flic. Certains d'entre eux ne volent jamais rien ; certains autres grappillent de menues choses, des repas à l'œil, par exemple ; tandis que d'autres se servent à pleines mains. Mais aucun flic, à moins d'être encore plus vil que les criminels qu'il appréhende, n'a jamais fermé les yeux sur un viol ou un meurtre. C'est là qu'on tire le trait et quiconque franchit cette frontière n'est plus un flic, tout bonnement. Pas plus compliqué que ça. » Blake se rejeta en arrière, sourit à son oncle, à présent totalement ulcéré. « Est-ce qu'il me montait le souk, oncle Patrick ? Est-ce qu'il a raconté à un crétin de gosse ce que ce crétin de gosse souhaitait entendre ?

— T'es un petit mariolle et une grande gueule, Marty. Ton père aurait dû te mettre une tourlousine, au lieu d'essayer de te faire entendre raison.

— J'ai eu les preuves sous les yeux, oncle Patrick. Tout le putain de dossier. Billy Sowell n'a pas tué Sondra Tillson. Ce qui signifie que quelqu'un d'autre l'a tué, et que ce quelqu'un court les rues en toute liberté. Ça te convient, ça, oncle Patrick ? Si c'est le cas, dis-le-moi et je m'en irai. »

Patrick Blake jeta un regard à sa belle-sœur. Marty n'aurait pu jurer qu'il implorait son aide mais, si tel était le cas, il allait devoir la chercher ailleurs. Dora Blake affichait un visage de marbre, celui qui n'avait cure des questions et des justifications oiseuses.

« Écoute, Marty », finit par dire Patrick Blake. « Tu ignores dans quoi tu mets les pieds.

— J'en suis conscient, oncle Patrick. C'est justement pour ça que tu es ici. Pour me dire où je mets les pieds. Pour me parler, par exemple, d'un certain capitaine Aloysius Grogan. De ce qu'il fait, des gens pour qui il travaille, de choses de ce genre.

— Et rien de ce que je pourrai te dire ne t'arrêtera ?

— Rien. »

Patrick Blake prit une profonde inspiration ; ses bajoues tressautèrent lorsqu'il expira. « D'accord, Marty. Je vais te dire ce que tu veux mais, ensuite, nous deux, c'est terminé. Ne me demande plus jamais de t'aider, parce que je veux pas compromettre la carrière de mon fils. Celui à qui on a donné le prénom de ton père, si tu te souviens bien. Il est dans la carrière depuis cinq ans et, s'il veut gravir les échelons, il aura besoin de mon aide. » Il attendit que Marty eût acquiescé d'un signe de tête pour continuer. « Bon, je vais t'expliquer ça à ma façon, et je ne veux pas être interrompu. Quand j'aurai terminé, tu sauras ce qu'il te reste à faire. » Il attendit le second hochement de tête, puis poursuivit dans la foulée. « La semaine dernière, Aloysius Grogan — il est inspecteur en chef, maintenant — s'est pointé dans mon bureau sans s'être fait annoncer. Je ne le connais pas personnellement mais, quand un inspecteur en chef déboule en poussant les hauts cris, tu te rends disponible. Il me demande si tu es mon neveu, si tu es le fils de l'inspecteur Matthew Blake. Quand je lui explique qui tu es, il me demande si j'ai une quelconque influence sur toi.

« "Parce que, si oui", me dit-il, "vous auriez intérêt à le freiner, capitaine. Il travaille pour un avocat véreux, et essaye de flétrir l'honneur de la police. Il y a des gens à qui ça ne plaît pas, et ils risquent de ne pas rester bien longtemps à se tourner les pouces."

« Là-dessus, il sort de mon bureau sans me laisser le temps de répondre. Maintenant, je veux que tu comprennes bien ceci : même si Grogan est techniquement mon supérieur hiérarchique, ça ne veut pas dire que ce fumier a le droit de faire irruption dans mon bureau comme un taureau furieux et de me donner des ordres. On ne se retrouve pas en poste à la Grande Maison sans avoir des amis haut placés, et on le sait l'un comme l'autre. Donc, j'en ai conclu grosso modo que ses amis haut placés étaient d'une façon ou d'une autre mieux placés que les miens, et c'est l'unique raison pour laquelle je ne l'ai pas viré de mon bureau deux minutes après qu'il y est entré.

« Du coup, je me précipite sur l'ordinateur — souviens-toi que je travaille aux Effectifs — et j'entre le nom de Grogan. Lorsqu'il s'avère qu'il reçoit ses ordres du Renseignement, je commence à comprendre à quoi je me heurte. Je suis sûr que tu es suffisamment vieux pour avoir entendu cette histoire qui courait sur J. Edgar Hoover, selon laquelle il ne serait resté si longtemps directeur du FBI que parce qu'il détenait des informations compromettantes sur tout le monde et sur tout un chacun. Eh bien, la même rumeur vaut pour le chef Samuel Harrah, le patron de Grogan. Il a dirigé le Renseignement sous cinq préfets différents, et on raconte qu'on ne *pouvait* devenir préfet sans son approbation préalable.

« À dire vrai, Marty, même si ce bruit m'est parvenu aux oreilles pendant des années, je n'y ai jamais accordé une bien grande importance. La plupart du temps, le Renseignement n'a rien à faire avec le reste de la Maison. Il recueille des informations sur les groupes subversifs ou sur le crime organisé, mais n'effectue jamais la moindre arrestation. Si d'aventure Samuel Harrah et ses sbires tombent sur une affaire importante, ils la rapportent aussitôt au préfet et celui-ci la confie au service *ad hoc*. C'est ce qui distingue le plus nettement Samuel Harrah de J. Edgar Hoover, il me semble. Hoover était incapable de se soustraire aux feux de la rampe. Harrah, lui, opère dans l'ombre la plus opaque.

« Juste après le coup de fil de ta mère, ce matin, j'ai été convoqué dans le bureau de mon patron. De mon *rabbin*, devrais-je dire... cet homme m'a soutenu tout du long de ma carrière, pendant plus de vingt ans. Il a balancé le dossier de ton père sur mon bureau, et m'a dit que les chasseurs de têtes envisageaient de rouvrir l'enquête.

« "Pour l'amour du ciel, Solly", lui ai-je dit. "Il est mort."

— "Ils s'en foutent", m'a-t-il dit. "Sa veuve touche une pension et ils veulent la lui retirer." »

Patrick Blake repoussa sa chaise en arrière et se leva pesamment. « Dora », fit-il, « je suis navré de devoir t'apprendre ça de cette façon, mais je tenais aussi à te dire que ton fils devrait se tenir un peu mieux. C'est un moins-que-rien, un cafard qui s'est mis en tête de défier un lion. Peut-être sauras-tu lui inculquer un peu de bon sens. Avant qu'il ne mette les pieds dans le plat. »

Normalement, cette dernière phrase aurait dû être le point final. Du moins du point de vue de Marty Blake. Mais sa mère était beaucoup trop rapide. L'instant d'avant, elle se tenait tranquillement debout à côté de l'évier et voilà maintenant qu'elle fonçait sur son beau-frère, jusqu'à n'être plus séparée de lui que par une cinquantaine de centimètres.

« Tu devrais surtout être fou de rage contre Aloysius Grogan, Patrick », fit-elle. « Voilà un homme qui entre dans ton bureau pour te cracher au visage et, toi, tu préfères te venger sur Marty, qui ne t'a strictement rien fait. Je vais te dire une bonne chose, Patrick : si je n'avais pas toute ma tête, je croirais presque que tu reportes tout ton fiel sur celui des deux que tu crains le moins.

— Eh, une petite seconde...

— Excellente idée », dit Marty Blake. « Accordons-nous une petite seconde de réflexion. Tout d'abord, il n'est pas *question* qu'ils s'en prennent à la pension de retraite de P'pa. À l'époque, il n'a jamais été inculpé, et un mort ne saurait se défendre contre ses accusateurs, c'est là un droit constitutionnel fondamental. C'est un bluff — un bluff piteux, qui plus est —, et je dois reconnaître qu'il fait ma joie. Ces gens sont morts de trouille, parce qu'ils savent qu'ils risquent de s'en prendre plein la gueule. Ça ne les rend pas moins dangereux pour autant, mais ça les rend stupides. Oncle Patrick, j'ai un autre service à te demander. Je voudrais que tu ailles trouver l'inspecteur en chef Grogan. Que tu lui dises que tu m'as parlé, et que je t'ai annoncé que Steinberg retirait ses billes. Dans la mesure où Billy Sowell est mort et enterré, ça peut se concevoir. »

Patrick Blake n'avait pas quitté une seconde sa belle-sœur des yeux. Néanmoins, il répondit sans aucune hésitation :

« Pourquoi est-ce que je te rendrais service ? Tu peux me le dire ?

— Pour deux raisons, en fait. La première, c'est que

ça ne changera rien pour toi. La pension de mon père n'est nullement en balance. Non, c'est ta propre carrière — et celle de ton fils — qui sont menacées. Si je persiste, c'est toi qui porteras le chapeau. Quel que soit le parti que tu prennes, ils n'en ont rigoureusement rien à battre. Tu es censé m'arrêter et, si tu échoues, ils te châtieront. Pas plus compliqué que ça. »

Lorsque Patrick Blake se retourna pour affronter son neveu, la vérité s'inscrivait sur son visage écarlate. Et, lorsqu'il parla, sa voix était mortellement blanche.

« Tu as parlé de deux raisons. Quelle est la seconde ?
— Si tu coupes la tête, le corps meurt. »

NEUF

« Alors, tu comprends c'qui se passe, Bell ? J'suis pas un mec à pas reconnaître qu'il a foiré son coup quand il a foiré son coup. Bon, bien sûr, ton pote aurait pas dû poser son cul sur ma chignole, d'accord ? Vu que j'venais juste de la faire *reluire* et tout le merdier. Mais ça m'autorisait pas non plus à lui tomber sur le poil comme j'l'ai fait. »

Tony Loest secoua la tête, baissa les yeux et battit des cils.

« C'est des choses qu'arrivent, Tony. Tout l'monde a son petit caractère, pas vrai ? »

Kosinski s'efforçait d'y mettre un maximum de conviction. Après tout, une résolution, ça reste une résolution, n'est-ce pas ? Et des excuses sont des excuses. Même si Tony Loest était à ressaut au point de cracher les mots entre ses dents serrées, il s'en souviendrait plus que vraisemblablement à leur prochaine rencontre. Plus que vraisemblablement.

« Ouais », rétorqua Loest. « Mais mon caractère à moi, c't'une vraie croix. J'aurais pu faire quelque chose de moi. Au lieu d'me r'trouver à transbahuter des briques comme j'essaye de le faire. Sauf qu'on trouve plus le moindre putain de boulot, tu me suis ? Alors, main-

321

tenant, me v'là forcé d'enfreindre la loi pour nourrir ma famille. Tout ça parce que j'ai un foutu caractère et qu'un jour j'ai morniflé cette salope de prof de math qui m'engueulait pour une connerie de chewing-gum. T'imagines un peu, Bell ? D'vant toute la classe, il a fallu qu'elle fasse un exemple. Comment j'aurais pu encaisser ces conneries ? J'ai...

— Bon sang », l'interrompit Kosinski. « J'vois vraiment pas comment t'aurais pu tolérer une chose pareille. Ça a dû être horrible. » Il espérait que l'ironie freinerait un peu Tony. Contre tout espoir.

« Horrible, y a pas d'autre mot, Bell. Complètement foireux, même. C'est bien pour ça que j'y ai flanqué cette beigne. T'te rends compte, jamais plus j'aurais osé relever la tête dans la rue si j'l'avais pas désossée un chouïa. C't'humain, non ?

— Ouais, attends une seconde. » Kosinski leva son verre, fit signe à Ed O'Leary, endura sans broncher l'impitoyable moue sarcastique du barman.

« Qu'est-ce qu'il y a, Bell ? Tu veux un peu plus de jus de tomate dans ta vodka ? Je t'ai peut-être concocté un *cocktail* un peu trop corsé ?

— Va t' chier, Ed. J'ai l'impression de me faire emboutir de tous les côtés. Et pourquoi ? Parce que j'ai commandé un Bloody Mary ? Pour être franc, j'envisage de déménager mon bureau ailleurs.

— Ton bureau ? » O'Leary fronça les sourcils. « Maintenant qu't'es un alcoolique repenti, t'as plus d'bureau. Pas à ma connaissance, en tout cas. » En dépit du sarcasme, il remplit le verre de Kosinski d'une mesure de vodka et d'une mesure égale de jus de tomate Mott.

« C'que j'arrive pas à piger », dit Kosinski à Tony Loest, « c'est comment un mec qu'a tout le caractère d'un chien de garde peut conserver sa clientèle. Pourquoi on refout encore les pieds ici ?

— Ça me dépasse », en convint Loest. « Écoute, faut que j'aille aux gogues. Y a comme une urgence. »

O'Leary regarda déguerpir Loest, puis se pencha par-dessus son comptoir. « Qu'est-ce que t'en dis, Bell ? Tu crois qu'il a la vessie irritée ?

— J'pourrais pas te dire pour sa vessie, Ed. Mais son *pif* m'avait l'air salement irrité, lui. »

Le barman s'esclaffa, puis secoua la tête. « Je me souviens d'une époque où, quand je voyais entrer un camé dans son genre, je lui collais mon canon scié sous le nez et je lui disais d'aller mourir ailleurs. Maintenant, s'ils trouvent pas leur coke ici, mes habitués de la semaine vont la chercher ailleurs. Ils s'attendent à la trouver ici. Comme si ça faisait partie de la vie de tous les jours.

— Les temps changent, Ed. Faut croire qu'il faut nager dans le sens du courant.

— C'est peut-être à cause de ça que j'aime tant les poivrots. Les mecs dans le genre de ce qu'était Bell Kosinski auparavant. Z'ont pas de temps à perdre avec l'autre cochonnerie.

— Je bois à cette belle parole. » Kosinski souleva son Bloody Mary, et vit Marty Blake franchir le seuil. Il vida son verre et se précipita à sa rencontre, en se disant qu'ils feraient pas mal de se tirer du *Cryders* avant que Tony Loest ne ressorte et ne commence à se confondre en excuses.

« Venez, Marty », dit-il en harponnant le bras de Blake. « Allons faire un petit tour. Ça pue le renfermé, là-dedans. » Il attendit, avant de poursuivre, que la porte se fût hermétiquement refermée sur eux. « Une chance que vous soyez passé », fit-il, « parce que j'avais justement un truc à vous dire. J'ai fait ma petite enquête, et j'ai découvert pour qui travaille Grogan. Ça m'a paru important. »

Kosinski considérait la chose comme un test. Il avait outrepassé les instructions de Blake et, s'il s'était adressé à l'homme qu'il ne fallait pas, avait peut-être mis en danger leurs vies à tous les deux. La question était de savoir si Blake se fiait à son jugement.

« Curieux, ça, Bell. Parce que j'ai fait exactement la même chose, figurez-vous. Et, ce que je trouve sidérant, c'est que ça ne nous ait pas sauté aux yeux plus tôt.

— Ah ouais ? » Kosinski sentit ses joues s'empourprer, et fit le vœu que Marty ne l'ait pas vu piquer un fard. « En ce qui me concerne, je mets ça sur le compte de la gnôle. C'est quoi, votre excuse, à vous ? »

Blake parvint à ébaucher un sourire, qui s'effaça aussi rapidement qu'il était apparu : « Et si vous me disiez ce que vous avez déniché ? » dit-il.

Kosinski attendit qu'ils fussent installés dans la Taurus de Blake pour rapporter les détails de sa conversation avec Dunne. Lorsqu'il eut terminé, Blake lui signifia son assentiment d'un hochement de tête.

« Un os », dit-il. « Et un *sacré* os. »

Kosinski, qui ne voyait pas trop ce que ça pouvait changer, allait en convenir, mais s'en abstint au dernier moment : « Ça peut pas faire de mal de connaître ses ennemis », suggéra-t-il.

« Pour dire vrai, j'aurais préféré de loin les Homicides ou les Stups. Quelque chose de relativement simple. Mais... le Renseignement ? Permettez-moi une petite question... quand vous avez appelé ce sergent, vous l'avez fait depuis le téléphone de votre appartement ? »

Kosinski sentit derechef le sang affluer à ses joues. Cette fois-ci, il était persuadé que Blake allait s'en apercevoir. Il avait le visage en feu. « En fait, non J'étais en route quand l'idée m'est venue. Vous croyez que nos postes sont sur écoute, c'est bien ça ?

— Je me suis laissé dire que la surveillance était la seule occupation des barbouzes. Nous devons partir du principe qu'ils excellent dans leur branche. Le problème, c'est que toute notre stratégie repose sur le fait que nous la tenons sous le boisseau jusqu'au moment où nous serons prêts à agir. Si jamais Grogan, mettons, ou Brannigan, avertissait dès à présent le juge ou le mari, nous perdrions notre temps. Mais, bon, puisque vous dites n'en avoir pas parlé ni chez vous ni au téléphone... Peut-être est-ce un pur coup de veine, mais je suis dans le même cas. De sorte que le bureau de Steinberg reste notre seul point faible. »

Blake conduisit sans mot dire tout le restant du trajet jusqu'à l'appartement de Kosinski mais, au lieu de se garer dans un créneau libre, juste devant le pressing, il le dépassa sans ralentir.

« Vous voyez le fourgon, là, Bell ? » demanda-t-il.

« Bien sûr.

— Vous le reconnaissez ?

— Le reconnaître ? Personne ne regarde les véhicules en stationnement, Marty.

— Je parle de la raison sociale inscrite dessus. *Entreprise de Plomberie Packers Frères*. Déjà entendu parler ?

— Vous essayez de me dire que ce fourgon serait bourré de barbouzes de la police ? Je ne nous crois pas importants à ce point. »

Lorsque Blake se gara enfin, ils se trouvaient à deux pâtés de maisons de chez Kosinski. « Voilà ce que j'aimerais que vous fassiez, Bell. Vous allez rentrer chez vous à pied, et allumer la radio ou la télé. À plein volume, le plus fort possible. Quand je débarquerai, marchez à fond, quoi que je puisse vous dire. J'ai une idée et je voulais de toute façon vous en parler. »

Kosinski réussit à regagner son appartement sans jeter un seul regard au fourgon incriminé. Il alluma la radio et monta le son. À peine un verre plus tard, Blake frappait à son huis.

« Hé, Marty, quoi de neuf ? Je ne m'attendais pas à vous revoir. » Il avait l'impression d'être un parfait imbécile, le protagoniste de quelque méchant navet. « Un cocktail, ça vous dit ? J'ai de la vodka et des glaçons.

— Servez-vous, Bell. Moi, je conduis ce soir. Mais vous voulez bien me faire une faveur ? Coupez la télé. Il y a une chose dont j'aimerais vous parler. »

Kosinski ne fut pas le moins du monde surpris de voir Blake ouvrir son attaché-case pour en extraire un instrument qui évoquait le talkie-walkie qu'il portait, lui, Kosinski, lorsqu'il était de patrouille. Pas plus qu'il ne s'étonna de le voir l'allumer d'une chiquenaude, déployer son antenne et entreprendre de le passer le long des parois. Mais, en revanche, l'histoire que Blake lui narra tandis qu'il procédait méthodiquement à son inspection le laissa pantois. C'était une histoire à propos de son flic de père, lequel aurait été accusé de viol, et du rôle qu'aurait joué dans cette affaire un certain avocat du nom de Max Steinberg. Une histoire portant sur la lente et irréversible dégradation d'un bon flic. Kosinski n'était pas assez saoul pour faire l'amalgame avec sa propre histoire, mais ce lent déclin vers l'abîme lui ressemblait d'assez près pour le tenir en haleine.

« Et vous venez seulement de l'apprendre ? » demanda-t-il lorsque Blake eut terminé.

« Ouais. J'ai mis ma mère de mauvais poil et elle a vidé son sac. Elle m'a tout déballé. Elle voulait sans doute m'ébranler, mais j'aurais mille fois préféré l'avoir entendue plus tôt. Quand mon père vivait encore et que j'aurais pu faire quelque chose pour y remédier. » Il s'interrompit, le temps de signifier à Kosinski de se rapprocher. « J'ai essayé toute la sainte journée de me persuader que mon père n'était pas un violeur, mais je n'arrive pas à recoller les morceaux. » Il désigna un petit orifice dans le mur craquelé, articula silencieusement le mot "microphone", puis s'agenouilla. « Qu'est-ce qu'un gosse peut bien savoir de son père, hein ? Les pères sont soit des héros soit des clodos. Ou les deux à la fois, comme mon vieux. » Il entreprit de tirer sur la bande de plastique qui faisait office de revêtement mural. « Quoi qu'il en soit, Bell, j'ai fini par décider que je devais en avoir le cœur net. D'une façon ou d'une autre. Et j'espérais que vous pourriez m'aider. Vous avez encore des relations dans la Maison, même si vous êtes à la retraite. De plus, je tiens à la présence d'une personne objective lorsque je poserai la question à Max Steinberg. Quelqu'un qui saura me retenir si jamais je perds mon sang-froid. »

Lorsque Kosinski aperçut l'émetteur, il eut l'impression de revenir en arrière dans le temps. À l'époque de ses débuts dans la police, au temps où il était encore capable de s'émouvoir des coups tordus des malfaiteurs. Il savait très précisément à quoi servait la petite boîte noire, en avait utilisé une exactement identique lorsqu'il luttait contre le crime organisé.

« Je ferai c'que je pourrai », marmonna-t-il. « Vous avez le droit de savoir. »

Blake remit la bande de plastique en place. « Écoutez, ne le prenez pas mal, mais j'aimerais qu'on discute de ce qu'on va faire, et cet appartement est légèrement déprimant. Que diriez-vous d'aller boire un verre dehors ? »

Dix minutes plus tard, ils étaient de nouveau dans la voiture de Blake et roulaient vers Manhattan. Blake se répandait sur les émetteurs et les micros directionnels. Exactement comme si leur discussion précédente n'avait jamais eu lieu.

« On a une chance inouïe, Bell. Le bureau de Steinberg est au vingt-cinquième étage. Pas moyen pour eux d'utiliser un émetteur directionnel, comme celui qui était chez vous. Ils utilisent vraisemblablement un magnétophone, ce qui signifie que s'ils n'ont pas déjà récupéré la bande, on a encore une petite chance. Personnellement...

— Une petite seconde », l'interrompit Kosinski. « Ce que vous disiez à propos de votre père... c'était vrai ou c'était pure invention ? Et ne me dites surtout pas que vous l'avez inventé, ou je vais finir par croire que j'ai affaire à un individu émotionnellement perturbé.

— C'est vrai de bout en bout.

— Et vous avez toujours l'intention d'y faire quelque chose ? D'essayer d'apprendre ce qui s'était réellement passé ?

— Oui, mais pas maintenant. Pas question d'interroger Steinberg avant de pouvoir me passer de lui. Avant d'avoir encaissé son fric. Pour le moment, je suis trop fumace pour penser à qui que ce soit, à part à Samuel Harrah. Ce type s'imagine qu'il est invulnérable, indéboulonnable, mais les temps ont changé. De son temps, les flics disposaient de toute la quincaillerie. Aujourd'hui, c'est *mon* tour. »

DIX

D'une certaine façon, décida Kosinski, Steinberg forçait presque autant l'admiration que Marty Blake. Pour une première bonne raison : il était autrement plus coulant sur le chapitre de l'alcool. Là, tout de suite, par exemple. Là où Blake ne se serait même pas fendu d'un verre de pisse d'âne, Maxwell Steinberg avait installé une bouteille d'Hennessy à soixante dollars au beau milieu de la table. Incorrigible jusqu'à la mort.

L'autre raison, c'était que Steinberg ne cessait de poser des questions incongrues. Au plus grand amusement de Kosinski, et en dépit de l'agacement croissant de Blake, il n'y avait tout bonnement pas moyen de détourner Max le Bouledogue de son objectif.

« Un détecteur de FR ? C'est censé vouloir dire quoi ? Je vous en conjure, je ne suis pas un technicien. Je suis un homme des années cinquante... *I Like Ike*, tout ça... Un homme de lettres. Je suis non seulement totalement incapable de programmer mon magnétoscope, mais la seule vue du bouton LECTURE me terrifie. Croyez-moi, je suis obligé de consulter mon psy avant de le brancher à la prise murale. Alors, essayez s'il vous plaît de m'expliquer ce que vous faites en recourant à des termes qui me soient compréhensibles. Si ça ne vous dérange pas trop. »

Blake ôta son casque, le laissa baller au bout de ses doigts : « Je cherche un émetteur, Max.

— Alors, c'est "détecteur d'émetteur" qu'il fallait dire. Faut appeler les choses par leur nom.

— Je suis de votre avis. » Blake s'apprêta à recoiffer ses écouteurs, mais se montra un peu trop lent.

« Alors, dites-moi, s'il vous plaît, ce que signifient les initiales FR ?

— Fréquence radio. »

Cette fois-ci, Blake réussit à coiffer le casque, obligeant ce faisant Max à lui tapoter l'épaule.

« Écoutez, Max, j'ai pas de temps à perdre avec ces conneries. »

L'espace d'une seconde, Kosinski fut convaincu que Blake allait perdre les pédales. Envoyer planer Max Steinberg sur orbite, sans doute en invoquant le nom de son père. Mais, non, Marty Blake réussit lentement à se maîtriser, encore que sa lèvre inférieure fût agitée d'un léger tremblement et que ses yeux se fussent légèrement plissés. Il parvint même à sourire.

« Pour l'amour de Dieu, Max... votre haleine est en train de porter mes plombages au point de fusion.

— C'est parce que je suis bourré, Marty. Ne m'attendant pas à travailler ce soir, j'avais pensé que ce serait une façon fort appropriée de méditer sur la mort de Billy Sowell.

— On ne peut plus appropriée. Et j'ai besoin que vous continuiez de parler. Ça arme les micros. Mais il vaudrait mieux que vous vous adressiez à mon coéquipier, M. Kosinski. Allez-y. Questionnez-le sur le Renseignement et le NYPD. Essayez de voir si ces deux mots peuvent apparaître dans la même phrase sans constituer un oxymore. »

Steinberg eut l'air mortifié. Il considéra Blake pendant un moment, puis retourna prendre la bouteille posée sur son bureau. « À croire que vous êtes le seul recours en ville.

— À ce qu'on dirait, Max.

— Alors, que savez-vous du Renseignement ?

— Eh bien, j'ai dû en convenir avec Marty. Ce service n'a pas grand-chose à voir avec les flics. Ni avec les voleurs, par le fait.

— Je vous en prie... J'aimerais énormément que vous preniez la chose au sérieux. » Kosinski remplit son verre, le brandit pour souligner ses intentions, en but une longue gorgée. « Dans les années trente, lorsque le Renseignement était encore connu sous le nom de Brigade Rouge, il traquait les communistes. Dans les années quarante, il s'en prenait aux nazis. Dans les années cinquante et soixante, il avait repris les Rouges pour cible. Dans les années soixante-dix, il faisait la chasse aux militants noirs, aux nationalistes portoricains et aux révolutionnaires blancs. Dans les années quatre-vingt... ? Qui peut savoir, Max ? Les choses s'étaient relativement apaisées et je n'ai pas le souvenir d'un seul inspecteur faisant allusion au Renseignement, sauf dans le cadre du crime organisé. Et ce pendant plus d'années que je n'ai envie d'en dénombrer. »

Steinberg hocha la tête. « Eh bien, peut-être ne vous sera-t-il pas indifférent de savoir que la bonne vieille Brigade Rouge est toujours en activité. Je préfère lui donner ce nom, pour ma part, car mon père, qui se considérait comme un socialiste, a fait l'objet d'une enquête de la Brigade Rouge pendant les années trente. Mais c'est encore une autre histoire, et encore une autre époque. L'histoire qui nous concerne aujourd'hui remonte à l'année 1988, et à l'un de mes clients, un certain Boyd Harrison. Un authentique aristo, cet Harrison, vice-président fondateur de Smyth, Smyth et Paulson. À le voir, on aurait cru le rocher de Gibraltar. Comme dans cette pub télévisée où il se met à voguer sur la mer.

— Je vois le genre », fit Kosinski. « J'adorais passer les poucettes à un mec dont le costard coûtait plus cher que ma bagnole. » Il reposa son verre, s'abandonna complaisamment à ses souvenirs. « Voyez-vous, quand vous serez un malfrat des bas quartiers, il prend la plupart du temps un air résigné. Peut-être légèrement furax de temps en temps, mais il n'a jamais l'air vraiment surpris. Les charlots en complet trois-pièces, eux, frisent quasiment l'état de choc.

— Choc est le mot idoine, pour décrire ce qui est arrivé à Boyd Harrison. Il s'avéra par la suite qu'il s'agissait d'un flambeur invétéré, compulsif, qui avait détourné un demi-million de dollars. Sa culpabilité ne pouvait être mise en doute ; ils l'avaient chopé sur le fait et j'avais pour tâche de négocier le meilleur compromis possible. Bien entendu, la première chose que je recherche, c'est un moyen d'avoir barre sur le procureur, bref, quelque chose qui l'incite à négocier. Chose qui risque d'être malaisée, parce que c'est pour le coup, cette fois-ci, que son dossier est aussi solide que le *vrai* rocher de Gibraltar. Sans compter que ce connard a fait des propositions malhonnêtes aux flics en civil qui l'ont appréhendé.

« Bon, je n'ai pas l'habitude de dorer la pilule à mes clients. Je met donc Harrison au parfum des dures réalités de la vie et je lui demande s'il peut me dire la moindre chose le concernant qui pourrait éventuellement graisser les rouages. Comme, par exemple, qu'il consent à se porter volontaire pour récurer trois fois la semaine les chiottes d'un foyer de sans-abri. »

Steinberg s'interrompit, tandis que Blake revenait vers le bureau, écartait un ustensile, s'emparait d'un autre et repartait sans mot dire.

« Bell, votre copain est un bêcheur », déclara Steinberg.

« Exact », répliqua Kosinski. « Mais il fait du bon boulot. » Steinberg rumina si longuement la chose que Kosinski se persuada que l'avocat faisait ses comptes, comparant le prix de revient de Blake à sa valeur d'usage.

« Quoi qu'il en soit », reprit finalement Steinberg, « l'histoire que m'a racontée mon client, et qu'au début j'ai prise pour une vaste foutaise, se déroulait à peu près comme ça : un mois avant son arrestation, Boyd Harrison reçoit la visite d'un flic qui prétend se nommer le lieutenant Anthony Carabone. Mon client ne songe pas une seconde à demander à voir ses documents officiels, mais il a malgré tout droit à un bref aperçu de son écusson, ce qui ne prouve pas grand-chose. Ledit Carabone expose à Harrison tout son petit tripatouillage, chiffres en main, et exige un pot-de-vin de dix mille dollars. Harrison donne son accord mais, bien entendu, en joueur invétéré qu'il est, ne dispose pas du moindre sou le jour de l'échéance. Un mois plus tard environ, il se retrouve sous les verrous.

« Anthony Carabone ? Un nom qui puerait plutôt la mafia que la flicaille, mais je décide néanmoins de procéder à quelques vérifications de ce côté, d'autant que je n'ai rien de mieux à faire. Bon, n'allez pas croire que je suis assez bête pour aller rapporter le chantage à la police, dans l'espoir que les flics enquêteront de leur côté. Non, la première chose que je fais, c'est de me faire renvoyer l'ascenseur par quelques personnes qui me sont redevables, et je finis par dénicher la tanière du lieutenant Carabone, tanière qui s'avère être le Renseignement. Ça ne manque pas, naturellement, de me roidir l'échine, parce j'ai encore en tête le souvenir de mon père et de son incapacité à garder un emploi, parce qu'un type en costard se pointait inéluctablement à son boulot pour gentiment tuyauter ses patrons. Donc, je fais passer une requête exigeant que tout ce que le Renseignement possède sur mon client dans ses dossiers me soit remis. Bien entendu, je m'attends plus ou moins à une dénégation en règle, à ce qu'on nie sans vergogne l'existence de tels dossiers mais, au lieu de ça, le procureur allègue de la sécurité de la nation, et prétend qu'en rendant ces dossiers accessibles au public, on mènerait le pays à vau-l'eau.

« Le juge repousse aux calendes grecques l'éventualité d'un procès, bien évidemment, dès qu'il a pris connaissance des mémos et écouté les arguments oraux. Il prétend qu'il lui faudra au minimum entre six et neuf mois, en raison d'un emploi du temps déjà overbooké et des quelque cinq cents pages que je lui ai balancées sur le coin de la gueule. Bell, pour ce qui me concernait, j'étais au septième ciel, parce que je disposais enfin d'une barre à mine et que j'étais fermement décidé à l'enfoncer bien profond. "Faites-moi une offre de compromis", j'annonce au procureur. "Et faites en sorte qu'elle soit bonne, parce que je peux vous dire que la famille de mon client est cousue d'or et qu'au cas où le juge rendrait de nouveau une décision à mon encontre (ce qu'il ne fera pas, parce que Steinberg ne commet jamais d'erreurs sur les arguments juridiques) je suis prêt à porter l'affaire devant les cours fédérales." »

Kosinski secoua la tête, se rappela combien il haïssait les avocats quand il était encore flic. « Sursis avec mise à l'épreuve, hein ? C'est de ça que vous avez écopé ?

— C'est de ça que *mon client* a écopé, Bell. Je n'étais pas mis en cause.

— Et ça ne vous dérange pas trop que ce criminel, qui a escroqué cinq cent mille dollars, s'en soit tiré impunément ? »

Steinberg croisa les bras sur la poitrine, permit à la moumoute de glisser en avant. « C'est mon travail. C'est ce que je fais dans la vie. » Il fusillait Kosinski du regard.

« Rien ne vous obligeait à devenir avocat *au criminel*. Personne ne vous a forcé.

— Je ne m'attendais pas à tant d'ingénuité de votre part, Kosinski. Le travail des avocats, c'est de défendre les intérêts de leurs clients. Peu importe que ce client soit un individu ou un corps constitué, une personne morale ; peu importe qu'il se soit mis en très fâcheuse posture. Le travail de l'avocat, c'est de tirer le meilleur parti possible de la pire des situations. »

Blake s'en mêla avant que Kosinski n'eût pu riposter du tac au tac. « Venez voir un peu », dit-il. « Je l'ai trouvé. » Il se tenait sous une tête de bison naturalisée, et désignait quelque chose qu'aucun des deux hommes ne put distinguer d'emblée. « Là, juste ici. Ce petit point noir. C'est le micro.

— On croirait le cul d'un cafard », fit observer Steinberg.

« En y regardant d'un peu plus près, vous pourrez voir courir le fil dans la toison. Vous le voyez ?

— Les enfoirés ! Piéger mon bureau ! Je vous jure

que je commence à prendre ça très à cœur. Et quand Steinberg prend les choses personnellement, vous avez intérêt à vous cramponner à vos couilles.

— Bell, essayons de descendre la tête sans déranger le câble. Je tiens à ce qu'on remette tout bien en place, exactement comme c'était disposé. »

Une fois la tête de bison posée sur le divan de Steinberg, l'embuscade crevait les yeux, péniblement, presque douloureusement flagrante. Les bobines du magnétophone, inséré dans la cavité du gigantesque crâne, tournaient dès qu'ils émettaient un son.

« Plutôt imposant, non ? » s'enquit Kosinski. « Je m'attendais à un truc de la taille d'une carte de crédit.

— Pour un magnétophone capable d'enregistrer jusqu'à dix heures de conversation, il est sacrément petit, vous pouvez m'en croire. » Blake enveloppa ses doigts d'un mouchoir, rembobina la bande, entreprit de l'écouter : Steinberg au téléphone, Steinberg engueulant ses clients, Steinberg engueulant sa secrétaire, Steinberg gémissant, tandis qu'une voix de femme glapissait : "Plus vite, Maxwell. Plus vite, plus vite."

« *Nou* », dit Steinberg en arrêtant la bande. « Le seul péché, là-dedans, c'est qu'elle me demande deux cents dollars pour me tuer à petit feu.

— Vous bilez pas, Maxwell », fit remarquer Blake. « On ne porte aucun jugement moral. Bell et moi, on défend toujours les intérêts de nos clients, si fâcheuse soit leur posture. Vous ne vous souviendriez pas de la date exacte à laquelle vous avez adopté ladite posture, à propos ?

— Il y a deux jours. Après la fermeture.

— Parfait. Ça signifie que la conversation que nous avons eue hier devrait apparaître là-dessus. Je la parcourrai en entier en rentrant chez moi, afin de m'en assurer. » Blake ôta la cassette, la remplaça par une cassette vierge et retourna le magnétophone. Il dévissa la plaque du fond au moyen d'un tournevis à embout de caoutchouc. « Pas d'éraflures », dit-il. « Ça a son importance, parce qu'ils chercheront des signes d'effraction. » Il trouva un petit fil rouge partant du moteur et le détacha du bout des doigts. Lorsqu'il appuya sur LECTURE et qu'il ne se passa rien, il eut un sourire satisfait et déclara : « Camelote défectueuse. La malédiction du barbouze indélicat. Ils se douteront peut-être de quelque chose, mais ils n'auront aucune certitude. »

Steinberg jeta un regard sur son coéquipier, lequel était en train de boire. « D'accord », dit-il. « Je le reconnais. Ce gars fait du bon boulot. Cher, mais doué.

— Comme l'autre pute, par exemple ? » Kosinski permit à sa voix de grimper d'une octave. « "Plus vite, Maxwell. Plus vite, plus vite."

— Que vous répondre, Bell ? Mon médecin dit que je manque d'exercice, et les tapis de jogging me foutent le bourdon. Pareil pour les vélos d'intérieur. »

Blake brandit le magnétophone. « Vous croyez qu'on pourrait repasser ensemble quelques menues choses ? » Voyant qu'il n'obtenait aucune réponse, il poursuivit. « Dorénavant, jusqu'à ce que je vous dise le contraire, considérez que Big Brother écoute toutes vos paroles. C'est bien vu ? » Il attendit que les deux hommes eussent acquiescé d'un hochement de tête. « Telles que je vois les choses, Harrah ne peut pas faire appel à tous ses moyens. C'est bien pourquoi personne ne nous file le train et pourquoi il n'y a pas qu'un seul fourgon planqué en sous-marin. Max... cette histoire de chantage que vous venez de nous raconter ? Comment le Renseignement a-t-il découvert que votre client détournait des fonds ? À moins qu'il n'ait fait l'objet d'une enquête plus extensive ?

— Nous avons envisagé la chose, bien entendu », répliqua Steinberg. « À première vue, ça n'avait pas de sens commun... Harrison était un conservateur qui soutenait Ronald Reagan, et un ancien combattant du Vietnam bardé de décorations. Son épouse n'était pas moins BCBG, à part qu'elle consacrait une partie de son existence à travailler en bénévole pour les enfants. L'un des endroits où elle avait travaillé bénévolement se nommait le Centre pour l'enfance Bedford-Stuyvesant. Selon ses dires, ce centre était le top du top, et ç'aurait certainement pu être le cas si le directeur, Ramon Tavares, n'avait été inculpé pour avoir constitué un dépôt d'une centaine de fusils M16 dans le sous-sol de son établissement. À ce que j'ai cru comprendre, les flics le soupçonnaient d'appartenir à la FALN, l'organisation terroriste portoricaine. Il se peut que son mari et elle se soient trouvés au mauvais endroit au mauvais moment, et se soient, ce faisant, encadrés dans le collimateur.

— Certes », rétorqua Blake. « Mais à quel moment le chantage intervient-il ? À moins que Samuel Harrah ne fasse un peu de bizness sous le manteau. Raison pour laquelle, précisément, je me suis persuadé qu'il ne peut abattre tous ses atouts. Sauf à conclure que tous les flics du service du Renseignement sont des ripoux.

— Ça lui coûterait trop cher », le coupa Kosinski. « De graisser la patte à tous ces flics. Trop cher et trop risqué. Il ne ferait jamais une chose pareille.

— Je vous demande pardon », dit Steinberg, « mais je ne vois pas très bien le rapport entre le chantage et le traquenard qu'on a tendu à Billy Sowell. Pour moi, il s'agit purement et simplement d'un contrat. »

Blake brandit ses deux mains, paumes ouvertes :
« Au point où on en est, ça n'a plus guère d'importance. La partie est commencée, et il ne nous reste plus qu'à suivre les rebonds du ballon, où qu'il puisse nous mener. C'est juste que ça met du baume au cœur de savoir qu'on n'aura pas à affronter trente mille flicards. Bell, rendez-moi un service. Venez chez moi demain en bus. On sortira faire un tour ensemble.

— Pourquoi pas ma voiture ?

— Rapportez la voiture à l'agence de location et rendez-la. J'ai passé la mienne au crible et elle est nette mais, faute de pouvoir vérifier ça dans la rue, je ne saurais en dire autant de la vôtre. Écoutez, à mon idée, Samuel Harrah est cuit. Il s'expose sans prendre la moindre précaution et n'a pas la moindre notion de ce qu'on va faire. Croyez-moi, les gars, d'ici qu'on ait mis la main sur un moyen de le déboulonner, ce n'est plus qu'une question de temps. À moins, bien sûr, qu'il ne nous ait descendus avant. »

Kosinski plongea son regard dans les yeux de Blake, et prit note de son rictus de dément. Il allait ouvrir la bouche pour leur faire part de la nécessité impérative de garder son sang-froid, quand Blake reprit la parole :

« Mais vous bilez pas. Compte tenu de la façon dont je vais ficeler ce gigot, ils se retrouveront de toute façon au ballon *même* s'ils devaient nous tuer avant. »

ONZE

Marty Blake, assis dans sa voiture, écoutait la pluie marteler le toit tout en fixant, à travers son rideau gris et mouvant, la porte d'entrée principale d'*Eternal Memorials Incorporated*. Telles qu'il voyait les choses, c'était sa dernière chance de réflexion. Sa dernière chance de renoncer, de changer d'avis, de se tirer des pattes. L'oncle Patrick avait très clairement exposé le problème. Il s'était pointé à sa porte sans prévenir, avait été exhorté d'un simple geste à la prudence, et conduit ensuite à l'appartement de Dora Blake, à l'étage du dessus.

« Micros ? » avait demandé Patrick Blake. « J'en reviens pas.

— Écouté *et* enregistré. » Blake avait réussi à garder visage de marbre. Avec la plus grande difficulté.

« Dieu du ciel.

— Non, oncle Pat. Pas Dieu... Dieu n'a nullement besoin de quincaillerie pour connaître mes intentions. Samuel Harrah, d'un autre côté, a encore du chemin à faire pour devenir Dieu. J'ose l'espérer, tout du moins. »

En ce qui concernait Marty Blake, c'était là le point culminant de leur conversation. Oncle Patrick était venu inciter son neveu à rengracier "avant qu'il ne soit trop tard". Il s'était même montré si insistant, si désespéré, que Blake avait fini par nourrir des soupçons.

« Tu ne m'as pas balancé, au moins, oncle Pat ? Tu n'aurais pas mis la tête de ton neveu sur le billot ? »

L'accusation avait poussé illico le vieux bonhomme à repartir en courant vers la porte. En grommelant d'indignation entre ses dents serrées.

« Dis-moi juste une petite chose, Marty. Dis-moi ce que tu as à y gagner. Ce que *quiconque* a à y gagner ? » Patrick Blake s'était arrêté dans l'encadrement de la porte, en avait pour tout dire bouché l'embrasure de sa masse. Tout sémillant dans son uniforme de capitaine, il avait vissé sur son crâne sa casquette à visière vernie, puis tiré une dernière rafale : « Y a rien à gagner, là-dedans. Rien de positif. Si tu descends un flic en flammes — même un ripou — tu le paieras toute ta vie, tant que tu resteras à New York. Souviens-toi de Serpico. N'oublie jamais que même les flics intègres le détestaient. »

Lorsque la porte s'était refermée (plus doucement que Blake ne l'avait prévu), il s'était tourné vers sa mère, s'attendant à ce qu'elle lui apporte son soutien. Il n'avait pas eu cette chance. Elle avait rempli les rituelles chopes de café, observé quelques minutes d'un silence comminatoire, puis avait tiré sa propre rafale.

« Ce que je t'ai dit l'autre jour à propos de ton père ? Comme quoi je ne savais pas s'il était oui ou non coupable ? Ce n'était pas vrai. Je savais qu'il ne l'avait pas... Qu'il n'aurait pas pu... » Elle hésita un instant, contemplant ses pieds. « Je sais que ton père — mon mari — n'était pas un violeur. Mais je n'ai pas su le convaincre. Le toucher. Il avait décidé de renoncer à la vie, et c'est très exactement ce qu'il a fait. Les hommes ne sont forts que lorsqu'ils affrontent leurs peurs face à face. »

Blake avait contemplé sa mère pendant un moment, et remarqué sa gêne. Y prenant même, pour tout dire, un certain plaisir. Se disant que si elle n'avait pas réussi à percer la cuirasse, c'était sans doute parce qu'elle était trop occupée à préserver le secret de son déshonneur.

« Mon père n'est plus là », finit-il par dire. « Et si je fais le moindre faux pas, je ne vaudrai pas mieux que lui. Mais je peux te promettre une chose, M'man... lorsque j'en aurai fini avec Samuel Harrah, je contraindrai Max Steinberg à me dire toute la vérité. Si tu tiens à la connaître, fais-le-moi savoir. »

Il regagna son appartement, s'efforça de se sortir Matthew Blake de l'esprit, et trouva une lettre de Rebecca Webber dans sa boîte aux lettres en ressortant de l'immeuble.

*Les choses prennent assez vilaine tournure par ici. Nous ne pouvons sortir de l'hôtel sans nous faire traiter d'*auslander *par un mendiant en guenilles.* Schlafsitz des Rabes *nous passe largement au-dessus de la tête. Nous rentrons le 2 septembre.*

Rebecca

Schlafsitz des Rabes ? Pas le moindre *Je t'aime*. Pas le moindre *Tu me manques*. Pas même un *J'ai envie de toi*. Néanmoins, le message était parfaitement transparent : nous rentrons le 2 septembre. Tiens-toi prêt.

Marty Blake, à son humble avis, avait à peu près autant besoin de Rebecca Webber que ses mocassins de chez Bally de la soudaine averse. On était encore à peu

342

près à une semaine du 2 septembre. Le temps de terminer l'enquête, de tirer les vers du nez à Max Steinberg et de se préparer au retour de Rebecca. Peut-être passerait-il chez Bloomingdale pour s'offrir un pyjama en soie avec une queue de lapin cousu au fond de culotte. C'était bien le moins qu'il puisse faire.

Le plus bizarre, dans tout ça, c'est que tout ce qui concernait la vie professionnelle de Blake baignait dans le beurre. Steinberg avait suffisamment pris la mouche pour lui signer un chèque portant un chiffre à trois zéros ; on avait mis sur écoute les lignes téléphoniques personnelle et professionnelles de Johan Tillson ; la maison de banlieue de John McGuire avait été si méticuleusement farcie de micros que Blake était persuadé qu'il pourrait entendre le juge chanter sous sa douche. Et, cerise sur le gâteau, Gurpreet Patel avait effectué une percée et envoyé à Marty Blake un télégramme péremptoire, aussi laconique que suffisant, le convoquant dans ses bureaux, tandis que Joanna Bardo l'avait appelé pour lui apprendre que son client d'âge mûr doté d'une épouse volage avait repris ses billes à la dernière minute, ladite épouse demandant le divorce. Apparemment, ce n'était pas pour aller retrouver son amant, mais bel et bien son avocat, qu'elle sortait en douce de chez elle.

Blake poussa la porte, passa son parapluie à l'extérieur. L'eau recouvrait le trottoir d'un flux tumultueux. S'il mettait le pied dans ce torrent, elle remonterait le long de ses Bally, et réussirait peut-être même à les noyer.

« Et merde », marmonna-t-il à haute voix. « Le créateur doit savoir souffrir pour son art. »

Il avait sous-estimé la vigueur de la déferlante. Non seulement l'eau inonda son mocassin, mais encore grimpa-t-elle le long de son tibia, pour culminer à la hauteur de son genou. Sensation finalement pas si déplaisante, reconnut-il. Mais les revers de son pantalon allaient dégouliner et ses chaussures produire des bruits de succion jusqu'au moment où il rentrerait chez lui pour en changer. Et, bien évidemment, Gurp Patel s'en rendrait compte.

« Comme c'est poétique, Marty Blake. Tu apportes à mon tableau ta propre contribution : un ruisseau babillant. » Il gesticula, désignant le mural qui les encerclait. « Assorti d'effets sonores des plus réjouissants.

— Que te répondre ? J'étais trop avide de savoir pour attendre à l'extérieur qu'elles aient séché.

— Malavisé. L'heure est à la patience. Tu vas devoir attendre, telle la mante religieuse dans les hautes herbes. Tu vas devoir...

— Arrête tes conneries. Tu n'es pas Bouddha. »

Gurp Patel caressa sa barbe. « Pas même bouddhiste », en convint-il. « Trop vu d'épisodes de "Kung-Fu". » Il ribaula des yeux. « Comprends-tu, Petit Scarabée... le garçon se transforme en homme, comme s'épanouit le bouton de rose. »

Blake contra par une citation de Jack Webb : « Les faits bruts, Gurp. Rien que les faits.

— Les faits, les faits. *Toujours* les faits. C'est ça le gros problème, avec vous autres les Américains. Droit à l'essentiel, mais absence totale de style. Les faits sont si... si foutrement flagrants.

— Ah ouais ? Ben, c'est justement pour *ton* style qu'on te paie. » Blake jeta un coup d'œil au mural, au plafond peint. « Pour te conforter dans la démence à laquelle tu t'es si bien accoutumé.

— Exact », rétorqua Gurp Patel. « Ce qui nous ramène directement à la question centrale : l'argent. Tu n'apprendras pas sans une certaine contrition que je te facture huit mille dollars un boulot que tu aurais très facilement pu faire tout seul.

— Et ces huit mille dollars sont censés s'ajouter aux trois mille que je t'ai déjà versés ? » Blake avait délibérément ignoré la seconde partie de la proposition. Les raisons qui l'incitaient à ne pas se livrer lui-même aux recherches préliminaires ne regardaient nullement Patel.

« Tes dents devraient pourrir et tomber d'elles-mêmes pour avoir osé poser une telle question.

— Je prends ça pour un oui ?

— Absolument.

— Et tu ne me donneras le renseignement que lorsque je t'aurai payé ?

— Absolument.

— Ça me paraît beaucoup trop, pour "un boulot que j'aurais pu faire moi-même".

— Considère que c'est un enseignement. En outre, si tu aurais effectivement pu faire ça tout seul, tu aurais également perdu un temps infini, et ça n'aurait pas été sans mal. Rien n'était à l'endroit où il aurait dû se trouver. J'ai dû me transformer en un véritable détective.

— Par opposition à un *faux* détective ?

— Absolument.

— Comment puis-je avoir la certitude que ce que tu détiens vaut bien une somme pareille ?

— Ça n'entre pas en considération, dans la mesure où tu me payes pour mon travail, et non pour mes résultats.

— Pour le style, mais pas pour l'essentiel ?

— Absolument. »

Blake marchanda encore pendant quelques minutes,

puis se rendit compte qu'il ne montrait aucune disposition ou inclination pour ce petit jeu. Son imagination vagabonda, et ses pensées se tournèrent vers Rebecca Webber, chez lui, alors qu'ils se livraient à une débauche effrénée tandis que le magnétophone enregistrait. Les images le stimulèrent, et notamment la fin du scénar, lorsqu'il expliquait à Rebecca que quelqu'un les écoutait. Piquerait-elle une colère et quitterait-elle l'appartement comme une furie ? Ou bien au contraire éclaterait-elle de rire et, se prenant au jeu, exigerait-elle des caméras vidéo ?

« Écoute, Gurp. Au départ, tu m'as demandé sept mille dollars, et j'étais disposé à te verser cette somme. Tu n'aurais jamais dû me dire que j'aurais pu parvenir au même résultat sans ton aide. Nos vies à tous les deux tournent autour de l'information, et c'est précisément le genre d'information qui incite au marchandage. »

Patel se redressa dans sa chaise, et pointa le ventre en avant, propulsant sa gigantesque bedaine dans la direction de Blake. « Je me suis toujours conduit amicalement avec toi, Marty Blake. Trop amicalement, peut-être. Tu devrais garder en tête que je peux également me comporter en ennemi.

— Dans mon actuel état d'esprit, ça n'a plus grande importance. » Blake croisa les bras, et refusa d'en démordre. « Je ne m'inquiète pas outre mesure de ce qui se passera après, quand j'aurai fait ce que j'ai à faire, parce que, d'une façon ou d'une autre, ce n'est pas moi qui mènerai la barque. Je vais sombrer, et je ne vois rien d'autre à ajouter.

— Dans ce cas, tu n'auras plus l'usage de ce fric. Dans ce cas, tu devrais me refiler *tout* ton argent. » En dépit de son ton badin, son expression s'était radoucie.

« Pourquoi fais-tu tout cela, Marty Blake ? Au nom de la justice ? Je pensais bien te connaître, mais ce n'était nullement le cas, apparemment. Tu n'es pas l'Américain merveilleusement cynique que je croyais. La justice ? Non, je reviens sur mon opinion et je dis à présent que tu es un Américain merveilleusement romantique. Peu te chaut que la victime soit morte. Tu fais ça pour le principe. »

Blake s'exhorta bien à briser là, en son for intérieur, mais se surprit néanmoins à répondre. Peut-être, se persuada-t-il, est-ce parce que trop de gens m'ont déjà posé trop souvent cette foutue question. Et que je me retrouve dans l'obligation de trouver une réponse qui les oblige enfin à la boucler

« La justice n'est pas en cause », dit-il d'une voix égale. « Il s'agit de l'arrogance de Samuel Harrah. Et de la mienne propre, qui s'efforce de la surpasser. Appelle ça si tu veux le syndrome de l'Everest. Je veux Samuel Harrah, parce qu'il est ce qu'il est. Parce qu'il est là, tout simplement. »

Patel s'accorda un moment de réflexion. Puis il secoua la tête en souriant. « Alors, tu seras fort désappointé d'apprendre que je n'ai pu établir aucun lien direct entre Samuel Harrah et John McGuire, ni entre le premier et Johan Tillson.

— Est-ce à dire que tu veux bien t'asseoir sur les quatre mille dollars de dépassement ?

— Je fais ça par pure bonté d'âme. » Patel inclina la tête avec modestie, avant d'accepter l'argent, puis de le compter. « Parfait. Maintenant, j'ai commencé par les relevés bancaires de Johan Tillson, en partant du principe que le pot-de-vin avait dû être considérable, car Johan Tillson est un homme fortuné qui ne permettrait pas à l'assassin de sa femme de courir les rues en toute liberté pour une question de quelques sous. Rien de ce côté, Marty Blake, pas de grosses sommes d'argent déposées sur le compte, ni de plus petites sommes déposées régulièrement. Même chose pour ses cartes de crédit... tout est normal ; il alimente tous les mois avec un chèque ordinaire. Son portefeuille d'actions est étoffé, mais n'a donné lieu à aucun mouvement au cours de la période considérée.

« Bon, naturellement, je me suis dit que Samuel Harrah recourait au bâton plutôt qu'à la carotte. Conclusion fort déprimante, car les menaces ne laissent pas de traces comptables. Néanmoins, je persiste. Le pot-de-vin est peut-être passé par l'entreprise de Tillson. Si tel est le cas, nous avons de la chance que ses données comptables soient informatisées. Si j'avais dû fouiller dans des classeurs... »

Blake se redressa dans sa chaise, eut un petit sourire en coin : « Gurp, serais-tu en train de me dire que tu es entré par effraction dans les bureaux de Tillson. » L'image de Gurp Patel hissant sa bedaine en forme de boule de bowling par une fenêtre du deuxième étage était trop belle pour qu'on y résiste.

« Pas personnellement, bien entendu. » Il se pencha en avant, se tapota le nez du bout de l'index. « Dans mon jeune temps, tu sais, on me surnommait le James Bond asiatique. Un garçon audacieux et intrépide, tu peux m'en croire.

— Mais... aujourd'hui ?

— Aujourd'hui, je finance mes... fric-frac. Mais, nous parlions de *Tillson Enterprises*. Au début, donc, je me mets en quête d'une importante tractation commerciale, qui n'échapperait pas à l'inventaire. Un bon de commande, par exemple, émis par une société fictive. Mais les comptes témoignent d'une déprimante norma-

348

lité, à l'exception d'une seule et unique entrée. Cinq mois après la mort de Sondra Tillson, Johan Tillson achète l'entrepôt de Long Island City qu'il louait auparavant. Montant total de la transaction : deux cent mille dollars. Le vendeur ? *Landsman Properties*.

« Bon, je reconnais volontiers ne pas être un expert en ce qui concerne l'immobilier new-yorkais, mais ça me paraît tout de même sacrément bon marché pour un bâtiment de quatre étages et de quarante mille mètres carrés. D'autant que M. Tillson payait jusque-là six mille dollars par mois pour la seule jouissance de deux étages. Donc, j'effectue des recherches plus approfondies au cadastre et je découvre que le bâtiment a changé de mains deux mois avant que Johan Tillson ne l'achète. Le prix ? Huit cent mille dollars.

« Nous y voilà, donc. Ton pot-de-vin servi sur un plateau d'argent, comme on dit. Le tout de notoriété publique, si bien que tu aurais parfaitement pu l'apprendre par toi-même, sans mon aide. Dis-moi un peu, je te prie, Marty Blake... Comment comptes-tu justifier cette dépense à ton client ? »

Blake baissa les yeux pour consulter sa montre, en tapota le verre, la porta à son oreille. « Le temps file, Gurp. À moins de cavaler comme un beau diable, il me reste à peine une heure pour boucler ça et filer à Manhasset avec mon coéquipier. Quant à mon client, bon... pour autant que je sache, je suis mon propre client. Maintenant, parle-moi un peu de *Landsman Properties*.

— *Landsman Properties* était une société basée dans le Delaware. Elle...

— "Était", as-tu dit ?

— En effet. Maintenant, je te prie de m'écouter attentivement. Elle a été créée un mois très exactement avant l'acquisition de l'entrepôt. Et dissoute un mois après le transfert de la propriété à Johan Tillson. Le seul actionnaire de la désormais défunte *Landsman Properties* est un certain Alan Green, père d'Edward Green.

— Le bourgmestre de Manhattan ? Cet Edward Green-*là* ? » Bien que l'information s'imbriquât sans bavures dans le puzzle, Blake était pour le moins soufflé. Et se disait que la toute dernière chose dont il avait besoin, c'était bien d'un autre ennemi tout-puissant.

« Oui, c'est effectivement la seule et même personne. Ce qui ne signifie pas, bien entendu, qu'Edward Green est l'amant et l'assassin de Sondra Tillson. Peut-être son père a-t-il tout fait lui-même. Certes, Alan Green est âgé de soixante-dix-huit ans et hémiplégique à la suite d'une attaque, mais... » Patel s'interrompit à mi-phrase, attendit une réaction de Blake et se vit répondre par le sourire qu'il en escomptait. « En tant que bourgmestre, Edward Green ne peut pas avoir versé lui-même le pot-de-vin. Chaque année, la loi l'oblige à divulguer publiquement ses comptes ; toute transaction douteuse ferait inéluctablement l'objet d'une enquête. Mais le père, lui, n'a pas à se soumettre à une telle contrainte, Marty Blake. En outre, tu dois également tenir compte du fait que le père a, pendant près de cinquante ans, été mêlé à... pas mal de combines frauduleuses. »

Blake hocha la tête, rendant à César ce qui revient à César. Le vieux bonhomme avait gentiment ficelé son affaire. « Je suppose que tu as un listing, avec les dates et les chiffres.

— Tu supposes très bien. Bon, en ce qui concerne l'honorable John McGuire, ses comptes sont parfaitement en ordre. C'est un homme dont le patrimoine se réduit à sa seule maison, évaluée à cinq cent cinquante mille dollars, mais qu'il a achetée en 1971. Je peux t'assurer, Marty Blake, qu'aucun argent n'a changé de main.

— Je me suis peut-être trompé sur le compte de McGuire », accorda Blake. « Peut-être guignait-il simplement sa réélection, et s'est-il dit que la modestie était le plus beau fleuron du brave. Après tout, Billy Sowell était accusé du meurtre d'une Blanche. Le relaxer sur un simple vice de procédure ne lui aurait pas rapporté des masses de voix.

— Non, tu avais entièrement raison, mais ce n'est pas dans les finances de John McGuire qu'on peut trouver la réponse. Mais dans les journaux, où tu aurais pu la trouver aisément si tu avais pris la peine de les consulter. Selon le *New York Times*, Bradford, le fils de John McGuire, a été arrêté pour avoir vendu quatre onces de cocaïne à un flic en civil, quatre mois avant que Billy Sowell ne soit traduit devant un tribunal. C'est la troisième fois que Bradford est arrêté : la première fois pour tapage sur la voie publique, et la deuxième pour une infraction de classe C. Ces deux indélicatesses lui ont valu à chaque fois un sursis avec mise à l'épreuve. À présent, il risque la prison ferme mais, deux mois avant que John McGuire ne statue contre Billy Sowell, son fils bénéficie d'un non-lieu pour manque de preuves. La cocaïne a disparu du labo, Dieu sait comment. »

Il n'y avait rien de plus à ajouter. Blake entreprit de se lever, tout en se fendant du compliment requis : « C'est parfait, Gurp. Mais, maintenant, il serait temps de lâcher les fauves. Plus que temps.

— Avant de partir, veux-tu bien me dire comment tu vois l'affaire ?

— Simple, Gurp. Edward Green a tué Sondra

Tillson et Samuel Harrah l'a couvert. Je... Gurp, serais-tu assez curieux pour accepter de consacrer quinze minutes de ton temps à l'examen de l'extrait de naissance de Billy Sowell ?

— Dix minutes suffiront largement. »

Douze minutes plus tard, le document s'inscrivait sur l'écran du terminal. Sowell était né le 16 mars 1976, à l'hôpital du Columbia Memorial. Il pesait trois kilos et deux cents grammes à la naissance. Sa mère était inscrite sous le nom de Barbara Sowell. Son père était Edward Green.

« Le voilà, ton lien », dit Blake. « Voilà comment Barbara Sowell gagnait son fric, à charge pour elle de garder Billy Sowell bouclé dans son appartement. C'est pour ça qu'elle n'avait plus rien à sa mort. Les renseignements inscrits sur l'extrait de naissance ont été fournis par la mère. Green aurait pu nier, mais il briguait — brigue encore — le poste de maire, alors il a préféré cracher au bassinet. Merde, je te parie mon testicule gauche qu'il soudoyait Samuel Harrah comme il soudoyait Barbara Sowell. Tu vois, ce qui n'arrêtait pas de me tracasser, c'est comment on avait bien pu monter le coup à Billy. Comment on avait retrouvé cette pauvre poire, ce malheureux demeuré sans domicile fixe ? Maintenant, j'ai ma réponse : Edward Green a tué sa maîtresse, puis il a sacrifié son fils, pour devenir le maire de tous les New-Yorkais au lieu de purger une peine de quinze ans à la prison à vie dans une prison de l'État de New York. » Blake s'interrompit brusquement. « Tu sais la meilleure, Gurp ? La meilleure, c'est que Green et Harrah se croient à l'abri. Green compte ses voix et Harrah compte ses sous. Mais, comme le disait LBJ d'Hubert Humphrey, j'ai leurs couilles dans ma poche. »

DOUZE

« Donc, c'est la dernière version », fit Blake à son coéquipier. « Edward Green égorge sa maîtresse, puis demande à Samuel Harrah de le sortir du pétrin. Green est un politicien important, alors peut-être connaît-il suffisamment bien Harrah pour lui demander de lui rendre un service. À moins qu'Harrah ne fasse chanter Green depuis le début et que le traquenard constitue tout simplement un bonus supplémentaire. Quoi qu'il en soit, l'incorruptible Bela Kosinski est sur les dents et ils savent que Tillson va flancher s'ils ne trouvent pas très rapidement quelqu'un. Mais qui ? Ce n'est pas comme s'il y avait une centaine de candidats prêts à s'engouffrer dans la brèche. S'ils se trompent dans leur choix, et que leur candidat se trouve un avocat et un alibi, ils se retrouvent encore plus mal barrés qu'au départ. Or, il se trouve qu'Edward Green, notre intrépide meurtrier, a dans sa propre famille la dupe idéale. Un Billy Sowell ivrogne, retardé mental et sans-abri, qui crèche dans un carton d'emballage sur les bords de l'East River. Son propre bâtard de fils.

— Ça tient la route, Marty. » Kosinski effleura la poignée de son .38, sa façon bien à lui de toucher du bois. « Et je n'ai pas le moindre doute quant à nos chances d'en apporter la preuve. Mais laissez-moi vous poser une question. Que croyez-vous que Samuel Harrah fasse de tout ce fric ? Un chantage qui dure depuis des années. Il doit bien le planquer *quelque part*, non ?

— Tout à fait.

— Et mettre la main sur une grosse somme d'argent qu'Harrah ne pourrait pas justifier, ce serait une preuve irréfutable, non ? Une preuve qui suffirait à l'envoyer derrière les barreaux ? »

Blake pianota sur son volant pendant quelques secondes, puis se tourna vers son coéquipier : « J'y ai déjà pensé, Bell. Et je pourrais fort probablement trouver moi-même la planque d'Harrah, si ça devait suffire. Mais j'ai claqué sept mille dollars pour obtenir une information que nous détenions déjà et je commence à être un peu à court. En outre, je dois m'employer à récupérer le matos et à adresser les bandes à qui de droit. Nous ne sommes jamais que deux, reconnaissons-le. On ne peut pas tout faire. Si jamais nous mettons à côté de la plaque avec McGuire et Tillson, ou s'ils trouvent la quincaillerie, nous devrons nécessairement nous en prendre directement à Harrah mais, pour l'instant, je crois que nous devons nous en tenir à ce que nous avons déjà sur le feu. »

Ils étaient assis dans un fourgon U-Haul de location, devant un magasin de spiritueux du Northern Boulevard, à Manhasset. Kosinski sirotait joyeusement sa pinte de Smirnoff, en se faisant l'effet d'être un nourrisson suralimenté se cramponnant à son biberon froid de lait de substitution. Il avait déjà éprouvé pire impression. « Dans ce cas, pourquoi est-ce que j'ai de la peine pour Goliath ? »

Blake, pour toute réponse, mit le contact et se dirigea vers l'est en prenant tout son temps, exultant à chaque feu rouge, jubilant quasiment. Kosinski, pour sa part, regardait droit devant lui. À sa façon bien personnelle, sans rien en trahir extérieurement, il se montait le bourrichon. Se préparait à affronter l'honorable John McGuire, l'ex-libéral et membre de la Ligue américaine des droits de l'homme, l'homme qui avait troqué la vie de Billy Sowell contre quelques années de celle de son fils. La vie d'un innocent, contre celle d'un malfrat et d'un dealer de came.

« Nous n'en discutions jamais », déclara-t-il sans préambule. « À la Crim. Nous ne parlions jamais de ce qui fait la grosse différence. Je suppose que ça vaut également pour la Répression des crimes sexuels mais je n'ai jamais travaillé dans cette brigade. Ce que j'essaye de dire, c'est qu'à la Criminelle, on se retrouvait inéluctablement avec une victime gisant sur une dalle de la morgue. Pas exactement comme de traquer les putes ou les junkies. Je sais bien que tout le monde dit qu'on n'est pas censé s'apitoyer sur eux mais passer les menottes à une tapineuse dont les deux bras présentent des rails de haut en bas, ce n'est pas exactement la même chose que de lire ses droits à un tueur. Tous ceux qui ont bossé à la Crim pourront vous le dire. À vrai dire, la plupart des flics haïssent leur boulot, et toute la merde qui va avec. À la Crim, la seule chose dont j'avais horreur, c'était de ne pas pouvoir boucler une affaire. »

Blake prit à gauche vers Onderdonk Avenue. Le faubourg commerçant de Northern Boulevard cédait rapidement la place à un quartier de maisons particulières cossues, entourées de pelouses touffues d'un vert émeraude. Les fleurs du mois d'août — asters, gueules-de-loup, dahlias, roses trémières, zinnias — s'épanouissaient derrière des plates-bandes tracées au cordeau de soucis, d'impatiens ou d'alysses. Une brume vaporeuse, encore accentuée par un ciel plombé, atténuait les couleurs les plus vives, les confondait et les uniformisait. Les feuilles denses et compactes des érables du Japon, aux yeux de Marty Blake, évoquaient de compactes murailles de brique d'un rouge terne.

Au Paradis, songeait-il. Voilà à quoi ça ressemble. À un paradis à deux vitesses, où les humains auraient la main haute sur tout, sauf sur les enfants. Certains de ces gosses, en dépit du statut élevé de leurs cadres supérieurs de parents, finissaient, Dieu sait pourquoi, en junkies ou en dealers. Et c'est là que tous leurs beaux discours sur la loi et l'ordre partaient en brioche : « Oh, je vous en supplie, monsieur le président, c'est un gentil garçon. Laissez une chance à mon petit trésor. Je sais bien que je ne vote que pour les juges qui envoient les petits voleurs de sacs à main aux galères, mais donnez une seconde chance à mon bébé. Vous voyez bien que ce n'est pas un Négro. »

Blake se gara le long du trottoir devant le 2115, Andrew Street. La maison, l'une des rares maisons du voisinage à être bâtie dans le style ranch, s'étendait sur un lotissement carré d'une superficie d'un quart d'hectare. Le jardin du fond s'abritait derrière une palissade de séquoia de quelque deux mètres vingt de haut, palissade exigée tant par la municipalité que par la compagnie d'assurance de John McGuire, afin d'empêcher les enfants en bas âge de s'approcher de la piscine destructurée installée derrière la maison.

Lors de la précédente visite de Blake, ladite palissade avait répondu à un usage fort différent. Caché dans son ombre, il avait pu prendre tout son temps pour désarmer le système d'alarme, ouvrir la porte arrière du patio sans fracturer le loquet et entrer et ressortir sans laisser la moindre trace. Elle lui avait permis d'enterrer un récepteur-enregistreur dans une plate-bande de pachysandras, de contrôler ses défectuosités éventuelles sans s'inquiéter des voisins, des passants ou des chiens errants. Blake, comme tous les cambrioleurs, portait une grande affection aux palissades élevées.

« Vous vous sentez prêt ? » demanda-t-il.

« Ouais », répondit Kosinski. « Ça fait un bail.

— Merde, j'aimerais pouvoir entrer, moi aussi. » Blake se faufila à l'arrière du fourgon, tripota l'interrupteur d'un récepteur-enregistreur identique à celui qu'il avait enterré dans le jardin. Il voulait quelque chose de tangible, au cas où Harrah serait assez futé (ou suffisamment parano) pour s'assurer qu'il ne faisait pas l'objet d'une éventuelle surveillance. Il savait d'ores et déjà qu'il n'obtiendrait pas cette preuve tangible par Johan Tillson, puisque celui-ci vivait au dix-neuvième étage d'un immeuble de rapport hautement sécurisé du quartier de Riverdale, dans le Bronx. Blake avait réussi à installer un micro sur les lignes téléphoniques du sous-sol, mais l'appartement en soi représentait un bien gros risque pour un si faible rapport.

« Je sais ce que vous pouvez ressentir, Marty. » Kosinski ouvrit la porte, posa un pied sur le bitume. « Alors, à mon avis, vous devriez profiter de l'occasion pour améliorer votre technique. Repasser ce que vous auriez dit, puis le comparer avec ce que va dire le maître.

— Merci, champion. Et bonne chance. »

TREIZE

La chance, songeait Kosinski en remontant l'allée, n'a strictement rien à voir là-dedans. Quand tu as les cartes que j'ai en main, ton seul travail, c'est d'inciter le suspect à continuer à causer. Tâche qui ne devrait pas être si compliquée que ça, puisque je ne suis pas un flic, et tâche qui, de toute façon, ne portera pas à conséquence, parce que je n'ai pas non plus l'intention de lui soutirer une confession. Même si ça peut lui mettre du *baume* au cœur.

Il sonna, puis déboutonna sa veste pour laisser bien en vue la poignée de son .38. Lorsque la porte s'ouvrit, une minute plus tard, il fit délibérément table rase de toute expression.

« Monsieur le juge McGuire ?

— Oui ?

— Je m'appelle Bela Kosinski, et je suis détective privé. » Il montra sa carte, laissa à McGuire le temps de bien la regarder. « Je travaille pour le compte d'un avocat du nom de Max Steinberg, lequel défend les intérêts d'un dénommé William Sowell. Si vous vous souvenez bien, Sowell a plaidé coupable d'un meurtre dans votre prétoire. » Il attendit la réponse, prit pour telle le hochement de tête maussade de McGuire. « Le problème, dans cette affaire, monsieur le juge, c'est qu'on nourrit à présent de très sérieux doutes sur la culpabilité réelle de ce garçon. Bon, je suis à présent à la retraite, mais j'étais à l'époque chargé de l'enquête, de sorte que cette affaire m'est on ne peut plus familière, sous son aspect policier, s'entend, et je ne le crois pas coupable.

— Vous vous disposez à faire appel ? »

Les petits yeux gris de McGuire en révélaient encore moins à Bell Kosinski que le ton détaché de sa voix. Âgé d'une cinquantaine d'années environ, McGuire affichait quinze kilos de trop, ramassés pour la plupart en une lourde bedaine qui pendait sur sa ceinture, mais il se tenait néanmoins très droit, les épaules rejetées en arrière et le cou raidi, comme s'il se préparait à bondir.

« Nous estimons que son avocat était un incapable. C'est pour cela que j'aimerais m'entretenir avec vous. Si vous avez quelques minutes à me consacrer. » Kosinski ne manqua pas de remarquer la seconde d'hésitation, et le rapide clignement de paupières de McGuire, le temps qu'il prenne sa décision. « Écoutez, monsieur le juge, j'ai été inspecteur pendant quinze ans. J'ai entendu tous les mensonges foireux que les criminels peuvent avancer, et je ne crois pas ce garçon coupable. Si vous pouviez simplement m'accorder quelques minutes de votre temps pour revoir l'affaire avec vous, je suis persuadé que je pourrai vous convaincre. J'ai rendu visite à Sowell il y a quelques jours, voyez-vous, et, croyez-moi, il passe par une épreuve terrible. Ce garçon n'est ni plus ni moins qu'une victime. »

McGuire piétina un moment sur place, jeta un coup d'œil à l'intérieur de la maison. « Bon, très bien, quelques minutes ne me tueront pas, je suppose, mais nous allons devoir faire preuve de discrétion. Ma femme est souffrante. Elle se repose dans sa chambre. » Kosinski emboîta le pas au juge, qui lui fit traverser le salon désert pour l'introduire ensuite dans un petit bureau, situé tout au fond de la maison. McGuire referma la porte derrière eux, fit signe à Kosinski de prendre une chaise. « Voyez-vous », fit-il, « ce n'est pas sans une certaine appréhension que j'ai accepté le compromis dans l'affaire Sowell. Le dossier de l'accusation n'était pas franchement solide et son avocat m'a paru un peu trop pressé de négocier un deal. Néanmoins, j'avais les mains liées. J'ai...

— Gardez ces bobards pour les journaux, monsieur le juge. Parce que c'est là, très exactement, que votre nom va s'inscrire. »

Les yeux de McGuire se relevèrent brusquement, cherchant ceux de Kosinski, puis s'abaissèrent tout aussi soudainement pour revenir fixer le buvard de son sous-main. « Il me semble que vous feriez bien de vous expliquer. » S'il réussit indubitablement à insuffler une certaine véhémence à ses premiers mots, sa voix retomba avant même qu'il n'eût terminé sa phrase.

« J'ai menti, tout à l'heure », dit Kosinski. « Volontairement. Pour vous amener à ce stade. » Il s'interrompit, attendant une quelconque réaction. Voyant qu'il n'en obtenait pas, il décida que McGuire n'avait pas la conscience tranquille. « Billy Sowell n'a nullement l'intention de faire appel, voyez-vous. Et savez-vous pourquoi ? Parce que les *morts* ne sont pas autorisés à interjeter appel.

— Mort ?

— Ouais, et tué au cours d'une agression sexuelle, en l'occurrence. Le légiste semble avoir conclu à la non-préméditation... il aurait refusé de se laisser faire et ses agresseurs — il y en avait plus d'un, au fait —

l'auraient tabassé un peu trop violemment. Moi, pour ma part, j'estime que ça faisait partie intégrante de la fiesta. Qu'ils ont pris leur pied à le cogner, à le baiser, à le regarder s'égosiller, à le forcer à les supplier, à l'humilier. Faut voir la chose comme un tout. Un blot. »

McGuire pivota sur sa chaise pour se tourner vers la fenêtre. Il fixa la piscine pendant un bon moment, puis se retourna vers Kosinski. « Ça ne s'arrête pas là, j'imagine.

— Oh, non, monsieur le juge, ça ne s'arrête pas là. Vous ne vous imaginez certainement pas que je suis passé vous voir pour le seul plaisir de casser du sucre sur le dos de l'avocat de Billy Sowell, pas vrai ? » Kosinski s'interrompit, considéra que le silence de McGuire valait acquiescement. L'agneau implorant le couteau du boucher. « Dites-moi une chose, monsieur le président... que pense la Ligue des droits de l'homme du recours à l'hypnose pour raviver les souvenirs ? Placent-ils cette méthode en tête de leur liste des preuves admissibles ? Vous étiez autrefois un libéral de choc, n'est-ce pas ? Un ardent défenseur de la veuve et de l'orphelin ? Un garant de la Constitution ? Qu'est-il advenu de cette foutue Constitution lorsque vous avez admis le témoignage de Melody Mitchell, suite à cette séance d'hypnose ?

— Nous avons eu une audience spéciale relative à cette séance d'hypnose. Le matériel recueilli n'était pas pertinent. Il n'apportait rigoureusement rien à l'identification du suspect par Mitchell. »

La voix de McGuire s'était quelque peu raffermie, comme s'il se remémorait les arguments soulevés lors de cette audience. Peut-être les avait-il ressassés au fil des ans, en s'efforçant de se soustraire à l'amère vérité de son acte. Kosinski n'aurait pu en jurer mais, alors même qu'il ne semblait nullement disposé à sortir sa grosse artillerie, il paraissait en revanche tout à fait enclin à débattre de la culpabilité de Sowell. Il se leva, laissa sa chaise basculer en arrière, à la renverse, et se pencha par-dessus le bureau.

« Causons un peu, voulez-vous. À cœur ouvert, pour que vous compreniez bien par quoi je suis passé. J'ai interrogé le témoin, Melody Mitchell, quelques heures après la découverte du corps. Elle n'avait strictement rien vu. Vous pouvez m'en croire, parce que j'ai pas mal d'expérience en la matière. Melody Mitchell a été téléguidée tout du long. Mais, bien entendu, ça ne vous a pas échappé, n'est-ce pas ? Vous avez vu la présentation de photos et vous saviez qu'elle était tendancieuse. Vous avez visionné la séance d'hypnose sur vidéocassette et vous saviez parfaitement que Mitchell cherchait la cicatrice, cette cicatrice qui, précisément, apparaissait sur le visage de Billy Sowell lorsqu'ils l'ont fait défiler pour la confrontation. Vous saviez tout ça, et vous avez laissé faire alors que vous auriez pu y mettre un terme à vous tout seul, espèce de misérable ! » Il beuglait, à présent, à tel point que ses cordes vocales vibraient et se détachaient en relief sous la peau de son cou. Tout cela lui était si familier, si routinier, si rebattu. Son visage devait être cramoisi, la salive écumante devait sécher à ses commissures, les fentes de ses yeux devaient être aussi étroites et braquées que celles d'un pitbull en train de charger.

McGuire rejeta sa chaise en arrière, s'accordant un peu de place pour respirer : « Il s'agissait d'aveux circonstanciés. Ne l'oubliez pas. »

Kosinski sourit, puis permit à sa colère de s'éteindre. Il put sentir retomber les muscles de ses mâchoires et de son front, comme le rideau à la fin d'une pièce de théâtre. C'était peut-être un peu prématuré mais, encore une fois, McGuire n'était pas un criminel endurci. Il fallait un bon bout de temps pour ramollir les criminels endurcis.

Il contourna le bureau, puis croisa les bras et s'assit sur le rebord : « Signe manifeste de mauvaise conscience, monsieur le juge. Vous auriez dû me virer — c'est ce qu'aurait fait tout homme innocent — mais vous voulez savoir si j'ai percé à jour votre petit micmac. Vous voulez savoir ce que je sais exactement sur votre compte. » Il secoua la tête et répéta : « Ouais, de mauvaise conscience.

— C'en est trop, il me semble.

— Écoutez-moi bien. » Kosinski ignora la remarque de McGuire, ne se départit point de son ton cordial et discret : « Les gens dont le QI tourne autour de soixante-cinq ne font pas d'aveux circonstanciés. Et vous savez pourquoi ? Parce qu'ils n'ont pas les moyens de donner les détails. Mais je ne vous apprends rien, n'est-ce pas ? Tout comme vous saviez que vous ne disposiez pas du moindre lambeau de preuve permettant d'établir sa présence sur les lieux du crime. Pas le moindre. Et comme vous saviez également que le gosse avait été interrogé pendant soixante-douze heures d'affilée hors de la présence d'un avocat. » Il éclata d'un rire sonore. « Bon Dieu, le procureur a dû pisser dans son froc quand vous lui avez exposé l'affaire. John McGuire, le superlibéral. John McGuire, la providence de tous les criminels. Merde, vous relaxez des assassins parce qu'un flic de base a oublié de mettre leur barre aux *t*. Des procureurs nantis d'un dossier en béton armé choppent la courante chaque fois qu'ils doivent mettre le pied dans votre prétoire. Dites-moi un peu, monsieur le juge... Qu'est-ce qu'ils ont dit, vos petits copains de la Ligue des droits de l'homme quand vous avez condamné Billy Sowell à l'enfer sur la terre ? »

McGuire passa le bras autour du corps de Kosinski, pour prendre le téléphone et le poser sur ses genoux. Le second réagit en écartant le pan gauche de sa veste. Il regarda le regard de McGuire s'abaisser sur le .38 niché dans son holster d'aisselle. « Vous tracassez pas, Votre Honneur. Je ne vais pas tirer. Mais il y a une petite chose que j'aimerais vous montrer, au cas où vous auriez encore... les idées *embrouillées*. » Il sortit une photocopie de la poche de sa veste, la lissa pour défroisser les plis, puis la tendit à John McGuire. « Bon, la première chose que j'aimerais souligner, c'est la date qui apparaît sur cette page. Dans le coin du haut, à droite. Vous voyez ? Le 28 novembre, le lendemain matin de l'assassinat de Sondra Tillson. Maintenant, jetez un coup d'œil sur la photo. Vous voyez ce visage que j'ai entouré ? C'est celui de Billy Sowell. La photo a été prise à peu près au moment où Sondra Tillson se faisait trancher la gorge.

— Pourquoi ne l'a-t-il pas dit ? » McGuire parlait d'une voix sourde, à la limite du chuchotement. Il pressait le téléphone contre son ventre, blotti entre ses bras.

« Voyez-vous, monsieur le juge, je n'ai jamais eu l'occasion de lui poser la question mais, à mon avis, il y a au moins trois bonnes raisons au fait qu'il n'a pas fourni d'alibi pour se disculper. Le première, c'est que personne ne lui a jamais demandé où il se trouvait, sauf deux semaines après les faits. La deuxième, c'est qu'il était débile mental et n'avait aucune notion du temps. La troisième, c'est que c'était un ivrogne impénitent. Mais quelqu'un qui connaissait la vérité a bel et bien refait surface. Un certain Collars. Il s'est pointé au commissariat et l'inspecteur Brannigan lui a collé un revolver sur la tempe. En lui conseillant de n'y jamais remettre les pieds.

— Croyez-vous réellement que j'étais au courant de ce détail ? » McGuire reposa le téléphone au sol. Il se redressa dans sa chaise, entreprit de reboutonner son cardigan. « Si j'ai fait une erreur, vous m'en voyez navré. Vous pouvez toujours, j'imagine, porter plainte auprès du bureau du juge principal. J'encourrai sans doute un blâme, ça ne me surprendrait pas outre mesure, mais...

— Assez. Suffit. Je vous en prie. Vous allez me briser le cœur. » Kosinski se leva. « Vous savez, admettre le témoin et les aveux, ce n'est pas ce que vous avez fait de pire. Loin de là. La pire chose que vous ayez faite — la plus grosse saloperie du siècle —, c'est de laisser Billy renoncer à son droit à se pourvoir en appel. Parce qu'à la longue, ça s'est avéré ni plus ni moins une véritable condamnation à mort. » Kosinski ôta sa veste, la balança sur son épaule, la laissa tomber par terre. « À présent, avant d'entrer dans le vif du sujet, j'aimerais vous montrer que je ne porte pas de micro. La bonne règle, si je me souviens bien, exige que je me déloque. »

Il avait déjà ôté sa chemise, sa cravate et son étui d'aisselle lorsque McGuire l'interrompit d'un geste. « Suffit », dit-il. « Suffit.

— Suffit ? » marmonna Kosinski dans sa barbe, tout en se rhabillant. En prenant son temps. Lorsqu'il eut terminé, il sortit la bouteille de Smirnoff de sa poche de veston, en but une longue lampée, puis offrit à McGuire les deux derniers doigts de vodka qui restaient. « Allez-y, prenez », dit-il. « Ce que vous avez fait n'était pas méchant. J'aurais fait exactement pareil à votre place. L'avenir de votre gosse était en jeu. »

À la mention de son fils, McGuire réagit par un brusque soubresaut de la tête, mais il prit la bouteille, se contenta tout d'abord d'en boire une gorgée, puis la vida. Il aurait tout aussi bien pu exprimer son pressant désir de soulager sa conscience. Kosinski sentit ce qu'il ne pouvait décrire que comme un élan d'allégresse inonder tout son corps. Un peu comme un coureur de marathon qui approche de la ligne d'arrivée, alors que son concurrent le plus proche est toujours hors de vue.

« Le procureur m'avait dit que Sowell était coupable », dit le juge. « De façon officieuse. Il a précisé que plusieurs informateurs qui tenaient à rester anonymes avaient corroboré les aveux de Sowell. »

Kosinski revint s'installer sur le rebord du bureau. « Peut-être vous l'a-t-il effectivement dit, monsieur le juge, mais ce n'est pas pour cette raison que vous avez autorisé l'incarcération de Sowell.

— Je n'ai jamais dit que c'était pour cette raison. » Il fixa son interrogateur pendant quelques secondes avant de poursuivre. « Voyez-vous, j'ai réellement cru à la culpabilité de Sowell. Je sais bien que vous refusez de le croire, mais c'est pourtant la vérité. Oh, je savais pertinemment qu'on ne pouvait en apporter la preuve, et que si je récusais Melody Mitchell et les aveux de Sowell, il ne pourrait être inculpé. Et je n'avais pas non plus oublié que j'avais prêté serment de défendre les Constitutions de New York et des États-Unis. Je n'étais nullement oublieux des devoirs de ma charge, mais je n'ai pas non plus envoyé de propos délibéré un innocent en prison.

— Ils vous tenaient par les couilles, pas vrai ? Bradford, votre fils unique, risquait une peine de prison ferme. Un petit-bourgeois comme lui ? Les requins d'Attica l'auraient bouffé tout cru au petit déjeuner. Qu'est-ce que vous pouviez faire, hein ? » Kosinski hésita une seconde, puis balança un gros mensonge avec décontraction. La facilité avec laquelle il effectua la transition le combla d'aise. « J'ai un garçon de dix-neuf ans, moi aussi. Pas trop mal pour un ado de New York, mais pas non plus franchement impeccable. S'il s'attirait des ennuis ? Risquait de vivre un enfer ? Mais, bordel, je ferais n'importe quoi pour le tirer de là. »

McGuire inspira profondément. Ses mains étaient toujours croisées sur ses cuisses. Il les contempla pendant un moment, puis prit sa décision. Celle à laquelle Kosinski s'attendait, et que tant de criminels avaient déjà prise devant lui. Il décida de passer outre, d'en finir. Il le regretterait plus tard, bien entendu. C'était valable pour tout le monde.

« Mon fils, Bradford... ce n'est pas un mauvais gars. Ce dont il avait besoin, ce n'était pas de la prison, mais d'une assistance médicale. Mais le procureur l'a inculpé de commerce illicite d'une substance non-autorisée. C'est un délit de classe A2, monsieur Kosinski, assorti d'une peine de prison ferme de quatre ans à la prison à vie. La perpective de voir Bradford passer quatre ans de sa vie à Greenhaven, Attica ou Clinton... Eh bien, j'étais quasiment mort de terreur, parce que je savais que si ça devait se produire, je ne reverrais plus jamais mon garçon. » Il déboutonna son cardigan, le laissa se répandre sur le dossier de sa chaise. « Je me suis fait de nombreux ennemis au cours de mon existence, et en particulier dans les forces de police.

— Autrement dit, les flics et les procureurs ne pouvaient pas vous saquer.

— Bien dit, monsieur Kosinski. En réalité, Bradford

s'était rendu coupable, techniquement parlant, d'un délit de classe A1, qui aurait dû entraîner une peine de quinze ans minimum. Mais entre quatre ans et la prison à vie... c'était là la conception que se faisait le procureur d'un compromis. Intolérable. La situation était insupportable. J'étais dans l'incapacité de communiquer avec le cabinet du procureur, pour des raisons évidentes, et mes amis politiciens étaient peu désireux d'intervenir, car l'arrestation de Bradford avait trouvé un vaste écho dans les médias.

— En d'autres termes, vous étiez impuissant.

— Très exactement.

— Sur ce, un ange du Seigneur est descendu du ciel pour tout arranger. Dites-moi un peu... Était-ce Samuel Harrah en personne ? Ou bien vous a-t-il dépêché son grouillot, Aloysius Grogan ?

— Harrah m'a téléphoné. Il m'a expliqué qu'il pouvait peut-être aider Bradford, mais sans entrer dans les détails. Grogan s'est pointé dès le lendemain matin. Il a été passablement abrupt : admettez les preuves, acceptez le compromis de Sowell, et votre fils est libre. Le procureur — il s'appelle Andrew Boyd — s'est présenté juste après Grogan. Il n'a jamais cité les noms de Grogan ou d'Harrah, mais ses intentions étaient transparentes. Boyd m'a dit que Sowell était coupable, a prétendu détenir des informations qui ne pouvaient être divulguées pendant le procès. Il m'a montré la retranscription d'une prétendue conversation entre un flic travaillant dans la clandestinité et son informateur. Ce dernier déclarait que Sowell se serait confessé à lui le lendemain du meurtre, et lui aurait même montré le couteau et les vêtements ensanglantés, pour lui demander comment il devait s'y prendre pour s'en débarrasser.

— Et vous avez gobé ça ?

— Oui. Je croyais Sowell coupable.

— Mais ce n'est plus le cas ? À présent, vous êtes convaincu de son innocence ?

— Oui.

— Alors, la seule question qui se pose encore, c'est : qu'allez-vous bien pouvoir faire pour y remédier ? Si du moins vous faites quelque chose.

— Si cet homme est mort, je ne peux strictement plus rien y faire.

— Vous pouvez toujours envoyer Samuel Harrah et ses sbires derrière les barreaux. »

Kosinski commençait tout juste à s'échauffer quand la porte du bureau de McGuire s'ouvrit à la volée. La femme d'âge mûr qui entra dans la pièce portait un peignoir de flanelle sur une chemise de nuit de coton bleu. Sa chevelure, d'un gris acier encore très prononcé, se dressait sur son crâne, parachevant à la perfection le tableau qu'offraient déjà ses yeux flamboyants et ses mâchoires crispées. Et l'automatique qu'elle tenait à la main.

« Pauvre connard. » Elle avait craché ces mots à l'intention de son mari. « Je t'avais bien dit de laisser choir Bradford. Que c'était un malheureux bon à rien de camé. Que c'était un raté et qu'il resterait un raté jusqu'au jour où tu te déciderais enfin à lui lâcher la grappe. Regarde un peu où tu nous as menés. Et pour quel résultat ? Tu ne peux donc pas comprendre que Bradford traîne dans les rues à fumer sa saloperie de coke pendant que nos existences se désagrègent ? » Elle s'interrompit une brève seconde, fixa son mari, lequel paraissait vouloir rentrer sous terre. Puis elle se tourna vers Kosinski : « Vous avez soixante secondes pour sortir de chez moi. Si vous n'avez pas déguerpi dans ce délai, je vous tue, je prétends vous avoir pris pour un cambrioleur, et je prends mes risques avec la police locale. »

QUATORZE

Il ne fallut à Kosinski que trente secondes pour franchir la porte, dégringoler l'allée et grimper dans l'U-Haul. Il s'apprêtait déjà à tourner la clé de contact quand une voix connue le coupa net dans son élan.

« C'est allé trop loin, Ann », disait John McGuire. Sa voix, retransmise par un minuscule haut-parleur qui la déformait, semblait provenir d'un endroit beaucoup plus éloigné que l'arrière du fourgon. « Les shrapnells retomberont là où ils pourront. Nous devons laisser les choses se faire.

— Épargne-moi tes répliques mélodramatiques, John McGuire. À croire que tu as abandonné ta virilité entre les mains de Samuel Harrah. Je te jure devant Dieu que c'est l'effet que ça me fait. Qu'as-tu à craindre de ce privé miteux ? Ou de son avocat marron de client ? Appelle le chef Harrah, communique-lui tous les détails et laisse-le s'en charger. Tu n'as rien à y perdre. »

Kosinski les écoutait se chamailler d'une oreille distraite, tout en se disant que Ann McGuire avait parfaitement bien évalué la situation. Leur seul espoir était effectivement d'appeler Harrah ; ils n'avaient plus rien à perdre.

Néanmoins, McGuire continuait d'opposer une certaine résistance : « Ann, Billy Sowell est mort. Et c'est ma faute. Sans moi, ça ne serait jamais arrivé.

— Tu as entièrement raison, John. C'est *ta* faute. Mais pas la *mienne*, tu comprends ça ? Ce n'est pas ma faute, et je n'ai pas l'intention de sombrer avec le navire. Appelle le chef Harrah, puis va te confesser. Bourrelé de remords comme tu l'es, je suis sûre et certaine que Jésus te pardonnera. »

Ils continuèrent de la sorte pendant quelques minutes encore, Ann McGuire rappelant à son époux qu'il avait pris sa décision, au tout début, en dépit de son avis contraire, que Billy Sowell était mort et qu'en conséquence on ne pouvait plus rien faire pour lui, et qu'en ne réagissant pas, il se bornait tout simplement à ajouter un nouvel article — en l'occurrence elle-même — à la liste déjà passablement riche et étoffée de ses péchés mortels.

Le téléphone de McGuire se mit à cliqueter quelques secondes plus tard. Un homme décrocha à la seconde sonnerie et annonça : « Renseignement, sergent Caton à l'appareil. » Le juge se présenta, demanda à parler à Harrah et fut mis en attente.

« Faites vite, McGuire. Je suis en réunion. »

C'était la toute première fois que Kosinski était à même de prêter à l'homme qu'il traquait une quelconque qualité humaine. De fait, se rendit-il compte, non sans ressentir un certain choc, il ne savait même pas à quoi ressemblait son ennemi. Lorsqu'il fermait les yeux, il voyait le visage de son ancien coéquipier, Tom Brannigan ; ou bien celui d'Aloysius Grogan. Exactement comme si Samuel Harrah était hors de portée de son imagination.

McGuire ne perdit pas de temps ; il livra son information, donna le nom de Kosinski, puis demanda à Harrah ce qu'il pouvait faire, et le plus rapidement possible. Sa voix parut à Kosinski étonnamment vibrante ; la voix d'un homme fermement décidé à faire son devoir.

« Je vais prendre mes renseignements », dit Harrah lorsque McGuire en eut terminé.

Un silence de mort succéda au déclic du téléphone. Kosinski jeta un œil vers le fond du fourgon, et vit Blake composer un numéro sur le récepteur.

« ... ce que tu voulais. Alors, maintenant, s'il te plaît, laisse-moi seul.

— Pour que tu puisses ruminer tes péchés ?

— Ce n'est pas vraiment ton problème, Ann.

— Non, en effet. »

Kosinski entendit couiner des gonds, puis une porte se referma en claquant, puis le silence régna de nouveau.

« Démarre, Bell. On n'a plus rien à faire ici.

— Une seconde, Marty. Je veux voir par quoi ça se solde. »

Ça se solda de façon plus qu'évidente, quelques secondes plus tard, par la détonation fracassante d'un automatique, qui fit vibrer les parois métalliques du fourgon.

« Telles que je vois les choses », déclara Kosinski à son coéquipier, alors qu'ayant récupéré la Taurus de Blake, ils piquaient plein est sur la Long Island Expressway, « personne ne veut jamais porter le chapeau. Je me fous bien de savoir qui est le vrai coupable. Ils ont enfreint la loi ; ils se font choper ; et ils refusent de payer. Même s'il s'agit du président, agissant au mieux des intérêts de la nation, la première chose qui leur vient à l'esprit, c'est de se tirer des pattes. Bon, est-ce qu'on a vu Clarence Thomas s'avancer vers le bord du quai pour dire : "Ouais, j'ai vraiment adoré la façon dont Anita Hill s'est mordillé les lèvres quand j'ai décrit la bite de Long Dong Silver" ? Et Ronald Reagan, quand il a fourgué ces armes à l'Iran, est-ce qu'il a dit : "J'emmerde le Sénat ; j'emmerde la Constitution. J'ai fait ce que j'avais à faire et, maintenant, je suis prêt à en payer le prix" ? Et Clinton et la Flowers, là ? Croyez-moi, Marty, personne ne veut être tenu pour responsable, depuis la pire racaille des rues jusqu'au président des États-Unis en personne. C'est bien pour ça que McGuire s'est flingué. Il n'avait pas envie de se retrouver au banc des accusés pour ce qu'il avait fait, et il savait foutrement bien que c'était très exactement le sort que je lui réservais. »

Blake hochait affirmativement la tête aux bons endroits, mais il pensait à John McGuire. Ne perdait pas de vue une seule seconde que la déposition du juge jouait un rôle crucial dans sa stratégie globale.

« Comment pouvez-vous être sûr qu'il est mort, Bell ? Comment pouvez-vous savoir qu'il n'a pas tué sa femme ? » Blake pivota d'un quart de tour sur son axe pour scruter le visage impavide de son partenaire.

« Où voulez-vous en venir, Marty ? Son épouse n'était même pas dans la pièce. Quant à la survie éventuelle de McGuire, j'ai vu le calibre. C'était un Browning 9 mm. S'il vit encore, ce ne sera plus qu'un légume.

— Peut-être a-t-il détourné le revolver à la toute dernière seconde. »

Kosinski poussa un grognement, secoua la tête, et se méprit totalement sur les intentions de son coéquipier : « Vous n'y êtes pour rien, Marty », dit-il. « Vous n'avez pas pressé sur la détente. J'ai l'impression que, dans votre branche, vous n'avez pas eu souvent à vous frotter à des cadavres...

— Mais de quoi est-ce que vous parlez, bordel de Dieu ? » La circulation sur la voie expresse était visqueuse, mais les voitures avançaient néanmoins. Comme d'habitude, des abrutis déboîtaient et louvoyaient, créant de perpétuels risques de collision qui réclamaient la quasi-totalité de l'attention de Blake. En ce moment même, une Bronco aux pneus surdimensionnés et armée de plus de phares qu'un semi-remorque lui tétait les roues, à soixante centimètres à peine de son pare-chocs arrière. Blake considéra dans son rétroviseur le reflet de son conducteur, remarqua ses sourcils froncés, ses petits yeux plissés et sa bouche contractée par un rictus crispé. Il se demanda si le type carburait à la came ? Ou s'il était ivre ? Ou bien encore parfaitement timbré ? Pourquoi fallait-il qu'ils soient si nombreux à courir les rues ? Jadis, les cinglés du volant constituaient une exception. Une aberration. Aujourd'hui, ils faisaient partie intégrante du paysage new-yorkais, on s'attendait à les rencontrer, ils n'étaient plus qu'un risque supplémentaire, un danger humain comme tant d'autres, et qu'il fallait éviter à tout prix quand ça vous était possible.

Blake aperçut une brèche dans le flot de la circulation. Il s'apprêtait à signaler qu'il déboîtait avant de s'y engouffrer quand la Bronco jaillit en avant, emprunta la voie de droite et le doubla en coup de vent. Le chauffeur, au moment de couper la route de la Taurus et de faire une embardée pour lui faire une queue-de-poisson, passa le bras par la vitre, puis tendit l'index.

« J'arrive pas à comprendre ces mecs », dit Kosinski. « Il nous jette le gant sans rien savoir de nous. Bon, je suis enfourraillé, je porte un .38, vous êtes enfourraillé, vous portez un 9 mm, et on a tous les deux un permis de port d'arme. On aurait pu l'étendre raide mort en un clin d'œil.

« J'ai l'impression d'avoir eu mon compte de "raides morts" pour aujourd'hui. » Blake gifla le volant de la paume de sa main. « Chiasse, Bell, on n'a strictement rien à se mettre sous la dent. Tout ce qu'Harrah a dit, c'est qu'il allait prendre ses renseignements. À quoi ça peut bien nous servir ? Ce que je veux dire, c'est que quelqu'un était censé se pointer chez le juge — Grogan, peut-être bien, ou encore Brannigan, votre ex-coéquipier —, ne serait-ce que pour s'assurer que McGuire n'était pas sur le point de flancher. C'est de ça dont nous avions besoin, Bell. Parce que, telles que les choses se présentent désormais, il n'est même plus question de récupérer le matos. Qu'est-ce qu'on va glaner, hein ? Les préparatifs des obsèques ? »

Kosinski fut pris un tantinet au dépourvu : « Cette bande va quasiment faire juter les journalistes dans leur froc, Marty. C'était surtout ça, le but de la manip, non ?

— Ouais, peut-être, mais, si vous vous souvenez bien, la presse devait chauffer les pieds des flics et contraindre le NYPD à mener une enquête. McGuire mort... Je crois que j'ai fait une belle connerie, Bell. C'est l'appartement d'Harrah que j'aurais dû truffer de micros. On n'avait pas la moindre chance d'entrer dans son bureau, mais j'aurais au moins pu essayer de pénétrer chez lui.

— Comment pouvez-vous savoir qu'il conclut des affaires dans son appartement ?

— Je n'en sais rien.

— Et qu'il ne le fait pas fouiller régulièrement pour repérer les micros éventuels ?

— Je n'en sais rien.

— Puis-je vous poser une question, Marty ?

— Accouchez.

— Vous croyez qu'on pourrait quitter l'autoroute et chercher un magasin de spiritueux ? Je n'ai pas l'habitude de voir se manifester votre esprit d'escalier, et ça me met légèrement sur les nerfs. »

QUINZE

Une heure plus tard, Kosinski et Blake étaient garés
de l'autre côté de la rue, devant l'Oxford Arms, l'immeuble qui hébergeait l'appartement de Johan Tillson
et, à travers la double porte vitrée, considéraient le vigile installé dans le hall d'entrée, derrière le bureau de
la réception. Aucun des deux hommes ne se laissait im-
pressionner par l'uniforme chamarré et tout galonné
d'or du flic de louage, ni par les bouquets soigneusement disposés sur son bureau. Le garde était visiblement un pro, qui accueillait les résidents de l'immeuble
d'un signe de tête et soupesait les éventuels visiteurs
d'un regard perçant. Blake était entré dans l'immeuble
moins d'une semaine plus tôt, et avait été soumis à une
méticuleuse inspection, bien qu'il portât un uniforme
d'une compagnie du téléphone. Il avait tendu sa fausse
carte d'identité, avait pris note des moniteurs vidéo qui
couvraient le parking et les entrées latérales, avait attendu patiemment qu'on eût recopié sur un registre les
informations que portait sa carte d'identité. Il avait dûment signé le registre, puis patienté encore un peu,
pendant que le vigile comparait les signatures avant de
lui laisser enfin libre accès au standard du sous-sol.

Blake n'avait pas été surpris outre mesure par toutes

ces précautions. Le quartier Riverdale du Bronx, étroite langue de terre s'étendant vers le nord le long de l'Hudson, était l'un des plus cossus du New York *extra muros*. À l'instar de virtuellement tous les quartiers de cet acabit, Riverdale (et son plus proche voisin, le très petit-bourgeois Kingsbridge) était cerné à des lieues à la ronde par des kilomètres de cités et de HLM, autant de taudis délabrés qui (selon les honnêtes citoyens de Riverdale, à tout le moins) engendraient spontanément une interminable théorie d'impitoyables criminels. Le fait que Riverdale fût lui-même un quartier à faible taux de criminalité et qu'il fût sévèrement protégé et quadrillé par les flics du NYPD n'avait pas la moindre répercussion sur cette peur contagieuse qui pèse de multiples façons sur les existences de tous les New-Yorkais aisés. Si l'on s'en tenait aux normes de sécurité imposées par la paranoïa galopante, l'unique garde dont bénéficiait l'Oxford Arms constituait pour les résidents de l'immeuble une bien piètre protection.

« On attend ou on fonce ? » s'enquit Kosinski.

Le plan A exigeait de Bell Kosinski qu'il aille placer Johan Tillson devant ses responsabilités, exactement comme il l'avait fait pour John McGuire. Qu'il s'encadre dans sa porte d'entrée, bloque la porte avec le pied si on lui refusait l'accès à l'appartement, et expose à l'importateur, avec toute la brutalité voulue, les dures réalités de la vie. Mais, si Kosinski devait au préalable se faire annoncer par le garde, il y avait de fortes chances pour que Tillson refuse tout bonnement de lui adresser la parole, d'autant que le chef Harrah avait décidé de prévenir les principaux intéressés.

« On attend », dit Blake. « Ce type devra tôt ou tard s'accorder une pause. Peut-être pourrez-vous alors vous faufiler à l'intérieur à la suite de quelqu'un. »

Le temps donna raison à Blake. Au terme de quarante interminables minutes, un monsieur d'âge mûr vêtu d'un jogging de styliste sortit de l'ascenseur pour prendre la faction, tandis que le mercenaire s'éclipsait, pour se mettre en quête de toilettes et d'une tasse de café.

« Un foutu bourge », fit observer Blake. « Accomplissant son devoir civique à la con.

— Du calme, Marty. Il joue notre jeu.

— Et c'est quoi, notre jeu, Bell ? »

Kosinski s'accorda une seconde de réflexion, le temps d'envisager toutes les possibilités. « Je crois, pour ma part, que je vais devoir essayer de bluffer le dilettante avant le retour de l'homme de l'art. Si ça ne marche pas — si je ne réussis pas à obtenir ce tête-à-tête — alors j'essaierai de parler à Tillson au téléphone. S'il n'y a pas moyen de l'avoir au téléphone, je présume qu'il me faudra lui envoyer un courrier. Il faut voir les choses comme ça : si Tillson refuse de me parler, c'est parce qu'Harrah lui aura flanqué une trouille d'enfer. Et, si Harrah l'a appelé, ce sera enregistré sur la bande, et c'est justement pour ça que nous sommes là. »

Il attendit que Blake eût hoché la tête pour signifier son assentiment, puis descendit de voiture, ouvrit sa veste, traversa la rue et gagna les portes extérieures de l'Oxford Arms. Derechef, avant de pousser ces dernières et de se diriger d'un bon pas vers le bureau de la réception, il prit soin de se départir de toute expression.

« Puis-je vous être utile ? »

Kosinski montra rapidement ses papiers, referma son porte-cartes d'une rapide saccade du poignet et s'annonça : « Kosinski. Je voudrais voir Johan Tillson.

— John Tillson ?

— Si ça peut vous faire plaisir.

— Vous avez rendez-vous ?

— Ça ne vous regarde aucunement, à moins que vous ne soyez Tillson. » Kosinski s'interrompit, le temps d'adresser au bonhomme un mince sourire triomphal. « Et vous ne l'êtes *pas*. »

Mis au défi sans la moindre ambiguïté, l'homme baissa les yeux, soustrayant son regard à celui de Kosinski. Malheureusement, ce fut le revolver coincé sous l'aisselle de ce dernier qui accrocha ce regard. « Je vais vous annoncer », dit-il. « Pourriez-vous me répéter votre nom ?

— Kosinski.

— Prénom ?

— Monsieur. »

L'homme décrocha un combiné téléphonique tout à fait ordinaire, puis composa les trois chiffres d'un numéro sur le clavier de la console d'ordinateur installée sur le bureau.

« John, Augie à l'appareil. Il y a ici quelqu'un qui vous demande. Il dit s'appeler Kosinski. » Il couvrit le microphone de sa main. « M. Tillson voudrait savoir qui vous êtes. »

Kosinski se pencha par-dessus le bureau et arracha le combiné des mains d'Augie. « Pourquoi est-ce que je ne le lui dirais pas moi-même ? Ça simplifierait les choses. » Il lui tourna le dos en souriant dans sa barbe. À ce stade de l'opération, il était à présent convaincu qu'il parviendrait à persuader Johan de le laisser monter. « Je ne sais pas si vous vous souvenez de moi, monsieur Tillson, mais je suis l'un des flics qui vous ont interrogé après la mort de votre femme. Des faits nouveaux sont intervenus, et c'est la raison de ma visite. J'aimerais vous les exposer. Étant le mari de la victime, vous avez bien le droit d'être au courant, il me semble. »

Kosinski se représenta l'homme d'affaires à l'autre bout du fil, courtaud, replet, le visage lunaire. Il se souvint avoir soutenu Tillson, à l'aéroport Kennedy, la nuit du meurtre de sa femme. L'homme s'était effondré, évanoui dans les bras d'un flic de l'autorité portuaire. Pourtant, en dépit de son chagrin, il avait refusé de divulguer le nom de l'amant de sa femme ; même ce premier jour, alors qu'il n'avait encore parlé ni à Edward Green ni à Samuel Harrah. Peut-être était-il tout bonnement mal à l'aise. À moins que le fait que Sondra Tillson, la femme qu'il aimait, avait trouvé la mort dans la chambre à coucher d'un autre homme ne lui fût trop douloureux pour qu'on en parle de vive voix.

« Je ne suis pas certain de vouloir entendre ce que vous avez à me dire, monsieur Kosinski. En ce qui me concerne, c'est une affaire classée. »

Kosinski baissa la voix, la réduisant à un pur et simple chuchotement : « Vous savez quoi, Johan ? Je comprends parfaitement votre réaction. Si j'étais à votre place, je ne voudrais surtout pas, moi non plus, connaître l'entière vérité. Malheureusement, vous en avez en face de vous un parfait cinglé — moi-même, en l'occurrence — qui compte bien chanter sa chanson, que ça vous plaise ou non. Si vous refusez de me recevoir en tête à tête, je vais devoir exposer ce que j'ai à dire ici même, dans ce hall. Et, croyez-moi, Johan, ce sera à plein volume. C'est le moins que je puisse faire pour Tonton Augie, ici présent, n'est-ce pas ? Ce pauvre connard est tellement vautré sur le bureau pour tendre l'oreille qu'il risque à tout bout de champ une fracture de biroute.

— J'ai horreur des menaces », marmonna Tillson. « Mais, si vous devez absolument... »

Kosinski refila le combiné à Augie, puis piqua droit sur les ascenseurs. Il exultait, maintenant que le bout du tunnel (le *sien*, tout du moins) était en vue. Le plus drôle, dans l'affaire, c'est qu'il était persuadé que la conversation qu'il allait très bientôt avoir avec Tillson était totalement inutile, et qu'il n'avait nullement besoin d'inciter Tillson à appeler Harrah, parce qu'ils s'étaient d'ores et déjà entretenus. L'importateur avait fait montre d'une trop grande sérénité et d'une trop grande retenue pour que la visite impromptue de Kosinski constitue pour lui une totale surprise.

Pendant que l'ascenseur s'élevait, Kosinski se prit à regretter de ne pas savoir exactement où se trouvait l'appartement 19B. Il eût aimé pouvoir foncer tout droit sur l'appartement de l'importateur en sortant de l'ascenseur, et frapper à sa porte. Au lieu de ça, il allait devoir scruter tous les numéros un par un, et se frayer son chemin à tâtons jusqu'à l'affrontement décisif.

L'ascenseur s'arrêta avec un brutal soubresaut. Kosinski jeta un coup d'œil sur le panneau éclairé, constata que le numéro 19 était allumé, se retourna et se retrouva nez à nez avec Tommy Brannigan, son ex-coéquipier, qui se tenait dans l'encadrement de la porte ouverte. La main gauche armée d'un Colt .45 du meilleur cru.

Kosinski sourit pour masquer sa surprise, s'aperçut que son cœur cognait dans sa poitrine comme un métronome affolé, qu'il sentait le sang tambouriner à ses tempes et dans sa gorge. Terrifié, se rendit-il compte, était le terme exact. Alors pourquoi, dans ce cas, se sentait-il l'esprit si clair, si lucide ? Pourquoi éprouvait-il lui-même un tel soulagement ? De quoi son corps se souvenait-il, que son cerveau avait oublié depuis beau temps ?

« Je suppose que ça signifie que Johan refuse de me parler. Dommage, Tommy. Parce que j'envisageais de lui demander s'il s'était rendu compte que sa femme baisait avec Edward Green avant ou après que ce dernier ne lui tranche la gorge. »

Brannigan fit signe à Kosinski de reculer tout au fond de l'ascenseur, dans l'angle opposé, puis pénétra à l'intérieur et appuya sur le bouton de fermeture des portes. « Purée, ça, c'est un gros trou », fit Kosinski en désignant le .45. « Je parle de ce canon. Impressionnant — faut avouer — mais est-ce qu'un .22 n'aurait pas été plus pratique ?

— T'es cinglé, Kosinski. T'as besoin d'un docteur.

— Je n'en disconviens pas, Tommy, mais je suis néanmoins obligé de constater que ta méthode est un vrai remède de cheval. Et pas franchement efficace, qui plus est. Que va-t-il se passer, à ton avis, si tu appuies sur cette détente ? Combien de doigts vont-ils se mettre à composer le numéro de police secours dans les trente secondes qui suivront ? On n'est pas dans le ghetto, Tommy. Ces gens croient encore au maintien de l'ordre. Probablement parce qu'ils ne te connaissent pas. »

Brannigan secoua la tête en souriant, de son sempiternel sourire de mange-merde. « Faut rendre à César ce qui est à César, Bell. T'as fait la lumière totale sur l'affaire. La seule question que je me pose, c'est *pourquoi* ? Pas pour le fric, en tout cas, parce que, par nous, t'en aurais touché dix fois plus.

— Eh bien, Tommy, je ne saurais en jurer moi-même, mais il me semble que ça a quelque chose à voir avec la pénitence. » Il hésita, s'accorda une petite seconde avant de se jeter à l'eau.

« Mais tu n'as pas l'intention de me tuer, n'est-ce pas ?

— Pas ici », admit Brannigan. « Pour toutes les raisons que tu viens de citer. Mais je tenais à te montrer le calibre qui va s'en charger. » Il brandit le .45, pour permettre à Kosinski de l'admirer. « Bel engin, non ? D'avant-guerre. Il vaudrait un pognon fou s'il avait encore son numéro de série.

— Essaierais-tu de me foutre les jetons, Tommy ? » Kosinski se surprit à regretter de ne pas porter un micro sur lui. Ils l'avaient arraché, Blake et lui, et avaient décidé de s'en passer. Grosse bévue que cette décision. Bévue que son partenaire allait certainement très mal prendre.

« Hé, Bell, on peut pas reprocher à un mec de tenter sa chance, non ? » Le sourire de Brannigan s'évanouit subitement. « Mais je ne blaguais pas, tout à l'heure. À propos de rendre à César... Et je dois reconnaître que, comme tout le monde, je te prenais pour un pochard impénitent. Mais, maintenant que c'est fait, que t'as prouvé que t'étais toujours le meilleur, pourquoi ne pas marcher dans la combine ? Le marché tient toujours. Ton partenaire et ton patron sont suffisamment marles pour regarder la réalité en face. Blake passe sa vie à supplier son ancienne patronne de lui refiler des petits boulots, et Steinberg harcèle le gouverneur de suppliques pour qu'il accorde à Sowell une grâce posthume. Mais toi, Bell, tu continues de pousser à la roue, comme si tu pouvais ressusciter ce gosse d'entre les morts rien qu'en me faisant tomber.

— Essaierais-tu de me dire que Sammy Harrah accepterait d'effacer l'ardoise, à condition que je jette l'éponge ? Parce que, figure-toi, je trouve ça plutôt difficile à avaler, dans la mesure où je peux l'enfoncer dans la merde jusque-là, où je veux et quand je veux. Les mecs comme Harrah ne peuvent pas vivre avec une épée de Damoclès suspendue au-dessus de la tête. Pas quand ils ont tenu l'épée aussi longtemps qu'il l'a tenue lui-même, en tout cas.

— Personne ne cherche à se venger de personne. Si on était forcés de te... bâillonner, simplement parce que t'en sais trop, alors il faudrait également qu'on s'en prenne à Blake et à Steinberg. Pas besoin d'avoir du génie pour voir où ça nous conduirait. » Brannigan sortit de l'ascenseur. « Fais-moi une offre, Bell. Quelque chose que je puisse rapporter à mon patron. » Il bloqua la porte du pied, pour l'empêcher de se refermer. « J'ai pas envie de te tuer — tuer un flic, ce serait contraire à ma nature profonde — mais tu ne me laisses guère le choix.

— Moins t'as le choix, moins t'as de décisions à prendre. Tu devrais m'en savoir gré. Et merci pour le renseignement.

— Quel renseignement ? »

Kosinski croisa les bras sur la poitrine et s'adossa à la paroi du fond de l'ascenseur. « Combien de flics ont-ils été affectés au service du Renseignement, Tommy ? Quatre cents ? Cinq cents ? » Il fit un pas en direction de Brannigan, laissa retomber ses bras le long de ses flancs. « Vois-tu, j'étais *légèrement* inquiet, parce que je m'imaginais qu'Harrah allait dépêcher tout un régiment à mes trousses. Légèrement inquiet, j'ai dit, parce que ça m'aurait profondément supris qu'Harrah ait mis beaucoup de gens au parfum de ses petites magouilles de chantage. Mais, à présent, je sais que je n'ai plus le moindre mouron à me faire. » Il avança encore d'un pas, afficha son plus mauvais sourire. « Parce qu'au nom de tout de ce qu'il y a de plus sacré sur cette pu-

386

tain de planète, je vois mal le chef Harrah envoyer un parfait taré comme Tommy Brannigan pour buter un bonhomme. »

SEIZE

« Proprement confondant, Marty. Sans déconner. Tout droit sorti d'*Affaires non résolues*. Dès que j'ai vu le calibre, mon corps s'est mis à pomper de l'adrénaline. J'étais vraiment très mal, tellement mal que j'avais l'impression que mon cœur allait se faire la malle entre mes côtelettes. Alors, comment ça se fait que l'adrénaline est pas montée jusqu'à mon cerveau ? Dans la mesure où c'est le même sang qui irrigue mon cœur et ma cervelle ?

— Y a pas de mystère », laissa tomber Blake. Il pilotait la Taurus, louvoyant prudemment pour traverser l'éternel chantier de construction de la Cross Bronx Expressway, tout en s'émerveillant des couches de gravats et de débris qui s'entassaient sur le talus escarpé qui bordait la route excavée. Aussi loin que remontaient ses souvenirs, New York avait toujours été une ville sale, mais certaines parties du Bronx semblaient totalement abandonnées à elles-mêmes.

« Alors peut-être allez-vous pouvoir m'expliquer ça. » Kosinski leva la main droite à hauteur de ses yeux. « Regardez, je sucre encore les fraises.

— Tout simplement les vapeurs d'alcool. Ni plus ni moins. Lorsque l'alcool s'évapore dans votre cerveau, il

dresse un barrage qui détruit l'adrénaline. Et toute autre réaction naturelle que pourrait susciter un calibre
braqué sur votre personne. Je croyais que tout le
monde savait ça.

— Et moi qui croyais que vous en aviez terminé
avec les vannes sur la gnôle. »

Blake, à sa plus grande surprise, découvrit soudain
qu'il considérait la question avec le plus grand sérieux.
Ses relations avec Bell Kosinski avaient effectué un virage à cent quatre-vingts degrés, ça crevait les yeux,
mais il y avait encore autre chose qui avait changé. En
même temps que grandissait l'admiration qu'il vouait
au pugnace Kosinski, la rancœur qu'il nourrissait contre
son propre père s'atténuait. Ce n'était pas là une décision délibérée (pas plus que Kosinski n'avait délibérément choisi d'ignorer la peur), mais il ne pouvait pas
non plus la nier. Il savait aussi que s'il lui prenait un
jour l'envie d'expliquer ça à sa mère (chose qu'il ne
ferait sans doute jamais, au demeurant), elle taxerait
cette réaction d'éveil de sa maturité. Et prendrait ses
airs supérieurs pour mieux le souligner.

« Vous avez été incroyable », déclara Blake. « Avec
McGuire. Grandiose, bordel, y a pas d'autre mot. Je
n'irai pas jusqu'à dire que j'espérais que le juge réagirait ainsi, mais vous l'avez retourné de fond en comble,
comme une tornade retourne un parking de carava-
nes. »

Kosinski ne voyait aucune raison d'y aller de son
commentaire. Il avait joué son rôle et, qu'ils s'en sor-
tent gagnants ou perdants, fait sa part du boulot. Ce
qui ne signifiait pas pour autant qu'il n'y aurait aucune
conséquence. Il sentait la tension retomber doucement,
tout en se demandant où exactement pouvait bien se
trouver le fond.

« Qu'est-ce qui se passe, Marty ?

— Pardon ?

— Vous n'avez pas pris la bonne sortie. On devrait traverser le Whitestone Bridge, pas le Throgs Neck.

— Tout dépend de l'endroit où l'on se rend. » Blake jeta un coup d'œil vers Kosinski. Il pouvait sentir d'ici les premières vibrations de l'antenne d'avertissement de l'ex-flic :*Connnnnn*eries, *Connnnnn*eries, *Connnnn-n*eries. Kosinski et le père de Blake avaient encore autre chose en commun. Alors que Marty avait toujours su entortiller sa mère, en dépit du cynisme foncier dont elle faisait preuve, il n'avait jamais réussi à abuser Matthew Blake.

« Dites-moi une chose, Bell. Vous croyez Brannigan ?

— À quel sujet ?

— Comment pouvons-nous être sûrs qu'il ne cherchait pas à projeter un écran de fumée ? » Blake ralentit avant le péage et pêcha un jeton dans le cendrier. « Supposez qu'ils aient déjà trouvé le magnétophone dans le sous-sol de Tillson. Harrah saura immédiatement que ce n'est pas vous qui l'avez posé là. Que vous ne constituez pas son unique problème. »

Kosinski descendit la vitre, offrit son visage à la fraîcheur de l'air. « Je ne crois pas que ça ait la moindre importance. Si Harrah décide de s'en prendre à moi, il lui faudra également s'en prendre à vous et à Max. Brannigan aura au moins admis ça.

— C'est bien pour ça que vous devez disparaître. » Blake jeta son jeton dans la corbeille, puis accéléra pour franchir le pont. « Parce qu'Harrah ne tentera rien contre Max ou moi tant qu'il ne vous aura pas liquidé. N'oubliez pas que je n'ai besoin que de quelques jours pour reconstituer tout le puzzle. Une fois que l'affaire aura fait la une des journaux, il ne restera plus à Harrah qu'à faire le gros dos et à rire jaune. J'ai parlé avec Steinberg ce matin. Il pense qu'il y a de bonnes chances pour qu'Harrah essaie de le contacter. Si jamais ça se produit, Max va lui promettre de vous faire lâcher prise. D'essayer, tout du moins. Faites vos comptes, Bell... Vous disparaissez, Steinberg retourne sa veste ; on gagne un temps précieux.

— Quand avez-vous pris toutes ces décisions ?

— Hier, quelque chose comme ça.

— Et hors de ma présence ?

— C'est pas ce que vous croyez, en dépit des apparences.

— Quelles apparences ? »

Blake jeta un œil sur Kosinski. Le visage de ce dernier était embrasé. « Vous étiez à plat, Bell. Je ne voulais rien faire qui puisse vous achever. » Il hésita une seconde, avant d'ajouter : « Je ne pouvais pas en prendre le risque.

— Mais vous l'avez fait, Marty. Vous l'avez pris, ce risque. »

Kosinski avait raison, bien entendu. Blake savait pertinemment que son coéquipier n'accepterait jamais d'aller se mettre au vert, refuserait même catégoriquement, selon *toutes* probabilités. Que Bell Kosinski était un type authentique et que la seule partie de la pièce qui lui tenait à cœur était son dénouement. Que tout le reste n'était que branlette et touche-pipi.

Si telle est la condition, se dit Blake, pour qu'on voie le bout du tunnel, alors qu'il en soit ainsi. Il a autant le droit que moi d'avoir ses raisons.

Blake quitta la Clearview Expressway à la hauteur du Northern Boulevard, prit à gauche au feu, et piqua vers l'est. Kosinski ne pipait pas mot, occupé qu'il était à attendre que le fin fond du puits lui apparaisse. Il avait rendu son tablier, persuadé de n'avoir plus rien à perdre, mais les événements récents avaient requinqué un appétit de vivre prétendument moribond. Et le pire, dans tout ça, c'est qu'il n'avait pas foiré, qu'il ne pouvait même pas s'abriter derrière l'excuse d'un échec. Blake lui avait ordonné de semer la panique dans le troupeau, et c'était exactement ce qui s'était produit. Et voilà pourquoi Tommy Brannigan, en dépit de ses airs de matamore, avait été suffisamment terrifié pour sortir un flingue en public.

« *Home, sweet home* », laissa tomber Blake.

Kosinski releva les yeux, et constata que la Taurus de Blake était garée dans le parking de l'*Adriatic Motor Inn*.

« Vous auriez au moins pu choisir un clapier avec salope courante à tous les étages. Chaude et froide.

— Navré, Bell. Vous allez devoir vous contenter d'HBO et d'une caisse d'Absolut. La chambre est payée pour les trois jours qui viennent. Avec un peu de chance, ça ne prendra pas plus. »

Blake prit la tête, gravit une volée de marches puis une rampe qui les mena à la chambre 9B. Il déverrouilla la porte, tendit la clé à son coéquipier et entra. L'unique pièce était entièrement meublée dans les tons bruns : moquette chocolat, murs beiges, dessus-de-lit tabac, bureau acajou.

Kosinski regarda autour de lui, puis secoua la tête. « Je porte un complet bleu », dit-il. « Ça jure. »

Blake, pour toute réponse, sortit un rouleau de billets de sa poche et le laissa tomber sur le bureau. « Sur le compte de la mauvaise conscience de Max. Si vous avez besoin de quoi que ce soit, chemises, chaussettes, autre costume, traînez-vous tout simplement jusqu'au

Bell Boulevard. » Il se dirigea vers le lit et s'assit dessus. « Faites-moi une fleur. Servez-nous un verre à tous les deux. J'ai laissé les bouteilles dans la salle de bains. »

Kosinski (Blake dut au moins lui reconnaître ça) obtempéra sans autre commentaire, revint avec deux gros gobelets de plastique et une bouteille d'Absolut et remplit les deux récipients à ras bord. Blake sirota une gorgée du liquide transparent, s'accorda une minute de réflexion, puis sécha la moitié de son verre. Il attendit que la fleur brûlante qui venait d'éclore dans son estomac se fût épanouie dans son cerveau pour reprendre la parole.

« Je n'avais encore jamais travaillé avec un coéquipier », dit-il. « Jusqu'à maintenant, mon travail ne l'avait jamais exigé. C'est pas que je n'aie jamais travaillé en équipe, non. Bordel, sur certains coups, entre les enquêteurs sur le terrain, les techniciens chargés du matos et les gens de l'informatique, on était bien sept ou huit. Mais ce n'est pas du tout comme de travailler avec un partenaire. » Il s'interrompit, releva les yeux pour regarder Kosinski. « En tout cas, c'est comme ça que je me voyais et que je voulais me voir. *Le Cavalier solitaire* — ç'aurait pu être le titre du film. Et c'est sûrement ce qui explique pourquoi je vous en ai fait voir de toutes les couleurs au début. Pas envie de partager la gloire.

— Et n'oubliez pas non plus votre père. » Le visage de Kosinski ne trahissait nulle émotion, sinon la curiosité naturelle du flic de base.

« Ouais, y a ça, aussi. Mais je n'aurais jamais cru qu'un...

— Poivrot ? »

— Pourquoi n'essaieriez-vous pas de me compliquer un peu plus la tâche, espèce de tête-de-nœud ? »

Kosinski éclata de rire, d'un rire typique de poivrot, rocailleux, à haute teneur en mucus. Au bout d'un moment, Blake se joignit à lui, tout en se disant : Il n'y a rien au monde qui me fasse plus plaisir que de jouer un rôle du répertoire. C'est sans doute pour cette raison qu'en ce moment même, j'éprouve principalement de l'embarras.

« Bref, quoi que j'aie pu croire, je me trompais », dit-il. « C'est là le point essentiel. Je ne suis pas en train de vous passer la pommade, croyez-moi. Sans vous, je n'en serais jamais arrivé où j'en suis, point final.

— Ce que vous êtes en train de me dire, c'est que vous avez besoin de moi. Comme de votre ordinateur et de vos magnétophones. » Kosinski remplit son verre, présenta la bouteille à son coéquipier, qui déclina d'un geste. « Vous pourriez peut-être me ranger quelque part dans un placard ? »

Blake secoua la tête. « Je vais vous dire ce que j'ai à vous dire, Bell, alors autant baisser votre garde. Ce qu'il y a, à mon avis, c'est que je me fais trop vieux pour continuer à me la jouer en solo. Quand on n'arrive même plus à se souvenir du pourquoi, ça finit par compliquer sérieusement les choses. »

Kosinski leva son verre : « Voilà au moins une chose que je ne contredirai pas.

— Le fond du problème, c'est que je ne veux pas vous perdre. Pas en vous permettant délibérément d'aller à la rencontre d'une bastos, en tout cas. Et permettez-moi d'insister sur le "délibérément". Parce qu'on ne peut pas mettre ça sur le dos de l'alcool, ni sur celui du chef Harrah.

— Je sais tout ça, Marty. Mais vous pourriez peut-être tenir compte du fait que je ne me balade pas désarmé. Brannigan s'imagine que je vais me dessiner une cible au milieu du front. Que je vais rester planté là sans réagir, les yeux fermés. Telles que je vois les choses, ça joue en ma faveur. » Il se gratta la tempe, puis laissa retomber sa main sur ses genoux.

« Ce ne sera pas Brannigan, Bell. Harrah n'aurait pas survécu pendant toutes ces années s'il avait été stupide. Écoutez, je ne vous demande pas de vous tenir tranquille jusqu'à la fin de vos jours. Accordez-moi juste un jour ou deux. Une fois qu'on aura réglé ça, on s'occupera de ce qui vous turlupine.

— De ce qui me turlupine ? Je ne sais pas pourquoi, mais je n'aime pas la façon dont vous dites ça. Qu'est-ce que vous avez fait ? Pris des renseignements sur moi ?

— Pas moi, Bell. Ma mère s'en est chargée sans me demander mon avis. Vous l'avez rencontrée, alors vous devez savoir que je ne vous raconte pas de craques. »

Kosinski hocha pensivement la tête : « La première fois que j'ai vu votre mère, elle tenait un .38 à la main. D'ordinaire, ça signale une personne qui n'en fait qu'à sa tête. Alors, qu'est-ce qu'elle a découvert ? » Changer à brûle-pourpoint de sujet de conversation faisait partie intégrante des techniques de l'interrogatoire. Tout comme l'emploi concomitant d'un ton un poil plus sec. Kosinski se rendit subitement compte qu'il était furax. Réaction qui, si l'on tenait compte du fait que Blake ne souhaitait qu'une chose, le voir rester en vie, semblait singulièrement déplacée.

« Pour l'amour du ciel, Blake... Elle ne m'a pas montré votre dossier.

— C'est pas une réponse. »

Blake inspira profondément, comprit que la conversation prenait un tour qu'il n'avait pas souhaité, et qu'il ne pouvait strictement rien y faire. « Selon mon oncle Patrick, vous auriez été un excellent flic pendant la majeure partie de votre carrière, puis vous auriez rencontré des problèmes d'ordre personnel, et vous auriez perdu pied.

— C'est tout ?

— Ouais, c'est tout.

— Et il ne vous a pas parlé de Gugusse le Légume ? » Kosinski vida son gobelet de plastique, le remplit, ingurgita encore deux doigts de vodka. Se disant que s'il ne pouvait tout mettre sur le compte de la colère, il pourrait au moins le mettre sur celui de l'alcool. Sachant fort bien que lorsqu'il en aurait terminé, il lui faudrait trouver un bouc émissaire, parce qu'il refusait de s'avouer qu'il *tenait* absolument à raconter sa vie à Marty Blake.

« La scène est toute à vous, Bell. Je suis à court de répliques cinglantes.

— La première chose que vous devez savoir, c'est que je sors d'une famille de pochards. Tant mes deux parents, père et mère, que tout un assortiment d'oncles et de tantes. Ce qui revient un peu à passer sa vie à danser la gigue au bord d'une galerie de mine à ciel ouvert. Que ça vous plaise ou non, et que vous trouviez ça *juste* ou non, votre existence est un désastre en suspens.

« Pourtant, j'étais un gentil garçon. Très pieux, enfant de chœur et tout et tout... jusqu'au jour où la sève a commencé à monter. Ado, je n'ai jamais baisé, comme la plupart des gosses du quartier, mais je ne me suis jamais non plus mouillé dans une connerie irréparable. Après le lycée, j'ai devancé l'appel et j'ai passé deux ans en cantonnement à Berlin, ce qui, en soi, est déjà pas mal surprenant, puisque j'avais signé pour partir au Vietnam. C'est sans doute pour cette raison que je me suis enrôlé dans la Rousse six mois après ma libération. Puisque je n'avais pas pu prouver ma valeur au Vietnam, il me restait toujours la possibilité de le faire dans les rues chaudes.

« Entre-temps, je m'étais marié. Avec Ingrid Horst, une Allemande que j'avais connue à Berlin. Je veux bien croire qu'elle n'était pas timbrée à l'époque de notre rencontre, mais je dois également reconnaître que je n'ai aucun moyen d'en avoir la certitude. Peut-être que c'est la langue ou la différence de culture qui m'ont égaré. À moins que je n'aie été trop occupé pour le remarquer, trop occupé à devenir le superflic du siècle. Je le jure devant Dieu, Marty... à un moment donné, cette année-là, j'ai serré plus de malfrats à moi tout seul que toute ma brigade réunie. Je travaillais comme un nègre, et je donnais tout mon temps libre à la municipalité, allant jusqu'à patrouiller pendant mes jours de congé. Au début de ma cinquième année dans la carrière, j'avais décroché mon écusson d'or. Chose que je guignais d'ailleurs depuis le tout début.

« Trois hourras pour le héros vainqueur, 's'pas ? Surtout quand on sait qu'Ingrid m'a annoncé qu'elle était enfin enceinte, après six ans de tentatives infructueuses. Je me souviens encore qu'elle m'a annoncé ça juste avant la messe du dimanche à Saint-Joseph, en me demandant de faire une prière supplémentaire pour le bébé. Et c'est très exactement ce que j'ai fait, Marty. J'ai dit tout un tas de prières au cours des neuf mois qui ont suivi, mais quelqu'un, là-haut, a dû oublier de les écouter, parce que mon fils est né avec la moitié de son cerveau en moins. La moitié supérieure. *Supérieure*. Ça veut dire qu'il pouvait respirer, boire, mâcher, avaler, digérer, pisser et chier. Mais pas voir, entendre, sentir, ni penser. Chouette, non ? »

Kosinski narrait son histoire comme s'il récitait un poème appris par cœur à un auditoire d'élèves de terminale blasés. Il continuait de boire en même temps, s'activant sur la bouteille et le verre comme s'il s'agissait d'accessoires de théâtre. Bien qu'il commençât légèrement à bredouiller, sa voix restait mortellement calme.

« Les toubibs », poursuivit-il, « nous ont conseillé de nous en séparer, en nous expliquant qu'il y avait au Pilgrim State Hospital un bâtiment où ils soignaient les... comment a-t-il formulé ça, déjà ? Ah, oui, les personnes "affligées d'un état végétatif permanent". Je crois que c'est là que le surnom m'est venu à l'esprit pour la première fois. Ingrid avait décidé d'appeler le bébé Gustav. Bien entendu, je détestais ce prénom mais, compte tenu des circonstances, je n'ai pas eu le cœur de m'y opposer bien vigoureusement. Si vous aviez pu voir le bébé, vous comprendriez parfaitement ce que je veux dire. C'était exactement comme si sa tête s'arrêtait à la moitié. Le sommet de son crâne était aussi plat qu'une enclume.

« J'étais effondré, Marty. Sans blague. Ce bébé était censé être la première pierre d'une famille parfaite, l'enfant qui s'assortirait idéalement avec le flic parfait que j'étais. Lorsqu'il s'avéra n'être que Gugusse le Légume, ça me fit l'effet d'avoir été percuté par un transatlantique. Vous comprenez, quand on passe sa vie entière à essayer de tout bien contrôler — le seul moyen de survivre, pour un enfant d'alcoolique — les situations désespérées ne vous semblent pas franchement rigolotes. Mais ce n'est pas comme si j'avais aimé cet enfant, non. Comme s'il y avait *eu* quelque chose à aimer, d'ailleurs. Ce gosse était un monstre.

« Alors, comment réagit-on, lorsqu'on doit affronter une situation de ce genre ? Comment doit-on impérativement réagir ? »

Kosinski s'interrompit brusquement. Il regarda Blake dans le blanc des yeux, continua de river son regard dans celui de Blake jusqu'à ce que ce dernier prenne conscience que la question n'était pas purement rhétorique. Qu'il attendait une réponse.

« Je suppose qu'il faut mordre la balle », dit-il au bout d'un moment. « Qu'il faut aban... abandonner l'enfant et reprendre le cours de sa vie normale.

— Ah ouais ? » Kosinski se marra, un unique aboiement aigu dont la petite pièce répercuta brièvement l'écho. « Eh bien, Ingrid avait une tout autre conception des choses. Elle décida de développer pleinement le potentiel de son petit Gustav. Que les médecins s'étaient trompés, que la prière pouvait prendre le pas sur la science, et l'amour triompher de tous les obstacles. J'ai tenté de l'en dissuader, les toubibs, les infirmières, l'assistante sociale de ce fichu hôpital ont tous essayé, eux aussi. Je la vois encore dans son lit, tenant le bébé, les yeux perdus dans le néant, fixant un point invisible. Vous vous rappelez ces bouquins de caté-chisme que les bonnes sœurs vous refilent en primaire ? Ingrid ressemblait exactement à l'une des martyres de ces livres saints. Comme si elle avait enfin trouvé sa croix et refusait de la lâcher. Comme si cette croix était tout.

« Bien entendu, j'ai envisagé de la quitter. Pas à cause de Gugusse. J'ai songé à la quitter parce qu'elle était cinglée. Mais je n'en ai rien fait, Marty. Tout d'abord parce que j'avais de la religion depuis tout petit et que lorsque j'avais dit "pour le meilleur et pour le pire" je le pensais vraiment. Mais aussi parce que les toubibs avaient prédit que Gugusse ne survivrait pas à sa première année, et qu'il serait même probablement mort dans quelques mois. Et que je m'étais persuadé qu'alors, peut-être, on pourrait recoller les morceaux.

« En fait, il s'avéra que Gugusse le Légume vécut neuf ans. Et que, pendant ces neuf ans, j'ai continué à faire mon devoir de chrétien. Je ne buvais pas, à part une bière à l'occasion. J'ai cessé de faire des heures sup, pour pouvoir aider Ingrid à la maison. Je l'ai écoutée lire des histoires, pour l'endormir, à une créature dont la compréhension était à peu près égale à celle d'un artichaut. C'est de là que vient le nom. Gugusse le Légume. Il a jailli dans mon esprit un beau jour et, depuis, je n'ai jamais pu l'en sortir. »

Kosinski s'interrompit, ingéra une longue goulée d'air, considéra pendant un instant le verre qu'il tenait à la main. « Alors, voilà donc comment ça s'est passé pendant ces neuf ans. Au turbin, j'étais toujours un bon flic, mais pas le superflic que j'avais rêvé d'être. Chez moi, j'étais un simple ustensile domestique : aspirateur ou lave-vaisselle. Je vous le jure, Marty : au fil du temps, la maison me semblait devenir de plus en plus glaciale. Peu importe le temps qu'il faisait dehors, il soufflait à l'intérieur un courant d'air humide qui me glaçait les os dès que j'ouvrais la porte. Vous trouvez que j'exagère ? Je vous aurais bien proposé de demander à nos amis, sauf qu'on n'en avait aucun.

« Le dernier acte a débuté le jour de l'enterrement de Gugusse. Au moment où on s'éloignait de la tombe, Ingrid s'est tournée vers moi pour me dire : "Du es pour moidié dans za mort, Bell." Comme je vous le dis, exactement, avec un accent allemand à couper au couteau. Et elle ne s'est pas arrêtée là. La foi aurait pu sauver Gugusse, mais je n'avais pas la foi. L'amour aurait pu le sauver, mais j'étais sans amour. La prière aurait pu le sauver, mais j'avais refusé de prier. Le tout revenait finalement à une seule et même chose : sans mes innombrables lacunes et manquements, Gugusse le Légume aurait grandi et serait devenu un Albert Einstein.

« Deux semaines plus tard, l'avocat d'Ingrid me faisait parvenir les papiers du divorce et une interdiction de m'approcher de ma propre demeure. Les comptes en banque avaient d'ores et déjà été vidés. Un an après, lorsque le divorce a été prononcé, elle a épousé un facteur d'Howard Beach. Aux dernières nouvelles, ils auraient eu trois gosses, deux filles et un garçon. »

Kosinski sentit pour la première fois la saveur de la vodka. Il abaissa son regard sur la bouteille, constata qu'elle ne contenait plus que huit doigts de vodka. Ça ne lui était plus arrivé depuis fort longtemps de se saouler ainsi, jusqu'à une semi-ivresse qui n'allait pas tarder à se transformer en hébétude.

« Alors, vous comprenez, Marty », dit-il en s'efforçant de s'arracher les mots de la bouche le plus vite possible, « j'ai tout bonnement mis le pied dans cette galerie de mine béante dont je vous parlais tout à l'heure. Elle avait toujours été là, alors, ça n'a pas franchement constitué un problème. Il m'a suffi de fermer les yeux et de sauter. »

DIX-SEPT

Blake ne commença à se douter que les événements risquaient de ne pas se dérouler exactement comme prévu qu'à neuf heures le lendemain matin lorsque, jetant un regard par la fenêtre de sa cuisine, il aperçut une Ford blanche Econoline garée dans la rue. Le véhicule proprement dit n'aurait certainement pas éveillé ses soupçons — il n'était pas moins anonyme que les autres véhicules qui s'alignaient de chaque côté de l'avenue — mais l'homme d'âge mûr, de forte taille, nanti d'un nez recourbé et d'une coupe en brosse qui était adossé à la Ford puait littéralement le flic. Tout comme les deux conduites intérieures Dodge, occupées, qui étaient garées derrière la camionnette.

Blake s'attarda un moment à les observer, sirotant son café en même temps qu'il digérait l'information. Curieusement (à son sens, tout du moins), il ne ressentait pas la moindre émotion ; les rouages de son cerveau cliquetaient à tout va, évaluant les probabilités. Le flic — il présumait, se fiant à la description qu'en avait donnée Kosinski, qu'il s'agissait d'Aloysius Grogan — ne cherchait en aucune façon à passer inaperçu.

À première vue, ça ressemblait à une pure et simple tentative d'intimidation : la petite frappe du quartier attendant un gamin à la sortie de l'école. Néanmoins, ça dénotait également une certaine dose de trouille. La veille au soir, Kosinski ne s'était pas borné à réciter sa leçon à Brannigan. Il lui avait assené les faits bruts avec toute la délicatesse d'un agresseur matraquant sa victime à grands coups de tuyau de plomb.

Blake s'efforça de se mettre à la place de son ennemi. Il partit du principe que Samuel Harrah — homme qu'il n'avait jamais vu de sa vie et sur lequel il savait fort peu de choses — saurait faire preuve d'assez de détachement et d'objectivité pour agir au mieux de ses intérêts personnels. Auquel cas, il ne pouvait se permettre d'adopter ce scénario savamment orchestré qui voulait que Bell Kosinski opérât pour son propre compte. En même temps, et pour les mêmes raisons, Harrah ne pouvait pas non plus se permettre d'ordonner froidement leur exécution (la sienne, celle de Blake et celle de Steinberg). Ce dernier était un personnage beaucoup trop important, beaucoup trop en vue. S'il venait à disparaître, le retour de bâton serait monstrueux. Ferait beaucoup trop de vagues pour ne pas laisser Blake et l'avocat vaquer à leurs affaires. Pourvu, comme on le leur avait gentiment conseillé, qu'ils se décident à jeter l'éponge.

Mais il y avait un autre aspect à considérer. Celui-ci impliquait certain flic assoiffé de pouvoir, qui en avait fait à sa guise pendant beaucoup trop longtemps. Blake se souvint d'un cours de psycho qu'il avait suivi à Columbia. Les étudiants de sa classe (comme au demeurant ceux de toutes les autres classes, si l'on en croyait la pédagogue, une femme du nom de Cynthia Williams) avaient été littéralement fascinés par ses descriptions des criminels psychopathes. Le professeur Williams, à l'issue d'un long débat technique, les avait avisés que la façon la plus simple d'appréhender le fonctionnement mental des psycho-sociopathes était de réfléchir en termes de contrôle. Contrôle de soi et contrôle de sa propre vie, au même titre que de celle des autres. Lorsque cette domination était menacée, lorsqu'on lui arrachait son masque, alors on pouvait la plupart du temps s'attendre à ce que le psychopathe réagisse par l'agressivité, plutôt que par la passivité. Par un comportement agressif, donc, et, une fois sur deux, par un comportement irrationnel.

Blake regarda par la fenêtre. Les portières arrière de la camionnette était grandes ouvertes et le flic aux cheveux en brosse était en train de discuter avec une personne qui se trouvait à l'intérieur.

Trop décontracté, songea Blake. Ils sont là pour te harceler, souviens-toi. Et pour t'épier. Peut-être ont-ils découvert le matos dans le sous-sol de Tillson, ou bien les émetteurs dans la maison de McGuire. Ça n'a pas vraiment grande importance, parce que ça ne change rigoureusement rien. Le temps travaille contre eux.

Il retourna dans son salon, piocha *My Favorite Things*, de John Coltrane, l'inséra dans son lecteur de CD, et monta le volume suffisamment haut pour couvrir les bruits de ses mouvements. Puis il entassa la bande audio qui portait les aveux de McGuire et qu'il n'avait toujours pas dupliquée, le rapport écrit de Gurp Patel et un détecteur de FR dans un attaché-case, avant d'ouvrir sa porte sans bruit et de se faufiler dans le couloir.

« À te voir, on croirait presque que tu t'apprêtes à faire une fugue. »

La tête de Blake se rejeta violemment en arrière entre ses deux omoplates ; il sentit se bander les muscles de son échine, indiquant sans la moindre ambiguïté qu'eux, tout du moins, n'avaient pas totalement écarté l'éventualité d'une bastos.

« Nom de Dieu, M'man, tu m'as flanqué une trouille d'enfer.

— C'est si moche que ça ? » Pour la toute première fois, le visage de Dora Blake trahissait quelque inquiétude.

« Ça dépend de qui tu interroges : mon cortex ou mon hypothalamus. Ils semblent nourrir des opinions contradictoires à cet égard. » Il exposa à sa mère les détails de l'affaire, tout en la raccompagnant à son appartement, à l'étage supérieur. Une fois à l'intérieur, il fouilla les cinq pièces à la recherche de micros et ne trouva rien..Il n'en alluma pas moins la télé et monta le son assez haut pour étouffer le bruit d'une conversation à bâtons rompus, puis tendit l'attaché-case à sa mère.

« Je voudrais que tu ailles porter tous ces documents chez Sarah Tannenbaum et que tu lui demandes de les garder par-devers elle pendant un jour ou deux. Je n'ai pas encore fait de copie de la bande, alors fais-y bien attention. » Blake s'interrompit au souvenir de l'horrible histoire de Bell Kosinski. La veille au soir (alors qu'il aurait normalement dû s'activer à ses affaires), il s'était interminablement repassé le film de cette histoire dans sa tête, balançant entre la tentation de réprouver ce en quoi il voyait une faiblesse de caractère et la certitude grandissante que, dès l'instant où il avait pris cette première et fatale décision — rester, en l'occurrence, avec sa femme et son fils —, Kosinski s'était irrémédiablement condamné. Mais personne — pas même l'archimoraliste qu'était Marty Blake — ne pouvait reprocher à Bell Kosinski d'avoir été frappé par la foudre. Il arrive parfois qu'il n'y ait pas de méchants dans l'histoire.

Dora Blake prit l'attaché-case des mains de son fils et le reposa à terre. « Dois-je contacter Patrick ? » s'enquit-elle. « S'il apprenait ce qui se passe, il serait bien forcé d'intervenir.

— De quelle manière, tu peux me dire ?

— Épargne-moi tes sarcasmes, Marty. Je ne suis pas aveugle. J'ai bien vu comment tu avais sursauté dans le couloir.

— Une fois n'est pas coutume : sarcasme, il n'y a point. Je vois mal ce que pourrait faire oncle Pat, si tant est qu'il consente à faire quelque chose, ce dont je doute fort. Mais, si tu tiens absolument à l'appeler, ça me dérange pas. Tu peux lui rapporter tout ce que je t'ai dit, et lui dire aussi que je peux tout prouver. Mais ne laisse pas cette bande lui tomber entre les mains. Quoi qu'il advienne. Ne lui fais même pas part de son existence. Pars du principe que ton téléphone est sur écoute et surveille tes paroles. Je ne tiens pas à ce qu'on te prenne pour cible. Si tu t'exprimes en mère terrifiée, avide de porter secours à son fils, pas de problème. Mais si Harrah venait à se persuader que tu détiens une preuve qui pourrait servir à l'incriminer, il s'en prendra aussi à toi. Il n'aura pas d'autre choix.

— Tu ne viens pas d'inspecter l'appartement ?

— Si, et il n'y a ni émetteurs ni magnétophones, tout du moins *à l'intérieur*. Mais ça ne signifie pas pour autant que les gens d'Harrah n'ont pas branché une dérivation sur ta ligne téléphonique, quelque part entre ici et le standard de Woodhaven Boulevard. Bon sang, ils pourraient même se trouver dans un appartement de l'autre côté de la rue, armés d'un micro parabolique et d'un caméscope à téléobjectif. Tu ferais pas mal de prévenir tes petits amis. » Blake consulta brièvement sa montre. « Écoute, faut que je file. J'ai rendez-vous dans une heure avec Joanna Bardo et je vais me mettre en retard. N'oublie jamais qu'oncle Pat a été un lèche-cul toute sa vie durant. C'est ce qui lui a valu d'obtenir le poste qu'il occupe à la direction du personnel. Ne compte pas trop sur lui, et tu ne seras pas déçue. »

Vingt minutes plus tard, lorsque Marty Blake sortit de son immeuble climatisé, le soleil le carambola de plein fouet, comme s'il s'attendait à le voir apparaître, comme s'il n'attendait que lui, comme s'il le reconnaissait. Il leva les yeux vers un ciel lessivé, vidé de toute couleur, un ciel qui semblait n'être qu'un simple prolongement de ce soleil d'une flamboyante blancheur.

Un vers d'une des premières chansons des Rolling Stones lui traversa l'esprit : *"And the time is right for fighting in the street, boys."* [1] D'un bout de la ville à l'autre, les locataires des appartements à bas loyer désertaient leurs tanières surchauffées, en quête d'un peu de soulagement. Les radios n'allaient pas tarder à beugler, la bière et le vin couleraient bientôt à flots, puis viendraient les joints, la came, le crack et, sous peu, ce serait au tour du sang de couler.

« Eh, toi, là, Blake, viens voir un peu ici. »

Blake jeta un regard sur la silhouette à la coupe en brosse qui se dressait sur le trottoir d'en face. Grogan était à l'ombre et, néanmoins, des gouttes de sueur perlaient à son front. Il donnait l'impression de crever d'envie d'être n'importe où ailleurs, sauf ici.

« Je vous demande pardon ? » Blake marmotta une courte prière à l'intention des mânes de Robert De Niro, puis chaussa ses lunettes de soleil, porta la main

1. *Et l'heure est bien choisie pour se battre dans les rues, les gars.*

à sa poitrine et pencha la tête. « C'est à moi que tu parles ? »

Pour toute réponse, Grogan traversa la rue. Au même instant, un grand flic nanti d'une tignasse broussailleuse — Tommy Brannigan, sans le moindre doute — s'extirpait laborieusement de la première des deux conduites intérieures et se précipitait à sa suite.

« À quoi tu joues, hein ? Qu'est-ce que t'as dans le crâne, bordel de merde ? »

Blake considéra les traits convulsés d'Aloysius Grogan. En se disant que s'il avait eu entièrement raison de s'attendre à une réaction irrationnelle, il avait en revanche porté son choix sur le mauvais psychopathe. Il s'exhorta à la prudence, à simuler la neutralité effarouchée. Se convainquit qu'il ne devait en aucun cas perdre son sang-froid.

« Serait-ce trop vous demander que de me dire qui vous êtes et ce que vous me voulez ? »

Blake vit venir le coup. Vit distinctement la main de Grogan se crisper pour former un poing, le vit lever lentement ce poing à la hauteur de son épaule, puis le projeter en avant pesamment. Certes, c'était le coup de poing typique d'un homme d'âge mûr, trop gras et trop enveloppé, mais, néanmoins, il parut à Blake presque emporté : le geste de mauvaise humeur d'un enfant irascible, d'un morveux dépité. N'empêche qu'il le cueillit à la pommette gauche, avec une vigueur suffisante pour l'envoyer rebondir contre le mur de l'immeuble.

« Si j'avais les mains libres, je te conduirais au quartier général et je te materais, moi. » Grogan avait craché les mots entre ses dents serrées. « T'as pigé ? Je te briserais l'échine comme à un vulgaire criminel. »

Ayant délivré son message, il fit volte-face et raccompagna jusqu'à leur véhicule respectif ses deux compagnons, autrement plus inquiétants. Une minute plus tard, les deux conduites intérieures démarraient et disparaissaient au bout de la rue.

Blake se ramassa, examina sa veste de lin en quête d'éventuelles taches ou déchirures, et s'abstint délibérément de porter la main à l'ecchymose qui tuméfiait sa joue gauche. Le programme qu'il s'était fixé exigeait de lui qu'il passe à *Manhattan Executive*, qu'il pleure misère et implore Joanna Bardo de lui octroyer royalement un petit boulot. Cette petite comédie prenait désormais tout son relief. Steinberg faisait le véritable boulot de son côté, en s'efforçant de dénicher un journaliste qui consentirait à couvrir l'affaire. Il espérait au premier chef intéresser un certain chroniqueur du nom de Jack Patchen, qui avait la réputation d'éreinter les flics, mais d'autres possibilités s'offraient encore à lui. Assurément, cette histoire de chantage et de meurtre conduisant en droite ligne, depuis le cadavre de Sondra Tillson, en passant par la direction du NYPD et un juge siégeant en cour d'appel, jusqu'au bourgmestre de Manhattan, avait tout ce qu'il fallait pour décrocher le titre d'affaire de la décennie, sinon du siècle. C'était une simple question de temps.

Une demi-heure plus tard, Blake piquait vers l'ouest sur la Long Island Expressway, lanternant sur la voie de droite tout en se demandant quel effet ça pourrait bien faire d'être ramené sous bonne escorte au QG pour s'y faire mater. Grogan était un flic de la vieille école. Il se servirait d'un tuyau de caoutchouc plutôt que d'un aiguillon électrique. Histoire de faire durer.

Tout le monde — ou presque — doublait la Taurus, en assortissant, pour la grande majorité d'entre eux, le dépassement d'un geste de colère et de quelques noms d'oiseau bien sentis. Seule et unique raison, d'ailleurs, pour laquelle il remarqua la Buick marron qui se traînait lamentablement derrière lui, à quelque cinquante mètres. Il en conçut tout d'abord un certain agacement ; il aurait dû repérer son suiveur bien avant. Il quitta la LIE à la hauteur de Greenpoint Avenue, prit à gauche et roula jusqu'à ce qu'il eût trouvé un petit traiteur. Il se gara en double file derrière tout un tas d'autres bagnoles, entra, acheta un gobelet de café, puis reprit sa route. Il se trouvait sur la voie réservée aux voitures qui avaient l'appoint exact, à l'entrée du Midtown Tunnel, tout prêt à balancer son jeton dans la corbeille prévue à cet effet, lorsqu'il repéra de nouveau la Buick.

Dans un sens, songea Blake, c'est trop beau pour être vrai. Car, après tout, en effet, à quoi bon jouer un rôle quand on n'a pas d'auditoire ? Je vais être obligé de me débarrasser de lui avant de retrouver Steinberg chez Emilio, mais ça ne devrait pas me poser de trop sérieux problèmes. Mais pas dans Manhattan, non. La vraie ruse de Sioux, c'est de le semer sans éveiller les soupçons. Le semer, puis lui permettre de me retrouver dès que j'en aurai fini avec l'avocat.

Blake emprunta l'itinéraire le plus simple pour gagner les bureaux de Joanna, en traversant la ville de haut en bas, d'abord par Park Avenue, puis par Broadway jusqu'à Soho. Il conduisait en flânant, comme s'il n'avait aucun souci au monde, alors que, tout autour de lui, taxis et camionnettes vibrionnaient comme une armée de fourmis autour d'une flaque d'huile d'olive.

La Buick lui tétait les roues, à peine à un demi-pâté de maisons derrière lui. À un moment donné, à un feu rouge, alors qu'ils étaient pare-chocs contre pare-chocs, Blake jeta un coup d'œil dans son rétroviseur et vit un jeune homme aux cheveux qui lui tombaient sur les épaules, et dont le lobe de l'oreille gauche était percé d'un joint ; il mémorisa ses traits par pur réflexe.

Tandis qu'il redémarrait et s'éloignait du feu rouge, Blake s'employa à anticiper sur ses prochains coups, et la façon dont il devrait s'y prendre si d'aventure Steinberg était également pris en filature. Dans la mesure où leur mission était prétendument terminée, les deux hommes n'avaient aucune raison valide de se rencontrer. Blake allait donc devoir trouver un quelconque moyen de surveiller l'avocat, lors de l'arrivée de ce dernier sur le lieu de leur rendez-vous.

Délaissant Steinberg, ses pensées se reportèrent sur Kosinski, douillettement planqué (du moins fallait-il *l'espérer*) dans son motel de Bayside. Kosinski ne consentirait jamais à se tenir tranquille plus de deux jours d'affilée. L'ex-flic (aux yeux de Blake, en tout cas) était la quintessence même du teigneux ; il était totalement exclu qu'il puisse continuer pendant très longtemps à se tapir dans son terrier comme un garenne apeuré. Si Blake ne parvenait pas à déboulonner Harrah et ses complices dans un délai précipité — en temps new-yorkais, s'entend —, on pouvait raisonnablement s'attendre à ce que Kosinski se remette en chasse pour son propre compte.

DIX-HUIT

« Stupéfiant, Cynthia, littéralement stupéfiant. »
Blake n'avait jamais craché sur une petite flagornerie
— administré à point nommé et au client idoine, pendant la beuverie de cocktails d'usage, le compliment
idoine sur son épouse ou sur sa maîtresse faisait pour
ainsi dire partie du boulot — mais, cette fois-ci, il était
sincère. Cynthia Barrett portait un chemisier de soie
grège très décolleté, surmonté d'un collier d'or fine-
ment ciselé et de boucles d'oreilles assorties. Une
écharpe tribale drapait son épaule droite, retombant en
plis vaporeux sur sa poitrine. Ses riches teintes orange,
marron et jaune rehaussaient son teint de cannelle,
ajoutaient de la profondeur à ses yeux aux reflets mor-
dorés et mettaient en valeur la fermeté de ses seins.

« Merci, Marty. » Cynthia présenta ses deux mains à
Blake. « Joanna a décidé de nous distribuer notre bonus de milieu d'exercice. Les affaires vont beaucoup
mieux.

— Et tu l'as claqué en vêtements et en bijoux, si je
ne m'abuse ?

— En fait, je m'en suis servi pour réduire le débit de
ma MasterCard, de façon à pouvoir m'offrir avec cette
dernière les vêtements et les bijoux. La Citybank pré-

fère ça. Ils m'ont proposé d'augmenter mon plafond de crédit.

— Quelqu'un devrait bien les prévenir. Avant que les régulateurs n'interviennent. »

Le rire de Cynthia, comme d'habitude, fut aussi profond que chaleureux. « Joanna t'attend.

— J'espère qu'elle est de bonne humeur, parce que j'aimerais bien qu'elle me trouve un petit boulot.

— Oh, ne t'inquiète pas pour ça, Marty. Joanna vient d'acheter... d'*acquérir* une nouvelle pièce. Ne te gêne surtout pas pour la complimenter. »

Blake enfonça ses mains dans ses poches : « Accouche, Cynthia. Voyons un peu ce pedigree.

— Très bien, mon cher. » Cynthia releva le nez au vent, toisa Marty Blake du haut de ce dernier. « Ma patronne bénie des dieux vient de faire l'acquisition d'une commode à lingerie Chippendale sculptée, datant des environs de 1780. Présentant une corniche aux moulures élaborées surplombant deux portes de placard cintrées et lambrissées, et trois étagères flanquées de pilastres cannelés. » Elle s'interrompit, laissa retomber son menton sur sa poitrine. « Je te jure, Marty, que j'ai jamais rien vu de plus laid.

— Trop laid pour être faux ? »

La boutade déclencha un nouveau rire. « J'en sais rien, Marty. Pourquoi ne poserais-tu pas directement la question à Joanna ?

— Parce que je n'en ai pas les *cojones* ? » admit Blake. « Je ne les ai jamais eues. »

Blake n'avait pas de souci à se faire, s'agissant d'identifier l'antiquité en question, parce que Joanna était plantée en plein devant lorsqu'il entra dans son bureau. Sa robe en lamé, au col galonné de dentelle, était visiblement conçue pour s'assortir aux tons dorés du massif coffre d'érable. Lorsqu'il pénétra dans la pièce, elle referma les portes du placard avec une douceur infinie.

« Bon Dieu, Joanna. » Blake se figea sur le seuil. « Je ne saurais dire laquelle de ces deux pièces a ma préférence : le meuble, ou la femme qui se tient à ses côtés.

— On a un problème, Marty. Assieds-toi, tu veux. »

Blake, que la tournure prise par les événements avait provisoirement réduit au silence, s'exécuta. On ne lui laissait d'ailleurs guère le choix, mais il se demanda en quel honneur elle s'était donné la peine de prendre la pose, si elle avait de mauvaises nouvelles à lui annoncer. La réponse lui apparut très clairement lorsqu'elle s'entêta à se pavaner devant son nouveau trophée.

« Hier au soir », commença-t-elle, lui tournant à demi le dos et en levant la main comme pour caresser la pièce, « j'ai reçu un coup de fil d'un nouveau client, un client après lequel j'avais cavalé pratiquement toute l'année.

— Et ce coup de fil me concernait.

— En effet, Marty.

— De la part de qui ?

— D'un adjoint du bourgmestre Edward Green. »

Blake s'affaissa dans son fauteuil, s'exhorta à garder son sang-froid. « Et que voulait-il, cet adjoint ?

— Il se plaignait que tu t'étais immiscé dans les affaires de Green, et que tu avais mené une surveillance illégale. On va, semble-t-il, te retirer ta licence. Il voulait naturellement savoir si tu travaillais toujours pour *Manhattan Executive.* » Elle s'interrompit, puis se retourna pour lui faire face. « Savoir si oui ou non tu agissais sur *mes* ordres.

— Et... était-ce le cas ?

— Ça n'a rien de drôle.

414

— Ça ne prétendait pas l'être. » Blake croisa les jambes, laissa retomber sa main sur ses genoux. « Réfléchis-y une seconde, Joanna. C'est *toi* qui m'as envoyé à Max Steinberg. Il n'est pas question un instant que je m'excuse d'avoir fait mon travail. De fait, pour être totalement franc, je suis particulièrement fier de ce que j'ai accompli. J'ai établi la preuve absolue de l'innocence de Billy Sowell, et rien de plus. Je n'ai pas revu Max Steinberg depuis notre dernière rencontre, juste après l'assassinat du gosse. Si je me souviens bien, nous étions saouls tous les deux. »

Joanna Bardo se décida enfin à délaisser son nouveau joujou. Elle se dirigea vers son bureau et s'assit. « Marty Blake, tu n'es qu'une merde et un sac à vent.

— À ce point ? » En dépit de l'insolence qu'il avait imprimée à son ton, la grossièreté, si déplacée dans la bouche de Joanna, avait fait à Blake l'effet d'un véritable crève-cœur.

« Ce matin même, un peu avant ton arrivée, j'ai reçu la visite d'un certain inspecteur Brannigan. Il portait une caisse pleine de matériel — micros, branchements, émetteurs et magnétophones. Brannigan prétendait que ledit matériel avait servi à des fins illicites, pour exercer une surveillance illégale, et il voulait savoir s'il avait été fourni par *Manhattan Executive*. S'il *t'*avait été fourni par *nous*, autrement dit.

— Ce matériel ne m'ayant pas été fourni par *Manhattan Executive*, je ne vois pas où est ton problème. »

Joanna se pencha par-dessus son bureau. « Mon problème est double, Marty. Tout d'abord, toi et moi avions conclu un accord, aux termes duquel, notamment, l'utilisation du matériel de *Manhattan Executive* te serait acquise. Or, je constate que le matériel que j'ai vu était flambant neuf. Si tu as claqué ce fric alors que tu aurais pu piocher dans nos réserves, c'est tout simplement parce que tu ne te fies pas à moi. Pas plus compliqué que ça. Deuxièmement, tu es passé me voir il y a quelques jours, accompagné de ton nouveau collègue, pour me supplier de te donner du travail, travail dont tu n'avais visiblement pas besoin. Cette visite avait ni plus ni moins pour but de me duper.

— Très bien, je suis donc condamné sans jugement, sur la parole d'un flic et d'un politicard ? » Le cerveau de Blake tournait férocement. Il était conscient d'avoir commis une grosse bévue en amenant Kosinski chez Joanna. La question était de savoir s'il pouvait encore, oui ou non, nier leur partenariat. « Enregistres-tu la conversation ? »

À cette question, Joanna piqua un fard rapide, immédiatement suivi par un froncement de sourcils plus bref encore. « Sais-tu au moins combien j'ai travaillé dur pour décrocher ce budget ? En as-tu la moindre idée ? Edward Green va se présenter l'an prochain au poste de maire. Son comité électoral est en passe de devenir notre plus gros client et ce n'est que le début. » Elle pila net, jeta un coup d'œil sur sa commode et secoua la tête. « J'ai fait tout ce que je pouvais pour toi. Je t'ai installé à ton compte, je t'ai trouvé du travail, je t'ai donné le libre accès à notre ordinateur. Pour toute récompense, tu as cherché à m'arnaquer. Laisse-moi te dire une chose, Marty. Ça fait mal. Très mal. »

Blake se leva, tourna les talons, puis se ravisa et décida d'y aller d'un ultime commentaire : « Je ne sais rigoureusement rien sur Edward Green. Rien, tu piges ? Mais ce que je peux savoir ou ne pas savoir est sans la moindre incidence, n'est-ce pas ? » Il fit un premier pas en direction du bureau de Joanna. « Va te faire foutre, Joanna. Je t'emmerde, toi, ta commode en érable, ta médiocre ambition et tes pitoyables prétentions. » Il s'arrêta abruptement, laissa mourir sa voix, réussit à ébaucher un rictus. « Quel effet ça peut bien faire, de vivre son entière existence avec le nez fourré entre les miches d'un autre ? De sacrifier un vieil ami sur un simple coup de fil de l'assistant d'un client ? Si un grossium venait te dire : "Virez-moi cette nègresse de la réception", tu flanquerais aussi Cynthia à la rue, peut-être ? »

Blake prit subitement acte de l'expression sereine de Joanna et réalisa qu'elle ne coupait pas dans sa petite comédie. Qu'elle rendrait compte à Edward Green dès qu'il aurait le dos tourné, si elle n'allait pas jusqu'à lui dépêcher un coursier porteur d'une copie de l'enregistrement de leur conversation, enregistrement qu'elle ne s'était même pas donné la peine de nier. Mais ça, c'était plutôt une bonne chose en soi : les dénégations que Martin Blake lui avaient opposées y seraient dûment enregistrées ; la colère qu'il avait piquée, même si elle n'avait pas eu l'heur d'abuser Joanna, aurait au moins le mérite de semer la confusion dans l'esprit de Samuel Harrah. Joanna avait déclaré qu'ils en voulaient à sa licence, pas qu'ils en voulaient à sa vie, ce qui signifiait qu'ils n'étaient pas encore bien fixés sur ses intentions réelles. À moins qu'ils ne fussent dès à présent convaincus qu'il était désormais réduit à l'impuissance, dans la mesure où ils avaient récupéré les micros et autres ustensiles qu'il avait planqués. D'une façon comme d'une autre, ça jouait en sa faveur.

« Tu as perdu ton sourire, Marty. Ton superbe sourire. » Joanna s'exprimait presque mélancoliquement. Elle repoussa sa chaise de quelques centimètres, croisa les mains et les posa sur ses genoux. « Fut un temps où il pouvait illuminer toute la pièce et, à présent, le voilà parti. J'ai l'impression de m'adresser à quelqu'un d'autre. Tu es devenu plus violent, plus méchant. T'es-tu jamais demandé où ça te mènerait ? » Elle se leva, traversa la pièce et ouvrit la porte. « Adieu, Marty. Nous ne nous reverrons plus. »

L'ultime réflexion de Joanna Bardo résonnait encore à ses oreilles lorsque Blake regagna le centre-ville. Il s'était faufilé à l'extérieur par le sous-sol, avait débouché dans une ruelle qui donnait sur Wooster Street, avait hélé un taxi et demandé au chauffeur de faire le tour complet du pâté de maisons et de revenir par Greene Street. La Buick marron, indéniablement, était toujours garée devant l'immeuble de Joanna. Le flic aux cheveux longs était affalé sur le volant, et c'est tout juste si on apercevait sa boucle d'oreille derrière les pages du *Daily News*. Blake hocha la tête avec satisfaction, puis donna libre cours à ses pensées vagabondes.

Manhattan Executive avait pendant longtemps constitué son seul foyer. Joanna Bardo, en tant que mère au foyer et chef de famille, l'avait allaité (et manœuvré) le temps qu'il apprenne le métier, petit à petit, pas à pas. À présent, on lui refusait le sein et ce sevrage brutal, normalement, aurait dû éveiller en lui une manière d'angoisse de la séparation, l'inconsolable conscience d'un deuil, d'une perte irréparable. Mais la seule chose à peu près tangible qu'il ressentait, c'était le filet de sueur qui s'insinuait sous son col. Le taxi, en dépit de ses vitres baissées, produisait à lui tout seul un effet de serre.

Quelques semaines plus tôt à peine, se rendit-il compte avec stupéfaction, il chevauchait encore lui-même une monture jaune très semblable à celle-ci. Il jeta un coup d'œil sur la patente du taxi. François

George. Ou bien était-ce George François ? La Commission des taxis et voitures de maître avait la manie d'écorcher les patronymes étrangers. C'était un Haïtien, toujours est-il, comme tant d'autres taxis new-yorkais.

Blake éprouva soudain l'envie irrésistible d'interroger François George sur l'existence qu'il avait menée dans son pays natal. Conduisait-il déjà un taxi à Port-au-Prince ? Avait-il laissé derrière lui toute sa famille, sa femme, ses enfants, dans le seul but d'émigrer dans un pays où la majorité des gens lui vouaient d'emblée mépris et exécration ? Qu'est-ce qui l'avait poussé à émigrer ? Misère ou raisons politiques ? Ou bien encore une politique *de la* misère ? Haïti était pauvre et les Haïtiens opprimés depuis si longtemps que d'opérer une distinction entre ces deux réalités n'était rien de plus qu'un petit jeu auquel s'adonnaient les politiciens américains pour essayer d'enrayer l'immigration haïtienne.

« Hé, regardez un peu ça, *man.* »

Blake suivit des yeux la direction indiquée par le long doigt osseux de François George, jusqu'à deux femmes entre deux âges qui déambulaient sur Houston Street, bras dessus, bras dessous. « Saletés de gousses. Je déteste ces putains de gouines. » Il renifla dédaigneusement, secoua la tête. « Ça s'tamponne la chagatte à tout va. Répugnant. »

Ayant ainsi pulvérisé les illusions de Blake, le chauffeur fit un rapide crochet à gauche, sous le nez d'un bus municipal, et entreprit de remonter la Première Avenue en trombe, vers le haut de la ville. « D'où êtes-vous, François George ? » demanda Blake.

« D'Harlem », répliqua l'autre. « Cent Cinquante-Deuxième Rue Est.

— Ce taxi vous appartient ?

— Moi et ma banque, on s'le partage. » Il gloussa doucement. « J'ai acheté le macaron y a quinze ans, fini de le payer en 1989, puis emprunté dessus l'an dernier pour acheter un pressing et installer ma femme. À nous deux, on s'en sort pas trop mal. On songe à déménager, malgré tout. À quitter Harlem pour nous installer dans un coin plus sûr. » Il rit derechef. « À condition de pouvoir en trouver un, bien entendu. »

Blake laissa le taxi au coin de la Première Avenue et de la Septième Rue, à une distance d'un demi-pâté de maisons du restaurant d'Emilio et une bonne vingtaine de minutes avant l'heure de son rendez-vous avec Max Steinberg. Il se rendit directement dans un café installé de l'autre côté de la rue, s'installa sur un tabouret en devanture et commanda du café et une part de tarte à la noix de coco. Il terminait sa seconde tasse lorsque l'avocat descendit à son tour d'un taxi pour entrer chez Emilio. Dix minutes plus tard, à présent convaincu que Steinberg était seul, Blake réglait son addition et traversait nonchalamment la rue.

« Asseyez-vous, Marty. » L'avocat s'était adressé à lui sans relever les yeux. « Faut qu'on cause. »

Blake prit note du dos voûté, de la voix atone, de la tête baissée. La fameuse moumoute reposait totalement inerte, telle la motte de gazon d'un golfeur sur un rocher blanc délavé par le soleil.

« Vous n'avez pas l'air au mieux de votre forme, Max. » Il commanda un Martini dry, regarda le serveur battre en retraite, se demanda pourquoi il était tellement étonné, pourquoi son cœur pesait dans sa poitrine comme une boule de plomb.

« J'ai connu de meilleurs jours. » Steinberg sirota une gorgée de son verre, inspira profondément, puis se résolut enfin à affronter le regard de Blake. « On va faire court et sans douleur », fit-il. « Je retire mes billes. Je n'ai pas le choix.

— Vraiment ? Et qu'est-il advenu du "Steinberg ne lâche jamais prise" ? »

Blake surprit une ultime flammèche du tempérament incendiaire de Steinberg, la regarda s'éteindre aussi vite qu'elle était née. L'avocat semblait si accablé, si profondément abattu que Blake le prit en pitié. Steinberg allait emporter sa défaite dans sa tombe.

« Je n'ai pas le choix », réitéra-t-il. « Ils me tiennent par les couilles. »

Blake se pencha en arrière pour permettre au serveur de poser sa consommation sur la table. Il fixa cette dernière pendant quelques instants, puis vida son verre et en commanda un autre. « J'en conclus que vous n'avez pas contacté de journaliste et que vous n'avez donc pas enclenché la machine. »

Steinberg secoua la tête. « Non, effectivement. Je n'ai rien fait. Je les ai sur le dos depuis notre dernière conversation. » Il contempla ses mains. « Un truc que j'ai fait il y a quelques années. Avec un client. Avant de prendre mes bonnes résolutions. Je n'aurais jamais dû faire ça, mais j'en ai pris le risque. Bon Dieu, Marty, j'étais persuadé que c'était mort et enterré, mais ces fumiers étaient au courant depuis toujours.

— Pourquoi n'ont-ils pas essayé de vous faire chanter, dans ce cas ? Le chantage entre pourtant dans leurs cordes, non ?

— Ils m'ont dit...

— Qui ça, Max. Des noms.

— Thomas Brannigan.

— Alors, vous n'avez même pas eu droit à la visite personnelle du grand chef ?

« — Non, même pas. Ils m'ont écrasé comme une punaise. » Steinberg termina son verre, fit signe au serveur de le remplir. « Vous voulez savoir pourquoi ils ont attendu si longtemps pour resserrer les boulons ? Parce qu'ils ont pris leurs renseignements sur moi et se sont aperçus que j'étais endetté jusqu'aux yeux. On tire difficilement du sang d'un caillou, si je ne m'abuse.

— Mais ils ont néanmoins gardé l'information par-devers eux.

— Deux ans, Marty. Encore deux ans et la prescription jouait. Deux ans de plus et j'étais libre.

— Libre et en toute impunité ? »

Le serveur reparut avec leurs consommations. Il les posa sur la table, puis leur demanda s'ils étaient prêts à passer commande de leur repas.

« Je prendrai le mien sous forme liquide », déclara Steinberg, en renvoyant l'homme d'un geste de la main. « Écoutez, Marty, si vous vous imaginez qu'Harrah ne sait rien de ce que vous lui préparez, vous auriez intérêt à y réfléchir à deux fois. Je suis là pour vous conseiller de jeter l'éponge, ça fait partie du marché. Si vous tentez quoi que ce soit contre Harrah, il nous aligne, moi et Joanna Bardo, votre patronne. À la moindre velléité, comprenez-moi bien. »

Blake s'accorda une minute pour regarder autour de lui, en même temps qu'il s'efforçait de rassembler ses esprits. Emilio était l'un des derniers restaurants italiens à l'ancienne mode du quartier, un vestige de l'époque où les Italiens résidaient encore effectivement dans le Lower East Side. Les murs étaient tapissés de photos jaunies, pour la plupart autographiées. Carmen Basiolo était là, et Jack LaMotta, et le Rock aussi, naturellement, Rocky Marciano. Vic Damone était à la place d'honneur, juste au-dessus de la machine à cappuccino chromée, à côté de Robert DeNiro, de Sly Stallone et de Lou Costello. Étrangement, Frank Sinatra était absent de ce panthéon.

« Eh bien, où donc est passé le président du comité ? » s'enquit Blake, tandis qu'un demi-sourire venait jouer sur ses lèvres.

« Le quoi ?

— Le président du comité, Max. Frank. Où donc est passé Frank, bordel de merde ? »

Steinberg finit par craquer : « Vous êtes cinglé, Blake. Je m'y attendais plus ou moins de la part de l'autre poivrot, Kosinski, mais, de votre part, j'espérais un peu plus de sens commun.

— Il faut croire que je vous ai entortillés tous les deux. » Blake rapprocha sa chaise de la table et se pencha en avant. Son sourire s'était transformé en un rictus de mépris. « Alors, Max, c'est quoi, le marché ? Si je décide de tout oublier, qu'est-ce qu'on a prévu pour moi ?

— Vous gardez votre licence. Les micros et tout le restant passent aux oubliettes.

— Et Bell ? Qu'est-ce que Bell a à y gagner ? À moins qu'on ne nous demande de tourner la tête, le jour où son cadavre refera surface dans le fleuve ? »

Steinberg ne répondant pas, Blake changea de sujet de conversation : « Vous souvient-il, Max, d'un flic du nom de Matthew Blake. Je crois savoir que vous avez croisé sa route il y a quelque huit ou dix ans.

— Je l'ai défendu ? Avait-il un quelconque lien de parenté avec vous ? »

Blake prit le temps d'étudier le visage de l'avocat. Les yeux de Steinberg, voilés par ses paupières, cherchaient certes à dissimuler, c'était plus que patent, mais l'ébauche d'un sourire flottait à ses commissures.

« Vous le saviez depuis le tout début, pas vrai ? »
Blake s'attendait à une dénégation de pure forme, mais
l'expression de Steinberg ne varia pas d'un iota. « Ce
qu'il y a, Max, c'est que vous devriez éviter de me mentir à ce propos. Tel que vous me voyez, je pourrais fort
bien vous faire avaler votre perruque. »

Steinberg haussa les épaules, écarta les doigts. « Au
début, je n'avais pas fait le rapprochement — Blake est
un nom fort répandu — puis ça m'est revenu, de sorte
que je me suis renseigné et que j'ai découvert que vous
étiez son fils. La vie est pleine de surprises, ne trouvez-
vous pas ? Toutefois, quand je me suis posé la question : "Finalement, ça change quoi ?", je suis resté bre-
douille ; et j'ai donc décidé de garder ça pour moi.
Vous n'êtes pas votre père. »

Blake vida son verre, se figea, le temps de sentir le
feu qui brûlait dans son ventre se répandre dans ses
mains et dans ses joues. « Votre cliente, la camée, comment s'appelait-elle ?

— Chantel McKendrick.

— Elle a prétendu que mon père l'avait violée.

— C'est exact.

— Et vous l'avez incitée à porter plainte.

— Qu'est-ce que vous croyez, Marty ? Que je l'ai
crue sur parole, tout bonnement ? Que tout fait ventre,
que tout est bon pour gagner une affaire ? » Steinberg
posa ses mains sur la table, se pencha en avant jusqu'à
que ce que son visage ne fût plus qu'à une trentaine de
centimètres de celui de Blake. « La première chose que
j'ai faite, *boychick*, c'est de la soumettre au détecteur
de mensonges et de lui faire répéter son histoire dans
le moindre détail. *Shtup* par *shtup*, bordel. Puis, je l'ai
obligée à recommencer ; ensuite, je lui encore demandé
de remettre ça, mais à l'envers.

« — Et elle a passé le test ?

— Haut la main. » Les yeux de l'avocat scintillèrent triomphalement. C'était le regard d'un athlète qui a réussi, Dieu sait comment, à transformer en victoire une défaite annoncée, d'un boxeur encore sonné, sidéré de trouver son adversaire au tapis. « Mais, oh, qui ça peut encore surprendre, hein ? C'est du dernier banal, non ? »

Blake se leva. « Ouais », en convint-il. « Ça arrive tous les jours. Bon, eh bien, le devoir m'appelle. »

Le temps de s'installer confortablement dans un taxi, Blake réfléchissait déjà à la suite des opérations. Il ne retournerait pas prendre la Taurus. À quoi bon ? Non, il dénicherait plutôt une agence de location de voitures acceptant les règlements en liquide, puis irait chercher Kosinski et lui annoncerait la mauvaise nouvelle. Bien entendu, Kosinski refuserait de plier l'échine. Il ne pouvait plus se le permettre, maintenant que le bout du tunnel avait de nouveau disparu, hors de vue. Eh bien, peut-être qu'un gilet en Kevlar augmenterait ses chances de survie. À moins de recourir à un chapelet bénit par le Saint-Père.

DIX-NEUF

« Tu vois bien, quoi, ce type avec les cheveux blancs ? » demandait Emily Caruso à Bell. « On le voyait parfois à la télévision. »

Le père Tim rumina la question pendant un petit moment, tout en se caressant le menton des doigts d'un air pensif. « L'évêque Fulton J. Sheen », finit-il par dire, en prenant soin, dans la mesure où l'on arrivait au terme d'un typique après-midi au *Cryders*, d'articuler soigneusement ses mots.

« Pour l'amour du ciel, Bell, tu ne voudrais pas dire à ce soiffard de boucler son clapet ? » Elle tourna le dos à Kosinski pour fusiller du regard le prêtre à la retraite. « J'ai l'air de m'adresser à vous, peut-être ? Est-ce que j'ai l'air d'une femme à gaspiller sa salive pour un vieux pochetron qui n'a jamais tiré un coup de toute son existence ? »

Le père Tim ricana : « Je vous pardonne, Emily. Je vous pardonne, comme je l'ai déjà fait dans le passé, et je vous bénis, Emily. »

Sa remarque produisit l'effet voulu. Emily, dont la moindre ride frémissait d'indignation, se retourna d'un bloc vers Bell Kosinski : « Il se fiche de moi, Bell. Exactement comme il se fichait de ses vœux quand il était prêtre. Ce type n'a honte de rien. » Elle haussa les sourcils, se ceignit les reins pour tirer son dernier trait : « Il buvait même dans le confessionnal. Je l'ai bien senti à son haleine. Quel genre d'absolution peut-on bien obtenir d'un ivrogne ? »

Bell Kosinski hocha la tête d'un air songeur. « Dans ce cas, pourquoi n'es-tu pas allée trouver un autre curé ? S'il avait été le seul, encore... »

Il vit la bouche de la vieille dame s'arquer pour dessiner un petit sourire en coin. Le gloussement qui lui échappa était étonnamment juvénile ; c'était un son qui semblait remonter du passé, réverbéré par les murs des cours de récré de son adolescence. Il ferma les yeux, vit Andrea Fischetti, son premier amour, perçut le tendre écho de son rire, alors qu'il insinuait ses doigts entre les boutons de son chemisier d'une blancheur virginale.

« J'ai continué à le voir parce que je pouvais lui raconter n'importe quoi, à ce guignol », déclara Emily Caruso. « Et c'était exactement comme si tu parlais à un mur. Quand tu vis toute seule, tu parles bien à tes meubles, non ? Une caisse sans fond fait parfaitement l'affaire.

— Je me souviens du moindre mot, Emily. Je pourrais vous réciter la liste exhaustive de vos transgressions avec toute la précision de Gabriel lisant les Évangiles. »

Elle secoua la tête, avide de voir le prêtre se tirer : « Alors, ce type aux cheveux blancs, tu te rappelles qui c'était, Bell ?

— Pas vraiment.

— Mais si, voyons », s'obstina-t-elle en lui harponnant le bras. « Une espèce d'effaré avec une tronche d'albinos. Celui qui disait que tout le monde avait son quart d'heure de gloire. Tu vois bien de qui je veux parler.

— Andy Warhol », laissa tomber le père Tim.

« Voilà, Bell. Andy Warhol. Alors, ce que j'aimerais savoir, moi, c'est où sont passées mes quinze minutes ? Merde, quoi, regarde-moi un peu. Si je continue encore longtemps à attendre, ma seule chance, c'est que mon putain de corbillard fauche un mouflet sur le chemin du cimetière. » Elle s'interrompit, son sourire se dissipant lentement, au fur et à mesure qu'elle ressassait cette idée. « Vaudrait même mieux que ce soit une classe entière qui attendrait à l'arrêt du bus. À New York, un seul et unique gosse, ça me mènerait pas très loin. »

Kosinski haussa les épaules : « Faut croire qu'Andy s'est foutu dedans.

— Y a des chances », déclara le père Tim. « Si c'est vraiment ce qu'il a dit.

— On vous a sonné, vous ?

— Andy Warhol a dit que tout un chacun avait *droit* à son quart d'heure de célébrité. Un *droit*, c'est pas un *dû*. »

Emily Caruso se tourna vers lui, bouillante de fureur : « Vous y connaissez que dalle », lâcha-t-elle. « Il n'a jamais parlé de droit. Jamais de la vie. »

Kosinski permit à ses pensées de vagabonder, loin de ce qui était désormais devenu un rituel nocturne quotidien au *Cryders*. Emily Caruso continuerait d'élever le ton ; le père Tim lui répondrait d'une voix égale, pour réfuter l'un après l'autre chacun de ses arguments ; Ed O'Leary débroulerait du bout de son bar et menacerait de les expulser à jamais du *Cryders*. Tous deux feindraient de prendre cette menace au sérieux, tout en sachant parfaitement qu'Ed ne prêterait jamais le flanc, de son plein gré, à une telle perte financière. S'il leur

428

arrivait jamais d'oublier de se pointer chez lui, ne serait-ce que deux soirs de suite, c'est prêt à les y traîner par le colback s'il le fallait qu'il viendrait frapper à leur porte.

Kosinski les observait en affichant une expression proprement médusée. En se disant que le plus étrange, dans toute cette histoire avec Max Steinberg et Marty Blake, c'était à quel point il se sentait heureux en ce moment même, tel le voyageur qui rentre enfin chez lui après un long, pénible périple couronné de succès. En un sens, ça en avait valu la peine ; non seulement il s'en tirait sans une égratignure, mais encore, d'une certaine façon, il s'en sortait grandi. Et c'était parfaitement grotesque ; ça repoussait les bornes de la bêtise. Comment est-ce que ça aurait pu être terminé, alors qu'en ce moment même il était assis devant ce bar, la poitrine emmaillotée d'un gilet en Kevlar, tandis qu'un Smith & Wesson Model 10 était enfoncé dans la ceinture de son pantalon ?

Il jeta un regard sur Tony Loest, assis sur un tabouret à proximité de l'entrée. Tony avait été embauché comme manœuvre ; il allait poser des briques pendant deux ans dans le chantier d'un futur centre commercial, un gratte-ciel qui s'édifiait actuellement dans le centre de Brooklyn et, officiellement du moins, ne faisait plus dans le trafic de coke. Il éclusait baron sur baron, comme s'il venait d'être condamné à mort et que c'était sa dernière chance de se repentir.

« Prêt, Bell ? »

Kosinski releva les yeux vers Ed O'Leary. Le barman, ayant délivré son rituel message à Emily et au bon père, se penchait à présent sur lui, une bouteille à la main.

« Toujours », fit-il. « Toujours prêt. »

O'Leary remplit son verre, puis se pencha au-dessus du bar. « Ça me tue », lui confia-t-il. « Les Mets mènent par huit à un. L'autre charlot d'*empoté*, le Bonilla, là, il a pas touché une canette depuis le début de l'année, et v'là qu'il se déchaîne. Tu te rends compte ? »

Kosinski regarda s'éloigner le barman. Il aurait aimé reprendre sa rêverie, se plonger jusqu'aux yeux dans ce bonheur étrange et si inattendu, mais déjà Emily Caruso le tirait par la manche.

« Tu sais c'que j'crois, Bell ? » Ses yeux étaient vitreux. Elle tricotait sur son tabouret comme un athlète en chaise roulante courant un slalom géant. « Je crois qu'Andy Warhol déconnait à plein tube. Comment veux-tu que *tout le monde* ait ses quinze minutes de gloire ? Y a beaucoup trop de gens. » Elle s'interrompit, puis ajouta finalement : « Et pas suffisamment de temps. »

Kosinski opina : « Ouais, fais tes comptes et t'obtiens cinq ou six milliards de candidats potentiels. Si tous devenaient célèbres, y aurait plus de public.

— Peut-être », suggéra le père Tim, « pourrait-on constituer un public entièrement composé de bénévoles... un noyau dur d'individus dépourvus d'amour-propre, qui renonceraient à leur quart d'heure de gloire pour le bénéfice du plus grand nombre. On pourrait les saucissonner devant des postes de télé fonctionnant sur batteries seize heures sur vingt-quatre, pendant qu'on ferait défiler devant une caméra tous ceux qui briguent la célébrité. » Il s'arrêta un instant, le temps de vider son verre, puis rota discrètement. « Bien entendu, il faudrait instituer une commission d'habilitation *ad hoc*, chargée de décider de ceux qui ont ou n'ont pas droit à la gloire, de ceux qui l'ont méritée ou ne la méritent pas. Les criminels coupables de crimes de sang et les politiciens arrivés seraient automatiquement disqualifiés. »

Kosinski regarda Emily Caruso, constata qu'elle n'était plus en état de répliquer aux sarcasmes du père Tim : « Il y a mille façons de devenir célèbre », fit-il observer. « Et toutes ne sont pas bonnes. » Comme, par exemple, celle de l'ancien flic qui se fait dessouder dans un quartier blanc. Entre l'événement proprement dit, l'enquête et les obsèques consécutives, il aurait peut-être même droit à sa petite demi-heure.

« C'est pas la gloire, que t'obtiens. » Emily secoua la tête, puis s'efforça laborieusement de combattre l'impulsion que son geste lui avait imprimée, avant qu'elle ne la fasse basculer de son tabouret. « Tu sais c'que t'obtiens, en réalité, Bell ?

— Non, mais tu vas me le dire, Emily.

— T'obtiens une histoire sordide : des gosses morts, un mari qui te tabasse, des foyers d'accueil pour les mômes, un vieux cochon qui reluque ses nièces de douze ans... tout ce qui est en mesure de te flinguer. Tout ça pour pouvoir réellement savoir ce qui t'attend au bout du tunnel. Mince, on sait tous qu'on n'est pas censés le dire, mais personne te contredira là-dessus, tu peux me croire. Le moindre être humain qui vit sur cette planète a vécu au moins un truc sordide.

— Même le père Tim ? »

Pour toute réponse, Emily Caruso glissa lentement de son tabouret, tandis que le père Tim la rattrapait au vol, en faisant preuve d'une aisance qui était le fruit d'une longue expérience.

« Je ferais mieux de la ramener dans ses foyers », dit-il. « Et moi avec, par la même occasion. »

Les "foyers" d'Emily Caruso, c'était une chambre

dans l'appartement de sa fille, trois pâtés de maisons plus haut.

« Vous croyez qu'elle y arrivera ?

— Elle l'a fait hier soir. » Il lui enlaça la taille, inclina d'une poussée son chapeau sur son front. « Et avant-hier soir. Dieu vous garde, Bell. »

Kosinski s'incrusta dans le bar jusqu'à ce que tous les clients fussent partis, qu'Ed O'Leary eût lavé son dernier verre, épongé le comptoir, et rincé les bouteilles vides avant de les balancer au purgatoire à cadavres. Il n'avait pas peur ; il ne craignait pas les rues désertes. Pour autant qu'il puisse en juger, il aspirait même à l'affrontement. Il n'avait jamais tiré une seule balle de son .38 de toute sa carrière, n'avait jamais non plus été blessé lui-même, bien qu'il eût en son temps serré plus d'un mauvais fer.

Tout nouveau, tout beau, faut croire, finit-il par se persuader. En prenant ma retraite de la police, j'avais fait une croix sur toute velléité de changement. Tout était censé demeurer à jamais identique : un lac étale de gnôle, à la surface duquel les jours auraient flotté comme autant de petits bateaux en papier sur une flaque d'eau.

Il contempla la surface humide du comptoir, se surprit à dénombrer les balafres noires laissées par les cigarettes en se consumant. « Tu sais ce que c'est, le problème ? » lança-t-il à la cantonade, sans s'adresser à quelqu'un en particulier.

« Non, Bell. C'est quoi, le problème ? »

Kosinski fixa Ed O'Leary pendant un bon moment. Le barman se tenait dans l'encadrement de la porte de l'arrière-salle. « Le problème, vois-tu, c'est que tu ne contrôles strictement rien, mais que tu ne peux pas t'empêcher de faire comme si. Le problème, c'est que t'as pas la moindre chance de tirer le premier, mais que tu t'obstines malgré tout à essayer. »

Il se leva, constata qu'il tenait solidement sur ses jambes et que, au moment d'arracher le revolver à sa ceinture, ses mains étaient fermes. Il tint un instant l'arme au creux de sa paume, le pouce posé sur le percuteur et la hausse, l'index et le majeur étirés le long du canon de cinq centimètres, l'annulaire crispé sur le pontet. Puis laissa retomber sa main le long de son flanc.

De loin, dans le noir, le calibre ne se verrait pas. C'était tout à la fois le plan A, le plan B et le plan C ; stratégie bien digne, dut-il reconnaître, d'un ex-flic murgé et fermement décidé à porter le premier coup.

« C'est si moche que ça, Bell ? » Ed O'Leary avait repris sa place derrière le bar. Il se tenait devant sa caisse enregistreuse ouverte, une 12 mm à canon scié à la main gauche. « Si tu veux, je te raccompagne jusque chez toi.

— J'crois pas qu'ce soit une bonne idée, Ed. » Kosinski entreprit de se diriger vers la porte, puis se reprit et se retourna vers O'Leary. « Les mauvais sont des flics. S'agit nullement d'une bataille où t'aurais une petite chance de gagner. » Il pivota de nouveau sur lui-même, puis se reprit derechef. « Ils savent que je ne m'arrêterai pas de mon plein gré. S'ils pensaient le contraire, peut-être me permettraient-ils de m'en tirer, mais ils savent pertinemment que je ne m'arrêterai pas tout seul, parce que c'est très exactement ce que je leur ai dit. Je ne peux m'en prendre qu'à moi-même. »

Lorsque Kosinski sortit enfin du *Cryders*, il était deux heures du matin passées de très peu. Il faisait frais et humide à l'extérieur, et le trottoir était déjà tout glissant de rosée. Il inspira une longue goulée d'air, sentit l'humidité imprégner ses cheveux et ses sourcils. Les rues étaient désertes. Il entendit grincer dans le lointain la boîte de vitesses d'un camion, le rugissement de son moteur, le silence subit lorsque le conducteur débraya, la sonore et gutturale explosion, au moment où la transmission se réenclenchait. Le son le frappa par sa pesanteur et sa lenteur, car c'était précisément ainsi qu'il se voyait lui-même en ce moment : lourd et lent.

Il traversa l'avenue, balayant successivement tous les porches des yeux. Il ne fait jamais totalement noir à New York. Pas quand quatre feux de signalisation se dressent à chaque carrefour. C'est le royaume des ombres, d'ombres qui ne se dissipent que progressivement, au fur et à mesure que vous vous en rapprochez, pour révéler ce qu'elles voilent.

Une voiture tourna le coin, enquilla dans l'avenue et le dépassa en coup de vent. Kosinski imagina Tommy Brannigan, coiffé d'un bandana rouge et d'une casquette de base-ball des Raiders devant derrière, se le dépeignit en train de se pencher à l'extérieur, par une vitre arrière ouverte, une Uzi à la main. Grogan serait à la place du mort, pressant sur la détente d'une 12 mm semi-automatique, tandis qu'au volant, un Samuel Harrah aux yeux froids comme de l'acier se chargerait d'empêcher la bagnole de zigzaguer.

L'idée d'un meurtre au volant exécuté par des flics eut le don de divertir Kosinski et il continua de jouer avec sans cesser de progresser. La voiture serait peut-être l'une de ces Chevrolet surbaissées, le genre qui monte ou qui redescend quand le chauffeur appuie sur un bouton. Mais non, ça faisait trop West Coast. À New York, ils utiliseraient plutôt une Mercedes Benz noire, dont l'autoradio beuglerait le *Cop Killer* d'Ice T. Le volume du rap monterait graduellement, de plus en plus fort, au fur et à mesure que la voiture ralentirait à son approche ; il pivoterait sur lui-même, brandirait son .38, tirerait quelques bastos de pur défi avant que les détonations de son petit revolver ne soient couvertes par la sourde déflagration de la carabine et le chevrotement syncopé des rafales de l'Uzi.

La vraie question, se dit-il, c'est de savoir si je vais danser et tressauter comme Bonnie et Clyde à la fin du film, ou bien si je vais être soufflé par un véritable mur de chevrotine, soulevé dans les airs et plaqué contre une devanture ?

Il continuait d'avancer, tout en soupesant les mérites respectifs de ces deux éventualités et en s'efforçant de son mieux de longer au plus près les voitures en stationnement qui s'alignaient sur sa droite, le long du trottoir. Il ne s'était encore jamais retrouvé dans la peau du gibier, mais il avait joué le rôle du chasseur plus souvent qu'à son tour. Ça vous apprenait, propulsé comme vous l'étiez par une terreur sans mélange, à garder les yeux bien ouverts et agités d'un incessant mouvement brownien. À scruter l'intérieur des voitures, le rectangle aveugle des portes d'entrée, la profonde pénombre qui régnait tout au bout des ruelles. À inspecter les toits, les fenêtres, et jusqu'aux arbres, de vos yeux qui sautaient inlassablement d'un objet à un autre, tandis que votre cœur bondissait furieusement dans votre poitrine.

Je crois que je vais opter pour le verre fracassé, décida-t-il en fin de compte. La mitraille féroce me décollera carrément du sol et me projettera, à la renverse, contre la vitrine d'un magasin. Des éclats de verre jailliront comme une cascade de diamants, et la petite lueur s'éteindra dans mes yeux.

S'éteindra dans mes yeux ? Non, j'en fais trop, là. Disons qu'elle *pâlira* dans mes yeux. Ouais, c'est ça : pâlira ; c'est nettement mieux.

Sans la moindre sommation, une féroce nausée le plia brusquement en deux. Il tituba, s'affala de tout son long sur le trottoir, se mit à vomir, sentit son esprit commencer à ralentir en même temps que son corps était secoué par une succession de spasmes sans merci, irrépressibles.

Il se trouvait à un pâté de maisons de chez lui lorsque son cerveau se remit enfin en place avec un craquement sec. Il avait les genoux mouillés, et son cuir chevelu était lacéré et pissait le sang. Il essaya de lever la main pour palper la plaie, puis aperçut le revolver qu'il tenait à la main et se souvint de la raison de sa présence.

Je me demande si je m'en serais servi, songea-t-il. Je me demande si ce qui m'a amené jusqu'ici, quoi que ça puisse être, aurait su quoi en faire. Quelque chose m'a poussé à me relever, à poser un pied devant l'autre, quelque chose qui savait où j'habitais. Mais qu'est-ce que ce quelque chose entendait au combat ? À la peur ?

Il contraignit ses yeux à revenir scruter la pénombre, laissa baller sa main le long de son corps. L'enseigne éteinte du *Lavomatic Au Bonheur du Jour* l'interpella, lui chuchota à l'oreille toute une histoire, une histoire qui parlait de maison et de sécurité, une histoire qu'il refusa d'écouter. Au lieu de se ruer vers les serrures et les verrous de la porte de son appartement, il resta planté là, immobile, haletant, inspirant une goulée d'air après l'autre, et se laissa étreindre par le vent frais du soir.

À deux pâtés de maisons de là, une Buick marron tourna le coin de la rue, remonta lentement la Quatorzième Avenue en longeant le trottoir et s'arrêta au carrefour. Kosinski vit la tête du conducteur pivoter rapidement, puis la voiture accéléra, déboîta pour emprunter la voie à contresens, et s'arrêta de nouveau à moins de quatre mètres de lui.

« Dites, vieux, j'essaye de trouver le Whitestone Bridge. J'ai dû me planter quelque part, parce que toutes les rues me ramènent ici, exactement au même endroit. » Les cheveux blonds du chauffeur brillaient à la lumière du réverbère. Ils remontèrent le long de son crâne, dévoilant un anneau d'or qui, aux yeux de Kosinski du moins, se mariait fort plaisamment avec l'éclat de ses éblouissantes dents blanches.

« Faites demi-tour sur place, reprenez la Cent-Soixante-Deuxième Rue, puis prenez à droite sur la Cross Island Parkway. » Il laissa sa main retomber sur la poignée de son revolver, glissa l'index sous le pontet et dissimula instinctivement le Smith & Wesson derrière sa cuisse.

« Quelle rue vous avez dit, déjà ? » Le sourire s'était élargi.

« La rue de tes rêves flingués, on l'appelle. »

Le sourire du conducteur s'effaça, tandis que le flingue qu'il tenait, un automatique de gros calibre, pointait son museau par la vitre ouverte. Kosinski effectua un écart sur sa gauche, regarda le pistolet se braquer lentement dans sa direction, leva son propre .38 et tira à trois reprises. La déflagration, qui retentit avec une violence inouïe dans l'air glacé de la nuit, couvrit le bruit des pas qui s'approchaient, à telle enseigne que Kosinski ne se rendit compte de la présence d'un second assassin que lorsqu'une balle vint percuter le dos de son gilet pare-balles.

En plein dans le mille, songea-t-il. Un tir parfait.

Il écopa encore de deux autres balles pendant qu'il pivotait sur son axe pour affronter son agresseur. La première frappa son gilet avec une force suffisante pour lui fêler une côte, tandis que la seconde lui lacérait le bras, déchirant les chairs et fracassant l'os. Il ne ressentit aucune douleur, pas plus que le désir de tourner les talons pour s'enfuir ne l'effleura ; mais il se vit lui-même de l'extérieur, vit son esprit se rétracter, se contracter en une petite bille noire et dure, d'un point de noirceur recélant des trésors d'une haine sans mélange, dont il ignorait jusqu'à l'existence.

« Dernière chance », dit-il au gros type vêtu d'un blouson de base-ball des Yankees. « Dernière chance pour la gloire », ajouta-t-il dans sa barbe.

VINGT

Après avoir déposé son coéquipier au *Cryders*, Marty Blake avait délibérément pris la décision de s'immerger dans ce qu'il désignait lui-même par la formule "détails d'exécution", décision procédant directement d'une conscience lucide de sa totale impuissance. Il avait supplié Kosinski de rester planqué, rameuté tous les arguments qui lui étaient venus à l'esprit, mais l'ex-flic était demeuré intraitable, comme s'il était bien déterminé à poser la tête sur le billot.

« Mais, Marty », avait-il patiemment expliqué, tandis qu'un petit sourire venait discrètement jouer aux coins de ses lèvres, « le hic, dans cette affaire, c'est que je n'ai pas peur. Pourquoi se planquer, quand on n'a pas la trouille ? »

Ça n'avait pas spécialement pris Blake au dépourvu, mais son dilemme personnel, c'est que toute l'inflexibilité de Bell Kosinski n'avançait en rien Marty Blake. Si jamais le premier se faisait abattre, en effet, le second paierait dans sa chair son absence au moment des faits.

Car, après tout, il avait bel et bien tourné le dos à Matthew Blake ; il avait laissé son propre père se dissoudre dans une flaque de Bushmills. Certaines conséquences n'avaient pas manqué d'en découler, comme elles découleraient, tout aussi inéluctablement, de l'éventuelle liquidation de Bell Kosinski. Ce n'était nullement une affaire de justice immanente ; le mot *violeur* ne voulait plus rien dire ici. C'était un enchaînement de circonstances purement mécanique, une chose en entraînant une autre et... Eh bien, si ça n'avait pas l'heur de vous plaire, il ne vous restait plus qu'à aller vous faire foutre. Pas vrai ?

Blake n'avait pas la moindre excuse valable pour abandonner Bell Kosinski à son sort ; il était conscient que la seule échappatoire, pour tous les deux, c'était de continuer à mettre la pression. Ni la désertion de Steinberg, ni la perte des bandes enregistrées chez McGuire et chez Tillson ne constituaient à proprement parler des coups fatals. Le matériel qu'il détenait déjà passionnerait très certainement le journaliste approprié. L'ennui, c'était que la plupart des journalistes disposaient déjà d'antennes à l'intérieur du NYPD — s'assurer de tels contacts faisait partie intégrante de leur boulot — et que certains d'entre eux, à la longue, s'avéreraient nécessairement plus loyaux que d'autres. Esquiver tout traquenard exigerait du temps, et le temps était précisément l'ingrédient dont manquait Bell Kosinski.

En attendant, il avait du pain sur la planche. Lorsqu'il eut laissé le *Cryders* derrière lui, Blake retourna à Forest Hills, entra par la porte de derrière de l'immeuble attenant au sien et regagna son appartement par les toits. Son objectif principal, ce faisant, était le matériel entreposé dans l'appartement de Sarah Tannenbaum mais, avant toute chose, il avait un petit truc à régler. Il inséra sa clef dans la serrure, ouvrit doucement la porte et se glissa sans faire de bruit dans l'appartement. Il était sept heures du soir et il faisait déjà presque nuit.

Il gagna la fenêtre sur la pointe des pieds et examina à la dérobée la camionnette blanche garée le long du trottoir d'en face. Sa seule présence suffisait à lui insuffler des forces, exactement comme s'il s'était retrouvé nez à nez avec Samuel Harrah. Au moment de battre en retraite, il comprit subitement la raison pour laquelle Kosinski était retourné au *Cryders*. La partie d'échecs se jouait à l'aveugle et les deux camps adverses allaient déplacer leurs pièces sous le couvert de l'obscurité. Tommy Brannigan avait feint de croire que Kosinski travaillait pour son propre compte, cependant que ses maîtres orchestraient un assaut en règle contre Max Steinberg. Certes, Steinberg s'était lamentablement effondré, mais Steinberg ignorait que Blake avait enregistré les aveux de McGuire. Kosinski avait ardemment aspiré à un éclaircissement, à quelque chose de solide, de tangible, à une puissante bourrasque qui balaie l'écran de fumée et dévoile enfin le miroir aux alouettes.

Eh bien, c'était très précisément ce qui distinguait Marty Blake de son coéquipier. Blake voulait emporter le morceau et si, pour vaincre, il fallait prendre son mal en patience, eh bien, qu'il en soit ainsi. Il savait qu'il n'aurait droit à aucune embellie ; qu'il ne disposait d'aucune pièce ensorcelée, susceptible de bondir par-dessus la défense adverse pour mater Samuel Harrah. Néanmoins, il existait, immédiatement à sa portée, un coup sûr et tangible, imparable. Il ouvrit le tiroir du bas de son bureau, s'empara du Llama M-82 qui reposait sous une pile de tee-shirts bien proprement pliés au carré, et l'enfonça dans la ceinture de son pantalon. En s'efforçant de se persuader que le contact glacé du métal et l'odeur de la graisse d'arme sont ce qu'on fait de mieux au monde, dans le genre sûr et tangible.

Il ressortit aussi silencieusement qu'il était entré, puis gravit l'escalier qui menait à l'appartement de sa mère, se disposant tout bonnement à récupérer la bande et la paperasse avant de reprendre sa route. Pourtant, il ne fut pas surpris outre mesure de trouver Patrick Blake assis sur le divan ; non, ce qui le laissa baba, plutôt, ce fut d'entendre la voix du juge John McGuire sortir d'un lecteur de cassettes.

« Comment... » Il fixa Dora Blake, incapable de trouver les mots susceptibles d'exprimer pleinement sa sensation d'avoir été trahi.

Pour une fois, Dora Blake n'avait pas de réponse toute prête ; elle resta coite, comme pétrifiée.

« Ta mère essaie de trouver une issue », fit Patrick Blake. « Tu peux difficilement le lui reprocher.

— Ah ouais ? Tu paries combien ? » Blake se retourna vers son oncle. « J'emporte la bande. » Il aperçut la liasse de feuillets posée sur les genoux de Patrick. « Et le rapport.

— Je n'essaierai pas de t'en empêcher.

— Excellente idée. »

Le visage du flic s'injecta de sang, en même temps que sa bouche se réduisait à une mince ligne blanche. « Ta putain d'arrogance sera ta perte », marmonna-t-il.

Blake arracha les papiers des mains de son oncle, retira la bande du lecteur et la rangea dans son étui en plastique. « Qu'est-ce que tu comptes faire, maintenant, oncle Pat ? Maintenant que tu sais ce qui est effectivement arrivé à Billy Sowell ?

— Voilà deux jours que je ne pense qu'à ça. » Les traits de Patrick Blake consentirent enfin à se détendre un peu. « Et, où que je me tourne, je ne vois que sables mouvants.

— Eh bien, j'ai porté mon choix sur une divulgation publique de l'affaire, pour détourner la mitraille de Kosinski. Au point où on en est, c'est la *seule* chose qui compte. » Il hésita un instant, comme s'il prenait sa décision pour la toute première fois. « Une fois toutes les preuves déballées, Harrah n'aura plus rien à gagner en s'en prenant à mon associé. Pas plus compliqué que ça. »

Patrick Blake poussa un grognement, déplaça son corps massif, cueillit une feuille de papier dans la poche de sa veste et la passa à son neveu : « Marcus Fletcher est substitut du procureur. Voici les numéros de téléphone de son bureau et de son domicile.

— Tu lui as exposé l'affaire ?

— Non, Marty. Je n'en ai rien fait.

— À quoi ça m'avance, dans ce cas ?

— Marcus Fletcher est un Noir, un partisan convaincu du maintien de l'ordre et un homme très, très ambitieux. Robert Morgenthau, le DA, est un vieux monsieur. La ville est en train de changer, Marty, et tous ceux qui ont ne serait-ce que la moitié d'une cervelle s'en rendent compte. Fletcher ne demande que ça : un peu de publicité positive susceptible de lui mettre le pied à l'étrier, de favoriser son ascension politique. Le sentiment général qui règne dans la Maison, c'est qu'il prend son pied à mettre les flics en examen mais, pour ma part, je pense qu'il a entrepris une sorte de guerre sainte, de croisade pour le réarmement moral. J'étais assis juste à côté de lui pendant un banquet organisé par le maire pour recueillir des fonds, et il n'a parlé tout du long que d'une seule et unique chose : la pollution morale généralisée, notre sacro-sainte moralité publique menacée de toutes parts. Films, télévision, rappers, écoles, libéraux... la liste était interminable.

— Ouais, ben, je tâcherai de me souvenir de lui. » Blake fourra le bout de papier dans sa poche. En dépit d'une paranoïa galopante, il n'arrivait pas à se persuader que Patrick Blake puisse envisager de lui tendre une embuscade. Pas sous le nez de sa mère, tout du moins. « Dis-moi un peu, oncle Pat... Tu es entré par la grande porte ?

— Bien entendu.

— Bien entendu ?

— Viens-en au fait, Marty.

— Le fait, c'est qu'il y a beacoup trop longtemps que tu travailles dans les bureaux. Harrah a mis une camionnette de surveillance en planque devant l'immeuble. Ta visite de ce soir ne va pas passer inaperçue. » Blake regarda le visage de son oncle se vider de son sang. « Souviens-toi de ce que je t'ai dit la dernière fois, Pat. Quand tu coupes la tête, c'est le corps qui meurt. »

Pas fâché de sa dernière réplique, Blake plaqua un bisou sur la joue de sa mère puis regagna sa voiture sans autre commentaire. Il roula jusqu'à un drugstore de Queens Boulevard, fit une douzaine de photocopies du rapport de Gurp Patel et l'emplette d'articles de toilette de première nécessité, d'enveloppes en papier kraft et de calepins jaunes à papier millimétré. De là, il descendit le boulevard jusqu'à un bazar de Rego Park, où il acheta un magnétophone à double platine et dix cassettes vierges. Et fit un dernier arrêt dans un magasin *Gap* du Queens Mall, où il acheta un jean élastique, deux chemises hawaïennes trop amples, des sous-vêtements et des chaussettes.

De retour dans sa chambre de l'*Adriatic Motel*, il ouvrit les fenêtres, comme pour expulser le fantôme de

Bell Kosinski, puis s'assit et se mit à l'ouvrage. Il inséra la cassette portant les aveux de McGuire et une cassette vierge dans le magnétophone, régla sur vitesse de duplication rapide, puis regarda tourner les bobines pendant un moment avant de reporter son attention sur le calepin jaune posé sur le petit bureau.

Il écrivit sans interruption pendant les deux heures qui suivirent, ne s'interrompant que pour changer les cassettes et rédigeant mouture sur mouture jusqu'à ce qu'il soit bien certain que ce qu'il avait écrit suffirait à précipiter un journaliste dans la mêlée. Si le pire devait se produire, alors il était prêt à effectuer un envoi en masse aux dix plus virulents chroniqueurs de New York. La liste qu'il avait dressée dans sa tête comportait des noms tels que Jimmy Breslin, Jack Neufield, Sheryl McCarthy, Amy Pagnozzi, Peter Noel et William Bastone. Il y en aurait d'autres. Nul doute que l'un d'entre eux...

Il prit le bloc et relut pour la quinzième fois le paragraphe d'introduction :

Le 27 novembre 1991, Sondra Tillson, domiciliée à New York, a été brutalement assassinée. On lui a tranché la gorge et on a abandonné son corps dans une voiture, à proximité de Gramercy Park. Le 12 décembre 1991, William Sowell, débile mental au QI confirmé de soixante-huit, a reconnu être l'auteur de ce crime. Les pièces ci-jointes apporteront la preuve que le meurtrier réel, Edward Green, bourgmestre de Manhattan, a conspiré avec le chef Samuel Harrah, directeur du service du Renseignement, et le juge à la Cour Suprême John McGuire, qui s'est donné la mort entre-temps, dans le but de faire endosser la responsabilité de ce meurtre à William Sowell.

Pas trop mal, en guise d'accroche. Il tenta de se représenter Jimmy Breslin lisant ces lignes, puis balançant tout le paquet à la corbeille, mais sans jamais réellement parvenir à concrétiser cette image. Breslin réagirait favorablement — ne serait-ce que par crainte de se faire doubler par un concurrent — mais la procédure conséquente serait longue et fastidieuse. Il lui faudrait contrôler le moindre fait, y inclus la dernière assertion de Blake, selon laquelle la voix enregistrée sur la cassette était celle de John McGuire. Entre-temps, les raisons pour lesquelles Samuel Harrah s'intéressait à lui ne cesseraient de s'amenuiser.

Blake se repoussa loin du bureau et entreprit de rassembler ses affaires. Il avait loué la chambre à son nom, bien qu'il eût réglé en liquide. Il suffisait, pour le retrouver, qu'Harrah consacre une petite douzaine d'hommes à éplucher l'annuaire. Il était plus que temps de déguerpir.

Avant de sortir, il agrippa le téléphone et composa le numéro de Rebecca Webber. Lorsqu'elle décrocha à la troisième sonnerie, il sourit dans sa barbe. Elle n'était pas censée rentrer avant trois jours.

« Rebecca, ici Marty Blake.

— Marty. » Sa voix était tout à la fois diaphane et lascive, combinaison apparemment improbable, mais qui ne manqua pas de faire saliver Marty Blake comme le chien de Pavlov au coup de sonnette qui annonce son repas. « Je suis rentrée plus tôt que prévu.

— C'est ce que j'ai cru comprendre.

— Pour toi », termina-t-elle, ignorant superbement le sarcasme. « Ça fait un bail.

— Presque deux semaines. » Il s'interrompit une seconde. « Je m'attendais à parler à Sarah. » Sarah Thomas, la soixantaine, était la servante attitrée de Rebecca.

« À quel propos ? Vous n'auriez pas une liaison, au moins ?

— Ça te rendrait jalouse ? Ou est-ce que ça t'exciterait ? » Blake eut un fugace aperçu du bref sourire de Rebecca, se demanda si réellement elle était en train d'y réfléchir. « Écoute, Rebecca, je n'ai pas des masses de temps. Ne passe pas chez moi. Mon appartement est sous surveillance et, de toute manière, je n'y serai pas.

— Tu as des ennuis, Marty ?

— Ennuis n'est pas vraiment le mot. » Il s'accorda une courte pause, s'efforçant de trouver un mot qui rende effectivement compte de la situation. *Flingué* lui traversa l'esprit, immédiatement suivi de *désespéré*, puis de *complètement con*. « Écoute, je dois te laisser.

— Si tu cherches un endroit où te cacher, tu peux toujours venir ici. Avec moi.

— Qu'est-il advenu de William ?

— Il est resté en Allemagne.

— Et toi, tu es rentrée ? »

Elle hésita une seconde. « C'était immonde, tu ne peux pas savoir. Des aristos miteux ; des prolos miséreux et violents ; des réfugiés entassés dans des taudis en ruines ; des retraités mendiant dans les rues. Je... » Elle s'arrêta de nouveau, réussit à émettre un rire bref, teinté d'amertume. « Si je dois vraiment avoir une demeure ancestrale, je me contenterai de la chambre arc-en-ciel.

— Excellent choix.

— Dois-je comprendre que tu viens me rejoindre ? »

La Dernière Tentation de Marty Blake : négocier un compromis avec Harrah, puis aller se perdre dans les replis de la chair de Rebecca. Il sentait déjà le tendre creux de sa gorge, la moiteur salée sous ses seins, l'étau de ses cuisses, l'impérieuse poussée de ses hanches. S'il lui tournait le dos maintenant... S'il lui tournait le dos maintenant, il serait à tout jamais libéré d'elle.

« Peux pas, Rebecca. » À son plus profond écœurement, sa voix évoquait plutôt le gémissement d'un chiot plaintif que celle de l'homme libre et indépendant qu'il venait à l'instant de se dépeindre. « Faut que je termine ça.

— Je ne comprends pas. Quel rapport peut-il bien y avoir entre ces deux choses ? »

De son point de vue à elle, présuma-t-il, la question pouvait certes paraître sensée. Du moins n'avait-il pas de réponse toute faite à lui offrir, de réponse qui exigeât moins de deux ou trois ans de développement.

« Écoute, Marty, nous avons le bras suffisamment long, dans cette ville. » Les mots qui suivirent fusèrent, coulant avec aisance. « William et Edward Green, le bourgmestre, sont très intimes. »

Blake réprima un rire : « C'est toujours bon à savoir, Rebecca. Peut-être pourrais-tu, en tirant quelques ficelles, recoller les morceaux d'Humpty Dumpty.

— Tu m'as l'air entier, pour l'instant, autant que je puisse en juger. » Son rire de gorge roula dans le combiné. « J'ai froid, Marty. Je sors à l'instant de la douche, et j'ai dû prendre quelques kilos, parce que la serviette me fait l'impression d'être devenue trop petite pour me tenir chaud.

— Essaye de régler la clim au minimum. Faut que j'y aille. »

Tout en traversant le Queens d'ouest en est en direction de l'aéroport de La Guardia, Blake songeait à Marcus Fletcher, le substitut du procureur dont son oncle lui avait parlé. Patrick Blake lui avait tracé le portrait d'un homme ambitieux, assoiffé d'ordre public, et affligé apparemment d'une dent contre tous les flics. Jusqu'ici, c'était parfait mais, autant que Blake puisse le savoir, le personnel chargé d'enquête affecté au bureau du substitut en question était entièrement composé d'éléments du NYPD, qui tous, sans exception, pouvaient obéir au doigt et à l'œil au chef Harrah. Néanmoins, pourvu toutefois qu'il ne mette pas tous ses œufs dans le panier de Fletcher, ça valait peut-être la peine de tenter le coup.

Vingt minutes plus tard, il s'inscrivait au *Continental Motel*, sur Ditmars Boulevard, sous le nom de Martin Reid. Le *Continental* était juste un cran au-dessus des motels crapuleux qui infestaient le Queens, mais pas suffisamment, néanmoins, pour que l'employé s'inquiète de la justification d'identité d'un homme qui prenait une chambre chez lui à trois heures du matin. Il prit l'argent de Blake, lui tendit la clef et retourna aux clignotements stroboscopiques de son écran de télévision noir et blanc, sans que son expression se fût modifiée une seule seconde.

Une fois dans sa chambre, Marty Blake inscrivit promptement l'adresse de son oncle sur l'une des enveloppes en papier kraft, fourra le rapport de Gurp Patel, sa propre lettre et une copie de la bande de McGuire à l'intérieur, puis la scella. Demain, en mettant son courrier à la boîte, il ferait d'une pierre deux coups. Si son oncle décidait de prendre au sérieux son commentaire relatif à l'interaction de la tête et du corps, et décidait qu'un Samuel Harrah auquel on aurait arraché ses crocs pourrait causer moins de dommages à sa carrière qu'un Samuel Harrah installé sur son trône, il risquait de faire la passe à Marcus Fletcher. Et même s'il n'en faisait rien, il détiendrait toujours les preuves.

Peut-être agirait-il en conscience, si d'aventure son neveu connaissait une triste fin dans les rues de New York ? À moins que Dora Blake ne l'y contraigne.

VINGT ET UN

Dès neuf heures le lendemain matin, Marty Blake, dûment douché, rasé et habillé, franchissait le pas de sa porte. On était le 1er septembre, un samedi, et la nature, comme si elle venait à l'instant de prendre conscience de la fin de la traditionnelle saison estivale, faisait présent à la ville de New York d'une précoce journée d'automne. La température était tombée d'au moins huit degrés par rapport à celle qui régnait le matin précédent (et cela, second prodige, sans le concours de la pluie). Quelques épais nuages blancs traversaient à vive allure un ciel d'un bleu profond, l'air frais et pur sentait bon le propre et les détritus qui s'accumulaient dans la rue, eux-mêmes décapés par le soleil, se joignaient au concert et épargnaient l'odorat.

Blake, pris au dépourvu, se pétrifia un instant sur place, le temps de rassembler ses esprits. Comme tout citadin normal de base, il avait lutté pied à pied contre la nature tout au long d'un mois d'août caniculaire. À présent, une brise cinglante s'infiltrait sous sa chemise de cotonnade légère, faisait friser les poils de sa poitrine et irritait ses mamelons.

« Frisquet, hein, m'sieur. L'hiver arrive. Z'auriez pas deux-trois sous à mettre dans l'commerce ? »

L'apparence dépenaillée du mendiant ne surprit pas Blake outre mesure, pas plus que les deux sacs déchiquetés et bourrés de loques qu'il trimballait, ou que sa peau blanche et ses cheveux blonds. Non, ce qui plutôt le stupéfia, ce fut sa jeunesse. Impossible qu'il eût dépassé de plus d'un an ou deux l'âge d'aller au lycée et, pourtant, il semblait déjà abattu. Plus qu'accablé, vaincu. Comme si on l'avait foulé aux pieds.

« Ouais, une petite minute. » Il enfonça sa main dans la poche de son jean neuf, pêcha une pièce de vingt-cinq *cents* et la lui tendit obligeamment. « Souhaite-moi bonne chance, mec », dit-il. « Gagne ton fric. »

Le jeune homme releva les yeux et regarda Blake pour la toute première fois. Ses yeux d'un bleu limpide, s'ils ne trahissaient aucune hostilité ou agressivité, étaient néanmoins lourds de reproches, et semblaient clairement dire que les bonnes gens qui peuvent s'offrir le luxe d'un appartement et de trois repas complets par jour n'ont pas besoin qu'on leur souhaite bonne chance. Puisque la chance leur est d'ores et déjà acquise.

« Bonne chance, m'sieur. Merci, m'sieur. » Il tourna les talons, abaissa les yeux sur le trottoir et s'éloigna en traînant les patins.

Blake le contempla pendant un moment, puis traversa la rue en direction de la boutique d'un petit traiteur, située à peu près au milieu du pâté de maisons. Une fois entré, il commanda un café noir ordinaire et un muffin au froment grillé, recula de quelques pas pour attendre sa commande et, ce faisant, posa les yeux sur la manchette du *New York Post* : UN POLICIER À LA RETRAITE ABATTU À WHITESTONE.

Blake s'empara du journal, l'ouvrit à la page trois, et entreprit la lecture du corps de l'article. Le policier à la retraite dont parlait la manchette n'était pas Bell Kosinski. Ça, c'était la bonne nouvelle. La mauvaise, c'était que Bell Kosinski avait été inculpé de meurtre au second degré et se trouvait à présent dans le service carcéral de l'hôpital Bellevue. Son état était considéré comme critique.

L'ex-flic décédé, dont la Buick avait zigzagué sur la longueur d'un demi-bloc avant d'aller emplâtrer une voiture en stationnement, se nommait Anthony Carabone. En 1989, il avait vendu un gramme de cocaïne à une taupe de l'inspection général des services. Son chef d'inculpation — un crime — avait ultérieurement fait l'objet d'un compromis négocié et avait été ramené à une simple infraction, et il avait été condamné à cinq ans de liberté conditionnelle mais, bien évidemment, il avait à tout jamais perdu son emploi de policier.

"Un deal de drogue qui a mal tourné." C'est en ces termes que l'inspecteur Hank Norris avait décrit la fusillade au journaliste qui avait couvert l'affaire. Il avait poursuivi en déclarant qu'un troisième homme, manifestement blessé, avait réussi à s'enfuir et était recherché en ce moment même.

« Eh, l'ami. »

Blake releva les yeux vers le serveur qui l'avait interpellé de derrière son comptoir. « D'mande pardon ?

— Votre commande est prête.

— Combien ?

— Un dollar soixante-quinze. Canard compris. »

Blake emporta le sac en papier et le journal dans sa voiture. Une fois installé dans cette dernière, il lut et relut l'histoire à plusieurs reprises, s'efforçant de glaner quelques bribes d'information pouvant laisser entendre que Bell Kosinski ne gisait pas actuellement dans un état désespéré sur un lit d'hôpital, dans une chambre gardée et verrouillée. Lorsqu'il prit enfin conscience qu'il ne pourrait jamais, par la seule force de sa volonté, épargner ces misères à son partenaire, un déclic se produisit dans sa tête et les dernières pièces du puzzle s'imbriquèrent.

Il roula jusqu'à l'aéroport de La Guardia, se gara à proximité du terminal Delta et se mit en quête d'un taxiphone. La première chose à faire, déjà, était de gagner un peu de temps pour Bell Kosinski et le meilleur moyen d'en arriver là, c'était encore de se livrer. Il trouva le numéro de téléphone du service du Renseignement dans l'annuaire, prit contact avec la standardiste et demanda à cette dernière de lui passer Samuel Harrah. Une minute plus tard, le secrétaire d'Harrah, un flic extrêmement viril du nom d'O'Brien, enregistrait sa requête : il voulait s'adresser directement au chef.

« À quel sujet ?

— Au sujet d'un policier à la retraite abattu à Whitestone.

— À mon avis, c'est à la Crim que vous devriez vous adresser. »

Blake inspira profondément, s'exhortant à garder son sang-froid. « Le chef Harrah est-il dans son bureau ?

— On est samedi.

— Ça ne répond pas à ma question. »

Au tour d'O'Brien d'hésiter. « Ouais, il est ici. » Sa réticence était manifeste.

« Dites-lui que vous avez Marty Blake à l'appareil. Que s'il refuse de me parler maintenant, je ne rappellerai plus. Que c'est sa première et dernière chance. La seule, l'unique. »

Au terme de plusieurs minutes de silence, Blake entendit une voix connue.

« Qu'est-ce que vous voulez, Blake ?

— Grogan ?

— Inspecteur en chef Grogan. »

Blake sourit, tout en se disant que le grand homme, Samuel Harrah, se cantonnait plus que jamais dans l'anonymat.

« Je vais vous la jouer nette et sans bavures, Grogan. Dans deux heures environ, vous recevrez un paquet par coursier : quelques documents écrits et une cassette enregistrée. Je vous conseille de lire soigneusement ces documents et d'écouter très attentivement cet enregistrement, parce que vous jouez votre gros cul là-dessus. Je pense pour ma part que nous pouvons encore négocier, mais pas si mon coéquipier casse sa pipe. Vous avez bien compris ce que je viens de dire ? Kosinski est l'une des clauses du marché. S'il meurt, vous sautez. Je vous recontacterai. »

Une heure plus tard, après avoir confié le paquet à un service de messagerie de Flushing, Blake garait la Nissan de location dans un parking de Hillside et redescendait ensuite à pied jusqu'à la bibliothèque de Jamaica. Là, il dénichait un exemplaire du *Who's Who* de New York. La rubrique consacrée au chef Samuel Harrah faisait état des noms de son épouse, Margaret, de ses deux fils et de son unique frère. Les deux garçons, George et Owen, étaient avocats. Le frère était décédé. L'annuaire téléphonique de Manhattan lui fournit l'adresse des deux cabinets juridiques.

Pris d'une soudaine impulsion, Blake entreprit de compulser les archives de presse informatisées et tomba sur un article du *Daily News* portant sur le service du Renseignement du NYPD. L'article, écrit en 1989 et conservé sur microfilm, comportait une photographie assez floue du chef Samuel Harrah, debout der-

rière le maire de New York, Ed Koch, et le divisionnaire Benjamin Ward. Blake contempla longuement la
photo, cherchant un quelconque signe de malveillance
(des cornes, peut-être, ou tout du moins un rictus malé-
fique) mais l'expression soigneusement compassée, les
petits yeux, le nez en trompette, le menton légèrement
effacé, ne trahissaient aucune méchanceté marquante.
Samuel Harrah ressemblait à n'importe quel homme à
l'approche du troisième âge. À n'importe quel homme
aspirant à la retraite et à la compagnie de ses petits-
enfants.

Le quartier général de Gurp Patel, sur Liberty Avenue, ne se trouvait qu'à quelques pâtés de maisons de
là. En chemin, Blake se demanda ce qu'il ferait si
d'aventure Patel n'était pas dans son bureau. Bienheu-
reusement, il n'y avait aucune différence entre la conduite qu'adopterait Blake si jamais Patel avait décidé
de prendre son week-end, et celle qu'il adopterait s'il
avait disparu à tout jamais de la surface de la planète.
Eternal Memorials, en dépit de sa raison sociale, n'existait plus : il n'en subsistait rigoureusement rien, pas
même l'enseigne. Un avertissement des services du
Logement, collé sur la porte d'entrée, annonçait que
l'immeuble avait été condamné.

Blake tourna le dos à l'immeuble déserté, avisa deux
jeunes garçons qui marchaient sur le trottoir et les arrêta sur un coup de tête.

« Vous habitez dans le coin, les enfants ? » demanda-
t-il.

« J'suis pas un enfant », rétorqua farouchement le
plus grand.

« Moi non plus, j'suis pas un enfant », répéta le plus
jeune, comme pour lui faire écho.

Blake se fendit d'un large sourire, pour la première

fois depuis des semaines. Le plus âgé des deux garçons lui arrivait à la taille, et l'autre semblait tout juste sortir de la maternelle.

« Au temps pour moi », déclara-t-il. « Ces *messieurs* vivent-ils dans les parages ?

— Z'êtes de la peau-*lisse* ?

— La peau lisse ? »

Blake secoua la tête. « Non, pas un flic, mais un homme d'affaires. J'ai rendez-vous avec des gens dans cet immeuble, mais on dirait bien qu'ils ont disparu.

— Ouais », s'exclama le plus jeune. « On a vu ça. Un...

— Ferme-la, Marcus. » Le plus âgé, les mâchoires serrées et les jambes écartées, défiait Blake du regard. « On n'est pas la bibliothèque municipale, mon pote. La bibliothèque municipale, c'est gratos. »

Blake pêcha une coupure de cinq dollars dans sa poche et la brandit sous son nez.

« Ça ne va pas suffire. Vingt dollars, que ça vous coûtera.

— Ouais, c'est ça. Vingt.

— Laissez tomber, les mômes. J'suis pas curieux à ce point. » Il secoua le billet. « Une fois, deux fois...

— D'accord, mec, on va te dire ça. » Le plus vieux des deux garçons lui arracha le billet de la main. « On est au chômage », déclara-t-il. « C'est pour ça que j'fais ça.

— Mis à pied par quelle école ? »

Le garçon ignora la question. « Hier matin, y a deux camions qui se sont rangés là devant. Marcus et moi, on les a vus en partant pour l'école. Un des deux, c'était un genre camion de déménagement. L'autre, c'était un putain de maousse. Vachement long, avec pas de toit dessus.

— Un camion à plateau ? » suggéra Blake.

« Me demandez pas comment ça s'appelle et, si vous arrêtez pas de m'interrompre, faudra me payer à l'heure. » Le garçon s'accorda une pause suffisamment longue pour marquer le coup, puis poursuivit. « Ils étaient encore là quand on est repassés, alors on s'est arrêtés pour regarder. Les pierres, elles allaient sur le plus gros camion. Z'avaient une machine pour les extraire. Et les trucs de bureau dans le fourgon. Ils travaillaient encore quand on est repartis.

— Pas de flics dans les parages ?

— Pas vu.

— Et un ordinateur ?

— J'en sais rien, mec. Y avait tout un tas de machins dans des caisses. Écoutez, faut qu'on y aille, Marcus et moi. Si jamais on n'est pas rentrés pour le déjeuner, P'pa va venir nous chercher. »

Blake les regarda s'éloigner pendant une minute, puis regagna sa voiture et roula jusqu'à une cabine téléphonique. Il composa le numéro de Patel, laissa sonner trente fois et finit par se résoudre à raccrocher. Patel et son ordinateur étaient partis, mais la légende ne cessait de grossir et le mystère de s'épaissir. Il sourit dans sa barbe, effleura l'automatique enfoncé dans sa ceinture, se vit en train de le coller sur la tempe de Joanna Bardo. Ce n'était certes pas le plus déplaisant des fantasmes qui lui eussent jamais traversé l'esprit, mais ça ne répondait pas non plus à sa question.

Alors qu'il traversait les quartiers de taudis de South Jamaica, un train de pensées des plus indésirables s'imposa à son tour à son esprit. Si peu pertinentes et si stériles qu'elles pussent être de son point de vue, elles n'en exerçaient pas moins sur lui un attrait irrésistible. Il n'aurait jamais dû permettre à Kosinski de s'exposer au danger, aurait dû échafauder un plan de secours (à l'instar, par exemple, de celui qu'il venait d'imaginer) afin de maintenir son coéquipier à huis clos. Et, dans le pire des cas, garder pour lui la nouvelle de la défection de Max Steinberg. Kosinski, de cette façon, aurait eu au minimum deux jours de plus devant lui.

Mais, bien sûr, Bell Kosinski était son partenaire et son ami, et c'était également un adulte, pas un enfant au berceau. L'idée de lui mentir, fût-ce pour son propre bien, ne lui semblait pas moins répugnante que l'image de son corps brisé répandu sur le macadam de Whitestone. En outre, Blake, en aucun cas, n'aurait pu prévoir la défaillance de Steinberg. Ce dernier ne leur avait-il pas rebattu les oreilles du soin jaloux, vigilant, qu'il prenait à toujours se situer du bon côté de la loi ? Mais, dans le même temps, l'avocat s'octroyait aussi le privilège de déserter le navire en cas de naufrage, facteur que Blake aurait dû intégrer dans son équation. Alors qu'il s'était borné à partir du principe que l'avocat tiendrait bon la rampe.

Grossière erreur, songea Blake. Erreur *fatale*. Ou presque.

C'était ce "presque" qui rendait la chose si dure à avaler. Blake s'était sans nul doute préparé au pire, mais pas au "presque" pire. Si effectivement Kosinski était mort, alors il disposait désormais de tout le temps dont il aurait besoin. Le temps d'ourdir un scénario lui permettant de s'en tirer sans dommages, le temps de le mettre à exécution, le temps de méditer une vengeance qui ne fût pas l'équivalent d'un suicide. D'un autre côté, si Kosinski était encore en vie, des mesures immédiates s'imposaient, une entrée en action sans délai en même temps que des obligations qu'il ne pouvait décliner au nom de sa seule survie.

C'est une affaire d'honneur, se convainquit-il. Il n'y a pas d'autre mot. Et ça n'a rien à voir avec le Code pénal ou avec les Dix Commandements. L'honneur s'impose de lui-même ; il n'est pas inscrit sur une paire de tables de pierre. Ce n'est pas non plus une invention des politiciens. Ce n'est qu'à l'épreuve, pas avant, qu'on le reconnaît pour ce qu'il est. Et lorsqu'on essaye de s'y dérober... Bon, ben, mon père a tenté le coup et ça ne lui a pas franchement réussi.

Il jeta un coup d'œil par le pare-brise et, au moment de quitter la Quarante-Huitième Rue pour passer sur Barnett Avenue, longea le trottoir à toute allure pour négocier son virage, comme s'il cherchait le cadavre de Kosinski. Il roula encore une centaine de mètres, puis vint se ranger sur le bas-côté, coupa le contact et considéra, sur le trottoir d'en face, le nouveau foyer des chasseurs de primes récemment bannis par Joanna Bardo. Et l'homme assis à califourchon sur la moto garée juste devant.

Woodside Investigations ressemblait plus à un repaire qu'à un foyer. Coincée, dans un bâtiment de brique d'un étage, entre *Chez Jane et John, Pièces détachées pour automobiles*, et AAAAAAAAA (NOUS SOMMES LES PREMIERS DANS L'ANNUAIRE) DÉSINFECTION-DÉRATI-SATISATION, elle était à mille lieues de l'ambiance alerte et sémillante des bureaux cossus de *Manhattan Executive*. La disparité semblait presque délibérément entretenue.

Blake, bien entendu, n'ignorait pas que les prêteurs sur gages et autres garants de cautions qui recouraient aux services de Vinnie Cappolino et de Walter Francis n'avaient que faire de choses aussi abstraites que l'ambiance. Pourquoi s'en seraient-ils souciés ? Dans une certaine fourchette, entre vingt et deux cent mille dollars, ils n'exigeaient qu'une seule et unique chose, le *Terminator*. Vinnie Cappolino n'était peut-être pas Arnold Schwarzenegger, mais la différence ne sautait pas réellement d'emblée aux yeux. Le gilet de cuir noir, le tee-shirt militaire vert olive, le jean graisseux, la Harley-Davidson dépouillée... pour autant que Vinnie pût en juger, c'était le cinéma qui s'inspirait de *lui*, et non l'inverse.

« C'est toi, Marty Blake ? »

Blake, avant de répondre, fixa pendant un bon moment la silhouette installée sur la moto. Cappolino et lui s'étaient déjà bastonnés une fois, alors qu'ivres morts tous les deux, le vin mauvais et avides d'en découdre, ils s'étaient résolus à mettre un terme définitif à des mois de joute verbale. La bagarre avait rapidement dégénéré en pure et simple sauvagerie, en une féroce surenchère de coups de pied, de morsures et de tentatives d'énucléation, en un choc de volontés qui s'était soldé par un match nul parfaitement frustrant.

« Ouais », dit Blake. « C'est moi. »

Cappolino descendit de sa Harley, étira sa longue silhouette noueuse, puis se dirigea vers la Nissan de Blake.

« J'ai reçu un coup de fil à ton sujet.

— De Joanna. »

Un rictus tordit la mince bouche de Cappolino, dévoilant une rangée de minuscules dents jaunes. « La seule et unique. M'a dit que t'étais sur sa liste noire. Qu'est-ce que t'as fait, mec ? T'as oublié de te prosterner ?

— Ouais. Oublié de lécher son gros cul liposucé. » Blake plongea son regard dans les yeux noirs de Cappolino. « J'ai besoin de quelques renseignements, Vinnie, et très rapidement. S'agit principalement de déclarations de revenus.

— T'as de quoi ? » Vinnie Cappolino, dont le rictus, à présent, s'était retroussé pour dessiner un narquois sourire de triomphe, se pencha à la vitre. « C'qui s'passe, tu comprends, c'est que Walter vient d'épouser une comptable du nom de Linda Horstmann. Et Linda mène sa barque serrée, Marty. Les fleurs poussent pas, là d'où elle vient. Plus question de faire ça pour la gloire, maintenant. »

VINGT-DEUX

C'est pas tant les bips, songeait Kosinski, ni même l'écran vert de la télé avec la ligne hérissée de pointes qui le traverse. Et ce n'est pas non plus le plâtre qui pèse sur ma poitrine, ni même le tube à l'endroit où se trouvait ma gorge, ni le sifflement du respirateur, ni le froid quand ils changent mon sang. La came se charge de tout ça. La came, et une immobilité absolue.

Il avait l'impression de flotter à la surface de son propre lac, un lac dépourvu d'horizons, un lac de morphine. Les objets de la pièce — et jusqu'à la poussée de douleur aiguë qui accompagnait la moindre crispation de son corps — n'étaient que de simples compagnons de voyage, des vaisseaux dérivant dans les ténèbres, ou tout juste un peu plus. Ils pouvaient disparaître d'une seconde à l'autre, se dissiper, ni plus ni moins, en l'abandonnant aux eaux tièdes et douillettes qui l'enveloppaient.

Je me demande bien pourquoi j'ai perdu mon temps à picoler, songea-t-il, alors que j'aurais pu devenir un taré de junkie.

C'était censé être drôle, mais ses propres pensées lui semblaient aussi lointaines que le poteau de la perfuseuse avec le petit sachet qui s'y balançait ou l'urinal métallique posé sur la petite table, au chevet de son lit.

Merci, mon Dieu, pour le serpent, se dit-il, le serpent du paradis. Sans le serpent, j'aurais déjà perdu toute notion de la réalité.

Le serpent vivait dans le cadenas d'acier rond apposé à la porte métallique, tout au fond de la pièce. Il émettait un bruit, ce serpent, lorsqu'il était dérangé par une clef, un déclic sec et métallique qui résonnait dans la petite pièce, transperçant la couche de morphine et la couche de souffrance.

« Juste un petit peu de sang », annonça l'infirmier. Il s'arrêta au pied du lit, comme s'il attendait sa réponse. Kosinski s'efforça de le satisfaire, mais ne parvint à émettre qu'un rauque coassement. Le moyen de faire mieux, avec la moitié de la gorge déchiquetée et la mâchoire fracassée.

« Allons, allons, n'essayez pas de parler. On va vous opérer. »

L'infirmier palpa pendant quelques instants le poignet de Kosinski, puis souleva triomphalement un flacon de plastique ensanglanté. « Z'êtes entre bonnes mains », brama-t-il. « Des doigts de fée. Prêt pour la piqûre d'analgésique ? »

Lorsque Kosinski hocha la tête, un fulgurant coup de poignard (qu'il aurait d'ailleurs dû prévoir) le traversa de la mâchoire au cerveau, le laissant groggy et déboussolé. La morphine le ramena à la surface, baignant la moindre cellule de son individu. Lissant les plis. Il savait que chacune des injections qu'on lui administrait toutes les heures pouvait contenir une dose mortelle, avait vu des centaines de cadavres de camés morts d'une overdose.

Bordel, songea-t-il, le premier junkie venu en a vu au moins un autre crever. Ça ne les empêche pas de continuer, ça ne les incite même pas à ralentir. Pourquoi réagirais-je différemment ?

Il ferma les yeux, sentit son esprit s'enluminer de rêves, d'images du passé qui, si sanglantes qu'elles pussent être, le divertissaient. Il vit de petits cadavres carbonisés jonchant le parquet du dernier étage d'un immeuble de taudis délabrés ; le garçon dans son placard, enchaîné là pendant des jours d'affilée par ses parents, des accro au crack ; une tapineuse et effeuilleuse passant de mains en mains lors d'une partouze dans un service de police ; une photographie poussiéreuse, dans son cadre de métal noir, une photo de mariage, prise à Berlin. Il contempla la photo pendant un moment, la retenant, la gardant à l'esprit. Le bidasse, dont le visage affichait un grand sourire nigaud, le regardait droit dans les yeux ; la blonde, elle, fixait un point dans le vide.

J'aurais dû le prévoir !

Les mots rebondirent en écho dans le néant — *dû le prévoir, dû le prévoir, dû le prévoir, dû le prévoir.* Se répétant à l'infini jusqu'à ce qu'il se rende compte qu'ils sortaient de la bouche de Marty Blake.

Kosinski ouvrit les yeux, regarda autour de lui. La pièce était vide.

Bon, se dit-il, peu importe que Marty Blake ait pu ou non le prévoir. T'as beau prévoir et savoir, ça n'a rien à foutre dans l'histoire.

Il referma de nouveau les yeux et vit sa femme, Ingrid. Elle avait grandi dans l'enfer du Berlin de l'après-guerre — la Deuxième Guerre mondiale —, lui avait dit avoir rampé dans les décombres en quête de pitance, tandis que ses grandes sœurs se vendaient pour des boîtes de singe ou des sacs de sucre en morceaux.

Rien à foutre dans l'histoire, répéta-t-il.

Une clef tourna dans la serrure et réveilla le serpent, qui exprima son agacement d'un glapissement. Kosinski se demanda si l'heure était venue de la piqûre suivante. Se pouvait-il qu'une heure se fût déjà écoulée ? Peut-être venaient-ils le préparer pour l'intervention ? Ou pour une autre radio ?

Il vit Tommy Brannigan, debout dans l'encadrement de la porte ouverte et se dit : Ou peut-être qu'ils ne peuvent plus me blairer.

Brannigan ferma la porte, marcha jusqu'au lit et le regarda droit dans les yeux. « C'est toujours désolant, deux proches collaborateurs qui se séparent », déclara-t-il.

Kosinski voulut répondre. Il concocta un certain nombre de répliques fulgurantes, sélectionna la plus cinglante : Plus proches que nous, tu meurs. Mais lorsqu'il essaya d'articuler ces paroles, il ne réussit à émettre qu'un étrange bourdonnement : *uhhhhhhh hhhhhhhhhh*. Il fut frappé par l'aspect purement mécanique de ce bruit, qui lui parut réellement complémentaire du sifflement régulier du respirateur qui lui insufflait la vie.

« Tu ne peux pas parler ? » Brannigan secoua la tête. « Dommage, vraiment dommage. » Il s'assit sur le rebord du lit, croisa les bras. « Mais on peut peut-être trouver quand même un arrangement. Éviter le pire, qui sait ? Si tu comprends ce que je te dis, cligne une fois de l'œil. »

Kosinski rumina la chose pendant une bonne minute puis cligna huit fois des paupières — la version du comateux subclaquant d'une réplique cinglante. Brannigan haussa les épaules, puis hocha la tête.

« Comment j'ai su, hein ? » s'enquit-il avant de gifler Kosinski en plein visage.

La douleur fut féroce : un animal enragé, s'efforçant de se frayer un chemin à coups de dents sous son crâne. Elle continua de le dévorer jusqu'à ce que sa fringale se fût apaisée, jusqu'à ce que Kosinski fût capable de rouvrir les yeux, de voir à travers ses larmes, d'entendre le petit rire guilleret de Brannigan.

« Des fois, j'ai la nette impression de savoir déjà comment tu vas répondre à cette question, mais on va tout de même remettre ça, par pur acquit de conscience. Si tu comprends, cligne de l'œil une fois. »

Kosinski aurait voulu rétorquer : C'est pas une question. Mais il cligna de l'œil.

« Parfait. » Brannigan se leva, entreprit d'arpenter la chambre. « Seigneur, quel gâchis. Regarde-toi, Bell. Regarde un peu ce que tu as fait de toi. Je ne te demanderai même pas pourquoi, vu que tu peux pas me répondre, mais tu devrais bien y réfléchir un peu. Pendant les quelques minutes qu'il te reste à vivre, pauvre tache. »

Mais il n'y avait pas à réfléchir. Strictement rien à envisager : ni action, ni manœuvre, ni manipulation ; Bell Kosinski était totalement impuissant. Pas que ça le dérange plus que ça, d'ailleurs. Ni même que ça le surprenne. Telles qu'il voyait les choses, il avait déjà eu plus que sa part de rab. Il avait eu droit à son quart d'heure, et tout le reste n'était que fioritures.

« Vois-tu », expliqua Brannigan, « c'est pas franchement une question de bons et de méchants. Vu qu'il n'y a pas de bons. Les bons, c'est juste un truc inventé par les méchants pour mettre les connards au pas. Tu vois ce que j'veux dire, au moins, Bell ? Les méchants et les connards, y a que ça. » Il revint vers le lit, examina le tuyau du goutte-à-goutte, puis s'assit. « Apparemment, on n'arrive pas à remettre la main sur Marty

Blake, ton associé. Ça nous fiche le trac. Bon, l'avocat, lui, se tient bien peinard dans son bureau, pas de problème. Tu vois c'que j'veux dire : gamberger à des moyens de baiser le système juridique. Mais ton petit pote... exactement comme s'il avait disparu de la surface du globe ; et il y a une chose que je dois absolument savoir : est-ce que Marty Blake est le même genre de connard que toi ? Cligne une fois pour oui, deux pour non. »

Kosinski cligna deux fois de l'œil, tout en se demandant si le mensonge allait se lire sur son visage.

« Et tu sais pas non plus où il est, hein ? »

Kosinski cligna deux fois de l'œil, se raidit pour affronter la douleur, sentit son crâne exploser.

Ça dura un bon bout de temps. C'est à peu près tout ce que Bell Kosinski put en dire lorsque ça prit fin. Il se rendait compte qu'il ne cessait de se réveiller et de sombrer dans l'inconscience, qu'il clignait de l'œil sans relâche, qu'il se cramponnait à son mensonge. Qu'il s'entêtait pour Marty Blake, bien entendu, mais que ce n'était pas la seule et unique raison. Comment aurait-il pu vivre son entière existence comme il l'avait vécue, si c'était pour flancher au dernier moment devant un étron comme Tommy Brannigan ? Personne n'avalerait jamais ça, de tous ceux qui l'avaient connu. Jamais de la vie.

« D'accord, Bell. J'étais sûr que ça ne marcherait pas, mais mes patrons ne te connaissent pas comme je te connais. » Brannigan se leva, piocha une seringue dans la poche de son blouson, la brandit pour la lui montrer. « Tu sais pourquoi c'est faire ? »

Kosinski aurait voulu dire : Pour tuer la douleur ? Comme c'est prévenant à toi.

« Du potassium. Comme dans les bananes. Sauf que

lorsque tu l'injectes en masse d'un seul coup, ça arrête net le cœur sur sa lancée. Boum ! Tout connement. » Il décapsula la seringue. « Ça se décompose si rapidement dans l'organisme qu'on peut difficilement en déceler les traces, même dans l'éprouvette, mais, le plus beau, c'est qu'on ne peut strictement rien dire de visu. T'as vu comme moi comment ça se passe, Bell, alors tu sais exactement de quoi je parle. Le médecin légiste prélèvera ton cœur, l'examinera et dira : "Le cœur de Kosinski a lâché consécutivement au traumatisme infligé par de multiples blessures par balle." Ou un truc du même tonneau. Moi, je dis que c'est une mort trop douce pour toi. J'ai même dit à Grogan : "Ce mec a mérité de crever dans d'atroces souffrances. Refilons-lui..." »

Un coup rapide frappé à la porte interrompit net le monologue de Brannigan. Il recoiffa la seringue de son capuchon de protection, la fourra dans sa poche et cria : « Qu'est-ce que vous voulez, putain de merde ? »

La porte s'entrebâilla légèrement et un maton en uniforme passa la tête dans la chambre : « On vous demande au téléphone. Le type a dit que c'était urgent, et que je devais vous déranger. Vous pouvez prendre la communication dans le couloir. »

Kosinski n'essaya pas de relever la tête. Ne s'y risqua pas. Mais il entendait très bien.

Tout d'abord, Brannigan dit : "Brannigan" au téléphone, puis il y eut un long silence, puis il dit : "Désolé, chef, c'est trop tard. J'allais partir." Puis il raccrocha.

« Tout c'qu'on y gagne, c'est des migraines, pas vrai, Bell ? Ces connards de rupins te laissent jamais bosser en paix. » La porte se referma en claquant, Brannigan pénétrant de nouveau dans la chambre. Tout à son affaire, il décapsula de nouveau la seringue, la plongea dans le cathéter, appuya sur le piston.

La dernière chose que ressentit Kosinski, ce fut de la stupéfaction. De la surprise d'avoir été assez stupide pour ne pas voir la vérité plus tôt. Parce qu'à la vérité — il était bien obligé de se l'avouer — il avait apprécié tout le parcours. En avait aimé la moindre journée, la moindre minute. Il avait adoré ça et personne ne pourrait le lui rendre.

VINGT-TROIS

« Un chèque ? » La longue figure chevaline de Vinnie Cappolino se plissa, dessinant une moue hargneuse. Aux yeux de Marty Blake, il avait l'air d'un gosse à qui l'on vient de refuser un cadeau d'anniversaire. « On est samedi. Les banques n'ouvrent pas avant lundi. Et si c'était un chèque en bois ?

— Tu crois que je te ferais marron, Vinnie ?

— Et comment. Plutôt deux fois qu'une. » Les doigts de Cappolino suivirent la longue et étroite cicatrice qui barrait son front, puis l'arête de son nez aplati. « Sois réaliste, Marty. Pour ce que tu as derrière la tête, y a pas d'avenir. »

Blake acquiesça d'un hochement de tête, ébaucha un rire, n'y parvint pas. « Que veux-tu que je te dise ? Quand t'as raison, t'as raison. Je te mentirais bien, si ce n'était que ça, mais, dans ce cas précis, je n'en vois pas l'utilité. J'ai le fric. » Il s'interrompit, puis sourit. « Vinnie, nous savons tous les deux que tu vas me demander cinq fois le tarif normal. Les gros risques méritent de grosses rémunérations. C'est la règle du jeu.

— Tu marques un point, là, mais... Vois-tu, Marty, quand Linda a commencé à travailler avec nous — avant d'épouser Walter — elle nous a fait asseoir et nous a expliqué ce que ça signifiait exactement d'être un mercenaire. Quand elle a terminé, j'ai compris pour la première fois ce que j'étais en réalité, Marty. Une pute. Je n'écarte pas les cuisses avant d'avoir été payé pour ça. » Il laissa retomber son menton sur sa poitrine et désigna du doigt la plage ronde de calvitie, à l'arrière de son crâne. « Sans compter que j'ai trente-trois ans et que je dois commencer à m'inquiéter de l'avenir. Je ne risque pas de rajeunir. »

La solution était simple, si elle n'était pas sans douleur. Blake disposait d'un petit peu plus de six mille dollars sur son compte en banque, somme constituée en grande partie de l'argent de Steinberg. Vinnie, lorsqu'il connaîtrait ce montant, exigerait la totalité.

« Qu'est-ce que tu dirais », dit Blake, « qu'on trouve un DAB et qu'on vérifie l'état de mon compte ? Si je n'ai pas suffisamment pour couvrir tes honoraires, tu pourras toujours repartir. »

Les yeux de Cappolino étincelèrent. Blake tenta de percer à jour ce qu'ils trahissaient, hésitant, sans toutefois parvenir à se décider, entre malveillance et satisfaction.

« Et ta carte de crédit ? » demanda Vinnie. « Tu pourrais tirer cinq cents dollars par jour. J'en *serais* pour quinze cents dollars. Tout dépend de combien tu as sur ton compte.

— Je déchirerai ma carte. »

Cappolino se rassit sur la chaise pivotante, se balança un moment, puis posa les pieds sur le bureau. « Ouais, ça pourrait se faire. Mais, si ça ne te dérange pas, procédons plutôt par trois chèques de moindre importance. Au cas où quelqu'un se pointerait avant moi à la banque lundi matin. Bon, si on réglait les détails, maintenant, qu'est-ce que t'en dis ? »

472

Blake sortit la liste de sa poche de chemise et la lui tendit. « Je veux les déclarations de revenus fédérales des quatre premiers, l'adresse du domicile et le numéro de téléphone des deux autres. Si jamais l'une des déclarations laissait apparaître une rentrée d'argent en provenance d'une société privée, je veux également les dossiers de cette compagnie.

— Je peux t'avoir les adresses en deux minutes, mais pour les déclarations d'impôt, je ne peux pas faire ça d'ici. » Il fit courir son index du haut en bas de la liste. « Faut que je l'envoie de l'extérieur. Et il me faudrait aussi les numéros de sécurité sociale.

— Fais-le d'où tu voudras, je m'en tape. Tout ce que je demande, c'est que ce soit du rapide. Ce soir, par exemple.

— Pas de problème. Autre chose ?

— Ouais, un jeu de pioches et quelques outils. Ciseaux, marteau, tournevis, voltmètres, cisailles... tu connais le topo. »

Cappolino écarta les mains. « Toutes ces merdes, je les ai au bureau. Rien d'autre ?

— De la puissance de feu, Vinnie. Comme je t'ai déjà dit, je ne sais pas combien ils vont être à mes trousses, mais ça ne se jouera certainement pas à un contre un.

— Tu t'y connais en armes automatiques ? Déjà utilisé un M40 ?

— Merde, mec, je sais même pas ce que c'est, un M40.

— Marty, si les ordinateurs tiraient des éclairs de foudre, tu serais Dirty Harry. » Il gloussa joyeusement. « Mais j'ai là un petit bijou qui devrait entrer dans tes cordes comme deux et deux font quatre. Tout va se passer dans un endroit exigu, c'est bien ça ?

— Exact. »

Cappolino se leva sans cesser de sourire et pénétra d'un pas nonchalant dans une arrière-salle. Un instant plus tard, il revenait avec un fusil à poignée de pistolet et deux boîtes de cartouches.

« C'est un Benelli M3 semi-automatique, qui tire aussi vite que tu peux presser sur la détente. Contient sept cartouches de 12.

— Ça perforera un gilet pare-balles ?

— C'est toute la beauté de la chose, Marty. » Il brandit les munitions pour les soumettre à l'inspection de Blake. « Ces petits salopiots sont chargés de fléchettes. À raison de vingt par cartouche. Tu peux te les représenter comme de petits furets qui rongent la chair. La seule chose qui pourrait arrêter ces trésors, c'est l'os. Quand elles touchent l'os, elles se tordent et ricochent. C'est un sergent du dépôt militaire de Toby-hanna qui me les a fournies. Un poivrot fini. »

Blake prit le fusil. La douceur de la poignée l'épata. Il s'était attendu à du bois ou à du plastique durci, mais la surface granulée épousait ses doigts.

« Te casse pas le tronc à viser », poursuivit Cappolino. « Dans une petite pièce, t'as juste à presser sur la détente et à la tenir enfoncée. À dix mètres, elle balance la purée sur une zone large de quinze pouces. Tu peux pas rater. »

Blake actionna la pompe, opina du bonnet. « Combien, Vinnie ? Pour tout le packaging ?

— Euh...

— Gagnons du temps, tu veux bien ? J'ai un peu plus de six mille dollars sur mon compte. Et c'est *toute* ma fortune.

— Six plaques ? » Cappolino afficha de nouveau sa moue irritée. « Je voyais plutôt dans les quinze mille.

— Six, Vinnie. Et me monte pas le souk, parce que je sais que ça ne te coûte pas plus de deux, en admettant même que t'aies payé le fusil au prix fort, ce dont je doute. » Voyant que Cappolino hésitait, Blake se lança dans son premier authentique mensonge depuis le début de leur conversation. « Écoute, la *seule* raison qui m'amène ici, c'est que j'étais vachement pressé. Mais, s'il le faut, je changerai mes plans, je prendrai mon temps et je me démerderai tout seul.

— D'accord, d'accord. » Cappolino se départit de sa mine renfrognée. « Putain, t'as toujours été une tête-de-nœud, Marty. Faudrait qu't'apprennes à grandir un peu. Comme moi. »

Blake descendit la vitre de la Nissan, tout en filant sur Northern Boulevard en direction du pont de la Cinquante-Neuvième Rue. Il offrit son visage au vent frais qui s'engouffrait en rugissant, inspira profondément et décida que les félicitations étaient de rigueur. Les félicitations, pour une décision qu'il avait prise bien des années plus tôt. Au milieu des années quatre-vingt, les S & L[1] et les banques avaient adressé par la poste des formulaires de demande de cartes de crédit, accordées d'avance, à pratiquement toutes les personnes qui en possédaient déjà une. Blake en avait conservé sept et avait jalousement veillé à utiliser chacune d'entre elles au moins une fois par an. Il les avait considérées comme une espèce de police d'assurance, d'expédient rapide dans les petites urgences de l'existence. Et, aujourd'hui, il se sentait dans la peau d'un prophète. Sans ces cartes, à l'heure actuelle, il ne vaudrait guère mieux que mort.

1. *Savings and Loans.* Caisses d'épargne et de crédit.

Il lui fallut quasiment une heure pour franchir les quelques douze kilomètres qui le séparaient de sa destination, la *Surveillance Shop*, au coin de la Première Avenue et de la Soixante-et-Unième Rue. La plupart des voies étaient fermées sur le pont pour raison de construction, comme elles l'étaient d'ailleurs depuis une quinzaine d'années. Les embouteillages ne constituaient donc nullement une surprise, mais ça ne signifiait pas pour autant que le retard qu'ils entraînaient ne mettait pas un homme pressé à la torture. Lorsque Blake gara sa voiture et entra dans le magasin, il se sentait d'humeur à décapiter un gaspard new-yorkais d'un coup de dent.

« Charlie », annonça-t-il à Charles Baumann, le propriétaire, « si tu n'as pas déjà en magasin ce dont j'ai besoin, il te reste trois heures pour mettre la main dessus.

— Dans trois heures, j'aurai baissé le rideau, Blake. On est samedi et j'ai à faire. » L'aigre expression de Baumann ne variait jamais. Ses yeux bruns humides se plissaient continuellement, réaction probable à la fumée de cigarette qui remontait en volutes du coin de sa bouche. Ou à quarante ans de travail dans l'industrie du recel.

« C'est une affaire de quinze plaques. Calmos. » Blake nota la petite lueur d'intérêt, accentua la pression. « C'est maintenant ou jamais, Charlie. Si tu ne peux pas me dénicher le matos aujourd'hui, je m'adresserai à quelqu'un d'autre. » La même menace, très exactement, dont il avait usé avec Vinnie Cappolino.

« C'est quoi, qu'il te faut ? Ça voit le jour ?

— Du matériel sur catalogue. »

Baumann hocha la tête, alluma une autre cigarette. « Comment comptes-tu me payer, Blake ? Vu que la seule bosse apparente sur ton corps, c'est celle que forme l'automatique enfoncé dans ta ceinture, derrière ton dos.

— Plastique.

— Ton plastique ? »

Blake sortit son portefeuille, pêcha trois cartes de crédit et les balança sur le dessus de verre du comptoir. « Regarde par toi-même. »

Baumann ne s'en priva pas et examina scrupuleusement les trois cartes, l'une après l'autre, au moyen d'une petite loupe d'une grande puissance. Une fois qu'il fut satisfait, il reposa les cartes de crédit et considéra Blake pendant un instant en plissant les yeux.

« D'accord », finit-il par dire. « De quoi as-tu besoin ? »

Blake énuméra un par un les articles, regarda Charlie Baumann en dresser la liste en hochant la tête. Comptait-il les articles, ou bien les dollars qu'ils allaient lui rapporter ? Blake n'aurait su le dire.

« J'ai tout ça en stock dans mon magasin de Jersey City », fit Baumann lorsque la liste fut complète. « Disons une heure pour m'y rendre. Mais pour ton émetteur vidéo, pas moyen... Seuls les flics ont droit aux émetteurs à longue distance. Tout ce que je peux te fournir, c'est un système qui émet dans un rayon d'environ cent cinquante mètres. Pour trouver plus puissant, faudra t'adresser ailleurs.

— Tu ne pourrais pas faire une exception ? Pour un vieux client, des plus estimables ? » Blake se fendit de son plus gracieux sourire.

« Même pas la peine d'y songer. » Baumann secoua la tête, replia la liste, la fourra dans sa poche de chemise. « Pas pour du plastoc, Marty. Quand on paye avec du plastoc, faut suivre le règlement au pied de la lettre. Le plastoc ne laisse place à aucun démenti. »

De retour dans la rue, Blake trouva une cabine téléphonique, appela le *New York Post* et demanda à parler à Herbert Coen, le journaliste dont la signature apparaissait au-dessus de l'article ABATTU À WHITE-STONE. On lui passa le bureau de New York et il réitéra sa requête.

« Coen est sur le pot.

— J'attendrai.

— À votre guise, mon vieux. »

Cinq longues minutes plus tard, une voix haut perchée annonçait : « Coen.

— Vous êtes bien le Coen qui a écrit l'article sur les deux flics de Whitestone ?

— Le seul et unique.

— Ben, vous avez tout faux, l'ami. Les flics vous ont refilé une histoire à la graisse de chevaux de bois sur un prétendu deal de dope et vous avez pris note bien sagement, comme si vous écriviez sous la dictée.

— Quel nom vous avez dit, déjà ?

— J'ai pas dit de nom. »

Blake encaissa sans broncher le silence qui s'ensuivit, se refusant à le rompre. Coen réfléchissait, tout en se demandant si son article méritait vraiment qu'il endure l'outrecuidance de son interlocuteur. Et c'était tant mieux. Coen n'avalerait l'appât que s'il avait vraiment les crocs.

« Pourquoi ne me diriez-vous pas ce qui s'est réellement passé ?

— Pas au téléphone.

— Donnez-moi une petite chance, l'ami. J'ai mieux

à faire que de sauter à pieds joints à travers votre cerceau. »

Il était temps de jeter un nonosse au toutou. De ferrer le poisson.

« C'est une affaire de meurtre et de chantage, Coen. Avec documents écrits et enregistrements audio à l'appui. Vous vous souvenez du juge qui s'est suicidé il y a quelques jours ?

— John McGuire ?

— Il est au centre. »

Coen inspira une longue goulée d'air. « Où voulez-vous qu'on se retrouve ?

— Il y a un restaurant, le *Pioneer*, sur la West Side Highway, juste à la sortie du tunnel. Dans une demi-heure.

— Écoutez, je suis en plein... »

Blake raccrocha, regagna sa voiture et fonça vers le centre-ville. Il prit l'itinéraire le plus long, en longeant la côte est de Manhattan jusqu'à la Battery, puis en remontant par ce qui restait de la vieille West Side Highway. Tout en conduisant, il s'efforçait de se concentrer sur ses quelques entreprises couronnées de succès — les marchés passés avec Cappolino et Baumann, le rendez-vous avec Coen — plutôt que sur le pari qu'il avait pris. S'il avait eu plus de temps, il aurait négocié ça différemment. Mais il n'en avait pas, point final.

Blake s'installa à une table du *Pioneer* et commanda du café et un hamburger. Il en était à sa seconde tasse quand Herbert Coen entra dans l'établissement. Petit, noueux et nanti d'un long visage étroit, le journaliste n'échappait à la comparaison avec un rat que par la grâce de deux yeux pétillant d'intelligence. Blake, en même temps qu'il lui faisait signe, décida qu'il ressemblait plutôt à une belette affamée.

Coen se faufila dans le box et s'installa en face de Blake. « Vous avez des couilles en béton, l'ami », déclara-t-il. « Vous auriez intérêt à ce que votre histoire soit palpitante. » Une serveuse apparut, portant un menu, et Coen commanda du café et la congédia d'un geste.

« Plus palpitante que votre plus torride rêve érotique. » Blake vida sur la table le contenu de son enveloppe en papier kraft — celle qu'il avait destinée à son oncle. Il prit la lettre qu'il avait écrite, la lui tendit, attendit qu'il en eût terminé la lecture, puis lui passa le reste des documents. « Ce sont les minutes de la constitution et de la dissolution de la société *Landsman Properties*. Vous remarquerez qu'Alan Green, le père du bourgmestre de Manhattan Edward Green, est le seul actionnaire de *Landsman*. Les actes montrent l'acquisition de la propriété de Long Island City et sa cession consécutive à Johan Tillson, l'époux de Sondra Tillson. Je n'ai pas le temps de vous passer la bande, mais je peux vous garantir qu'elle est *sans aucune* ambiguïté. »

Blake s'adossa à sa chaise, prit une bouchée de son hamburger, la fit passer avec les quelques gouttes de café qui restaient dans sa tasse. Sa propre assurance et le côté théâtral de la situation le mettaient en joie à part égale. Coen salivait comme un molosse sur une tranche de rosbif, mais ça ne signifiait pas que son rédacteur en chef serait partant pour publier l'article — impossible d'évaluer avec exactitude jusqu'où s'étendait l'influence d'Harrah. Pourtant, il allait devoir s'en contenter. C'était ce qu'il avait envisagé de faire depuis le début. « Auriez-vous l'obligeance de me dire votre nom ?

— Marty Blake.

— Et à quel titre intervenez-vous dans l'affaire ? »

Blake soupira, mordit de nouveau dans son hamburger. « J'espère que ça ne vous dérange pas », marmonna-t-il. « Je n'ai rien mangé de la journée. »

Coen hocha la tête. « Très bien. Je suppose que ça ne me regarde pas.

— D'autant que je n'ai pas le temps d'entrer dans les détails. » Blake déglutit. « Sous peu, probablement dans un délai de vingt-quatre heures, je disposerai d'autres documents encore. Si ça vous intéresse.

— C'est le cas.

— Tant mieux, parce que, dans le cas contraire, j'aurais éventuellement fait parvenir le même paquet à d'autres journalistes. Ce que vous tenez entre les mains, Coen, c'est uniquement la primeur. Vous asseoir dessus ne vous rapporterait strictement rien.

— Vous avez encore d'autres conseils du même tonneau ? »

Blake secoua la tête. « J'aurai besoin d'une boîte aux lettres pour le restant du matériel. Mais pas le *Post*. »

Coen griffonna son adresse au dos d'une carte professionnelle. « Je tâcherai de laisser quelqu'un en permanence pendant les deux jours qui viennent, mais vous pouvez toujours confier votre paquet au portier. » Il fixa Blake un moment, puis prit sa décision. « Écoutez, cette histoire peut représenter beaucoup pour moi.

— Ouais. Elle peut incontestablement asseoir votre carrière. Et on pourrait même en tirer un bouquin.

— Mais les gens que vous mentionnez... Reconnaissez que si je fonce là-dedans sur une jambe, je me retrouverai rapidement en train de faire les chiens écrasés à Fientedepoule, Iowa. Il n'est pas question une seconde que je présente cette affaire à mon rédacteur en chef tant que je n'aurai pu établir la véracité des faits, avec documents à l'appui. »

Blake se dépeignit Kosinski dans son lit d'hôpital, se demanda s'il pouvait se permettre d'attendre que Coen eût tout collationné, et décida finalement que ça n'avait aucune incidence, puisqu'on n'en arriverait jamais là. Si jamais Coen intervenait, ce serait uniquement à titre d'historiographe.

« Les actes, les documents concernant la société... tout cela est du domaine public. Quant à la bande... Eh bien, vous pourriez peut-être la passer à la veuve McGuire. Juste pour voir si elle aime le son de sa propre voix. »

Blake regagna le centre-ville en prenant tout son temps, piquant d'abord au nord par Hudson Street, puis à l'est par la Première Avenue, avant de remettre de nouveau cap au nord. Son itinéraire le fit passer directement devant l'hôpital Bellevue et il s'arrêta un instant pour contempler ses briques crasseuses et ses fenêtres sales. L'hôpital tournait à plein régime, des gens y entraient et en sortaient, infirmières et internes faisaient patiemment la queue devant le stand du vendeur de hot dogs, les voitures de parents stationnaient en double file, attendant d'autres parents en visite. Une petite femme latino tenait une charrette bourrée à ras bord de petits bouquets d'œillets rouges et blancs. Il n'y avait ni roses, ni orchidées, ni oiseaux de paradis. Bellevue est un hôpital de la municipalité ; ceux qui pouvaient s'offrir de l'exotique allaient faire leurs affaires ailleurs.

« Allons, on se bouge. » Un agent de la sécurité noir, affichant une expression passablement blasée, progressait le long de la file de voitures. « On ne peut pas stationner ici. On avance. »

Personne ne bronchait, personne ne se donnait la

peine de se retourner pour le regarder. Il n'avait pas la moindre autorité, pas même celle d'un contractuel, et il le savait. Au bout de quelques minutes, il fit volte-face, cracha un "enfoirés" légèrement tardif par-dessus son épaule et redescendit la rampe d'accès au portail principal.

Blake éprouva soudain une impétueuse envie de lui emboîter le pas, de trouver le chemin du service carcéral, d'arracher Kosinski à son lit et de le transporter dans un endroit où il serait en sécurité. L'idée le frappa par son côté saugrenu, sottement puéril ; c'était le vœu pieux d'un morveux qui croit encore à la magie, mais il n'en ouvrit pas moins la portière de sa voiture. Il en était déjà sorti à mi-corps lorsqu'il vit Tommy Brannigan poser le pied sur le trottoir.

La première réaction instinctive de Blake fut de prendre la fuite — non pas pour fuir Brannigan lui-même, mais bien toutes les cauchemardesques hypothèses que suggérait sa subite apparition — et il s'y serait sans nul doute plié si le flic ne l'avait repéré. S'il ne lui avait souri.

« Alors, Blake, on rend visite à sa moitié ? »

En dépit du sourire (et même à cette distance), le regard de Brannigan était perçant et calculateur. Blake se dirigea vers ce regard comme s'il était attiré par un aimant. Il s'arrêta à un mètre du flic et resta planté là sans mot dire.

« Moche, pour Kosinski. Faut croire que c'était pas son jour. Il a rendu son âme à Dieu. »

Le rictus sardonique de Brannigan s'élargit encore, en même temps que sa main rampait vers la fermeture à glissière de son coupe-vent. Blake lui rendit son sourire, lui laissa le temps de descendre le chariot et de passer la main à l'intérieur avant de lui percuter le plexus solaire d'un grand coup de poing. Brannigan poussa un unique grognement et se cassa en deux.

« Faut croire que c'est pas le tien non plus. »

Blake arracha l'automatique de sa ceinture et en gifla le visage de Brannigan, à la volée. Le bruit que ça fit — le craquement de l'os, le cri de douleur — lui procura un plaisir intense, si voluptueux qu'il remit ça, encore, encore et encore.

VINGT-QUATRE

Au moment où Marty Blake arrivait près du domicile du substitut du procureur Marcus Fletcher, à Saint-Albans, ses pensées lui faisaient l'effet de glisser vers l'avant, telle la perruque de Max Steinberg dans ses mauvais jours. L'agression de Brannigan le mettait pour la première fois sous le coup d'une arrestation officielle. Et transformait la meute de chiens courants d'Harrah en ce régiment de flics dont, depuis le tout début, il redoutait l'intervention. Harrah n'avait pas hésité à s'ingérer dans une prison de l'État de New York, dans le cas de Billy Sowell, et dans le service carcéral d'un hôpital dans celui de Bell Kosinski. Tout portait à croire qu'une prison de la ville de New York — les Tombs ou Rikers Island, par exemple — ne lui poserait aucun problème.

D'un autre côté, faire arrêter Blake pour voies de fait sur la personne de Tommy Brannigan risquait d'avoir de très fâcheuses conséquences. Harrah n'avait aucun moyen de connaître l'identité du flic qui procéderait éventuellement à cette arrestation. Entendrait et enregistrerait la déposition de Blake. Pas plus qu'il ne pouvait prévoir si Blake, accompagné d'un avocat ou d'un représentant de la presse, n'allait pas faire irruption dans le commissariat le plus proche afin de se livrer. S'il demandait la protection de la police en prétendant que ses jours étaient en danger, il pouvait parfaitement réussir à se mettre totalement hors de portée des atteintes d'Harrah.

Mais, s'il décidait de jouer cette carte, les matons le fourreraient dans une cellule sous protection, ce qui équivalait peu ou prou à un isolement un peu amélioré. Blake n'avait aucune peine à s'imaginer cloîtré dans une cellule de deux mètres sur trois, à s'imaginer un Samuel Harrah prêt à tout et à n'importe quoi pour empêcher un procès et se venger de lui. Si jamais l'on retrouvait un jour Marty Blake pendu aux barreaux de sa cellule, qui donc sortirait des rangs pour clamer haut et fort qu'il ne pouvait en aucun cas s'agir d'un suicide ? Max Steinberg ? Joanna Bardo ?

Ce qu'il avait finalement décidé — quelque part entre le moment où il avait récupéré le matériel à la *Surveillance Shop*, celui où il avait troqué la Nissan contre une Chevrolet Caprice à Long Island City et celui où il avait regagné sa chambre de motel pour prendre plusieurs copies des documents qu'il avait remis à Herbert Coen —, c'est que, s'il était incapable de maîtriser ses pensées, il allait devoir en revanche tenter d'agir sur la rectitude de son comportement présent. Et que la meilleure façon de procéder pour arriver à ce résultat (sans devoir, après chacune de ses actions, affronter l'esprit d'escalier) était encore de s'en tenir à son programme initial.

Blake se gara le long du trottoir, coupa le contact, écouta le moteur tousser un moment avant de mourir. Le grand type noir qui poussait sa tondeuse sur la pelouse ne releva même pas les yeux. Peut-être n'entendait-il pas la Chevy par-dessus le bourdonnement du moulin de sa tondeuse. À moins qu'il ne fût du genre à ne pas se mêler de ce qui ne le regardait pas. Quoi qu'il en soit, Blake ne vit distinctement ses traits que lorsqu'il fut arrivé au bout de son lotissement et eut fait demi-tour.

Sa toute première impression fut celle d'une force indomptable. Les yeux largement écartés, le nez court et épaté, les lèvres pleines, la mâchoire carrée et les pommettes hautes et saillantes dénotaient clairement une grande détermination. Mais quelque chose dans cette expression figée — comme si, à un moment donné, dans un lointain passé, l'homme avait décidé de se donner une contenance par la seule force de sa volonté, de se forger un masque énergique et de ne jamais s'en départir — le déconcerta quelque peu.

À cet instant précis, comme s'il lisait dans les pensées de Blake, l'homme releva les yeux vers la Caprice. Leurs regards se croisèrent et se verrouillèrent l'espace d'un instant, assez longtemps toutefois pour qu'aucun des deux n'ignorât qu'ils étaient destinés à faire affaire ensemble. Puis, Blake, coinçant son enveloppe en papier kraft sous son aileron, descendit de voiture et traversa la pelouse.

« Êtes-vous Marcus Fletcher ? » Il s'arrêta à plusieurs mètres de l'autre, en s'efforçant de s'exprimer d'une voix calme, respectueuse et courtoise.

« En effet.

— Je m'appelle Marty Blake. Je suis désolé de venir vous importuner chez vous un samedi, mais c'était le seul moyen. » Il s'interrompit, attendant la réponse, et n'obtint que le même visage de marbre. « J'ai là des informations dont vous devez absolument prendre connaissance.

— Attendez. »

487

Fletcher continuait de scruter Blake. Il prenait tout son temps, comme s'il disposait d'assez de renseignements sur lui pour former son jugement. « Si ça ne vous dérange pas, j'aimerais qu'on continue à l'intérieur. » Il se retourna, commença à avancer, puis lança un dernier commentaire par-dessus son épaule : « Je sais qui vous êtes. »

Blake, qui lui avait déjà emboîté le pas, pila net : « Une seconde. » Il attendit que Fletcher eût fait volte-face. « Vous avez parlé à mon oncle, ça tombe sous le sens. Mais à qui d'autre encore ? Qui vais-je trouver dans cette maison ?

— Ma femme. Ma femme et mes deux fils. » Fletcher ébaucha un sourire, sans toutefois parvenir à le mener à son terme, puis permit à sa bouche de reprendre sa rigidité première. « Ce n'est pas un traquenard, monsieur Blake. Si vous pouvez prouver vos allégations, vous trouverez en moi un allié inestimable.

— Je crains fort que non. » Blake, dont la main était toujours sous sa chemise, entreprit de rebrousser chemin. « Vous ne jouez qu'un rôle mineur dans cette farce. En fait, vous n'intervenez même pas avant son tragique dénouement. Je vais donc vous rendre à votre chère pelouse. Bonne journée.

— Je vous en prie. » Les yeux de Fletcher s'étaient écarquillés et ses lèvres très légèrement écartées. Blake reconnut immédiatement les signes de la peur, mais il lui fallut un moment pour percevoir la cupidité qui perçait en dessous.

« Vous voulez cette affaire ? » demanda-t-il.

« Oui. Et farouchement.

— Pourquoi ? »

Fletcher inspira profondément. « Êtes-vous un homme religieux ?

— Ne me faites pas perdre mon temps avec des conneries. » Blake continuait de battre en retraite.

« Quelqu'un doit arrêter Samuel Harrah.

— Devinez qui.

— Quelqu'un doit le clouer au pilori. Vous sentez-vous capable de faire ça tout seul ?

— Vous n'avez toujours pas répondu à ma question.

— Très bien, monsieur Blake. Je veux cette affaire pour moi, pour le plus grand bien de ma carrière. C'est ce que vous vouliez m'entendre dire, non ? »

Blake s'arrêta devant la portière de la voiture. « Montez », dit-il. Fletcher, visiblement soulagé d'un grand poids, grimpa à l'intérieur. Il prit l'enveloppe que lui tendait Blake, attendit patiemment que ce dernier eût allumé le moteur, passé la première et démarré. Puis il ouvrit l'enveloppe, lut la lettre de Blake et feuilleta les documents.

« Il y a quatre voix sur la bande », expliqua Blake. « Celles de John McGuire, d'Ann McGuire, de Bell Kosinski et de Samuel Harrah. Le hic, pour vous, c'est que deux de ces personnes sont mortes et que le transfert de propriété ne prouve rien en soi. Le bon côté des choses, c'est que ces documents sont du domaine public et que la bande a été enregistrée avec l'accord d'un des participants, et en pleine connaissance de cause. »

Fletcher hocha la tête, puis reporta son attention sur les documents, pour de nouveau les parcourir, plus attentivement cette fois-ci. Lorsqu'il en eut terminé, il les glissa dans leur enveloppe, avec la cassette.

« Le mari... Tillson... », commença-t-il. « Ce sera le premier à flancher. Ses crimes — obstruction au cours de la justice et encaissement d'un pot-de-vin — sont relativement véniels. Nous lui offrirons l'immunité en échange de sa déposition, et nous utiliserons son témoignage pour rouvrir l'enquête sur le meurtre de son épouse.

— Ce qui règle le sort d'Edward Green. Et pour Samuel Harrah ? »

Fletcher laissa retomber l'enveloppe sur ses cuisses, croisa les mains : « Pour Harrah, ça risque d'être un peu plus long. Peut-être par le truchement d'Ann McGuire, si elle a eu directement connaissance des faits, ou par Tillson, si Harrah servait d'intermédiaire. »

Blake gara la Chevy le long du trottoir. « Vous comptez montrer ça à votre patron ?

— Je ne suis pas habilité à déclencher une enquête de mon propre chef. Mais je peux vous assurer, monsieur Blake, que le procureur général de Manhattan n'a été soumis à aucune influence politique depuis des décennies. Vous pourriez...

— Je croyais vous avoir demandé de ne pas me faire perdre mon temps avec des conneries. » Blake se pencha par-dessus le corps de Fletcher pour ouvrir la portière. « Rendez-nous le grand service à tous les deux de ne pas montrer ce matériel à *quiconque*. Vous devriez en toucher beaucoup plus sous quarante-huit heures, largement de quoi inciter votre patron à se bouger le cul, que ça lui plaise ou non. Et, pendant que j'y pense, tout ce que vous détenez déjà et tout ce qui vous sera encore remis sera en tout premier lieu adressé à la presse. Ça vous donne la mesure de la confiance que je porte à votre district attorney. » Il sourit. « De celle que je *vous* porte. »

Tout en Marcus Fletcher (y compris son ambition personnelle) avait paru sincère à Marty Blake. La cupidité — mais non le calcul — avait brillé dans ses yeux ; il avait eu une attitude franche et directe, déférente et

490

parfois même implorante. Néanmoins, Fletcher avait vu sa voiture ; il en avait peut-être retenu le numéro d'immatriculation et était peut-être déjà en train de composer un numéro de téléphone, en ce moment même, sinon de s'entretenir avec Samuel Harrah.

Ou c'est du moins le raisonnement que tenait Blake, en roulant jusqu'à Kennedy Airport en quête d'une voiture de substitution pour la Caprice. Il trouva ce qu'il cherchait dans une petite agence de location, à la périphérie de l'aéroport. Installée tout au fond d'un parking poussiéreux de Sutpin Boulevard, la flottille de véhicules d'âge canonique de *BottomLine Rental* était à mille lieues des conduites intérieures scintillantes que vous proposaient les grandes chaînes. À mille lieues, et à bien meilleur tarif. Blake jeta son dévolu sur une camionnette Ford Aerostar de 1991, dotée de chaque côté d'une unique vitre convexe, et de jalousies incurvées à sa lunette arrière. Passablement cabossée et éraflée, elle passerait pratiquement inaperçue dans les rues.

Lorsque Blake démarra, la radio de bord était allumée et branchée sur WINS, une station diffusant des informations vingt-quatre heures sur vingt-quatre. Il la laissa allumée, tout en piquant vers Barnett Avenue, dans Woodside, s'attendant plus ou moins à entendre un flash portant sur la mort de Bell Kosinski. Au lieu de ça, une chaude et vibrante voix mâle annonça le décès, problablement consécutif à une surdose de stupéfiant, du bourgmestre de Manhattan Edward Green. Le corps de Green avait été retrouvé sur le sol de son bureau de Centre Street, plusieurs heures après que sa femme avait téléphoné à la police pour signaler sa disparition. Selon les inspecteurs présents sur les lieux, et qui refusaient d'écarter la possibilité d'un suicide, le médecin légiste allait immédiatement procéder à l'autopsie, dont les conclusions seraient portées à la connaissance du public en milieu de semaine.

Autant pour le gros client de Joanna, songea Blake. Et autant pour Johan Tillson, qui devrait normalement être le prochain. *S'ils ne m'ont pas eu avant.*

Une demi-heure plus tard, il se trouvait dans le bureau de Vinnie Cappolino, en train d'examiner quatre déclarations de revenus individuelles et deux autres afférentes à une société. Vinnie, resplendissant dans le plus neuf de ses tee-shirts AC/DC et le plus antique de ses gilets de cuir noir, était assis sur l'un des bords du bureau, et gémissait sur un ton que seule Linda Francis, la très matérialiste épouse de son associé, avait pu lui enseigner.

« Faut que tu te rendes compte que ces déclarations m'ont coûté beaucoup plus cher que je ne m'y attendais. Peut-être que les inspecteurs des finances corrompus commencent à manquer — j'en sais rien — mais ils m'ont tellement pressuré que je vais avoir les jambes arquées pendant au moins une semaine. Pour tout te dire, Marty, si j'avais la certitude qu'il te reste encore du fric, je te demanderais bien une rallonge. »

Blake ignora superbement cette remarque, ainsi que d'autres tentatives identiques pour alimenter la conversation, et concentra toute son attention sur les documents. La magouille globale (aussi grossière, au demeurant, qu'il s'y était attendu) sautait aux yeux au premier coup d'œil, mais il n'en poursuivit pas moins son examen jusqu'à ce qu'il se fût bien mis tous les chiffres en tête. Samuel Harrah et son épouse, Margaret, avaient rempli des déclarations séparées pour chacune des quatre années que Blake prit en considération. Dans la mesure où il était chef de famille, la déclaration de Samuel Harrah faisait état de son salaire de chef, ainsi que de quelques intérêts produits par un petit compte d'épargne. Margaret Harrah, pour sa part, en tant que seule actionnaire de deux sociétés, *South Queens Financial Consultants*[1] et *Lefferts*[2] *Office Supply*, avait payé l'ébouriffant impôt sur le revenu de plus de cent cinquante mille dollars par an, dont la presque totalité au titre de la société du South Queens. En outre, George et Owen, les deux fils d'Harrah et deux seuls employés de cette dernière société, avaient touché chacun un salaire hebdomadaire de mille dollars. S'ajoutant au revenu d'un montant de six chiffres qu'ils tiraient de leur partenariat dans un cabinet juridique de Wall Street, *Wallach & Block*.

« T'as jeté un œil là-dessus, Vinnie ? » Blake reposa les papiers sur le bureau, se redressa dans son fauteuil, se demanda ce qu'il aurait fait si les Harrah s'en étaient sortis honorablement. S'il serait tout bonnement rentré chez lui pour attendre et voir venir. Ou bien, s'il se serait rendu chez Harrah pour exploser la tête de cet enfoiré.

« Tu parles, que j'ai vérifié. Mais je vois pas trop ce que ça m'a rapporté. » Il se pencha, appuya ses coudes sur le bureau. « Hé, souviens-toi de ce que me disait Joanna, à propos du boulot sur les grosses sociétés ? Que j'avais pas la classe. T'imagines un peu ? La putain de classe ! Rien qu'ça.

— Allons, Vinnie, accouche. Dis-moi ce que tu en penses. »

Cappolino haussa les épaules, alluma un long barreau de chaise, souffla vers le plafond un rond de

1. Conseillers financiers du South Queens.
2. *Lefferts* — Fournitures de bureau.

fumée parfaitement circulaire. « La société de conseillers financiers est une lessiveuse. Il n'y a strictement rien ni personne. Ni expert-comptable, ni chef comptable, pas même un foutu concierge. Et dis-moi un peu ce qu'elle peut foutre dans le trou du cul du Queens ? Bon, t'es peut-être pas capable de me dire d'où vient tout ce fric, mais je peux te garantir, en tout cas, qu'ils ne le gagnent pas en vendant des tuyaux boursiers.

— Et *Lefferts Office Supply* ? À quoi bon posséder une seconde société, si elle a du mal à rester à flot ?

— Tu t'imagines peut-être que je ne le sais pas ? » Il exécuta un moulinet avec son cigare, comme s'il brandissait une épée, et sourit d'un sourire de triomphe, passablement torve. « Écoute, en dehors du loyer et des employés, la seule chose qu'une société d'investissement soit obligée d'acheter, c'est des fournitures de bureau. Bon, tu me diras, ils auraient pu acheter leurs fournitures par la voie légale et balancer ensuite le tout à la poubelle, mais ça risquait d'attirer l'attention des voisins. De cette façon, la paperasserie est en règle ; ils disposent de factures à joindre à leurs dossiers en cas de descente des polyvalents, mais ils ne se font jamais réellement livrer le matériel.

— Ouais », admit Blake. « C'est effectivement comme ça que je voyais les choses, moi aussi. Plutôt gros, en fait.

— Ce qui m'a étonné, c'est qu'ils n'aient pas installé leurs affaires hors des eaux territoriales. Là, tu l'aurais eu dans le cul. Tu m'aurais payé pour la peau. »

Blake secoua la tête. « Harrah n'est tout de même pas le cartel de Medellin. Et pour un banquier panaméen, cent cinquante mille dollars par an, c'est de la roupie de sansonnet. » Il avala une longue goulée d'air. Il était temps pour lui d'abattre sa dernière carte. S'il parvenait du moins à la prélever en tapinois du talon du paquet, sans lâcher celui-ci. « J'aurais besoin que tu me rendes un dernier service, Vinnie. Sauf que...

— Sauf que t'as pas le fric.

— Ouais, c'est à peu près ça. » Blake s'efforça de sourire, réussit tout juste à grimacer. « J'aimerais que tu fasses le pet pendant une petite paire d'heures dans une fourgonnette banalisée, que j'aurai équipée au préalable de récepteurs vidéo. Tu auras juste à enregistrer le matos et à le livrer ensuite à deux personnes. Juste à coincer ta bulle, pour ainsi dire.

— Sauf si je me fais prendre. » Cappolino fit frétiller son index en direction de Blake. Sa tête oscillait comme le balancier d'un métronome. « Auquel cas, c'est entre cinq et dix ans que je la coincerai, ma bulle ; à Attica. À moins que les flics ne se mettent en tête de me faire ce qu'ils t'auront déjà fait à toi.

— Tu seras à deux pâtés de maisons d'ici. Dans une camionnette. Écoute, Vinnie, à une certaine époque — y a pas si longtemps — tu aurais accepté par seul goût de l'aventure. Je vais faire tomber quelques grossiums et je m'étais dit, étant donné le macho que tu as toujours été, que tu aimerais participer à la battue. Bon, si tu veux que je te livre le fond de ma pensée, Linda m'a plus l'air d'un gourou que d'un expert-comptable. Le genre à te baffer quand tu marches pas droit, quoi.

— Laisse tomber, Marty. Ça ne prend pas. Je suis un autre homme.

— T'es surtout un pauvre con, Vinnie. »

Cappolino haussa les épaules. « Alors, faut croire que j'ai pas changé aussi radicalement que je le croyais.

— Ce que je devrais bien *radicalement* changer, c'est ta putain de tronche. » Blake, en dépit de tous ses efforts, n'arrivait pas à instiller à sa menace toute la con-

viction requise. Le visage de Cappolino était déjà suffisamment couturé de cicatrices pour évoquer une carte
routière. « Oublie ça, Vinnie. Oublie ce que je viens de
dire. Combien tu veux pour faire ça ?

— Deux. Plaques.

— Deux mille dollars pour quelques heures ? C'est
du vol qualifié.

— Je ne suis pas de cet avis. Je pense que c'est du
bizness, moi. Sois réaliste, Marty. Ce n'est pas comme
si tu allais devenir un client fidèle. Attitré. »

Blake se leva. « Il me faudrait un téléphone un peu
à l'écart, Vinnie. Ça t'ennuie, si j'appelle du bureau de
ton associé ?

— Qui veux-tu appeler ?

— Joanna Bardo. »

Le rire tonitruant de Cappolino poursuivit Blake
jusque dans la pièce voisine. Il ferma la porte, s'efforça
de garder en mémoire que ce n'était pas la première
fois qu'il se faisait fouler aux pieds pour exécuter un
boulot. Puis il composa le numéro de téléphone du domicile de Joanna Bardo.

« Allô ?

— Ici Marty Blake. »

Au terme d'un bref silence, la voix de Joanna, de son
timbre le plus impérieux, annonça : « Tu nous as
lessivés.

— Dois-je en conclure que le "nous" en question est
déjà au courant, pour Edward Green ?

— Tu creuses ta propre tombe, Marty.

— J'ai même l'impression, parfois, d'en avoir
terminé et d'avoir sauté dedans à pieds joints. D'attendre que la pelletée de terre s'abatte sur ma gueule.
Mais, bon, je ne t'ai pas appelée pour causer de la pluie
et du beau temps, Joanna. J'ai besoin que tu me rendes

un service. Que tu promettes à Vinnie Cappolino de lui payer deux mille dollars un boulot qu'il va faire pour moi.

— Pourquoi est-ce que je ferais une chose pareille ?

— Parce que si tu refuses, je vais raconter aux gens qui ont trucidé Edward Green que tu m'as soutenu tout au long. Que c'est toi qui m'as fourni la trésorerie, qui m'as donné libre accès à l'ordinateur, que tu es au courant de tout, au même titre que moi, et que tu ne répugneras pas à utiliser ces informations. Je vais leur dire que tu es ma police d'assurance. »

Nouveau silence de mort. Blake attendit patiemment, sachant pertinemment que Joanna était capable de tout pour les protéger, elle et son entreprise. C'était une pure et simple question de temps : elle n'allait pas tarder à réaliser que le seul choix sérieux qui lui restait était de s'acquitter de sa dette.

« Passe-moi Vinnie. »

Blake reposa le combiné sans daigner répondre. Il ouvrit la porte et fit signe à Cappolino d'entrer. « Elle veut te parler. »

Cappolino revint cinq minutes plus tard, la bouche en cul de poule. « Putain, elle était remontée, la salope. Je n'avais encore jamais vu Joanna piquer une crise pareille.

— Qu'est-ce qu'elle a dit ?

— Elle a commencé par se répandre sur la loyauté. Comme si je lui devais quelque chose. "Arrête ton char", j'lui ai dit. "Un esclave marron ne doit strictement rien à son maître." C'est là qu'elle m'a rappelé que j'utilisais son ordinateur tous les jours. Et qu'elle pouvait parfaitement me couper le cordon. À quoi je lui ai rétorqué qu'une cinquantaine de boîtes au minimum fournissaient des infos par ordinateur et que, quand j'avais besoin d'un truc pas franchement blanc-bleu, elle m'obligeait à aller chercher ailleurs. Je...

— Fais-moi plaisir, Vinnie. Viens-en au fait. »

Cappolino ouvrit le tiroir du bas de son bureau, sortit un flacon de bourbon Wild Turkey et but directement au goulot, à la régalade. « Ce que t'es en train de faire, là, Marty, c'est de me presser de raconter une bonne histoire. Un truc que t'aurais jamais fait il y a un an. J'ai la nette impression de ne pas être le seul à avoir changé. » Il revissa la capsule et reposa la bouteille sur le bureau. « Bon, quand Joanna s'est rendu compte que ce n'était pas en me niquant le mental qu'elle pourrait m'inciter à refuser ce boulot, elle a sorti la grosse artillerie.

— Elle t'a proposé du fric.

— Ouais. Quatre mille dollars ; pour que je t'en colle une derrière l'oreille gauche et que je balance ton corps dans le fleuve.

— Et qu'est-ce que tu lui as répondu, Vinnie ?

— J'ai dit à Joanna que j'avais passé un marché avec toi et que j'avais de l'honneur, mais que si jamais tu te tirais en un seul morceau de cette histoire, ça ne devrait pas être trop compliqué à arranger. »

VINGT-CINQ

Blake n'était pas spécialement pressé d'arriver aux bureaux de *South Queens Financial Consultants*, situés sur Conduit Avenue, la voie de service menant à la Belt Parkway, près de Kennedy Airport. Il avait la très nette impression d'avoir progressé et ses récents succès (sans rien dire de la façon dont il avait refait une beauté à Brannigan) le mettaient de bonne humeur, d'assez bonne humeur, en fait, pour s'arrêter à Rego Park pour une part de pizza, laquelle part de pizza ne tarda pas à faire deux, puis trois. Trouver un personne chargée de récupérer la camionnette et de distribuer à qui de droit cassettes et documents avait constitué le dernier problème de logistique un peu épineux qu'il avait dû régler. À partir de là, l'affaire prenait une tournure purement mécanique : une enfilade de pièces s'imbriquant l'une dans l'autre et qu'il ne s'agissait que d'assembler avec précision pour... Les variables étaient par trop nombreuses pour que Blake pût prévoir avec précision l'apparence que revêtirait le puzzle, une fois achevé, mais il était à tout le moins convaincu qu'Harrah et ses légions mordraient la poussière. Ce qui, pour ce qui le concernait, en tout cas, était le principal et — surtout maintenant que Bell Kosinski était mort — seul but de la manip.

Il n'était pas loin de onze heures lorsque Blake sortit de la minuscule pizzeria. Il resta planté sur le trottoir, considéra la circulation sur Woodhaven Boulevard, se surprit à regretter de n'avoir pas emporté un gilet pare-balles. Une voiture de patrouille le dépassa, et les deux flics qui étaient à l'intérieur le déshabillèrent littéralement des yeux au passage. Son automatique lui parut subitement peser dix kilos. Il se persuada que les flics allaient voir la bosse qu'il formait sous sa chemise, qu'ils allaient sortir à toute blinde de la voiture de patrouille, se pencher au-dessus du coffre et du capot et l'exhorter à prendre la classique posture. Mais ils tournèrent à gauche juste après le feu rouge et disparurent au bout de la Soixante-Troisième Avenue.

Blake les regarda s'éloigner pendant quelques secondes, puis regagna la camionnette à grandes enjambées. Il croisa une cabine téléphonique publique sur son chemin, hésita un instant, puis poursuivit sa route. Il allait devoir passer un coup de fil juste avant sa première et dernière rencontre avec Samuel Harrah ; il allait devoir appeler sa mère et, bien qu'il n'eût pas spécialement envie de se suicider, son projet impliquait une prise de risques suffisante pour que leur conversation prît un tour singulièrement maussade. Évidemment, il pouvait toujours lui mentir, lui raconter les mensonges que, de toute façon, elle préférerait croire, mais à quoi bon, dans ce cas, lui passer ce coup de fil ?

Qui d'autre ? se demanda-t-il en redémarrant. Qui d'autre dois-je appeler ?

Il n'y avait personne d'autre et il le savait déjà au moment de se poser la question. Il n'avait pas d'amis, il n'y avait pas de place pour des amis dans sa vie. Les copains du gymnase, ses collègues, et jusqu'à Rebecca Webber — c'étaient tous de simples relations, des objets, destinés à donner un peu de chair, de consistance à son existence, exactement comme son IBM ou sa garde-robe. Il était incapable d'imaginer une conversation qui ne fût pas empreinte d'embarras, qui ne fût pas une infraction à quelque obscure réglementation, bannissant toute intimité entre simples connaissances.

Seigneur, songea-t-il, je suis en train de déconner dans les grandes largeurs, moi. Je tourne en rond, en décrivant toujours le même inepte cercle vicieux. Courir après sa queue est un jeu réservé aux chiots et aux chatons, pas aux hommes adultes qui projettent de perpétrer un meurtre.

En dépit de la bravade, Blake fut soudain submergé par une émotion si puissante qu'il lui fallut un bon moment pour reconnaître en elle la solitude. Ses pensées vaticinèrent, pour venir se fixer sur Jeffrey Dahmer, le tueur en série qui ne supportait pas de se séparer de ses victimes, conservait des têtes décapitées dans son réfrigérateur et des ossements dans sa table de nuit, au chevet de son lit. Peut-être Dahmer considérait-il chacune de ses victime comme une espèce de psychothérapie ? Peut-être s'efforçait-il de remplir le néant dont sa vie était faite, de combler à ras bord ce vide béant, à l'aide de souvenirs morts et des âmes de ses victimes ? Il avait d'ores et déjà dévoré leur cœur.

Vingt minutes plus tard, Blake passait devant les bureaux de la *South Queens Financial Consultants*. Il ne ralentit pas, daigna à peine tourner la tête et fit quatre fois le tour du pâté de maisons avant de se persuader que Samuel Harrah n'avait pas anticipé cette manœuvre particulière et que le cabinet de conseillers financiers ne disposait pas d'une sortie sur l'arrière. Puis il se gara le long du trottoir, éteignit ses phares et s'installa à son poste de guet.

Les deux avenues North Conduit et South Conduit, larges l'une et l'autre de cinq voies, prenaient en sandwich la Belt Parkway à l'est et à l'ouest de Kennedy Airport. Leur destination première, hormis le fait qu'elles desservaient l'aéroport, était de convoyer des poids lourds de Kennedy à Long Island ou à Brooklyn. La Belt Parkway elle-même était interdite à la circulation de transports routiers. Blake, installé sur le bas-côté le plus méridional de l'avenue, contemplait en ce moment même seize files distinctes de circulation routière. Les camions et les voitures passaient sous son nez à plus de cent à l'heure, ce qui jouait totalement en sa faveur. Les chauffeurs ou les passagers qui le verraient en train de tripatouiller une porte fermée à clef auraient disparu hors de vue avant même d'avoir eu le temps d'étayer leurs soupçons.

Les piétons également se feraient rares ; rares et lointains. La moitié orientale du pâté de maisons était occupée par un long bâtiment commercial, haut de deux étages et divisé en de multiples boutiques et entreprises. L'autre moitié hébergeait un parking grillagé, bourré de camions et de camionnettes à l'enseigne d'*Ozone Park Trucking*[1]. La société de Samuel Harrah — *South Queens Financial Consultants* — occupait le dernier étage, au coin de la Cent-Vingt-Huitième Rue. En contrebas, *Airport Auto Supply*[2], dont les portes et les fenêtres étaient aveuglées par des volets blindés, s'étirait en longueur, squattant tout l'espace vide sous *South Queens Financial* et son voisin immédiat du second étage, *Paradise Travel*[3], qui tous deux bénéficiaient d'une entrée privative.

1. Société de transports routiers d'Ozone Park.
2. Magasin de pièces détachées automobiles de l'aéroport.
3. Voyages Paradis.

Blake se dirigea vers la porte blindée qui conduisait à *South Queens Financial*, remarqua l'autocollant indiquant que "Ces locaux sont protégés par *Allsafe Alarms, Inc.*". La porte ne présentait aucune ouverture, rien qui permît d'accéder au système d'alarme et de le désactiver, sinon en escaladant un poteau électrique et en sectionnant les câbles électriques et téléphoniques. Et même ainsi, les alarmes installées dans les bureaux risquaient d'être alimentées par les batteries d'un groupe électrogène de secours, destiné à les déclencher si jamais le courant alternatif était coupé.

C'était, pour une société qui n'avait pas grand-chose de valeur à protéger, un système de protection beaucoup trop performant. Un ordinateur ? Une imprimante ? Une machine à écrire ? Une bonne police d'assurance et un solide verrou auraient largement suffi à pourvoir aux besoins de telles vétilles, évidence dont les propriétaires de *Paradise Travel* s'étaient apparemment avisés. La seule chose qui distinguait le rez-de-chaussée des étages supérieurs était un verrou Medeco à pêne dormant, incrochetable. Blake l'examina soigneusement, puis regagna la camionnette.

Une fois remonté dans cette dernière, il inspecta le trousseau que Vinnie Cappolino avait composé pour lui, hocha la tête avec satisfaction au vu d'une perceuse sans fil et d'un jeu de mèches à pointe de cobalt, inséra une mèche de six millimètres dans le mors de la perceuse et verrouilla la clé de mandrin. Un frémissement d'excitation familier parcourut tout son corps, sensation qu'il reconnut instantanément. Il s'était trouvé dans cette même situation à maintes reprises dans le passé, à cheval entre l'idée et sa concrétisation, entre le projet et son exécution. Normalement, il aurait dû ressentir de la peur, garder à l'esprit qu'il s'apprêtait à commettre un délit, qu'une voiture de la police risquait d'apparaître à tout moment, que des unités banalisées de la brigade de la répression du crime quadrillaient précisément des quartiers comme celui-ci. Il était censé se rappeler qu'il pouvait encore faire marche arrière.

Mais, au lieu de ça, il se laissa déborder pendant un moment, s'autorisa à effacer de sa mémoire le souvenir de Billy Sowell et de Bell Kosinski, de Joanna Bardo et de Max Steinberg, pour entrer dans un univers où n'existeraient plus que lui et Samuel Harrah. Où tous les autres, de Vinnie Cappolino à Marcus Fletcher, en passant par Aloysius Grogan et Tommy Brannigan, ne seraient plus que des armes, qu'on dispose, qu'on déplace, qu'on braque dans telle ou telle direction. Des détentes qu'on presse au moment idoine et à l'endroit adéquat.

Soudain, Blake se rendit compte qu'il avait attendu cet affrontement toute sa vie. Il revit son père, alors qu'il portait encore l'uniforme, rentrant à la maison et laissant tomber sur la tête de son fils sa casquette bleue à visière, puis épinglant son écusson à la poitrine de son fils. « On est les bons », avait-il proclamé, et Blake l'avait cru. Il l'avait cru et, aujourd'hui, il allait agir en conformité avec ce principe.

Blake sortit de la camionnette et se dirigea d'un pas normal vers la porte blindée qui interdisait l'entrée de *Paradise Travel*. Sans hésiter une seconde, il déposa le trousseau de Vinnie au sol, positionna la mèche à une heure, juste au-dessus de la fixation du verrou, et perça vers le bas selon un angle de quarante-cinq degrés. La pointe de cobalt du foret — suffisamment dure pour percer la plaque de blindage d'une chambre forte — trancha dans la surface métallique extérieure de la porte, s'enfonçant jusqu'au trognon dans son âme creuse, comme un pic à glace qu'on plante dans une motte de beurre. Blake continua d'imprimer une poussée jusqu'à ce qu'il eût transpercé l'attache de fixation du pêne dormant et que la mèche fût entrée en contact avec la surface intérieure de la porte. Puis il retira la mèche, la reposa précautionneusement sur la trousse de Vinnie, enfonça une pointe émoussée dans l'orifice ménagé au-dessus du verrou et fit coulisser manuellement le pêne dormant vers l'arrière.

Ce n'est qu'une fois à l'intérieur, lorsqu'il eut refermé et verrouillé la porte derrière lui, que Blake se permit un sourire. Une minute et quinze secondes pour crocheter un Medeco sans bousiller la serrure ? Ce n'était peut-être pas digne de figurer au *Livre Guinness des Records*, mais ça suffirait largement à sceller le sort du chef Samuel Harrah. Et le sien du même coup, bien entendu.

La cage d'escalier dépourvue de fenêtres qui s'ouvrait devant lui était plongée dans des ténèbres d'un noir d'encre, et il s'autorisa à recourir aux services d'une petite torche au faisceau étroit pour gravir précipitamment l'escalier jusqu'au second palier, où il tomba sur une deuxième porte, fermée celle-ci par un verrou à barillet, du style presse-bouton, de ceux que les privés d'Hollywood crochètent au moyen d'une carte Gold de l'American Express. Malheureusement, cette porte-ci donnait sur le couloir, de sorte que la ruse de la carte de crédit perdait toute son efficacité, à moins d'être bloqué à l'intérieur et de chercher à ressortir. Blake s'empara d'un cutter à linoléum, orienta la pointe de sa lame vers le bas selon un angle très aigu, faufila cette dernière entre le montant et le chambranle de la porte, puis poussa dessus en force, jusqu'à ce qu'elle passe derrière le verrou. Là, il imprima une sèche torsion au cutter, puis l'arracha brutalement, forçant le pêne à se rétracter, ouvrant ce faisant la porte.

Dès que ses yeux se furent accoutumés à la lumière des réverbères qui s'infiltrait par les fenêtres dépourvues de volets, Blake chercha immédiatement une porte qui aurait fait communiquer *Paradise Travel* et *South Queens Financial*. Il savait qu'il avait à peu près une chance sur cent d'en trouver une, et ne fut donc nullement déçu de faire chou blanc. Il existe un autre moyen de jouer les passe-murailles, un point faible que locataires et propriétaires sous-estiment à la même enseigne. Mais ni les voleurs, ni les détectives privés hantés par une idée fixe.

Il fit un balluchon de son équipement, le transporta jusqu'à la porte d'un grand placard de rangement de *Paradise Travel*, constata que celle-ci était ouverte et entra. Il savait que le placard correspondant de *South Queens Financial* serait directement dans le prolongement du premier, et qu'il lui suffirait de donner un grand coup de pompe dans la couche de Placoplâtre qui séparait les deux placards pour pénétrer dans le royaume privé d'Harrah. Il banda ses muscles, propulsa le talon de sa chaussure contre la paroi, et sentit le choc remonter le long de sa jambe au moment où son pied entrait en contact avec quelque chose d'extrêmement solide.

Blake réagit à sa déception première — il avait affaire à un coffre-fort — en décidant qu'il était à même (pourvu qu'il disposât d'assez de temps et d'un nombre suffisant de mèches au cobalt de Vinnie) de percer à peu près n'importe quoi. Il entreprit donc de sonder la zone qui surplombait l'obstacle avec un pied-de-biche, arrachant au passage le papier qui maintenait le Placoplâtre et martelant la couche intérieure de plâtre jusqu'à ce que, les cheveux imbibés de sueur et parsemés de débris de plâtre blanc, il s'affale littéralement dans le cabinet contigu, pour atterrir la tête la première dans un grand carton de papier à imprimante Lasergraphic. Il se redressa en position assise, balaya du rayon de sa torche l'objet qui avait fait obstacle à sa première tentative de défoncer la paroi à coups de pied, et poussa un soupir de soulagement en découvrant qu'il s'agissait en réalité de trois objets distincts, disposés côte à côte. Samuel Harrah, visiblement, lorsqu'il avait monté son entreprise, avait autant redouté l'éventualité d'un incendie que celle d'un cambriolage. Un autocollant, sur le tiroir du milieu de chaque classeur métallique, assurait que leur contenu était protégé contre toute température extérieure, jusqu'à 1500 °Celsius.

Blake coinça l'extrémité de son pied-de-biche entre le tiroir central et la charpente métallique du classeur du milieu et fit sauter le verrou. Il sélectionna un dossier au hasard, l'ouvrit, puis balaya du rayon de sa torche une photographie de 10x16 sur papier glacé. Au tout début, il ne reconnut aucune des quatre personnes — trois hommes et une femme — qui apparaissaient sur la photo. Peut-être parce que le visage de la femme était en partie occulté par l'énorme bite qu'elle était en train de sucer ? Ou bien parce que la choucroute composée avec recherche qui était depuis lors devenue sa marque de fabrique était totalement plaquée à l'un des côtés de sa tête trempée de sueur. Ou bien encore, peut-être, parce que le sénateur Margaret Frances Murray avait trente ans de moins lorsqu'elle s'était offerte à l'objectif.

Ça n'était pas vraiment utile, il n'y avait strictement rien à tirer des vies privées que contenaient ces dossiers, mais Marty Blake passa néanmoins la demi-heure qui suivit à jouer avec ces papiers comme un enfant de cinq ans avec ses cadeaux d'anniversaire. Curieusement, la majeure partie des documents qu'il examina ne relevaient nullement du voyeurisme érotique. Dessous-de-table, corruption, détournements de fonds, recel de biens sociaux, incendie volontaire, escroquerie à l'assurance médicale — New York, la cité de la magouille et des arnaqueurs, se montrait à la hauteur de sa réputation et Samuel Harrah, un aigrefin parmi tant d'autres, en avait pieusement collecté les preuves.

Dans le petit bureau de *South Queens*, Blake éprouva le désir pressant d'allumer l'ordinateur, l'éprouva même de façon si intense que ses doigts l'en picotèrent mais, même avec les volets fermés, il ne pouvait se permettre d'allumer la lumière. Recourir à l'usage d'une torche à l'intérieur d'un placard fermé ou dans une cage d'escalier aveugle est une chose, relativement sans risque, mais si jamais un flic de ronde apercevait de la lumière derrière les volets et décidait d'aller voir de plus près, c'est pour le coup que la partie s'achèverait illico. Surtout si Blake se méprenait sur son compte et voyait en lui l'un des nervis d'Harrah. Le risque était trop grand.

Il opta donc, après avoir forcé le classeur métallique du fond, pour prélever une brassée de dossiers et les emporter dans le placard pour les comparer aux dossiers de chantage. Il constata sans aucune surprise qu'ils coïncidaient exactement, nom pour nom et dossier pour dossier. Tous les clients de *South Queens*, sans exception, étaient ses victimes. Blake entendit la dernière pièce du puzzle se mettre en place avec un déclic et toute la précision mécanique d'une machine à sous : *"Cling, cling, clong"* — JACKPOT !

Il regagna le bureau d'Harrah, s'assit sur le rebord

du bureau, décrocha le téléphone. Il y aurait un sacré boulot à abattre au lever du soleil, lorsqu'il pourrait voir ce qu'il faisait mais, pour le moment... Il composa un numéro, prit une profonde inspiration et décida que les héros ne sont pas censés avoir de maman.

« Allô ?

— M'man ? Tu dormais ?

— Non. »

Marty passa ses doigts dans ses cheveux, secoua la tête. Elle n'allait rien faire pour lui faciliter la tâche. « Je ne rappellerai plus avant que ce soit terminé, alors si tu as quelque chose à dire, tu ferais aussi bien de le faire tout de suite.

— Serait-ce un ultimatum ? » Elle n'attendit pas sa réponse. « Je veux que tu laisses tomber, Marty. Je veux que tu arrêtes ça.

— Ce n'est pas toi qui m'as ordonné de faire mon devoir ?

— Il est un peu tard pour faire de l'esprit. »

Blake se rendit compte qu'elle avait entièrement raison. Et qu'ils ne disposaient d'aucun autre moyen de communiquer. « Grosso modo, je t'appelais pour te dire que je suis toujours là et toujours en activité. » Il hésita un instant, avant de poursuivre précipitamment : « Bell Kosinski est mort. Je ne sais pas si tu l'as appris. Comme ils n'avaient pas réussi à le tuer dans la rue, ils sont allés l'abattre dans sa chambre d'hôpital. Qu'est-ce qui peut te faire croire qu'Harrah me permettra de m'en tirer ? »

Ce n'était pas du tout ce qu'il avait voulu dire. Loin s'en faut. Mais s'il existait au monde quelque incantation magique susceptible d'effacer l'abîme, de combler toutes les béances, il ne la connaissait pas.

« Tu creuses ta propre tombe.

« — L'emploi du présent n'est pas de mise, M'man. »
Il regretta immédiatement le sarcasme. « Écoute,
quand toute cette histoire a commencé, je n'avais pas la
moindre idée d'où elle me mènerait. J'étais fermement
décidé à sortir Billy Sowell du pétrin en apportant la
preuve de son innocence. Kosinski a bien essayé de me
prévenir, mais j'ai refusé de l'écouter. La seule chose
que je voyais, c'était : "Termine le job et encaisse le
fric." Ensuite, lorsque mon client s'est fait assassiner en
prison, je ne pouvais plus décrocher. Pas plus que je ne
peux jeter l'éponge à l'heure actuelle. »

S'ensuivit un long silence. Blake écoutait sa mère
respirer, attendant patiemment qu'elle veuille bien en
venir au fait.

« En épousant ton père, j'ai renoncé à ma famille. »
La voix de Dora Blake avait adopté un timbre à la fois
cassant et prosaïque, tandis qu'elle narrait son histoire
comme on dit une récitation. « Mon propre père a fait
shiva [1], quand je lui ai annoncé que j'allais élever mes
enfants dans la religion catholique ; je m'étais convaincue que je pourrais y survivre ; que l'amour triomphait
de tout, que j'aurais désormais une autre famille, que
mes parents finiraient un jour par nous rendre visite.
Au lieu de ça, j'ai tout perdu.

— Pour l'amour de Dieu, je ne suis pas encore
mort. » Pour un peu, il aurait presque entendu sa mère
hausser les épaules.

« Un inspecteur en chef du nom de Grogan a sonné à
ma porte il y a deux heures », poursuivit-elle. « Il venait
t'arrêter pour l'agression d'un flic — un certain Brannigan — commise avec une arme mortelle. Je sais ce que

1. Porter le deuil (en hébreu).

510

ça veut dire ; ce qu'il adviendra si jamais ils te retrouvent. Ce qui se passera si tu t'obstines.

— Ça arrivera de toute façon, que je m'obstine ou pas. Au moins, comme ça, je peux choisir le terrain où je livrerai bataille. » Blake ajoutait à présent cambriolage avec effraction à voies de fait sur un représentant de la force publique et il tenta de s'imaginer en train de passer les cinq prochaines années dans une prison de l'État de New York. Lorsqu'il comprit qu'une peine de cinq ans était le mieux qu'il pût espérer, il frissonna. « Écoute, M'man, faut que j'y aille. » L'heure était venue de mordre à pleines dents dans la balle, et tant pis si la pilule est amère. « J'en aurai terminé dans vingt-quatre heures. Tu dois bien te douter qu'à ce moment-là, j'aurai besoin d'un avocat. Tu pourrais peut-être t'occuper de ça avec oncle Patrick. » Il hésita derechef, espérant qu'elle réagirait, lui donnerait le feu vert. Il n'eut pas cette chance. Finalement, après avoir patienté assez longuement pour justifier son insolence, il marmotta : « J't'aime, M'man » et lui raccrocha au nez.

Blake aurait volontiers déchargé la camionnette sur-le-champ, mais il savait que la corvée exigerait plusieurs voyages et qu'aucune raison valable au monde ne pourrait légitimer la présence, à deux heures du matin et dans la nuit de samedi à dimanche, d'un homme en chemise hawaïenne s'affairant à transporter des cartons dans une agence de voyages. Non seulement c'était prendre un risque inconcevable, mais encore ce risque était-il aisément contournable. D'un autre côté, prendre le risque de se faire voler la camionnette pendant qu'il dormirait dans le bureau de Samuel Harrah n'était guère plus acceptable, et le seul moyen d'y remédier était encore de passer la nuit sur la banquette arrière de l'Aerostar, avec son automatique en guise d'oreiller. Étant donné l'endroit où se trouvait Blake (le Queens, New York étant la capitale aux États-Unis des vols de voitures) il n'avait guère le choix.

Ainsi qu'il s'avéra par la suite, il s'assoupit au bout de quelques minutes et ne fut réveillé que plusieurs heures plus tard par un soleil coruscant. L'espace de quelques secondes, il fut complètement désorienté. Le souffle d'une voiture qui passait en trombe lui rappela les déferlantes de l'océan, tandis que la lumière qui s'engouffrait dans la voiture par le pare-brise évoquait un réveil en sursaut au terme d'une courte sieste sur la plage. Puis il aperçut le fusil, gisant sur le plancher.

Il s'assit tout droit dans la camionnette, se frotta les yeux et s'efforça de se souvenir de ses rêves. Tout le monde y avait participé — les gentils, les victimes, les méchants, les froussards — mais il était incapable de les situer dans le contexte. Il jeta un coup d'œil dans le rétro et frissonna. Ses cheveux se dressaient dans tous les sens sur son crâne, en épis rebelles ; ses yeux bleus semblaient se noyer au fond des puits profonds de ses orbites creusées de cernes noirs, et le chaume qui hérissait ses joues et ses mâchoires le vieillissait d'au moins vingt ans.

Je ne suis plus le même homme, décida-t-il en escaladant le dossier pour s'installer sur le siège avant et mettre le contact. Je ne suis plus le bouffon aux huit costards dans sa penderie et à la Rolex qui pendouille au poignet. Et, quoi qu'il puisse se passer aujourd'hui, je ne pourrai jamais revenir en arrière. Je dois aller de l'avant. Bien sûr, pour l'instant, avant ou arrière n'ont pas le moindre sens. Des toilettes auraient du sens. Une tasse de café aurait du sens. Mais, pour ce qui concerne le moment présent, en tout cas, avant ou arrière ne sont jamais que des positions dans une équipe de hockey.

Il dénicha un restaurant à quelques pâtés de maisons de là, ignora la moue dégoûtée du caissier, dont les yeux de plusieurs serveuses se firent l'écho, et se dirigea tout droit vers les toilettes messieurs. Dix minutes plus tard, aussi propre et récuré qu'on peut l'être lorsqu'on n'a pu recourir ni à une douche ni à un rasoir, il s'asseyait au comptoir et commandait un petit déjeuner. La serveuse, rassurée peut-être par ses cheveux dûment humectés et aplatis, se mit à caqueter affablement tout en remplissant sa tasse de café.

« Alors, mon chou, on a roulé toute la nuit ? »

Blake la regarda pour la toute première fois. D'âge mûr, osseuse, la bouche étroite tartinée d'une couche grasse de rouge à lèvres rose... elle semblait parfaitement à sa place, à la même enseigne que les machines à café chromées ou que le gril qui grésillait.

« Travaillé », répondit-il. « Vous n'auriez pas un journal, par hasard ?

— Le *Daily News*. Quelle section désirez-vous ?

— Section ?

— On est dimanche, vous vous souvenez ? Le dimanche, les journaux paraissent en cahiers.

— C'est vrai. Donnez-moi la section principale. Il est un peu trop tôt pour les *comics*. »

Il trouva l'article en page 28, conclut, à son emplacement dans le journal, que ABATTU À WHITESTONE menaçait d'être rapidement frappé de péremption. Pourtant, Harrah s'était bien gardé de faire fond sur la versatilité du public. Selon le *Daily News,* les affaires internes passaient au crible les états de service de Bell Kosinski au cours des trois années qui avaient précédé sa mise à la retraite, en quête d'un "schéma de corruption". Ceci après qu'une "substantielle quantité de cocaïne" avait été découverte dans son appartement. On ne faisait pas allusion à son décès mais la chose n'avait rien de bien surprenant en soi. La première édition du *News*, et a fortiori celle du dimanche matin, était imprimée en début de soirée.

Blake ferma les yeux, essaya de se représenter Bell Kosinski en train de téter l'embout d'une pipe à crack. Ce fut en pure perte mais, de toute manière, Kosinski n'avait plus réellement d'importance. À moins que Samuel Harrah n'eût peur des fantômes, la cible qu'il visait en réalité était Marty Blake. En discréditant Kosinski, Harrah ternissait l'image de son partenaire, encore vivant, lui, et toujours dangereux. En tant que complice d'un dealer de coke, la crédibilité de Blake serait encore inférieure à celle d'un politicien de New York. Autant dire qu'elle avoisinerait le degré zéro.

Blake n'avait pas pris la peine de le vérifier, mais il aurait parié son ordinateur qu'Harrah comptait des journalistes et des flics parmi ses victimes, et qu'il pouvait indifféremment placer dope ou propagande là où il le souhaitait et quand il le souhaitait. Il tirait sa force de l'information. Mais c'était également son talon d'Achille. Blake n'avait nullement l'intention de photocopier les dossiers des clients d'Harrah. Il n'avait pas besoin de le faire, puisqu'ils étaient déjà sur le disque dur de l'ordinateur. Il lui suffisait donc de retirer ledit disque dur et de l'adresser à Marcus Fletcher, avec les dossiers de chantage et une vidéocassette des divertissements qui allaient suivre.

« Déridez-vous, mon chou. Le petit déjeuner est servi. »

Blake se redressa, lui laissa la place de poser une plâtrée d'œufs au bacon, accompagnée de frites maison et d'un toast. Il marmonna un vague merci, puis s'empara de sa fourchette et commença à manger. Au bout de quelques bouchées, il décida que tout avait la même saveur. À moins que rien n'eût de goût, tout juste de la consistance. Le bacon était caoutchouteux, les œufs étaient aqueux et les frites étaient croquantes.

Néanmoins, il continua de manger — enfournant la nourriture dans sa bouche, mâchant consciencieusement et faisant passer les bouchées au moyen de gorgées de café, en même temps qu'il se repassait son emploi du temps, pied à pied, une étape derrière l'autre. La stratégie de Blake reposait sur deux éléments fondamentaux : trois vidéocaméras espionnes, connectées par câble à des émetteurs et diffusant leurs images pour la gouverne des récepteurs et des magnétoscopes — et de Vinnie Cappolino — installés dans le fourgon ; et deux cartons de dossiers de chantage : les originaux et leurs photocopies sur la Xerox d'Harrah, qui finiraient également dans le fourgon, avec le disque dur de l'ordinateur. Il installerait en premier lieu les caméras : l'une à une fenêtre qui surplombait le trottoir, l'autre au sommet de l'escalier et la troisième dans le bureau, juste derrière lui. Harrah s'attendait très certainement à un quelconque dispositif de surveillance, mais les caméras n'étaient guère plus grosses qu'un paquet de cigarettes et, même si quelqu'un venait à les remarquer, Harrah n'en pourrait mais. Tant qu'il n'aurait pas disposé de Blake, tout du moins.

Une fois les caméras installées, les récepteurs et les émetteurs dûment testés, les dossiers photocopiés et le fourgon déménagé de l'autre côté de l'autoroute, il aurait largement le temps de se tracasser pour sa petite personne. Parce qu'il allait impérativement devoir accorder le trait à Harrah, et qu'il en était conscient. En effet, s'il était entré dans ses intentions d'égorger le bonhomme, il lui aurait suffi de se rendre directement à son domicile et de le liquider sur place ; pas besoin de claquer quinze plaques en matériel électronique pour en arriver là.

Bien sûr, il restait encore une petite chance pour qu'Harrah essayât de négocier un arrangement, mais Blake n'avait nullement l'intention de tabler sur une éventualité aussi improbable. Le scénario le plus vraisemblable, en l'occurrence, c'est que Samuel Harrah (ou l'homme, quel qu'il fût, qu'il dépêcherait à sa place) se contenterait de fumer Marty Blake, puis d'exciper de la légitime défense, pour résistance du suspect lors de son arrestation. Ou bien encore de balancer ses restes dans un océan Atlantique dont la proximité s'avérait fort commode, et de faire ensuite comme s'il n'avait jamais existé.

Blake n'aspirait aucunement à cet ultime plongeon, mais il était parfaitement conscient qu'il pouvait au mieux espérer réduire la probabilité de son exécution à une simple possibilité. Certes, le port d'un gilet pare-balles en Kevlar, comme aussi le fait de repousser le bureau contre le mur du fond pour s'en servir comme d'un bouclier, pourrait s'avérer fort utile. Mais la pièce maîtresse de sa stratégie était une batterie de trois projecteurs stroboscopiques, disposés entre le bureau et la porte et reliés à un interrupteur à bascule. Harrah aurait donc droit au premier coup ; Marty Blake au second ; et Vinnie Cappolino enregistrerait toute la séquence ; point à la ligne.

« Vous désirez autre chose, mon chou ? »

Blake secoua la tête, se demanda si cette femme savait terminer une phrase sans ajouter "mon chou". Peut-être l'expression lui servait-elle à ponctuer ses périodes, un peu comme un batteur de rock à la main un peu trop lourde utilise sa grosse caisse.

Il régla sa note, se dirigea vers le fourgon, consulta sa montre. Il était huit heures, l'heure de se mettre au turf. Il roula jusqu'à *Paradise Travel*, hissa le matériel jusqu'à l'étage, passa par les placards et pénétra dans les locaux de *South Queens Financial*. Le boulot le calmait, l'apaisait, ainsi qu'il l'avait toujours fait par le passé ; les outils, le matos, les projecteurs et les câbles l'ancraient à la terre, le rattachaient à l'univers tangible des relations de cause à effet. Chaque action produisait un résultat quantifiable : un trou était bel et bien percé, un écrou boulonné, la rue en contrebas s'affichait effectivement sur l'écran d'un moniteur.

Quatre heures plus tard, il était de retour à l'arrière de la fourgonnette et s'employait à brancher les récepteurs, les moniteurs et les magnétoscopes. Le fourgon était garé entre deux voitures, de l'autre côté de Conduit Avenue, à quelque cent mètres de *South Queens Financial*. Si Harrah escomptait (comme on pouvait assurément s'y attendre) la présence d'un quelconque dispositif de surveillance dans ses locaux, il déciderait sans nul doute d'inspecter l'intérieur des véhicules les plus proches de son bureau. Mais il ne pouvait décemment pas perquisitionner le moindre camion ou fourgon stationné, dans un rayon de cent mètres, tout autour de son bureau. Pas s'il s'efforçait de respecter la contrainte horaire, le carcan que Blake se proposait de lui imposer.

Blake activa les trois récepteurs, regarda les trois écrans s'allumer, vit une cage d'escalier vide, un bureau désert, un trottoir déserté. Il testa les magnétoscopes, écouta tourner la bande pendant une minute. Les piles au cadmium nickel alimenteraient le dispositif pendant six heures, plus qu'il n'était nécessaire. Après tout, Harrah allait fort probablement attendre (ou tout du moins *espérer*) le coup de fil ou la visite de Blake, persuadé que ce dernier tenterait de reprendre contact. Même en tenant compte du décès de Kosinski, c'était une éventualité qu'il ne pourrait tout bonnement pas écarter.

Lorsque Blake ressortit enfin du fourgon, il était treize heures passées de peu. Il regagna la Cent-Cinquantième Rue à pied, puis traversa l'autoroute jusqu'à une cabine téléphonique et composa le numéro de téléphone du domicile de Vinnie Cappolino.

« Ouais ?

— C'est moi, Vinnie, Blake.

— Tout est prêt pour moi ?

— Ouais.

— D'où t'appelles ?

— Pas du bureau d'Harrah, en tout cas, si c'est ce que tu crois.

— Du bureau de *madame* Harrah, je vous prie. Ne sois pas sexiste, Marty.

— Vinnie, quand t'as raison, t'as pas tort. Dis-moi, tu crois qu'Harrah serait capable de faire abattre sa femme ? Histoire d'éliminer le principal maillon ?

— Pour toi, c'est pas vraiment un problème. Vu que l'oncle Sam va se charger de t'éliminer *toi*, définitivement et en tout premier lieu.

— Ma foi, c'est pas totalement faux. Écoute, le fourgon est garé sur la North Conduit Avenue, juste en face de la *South Queens Financial*, et la clé est derrière le pneu arrière, côté chaussée. Je veux que tu restes bien sur le qui-vive, Vinnie. Tu devras commencer à enregistrer dès l'instant où ils se dirigeront vers l'immeuble.

— Hé, Marty, c'est pas mon coup d'essai, tu te souviens ? Combien de temps ça va prendre, à ton avis ?

— Une petite paire d'heures, grand max. Tu sauras toi-même quand tu devras mettre les bouts.

— Tu veux que j'appelle une ambulance avant de me barrer ? Ou que je demande à quelqu'un de passer voir ? Linda nous a obligés, Walter et moi, à acheter des téléphones portables, alors ça devrait pas poser de problème. »

Blake sourit. « Ce serait fort obligeant de ta part. Écoute, tu trouveras deux cartons à l'arrière du fourgon, quand tu arriveras. Celui qui contient le disque dur devra être transmis à Fletcher. L'autre revient à Coen, le journaliste. Tu veux bien me donner le numéro de ce téléphone portable ?

— Non. Tu veux bien me donner celui d'Harrah ?

— 555-9844.

— Autre chose ?

— Reste éveillé, c'est tout. Si tu ne mets pas ces magnétoscopes en marche au bon moment, je me retrouve complètement à poil.

— T'inquiète pas pour moi, Marty. Je ne raterais ça pour rien au monde, pas même pour le chiffre de la loterie des numéros de la semaine prochaine. Amuse-toi bien. »

Revenu dans le bureau d'Harrah, Blake décrocha le téléphone, composa le numéro de fil du chef, et écouta le téléphone sonner plusieurs fois avant qu'une voix de femme ne réponde.

« Allô ?

— Samuel Harrah, je vous prie. Dites-lui que c'est de la part de Marty Blake.

— Oh, monsieur Blake. Sam attendait votre appel.

Il est à son bureau. Avez-vous son numéro de téléphone ?

— Ouais. » Blake allait raccrocher, quand il sentit la moutarde lui monter au nez et ses doigts se crisper sur le combiné. « À propos, c'est bien à Margaret Harrah que je suis en train de parler ?

— En effet. » Sa voix était claire, enjouée. La voix d'une maîtresse de maison obligeante, serviable jusqu'au bout des ongles.

« Savez-vous pour quelle raison j'appelle votre mari ?

— Navrée, mais je n'en ai aucune idée. »

Blake hésita, s'exhorta à entretenir le suspense, partant du principe qu'un bon timing est le meilleur ressort d'un vaudeville qui se respecte. « Vous avez été une très vilaine fille, Maggie. Une très *très* vilaine fille.

— Je ne vois pas de...

— Oh que si, vous voyez très bien. N'essayez jamais d'arnaquer un arnaqueur. Au fait, avez-vous la moindre idée du sort réservé à une femme blanche d'un certain âge dans une prison de l'État de New York ? Eh bien, tout d'abord, vous ne vous appelleriez plus Margaret. À Bedford Hills, pour tout prénom et pour seul patronyme, vous n'auriez plus qu'un unique nom : Salope. Comme dans : "Arrive ici, Salope. Fais mon lit, Salope ; lave mes chaussettes, Salope ; bouffe-moi la chatte, Salope." À moins, bien entendu, que vous ne disposiez à l'extérieur d'une personne assez complaisante pour vous envoyer de quoi graisser la patte des gouines les plus féroces de votre bloc cellulaire. Mais ça risque de poser problème, ça aussi, Maggie, parce que votre seul moyen de contacter vos deux conseillers financiers de bambins sera probablement de leur écrire poste restante à Sing-Sing.

— Mais c'est atroce.

— Ni plus ni moins que le chantage. Sans parler du meurtre avec préméditation. Écoutez, Maggie, tâchez de joindre votre époux au téléphone. Dites-lui que je le rappellerai dans quelques minutes et que je tiens à lui parler personnellement, et pas à l'un de ses larbins. Sinon, les communications sont rompues. »

Blake fit pivoter son fauteuil et s'écarta du bureau. Il marcha jusqu'à la plus proche fenêtre et scruta l'ombre qui régnait dans la rue en contrebas. La Belt Parkway était bourrée de New-Yorkais filant vers les plages de Rockaway et de Long Island. Les voitures scintillaient au soleil de l'après-midi, mais les gens qui les occupaient, aux yeux de Blake, tout du moins, semblaient n'aspirer qu'à une seule et unique chose : être ailleurs, n'importe où, pourvu que ce fût ailleurs. Ils s'étaient réveillés trop tard, avaient tergiversé trop longtemps avant de se décider. Et, maintenant, la journée était fichue.

Cinq minutes plus tard, il avait le sergent Bennetti du service du Renseignement du NYPD au bout du fil, et demandait à parler au chef Samuel Harrah.

« De la part de qui ?

— Marty Blake. » Tant qu'à faire, autant que la main courante en fasse état.

« Pourriez-vous me dire de quoi il retourne. Le chef est aux toilettes. »

Pendant qu'il s'efforçait de trouver le prétexte le plus approprié à la situation, il se rendit subitement compte que Bennetti faisait durer le plaisir pour une bonne raison. Harrah, bien entendu, voulait qu'on repère l'origine de son coup de fil. À l'heure actuelle, ils devaient d'ores et déjà avoir compris qu'il ne retournerait pas chez lui.

« Vous n'avez pas à le savoir, Bennetti. À moins que vous ne soyez le grand prêtre d'Harrah.

— C'est censé avoir un sens quelconque ?

— Ça signifie que votre patron pratique l'extorsion de fonds.

— Oh, voyez-vous ça ! Laissez-moi vous dire que je suis le tout premier à reconnaître que cette information me terrasse littéralement. Proprement renversante. J'ai eu une chance inouïe de ne pas m'être brisé la nuque en tombant de ma chaise. »

Blake consulta sa montre. Une minute pleine, largement le temps de le loger. « Quinze secondes, sergent », dit-il. « Si dans quinze secondes, je n'ai pas votre patron au bout du fil, je raccroche.

— Oh, tenez... il me semble justement voir le chef entrer dans son bureau. Quel fichu veinard je fais, n'est-ce pas ? »

La voix d'Harrah, lorsqu'elle se fit entendre à l'autre bout du fil quelques secondes plus tard, était d'une onctueuse quiétude, comme s'il s'efforçait de réprimer un jovial fou rire. « Vous avez un toupet d'enfer, Marty. De dire ce que vous avez dit à la pauvre Maggie.

— Dans ce cas, Sammy, nous sommes quittes. Si vous vous souvenez bien, j'avais demandé à Grogan qu'on fiche la paix à mon partenaire, mais vous l'avez tout de même fait abattre. C'était passablement gonflé, ça aussi. »

Harrah se gratta la gorge : « Bela Kosinski n'est pas mort. Il est vivant et en bonne santé, à l'hôpital Bellevue. Je vous en fais la promesse.

— Vraiment ? C'est Brannigan qui vous l'a dit ?

— Écoutez, Marty, je suis au courant de votre accrochage avec...

— Arrêtez vos conneries, Sammy.

— Brannigan s'est trompé. C'est aussi con que ça. Si vos agissements sont en quoi que ce soit légitimés...

— *Légitimés* ? » Blake s'empara du fusil, en coinça la crosse sous son aile, se rappela qu'il fallait le maintenir fermement et ne pas oublier de remettre le canon à niveau après chaque rafale successive. Puis il fit basculer l'interrupteur fixé sur le dessus du bureau, regarda les ombres, tout au fond de la pièce, se dissiper brutalement sous l'effet des stroboscopes. « *Légitimés* », répéta-t-il. « Ça sonne bien, ça. Ça me plaît. J'en conclus que vous vous imaginez sans doute que je vous casse les couilles pour quelque chose que *vous* m'auriez fait. Vaudrait mieux refaire vos calculs, Sammy. Si je vous les brise menu, c'est pour quelque chose que j'ai fait. *Moi*. Et, au fait, si vous tenez absolument à me prouver que Kosinski est toujours de ce monde, que ne lui demandez-vous de me téléphoner. Vous savez où je suis, non ?

— En effet. Mais il y a un léger problème. Votre partenaire a été très gravement touché. Il est sous assistance respiratoire et dans l'incapacité totale de parler.

— Faut croire que c'est le sort que le Destin réserve aux dealers de came. » Blake consulta sa montre. « Écoutez-moi bien attentivement, Sammy. Je veux que vous soyez ici dans trois quarts d'heure. Aucune excuse ne sera tolérée.

— Marty, voyons... Je suis dans le West Side de Manhattan. Je pourrai déjà m'estimer heureux si j'ai traversé le *fleuve*, dans trois quarts d'heure.

— Roulez vite. Et n'oubliez pas de mettre vos sirènes. Si vous n'êtes pas ici dans quarante-cinq minutes, moi et les dossiers que vous avez empilés dans votre placard, on se sera fait la paire depuis belle lurette. »

Blake raccrocha, se recula dans le fauteuil, laissa ses

pensées dériver vers Bell Kosinski. Au cours des dernières vingt-quatre heures, il avait délibérément maintenu entre son partenaire et lui une certaine distance psychique, de peur que le chagrin (ou la fureur aveugle) ne le poussât à commettre quelque imprudence. Il s'était pris d'affection pour Bell Kosinski ; c'était un fait indiscutable, indéniable, aussi solide que l'était le plancher sous ses pieds. Mais ça ne signifiait pas pour autant que le seul son de sa voix suffirait à lui faire plier bagage.

Kosinski avait posé la question cruciale — *Qu'est-ce que vous avez à y gagner, Marty Blake ?* — et ce non pas une fois, mais à plusieurs reprises. Et, bien évidemment, il avait été incapable de fournir une réponse précise à cette question ; pas même à ses propres yeux. Au tout début, il avait prétendu agir par pur intérêt professionnel ; faire ça pour le pognon. Après la mort de Billy Sowell (et sa propre mission accomplie), il avait feint d'être ulcéré par l'outrecuidance d'Harrah. À présent, il s'était mis lui-même en échec et la seule explication qui tînt à peu près la route, c'était qu'il n'était pas moins cinglé, pas moins suicidaire que son poivrot de partenaire, et tout aussi prisonnier que lui d'une conception puérile du bien et du mal.

Les bons professeurs du City College avaient enseigné à Marty Blake à composer des programmes informatiques, ultime aboutissement de la pensée logique. *Ceci*, THEN *ceci*, THEN *ceci*, égale *cela*. Si ça n'était pas le cas, on s'en rendait compte dès qu'on essayait d'exécuter le programme. Blake avait eu recours à cette logique pour forcer la main de Samuel Harrah, l'obliger à prendre son ultime résolution ; il ne lui avait laissé aucun choix en la matière, et il avait initialisé ce programme juste après la mort de Billy Sowell, avant qu'aucune menace ne planât encore sur Bell Kosinski.

C'est très exactement ce que je cherchais depuis le tout début, finit-il par conclure. Me retrouver assis dans cette pièce, à contempler un fusil chargé des munitions foireuses de Vinnie, à attendre que les mauvais se pointent pour la tombée du rideau. J'ai arrêté de boire, mais je n'ai jamais vraiment renoncé aux rades ; jamais cessé de dépasser les bornes juste pour voir ce qui allait se passer. Peu importait le nombre des points de suture que je récoltais. Que l'État de New York ait presque failli m'envoyer en prison. Et je n'ai même pas l'excuse de Kosinski. Je ne suis ni un pochard ni un psychotique. On ne m'a jamais déclaré *légalement* irresponsable.

Il reprit de nouveau le fusil en main, fit courir son index le long du canon, sur la poignée, jusqu'au bout de la crosse métallique, puis se rendit brusquement compte que Vinnie Cappolino était peut-être déjà dans le fourgon, en train de le reluquer en se fendant la pipe. Un coup d'œil au moniteur du bureau lui montra un homme aux larges épaules et à la tignasse bouclée tout embroussaillée, berçant un fusil sur sa poitrine comme s'il s'apprêtait à lui donner la tétée.

Blake se leva et alla à la fenêtre. Il pouvait certes voir l'Aerostar, mais rien ne lui permettait de dire avec certitude si le fourgon était ou non occupé. Vinnie Cappolino, suffisamment mariolle pour pleinement comprendre les implications d'un flagrant délit, devait s'être planqué quelque part, hors de vue. Le moment venu, il ferait son boulot et s'éclipserait. Ni vu ni connu, j't'embrouille...

Sur une subite impulsion, Blake retourna aux dossiers du cagibi. Il avait vidé le premier des trois classeurs et photocopié les dossiers qu'il contenait, soit plus de cent dossiers individuels. Cela avait suffi à remplir deux cartons, autant que Vinnie pouvait raisonnablement en manipuler. Il compulsait à présent la lettre S, dans le troisième classeur, et ne s'arrêta que lorsqu'il eut trouvé le nom qu'il cherchait : Steinberg, Maxwell.

Le dossier ne contenait qu'une seule feuille de papier, une déclaration sous serment délivrée par un homme du nom de Robert Merkurian, juré dans un procès pour vol. Merkurian déclarait avoir touché cinq mille dollars de l'avocat de la défense Max Steinberg pour égarer le jury. La déclaration sous serment était assortie de l'immunité totale.

Blake entra dans les toilettes, déchira la déclaration sous serment en étroites bandelettes et laissa tomber les morceaux dans la cuvette. Il voyait en ce geste un tout dernier clou planté dans le cercueil d'Harrah. Steinberg avait été humilié par Samuel Harrah, contraint à lécher le cul de ce dernier et à le reconnaître devant Marty Blake. Maintenant que sa laisse était rompue, il allait pouvoir planter ses crocs dans la gorge d'Harrah et ne consentirait à lâcher prise que lorsqu'il aurait trouvé l'os. Et si Harrah ne survivait pas, Steinberg ferait un sort à sa réputation. Dans un cas comme dans l'autre, c'était une police d'assurance.

Il tira la chaîne, regarda l'eau tourbillonner et les bouts de papier tournoyer, tandis que le passé criminel de Steinberg disparaissait dans un égout new-yorkais. Lorsque le réservoir commença à se remplir, il comprit que sa colère était partie avec l'attestation, exactement comme s'il l'avait vomie dans la cuvette des chiottes. Steinberg, Joanna Bardo, son oncle Patrick — on ne pouvait pas leur en vouloir. Ils vivaient à New York depuis si longtemps qu'ils en étaient venus à considérer la justice comme un idéal puéril, un fantasme d'enfance comme les autres. Un fantasme auquel on devait renoncer en grandissant, comme on renonce à croire au père Noël ou au monstre du placard.

"Naïve", tel était le terme qu'auraient employé Steinberg et les autres pour dépeindre sa position, décida-t-il en regagnant le bureau. Naïve et un poil pathétique, comme un curé joli garçon contraint de se résigner au célibat. Ou une adolescente affligée d'une tache de vin sur le front.

Il s'assit derrière le bureau, contrôla les écrans, consulta sa montre. Trente minutes s'étaient écoulées. Il était plus que temps de se préparer ; de jeter l'ancre. Il entreprit de se repasser le scénario conjecturé, mais n'en était pas encore arrivé au point où Samuel Harrah apparaissait sur l'écran de contrôle du hall que le téléphone sonnait.

Blake fixa l'ustensile noir et lisse, prêtant l'oreille à sa clameur têtue, obstinée, qui résonnait dans la pièce fermée. Il était convaincu qu'Harrah serait à l'autre bout du fil, et qu'il téléphonait pour demander une rallonge.

« Ouais.

— Ici Vinnie. Ils montent.

— Par où ? L'écran est vide.

— Parce qu'ils se collent au mur. Ils sont quatre. Et leurs petites menottes brûlantes sont toutes pleines de .38. À ta place, Marty, je tirerais le premier. Allume-les pendant qu'ils montent l'escalier.

— À moins que tu ne les prennes à revers, Vinnie. C'est ça, surtout, qui les surprendrait. À en chier dans leur froc.

— Bonne chance, Marty. On se reverra en enfer. »

Blake abaissa les yeux sur le fusil, appuyé contre les

tiroirs du bureau, puis les reporta sur les moniteurs. Il croisa les mains et les posa sur l'interrupteur à bascule posé sur le dessus du bureau. Les cassettes prouveraient qu'il avait affronté Harrah désarmé, les deux mains bien en vue. C'était le tout dernier clou.

Ils gravissaient très lentement les marches. Quatre silhouettes se découpant sur fond de porte d'entrée du bas béante. Ils n'avaient manifestement pas pris garde à la présence de la caméra, laquelle se trouvait pourtant à moins de trente centimètres d'eux. Ils s'entassèrent un court instant sur le palier, puis poussèrent la porte et entrèrent.

Grogan franchit le seuil en premier, son Police Special plaqué contre sa cuisse droite. Blake réprima une envie pressante de se jeter à terre, regarda Harrah déboucher sur ses talons, suivi par un flic blond au visage poupin, qui semblait être sorti deux semaines plus tôt de l'académie de police, et par un vétéran chevronné, grand, gras et grisonnant.

« Félicitations, chef », dit Blake. « J'étais sûr que vous oublieriez d'enclencher la sirène.

— Marty Blake. » Harrah se redressa de toute sa taille. « Je vous arrête pour voies de fait sur un officier de police.

— Vous avez une commission rogatoire ? » Blake attendit la réponse, s'interrompant juste le temps voulu pour se rendre compte qu'il n'avait jamais été plus heureux de sa vie. « Non ? Eh bien, je comprends parfaitement que vous ne teniez pas à garder de traces écrites. Mais, eh, oh... En dépit de tout ce que vous pouvez penser de moi, je suis un petit gars plutôt arrangeant. Si vous tenez absolument à ce que je me laisse appréhender, je n'y vois pas d'inconvénient. Pourvu toutefois que mon oncle, le capitaine Patrick Blake, procède à mon arrestation. Il devrait être chez lui en ce moment même, si vous voulez lui téléphoner.

— Ça n'a rien d'une plaisanterie à la con. » Grogan écumait tellement qu'il avait peine à articuler.

« Ta gueule, toi, connard. » Harrah avança d'un pas. « Ce pauvre Aloysius », dit-il à Blake, « aurait dû prendre sa retraite depuis des années. Le fait est qu'il a beaucoup de mal à récupérer. La moindre contrariété lui porte au foie. À propos, aimeriez-vous parler au médecin de votre coéquipier ?

— Vous parlez sans doute de celui qui officie dans le service carcéral de l'hôpital Bellevue ? »

Harrah sourit, puis hocha rêveusement la tête. « Touché. Mais c'est tout de même dommage. » Il balaya la petite pièce des yeux. « Tout ceci pourrait vous appartenir, vous savez.

— Tout ?

— Eh bien, non, pas *tout*. Veuillez pardonner l'hyperbole. Vous seriez intéressé ?

— J'ai bien peur que non.

— Curieux, mais ça ne m'étonne pas plus que ça. Je veux croire, Marty, que vous enregistrez cette conversation ?

— Oh, rien d'audio, Sammy. Juste un peu de vidéo de médiocre qualité. C'est tout ce que j'ai pu me permettre.

— L'éternelle malédiction du dilettante. » Harrah exprima sa compassion d'un gloussement ; en fait, ses yeux scintillaient carrément. Il fit mine d'avancer d'un pas, pila net en voyant que Blake secouait la tête. « Vous avez la tête dure, Marty. Exactement comme votre père. Ce doit être de famille. Atavique.

— Est-ce que je dois en conclure que votre propre père était déjà un tueur et un maître chanteur ?

— Pas plus qu'on ne peut en conclure que Matthew Blake était un violeur. » Harrah s'interrompit, attendant manifestement une réponse. Voyant qu'il n'en recevait pas, il se tourna en souriant vers Grogan. « Une vraie tête de mule. Y a pas d'autre mot. »

Blake regarda ses mains, se rappela qu'il devait les laisser bien en vue, qu'il ne pouvait pas faire le premier pas, pas même donner l'impression de prendre l'initiative.

« Pourquoi n'irions-nous pas droit au fait ? » demanda-t-il. « Si fait *il y a*, bien entendu.

— Eh bien, nous avons recueilli une assez conséquente quantité d'informations sur Chantel McKendrick. Le dossier ne fait pas moins de trente pages. Nous avons interrogé ses proches, ses amis, ses complices. Chantel elle-même est décédée — du sida, naturellement —, mais je crois que nous détenons assez d'éléments pour décider raisonnablement de la culpabilité ou de l'innocence de votre père. Aimeriez-vous voir ce dossier ?

— Peut-être pourriez-vous vous borner à m'en parler de vive voix ? J'ai oublié mes lunettes de lecture.

— Rien sans rien, Marty. Vous devriez le savoir. » Harrah se déplaça d'un pied sur l'autre ; son sourire s'était évanoui. « Faites-moi une offre.

— Que diriez-vous d'un quart de siècle dans une prison d'État ? Au hasard... Attica.

— Vous ne me laissez guère le choix, là.

— C'est tout le problème, Sammy. Pas de choix... pas de faux-fuyants. On est tous embarqués sur le même bateau. »

Blake vit se relever les quatre revolvers. Rapidement, beaucoup plus rapidement qu'il ne s'y était attendu. Il entendit la première déflagration — un *crac* hargneux — avant même d'avoir réussi à fermer les yeux. Puis il fit basculer l'interrupteur qu'il tenait entre pouce et index, s'empara de son fusil et exécuta un roulé-boulé sur sa droite.

Il se retrouva à croupetons à quelques pas du bureau, braqua le fusil droit devant lui et chercha des yeux le visage de Samuel Harrah. Les quatre flics semblaient rafaler au hasard, mais ils n'en tiraient pas moins aussi vite que ça leur était humainement possible, et leurs coups de feu roulaient quasiment sans interruption. Puis le fusil se mit à tonner, comme s'il exigeait l'exclusivité du plateau, en réitérant son message toutes les demi-secondes, jusqu'à ce qu'il fût vide et que la pièce se fût graduellement saturée des odeurs complémentaires de la cordite et du sang humain.

Lâchant le fusil, Blake avança d'un pas, sentit son pied gauche glisser et se dérober sous lui. Il abaissa les yeux sur sa jambe, constata que son pantalon était imbibé, que le sang ruisselait sur sa chaussure puis formait une flaque au sol. Légèrement déçu sur le coup, il jeta un œil vers Samuel Harrah, et vit un vieil homme se tordre sur le sol en se tenant le ventre à deux mains.

« C'est pas assez », se dit Blake. « C'est jamais assez. »

Il s'adossa au mur, se laissa lentement glisser en position assise, se surprit soudain à aspirer à un court rabiot d'existence. Ne serait-ce qu'à une soixantaine de secondes, le temps au moins de profiter des cris de ses ennemis vaincus.

VINGT-SIX

Tout en descendant la Cent-Cinquante-Quatrième Rue au volant de sa Toyota Corolla modèle 88, Bell Kosinski se repassait de nouveau l'histoire dans sa tête. Il n'avait cessé de le faire, à raison de plusieurs fois par jour, depuis qu'il était sorti de l'hôpital, un peu avant Thanksgiving. De se la répéter très exactement dans les termes qu'il aurait employés pour la raconter au père Tim. Ils seraient assis au bar du *Cryders*, bien entendu, sur des tabourets, peut-être en tout début d'après-midi, avant que les habitués ne débarquent. Dans l'impétuosité des premier feux de la vodka (lorsqu'on la sent encore descendre, qu'elle a encore tout le tranchant, toute la transparence du diamant et vous procure un soulagement immédiat), il lèverait son verre, porterait un toast aux bons docteurs de l'hôpital Bellevue et entamerait son récit :

« N'essayez jamais d'empoisonner un lascar branché à un moniteur cardiaque », déclarerait-il d'emblée. « Pas s'il y a de l'Alka-Seltzer à portée de la main, tout du moins. »

Le père Tim sourirait, de son petit sourire crispé de prêtre. « Continuez, mon fils », dirait-il. « Et n'omettez rien, surtout. Rien, à ce que j'ai entendu dire, ne soulage plus son homme qu'une pleine et entière confession. »

Ed arriverait à grands pas, de l'autre bout du bar, et remplirait le verre de Kosinski. « En ce qui me concerne », dirait-il, « c'est l'Alka-Seltzer qui me maintient en vie. Entre mes migraines et mes aigreurs d'estomac, je l'achète carrément au kilo.

— Dans ce cas », répliquerait Kosinski, en éclusant une longue gorgée de son verre, « tu dois péter la forme. Tant que tu restes branché à un moniteur cardiaque, en tout cas. Vois-tu, Tommy Brannigan tenait deux choses pour certaines : primo, qu'en injectant du potassium à quelqu'un, tu provoques inéluctablement un arrêt du cœur et, deuzio, que ledit potassium se dissout très rapidement dans le sang, de sorte qu'on a le plus grand mal à déceler sa trace à l'autopsie. Mais il y a une troisième chose qu'il ignorait. Lorsque l'alarme d'un moniteur cardiaque se déclenche et envoie un code bleu, la première chose qu'ils te font — les toubibs ou les infirmières, j'ai jamais su exactement lesquels des deux —, c'est un massage cardiaque : stimuler ton palpitant pour faire circuler ton sang. Et la seconde, c'est te planter une aiguille dans le bras, histoire de pomper un peu de ton sang, puis t'injecter du bicarbonate de soude, très exactement ce qu'il y a dans l'Alka-Seltzer. Me demande pas de t'expliquer comment, parce que j'en sais trop rien, mais le bicarbonate de soude oblige les cellules de ton corps à absorber le potassium que t'as dans les veines. Et, quand ça se produit, ton cœur, s'il n'est pas en trop mauvais état, repart de rif et d'autor, comme quand tu démarres une moto au kick. Je ne suis resté dans le coaltar que trois minutes et demie, pas plus, pas moins.

— Mort, tu veux dire, c'est bien ça ? » Ce serait Ed,

bien entendu, qui poserait la question cruciale. Façon de mettre les points sur les *i*. « Ton cœur s'était arrêté de battre et tu ne respirais plus, pas vrai ?

— Mort ? Je pourrais pas te dire. Tout ce que je sais, c'est que j'étais inconscient, mais pas du tout comme si je ne savais strictement rien de ce qui se passait. » Bon, laissons déjà à Ed le temps de digérer *ça* et de se le fourrer dans le tiroir-caisse. De le coucher sur ses registres comptables. « De plus, j'avais un respirateur, alors je respirais indubitablement.

— Oh, splendide. » Le père Tim, les yeux brillants et la mâchoire légèrement tombante, ne voudrait rien savoir de cette dernière remarque. « Vous avez vu le Christ ? Vous avez vu la lumière ?

— Non, mon père, rien de tel. C'était un peu comme de regarder un poste de télé, comme si la caméra était fixée au plafond. Quelqu'un me martelait la poitrine, une autre personne tripotait des sachets de sang à côté de la colonne du goutte-à-goutte, et une tierce personne me travaillait au corps, à grand renfort de chocs électriques au défibrillateur. L'impression générale que ça m'a fait — et c'était rien d'autre qu'une impression, parce que l'issue de l'affaire m'était quasiment indifférente... Peu m'importait, en fait, qu'ils parviennent ou ne parviennent pas à ranimer l'espèce de chose flasque qui gisait sur ce plumard — c'est qu'ils avaient déjà fait ça, qu'ils étaient passés par là des dizaines de fois. Ils travaillaient très rapidement — leurs mains volaient littéralement — mais sans jamais se gêner les uns les autres. C'était magnifique. C'est ça, surtout, que ça m'inspirait. C'est vraiment magnifique, j'arrêtais pas de me dire. »

Le père Tim et Ed, à ce stade, voudraient absolument mettre leur grain de sel. Le père Tim, lui, insisterait sur la dimension spirituelle de l'histoire ; tandis qu'Ed la contesterait d'un narquois : « Qu'est-ce que ça prouve ? Bon, son cœur s'est arrêté de battre pendant trois minutes et demie ? Et alors ? Il n'a jamais cessé de respirer, pas vrai ? Et quelqu'un stimulait son cœur au défibrillateur, pas vrai ? Nan, j'coupe pas dans cette magouille. Y a pas eu mort.

— Voyons, Ed. Bell s'est vu lui-même. De là-*haut*. Comment aurait-il pu faire ça s'il n'avait pas été mort ?

— Et *mort*, comment il aurait fait, vous pouvez me dire ? »

En fin de compte, Ed aurait le dessus à force de pure obstination, puis se tournerait vers Kosinski. « Brannigan passe bientôt en procès. Dans les quinze jours qui viennent, à ce que j'ai cru comprendre.

— Ouais. Dix, pour être exact.

— C'était ton coéquipier.

— Ça fait un sacré bail.

— Et tu vas témoigner contre lui.

— Merde, quoi, Ed. Il a essayé de me tuer. Putain, ses petits potes ont descendu mon *vrai* coéquipier, non ? Tu voudrais que je fasse quoi ? Que je le laisse s'en tirer ? »

Le hic, c'était qu'il avait toujours envisagé de faire ça personnellement. Comme Blake l'aurait *fait* lui-même. Pas assis dans un putain de tribunal, avec douze babouins se penchant par-dessus la barre du jury. Mais peut-être qu'on n'en arriverait jamais là. On parlait beaucoup d'un compromis ; le bruit courait que les flics pourraient bien muter Tommy Brannigan dans cette prison le jour anniversaire de la mort de Billy Sowell ; on parlait aussi d'analyse d'ADN, une rumeur prétendait que Brannigan s'était vu proposer un chef d'inculpation réduit à meurtre au second degré, assorti d'une peine de quinze ans à la prison à vie. Toutes choses qui éviteraient certes à Kosinski de comparaître dans un procès, mais ne le ramèneraient pas pour autant au *Cryders*.

Il alluma une cigarette, avala la fumée, songea : Non, non, non. Pas le *Cryders*. Un ivrogne repenti n'a pas droit au *Cryders*. À un ivrogne repenti, il reste toujours le café et les cigarettes, et toutes ces nuits passées à écouter d'autres poivrots raconter la sordide histoire de leur vie. Et, pour Bell Kosinski, le plaisir de narrer la triste histoire de sa propre vie devant un parterre d'inconnus.

D'une certaine façon, c'était encore pire que la vie d'alcoolique, pire que de rentrer chez soi toutes les nuits en titubant, après une soirée au *Cryders*. Mais c'était le prix à payer — la question ne se posait même pas — et il était incapable d'oublier le visage de Brannigan penché au-dessus de son lit, et ce qu'il avait enfin compris au moment où Brannigan injectait du potassium dans le tube du goutte-à-goutte. Bell Kosinski avait envie de vivre. La grosse dame avait chanté sa chanson : les Alcooliques Anonymes, tel était le prix à payer.

Ça ne voulait pas dire pour autant qu'il refusait de raconter son histoire. Et ça ne changeait strictement rien non plus au fait que la seule personne à qui il aurait pu la raconter, à part ses copains du *Cryders*, c'était Marty Blake, et que Marty Blake était mort, *vraiment* mort, *irrémédiablement* mort. Pas mort et ressuscité, mais bel et bien clamecé, terminé, liquidé, mort et enterré. Dans le trou. Au tombeau

Tombeau qui, précisément, était la destination de

Bell Kosinski. Il se rendait sur la tombe de Marty Blake, à la requête de la mère de ce dernier.

Il prit à gauche sur Northern Boulevard, s'arrêta au feu rouge au carrefour suivant. Il roulait très lentement, en portant sur chacun des pékins qu'il croisait ce regard suspicieux dont les flics sont coutumiers. Pas franchement hostile, de fait, mais bien suffisamment agressif, dans une ville où soutenir le regard d'un inconnu peut fréquemment se solder par une querelle. Les vétérans enseignaient aux jeunes recrues à adopter cette attitude au volant d'une voiture de patrouille et, d'une certaine manière, ça tenait la frousse en échec.

La douleur avait cet effet, elle aussi. Il avait été blessé au début septembre et on était à présent à la mi-janvier, mais la douleur ne s'était jamais vraiment dissipée. Habituellement, elle rôdait à l'arrière-plan, comme une rage de dent attendant le premier glaçon, mais, de temps en temps, elle se faisait stridente, comme si on avait branché sur la force les plaques de métal qui consolidaient sa mâchoire.

Ils lui avaient donné des comprimés, dès qu'il avait été en mesure d'avaler, puis, à sa sortie de l'hôpital, lui avaient prescrit du Demerol. À peine rentré chez lui, il avait balancé l'ordonnance à la poubelle, en partant du principe qu'il trouvait suffisamment le Demerol à son goût pour avoir envie d'en prendre même lorsqu'il ne souffrirait pas et que, quitte à s'accrocher à quelque chose, autant que ce soit à l'alcool, qui coûte foutrement moins cher que la came. À présent, il s'était habitué à la douleur, un peu comme il s'était fait à la légère inclinaison de sa tête, provoquée par le tiraillement du cal cicatriciel de sa gorge. Il voyait ces deux choses — douleur et inclinaison — comme des médailles gagnées au feu, l'exonérant désormais de la nécessité de poursuivre le combat.

Kosinski prit à droite sur la Cent Soixante-Deuxième Rue et mit cap au sud vers le cimetière de Flushing. Il était passé devant ce cimetière un nombre incalculable de fois au cours de sa carrière dans le NYPD, n'avait pas manqué de remarquer ses pelouses soigneusement entretenues, s'était même arrêté à une ou deux reprises pour prendre le café et les beignets d'usage, face à ses cerisiers et à ses pommiers en fleurs. Encore aujourd'hui, à la faveur du pâle soleil de janvier, en dépit de ses arbres squelettiques et de ses plates-bandes stériles, qu'on eût dit quasiment brûlées, le parc semblait avoir été découpé dans quelque tableau de Norman Rockwell représentant le cimetière américain idéal.

Quelques minutes plus tard, il retrouvait Dora Blake, debout devant une pierre tombale de marbre noir poli. Le nom de Marty Blake avait déjà été gravé dans la pierre, juste à côté de celui de Matthew Blake, son père.

« Alors, Bell, qu'est-ce que vous en pensez ? Ils se bagarrent encore là-dessous, à votre avis ? Marty et son père ? » Elle poursuivit sans attendre sa réponse, embuant de son haleine l'air glacé de janvier. « Normalement, la place m'était réservée. À côté de mon mari. Mais, finalement, j'ai décidé de me faire enterrer dans un cimetière juif. » Elle s'interrompit de nouveau, laissa son regard s'attarder sur les cicatrices qui marquaient la gorge et la mâchoire de Kosinski. « Je n'ai pas la moindre nouvelle, depuis des mois, de la famille de Marty. À croire qu'ils se sont complètement coupés de moi.

— Ils font porter le chapeau à la victime, Dora. Rien d'étonnant. »

Dora Blake secoua la tête : « Dites plutôt qu'ils protègent leur petite carrière de flic. Ou qu'ils s'y efforcent, tout du moins. Vous voulez en apprendre une bien bonne ? Patrick, le frère de Matt, m'a dit une fois que son fils avait la carrure d'un divisionnaire. Qu'il était né pour ça, comme les fils de Joe Kennedy — tous autant qu'ils sont — sont nés pour devenir présidents. »

Kosinski haussa les épaules, souffla dans ses mains pour les réchauffer. Il était là parce que... eh bien, parce qu'elle le lui avait demandé et que, de son côté, il croyait devoir au moins ça à Marty. Tout en se demandant bien pourquoi.

« Vous avez vu la bande ? » demanda Dora Blake au bout d'un moment. « La cassette vidéo du carnage d'Ozone Park ? »

L'expression arracha un sourire à Kosinski. Un sourire jaune. Vinnie Cappolino avait fourgué la cassette et les dossiers à *Hard Copy* le lendemain de la fusillade, avait vendu les originaux pour une somme que la rumeur fixait à cinq cents gros billets. Les flics avaient eu droit à des copies.

« Ouais », dit-il. « J'ai vu la cassette. Comme tous les gens de ce pays.

— Alors dites-moi un peu pourquoi ?

— Pourquoi quoi ?

— Pourquoi Marty a procédé de cette façon. Il avait les dossiers. Il aurait pu faire jeter Samuel Harrah et les autres en prison sans... sans mettre fin à ses jours.

— Écoutez, Dora... » C'était un bon début, mais il n'alla pas plus loin. Il n'y avait pas eu de son pour accompagner les images de la bande. Personne n'avait survécu pour remplir les blancs. Et Kosinski lui-même était-il seulement pour quelque chose là-dedans ? Oui, fort probablement. Mais si Blake avait désiré protéger son coéquipier, pourquoi n'avait-il pas utilisé les pièces à conviction comme garantie ? À moins que Blake ne l'ait cru mort ?

« Marty vous croyait mort.

— Seigneur. » C'était comme si elle lisait dans ses pensées. « Comment le savez-vous ?

— Il m'a téléphoné du bureau d'Harrah juste avant que ça ne se produise. Il m'a annoncé que vous aviez été tué. »

Kosinski pêcha un paquet de Kent Lights dans la poche de son manteau, en alluma une, expédia d'une chiquenaude l'allumette dans le vent. « Quinze ans que je n'avais plus touché à ces saloperies », dit-il. « Quand j'ai été blessé. Voyez-vous, Dora, maintenant que j'ai renoncé à la gnôle, tout ce qu'il me reste, c'est les cigarettes et le café. »

Dora Blake haussa les épaules, marmotta : « Ça pourrait être pire.

— Ouais, c'est ce que je me suis dit aussi. Le toubib prétend que mon foie n'est pas trop mal en point. Qu'à condition de me ménager, je peux même arriver jusqu'à un âge avancé. » Kosinski pila tout net, se rendit compte qu'il battait la breloque, qu'il aurait aimé lui dire quelque chose pour la réconforter. En lieu et place, il bredouilla : « J'crois pas que Marty ait essayé de venger ma mort.

— Alors, dites-moi un peu ce qu'il essayait de faire. » Elle pivota sur son axe, se retourna vers la pierre tombale.

« C'est plus compliqué que ça. » Ses pensées tournaient autour de sa propre histoire, celle qu'il aurait tant aimé raconter au père Tim. Une certaine partie de celle-ci lui restait inaccessible lors de ses rêvasseries, celle-là même où il tentait d'expliquer qu'il avait eu envie de vivre alors qu'il sentait qu'il allait mourir, mais n'en avait plus rien à battre une fois mort. « Voyez-vous, quand Marty a appris que j'avais été descendu, ça l'a comme qui dirait délivré. Exactement comme le meurtre de Billy Sowell l'avait délivré. Vous comprenez ce que je veux dire ? »

Elle se tourna vers lui, la bouche pincée. L'une de ses mains gantées remonta vers le col de son manteau pour le défroisser. « Peut-être. Allez jusqu'au bout de votre raisonnement.

— Marty avait des obligations. Envers moi, envers Billy Sowell, et envers Max Steinberg. Sowell, la victime, passait en premier ; venait ensuite Steinberg, son client ; puis son présent partenaire. Après, après seulement, il était libre d'en faire à sa guise.

— Et envers moi ? » Le ton était tranchant, et amer. « Marty n'avait pas d'obligations envers moi, peut-être ?

— Marty n'était pas tenu de vous *protéger*. » Il la prit par le bras, entreprit de l'éloigner de la tombe. « Écoutez, vous avez visionné cette cassette aussi souvent que moi. Croyez-vous vraiment que Marty cherchait à se suicider ?

— Non », reconnut-elle. « Mais il a pris des risques inutiles. Il aurait pu faire ça tout à fait autrement.

— Pas quand on réfléchit à son but ultime. » Kosinski ouvrit la portière de sa Toyota et Dora Blake grimpa à l'intérieur sans songer une seconde à se récrier. « Parce que, Dora, convenez-en... la seule ambition de Marty Blake, c'était de devenir un héros. »

Composition Nord Compo.
Reproduit et achevé d'imprimer sur Roto-Page
par l'Imprimerie Floch à Mayenne
le 28 octobre 1999.
Dépôt légal : octobre 1999.
Numéro d'imprimeur : 47246.

ISBN 2-07-049767-4 / Imprimé en France.